曹操

王暁磊
後藤裕也 —— 監訳
川合章子 —— 訳

六

卑劣なる聖人

曹操社

目次

※訳注は［　］内に記した。

第一章　河北《かほく》軍、続けざまの大打撃

倉亭《そうてい》の戦い

建安《けんあん》六年（西暦二〇一年）四月、暑さは日に日に増し、黄河のほとりは早くも灼熱の気に包まれていた。焼けつくような日射しが蒼茫《そうぼう》たる大地に照りつけ、滔々《とうとう》と流れる水面はぎらぎらと日射しを照り返していた。

河北の倉亭では七万あまりの軍勢が陣容を整え、渡り来る曹操軍を阻止するべく、三列にわたる防衛戦がびっしりと張られていた。大将軍の袁紹《えんしょう》は河岸からほど近い高台に総帥の旗を打ち立てた。顔は蒼白でやつれてはいるものの、終始無言で対岸を睨みつけている。

この日の袁紹はこれまでと様子が異なっていた。四代にわたり三公《さんこう》を輩出した名門の出という矜持が薄れ、いくぶんか苛立ちが勝《まさ》っていることに、審配《しんぱい》や参軍《さんぐん》［幕僚］の逢紀《ほうき》、袁譚《えんたん》らは気づいていた。言葉は発しないが、腰掛けの上で落ち着きなく体を動かしては大きなため息をついている。時折、頬の筋肉がぴくぴくと引きつり、剣の柄《つか》を握る手は絶えず震えていた——それは緊張ではなく、恥辱からくるものだった。

「漢の威光を背に満天下にて敵の矛先を挫く」、袁紹はそう号して十万の大軍を率い、南下して黄河を渡った。しかし、結局は半分の兵力にも満たない曹操軍に敗れ、糧秣《りょうまつ》や輜重《しちょう》を載せた一万台あまりの車を失ったばかりか、黄河の南に残してきた七万を超す若者が、曹操軍の凶刃に倒れることとなった。高貴かつ高慢な名士である袁本初《ほんしょ》にとってこれほどの屈辱はなく、ただ一度の敗戦によって何もかもが変わってしまった。数年がかりで集めた兵士はあの世に送られ、苦労して運んだ兵糧は残らず焼かれ、股肱《ここう》の臣として目をかけてきた将さえ敵に投降した。しかも、つい半年前までは枕を高くして眠れる日などなかった曹操が、いまでは追い風を得たかのごとく威風堂々と河北に迫っている。ここに至って形勢は完全に逆転したのである。

袁譚は袁紹のそばで拱手《きょうしゅ》したまま侍立《じりつ》していたが、父の額ににじみ出た汗を見て不吉なものを感じ、腰をかがめて耳打ちした。「父上、ここ数日はあまり眠れず、今日もまた朝餉《あさげ》を召し上がっておられぬとか。幕舎《ばくしゃ》に戻って少し休まれてはいかがです。郭図《かくと》がすでに布陣を整えていますし、わたしも敵を迎え撃つ所存でございますゆえ」

袁紹は何も答えずにかぶりを振った。どうせ幕舎に戻ったところで、のんびり眠ることなどできないのだ。ひとたび目を閉じればたちまちあの敗戦の夜のことが脳裡に浮かぶ。いかなる山海の珍味とて喉を通らず、五臓六腑は怒りの炎で満ちていた。袁紹のこれまでの人生は順風満帆、武勇を誇った公孫瓚《こうそんさん》も、大勢の部下を従えた張燕《ちょうえん》も、自分の前では死ぬか逃げるかしか道はなかった。袁紹にはどうしても理解できなかった。なぜこうもあっさりと曹操に敗れたのか。数日前、逢紀が鄴城《ぎょう》（現在の河北省臨漳《りんしょう》県の南西にある鄴鎮、三台《さんだい》村から東の一帯）から報告に駆けつけた。一再ならず出兵を諫めたため、袁紹によって獄中に幽閉された長史《ちょうし》の田豊《でんほう》が、諫言を聞き入れず大敗を喫したことをあざ笑っているという。袁紹は言下に田豊を殺すよう命じた――この袁紹、いかなる困難にも屈することはないが、敗北と侮辱を受け入れることだけはできぬ。許攸《きょゆう》が裏切り、張郃《ちょうこう》と高覧《こうらん》が降伏し、沮授《そじゅ》が死に、田豊を殺そうとも、この矜持が失われることはない。命ある限り曹操と戦い続けてやる。どちらかが死ぬまで終わることはないのだ――

袁紹がいらいらと考えごとをしていると、護衛兵が左右に分かれて道を空けた。すると都督《ととく》の郭図が、馬に鞭を当てつつ小高い丘を登って目の前まで駆けてきた。「大将軍に申し上げます。対岸の曹操軍に動きがあり、どうやら黄河を渡る模様です」

「ふんっ」袁紹はわざと声を張り上げてあざ笑った。「兵法にも、『半ばを渡らば之《これ》を撃つべし』とあるではないか。今日こそ雪辱を晴らしてくれん」

向こう意気の強い郭図の顔は自信に満ち溢《あふ》れていた。「わが君、ご安心ください。わが軍の三重の防衛線は鉄壁でございます。曹賊めが来なければやつは命拾いしましょうが、もしやって来ようものなら、わたしが血祭りに上げてやりますとも」そう威勢よく言い放つと、軍令用の小旗を振りながら前線へと戻っていった。

日ごろから郭図と親しく、かつ師と仰いでいる袁譚は、このときも持ち上げることを忘れなかった。「疾風に勁草《けいそう》を知り、国乱に忠臣顕《あらわ》るとか。許攸らはみな恩知らずでしたが、やはり郭公則《こうそく》こそ、まこと父上に忠義を尽くす者と申せましょう」

袁紹もいくぶん安心したのか、無意識に何度かうなずいた。

審配と逢紀は無言のまま目を見合わせた――この一戦、決して楽観はできぬぞ――二人にはよくわかっていた。官渡《かんと》の敗戦で八万近くの軍勢を失い、投降した者や逃亡した者も数多い。急遽かき集めた兵は七万に上ったが、数で勝るとはいえ疲れ切った敗残兵がほとんどで、少なからず民兵も交じっている。おそらく「曹操」の名を聞いただけで足がすくむだろう。袁熙《えんき》、袁尚《えんしょう》、高幹《こうかん》の三人はいまも兵を募っているが、当座の守備には間に合いそうもない。この程度の兵力では倉亭津《そうていしん》を守り通せれば御の字で、曹操を打ち破ることなど到底不可能と思えた。堅壁清野《けんぺきせいや》［城内の守りを固め、城外を焦土化する戦法］で転戦を繰り返すのが上策かもしれないが、怒りを募らせた袁紹は最後まで戦い続ける気に違いない。田豊が殺された前例もあり、もはや誰も袁紹を止めることはできなかった。滑稽なのは、都督の郭図と長子の袁譚がいまもまだ中原を席巻する夢を膨らませ、父の跡を継ぐためにあくせくしていることである。

兵法にも「朝の気は鋭《えい》、昼の気は惰《だ》、暮れの気は帰《き》なり［朝方に士気は鋭く、昼ごろに士気は衰え、夕方に士気は尽きる］」とあるように、昼前後は兵士らの気持ちが緩むときである。しかし、袁紹の緊張の糸は途切れることなく、曹操軍に隙《すき》を与えないためにも、しばしば伝令を送って兵の士気を奮い立たせていた。

そうして未《ひつじ》の刻［午後二時］を迎えたころ、ついに対岸の曹操軍が動いた。

角笛《つのぶえ》の音《ね》が高々と空に響き、河岸の静寂を打ち破る。曹操は上流の河内郡《かだい》から向かわせた船が流れに乗ってやって来るや、先鋒部隊を乗り込ませた。船脚の速い船が横一列に並び、北岸に向かって津波のように押し寄せてゆく。

郭図はすでに手はずを整えていた。手に持った杏子色の軍令旗を一振りすると、第一の防衛線の兵士たちが直ちに逆茂木《さかもぎ》の後ろから弓を手に飛び出し、空をも覆う矢を雨霰《あられ》と射かけた。だが、船に立つ曹操軍の兵士も抜かりはない。長柄の矛と盾を手に体を守り、船べりにうずくまって漕ぎ手に速度を上げるよう指示すると、瞬く間に七、八艘が対岸にたどり着いた。後方の船も矢の雨のなかを陸続とあとに続く。曹操軍の兵士が矛を手に上陸を試みはじめると、河北軍も槍に持ち替えてそれを阻む……鬨《とき》の声が天地をどよもし、両軍がぶつかった。ただ、河岸での戦はやはり守り手に有利である。曹操軍の兵士は上陸してすぐ敵の手にかかるか、船に押し戻されるかで、なかなか郭図の布陣を破れない。

袁紹は高台の上から鬼気迫る表情で戦いを見つめ、ぶつぶつとつぶやいた。「そうだ、殺せ……殺せ……皆殺しだ」しかし、痛快だったのもつかの間、鬨の声がますます高まり、船団が一列、また一列と続けざまに近づいてくる。曹操軍が櫂を漕ぐ手を止めなければ、袁紹軍も矢を放つ手を止めない。はじめのうちは船団も隊列を保っていたが、矢を避けるため水面いっぱいに広く展開した。耳を覆いたくなるほどの鬨の声、腹に響く陣太鼓、耳障りな刃の音が綯《な》い交ぜになってあたりを包む。矢に射られた曹操軍の兵士がゆっくりと逆巻く波に吸い込まれ、矛に刺された袁紹軍の兵士が河岸の泥を握り締めて断末魔の叫びを上げる。滔々と流れる大河はふつふつと煮えたぎる地獄の釜と化し、両軍とも死戦を繰り広げた。

これほどの大戦《おおいくさ》になると、むろん兵力に依るところも大きいが、軍の士気がより重要となる。官渡で大敗を喫したばかりの袁紹軍は地の利があるとはいえ、兵士の多くは先の敗戦を経験しており、どうしても気勢を上げることができない。一方の曹操軍は、陣太鼓の響きに合わせて士気が盛り上がり、前の者が倒れても後に続く者が途切れることはなかった。それは軍船《いくさぶね》も同様で、数珠つなぎになって岸辺に押し寄せてきた。なかには前の船の船べりに飛び移り、我勝ちに激戦のなかへと身を投じる者もいる。半刻［一時間］ほどの激戦を経て、ついに袁紹軍の逆茂木に突破口が開かれた――河岸の第一の防衛線が突破されたのである。

袁紹はそのありさまを見るや、激しく地団駄を踏んだ。袁譚も初めて目にする怒りようで、慌ててなだめた。「曹賊めは一時の勢いを得たまでです。あれだけ多くの兵を失ってはもはや強弩《きょうど》の末に過ぎず、どう転んでも第二の防衛線は突破できません」

だが、状況は袁譚が思っているほど単純ではなかった。曹操軍は黄河からの上陸を果たすとますます気炎を揚げ、ついに将軍たちも先を争って岸に上がってきた。整然たる旗指物に色鮮やかな鎧兜、袁紹軍の兵にとってはそれ自体が恐怖ですらある。塹壕《ざんごう》で待ち伏せしていた袁紹軍にも、その猛々しい姿が目に入った。官渡の惨劇が脳裡をよぎる。生き埋めにされた七万もの同士たち、烏巣《うそう》で鼻を削がれた仲間たち……ある兵士が恐怖のあまり武器を捨てて逃げ出した。

郭図は本陣の中央で指揮を執っていたが、味方の兵士が敵前逃亡したのを見つけると慌てて軍令用の小旗を振った。「逃げるな！　敵前にて逃亡する者はその場で斬り捨てる！」配下の将らが護衛兵とともに駆け回り、軍令を叫び続けて兵士を塹壕のあたりに戻した。その間にも曹操軍が攻め寄せてくる。攻め手は鬨を作って猛虎のごとく突撃し、守り手は地の利を生かしてそれをしのぐ。再びの激戦が幕を開けた。

袁紹は双方が対峙する戦場を睨みながら、必死で怒りの炎を鎮めようとしていた。列侯《れっこう》の子弟として、幼い頃より厳格な教育を受けて育った袁紹は、たとえ山が崩れても顔色を変えないことを良しとしてきた。そのような矜持を持ち続けて五十年、今日はなにゆえ自分の感情を抑えられないのか。実際のところ、勝敗はまだ何も決していない。倉亭の守備も万全である。援軍も随時駆けつける手はずで、うまくいけば曹操軍を河北で殲滅できるかもしれない。だが、袁紹はどうしても落ち着くことができなかった。両の手は太鼓が轟くたびに震え、剣の柄を握るのにも苦労するほどだった。死を恐れず突進してくる曹操軍の兵、塹壕を死守して奮戦する自軍の兵、郭図の手の先でくるくると回る小旗、頭上から降り注ぐまばゆい日射し……それらを見ていると、手の震えがだんだんと激しくなってきた。まるで悪鬼《あっき》にでも取り憑かれたかのようである。袁紹は懸命に気持ちを抑えようとしていた。

そのとき、敵軍のなかに二面の色鮮やかな旗が現れた。一つは大きく「張」、もう一つは真っ赤な文字で「高」とある——張郃と高覧か!? かつての配下がいまは敵の先鋒とはな。四世三公の堂々たる河北の覇者がなぜかくも守勢に……人心は、天の理《ことわり》はどこへいった！——袁紹はますます自制心を失った——大将軍の矜持？ 列侯の家柄？ それがどうした。そんなもの、そんなもの……袁紹は突然がばっと立ち上がった。それを呪い、唾棄《だき》し、かなぐり捨てようとした——そんなもの糞食らえだ！——その言葉より先に、焼けるような熱い鮮血が吐き出された。

「父上！」

「大将軍！」

幸いにも袁譚と逢紀がすかさず手を添えて袁紹を抱き止めた。袁紹は震えのやんだ手で力なく口元の血をぬぐうと、一つ息をついてつぶやいた。「たいしたことはない……」とはいえ顔には血の気がなく、全身に力が入らない様子で、額からは大粒の汗が滴り落ちている――これでもたいしたことがないといえるのか。頭の切れる逢紀は混乱した戦場を見渡して進言した。「わが君、ここは撤退しましょう」

袁紹はかろうじて苦笑いを浮かべると、頭を起こして力なくため息を漏らした。言いたいことは山ほどあったが、目眩《めまい》と倦怠感に襲われて声が出ない。ただ、それがかえって普段の落ち着きを取り戻すことにつながった。つまるところ、人は容易には自分の殻を破ることはできないのである。袁紹は官渡の戦いの前から体力の衰えを感じていたが、これまで歯を食いしばって持ちこたえてきた。田豊と沮授は南下をやめるよう諫め、兵力を養いつつ数年のあいだ辛抱するようにと勧めた。二人の分析はたしかに理に適っていたが、ただ一点、袁紹の年齢を考慮していなかった。歳月は人を待ってはくれない。袁紹は齢《よわい》すでに五十を過ぎている。勲功を打ち立て、覇業を成し遂げる時間もいよいよ少なくなっていた。これが焦らずにおれようか。この世に生があるうちに大事を果たしたい、誰しもがそう思うはずである。しかし、その前に袁紹の体が悲鳴を上げた。再び力を蓄えて曹操と戦うにはあと何年かかることか。いま血を吐いたことで、袁紹は冷静さを取り戻した。自分の生涯はまもなく終わりを迎える。天下平定の宿願はもう子孫に委ねるしかない。

逢紀はたしかによく媚《こ》びを売るが、袁紹が洛陽《らくよう》にいたころから苦楽をともにしてきた。袁紹が何を考えているのか、いまではその表情を見ればおおかた察しはつく。「大将軍、つまらぬことを考えてはなりませぬ。こたびはお疲れからか、ちょっとした病にかかられたまで。幾日かお休みになればすぐに良くなるでしょう。護衛兵に鄴城までお送りさせます。戦のことはご心配には及びませぬゆえ」

袁紹はそれを拒むかのように、何度か力なく身をよじった。すると袁譚が父の手を審配に預け、身を翻して正面に回り跪《ひざまず》いた。「父上、安心してお帰りください。不肖、譚が代わりに指揮を執り、必ずや曹操軍を大河の南に追い返してみせます」

袁紹はまた血が上ってくる感覚を覚え、慌ててぎゅっと口を結ぶと、かぶりを振って憫笑《びんしょう》した――だがな譚、お前には武勇はあるが智謀がない。お前では曹操に勝てんのだ。

審配はひどく慌てていた。「わが君、たとえ倉亭が落ちても、曹賊めはわれらが河北の半分を揺るがしたとも思わぬでしょう。こちらは幷《へい》、幽《ゆう》、青《せい》の三州にまだ兵力を残しています。君子は十年耐え忍んでも仇を討つと言うではありませんか。焦ってはなりません。ここはひとまず退却し、各地に堅壁清野を命じましょう。その後、再び兵馬を調えてから反撃しても遅くはありません。さあ、参りましょう」そう言うと、袁紹の反応を待たずに護衛兵を呼びつけ、高台を下らせた。

郭図はまだ陣中で指揮を執っていた。曹操軍の三度にわたる猛攻を次々と撃退し、いよいよ勝利の望みが見えてきた。だがそのとき、後方で騒ぎが起きているのに気づいた。振り返ると、最後の防衛線の兵士らが騒ぎ出していた。慌てて撤退しはじめているようである。首を伸ばして見てみると、大将軍が戦況を見守っていたはずの山上には、ただ白旄《はくぼう》［旄牛《からうし》の毛を飾りにした旗。皇帝の使節などの象徴］と金鉞《きんえつ》［金のまさかり。軍の最高指揮官の象徴］が立っているだけで、総帥の姿はどこにも見当たらなかった。

「其の疾《はや》きこと風の如く、其の徐《しず》かなること林の如く、侵掠《しんりゃく》すること火の如く、動かざること山の如し［疾風のように早く進軍し、林のように静かに布陣し、烈火の勢いで襲撃し、山のようにどっしり構えて動じない』」と兵法にもあるように、総帥とは軍を落ち着かせる山のようなもので、みだりに動くことは避けねばならない。袁紹軍の兵は戦う前から曹操軍に対して恐れを抱いていた。それが総帥の姿を見失ったいまとなっては、誰が進んで命を懸けるだろうか。まず後続の部隊が戦場を離脱すると、戦の真っ只中にある主力部隊も浮き足立った。曹操軍は好機到来とばかりに猛攻し、第二の防衛線を易々と突破した。

郭図は体じゅうから汗が噴き出た。軍令用の小旗を振り回し、声を張り上げた。「止まれ！　敵に背を向ける者は斬り捨てるぞ！　みな、戻るのだ……」そのときにはもう誰もが逃げ腰で、郭図の声に耳を貸す者などほとんどいなかった。だが、剛直さでは人後に落ちない都督である。郭図は小旗を投げ捨てると、腰に佩《は》いた剣を引き抜いた。「死を恐れぬ者はおらぬか。大丈夫たる者、われに続け。突撃じゃ！」郭図の叫び声は決して小さくなかったが、応ずる者はいくらもいなかった。

曹操軍の将兵に囲まれた袁紹軍にもはや勢いはなかった。流れ矢がそばをかすめたが、郭図は避けもせず逃げもせず、命を捨てる覚悟を固めた。そこへ、袁譚が護衛兵を率いて飛び込んできた。馬で駆け寄り、郭図を引っ張る。「郭都督、父は急な病で鄴城へ戻った。われらも早く退《ひ》こう。撤退だ！」

「わたしは退かぬ！」郭図は都督として二度も大敗を喫し、いまは完全に我を忘れていた。「官渡で敗れ、倉亭でもまた敗れよと言うのか。この郭図、もう迷いはせぬ。必ずや曹賊めを返り討ちにしてくれる！　都督たるこのわたしが沮授に及ばぬとでも言うのか。わたしとて勝ち戦の一つや二つ……」

二本の矢が正面から飛来し、護衛兵が一人倒れた。これ以上手間取るわけにはいかない。「いつまで意地を張るつもりだ！　わたしに父の跡を継がせてくれるのだろう！」袁譚は郭図の手綱をつかむと、無理やり引っ張って逃げだした。そのすぐ後ろでは、曹操軍が暴れ回っていた。日が傾くころには全軍が渡河を終え、とうとう倉亭津を手中に収めた。またしても袁紹の要地を奪い取ったのである。

官渡と倉亭、二度にわたる激しい戦いを経て、大河を挟む勢力図が塗り替えられた。こうして曹操は名実ともに中原の覇者となり、かたや袁紹軍はかつての輝きを失っていった。

高貴なる後継者

許都《きょと》に続々と勝利の知らせが届く。朝廷が危機を脱したことに、天子も百官もこぞって喜びの声を上げた。しかし官渡《かんと》の勝利は、朝廷における曹操の権力をさらに盤石なものとしてしまう。そんな懸念がすぐさま頭をもたげた。百官はこれまで以上に身をすくめながら、偉大な功績を立てた大物の顔色を窺わねばならない。

戦《いくさ》に苦しめられた一年も変わらず時は流れ、少なからぬ老人や病人が息を引き取った。天子の息子の南陽《なんよう》王劉馮《りゅうふう》、ついで諸侯王の東海《とうかい》王劉祗《りゅうし》が病死した。帝室の宗族が相次いで亡くなったことは、大漢王朝にとって恐ろしく不吉なことだった。さらに、朝廷では侍中《じちゅう》の楊琦《ようき》、大鴻臚《だいこうろ》の陳紀《ちんき》、盪寇《とうこう》将軍の趙融《ちゅうゆう》ら老臣たちが相次いであの世に召された。かつて世に名を轟かせた人物がまるで木の葉が散るように音もなく世を去っても、その死は勝利の歓声に覆い隠され、気に留める者は多くなかった。新しい世代が古い世代に取って代わり、いまや朝廷はすっかり様変わりしていた。

そんななか、尚書令《しょうしょれい》の荀彧《じゅんいく》はいつものように朝早くから尚書台《しょうしょだい》に出かけ、忙しく公務をこなしていた。まずは孔融《こうゆう》に、南陽王と東海王の祭祀を取り仕切り、位牌を宗廟《そうびょう》に安置するよう詔書を発した。天子の洛陽帰還を護衛した楊琦の功績に報いるため、子の楊亮《ようりょう》を亭《てい》侯に封じた。さらに陳紀の子の陳《ちん》羣《ぐん》には、故郷に帰って父の喪に服すことを許可した。盪寇将軍の趙融はかつて曹操と同じく西園《せいえん》校尉を務めていたことから、残された家族を公私にわたって厚く遇するよう命じた。荀彧はあくせくと務めをこなし、規定どおりに文書の処理をしているだけであっという間に正午となった。その後は天子にご機嫌伺いをし、いつもどおり屋敷へと帰る車に乗り込んだ。

尚書台と屋敷を往復して公務をこなす生活は、荀彧にとってもう慣れたものだった。朝廷内では表向きの案件、つまり他人に見せるための文書を扱い、そうではない本当に重要な案件は、安全を考慮して屋敷内で処理していた。とりわけ曹操と荀攸《じゅんゆう》がいないいま、荀彧の肩にのしかかる負担はますます重く、食事を取る暇《いとま》もないほど忙しかった。実際、車に揺られているこのわずかな時間も、荀彧は盧江《ろこう》の件に頭を悩ませていた……

盧江はもともと偽帝袁術《えんじゅつ》の配下、劉勳《りゅうくん》の支配地であった。袁術の死後、孫策《そんさく》が劉勳を奇襲して県城を奪い、部下の李術《りじゅつ》を盧江太守《たいしゅ》に据えると、根城を失った劉勳は旧知の曹操を頼った。それからほどなくして孫策が刺客の手にかかると、李術は孫策のあとを継いだ孫権を裏切り、江北《こうほく》[長江下流の北岸の地方]の一部に割拠して独立した。曹操は早くから盧江を手に入れたいと考えていたが、身は官渡にあり自ら赴くことができない。そこで、揚《よう》州刺史《しし》に任命していた厳象《げんしょう》を皖《かん》城[安徽《あんき》省南西部]に遣わし、李術と交渉させてなんとか味方に引き込もうと画策した。

揚州刺史の厳象、字《あざな》は文則《ぶんそく》、京兆尹《けいちょういん》の出で、荀彧の推挙によって刺史の任についた。当初、曹操は前任の劉繇《りゅうよう》が病死したため、厳象を遣わして劉繇の部下を率いさせようとした。しかし、厳象が頼りにしていた陳瑀《ちんう》は孫策に大敗して逃げ出してしまい、さらに孫策が劉繇の子の劉基《りゅうき》を利用してその将兵を手中に収めると、厳象はまったく実権を持たない名ばかりの刺史となった。揚州にいても何一つなせず、曹操と孫策のあいだを右往左往するばかりで、朝廷から廬江へ行くよう命《めい》を受けたときには安堵のため息をついた。これでもう鬱憤を募らせることもない、そう思ったのだが、これが実は死出の旅となった。廬江を手にした李術は孫権に従わず、曹操すら意に介さないという夜郎自大で、なんと任地へ向かう途中の厳象を殺してしまった。

その一報に天下は騒然となった。朝廷が許都に置かれて以来、従順ではない者も数多くいたが、朝廷の遣わした官が公然と殺害されるなど絶えてなかった。朝廷としては当然これを見過ごすわけにはいかない。しかし、それより問題なのは廬江の地である。曹操と荀彧のあいだを書簡が幾度となく飛び交った。ところが、そうして対策を協議しているうちに、先んじて廬江を奪った者がいた――孫権である。このとき孫権はまだ江東《こうとう》［長江下流の南岸の地方］の地を兄孫策から受け継いだばかりで、歳はわずかに十八であった。

孫権は事を起こす前に朝廷に上奏していた。「李術は凶悪で、漢の法を蔑《ないがし》ろにし、州の長《おさ》たる厳刺史を殺害するなど、非道の限りを尽くしてきました。速《すみ》やかに李術を誅滅し、その悪行を懲らしめなければなりません。いま李術を討伐するのは、公的には朝廷のために大悪党の首魁《しゅかい》を除き、私的には恩ある厳刺史の仇《あだ》を討つためでございます。これは天下の正義を果たすものであり、日夜望むところであります」こうして表向きは朝廷に伺いを立てつつも、しかし実際は曹操の返信を待たずに疾風迅雷の速さで北上し、廬江を手に入れて李術を誅殺していた。

孫権の抜かりない最初の一手は、孫家による天下争奪の大事業を自分が受け継ぐと表明したにほかならない。知らせを聞いた荀彧は仰天した。一刻も早く孫氏との関係を正常化しなければならない。かくも猛々しい虎を背後に抱えたままでは、必ずや北方の戦局にも影響してくるだろう。荀彧にはなんとしても孫権の勢いを抑えるつける手立てを考える必要があった。

この一件を曹操にどう報告すべきか……あれこれ思案しているうちに、車はいつしか屋敷の前までやって来ていた。荀彧が車を降りようとして従者が簾《すだれ》を持ち上げるると、目の前に司空祭酒《しくうさいしゅ》の張京《ちょうけい》の姿が現れた。張京は恭《うやうや》しく礼をしながら挨拶した。「令君《れいくん》［尚書令に対する敬称］、ようやくお戻りになられましたか。長らくお待ちしておりました」

「何かご用でも？」

張京は一歩近づいて、車から降りる荀彧に手を差し出した。「新たに地方の官に任命された者たちがあちらにおります。明日、都を離れますゆえ、とくにお声掛けいただければと思いまして。それと……」張京は袖のなかから折り畳んだ帛書《はくしょ》を取り出した。「曹公より、密かに送られてきた書状でございます」

「うむ」荀彧はほとんど目を遣らずに、帛書を懐にしまい込んだ。

官渡の戦いののち、曹操は袁紹《えんしょう》と密かに通じていた者の書簡を残らず燃やしたが、やり方が露骨だった県令などは罷免、あるいは左遷した。そしてその穴埋めには、かつて自分で辟召《へきしょう》した者を数多く充てた。司空《しくう》府で掾属《えんぞく》［補佐官］だった者、一本釣りで登用した者、ほかには朝廷に花を添えるために任命した名士も数名いる。これらの者たちは荀彧が会う前に、すでに司空府の東曹掾《とうそうえん》(1)である毛玠《もうかい》によって篩《ふるい》にかけられており、誰に忠誠を誓うべきか、誰の言葉を敬聴するべきか、しっかりと叩き込まれていた。張京が彼らを連れてきたのは、荀彧に念押しをしてもらうという形式的なものに過ぎない。

荀彧が屋敷の門を跨ぎながら目を上げると、新任の地方官が庭にずらりと並んでいた。年長の者はすでに不惑を超え、年若い者は二十歳になったばかりくらいか。揃《そろ》いも揃って黒い地味な布衣《ふい》を着ており、その顔に喜色を浮かべている者はいない。荀彧は密かにおかしみを覚えた。毛玠の人選は質素倹約を旨とするようで、きっとこの者らは華美な服を持っていても着ようとしないのであろう。年齢もさまざまな男たちを見た荀彧は、これなら広間でわざわざ訓示を垂れずとも、脇部屋で腰を下ろして言葉を交わすだけでよかろうと考えた。

張京が続けて叙任《じょにん》の名簿を差し出してきたので、荀彧はざっと目を通した。とくに気になる点はなかったが、名簿の最後の名前が墨で消されている。目を凝らして見てみると、そこには「司馬懿《しばい》」と書かれていたようだ。「この司馬懿というのは、なぜ墨で消してあるのでしょう？」

「この者は辟召を断り、都へは参りませんでした」

「では、そもそもなぜ官職を授けられることになったのですか」

「この者は司馬防《しばぼう》［字は建公《けんこう》］の次男で、曹公がとくにとご指名されました。それゆえ官職を授けることになっておりましたが、急に病を患ったとかで来られなくなったのです」大勢の前で話すのは具合が悪いのか、張京はどこか歯切れの悪い物言いをした。かつて曹操が孝廉《こうれん》に挙げられたとき、司馬懿の父の司馬防は尚書右丞《しょうしょゆうじょう》［尚書らの補佐］の地位にあった。当時、洛陽令《らくようれい》［洛陽県の県令］につきたいという曹操の願いを退けたのが、ほかならぬこの司馬防である。そのため曹操は、司馬氏の子弟を自分のためにこき使い、意趣返しをしてやろうと考えた。河内《かだい》郡を奪い返すと、司馬防を朝廷に呼び戻して働かせ、董卓《とうたく》の入京以前から出仕していた長男の司馬朗《しばろう》は、司空府の掾属とした。司馬防は、次男の司馬懿までもが茨《いばら》の道を歩かされることを望まなかった。そこで、病を口実にして故郷にとどめたのだった。

このご時世において曹操の招きを堂々と断ったのである。荀彧は、肝の据わった男だとかえって感心した。そして名簿を卓上に置くと、部屋に座っている者たちを順番にゆっくりと見回した。そこでようやく何夔《かき》、涼茂《りょうぼう》、鄭渾《ていこん》といった司空府の掾属らがいることに気がついた。かつて曹操の怒りに触れた王思《おうし》もいる。「王殿、そなたも地方に行かれるのですか」

王思は荀彧と旧知の間柄であり、構えることなく答えた。「令君、わたしはかつて薛悌《せってい》や満寵《まんちょう》とともにわが君に仕えました。ですが、いまや二人は太守となり、かたやわたしは恥ずべきことに、相も変わらず文書の相手。それがようやくこたびの機会を得て、わたしも身を立てるに至ったわけです」

荀彧は微笑みつつ言い聞かせた。「曹公がそなたを地方官に任じなかったのは、せっかちな性分を改めてほしかったからです。これからは地方の長官となるのですから、何ごとに対しても慌てず、忍耐を旨としてください。もう二度と……」

「はい、承知しております。きちんと改めますとも」王思は荀彧の小言を遮るように返事をした。才智については人後に落ちず、年功についてはならそれこそ余人の及ぶところではない。ただ、忍耐力という一点において、王思は人に大きく劣っていた。あるとき文書を書いていた王思は、目の前に蠅が飛んできたので、筆でそれを追い払おうとした。それでも蠅が集《たか》ってくるので、癇癪《かんしゃく》を起こした王思は筆を床に叩きつけて踏みつぶし、竹簡から文机《ふづくえ》まで一切合切をひっくり返してしまったのだ。この一件は司空府の内外に広まって知らぬ者はおらず、いまだにみなの笑いぐさになっている。曹操は、これほどせっかちで気難しい王思をも地方の長官に任命した。地方の政《まつりごと》を徐々に腹心に任せていこうという考えが、ここからも見て取れる。

王思が決まり悪そうにしているので、荀彧はかすかに微笑むと、それから先は口にしなかった。ふと見ると、居並ぶ者たちのなかにずいぶん子供っぽい顔の男がいる。大勢の山羊髭面《やぎひげづら》のなかで、その童顔は荀彧の目を引いた。「貴殿はどなたですかな。どの官職に任じられたのですか」

若者は落ち着いた上品な声で答えた。「わたくしは太原郡祁県《たいげんき》［山西省中部］の者で、名は温恢《おんかい》と申します。このたび廩丘《りんきゅう》［山東省南西部］の県令に任じられました」

「祁県の温氏といえば……かつて朝廷で名声を博した涿郡《たく》太守の温恕《おんじょ》殿の一族ですか」

温恢は立ち上がって拱手《きょうしゅ》した。「わたくしの父でございます」

「なんと、かの名臣のご子息であられたか。これは失礼いたしました」荀彧も軽く腰を上げて拱手した。「お父上のご高名は河北《かほく》じゅうに知れ渡っていますが、惜しいかな、すでに亡くなられて久しい。貴殿もお父上の遺志を継いで、朝廷のために全身全霊で力を尽くしてください」そうは言ったものの、この登用に荀彧はいささか違和感を覚えた。温恢の能力は確かでも年功がまだ浅い。曹操が気に入ったのは温恢の父の名声だろう。温恕が涿郡太守に任じられたとき、河北の士人《しじん》はみな温恕を称賛したという。いまその息子を官につければ、必ずや河北の士人たちの好感を得られるはずだ。

「令君の教えを心に刻み、朝廷の任に堪えるよう、また曹公の期待に背かぬよう心して勤めます」

近ごろでは官につく際、まず朝廷への忠誠を誓ったのち、続いて曹操のことを持ち出すのが習いになっている。温恢は若いが、すでにそのことを学んでいるようだ。

それが間違いだとは言わないが、荀彧はどこかしっくりしないものを感じていた。そこで一人ひとりに問いかけるのはやめ、月並みだが、天子に忠誠を尽くし、地方で政を司るからには民のことを第一に考えるよう言い含めた。さらに、決して手っ取り早い方法で昇進しようなどと考えてはならぬことも釘を刺した。荀彧がふと瞼を上げると、入り口の青緑色の紗《しゃ》の帳《とばり》が跳ね上がり、美しい衣装をまとった少年が三人、肩で風を切るように入ってくるのが見えた。先頭は曹操の息子の曹丕《そうひ》、後ろの二人は曹操の養子の曹真《そうしん》と、夏侯淵《かこうえん》の甥の夏侯尚《かこうしょう》である——なんともまずいときに来たものだ。これでは曹家の子弟らが政に口出ししている印象を与えてしまう——荀彧はつい眉をひそめ、三人の来訪を知らせてこなかった門番を叱ってやりたかった。だが、曹操の息子をいったい誰が止められるだろうか。そう思い直すと、髭をしごいて笑いながら年長者らしくたしなめた。「若君方、いまはみなさまと話をしているところです。ご用があるなら、広間のほうでお待ちください」

三人の若者たちは恭しく礼をすると、物分かりのいい曹真と夏侯尚はすぐに出ていったが、曹丕だけは手で帳を持ち上げたまま言い訳をはじめた。「とくに用があったわけではありません。長倩《ちょうせん》と話でもしようと思っただけで、まさかみなさんが脇部屋にいらっしゃるとは思わず……失礼しました」

長倩とは、荀彧の息子の荀惲《じゅんうん》のことである。

早く出ていってほしい荀彧は、手を振って制した。「こちらのみなさまが地方に赴任されるので、大事な話をしていたのです。愚息をお探しならかまわず拙宅のほうへお入りください」

そう聞くと、曹丕は外に踏み出していた足を部屋のなかに戻し、一同に向かってぐるりと拱手して、明るく笑いながら挨拶した。「若輩者が失礼いたしました。どうかみなさまの笑い話の種にしてください。みなさまが朝廷のために尽力され、お国のために奔走なさること、心より敬服いたします。今日お目にかかれたのも光栄の至りに存じます。もし今後、わたくしが都を離れることがありましたら、必ずやみなさまのもとにご挨拶に伺いましょう……」曹丕の相貌はなかなか垢《あか》抜けている。悠然とした態度で長い袖をわざとらしく振り上げ、穏やかな笑みと上品な言葉遣いで語りかけた。曹丕が誰かを知る者は立ち上がって返礼したかったが、媚《こ》びを売っていると周りに思われるのを避けるため、じっとしていた。知らない者はただぼんやりと眺めつつ、この若造はやることが鼻につくと思った。

荀彧は居心地の悪さを覚えた。曹丕は口数があまりに多く、礼儀作法にも外れ、自分をひけらかす嫌いがある。慌てた荀彧は大きく咳払いをすると、曹丕の話を遮った。これを見た張京はなんとか場を丸く収めようと、笑みを作って立ち上がった。「令君のお言葉はもう十分でしょう。みなさまは厳しい選別を経てきたわけですから、どのように政を執り行えばいいか、すでに考えもおありでしょう。やるべき仕事は切迫しておりますし、明日には任地に向かって出立せねばなりません。ここでお開きにして、ご友人と会って別れを告げれば、明日は心置きなく発てましょう。令君、いかがでしょう。

ここ数日、令君もお疲れのご様子、お体を大事になさってお休みください」

「そうですな」荀彧はため息をつき、ついでとばかりに続けた。「任地に赴任してからも朝廷の期待に背かれぬよう。それから農耕や養蚕に励むよう、よく民を教え諭してください。官渡では勝利しましたが、田租《でんそ》は不足しており、なんとかこれを補充しなければなりません。朝廷でも新しい税法を制定し、みなさまを後押ししますゆえ、おのおのご尽力ください」

「御意」一同は立ち上がって、暇乞《いとまご》いした。張京に先導されて出口まで来た新任の官は、儀礼的に曹丕に軽く礼をした。

曹丕は満面に笑みを浮かべていちいち返礼し、室内にいた全員が出ていくと、ようやく荀彧に近づいて気遣った。「近ごろ令君はずいぶんお痩せになったご様子。何とぞご自愛ください」

「お心遣い、痛み入ります」荀彧にはすでにわかっていた。この若造は息子を訪ねに来たと言いながら、奥へ会いに行かず、ひたすら口当たりのいい言葉で話しかけてくる。きっと何か頼みごとがあるに違いない。だが、たとえ曹操の息子とはいえ無官の身。荀彧は平素から頼まれごとが嫌いであり、しかも曹丕の立場を考えれば、疑われるようなことは避けるべきだった。そこで、わざと話題を変えた。「都で留守を守ることなど、戦場におられるお父上に比べれば何の苦労もございません。若君は最近、お手紙を出されましたか。曹公の頭痛は持病のようですし、心配ですな」

「家への手紙では、官渡で勝利してから痛むことはないとのこと、慶事があれば気分も晴れるというやつです。河北ではまだ戦が続いていて、順調に鄴城《ぎょう》を落とせるかわかりませんし、官軍が戻るには何か月かはかかるでしょう。わたくしも早く父上に会いたいものです」口ではそう言いながら、曹丕の表情には父を恋しがっている様子など微塵も感じられなかった。曹丕は自分の来意について荀彧がまったく関心を示さないため、また違う話題を持ち出した。「そういえば……こたび官軍が戻ったら、祝勝の儀式などは行われますか。何かすべきことがありましたらお手伝いします。いっそわたくしが儀式の準備をしましょうか」

「いいえ、その必要はありません。お父上がこたびお立てになった大功に対し、すでに陛下がご用意をなさっておいでです。われらが勝手に執り行ったのでは、陛下のお心遣いを無にすることになりましょう。それこそ、臣下の道に背くというものです……それに若君は無官の身、本来なら百官の屋敷に軽々に出入りするものではありません。お父上の名を傷つけることにもなりかねませんぞ」荀彧は耳に逆らう話をして曹丕を諭すと、公文書を手にし、読むともなく目で追いはじめた。そうすることで曹丕に早く出て行くようほのめかしたつもりだった。

だが、曹丕はそれでも出て行かない。それどころか、曹真と夏侯尚までもが部屋に戻ってきて、三人はわざわざ卓のすぐそばで話しはじめた。三人が居座ろうとしているのは明らかである。荀彧は手にした文書を脇へ置いた。「いったい何のご用なのです?」

曹真が落ち着いた様子で答えた。「聞けば、南陽王と東海王の祭祀は孔融殿に命じられたとか。孔融殿の文章はたいへんに素晴らしいとのこと。もし祭文《さいぶん》ができているのであれば、われわれが先に拝見することはできませんでしょうか」曹真もすでに十七歳である。きりりとした眉と鋭い眼《まなこ》、あぐら鼻に大きな口、顔は浅黒く、背もすっかり大きくなっていた。

荀彧は、曹真が口から出まかせに言っているだけだとわかったので、おざなりに答えた。「今朝、正式に詔《みことのり》が出たばかりです。そんなに早くは書けますまい。祭文の内容など、祭祀が済めばわかることではありませんか」

「待ちきれないんです」それには夏侯尚が笑みを浮かべて答えた。この若者の左頬にはいくつか痘痕《あばた》があった。本人はそれを利口な証しなのだと自慢しており、たしかに悪知恵が働いた。「数日前、孔文挙《ぶんきょ》が曹公に書いた詩を三首読みました。なんとも変わった作品で、そのなかにこんな一文がありました。『洛《らく》より許《きょ》に到ること巍々《ぎぎ》たり、曹公 国を輔《たす》け私《わたくし》無し。厨膳《ちゅうぜん》の甘肥《かんぴ》を減去《げんきょ》し、群僚《ぐんりょう》 率従《そつじゅう》すること祁々《きき》たり［洛陽から許都までやってきたことは抜きんでて素晴らしく、曹公は天子の国政を輔弼《ほひつ》し私することがない。食膳には珍味佳肴《かこう》を並べず、百官はこぞって服従している］』この六言の詩をどう思われます？　だいぶ風変りではありませんか」

荀彧はそうは思わなかった。「六言で詩を詠むのは決して珍しいことではありません。張衡《ちょうこう》の『帰《き》田賦《でんぷ》』にも、『都邑《とゆう》に遊び以て永久《とこしえ》なるも、明略《めいりゃく》の以て時を佐《たす》くる無し。徒《いたずら》に川に臨み以て魚を羨み、河の清《す》むを俟《ま》てども未だ期《あ》わず［わたしは都に来てからずいぶん経つが、時の天子をお助けするだけの知恵を持ち合わせていない。魚を欲しがるも川べりにたたずむだけで、ただ水が澄むのを待っているようなものである］』とありますが、これも六言ではありませんかな」

「それとは違いますよ。孔融の詩は散句《さんく》［文字の字数や韻脚《いんきゃく》などが調っていない文］ではないのに、あまり雅《みやび》な語を用いていません。張衡の『帰田賦』は正真正銘の詩でしょう」夏侯尚は頭を揺らしながら、また孔融の詩を吟じはじめた。「郭李《かくり》 紛争するは非為《た》り。都を長安に遷《うつ》すも帰るを思う。東京《とうけい》を瞻望《せんぼう》するは哀れむべし。夢想す 曹公の帰り来《きた》らんことを［郭汜《かくし》と李傕《りかく》が紛争を起こしたのは道理に外れることである。都を長安に遷したが誰もが戻りたいと願った。東の都洛陽のほうを眺めるさまは哀れなもの。ただ曹公が来てくれることを夢見ていた」

「出来がよければ六言でもかまわないでしょう」荀彧は髭をひねりながらため息をついた。「蔡邕《さいよう》が世を去ってからは、風流を解する士人はいなくなってしまいました。孔融のような文才のある者も少なくなる一方です。ああ、惜しいかな……」

夏侯尚は荀彧が話に乗ってきたのを見てしめたと思い、曹丕に目配せした。そこで、曹丕は袖から一枚の帛書を取り出すと、微笑んで尋ねた。「さすが令君は詩文にもお詳しい様子。どうかこの詩の出来を判じてはいただけませんか」

荀彧は腹立ちを抑えながら、帛書を受け取った。

丹鶏《たんけい》　華采《かさい》を被り、　双距《そうきょ》　鋒芒《ほうぼう》の如し。
願わくは一たび炎威を揚げ、　此中唐《ここちゅうとう》に会戦せん。
利爪《りそう》　玉除《ぎょくじょ》を探り、　瞋目《しんもく》　火光《かこう》を含む。
長翹《ちょうぎょう》　驚風《きょうふう》起こり、　勁翮《けいかく》　正に敷張《ふちょう》す。
軽挙して勾喙《こうかい》を奮《ふる》わせ、　電撃し復《ま》た還《めぐ》り翔《かけ》る。

「赤い雄鶏は彩り美しい羽根を身にまとい、蹴爪《けづめ》は刀剣の矛先のようである。ひとたび猛威を見せつけて、この中庭で勝負をつけてやる。鋭利な爪を玉の階《きざはし》に食い込ませ、目は怒りの炎に満ちている。

長い尾羽が激しい風を起こし、力強い翼がいままさに大きく開く。

軽やかに飛び上がって嘴《くちばし》で突き、稲妻のように攻めてまた元の場所に戻る」

荀彧は思わず微笑んだ。「闘鶏を詠んだ詩ですか。とくにこの『願わくは一たび炎威を揚げ、此中唐に会戦せん』の句などは、武人の威風を漂わせてまこと傑作でございますな」

夏侯尚は笑顔で尋ねた。「誰の作か、ご存じですか」

「まさか若君の作ですか」荀彧は驚きの目を曹丕にちらと向けたが、夏侯尚が手を振って否定した。

「いえいえ、詩を書いたのは劉楨《りゅうてい》、字は公幹《こうかん》、宗室に連なる者です。祖父は朝廷に仕えた文人で、『和同《わどう》を弁ずるの論』を著した劉曼山《りゅうまんざん》(2)です」

曹丕は荀彧ににじり寄り、耳元で劉楨を褒めそやした。「わたくしもこの劉公幹に会ったのですが、なかなかの人物です。年は二十七で、父親の喪が明けて都に来ています。司空府から多くの人材が地方へ行ってしまったいま、公幹のように才ある者を用いるのは……」

ようやく荀彧にも曹丕の来意がはっきりした。帛書を曹丕の手に押し返すと、再び公文書を手に取り、冷たく言い放った。「朝廷の人事は、若君方が口出しすることではありません」

曹丕はあきらめずに食い下がった。「わたくしと劉楨には何の関係もありません。お国のために賢人を推挙したいと思っているだけのこと。たとえ令君が、瓜田《かでん》に履《くつ》を納れず、李下に冠を正さずを旨としていたとしても、毛孝先《もうこうせん》[毛玠《もうかい》]にひと声かけて司空府の掾属に任ずるくらい、別にたいしたことではないでしょう」

「そう仰るなら、なぜ直接毛玠のもとへ行って頼まないのです」荀彧の言葉に、三人の若者は口をつぐんだ。その表情を見れば、毛玠にはすでに断られ、攻め方を変えようとここへ来たことは明らかだった。

三人は互いに顔を見合わせてしばらく黙っていたが、ようやく曹丕が口を開いた。今度は荀彧を「令君」ではなく「叔父上」と呼んだ。「叔父上、正直に申します。あの堅物の毛玠を動かせるなら、叔父上の手を煩わせにここまで来たりはしません。毛玠がどのように官吏を選ぶのか、ご存じないのです。ただ宗室に連なるというだけで、あのわからず屋は首を縦に振らないのですよ。貧乏人ばかり目をかけて……」

「でたらめを言うものではありません」荀彧は、この若者どもがみだりに是非を論じて問題を引き起こすことを恐れた。「いまは職務が山積みで、ほかのことにはかまっておれません。それに、こうしたことは規律に反します。どうかお引き取りください」

夏侯尚は大胆にも荀彧が手にしている公文書を押さえつけ、笑顔ながらに詰め寄った。「そう仰いますが、せっかくの才をこのまま埋もれさせるのですか。先ほどは良い詩だと仰ったじゃありませんか」

「たしかに申しました」荀彧は顔をしかめた。「しかし、治世の才は詩を数首見たところでわかりません。しかも、これはなんです？　闘鶏に犬追いといった、貴顕の子弟がする遊びごとばかり。これで政の席に出せますか。若君方も史書をよくお読みください。春秋の魯《ろ》の国では、闘鶏がもとで内乱が起こったのですよ。(3)遊びごとは志を失わせ、国の禍《わざわい》となるのです！」

しかし、曹真はなおも食い下がった。「それは言いすぎでしょう。小事をよくする者はまた大事をもよくする、むろん真面目な文章もあります。ちょっと取ってきますから見てやってください」

「必要ありません。そんな時間もありませんから」

曹丕は荀彧の手を取り懇願した。「叔父上、どうしてそんなに冷たいんですか。もう少し考えてみてください。劉楨は名門の出で、しかも漢の宗室に連なるのですよ。こうした人物を用いることのどこがいけないんでしょうか。朝廷の威光もきっと高まります」曹真も一緒になって荀彧のもう片方の手を取り、夏侯尚に至っては荀彧の髭を引っ張った。幼いころ大人に飴をねだったときのやり方で荀彧の体を揺すりながら、左からは「叔父上」、右からは「令君」と、甘えた声で呼び続けた。

こうなると、さしもの荀彧もなす術がなかった。このまま邪魔をされては、どれだけ時間を無駄にするかわかったものではない。たしかに、宗室の子孫という出自も詩文を愛することも、非難されるようなことではない。荀彧はそう考えて、少し譲歩することにした。「わかりました。もう手を放してください。劉楨に経歴を書かせて、わたしのところへ持ってこさせてください。機会があれば毛孝先に話をしてみましょう」

曹丕は大喜びで、急いで懐から竹の名刺を引っ張り出すと、すぐに卓上に置いた。「とっくに用意してあるんですよ。叔父上が引き受けてくれたことは一生忘れません」

「こたびだけですよ。次はありませんからね」荀彧はきちんと釘を刺した。

「わかっていますって。今後はもう面倒はかけません」曹丕は何度も拱手した。

「ところで、今日は二人の弟君は一緒ではないのですか」

「植《しょく》は丁儀《ていぎ》のところへ遊びに行っています。彰《しょう》は若い下男を連れて、城外へ狩りに行きました」曹植は丁沖《ていちゅう》の子の丁儀と仲がよく、曹彰はまだ幼いのに武術を好み、兄弟の性格はそれぞれに異なっていた。

「狩りですと！」荀彧はがばっと立ち上がった。「誰が城外に出るのを許可したのです！　戦は終わったとはいえ、周囲はまだ落ち着いたとは言いがたい。彰さまがいくつだと思っているのです。若君は兄でありながら、なぜ放っておいたのですか。曹公の命《めい》で若君方の学業を見ていた陳羣が、葬儀のために都を離れて半日しか経たないというのに、もうみだりに遊び回っているのですか！　早く人を遣って呼び戻してください。今後はわたしの許可がなければ、勝手に城を出ることは許しません」朝廷の内も外も多忙を極めているというのに、そのうえ曹操の子供たちの面倒まで見なければならないとは、荀彧は頭が痛かった。

「はい。それでは、わたくしはこれで」曹丕は承知したが、口元に笑みを残したまま、曹真と夏侯尚の腕を取ってのんびりと出ていった。「劉公幹がいれば、暇なときは詩文を論ずることができるぞ……」

三人の若者が出口にかかっている緑の紗の帳を持ち上げようとすると、新任の官吏がまだ二人その場に残っていて、三人のために外から恭しく帳を持ち上げた。荀彧は射るような目線でその二人を見つめ、胸の内では叱りつけてやりたかったが、それ自体は通常の礼儀に則った行為で何も問題はない。父親が高官ならばその息子はもちろん、その犬にさえへつらう者がいる。それが世の常である。連中を怒ったところで何の意味もないばかりか、かえって自分たちの前途を邪魔したと恨まれるのが落ちである。

荀彧は帳の向こうの曹丕の背中を黙って見送った――十五歳……まだ大人でもなく、子供というわけでもない。この年ごろの友人がのちに取り巻きとなる。曹彰が十一歳、曹植が十歳、それに曹公がもっとも寵愛する曹沖《そうちゅう》……数年もすれば彼らにも取り巻きができるだろう。そのときになったら……荀彧は、袁紹の息子三人と甥一人がそれぞれ一州を有していることを思い出し、覚えず冷や汗をかいた。宛《えん》城［河南省南西部］で曹昂《そうこう》を失った意味、そしてそのことの重大さを、荀彧は近ごろ痛切に感じていた。

考えれば考えるほど不安が募ってくる。荀彧はすっぱりと頭を切り替えて席に戻り、公文書を処理することにした。この不安な思いからできるだけ早く解放されたかった。しばらくうわの空で文書に向かっていたところ、ふと曹操からの密書を思い出した。

実は、河北での戦は順調というわけではなかった。倉亭《そうてい》では付近の郡県の官吏らを引き込んで反乱を起こさせたが、再び兵馬を集めて態勢を立て直した袁紹に鎮圧された。袁紹としても、このうえ曹操に県城の一つでさえ奪われるわけにはいかなかった。こうして速やかに河北を制圧するには至らず、汝南《じょなん》にはまだ劉備《りゅうび》もいることから、曹操は軍を退《ひ》くことを決めた。密書にはほかに官渡で功績を挙げた将の名も記されており、荀彧が代わって上奏するようにとあった。全部で二十人あまり、名簿の筆頭である張繡《ちょうしゅう》には、封邑《ほうゆう》千戸を与えるようにとのことである。

荀彧は少し戸惑っていた。武将をこれほど手厚く処遇するのは、朝廷の文官を軽んじることにつながるのではないか。朝廷の高官や老臣のなかには、まだ封邑を与えられていない者も少なくない。だが、曹操が陳留《ちんりゅう》で挙兵してから、わざわざ功績のあった将に褒美を与えよと命じたことはなかった。むろん、この機会に将たちの待遇を向上させるのは非難されることではない。また、荀彧の立場では、曹操に反対することや皇帝の命に逆らうことなどできるはずもなく、近くの人間に不平を漏らすことさえ難しい。いろいろ考えた結果、荀彧は曹操の命令どおりにすることとし、絹を広げて返書の用意をはじめた。ついでに、孫権が李術を襲ったことも報告しなければならない。筆を執ったそのとき、視界の隅に劉楨の名刺が見えた。

荀彧は、劉楨の件で曹丕に承諾したことをすでに後悔しはじめていた。これを進めれば自ら悪例を作ることになる。そして、自分の意志で人を登用できないのだと嘆く、数日前の劉協《りゅうきょう》の姿を思い出した。これでは、歴とした天子が曹家の子弟にも及ばないことになる。曹操の権勢は急速に拡大し、すでに朝廷の隅々にまで行き渡っていたが、当然それは意図してそうなったのではない。ただ、漢室を復興するという初志とずれが生じてきているのも、また事実であった。その権勢が拡大の一途をたどり、子弟や一族までが恩恵に浴することになれば、いったい天下はどこへ向かってしまうのか。謙虚な君子である荀彧は、漢室の復興こそが曹操の宿願であると深く信じていた。それゆえ陰で曹操を悪く言う者がいるたびに、その名誉のために厳しく叱責してきた。しかしいま、その荀彧ですら疑念、ためらい、さらには恐れを感じはじめていた。

光武帝《こうぶてい》劉秀《りゅうしゅう》も、最初は都を守る執金吾《しっきんご》になりたいと願ったに過ぎない。だが、最後は皇帝にまで上り詰めた。結局のところ、人の心は成り行きに従って移ろうものなのである。

（1）東曹掾とは、丞相《じょうしょう》や太尉《たいい》が自ら辟召した補佐官で、西曹掾《せいそうえん》とともに業務に当たった。当初、東曹掾は監察のため州に赴き刺史《しし》となったが、のちには秩《ちつ》二千石《せき》の高官や軍吏の昇進、叙任を司った。

（2）劉梁《りゅうれい》（字は曼山）は後漢の散文家である。『弁和同之論《べんわどうしろん》』において、「得るは和に由《よ》りて興り、失うは同に由りて起こる［道義は正しきをもって誤りを正すことで生じ、好悪をきちんと見極めないことで失われる］」と唱えた。後漢後期の散文の名作である。

（3）魯の昭《しょう》公の時代、大夫《たいふ》の季平子《きへいし》［季孫意如《きそんいじょ》］と郈昭伯《こうしょうはく》は闘鶏の不正行為がもとで憎しみ合い、郈昭伯は季平子の屋敷を兵で取り囲んだ。すると、季氏と同じく上卿《じょうけい》の位にあった叔孫《しゅくそん》氏と孟孫《もうそん》氏が救援に駆けつけ、郈昭伯を殺害した。こののち季氏、叔孫氏、孟孫氏の三家が魯国の権力を掌握した。世に言う「闘鶏の変」である。

第二章　糟糠の妻を棄てる

官軍の凱旋

建安《けんあん》六年（西暦二〇一年）九月、許都《きょと》の城外では笛太鼓の音が、ときに高く、ときに低く響き渡っていた。儀仗が整然と並び、駅路沿いには三公九卿《さんこうきゅうけい》をはじめとする文武百官が溢《あふ》れていた。曹操の軍が帰ってくるとあっては、皇帝の劉協《りゅうきょう》といえど知らぬ顔を決め込むわけにはいかない。次々と詔《みことのり》を下し、当直で動けない官以外は、司徒《しと》の趙温《ちょうおん》を筆頭に城外の北十里［約四キロメートル］まで出迎えるよう命じたのである。

皇帝の命《めい》に従うのは言うまでもないが、それ以上に曹操の威光を恐れぬ者はいなかった。朝廷の百官たちは勅命のとおり城の北へとやって来た。冠は連なる山並みのよう、袖は層をなす雲のように大勢の者が集まったが、誰一人として口を開く者はいなかった。曹操の任命した校事《こうじ》の盧洪《ろこう》と趙達《ちょうたつ》が、人だかりに交じって常に全員の言動を監視していたからだ。うっかり失言しようものなら死を賜ることになりかねない。そのため誰もが押し黙り、ただまっすぐに北のほうを見て、失礼のないようにと衽《おくみ》や帯などを整えていた。

一方、道に面した百官の列からさらに数丈［約十メートル］ほど外側になると、明らかに雰囲気が違っていた。許都付近の屯田の民のあいだで生じた噂《うわさ》が瞬く間に近隣の民にまで広まり、みながこぞって見物にやって来たのである。年寄りを支え、幼子の手を引き、家族総出で来ている者も少なくない。兵士に遮られて前に出られず、駅路沿いの木に登って高みの見物をする者も大勢いた。誰しも官軍の威容を自分の目で見てみたい。さらには許県を都に定め、屯田を興し、呂布《りょふ》を滅ぼし、袁紹《えんしょう》を破るという、不世出《ふせいしゅつ》の大功を立てたわれらが高官が、どんな風貌をしているのか見たいのだ。

静まり返った百官と騒がしい民は対照的だったが、ともにお天道さまのもとで半刻［一時間］ほど立ち尽くして待っていると、ようやく北の地平線に砂ぼこりが舞い、徐々に大軍勢が視界に入ってきた。しばらくすると、鎧兜を身につけた斥候《せっこう》が馬を駆って近づいてきて、出迎えの者に高らかに叫んだ。「曹公が率いる軍のご帰還である!……」

「勅命により、臣らがお迎えに上がりました……」てんでんばらばらな百官の声に合わせ、荘厳な音色が奏でられた。勝利を寿ぐ曲が耳をつんざく大音声であたりの空気を震わせる。野次馬らは我勝ちに水鳥さながら首を伸ばした。

このたびは武威を示す凱旋である。軍は帰路の途中で隊列を整え、年老いた兵や傷病兵は後ろの輜重《しちょう》部隊に、中軍の将兵が最前列に配された。中軍の兵の多くは豫《よ》州の出であったため、勝利の喜びはもちろん、大勢の出迎えを前にして得意げな笑みが浮かぶのを禁じえなかった。意気揚々として長柄の槍や戟《げき》の重さも感じないほどである。曹操の威光を背にして足取りも軽く、道さえ通じていれば天まで歩いていきそうな勢いであった。

一千あまりの歩兵が過ぎると、今度は鎧兜も眩しい曹操の親衛騎兵、虎豹騎《こひょうき》が続いた。この隊は曹氏の子弟や親類縁者、同郷の子弟などから構成されており、隊を率いる曹純《そうじゅん》は司空《しくう》府の参軍《さんぐん》を兼ね、議郎《ぎろう》の肩書も有している。今日の曹純はわざわざ金めっきの鎧兜に替え、手には長柄の矛を、腰には名剣を佩《は》き、大きな馬に跨がって先導を務めた。後ろに続く虎豹騎はそれぞれ鎧兜のうえに戦袍《せんぽう》をまとい、洗い立ての馬のたてがみまでがぴかぴかに輝いて、気力の充実が十二分に伝わってくる。これを見るや民たちは欣喜雀躍《きんきじゃくやく》し、喉を嗄《か》らして歓呼の声を上げた。

それに続いては、天を覆い日を隠すほどに林立する旗指物が見えてきた。白旄《はくぼう》［旄牛《からうし》の毛を飾りにした旗］は風に揺れ、金鉞《きんえつ》［金のまさかり］は冷たい光を放ち、数えきれないほどの将がやや小柄な中年の将軍を護衛している。その将軍は赤い房のついた兜に金の鎧、腰には青釭《せいこう》の剣を佩いて、栗駁《くりぶち》毛《げ》の軍馬に跨がっていた。すでに不惑を超えているようで、長い髭と鬢《びん》に白いものが交じっている。しかし、白く艶やかな顔には皺《しわ》一つなく、濃い眉は鬢へと斜めに伸び、鷹か狼のような鋭い目つきで左右の者を睥睨《へいげい》している。相貌は人並みとはいえ、おのずと威厳がにじみ出ていた——これぞ大漢の司空、曹孟徳《もうとく》である。

曹操は馬を進めると、突如として隊列の先頭に飛び出した。あとに従うのは常に曹操と生死をともにしてきた将や掾属《えんぞく》［補佐官］らのほかに、許攸《きょゆう》、鮮于輔《せんうほ》、田豫《でんよ》、国淵《こくえん》、張郃《ちょうこう》、高覧《こうらん》といった河北《かほく》［黄河の北］の降将《こうしょう》たちもおり、天子の巡幸を凌《しの》ぐ威勢を誇った。かくのごとき優れた将、気魄《きはく》に満ちた軍を見せつけられては、いったい誰がこの毀誉褒貶激しい司空さまに文句を言えよう。曹操が目の前を通り過ぎるに連れ、百官がばたばたと跪《ひざまず》き、あたかも一陣の強風が畑の麦をなぎ倒していくかのようであった。それを見た民らも、口々に騒々しく出迎えの言葉を述べながら、わけもわからぬままに真似をした。

曹操はわずかにうなずき、跪く者たちを見渡した。このときばかりは拱手《きょうしゅ》の礼も相手のするに任せ、あらゆる賛美を喜んで受けとめた。命の危険を冒して戦場を駆けめぐってきたのは、この一瞬のためではなかったか。大功を成し遂げたとまでは言えずとも、これまでの険しい道のりを思えば前途は格段に明るい。いまくらいは称賛に酔ってもよさそうなものだが、このとき曹操の脳裡にあったのは、荀彧《じゅんいく》の上奏に記されていた孫権《そんけん》の存在であった——あの道理も知らない若造をどうやって懲らしめてやるか……そういえば烏合の衆と汝南《じょなん》に居座る大耳の逆賊もいたな。いずれあの劉備《りゅうび》とも決着をつけねばなるまい——懸案が多すぎて、曹操は出迎えの者たちとゆっくり挨拶を交わす暇《いとま》もなかった。

このとき曹丕《そうひ》、曹彰《そうしょう》、曹植《そうしょく》、曹玹《そうけん》、曹沖《そうちゅう》、曹彪《そうひょう》ら、出迎えに来ていた息子たちが、父親の馬の前に小走りに駆け寄ってきた。曹操はそれを軽く手で制し、「下がって道を空けよ」とたしなめ、そのまま馬を進めた。

曹操は駅路の左右に視線を走らせて、ある男の顔を探した。丁沖《ていちゅう》、董昭《とうしょう》、楊沛《ようはい》ら腹心の顔を見ても軽くうなずくだけで、とくに起立を促すでもなく、忙《せわ》しなく視線を動かした。ようやく探している相手が出迎えに来ていないのだとわかり、曹操の頬に不敵な笑みが浮かんだ。さらに進んでいくと、前のほうに旒冕《りゅうべん》［玉簾《すだれ》が前後についた貴人の冠］をかぶり、青い綬《じゅ》［印を身につけるのに用いる組み紐］を掛けた高官の姿が目に入った。男は跪くことなくお辞儀をするだけで、地べたに這いつくばっている者たちのなかであまりにも目立った。曹操が目を細めて見てみると、それは少府《しょうふ》の孔融《こうゆう》だった。

曹操は密かに冷笑した。朝廷であろうと家庭であろうと、常に耳障りな雑音はあるものだ。孔融のような頑固者とは、やり合うだけ無駄である。問いただそうものなら、煩わしい礼儀作法をこれでもかと説いてくるであろう。だが、利用価値はまだ残っている。孔融さえ近くに置いておけば、華歆《かきん》、王朗《おうろう》、邴原《へいげん》、張範《ちょうはん》、王烈《おうれつ》ら、戦乱を避けて野に隠れている名士たちが、その声望に惹《ひ》かれてやってくる。いままでどおり、それをうまく利用しない手はない。そう己を納得させると、曹操は手綱を引いて馬上から声をかけようとしたが、孔融の傍らに皇后の父の伏完《ふくかん》が跪いているのを見て、慌てて馬を下りて助け起こした。「ご無礼の段、平にご容赦を」

伏完はわななきながらへりくだった。「お言葉はありがたきことながら、賊を倒し、赫々《かっかく》たる功をお立てになった曹公に対して、この老いぼれが跪拝《きはい》するのは当然です。官位からしても、上下の別はあってしかるべきかと」いまの伏完は、すでに儀同三司《ぎどうさんし》［三公並みの待遇］を許された輔国《ほこく》将軍ではない。玉帯《ぎょくたい》に仕込まれた詔の事件によって董承《とうしょう》と劉服《りゅうふく》が誅されてのち、伏完は自ら印綬を返還し、中散大夫《ちゅうさんたいふ》に転任していた。

曹操はことさらに下卑《げび》た笑みを浮かべた。「そうは仰っても貴殿は皇后の父君、ご自身を貶《おとし》めるような真似をなさってはいけません。どうか早くお立ちください」そう促して振り返ると、許褚《きょちょ》に馬を牽《ひ》いてこさせた。そして伏完に騎乗を勧め、ともに皇宮《こうぐう》で陛下に拝謁することにした。それからようやく孔融に軽く目を遣り、笑みを浮かべつつ語りかけた。「文挙兄上、貴殿から北海《ほっかい》を奪った袁紹父子を破って、仇を討ってまいりましたぞ」孔融はかつて北海の相《しょう》を務めていたが、袁紹の息子の袁譚《えんたん》に敗北を喫して朝廷に舞い戻っていた。

曹操が孔融を文挙兄上と敬って呼び、恭《うやうや》しく低姿勢で接したのは、孔融から恭順の意を引き出しためであったが、孔融にはまったく通じなかった。「朝廷の大義の前では、わしの得失などたいしたことではない。ただ、曹公がいささかの私情もなくお国のために功績を打ち立てられたのは立派なこと」「文挙兄上はまこと私心のない御方だ」曹操が反駁する余地もない答えである。それどころか、百官の前でかえって孔融を持ち上げることになり、心中穏やかではなかった。

そのとき、校事の盧洪が孔融を指さして責めた。「本日、曹公のお出迎えに上がった諸官は残らず跪いております。孔大人《たいじん》のみが跪かれないのは無礼ではありませんか」校事の役目は、曹操のために百官を監視することである。孔融の人を食ったような態度は、飼い犬の盧洪にとって見過ごせなかった。

しかし、孔融は盧洪のような卑しい者など眼中になく、声を張り上げて抗弁した。「われらは天子の命を受けて出迎えに来ているのであり、他人が跪こうとどうしようと、わしのあずかり知るところではない。いずれにしても、天子を軽んじて同僚を重んじるなど、いかがなものかな」孔融の言葉は盧洪をいきり立たせたが、理に適っていた。

曹操も表向き盧洪を叱責した。「盧洪、一介の小吏の分際で無礼であるぞ。わしと九卿《きゅうけい》の話に口を挟むとは僭越至極である。下がれ！」これには盧洪も従うほかなかった。出ばなをくじかれた曹操はそれ以上無駄口を利く気が失せ、真面目な話題を持ち出した。「長らく都を留守にしてしまいました。朝廷の諸事については、文挙兄上や諸賢にご苦労をおかけしたことでしょう。厚く御礼を申し上げます」

「すべては荀令君《れいくん》のお骨折りによるもの」孔融は嘘をつかない人物であるが、この言葉には含みが感じられた。荀彧の功労が大きいことを褒めているのか、政務を独占して他人に扱わせなかったと当てこすっているのか……

曹操は素知らぬ体《てい》で、にこにこと周りを見回して尋ねた。「本日は大勢のみなさまにお越しいただいたようだが、侍御史《じぎょし》の張紘《ちょうこう》殿はお姿が見えませんな」

張紘は、少し前に孫策《そんさく》が使者として許都に遣わしてきた者で、曹操の上奏によって侍御史に任じられ、そのまま許都にとどめ置かれていた。孔融は張紘と意気投合し、交流を深めていたので、曹操が気にかけたことがうれしかったのか、語気をわずかに和らげた。「張大人なら命によって朝廷で職務に当たっており、いまごろは荀令君を手伝っておるでしょう」

「そうですか」曹操は軽くうなずくと、しばし考えた。「午《うま》の刻［午後零時ごろ］に司空府で宴を設けます。こたびの戦《いくさ》に出征した諸将をねぎらうためのものですが、文挙兄上もいらしてください」

孔融はこれをただの社交辞令だと思って辞退した。「わしのような者が将軍方と肩を並べても、みなの興を削ぐだけであろう」言葉とは裏腹に小馬鹿にしたような感じがあり、武人たちと同席するのは心外だとでも言いたげであった。

だが、曹操は孔融の腕をつかんで食い下がった。「どうか好意を無になさらぬよう。必ずおいでくだされ……それに、お手数だが張紘殿もお連れいただきたいのです。ともにわが屋敷で酒を酌《く》み交わしましょうぞ」

「なんと、張子綱《しこう》と一緒に来いと？」

「そうです」曹操は孔融の腕をつかんだ手に力を込め、作り笑いを浮かべて言い添えた。「江東《こうとう》［長江下流の南岸の地方」の地には、戦を避けて野に隠れる名士が多いと聞きます。いまは河北の危機も去ったことですし、中原の大勢も決しました。長くよそにおられる賢人らをいかに招聘するか、相談するいい機会かと……」

頑なな孔融だが愚鈍ではなく、曹操がみなまで言う前に理解した。これは張紘の口を借りて孫権に在野の名士を差し出させ、さらには孫権を朝廷に服従させる気なのだ。孔融の古い友人である王朗、華歆、孫邵《そんしょう》らも江東に逃げており、彼らを呼び戻してともに国策を協議することは、孔融のかねてからの望みでもあった。曹操の考えがわかると、孔融は喜んだ。「承知した。案ずることはない、必ず張紘を連れて宴に伺おう」孔融はそう答えるとともに曹操に目配せし、理解し合った二人は手を取って微笑んだ。

周囲で跪いていた百官たちは思わず顔を上げ、左右の者と互いに顔を見合わせた。こんなにも意気投合した二人を見るのは初めてのことである。そして気づけば、曹操はもう馬上の人となっていた。百官たちは、またすぐさま頭を下げて額を地につけた……

孫権《そんけん》を攻める

張紘《ちょうこう》は広陵《こうりょう》の士人《しじん》で、戦乱を避けて江東《こうとう》に逃れ、のちに孫策《そんさく》の招きを受けて正議校尉《せいぎこうい》となった。孫策が江東に基盤を築くため、彭城《ほうじょう》の張昭《ちょうしょう》とともに主たる幕僚として策を授け、「江東の二張」と称された。その後、孫策は廬江《ろこう》の劉勲《りゅうくん》と江夏《こうか》の黄祖《こうそ》を破って勢力を伸ばすと、張紘を許都に遣わして天子に上奏した。表向きは朝廷を敬う態度を示したのだが、実際は曹操に力を誇示するためのものだった。当時、曹操は官渡《かんと》の戦いの準備に追われていた。孫策と面倒を起こさぬように縁戚関係を結び、さらには天子の名において張紘を侍御史《じぎょし》に任じて朝廷にとどめた。荀彧《じゅんいく》、孔融《こうゆう》らには、張紘を厚く遇するよう申しつけたが、良好な関係というのは長く続かないものである。孫策は、曹操と袁紹《えんしょう》の戦いに乗じて漁夫の利を得ようとし、広陵の陳登《ちんとう》を攻めて敗れ、その恥を雪《そそ》がんとして再び北へ攻め上る途中、刺客の手により命を落とした。

孫策の死により、曹操にとって江東の脅威は自然消滅したが、孫策を後ろ盾にしていた張紘にすれば、まな板の鯉になったも同じである。曹操に己の命運を握られたまま許都で過ごす日々は、まさに薄氷を踏むがごとくであり、一日が一年のように長くつらく感じられた。とりわけ孫策の跡を継いだ孫権が李術《りじゅつ》の支配地を奪ってからは、許都での張紘の立場はさらに微妙なものとなった。だが、張紘の心中は喜び半分、不安半分であった。孫権が父や兄の志を受け継ぎ、江東の主《あるじ》の地位を保っていることは喜ばしく、反面、曹操の勢力が盤石となり、太刀打ちできない存在になってしまったことは不安であった。孫権が廬江を奇襲し、曹操へ刃を向ける態度を明確にしたことは、いささか早計であると言わざるをえない。

官軍が都に戻ったこの日、張紘は曹操が自分を呼び出して、孫策が広陵を攻めたことで詰問されるだろうと考え、尚書台《しょうしょだい》に身を隠して出迎えに行かなかった。だが、曹操が諸将を引き連れて天子に拝謁するため宮中にやってきたと知ると、落ち着いて座っていられず、急いで荀彧を探して必死で取りなしを求めた。ちょうどそこへ孔融が呵々《かか》と笑いながらやってきた。曰く、自分を連れて曹操の宴に赴く約束をしてきたのだという。荀彧も渡りに船とばかりに、酒宴に出るよう勧めた。頼みの荀彧に見捨てられ、それでも張紘は何度も固辞したが、そのとき金鐘《きんしょう》の音が聞こえてきた。曹操らが天子の御前から退《さ》がったのである。張紘はとうとう断り切れず、びくびくしながら孔融の馬車に乗り込み、諸将の最後尾について司空《しくう》府へと赴いた。

「曹公は長いこと屋敷を空けていたので、いろいろと用事があるに違いない。邪魔をしても悪いので、適当に時間をつぶすとしよう」孔融はなんとも余計な気の利く人物である。司空府に着いてもすぐには曹操のもとへ向かわず、事もあろうに張紘を掾属《えんぞく》の執務室へと連れていった。

そこでは毛玠《もうかい》、張京《ちょうけい》、司馬朗《しばろう》らが職務に当たっており、孔融が張紘を連れてきたのを見ると、急いで仕事を脇に置いて二人に上座を譲り、集まって話しはじめた。「曹公がかつて辟召《へきしょう》するよう命《めい》を下した者は江東へと避難していますが、戦《いくさ》が邪魔してやって来られないだけでしょうな」そう皮肉る者もいれば、「官渡の戦いに勝ったばかりか、広陵も死守できて実にめでたい限りです」そう勝ち誇る者もいる。また、わざととぼけて、「廬江の件は決着を見たのですかな。あそこは結局、朝廷に帰属するのでしょうか、それとも孫氏の管轄下に入るのでしょうか」と尋ねる者もいる。さらには、「官渡の戦のどさくさに紛れて火事場泥棒の真似をし、それで昔の恨みを晴らしたつもりでしょうか」と公然と恨み言を口にする者もいた。掾属は誰しも孔融と話しているふりをしたが、すべての言葉は張紘、そしてその背後にいる孫氏に向けられたものだった。張紘は素知らぬ顔で口を開くこともなく、黙って俯《うつむ》き耐え忍んだ。

こうして針のむしろに座るような思いを半刻も続けただろうか、長史《ちょうし》の劉岱《りゅうたい》がようやくのんびりとした様子で部屋に入ってきた。「おや、お二方、もうお着きでしたか。どうしてお声をかけてくださらなかったのです。宴の用意はもう調っておりますので、どうぞ広間へお越しください。さもないとわたしがわが君に叱られてしまいます」

反論すらできず当てこすられていた張紘は、これ幸いというわけではなかったが、孔融とともに脇《わき》門《もん》を通って広間へと向かった。広間まではまだ距離があったが、もう賑やかな話し声が聞こえてくる。やがて広間に着いた二人が入り口の帳《とばり》を持ち上げると、手にした名剣を一同に披露している曹操の後ろ姿が目に入った。「どうだ。世にも稀な名剣であろう?」曹操に追従《ついしょう》するかのように一同は口々に褒めそやした。

孔融は邪魔をしては失礼になると思い、劉岱が取り次ぐのを入り口で待った。独特に見える曹操の手中の剣は、念入りな製錬による純度の高い鋼を鍛造したもので、長さはおよそ五尺［約百十五センチ］、刃の幅は一尺［約二十三センチ］もあった。普通の佩剣《はいけん》よりずいぶんと大きく、盾にでもなりそうだった。剣の柄《つか》には金の透かし彫りが施され、多くの宝石も散りばめられて、たしかに名剣と称するにふさわしい。劉岱が進み入って取り次いでくれたが、曹操は聞こえなかったのか、一同に向かって自慢話を続けた。「この剣には秘密があってな。みなに見せてやろう」そう言うや否や、曹操は手にした杯《さかずき》の酒を剣に注いだ。すると冷たく光る刀身に、篆書《てんしょ》で「倚天《いてん》」の二文字がぼんやりと浮かび上がった。

「倚天の剣とは素晴らしい！　かような名剣を得て、曹公のご威光もさらに輝きましょう」誰かがそう大声で叫んだ。

曹操は剣を高く掲げると、味わうように眺めてつぶやいた。「この剣のもっとも優れたところは鋭利さにあらず。その妙は『倚天〔天に倚《よ》る〕』の二字にある。わしが功を立てることができたのも、天子のご威光によるもの。わしは今上陛下《きんじょう》に代わって世の逆賊どもを掃討したに過ぎない。もし公然と天子に敵対し、大漢の朝廷に刃向かう者あらば、この曹操、天子のご威光をもって、この倚天の剣で滅ぼしてやる！　たとえ遠く沿海の地に巣食う百越《ひゃくえつ》であろうともだ」

一同は喝采して豪快に酒を飲み干した。振り向いた曹操は、このときはじめて孔融と張紘に気づいたかのように、慌てて名剣を引っ込めると劉岱を責めた。「お二方が参られたのに、なぜ知らせない。そんなことで取り次ぎといえるか！」

劉岱も心得たもので、跪《ひざまず》いて曹操に許しを乞うた。横から孔融が取りなした。「劉長史は声をかけてくれたのだが、御身に聞こえなかったのだ」

曹操はわざとらしく額を叩くと、二人を招き入れた。「いやはや、失礼いたした。どうぞなかへ」

張紘はそのやりとりを訝《いぶか》りながら眺めつつ、先の曹操の言葉を反芻《はんすう》した――あれはわれら江東の孫氏に向けたものに違いない――そこで拱手《きょうしゅ》してなかへ入ると、居並ぶのは司空府の幕僚と武将ばかりである。朝廷の官の姿が見えず、張紘は不吉な予感に襲われた。

だが、孔融は落ち着いたもので、張紘を引っ張って空席に座らせると面白がって聞いた。「孟徳《もうとく》、その倚天の剣はどこで手に入れた？　袁本初《ほんしょ》の本陣からではあるまい」

「袁紹など、この『倚天』の二字にふさわしくありませぬ。わたしも偶然手に入れたのです……」

倚天剣はたしかに官渡の戦利品ではなかった。趙達《ちょうたつ》と盧洪《ろこう》が、かの梁《りょう》の孝王《こう》の陵墓を掘り返し、その副葬品から見つけてきたものである。この一件は曹操にも影を落としていた。官渡の戦いの前、陳琳《ちんりん》がよこした檄文に、曹操は「発丘中郎将《はつきゅうちゅうろうしょう》」［陵墓の発掘を司る官］や「摸金校尉《ぼきんこうい》」［金銀の捜索を司る官］を設け、もっぱら墓を暴いて盗みを働いていると指弾されたのだ。その悪い噂《うわさ》もようやく収まってきたが、そこに話が及んではと思い、曹操は急いで剣を鞘《さや》に収めた。

張紘は、曹操の近くに座っているのが夏侯惇《かこうとん》や荀攸《じゅんゆう》ではなく、官渡で曹操に投降した昔なじみの許攸《きょゆう》や、かつて沛国で県長を務めた劉勲《りゅうくん》であることに気がついた。ひょっとすると、曹操は昔なじみの地位を引き上げ、新しい腹心を形成しようとしているのかもしれない。現に軍師の荀攸は、張繡《ちょうしゅう》ら諸将より下手の掾属の袁渙《えんかん》らとともに座り、郭嘉《かくか》や程昱《ていいく》はその後ろに控えている。不思議に思う張紘に曹操がいきなり酒を勧めてきた。「広陵の名士の張大人《たいじん》のお名前は長らく伺っておりましたが、戦に追われ、ゆっくり話をする暇《いとま》もありませんでした。まずは一献《いっこん》」

「これはこれは、恐れ多いこと」張紘は慌てて席を下りて跪いた。「このたびの凱旋、まだお祝いも申し上げておりませんでした……」

曹操はその言葉を遮った。「社交辞令はなしにしましょう。呑んでいただかねばわたしの顔が立ちません」

それ以上は拒めずに張紘は受けた酒を呷《あお》ったが、俗に功なくんば禄を受けずという。この酒がまさにそうで、張紘はとても味を感じることなどできなかった。杯を置いてゆっくり席に戻ると、その尻がまだ席に着かないうちに許攸が語りかけてきた。「張大人の故郷の広陵は多くの名士を輩出しておりますなあ。わけても陳登《ちんとう》、字《あざな》は元竜《げんりゅう》、あれは治世の才があるばかりか、用兵にも長けている」そう話しながら劉勲に目を向けた。「わしの見るところ、陳元竜は子台殿《しだい》より戦巧者のようですが、違いますかな」

張紘にも許攸の話の真意がわかった。劉勲は孫策に敗れて部下が四散し、家族も俘虜《ふりょ》となるなか、やっとの思いで曹操に身を寄せてきた。一方、広陵の陳登は寡兵でもって孫策軍に勝利した。曹操の話もそうだが、すべては江東の孫氏に関わる。張紘は非難の矛先が陰に陽に襲ってくることを覚悟し、箸も動かさずに周囲の者の一挙手一投足に目を凝らした。果たして、劉勲がすぐにこの話題にかこつけて不満をぶちまけてきた。「ふん。陳登など闇雲に戦ってたまたま勝ったに過ぎん。わしは運がなかったのだ。孫策の若造が刺客に殺されたのが口惜しいわ。そうでなければ、わし自身が兵を江表《こうひょう》［長江の南岸一帯］まで率いて恨みを雪いだものを！」

許攸は髭をしごきながら、さらに劉勲をあおった。「ならば子台殿、自身を李術と比べてどちらが戦上手と思われる？　孫策どころか、弟の孫権にも勝てぬのではないか？」

劉勲はさらに顔をゆがめて声を張り上げた。「孫権の青二才など取るに足らぬ！　わしが曹公につき従って河北に行っておらねば、李術などとっくに平らげておったわ。孫権などの出る幕ではなかった」

「いまからでも遅くありません」食べかけの肉を脇に置くと、楽進《がくしん》が話に加わった。「劉将軍が兵を率いるのなら、それがしが先鋒を務めましょう。孫策が死んだとはいえ、まだ周瑜《しゅうゆ》や程普《ていふ》が残っております。どちらが強いか、やつらに思い知らせてやるのです。廬江を取り戻すなどとけちくさいことは言わず、江東の地を残らず平らげましょうぞ！」

「そうだ、そうだ！」楽進の言葉に、夏侯淵《かこうえん》、張遼《ちょうりょう》、朱霊《しゅれい》ら戦好きの荒くれ者たちが呼応した。

「ごほん」夏侯惇が重々しく咳払いをすると、騒がしかった諸将の声がぴたりと止んだ。夏侯惇は隻眼《せきがん》の右目で一同を鋭く睨みつけて一喝した。「兵を出すなどという大事を軽々しく口にしていいと思ってか！」

曹操は笑みを浮かべて見渡してから、夏侯惇に尋ねた。「元譲《げんじょう》、おぬしの意見は？」

その意を察した夏侯惇は、薄く笑みを浮かべて策を述べた。「江東の孫氏は長らく朝廷を蔑《ないがし》ろにしています。官渡の戦いの際には広陵を襲っており、その野心は明らかです。いま、劉備《りゅうび》は敗れたとはいえ、なお汝南《じょなん》の地に巣食っています。わが君は一軍を遣わして、まずこれを掃討すべきでしょう。続いて李通《りつう》の兵とともに江淮《こうわい》［長江と淮河《わいが》の流域一帯］へと迫り、劉勲将軍を先駆けとして、陳登、臧覇《ぞうは》らに下流から出兵させます。そうしてわが君が大軍を率いて後詰めをしてくだされば、必ずや江東を平定できましょう」

戦略が言葉となって発せられるや、広間の諸将はじっと黙り込んで曹操を注視し、最終決断を待った。しかし、曹操は口を開かない。張紘はじっとりと汗ばんだ手を握り、悪鬼《あっき》のような形相の諸将を眺めた。荀攸、郭嘉らは黙って頭を下げたままで反応がなく、そばの孔融に至っては、夏侯惇の言葉がまったく耳に入らないかのようである。目の前の酒肉に舌鼓を打ち、油で口をてかてかにさせている。張紘は思わず孔融の袖を引いた。「文挙殿はどうお考えに……」

孔融は楽しげに笑ってはぐらかした。「わしは用兵のことに疎《うと》い。すべては曹公が一存で決めるべきだ。だが、呑んで食うほうはお任せあれ。ささ、みなの衆、ともに飲みましょうぞ」

孔文挙は人を苛立たせる——張紘はそうした陰口を耳にしていたが、いまその言葉が偽りでないことを思い知った。今日の席は祝勝の宴などではない。明らかに自分を劉邦《りゅうほう》に見立てた「鴻門《こうもん》の会」ではないか。不快な思いを存分に味わった張紘は、曹操が目を細めて自分を見ていることに気づいた。事ここに至った以上、知らぬ存ぜぬでは通らない。張紘は歯を食いしばって席を立ち、曹操の面前へ進み出ると、跪いてひれ伏した。「お許しいただけますなら、曹公にご再考をお願いいたします」

曹操はその言葉を待っていた。「本日は文武百官が揃《そろ》った正式な宴ではない。遠慮は要らぬゆえ、そのまま席で述べられるがよい」

だが、張紘はその場を動かず、額を地につけたまま続けた。「小官が思いますに、江東を攻めるべきではございません」

「なぜそう思う？」曹操は料理をつまみながら、まるでたいして関心がないかのように尋ねた。

張紘は曹操の本心を測りかねたが、急いで理由をひねり出した。「な、なぜかと申しますと……孫策が死んだばかりで、孫権はまだ幼うございます。その死に乗じて兵を出すのは、義にもとりませぬか……」

「はっはっは……」張紘の発言の途中で、広間の諸将が笑い出した。敵の総帥の死に乗じて兵を出すことが義にもとる……張紘の言葉に首肯《しゅこう》する者は誰もいなかった。戦というのは理屈でするものではない。この世は常に強い者が弱い者を踏みつけ、その弱みに付け込むことで成り立っている。

孫氏に恨みがある劉勲は、虎の威を借《か》る狐よろしく食ってかかった。「張子綱《しこう》、いい度胸だ！　曹公は天子を奉戴して逆臣を討とうとしておられるのだぞ。それを不義と申すか！　臣下の身でありながら天子の地を占拠する逆賊を擁護するとは、いかなる魂胆あってのことか！」そのひと言に、張紘は危うく腰が抜けそうになった。

曹操は思わず小さく噴き出した。「子台の言葉はきつすぎる。誰もが思うところを述べればよかろう。人の死に乗じて兵を出すことが不義だというのは兵書にもある。筋が通っておらぬとは言えまい」

曹操が助け舟を出した……張紘はまだ夏侯惇の案を覆す余地があることに希望を見いだすと、先ほどとは似ても似つかぬ理路整然とした口調で自説を展開した。「死に乗じて兵を出すことがよろしくないというのは理由の一つに過ぎません。いまの情勢を見極めることこそ肝要かと存じます。荊州《けい》と揚州《よう》はともに江南《こうなん》［長江下流の南岸一帯］にあり、両者はせめぎ合う関係にあります。先だって孫策が黄祖を破ったのは、揚州が強く荊州が弱かったからです。いま孫策が死に、荊州と揚州の力関係は逆転しました。腹黒い劉表《りゅうひょう》はもともと袁紹と気脈を通じて兵を起こそうとしていたのであり、長沙太守《ちょうさたいしゅ》の張羨《ちょうせん》が謀反したため、やむをえず中止したに過ぎません。劉表はいま張羨を抑えたばかりか、南部の零陵《れいりょう》、武陵《ぶりょう》、桂陽《けいよう》などの郡も手中に収め、南から江東に迫る勢いです。しかも聞けば、劉表の甥の劉磐《りゅうばん》は騎兵を率いてしょっちゅう江東で略奪を働き、民草も恨めしく思っているとか。曹公がいま兵を出して江東を破っても、許都からは遠く離れ、守り続けることは至難のわざでしょう。それではただ劉表を手助けするだけではありませんか」

張紘の鋭い分析にも曹操は少しも心を動かされず、酒を呑んで料理をつまんでいる。張紘は恐縮しつつも続けた。「また、もともと袁氏とよしみを通じていた劉表ですから、曹公が兵を率いて南を攻めれば袁紹と結託して兵を起こすかもしれません。南北から挟み撃ちに遭ってどうして中原を保てましょう。遠きに交わりて近きを攻め、強きを離して弱きを合すです。一時の利に釣られて三者を敵に回すべきではありません」

この程度の道理が曹操にわからないはずはない。ましてや荀攸、郭嘉、許攸といった人材がいるのである。わざわざ孫氏の手先である張紘に指摘されるまでもなかった。だが今日、曹操がとくにこの一席を設けたのは、曹操に刃を向けた孫権を当てこすり、張紘の口から誰が天下で当代随一なのかを認めさせるためであった。そのため張紘が言い終わると、曹操はことさらに口元をぬぐって大きなため息をついた。「遠きに交わりて近きを攻め、強きを離して弱きを合す。これは理に適っています。ですが、孫家の兄弟はやりすぎです。広陵の件はしばし脇に置き、廬江郡についてもとやかく申しますまい。しかし、難を逃れている名士たちの辟召だけは譲れません。朝廷が華歆《かきん》や王朗《おうろう》を招聘して何年も経つというのに、孫氏が王朗らを手放さないのは、公然と朝廷に盾突いているのと同じではありませんか。それを思うと、わしとしても怒りが収まらぬ……」曹操は手にした杯を力いっぱい投げつけ、卓上に酒をぶちまけた。

曹操の顔色が変わったのを見て、張紘は必死に考えをめぐらせた――どう説明すれば双方が丸く収まるか……と、そのとき、ひたすら飲み食いしていた孔融が突如口を挟んだ。「子綱よ、おぬしはいまは朝廷の職についているが、孫氏とは昔なじみ。孫権に手紙を書いて、華歆たちを手放すよう勧めることはできんのか」このやんわりとした問いかけは、ずばり問題の核心に触れていた。

張紘は孔融をじろりと睨み、歯がみして怒りを募らせたものの、立場上嫌とも言えずすぐにうなずいた。「もちろんできます。すぐにそういたしますゆえ、どうかご寛恕のほどを」

だが、これを承諾したばかりに、張紘にはもっと過酷な条件が突きつけられた。方々に跳ねた髭をしごきながら許攸が口を開いた。「先だって袁術《えんじゅつ》が大敗した際、麾下《きか》の雷薄《らいはく》、陳蘭《ちんらん》、梅乾《ばいけん》らが徒党を組んで山にこもりました。孫氏がこうした己の分際をわきまえぬ逆賊どもと通じているのはいただけませんな。張大人、逆賊の投降を受け入れるという馬鹿げた行為はもうやめるべきだと、孫権殿に忠告していただけませんかな」相談を持ちかけるような口ぶりだが、張紘に拒絶する余地などなかった。

「尽力しましょう」

しかし、まだそれで終わりではなく、今度は劉勲が卓を叩いて怒鳴りつけてきた。「ほかのことはともかく、孫策が皖城《かん》［安徽省南西部《あんき》］を襲撃した際、わしの家族や部下を捕まえて財を奪ったことは許せん。若造に返すよう伝えろ！　返さなければすぐにでも攻め込むとな」

「劉将軍、それは要求が過ぎましょう」袁渙が笑いながら言葉を継いだ。「家族や部下はそのうち帰ってくるでしょうし、財はあきらめるんですな。どのみち劉将軍だってよそから奪ってきたんでしょうに、私利私欲でほかの者をいじめるのはどうかと……ところで張大人、わたしもお願いしたいことがあるのですが……」

「袁先生、どうぞ仰ってください」張紘は額の汗をぬぐった。

袁渙は落ち着いた様子で頼んだ。「それがしの従弟《いとこ》らが交《こう》州に避難しているのですが、孫氏に阻まれて音信不通なのです。今後、朝廷から交州への使者は公私に関わらず阻止しないよう孫将軍にお願いしていただきたい。普天《ふてん》の下、王土《おうど》に非ざるは莫《な》し［この天下に王のものでない土地はない］、朝廷が二つあるわけでもないのに、こうしたことには耐えられません」

どれもこれも簡単に請け負えるものではない。江東に避難している名士を送還すれば、孫氏の名声が損なわれる。袁術の残党を引き込むのをやめれば、江東の勢力拡大は押え込まれる。劉勲の部下を返せば、朝廷に帰順しようという意見が幅を利かせることになろう。なかでも扱いの難しいのが袁渙の要求である。もし曹操が詔書を交州へ送れば、中原から避難している名士を根こそぎ曹操のもとへ持っていかれるばかりか、許都の朝廷が交趾《こうし》太守の士燮《ししょう》と関係を結んで、孫氏は背後から襲われる危険も生じてくる。一同に取り囲まれて厳しい要求を聞くうちに、張紘は一瞬、自分が司空府の広間ではなく、狼の巣穴に身を置いているような感覚に襲われた——曹操は人の弱みに付け込み、明らかに自分をゆすっている。

東呉《とうご》［古《いにしえ》の呉の地］を攻めるというのが脅しだとしても、やはり曹操が優位に立っている事実は変わらない。曹操が、南下して乱を起こすよう陳登に命じれば、あるいは長江下流への侵攻を密かに支援しろと劉表に命を下しさえすれば、それだけで孫権には大きな打撃になる。官渡の戦い以降、曹操の勢力は拡大し、いまや単独で対抗しうる者はいない。大丈夫たるもの、逆境には耐え忍ばねばならぬ……張紘は軽く両の眼《まなこ》を閉じて怒りの炎を押さえ込み、しばらくしてから目を開けると、ようやく答えはじめた。「みなさまの要請は必ず書にしたためて孫氏に伝えましょう。ですが応じるかどうかは、わたくしも保証しかねます。なんといってもこの張紘、いまは朝廷の官でございますゆえ」

不服そうな張紘の言葉を聞いて、曹操はこれ以上圧力をかけるのはよくないと思った。本当に孫権と戦うことになったら、どちらにとっても得はない。曹操はここらが潮時と考え、さっと立ち上がると、張紘のところまで近づいて語りかけた。「朝廷の官であるという貴殿のお言葉、まことに結構。

わしが本日貴殿を招いたのも、実はそのひと言が聞きたかったからです。天下には漢室あるのみというのが、われわれの共通した思いであろう。孫権は廬江を襲い、厳象《げんしょう》の仇を討ったと吹聴していますが、漢室を守ったことも確かです。戦を好む者どもは思いも寄らぬ悪心を抱き、なかには自ら権威を打ち立てて帝位につこうと考える者もいます。そうした輩には諄々《じゅんじゅん》と説いて聞かせるのも面倒なので、剣をとって戦うしかありません。袁紹がいい例です……また、愚かな者どもが下種《げす》の勘繰りで、わしが玉座を狙っているなどと申しておるようですが、まったく根拠のない言いがかり！　この曹操に漢室への忠誠心がなければ、ここまで来ることは到底できませんでした」曹操の言葉の前半は張紘に向けられていたが、後半は孔融をはじめとするこの場にいる全員に向けたものだった。言い終わると、曹操は自ら張紘の杯に酒を注《つ》いで差し出した。張紘は礼も言わずに一気に飲み干した。

「お見事！」曹操は笑って言葉を継いだ。「わしの記憶が確かなら、孫権のいまの地位は陽羨《ようせん》［江《こう》蘇《そ》省南部］の県長に過ぎなかったかと。もし孫権が先ほどのいくつかの要求を呑んでくれるようなら、ただちに平虜《へいりょ》将軍に任命していただけるよう天子に上奏いたしましょう。そうすれば名実ともに江東を管轄下に置けましょうぞ」

「まことですか」張紘の心は動いた。地位が何か実体を持つわけではない。しかし、ときには虚名一つで、どんな強い軍よりも名節を重んじる士人たちを承服させることができる。朝廷から正当な地位を与えられれば、家督を継いだばかりの孫権にとっても不安定な情勢を落ち着かせる助けになる。

「男に二言はありませぬ。張大人は孫氏との付き合いが長いゆえ、また孫権に会いたいと思っているのでは。事が成るようでしたら、南方へ戻っていただくことも可能です」

「わたくしめが朝廷から離れることをお許しになると？」張紘は信じられなかった。「朝廷から離れるのではなく、南方へ戻って朝廷のために働いていただきたいと申しておるのです」

曹操は張紘の言葉を言下に訂正した。「これは似て非なること。先ほど仰ったように、貴殿はいまや大漢の朝廷の官、南方へ赴くのも朝廷から遣わされて行くのです」

張紘は単刀直入に尋ねた。「明公《めいこう》にはいったいどのような考えがおありなのです？」

「考え？　はっはっは……」曹操は大きくのけぞって笑うと、急にかっと目を見開いた。「孫権にいかなる才があって父兄の跡を継いだのか、いまはまだわかりません。もし才がなければ、さっさと土地を差し出して帰順するよう、お手数だが張大人から引導を渡してほしいのです。さすれば、孫権の富貴と身の安全は保証いたしましょう。もし孫権に才があり、この乱世で大いに腕を振るえると貴殿がお考えになるなら……そのままやつをもり立ててやってもかまいません。ただし、ひとたびわれらが軍を率いて相まみえたら、そのときは遠慮いたしませんぞ！　道は二つ、張大人、どうぞご自由にお選びくだされ」

張紘は大いに驚いたが、腑に落ちるところもあった。曹操が思い切って打った賭けは実に堂々としたもので、武力に訴えるだけなら曹操の今日の成功はなかったであろう。張紘はしばし黙り込むと、己も胸襟を開いて答えた。「わたくしに選ばせてくださるならば、きっと曹公を失望させることになりましょう」

曹操は張紘の減らず口を気にするふうでもなく、手を振ってそれを制し、釘を刺すにとどめた。「そう慌てて決めずともよろしい。まだ江東に戻ったわけでもなければ、当地の情勢もよくわかっておらぬはず。何より先ほどの要求を呑むかどうか、まだ答えておらぬではありませんか」

「呑みます！　すべてお任せください」張紘が頭を上げると、その双眸《そうぼう》には強い光が宿り、先ほどまでの小さくなっていた男とはまるで別人のようだった。

「貴殿が孫権に代わってすべてを請け負うと？」

「張昭に手紙を書けば、必ずやことごとく承諾されましょう」

「ふむ。『江東の二張』の名は噂どおりのようですな」

すでに意を決した張紘は、自ら杯に酒を満たすと念を押した。「曹公も何とぞ約束を守られて孫権の官職を上奏し、軽々しく江東を侵すことのありませぬように」

「無論です。人侵さずんば我侵さず。孫権には孫権の仇が、わしにはわしの敵がいます。おのおのが自分の相手と争っていれば、おのずと結果は見えてきましょう。劉表を助けてまで孫権と事を構えるなど愚の骨頂、わざわざ己の得にならぬことをする必要はありません」

「お約束いたしましたぞ」張紘は酒をひと息に飲み干すと、立ち上がって拱手した。「それでは、これにて失礼いたします。すぐに戻って書をしたため、事の次第をつぶさに伝えねばなりませぬゆえ」

「うむ。では、それがしも上奏の準備をいたしましょう。江東に避難している名士たちの出立の日、それが朝廷が孫権を任ずる日です」

「では、これにて……」

「どうぞ」

張紘は深く礼をして足早に広間を出たが、最後に振り返って曹操をひと目見ずにはいられなかった。

曹操はすでに上座に座り直し、どっしりと落ち着いた振る舞いで左右に酒を勧めている。張紘は請け負うと言い切ったものの、内心では不安が渦巻いていた――双方の妥協で成り立った取り引きとはいえ、利は向こうにある。切れ者で朝廷の命を意のままに発せる曹操に、若輩のわが君は太刀打ちできるのか……要求を呑めば江東にしばしの平和は訪れよう。しかし、孫氏がいっそう勢力を伸ばすことは難しくなる。李術を滅ぼしたのはたまたまだ。あんな幸運は二度とあるまい。北の袁紹はすでに弱り果てた。曹操が河北を平定して兵を南に向けてきたらいかにして迎え撃つ？　劉表が黄祖を使ってわが軍に立ちはだかったら打ち負かせるのか？　ああ、わが君よ。亡くなったお父上や兄上に負けぬよう、死を賭して励まねばなりませんぞ……

広間を出て、ぼんやりと考えをめぐらしていた張紘のもとに、孔融が無邪気な笑みを浮かべて近寄ってきた。「子綱殿、今日のことを悪く思わんでくれよ……」

「ふん」孔融とは親交が深かったが、張紘は先ほどのことを腹立たしく思い、相手にもせず身を翻した。

だが、孔融はそんな張紘の腕をつかんで言い訳した。「そう怒るでない。わしとて朝廷や大局を考えてやったことなんだ。おぬしが孫権にさっさと投降を勧めて、避難している名士たちと朝廷に戻ってくれれば、われらはともに国策を協議できる。それでこそ漢室の天下も安泰というものだ」

張紘は孔融をじろりと睨み、冷やかに言い放った。「誰の天下か、わかったものではありませんよ」

「どういう意味だ？」

「文挙殿がそれほど愚かなはずはないでしょう。本当にわからないのか、それとも認めたくないいだけなのか……」張紘は孔融の腕を振り払うと、憐れむような目で見つめた。「文挙殿が漢室の復興を願っていても、ほかの者も同じく考えているとは限りません。たとえいまはそう思っていようとも、明日にはどうなっているかわかりません。一つ忠告しておきましょう。人に利用されるだけ利用されて、自分の当てが外れることもありうるのです」そう言い残して張紘は去っていった。

その背中を見つめる孔融の笑顔がしだいに凍りついた――易者身の上知らず、なぜこれまで曹操に疑いを持たなかったのか。玉帯《ぎょくたい》に仕込まれた詔《みことのり》の件以来、竜種《りゅうしゅ》を身ごもった董貴人《とうきじん》が殺され、梁《りょう》王の陵墓は暴かれ、趙達や盧洪ごとき小人《しょうじん》が百官を監視するようになったが、これは何を意味するのか……朝廷には曹操の一派、地方にも司空府の掾属が遣わされ、城外には曹操の軍が陣取っている……天子の侍衛《じえい》さえ曹操の同郷の者が占めるいま、漢室の天下はどこへ向かおうとしているのか……

これは夢か現《うつつ》か、孔融は呆然となり、まだ賑やかな広間の声もどこか遠のいて聞こえた。そうして肩を落とすと、ひと言の挨拶もないままに宴席をあとにした。

琴瑟《きんしつ》和さず

張紘《ちょうこう》が去ると、諸将は騒がしく酒を飲みはじめた。広間に喧騒《けんそう》が満ちるなか、曹操は孔融《こうゆう》が広間の外で放心状態になっているのを見て、大声で笑って呼びかけた。「文挙《ぶんきょ》殿、今日は貴殿のおかげでうまくいきました。一献《いっこん》差し上げますゆえ、こちらへいらしてください」へりくだって誘ってみたが、孔融はその声に反応もせず、別れの挨拶もなしにふらふらと去っていった。

「ん？　孔文挙はどうして黙って帰ってしまったんだ？」許攸《きょゆう》が訝《いぶか》しげに広間の外を眺めた。「急用でもあるのか」

曹操はばつが悪く、吐き捨てるように言った。「帰りたいやつは帰らせればよい」

「ふんっ」劉勲は満面に軽侮《けいぶ》の色を浮かべて罵った。「なんと非常識なやつだ。帰りたいからといって挨拶もせずに帰るとは、曹公をなんだと思っている。わしらで天子に上奏して、三公《さんこう》を侮辱した罪でやつを処罰してやろうじゃないか」

「そうだ、そうだ！　だいたいあいつは目障りなんだ。今日も官軍を出迎えるのに、あいつだけ跪《ひざまず》いていなかった。罰するべきだ」居並ぶ武人たちが一斉に賛同の声を上げた。

曹操は用済みになったからといって見捨てるような真似は望まず、黙って冷笑を浮かべていた。そこで荀攸《じゅんゆう》が郭嘉《かくか》に目配せした。弁が立つ郭嘉はすぐに杯を手にすると、場の雰囲気を和らげた。「孔文挙は物の道理もわからぬ頑固者、まともに争う価値はありません。さあさあ、あんなやつのことは忘れましょう。孫氏の件が片づいたんです。みなで曹公のために祝い酒を飲もうではありませんか」

この言葉に諸将も孔融のことは忘れ、また酒を酌《く》み交わしはじめた。

一同の浅黒い笑顔を眺めながら、曹操の心中にある種の感慨が湧き上がってきた。一年前、ちょうど官渡《かんと》の戦いがもっとも厳しい局面を迎えていたころ、曹操自身でさえ勝利をあきらめそうになり、今日のように愉快な酒を飲めるとは思いもしなかった。座にいる諸将――兗《えん》州時代から忠義を尽くしてくれる于禁《うきん》や楽進《がくしん》、その後帰順してきた張遼《ちょうりょう》や朱霊《しゅれい》、それに最近投降したばかりの張郃《ちょうこう》や高《こう》覧《らん》、誰もが戦功を立ててくれた。曹家や夏侯《かこう》家の者に至っては言うまでもない……だが、曹操はそうした功労者たちには目もくれず、真っ先に張繡《ちょうしゅう》の杯に酒を注《つ》いだ。「張将軍、こたびの戦《いくさ》、わしがもっとも感謝しているのはおぬしだ」

張繡は官渡の戦いの直前に帰順し、それゆえにこそ曹操は後顧の憂いなく戦うことができた。しかも前線に立って敵を防ぎ続け、その功労は誰の目にも明らかだった。そのため曹操は破羌《はきょう》将軍に昇進させ、千戸侯《せんここう》［千戸を領する列侯《れっこう》］に封じて、諸将のなかでももっとも厚く賞した。しかし、張繡の心中は落ち着かなかった。かくまで礼遇され、いまでは曹操と縁戚関係にもあるとはいえ、かつて曹操の息子の曹昂《そうこう》と甥の曹安民《そうあんみん》を殺《あや》めた汚名はぬぐい切れるものではない。張繡は曹操が自分に酒を注いでくれても、喜びより不安が勝《まさ》っていた。張繡は慌てて席を離れると、跪いて恐縮した。「お国のために奔走するのは当然のこと、感謝など滅相もございません……」

「はっはっは……」曹操は卓の前に回り込み、張繡の肩に手を置いて笑った。「親類同士、遠慮する必要はあるまい。われらは兄弟も同じ、おぬしの功はわしの功、わしの栄誉はおぬしの栄誉ではないか」そう話しながら、広間にいる一同に声をかけた。「さあ、みなここへ来い。張将軍と乾杯だ」曹操の言いつけにいったい誰が背けよう。納得している者も不満を抱く者も、整然と並んで張繡に杯を捧げた。

曹操は少し酔っているようだ……張繡は冷や汗が背中を伝うのを感じたが、諸将に向かって返礼した。「わたくしのような者がみなさまに杯をいただき、まことに恐縮です……」戦場では虎のように勇猛な張繡も、この広間では亀のように縮こまった。

そんな張繡の様子をちらりと見た曹操は温かい言葉をかけてやった。「天地をも恐れぬ涼《りょう》州の好漢が、今日はまたどうして女子《おなご》のようにもじもじしておる？　おぬしの苦しみはわかっておるぞ……古《いにしえ》から大事を成す者は私怨にこだわらぬという。その昔、項羽《こうう》は項梁《こうりょう》を殺した章邯《しょうかん》の命を助けているし、(1)光武《こうぶ》帝は兄の劉縯《りゅうえん》を殺めた朱鮪《しゅい》に報復することはなかった。(2)この曹操とて古の英雄に倣《なら》おうではないか。安心するがいい。おぬしもわしもともに漢室をもり立てんとする身、互いに私怨を捨てて天下を安んじる範となり、二人して功名を青史に刻もうぞ。ささ、まずは乾杯といこう！」この言葉を聞いて張繡もようやく安心し、何度も曹操に礼を言いながら、杯を持ち上げて諸将と酒を酌み交わしはじめた。と、広間の入り口付近が何やら騒がしい。見れば、五十歳ほどの女性が泣き叫びながらなかに乱入してきた。

この女性、実際は五十手前のようだが、ずいぶんと老け込んで見える。髪はほとんど白く、化粧をしていない顔には皺《しわ》が目立つ。白い裳《も》をはき、腰には白絹の帯、衣はほこりまみれで、手にはなぜか梭《ひ》を握り締めている。怒りに身を震わせながら広間に駆け込むや、地団駄を踏みながら罵り声を上げた。その後ろには女中や侍女たちが追いすがり、女性の手を引いたり足に抱きついたり、果ては跪《ひざまず》いて床に額を打ちつけながら、女性を止めようと必死になっている。諸将は目の前の光景に呆気にとられ、どこかの気の触れた婆さんが暴れているのかと思ったが、夏侯惇《かこうとん》ら身内の者にはすぐにわかった――誰あろう、丁《てい》氏である。

丁氏は曹操の最初の妻である。だが、ついぞ寵愛を受けたことはない。側女《そばめ》の劉《りゅう》氏が曹昂を生んで亡くなると、丁氏があとを引き取って育てた。自ら腹を痛めた子ではなかったが、曹昂をわが子のように慈しみ、十年以上にわたって全身全霊の愛を注いだ。だが、その最愛の息子に宛《えん》城の戦い［河南省南西部」で先立たれてしまった。曹操は張済《ちょうさい》の寡婦を側女とし、一度は降伏した張繡が再び背く事態を引き起こした。曹昂は、そんな父親を救うために自らの馬を差し出して、敵の手にかかって死んだのだ。その亡骸すらいまだ見つかっておらず、悲嘆に暮れる丁氏はしょっちゅう気が触れたかのように当たり散らした。そのたびに息子を殺したと曹操を責め立てるので、以来夫婦の仲はすっかり冷めきっていたが、曹操は自分に非があるとわかっており丁氏と言い争わなかった。家のことは丁氏に代わって万事を卞《べん》氏が取り仕切っていたし、ほかにも環《かん》氏や杜《と》氏といった美しい側女がいて、玉の肌に芳しい香り、艶《なま》めかしい声で曹操を迎えてくれた。心を病んだ丁氏には、侍女や女中に機嫌を取らせることで済ませてきた。幸い曹操は遠征して家にいることが少なく、丁氏は毎日織り機を相手に日々を過ごし、時が過ぎるにつれて落ち着いてきたところだった。

だがこの日、司空府で宴を開くため数多くの若い下男が行き来した。その騒ぎが奥にまで聞こえ、息子を殺した仇が来ていると知った丁氏は、堪えようのない悲しみと怒りに苛《さいな》まれ、ついに我を忘れた。男女の別もかなぐり捨てて、一心に「息子の敵、息子の敵!」と喚《わめ》きながら広間に駆け込んできたのである。

丁氏のせいですべてがぶち壊しである。曹操は怒りで顔を真っ赤にした。さらには諸将の前で家の醜聞がさらけ出されたので、慌てて飲みかけの杯を叩きつけるように置くと丁氏を怒鳴りつけた。「馬鹿者が! わしはいま諸将と酒を飲んでいるのだ。ここはお前のような女がしゃしゃり出てくる場ではない。とっとと出ていけ!」

だが、丁氏は言うことを聞くどころか、広間の真ん中で立ち止まったまま口汚く罵った。「張繡の畜生はどこ、出てきなさい！　わたしの息子を殺しておいて、いったいどの面《つら》下げてこの家の門をくぐれたの？　お前の肉を食らい、皮を剝《は》いで布団にしてやるわ！　息子を返しなさい！」そもそも男のいる広間に女が入ることなど許されない。丁氏には誰が張繡なのかもわからず、広間にいるすべての者に向かって指さして喚いた。

憤怒と羞恥に苛まれた曹操だったが、これほど大勢の者の前で癇癪《かんしゃく》を起こせば面子《めんつ》を失ってしまう。曹操はただ卓を叩いて叫ぶしかなかった。「誰かおらぬか！　夫人が乱心だ。早く部屋へ連れていけ！」

「乱心したのはあなたのほうよ！　早く息子の仇を討ってちょうだい！」

外には護衛の兵や控えている若い下男も少なくなかったが、誰もが顔を伏せたままで、一人として止めに入る者はいない。男女の別があるうえ、いったい誰が司空の夫人に手を出せよう。一方、侍女たちは丁氏を取り囲んで袖を引いたり裾をつかんだりしているものの、力任せに止めようという者はいない。丁氏はますますいきり立ち、その矛先はやがて張繡から曹操に向けられた。「阿瞞《あまん》、この良心のかけらもない老いぼれ！　息子の仇も討たないで……あなたが寡婦なんかと馴れ合ったりしなければ、昂は賊の手にかかることもなかったのよ。それなのに、仇に厚禄を与えてその娘まで嫁にもらって……そんなことで苦しんで死んでいった昂に申し訳が立つとでも思うの？　道義も人情もまるでない鬼畜ね！　わたしの昂を返して……わたしの息子を……」丁氏は髪を振り乱して涙ながらに訴えた。

丁氏の言葉はいちいちもっともで、返す言葉のない曹操は狼狽《ろうばい》した。「女の身に何がわかる？　早く奥へ戻りなさい。早く、早く……」そう叱りつけるだけで、事態をどう収めればいいのかもわからなかった。

こんな状態でどうして酒など飲んでいられよう。まず郭嘉が動いた。「わが君におかれては司空府にお戻りになったばかりで、お家の用事もございましょう。お邪魔するのもなんですので、また日を改めて参ります」郭嘉はぎこちない笑みを浮かべつつ挨拶すると、さっさと逃げ出した。家の揉め事ともなれば軍師《ぐんし》の出る幕ではない。荀攸も深くお辞儀をすると、袁渙《えんかん》を引っ張って暇乞《いとまご》いし、急いで退出した。主人の家のごたごたを見たい者などいない。これをきっかけに諸将も次々と退出し、広間には夏侯惇と張繡を残すのみとなった。

夏侯惇の息子の夏侯楙《かこうぼう》は、丁氏が育てた娘を娶《めと》っている。言ってみれば丁氏は従兄弟《いとこ》の妻であるとともに、嫁の義理の母である。夏侯惇はこの場に残って少しでも丁氏をなだめようと考えた。張繡のほうは嘆き悲しむ丁氏と、怒りと羞恥で身を震わせる曹操を見て、思わず床に跪いた。俗にも大丈夫の膝には黄金が埋まっていると言われるように、堂々たる涼州の好漢が地に膝をつくなどそうあることではない。だがいまこそは、その膝をつくべきときだった。「夫人、どうか怒りをお鎮めください。悪いのはわたし一人。すべての罪はわが身にあります。どうぞ存分に処罰なさってください」

「お前が張繡か！　この畜生！」丁氏はついに仇を見つけて顔色を変えると、張繡につかみかかって殴ろうとしたが、左右の侍女たちに止められた。丁氏が怒りのあまり手中の梭を投げつけると、梭は狙い違《たが》わず張繡の額に当たった。

曹操の我慢も限界だった。張繡は曹操が策を弄してやっとのことで味方に引き入れた将である。官渡の戦いでは助けられた面も多く、いましがたも張繡を慰めたところだった。丁氏の梭が張繡の額に当たったのは、曹操自身の頰を張ったに等しかった。曹操が一気に卓をひっくり返すと、卓上の酒や料理が床に散らばった。「この愚か者！　お前が子を亡くしたことを憐れに思わなければ、とうの昔に離縁しておったわ！　これ以上張将軍に無礼な真似をすれば、わしは……わしは……」

「どうするというのよ⁉」

「お前を殺す！」曹操は思わずそう言い放った。

「この老いぼれ！　あんたがわたしを殺すっていうなら、わたしも息子の仇を討ってやる！」

張繡がこの場を去らなければ誰かが死ぬことになる。夏侯惇は胸を痛め、急いで張繡を助け起こした。「張将軍、夫人と曹公は少し揉めておられる。夫婦喧嘩は犬も食わぬとか。ささ、われらはお暇《いとま》しましょう……」

丁氏は仇が逃げだすのを見て、曹操を放って追いかけたが、広間の出口のあたりで大勢の人に囲まれてしまった――そこにいたのは卞氏、環氏、秦《しん》氏、尹《いん》氏、杜氏ら曹操の側女たちだった。後ろには曹丕《そうひ》、曹彰《そうしょう》、曹植《そうしょく》、曹真《そうしん》、曹玹《そうけん》、曹沖《そうちゅう》ら曹操の息子たちもいる。みな揃《そろ》って跪き、丁氏の行く手を阻んだ。丁氏の腕を引いて「お姉さま」と呼びかける者、太ももに抱きついて「母上」と叫ぶ者、さらには追ってきた侍女らも抱きついて、丁氏を止めた。

丁氏も身動きが取れず、夏侯惇と張繡が出ていくのを憎々しげに睨むしかなかった。なす術もない丁氏は床に突っ伏して泣き出した。「かわいそうなわたしの昂……」丁氏を囲む側女や侍女らも、その嘆きにもらい泣きし、司空府じゅうに哀傷の声が響き渡った。

「黙れ！」怒り狂った曹操が近づいてきた。「わしは三公の貴き身、許都《きょと》ではわしに逆らう者など誰もおらん。それをこの愚かな女房めが酒宴を台無しにし、夫の面子を丸つぶれにしたのだぞ！」

実のところ、曹操にも丁氏の無念がわからないわけではない。曹操が怒っているのは己の面子をつぶされたからだ。諸将も去ったいま、丁氏が詫びの言葉をひと言でも口にすればこの場は丸く収まる。だが、丁氏は自身の過ちを認める気はこれっぽっちもなかった。「この老いぼれ！　あんたがわたしの息子を殺したのよ。返して、わたしの息子を返して……」

「昂はお前一人の息子か？　わしの息子ではないと申すのか？」

丁氏はがばっと身を起こし、曹丕らをゆっくり指さしながらまた罵った。「あんたには、こんなにたくさんの息子がいるじゃない。わたしには昂しかいなかったのよ！　昂が死んで、わたしには何もなくなった……あなたが憎い……恨めしい……どうしてわたしを娶ったのよ……」

面倒になってきた曹操は、持病の頭痛も起こってきたため、額を揉みながら懇願した。「頼むから奥へ戻ってくれ。これ以上騒ぐなら離縁するぞ」

「離縁する？」突如、丁氏は狂ったように笑いだした。「あははっ……阿瞞、あなたには良心というものがないの？　胸に手を置いてよく考えてごらんなさい。わたしが曹家に申し訳が立たないようなことをした？　あなたに嫁いでから、わたしは夫を助けて子供を育てて、どんなに苦労したことか。一日だって心安らかに暮らしたことがあって？　劉氏はもともとわたしの侍女、それをあなたが気に入ったっていうから側女にしたのよ。劉氏が生んだ子をわたしはわが子のように育てたわ！　けれどあなたは何をしたって言うの？　自分の心に聞いてみてよ。わたしを妻だと認めてくれたことがあった？　わたしを愛し、気にかけてくれたことがあった？　昂だけよ、あの子のほかにわたしには何もないのよ！」そう叫ぶと、丁氏は再び居並ぶ側女や子供たちを指さした。「次から次へと側女を入れて、あんたは本当に色好みで情のない人。わたしが独り虚しく閨房《けいぼう》で夜を過ごすのはかまわないけど、誰彼かまわず家のなかに引っ張り込んで、しまいには人さまの寡婦まで奪ってきて、それでまだ自分は三公の貴き身なんて、よく口にできたものね……ふん、この恥知らず！」

この言葉は曹操の面子をつぶしただけでなく、居並ぶ側女たちにとっても耐えがたいものだった。卞氏と環氏はまだいい。だが、尹氏はもともと何進《かしん》の息子の妻であり、曹操の側女となったときには、亡き夫の息子である何晏《かあん》を連れて来ていた。杜氏はもともとかつての部下秦宜禄《しんぎろく》の妻であり、呂布《りょふ》とも密通していた。曹操の側女になったときには、誰の子かもはっきりしない息子の秦朗《しんろう》を連れて来ている。ほかにも張済の寡婦王氏《おう》や、張繡と縁戚の周氏《しゅう》もいたが、二人は曹昂の死の遠因ともなったため、まさに穴があったら入りたい思いで、遠く表の木の陰に隠れていた。つまり、曹操の側女たちはほとんど真っ当な素性とは言えない者ばかりなのである。

曹操は、このあからさまな丁氏の言葉に声を荒らげた。「黙れ！　い、いますぐ離縁状を書いてお前を追い出してやる！」

「いいわよ、離縁すればいいじゃない！　昂が死んでしまったいま、怖いものなんか何もないわ。今日こそ、あんたと刺し違えてやる！」そうまくし立てると丁氏は曹操につかみかかり、叩いたり引っかいたりした。

すでに目眩《めまい》を覚えていた曹操は慌てて手を上げて左右に払ったが、ふと顔に熱いものを感じた――

丁氏に引っかかれて血が流れたのだ。堂々たる三公が女に引っかかれた顔を下げて、どうして朝堂に出られよう。曹操の怒りもいよいよ頂点に達した。丁氏の頬を思いきりひっぱたくと、佩剣《はいけん》を抜き放って、倒れた丁氏に近づいた。

その場が騒然となった。側女や息子たちは曹操を取り囲むと、一斉に剣を奪おうとしたり腰に抱きついて止めに入った。生来の意固地が頭をもたげてきた曹操は、余計に逆上して叫んだ。「放せ！わしを止めるやつは容赦せん。この剣でもろとも斬り殺すぞ！」このとき、六歳になったばかりの環氏の子の曹沖が、必死で曹操の足にしがみついた。日ごろから曹操がもっともかわいがっている息子である。「父上、母上(3)をいじめないで！　母上が間違っていても、三公の父上が母上を殺したら天下の笑いものになるでしょう？」

このひと言で曹操の手が止まった――沖の言うとおりだ。危うく一時の怒りに任せて名を汚すところだった――曹操は剣を握る手を緩め、目の前で倒れている妻を見下ろした。丁氏の乱れた髪はもうほとんどが白く、皺に埋もれた目はぼんやりとして生気がない。よく見れば、顔じゅうに涙の跡がある。たったいま曹操に打《ぶ》たれて、片側の頬だけがいやに赤い。口元には血もにじんでいる。俯《うつむ》いて嗚咽する妻を見ているうちに、曹操の心に憐憫《れんびん》の情が湧いてきた。この女に愛情を抱いたことは絶えてなかったが、たしかに曹家に対して何も落ち度はない。かつて曹操が官職を罷免された際、励まして奮い立たせてくれたのは丁氏である。糟糠の妻であることには間違いない。

剣を下ろした曹操はため息をついた。「その、なんだ……悪かったと思っているのか」

虚《うつ》ろな目をしてうなだれたままの丁氏は、曹操のほうを見ようとも、その言葉を聞こうともしなかった。曹操はひどくなってきた頭痛をこらえながら、もう一度尋ねた。「悪かったと思っているのか」

丁氏は血のにじんだ唇をぎゅっと嚙み締めている。

「答えよ！」また騒ぎになるのは御免だった。丁氏が適当に相槌を打ちさえすればこの場は丸く収まる。しかし、丁氏は頑ななまでに答えなかった。曹操はぐっと怒りの言葉を吞み込み、離れた場所に立つ王必《おうひつ》を手招きした。「おぬしは丁家へ行け。夫人を迎えに車をよこすよう伝えるのだ。丁氏が要らぬようになったと言ってな」

「なりません……」慌てて卞氏が止めに入った。

「黙れ！」曹操は剣を鞘《さや》に収めながら制した。「誰も何も申すな。つまずく馬は車を壊し、悪妻は家をつぶす。これだけの騒ぎを起こしたのだ。庶民でも妻を離縁できる七箇条(4)がある。丁氏を追い出すのは当然だ。早く丁家に行って迎えに来させよ。そのうちわしが離縁状を書いて送ってやる。こたびのことはわしが冷たいからではない。こやつがわしとともに暮らしたくないからなのだ。誰か！　夫人に付き添って部屋に戻り、荷物をまとめてやれ」

丁氏は黙り込んだまま一度も曹操に目を向けることなく、侍女に付き添われて出ていった。この騒ぎに曹操も疲れ果て、思わず出入り口の框《かまち》のあたりにもたれかかった。曹丕と曹真が慌てて駆け寄って父を支えた。無残に散らかった広間には足の踏み場もなく、曹沖が持ってきた腰掛けに曹操を座らせた。下男や侍女たちは広間を片づけ、護衛兵たちは音もなく姿を隠した。側女たちはその場に立ち尽くしたまま、誰一人として動けなかった。

もうすぐ五十になろうかという曹操は、痛む頭をゆっくりと揉み、やっとのことでひと息ついた。

「お前たちも驚いただろう……しばらくしたらわしは汝南《じょなん》へ劉備《りゅうび》討伐に行かねばならん。こたびはお前たちも一緒に来るがよい」

「わたくしたちがご一緒に？」側女たちが顔を見合わせた。

「袁紹《えんしょう》との勝負はついた。劉備などすぐに叩き潰してやる。戦のことで心配は要らぬから、劉備討伐のついでに故郷の譙《しょう》県［安徽《あんき》省北西部］へ立ち寄ろうではないか。いまや許都も落ち着きを取り戻した。わしも故郷へ帰って先祖の祭祀を行い、地元の者たちと会いたい」

このとき曹沖が水の入った茶碗を両手に持ってやってきた。曹操はこれをひと口飲むと、利発そうな曹沖の顔をちょっとつねってから声をかけた。「お前は許都で生まれて、まだ故郷へ行ったことがなかったな。父と一緒に戻って、おじいさまの祭祀を行おう」

曹沖は小さな目をぱちくりとさせ、にっこり微笑んだ。「それじゃあ父上、母上を追い出したりしないでください。みんなで一緒に故郷へ帰りましょうよ。いいでしょう？」

曹操は苦笑いを浮かべただけで答えなかった——喜びに満ちた祝勝の宴を滅茶苦茶にされたのだ。やはりしばらく時間を空けたほうがいい。実家に帰って目を覚ましてくれればそれでよいのだ。譙県から戻ったらもう一度司空府に連れ戻そう。あとはきっと時間が解決してくれる。袁紹すら打ち破った自分が妻一人に手を焼くとは……まったく女という生き物は、なぜ何千何万もの敵軍より扱いにくいのだ……

曹操はため息をつきながら手を振ってみなに奥へ戻るよう命じると、もうこのことについて考えるのはやめにした――長年の苦労の果てにようやく国の大事が落ち着いたと思ったら、今度は家の面倒か……まあいい、これもきっとそのうち収まるだろう……

（1）項梁は項羽の叔父。秦《しん》の将軍章邯に殺された。のちに章邯は趙高《ちょうこう》に罪を着せられたため、兵を連れて項羽に投降した。項羽は矢を折って章邯に報復しないことを誓い、章邯を雍《よう》王に封じた。

（2）劉縯は光武帝劉秀《りゅうしゅう》の長兄。朱鮪の讒言《ざんげん》によって謀反の罪を着せられ、更始《こうし》帝の命で処刑された。のちに朱鮪は劉秀に洛陽《らくよう》城を攻められて降伏するが、劉秀は黄河の流れに誓って報復しないと約束し、九卿《きゅうけい》の一つである少府《しょうふ》に任じた。その後も朱鮪は富貴のまま生を全うした。これは（1）とともに、帝王が功労を重んじて私怨にこだわらなかった例である。

（3）庶出の子は父の正妻を母と呼び、生母を母とは呼ばなかった。

（4）『礼記《らいき》』によると、妻を離縁できる七つの条件とは、姑に従わない、子がない、性にだらしない、嫉妬深い、治りにくい病がある、おしゃべりである、嫁ぎ先の物を盗むの七つをいう。

第三章　故郷へ錦を飾る

譙《しょう》県への恩返し

建安《けんあん》七年（西暦二〇二年）正月、曹操は許都《きょと》に戻っていくらも経たないうちに、汝南《じょなん》に居座る劉備《りゅうび》を討伐するため再び出兵した。

官渡《かんと》の戦いがはじまる前、劉備は下邳《かひ》で曹操に反旗を翻したが、曹操自ら率いる軍にあえなく敗れ、袁紹《えんしょう》のもとに逃げ落ちた。その後、曹操と袁紹の戦いが膠着するなか、劉備は袁紹に遣わされて汝南に赴き、劉辟《りゅうへき》や龔都《きょうと》といった黄巾《こうきん》の残党と手を組んで攻撃を仕掛けた。劉備らは討伐に来た蔡陽《さいよう》を返り討ちにし、さらに豫《よ》州の郡県を襲って許都を包囲しようとした。もし曹仁《そうじん》が迅速に対応してこれを破っていなければ、曹操も一巻の終わりだったかもしれない。河北《かほく》が落ち着いたいま、劉備は曹操にとってなんとしてもけりをつけておきたい相手であった。だが、このたび曹操は軍を于禁《うきん》や楽進《がくしん》らに任せ、自身はのんびりと故郷の沛《はい》国譙県［安徽《あんき》省北西部］に帰郷した。

曹操は挙兵して以来、東奔西走、転戦に転戦を重ねてずっと故郷に帰っておらず、ただ一度、豫州の黄巾賊を平定した際、父と弟の葬儀を執り行いに戻ったが、そのときも長くはとどまらなかった。袁紹に勝利して許都が落ち着いたいまこそ、ようやく故郷へ錦を飾ることができると考えたのである。

帰郷に当たっては家族や子供たちだけでなく、司空府《しくう》の幕僚や軍内の同郷の者も揃《そろ》って同行した。

董卓《とうたく》の入京以来、譙県は何度も戦乱に見舞われ、曹家の一族も多くが四散していた。曹操や曹洪《そうこう》の挙兵に従った者もいれば、徐州《じょ》まで曹嵩《そうすう》に付き従ったがために殺された者もいる。血縁の薄い者、寡婦、貧困にあえぐ者などは、中原へ活計《たつき》を探しに逃げていた。残った者らは曹瑜《そうゆ》を頭《かしら》に戴き、義勇軍を組織して故郷を守った。曹瑜は曹洪の遠縁で、世代でいえば曹操たちより一代上にあたるが、年はまだ五十になったばかりである。大出世した親族の曹操が戻ってくると聞き、曹瑜は途端に忙しくなった。曹操の直系の一族は残らず許都におり、長年の戦乱で捨て置かれた屋敷はすっかり荒れ果てている。曹瑜は慌てて人を遣り、急いで修理させた。また、豚を殺し羊を潰して美酒佳肴《かこう》を揃え、さらには村の者に礼儀作法まで教えて、もてなしに抜かりがないよう気を配った。幸い曹操は細々と文句を言うこともなく、家族とともに旧宅に腰を落ち着けた。日を改めて従兄弟《いとこ》や息子、甥たちを連れ、祖父の曹騰《そうとう》や父の曹嵩、そのほか亡くなった叔父や弟の祭祀を行った。すべては順調で、曹操が望んだとおりに進んだ。ただ一つ欠けていたのは、長年戦場をともに駆けめぐり、ざっくばらんに語り合えた多くの戦友たちがいなかったことである。曹操はえも言われぬ喪失感に襲われた。一月に入ったばかりでまだ寒さは厳しい。曹操は毎日火鉢を囲み、遠い親戚の曹瑜と他愛のない会話をして過ごした。

この日も曹操が曹瑜、夏侯淵《かこうえん》、丁斐《ていひ》、卞秉《べんへい》らと雑談しているところへ、汝南から勝利の知らせがもたらされた。劉辟、龔都はともに討ち取ったが、劉備だけは荊州《けい》に逃げ込んだと聞き、曹操は思わず苦笑いした。「劉辟や龔都など小物に過ぎぬ。騒動の黒幕は劉備だ。あの大耳の賊め、用兵は下手なくせに逃げ足だけは速いときた。いま殺しておかねば、あやつは必ず後顧の憂いとなる」

「そうとは限りますまい」暗い顔で傍らに座っていた丁斐が答えた。曹操に嫁いでいた同族の丁氏が実家に帰されてしまい、丁斐は面白くなかった。しかし、その件で曹操に公然と意見をする勇気もない。だからこそ、こうしてわざと異を唱えたのである。「劉備が劉景升《けいしょう》［劉表《りゅうひょう》］を頼っても、人を見る目は確かでしょうから劉備に軍を預けることはしないでしょう。わたしの見るところ、大耳の賊ももはやこれまで、よその土地に流れて兵馬も尽き、せいぜい昔日の兗《えん》州の逆賊王楷《おうかい》や許汜《きょし》のように、荊州でかろうじて生を偸《ぬす》むしかありますまい」

「それは違うな」曹操は丁斐の見方に同意しなかった。「劉備を甘く見てはいかん。わしとて何度やつに騙《だま》されたことか。昔、丹陽《たんよう》にいた笮融《さくゆう》という者は、仏の教えの名のもとに民の資財を騙し取り、略奪や人殺しを繰り広げた。広陵太守《こうりょうたいしゅ》の趙昱《ちょういく》を手はじめに、彭城《ほうじょう》の相《しょう》の薛礼《せつれい》、豫章《よしょう》太守の朱皓《しゅこう》を殺したのだ。稚拙な手が幾度となく成功したのは、天下の者たちが川の魚と同じく、餌だけを見て針を見ず、用心を怠ったからだ」下邳《かひ》の謀反の件があってから、曹操は劉備の野心にはっきりと気づいていた。この男は袁紹、劉表よりもずっと警戒しなければならない。劉備はおそらく大事を成すには至らないが、他人の大事は台無しにしかねない。曹操はそう考えていた。

反論された丁斐は黙り込んでうなだれ、胸の内でうだうだと文句をつぶやいた。曹瑜は曹操軍の人間ではなかったが、沛国にいるので劉備の騒乱については身をもって経験している。会話が途切れたのを見計らって話し出した。「曹公の仰るとおりです」曹操は自分より下の世代であるが、むろん呼び捨てにはできない。「昨年、劉備の部下の張飛《ちょうひ》というのがここにも来て、食糧を奪っていきました。

連れていたのは兵などではなく、黄巾賊みたいな連中で、付近の県令たちもだいぶ慌てふためいていました。聞けば秦宜禄《しんぎろく》はそのときやつに投降したとか」

「ん？」曹操は秦宜禄が劉備に付き従ったあと殺されたことは知っていたが、仔細は承知していなかった。「あやつは張飛と逃げたのか」

「そのようです。村の者たちが言うには、張飛が銍《ちつ》県［安徽省北部］にやってきたとき、宜禄の野郎は城門を閉ざして矢も射かけず、恐怖のあまり危うく小便を漏らすところだったとか。張飛は城外でやつを罵り続け、やつの祖先代々まで罵った挙げ句、しまいには嘘か本当か知りませんが、『てめえの妻を奪ったやつのために戦うのか、この寝取られ野郎！』とまで言ったとか。それで意気地なしの宜禄は城門を開け、しまいには張飛と一緒に逃げたというのですから、おかしな話じゃありませんか」

その場にいたのはみな身内であり、話をしている曹瑜だけが杜《と》氏の件を知らなかった。「妻を奪ったやつのために戦うのか」という曹瑜の言葉を聞いたとき、その場にいた者は思わず噴き出しそうになり、必死で口を押さえた。一方、曹操は顔を真っ赤にして、慌てて話をそらした。「それで、宜禄はどうして死んだのだ？」

曹瑜は満面に軽蔑の色を浮かべて続けた。「秦宜禄は、劉備が許都を攻めようとして敗れたと知るや、こっそり逃げ出そうとしたのですが、張飛の矛で突き殺されたという話です」

「そういった卑劣な小人《しょうじん》は殺されて当然、張益徳《えきとく》も害を取り除いたと言えるな」曹操は心からうれしそうだった。今後はもう秦宜禄が杜氏のことをあちこちで吹聴して自分の名声を貶《おとし》めることもない。

張飛の矛が憂いを取り除いてくれたおかげで気を揉まずに済むのだ。

だが、話はそれで終わらなかった。曹操の横で顔をしかめて聞いていた夏侯淵が怒りをぶちまけた。

「孟徳《もうとく》はうれしいかもしれんが、俺はちっとも喜べん。張飛ってやつは、俺の姪を奪って逃げやがったんだぞ！」夏侯淵の姪は十四歳になったばかりで花のように美しかった。その姪が薪《たきぎ》を拾いに外に出たとき、運悪く張飛の率いる兵が譙県へ食糧を奪いにやってきて、ついでとばかりにさらっていったのだ。

曹操はため息をついた。「運の悪い娘だ……」曹操も戦《いくさ》に際しては民を傷つけるなと兵士らに厳命していたが、各地で勝手に略奪を働くのを完全に禁じるのは難しかった。兵を率いる者は往々にして目をつぶり、その罪を追及しなかった。普通、略奪された女子《おなご》は兵に陵辱され、その後は肉体労働に従事させられるなど、末路は憐れなものである。

夏侯淵はとてもやりきれず、鉄をも噛み切りそうなほど強く歯がみした。「もし大耳の賊ともう一度やり合うことがあったら、孟徳、俺に任せてくれ。やつらを皆殺しにして夏侯家の恥を雪《そそ》いでやる」

「ああ」曹操はうなずいたが、内心では、劉備が劉表のもとにとどまって、将来劉表ともどもけりをつけるのが一番いいと思っていた。

曹操が考えをめぐらしていると、入り口の帳《とばり》が持ち上がり、冷たい風が部屋のなかに吹き込んできた。笑顔を浮かべた曹丕《そうひ》が狐裘《こきゅう》の袖をはたきながら入ってきた。「父上、雪が降ってきましたよ。春先の雪は瑞兆《ずいちょう》で、その年は五穀豊穣が約束されるとか」曹丕について、曹真《そうしん》と夏侯尚《かこうしょう》も入ってくると、なかで座っている年配の者らに向きを変えつつ礼をした。

「残念ながら、それは違います」曹瑜は苦い顔をした。「今年になってから春の雪はもう何度目か……春先にこれほど寒いのは農作物によくありません。今年の収穫はおそらくあまり見込めないでしょう」

「ふん」曹操は息子に白い目を向けてたしなめた。「聞いたか。お前の浅い知見など、まだまだということだ……朝から姿が見えなかったが、どこへ行っていたのだ」

曹丕は慌てて笑顔を引っ込め、頭をかいて答えた。「子丹《したん》について、伯父さんと伯母さんのお墓を探しに行っていました」

その昔、曹真と曹彬《そうひん》の実父である秦邵《しんしょう》は、曹操を守るために斬り殺され、実母も曹操の挙兵の足手まといになることを案じて自ら命を絶った。二人の亡骸は秦家の中庭の隅に埋められたが、当時、役所からの追及を恐れて墓は作れなかった。あれから幾年月が流れたのだろうか。たび重なる戦乱の果てに、秦家のあばら屋はとうの昔になくなっていた。いまではただの荒れ地が広がるばかりで、どこに家があったのか、その痕跡すら見つけられない。自分の養子が涙を流して俯《うつむ》いているので曹操は慰めた。「子丹、あまり嘆くな。わしはお前の両親に大恩がある。生涯忘れられるものではない。墓が見つからないなら近くに祠堂《しどう》を建ててやろう。そして村の者に墓守りをさせるのだ。それに……そうだ、お前の妹にいい婿を探してやろう」

秦邵が死んだとき、曹真と曹彬の二人の息子のほか、まだおくるみにくるまれた娘がいた。その赤子も曹操に引き取られていたが、指折り数えてみれば、すでに十いくつになっている。曹真は俯いたまま答えた。「妹はまだ幼いですが、父上がそう仰るなら早くに契りを結ぶのも良いと存じます」

「お前たち兄弟で、こいつがいいと思い定めている男はいるか。遠慮せずに申してみろ」

道理をよくわきまえた曹真は、慎み深く答えた。「生みの恩は育ての恩に及ばぬとか。われら兄弟は父上に育てていただいたのですから、縁談もすべてお任せします」

「よかろう。ならば、わしが秦の兄者に代わって……」曹操は目をきらりと光らせ、ゆっくりと上げた指を夏侯尚に向けた。「利口な痘痕《あばた》殿、どうかな？」

夏侯尚はまさか自分が指名されるとは夢にも思わず、痘痕のある顔をなでながら恥ずかしげに俯いた。だが、曹真は喜んだ。夏侯尚は幼いころからつるむ仲で、表も裏も知り尽くした莫逆《ばくぎゃく》の友である。曹真は何度も拱手《きょうしゅ》の礼をして感謝した。「伯仁《はくじん》が相手なら、これに勝《まさ》る喜びはありません。喜んで父上の命《めい》に従います」

曹操は髭をしごきながら笑って夏侯尚に尋ねた。「わしの養女をくれてやるのだ。お前もうれしかろう？」

夏侯尚は平素から絶世の美女を妻にするという「高い志」を抱いてきた。だが、曹真の妹は容姿は月並みで性格は強情、とても好みの女子ではない。しかし、曹操が打診する縁談に誰が異議を唱えられよう。夏侯尚はぐっと唇を噛んで口ごもった。「あの……その……」

「何があの、そのだ。この縁談はもちろんお受けする！」目を見張らせた夏侯淵が代わって承諾した。「孟徳の娘を嫁にもらって縁が深まるのは、願ったり叶ったりではないか。何を恥ずかしがっておる。早く舅殿に挨拶せんか」そう急《せ》き立てると、夏侯淵は有無を言わさず夏侯尚の頭を押さえて曹操に叩頭させた。

一同はその様子を微笑ましく見ていたが、誰より上機嫌なのは曹操だった。偶然持ち上がったかのように見えて、実のところ、この縁談は曹操の頭のなかで長らく練られてきたものだった。いま同世代の従兄弟たちは中年を過ぎ、息子や甥たちを抜擢する必要があった。聡明な夏侯尚は将来必ず用いるべき人材になる。曹操は早くから娘婿にするつもりでおり、それでこそ安心して重用できる。しかし、曹操の長女はすでに夏侯惇《かこうとん》の息子夏侯楙《かこうぼう》に嫁がせており、ほかに側女の生んだ娘がいるものの、まだ幼いため夏侯尚とは年が釣り合わない。ちょうど曹真の妹がこの縁談におあつらえ向きだったのである。曹操にとって、所詮娘は政略のための手駒に過ぎなかった。

曹真は居並ぶ者たちに謝意を示してから申し出た。「もう一つ、父上にお願いしたい儀がございます。わたしは子供のころ、隣村の曹遵《そうじゅん》、朱讃《しゅさん》の二人と仲良くしておりました。それがこの戦乱で、二人は辛酸をなめ尽くし、その父母も貧困にあえいでおります。できれば二人を……」さすがに曹真も自分の口から官職を与えてほしいとは言い出せず、途端に口ごもった。

曹操も二人のことは知っていた。たいして学があるわけでも、また武人として腕があるわけでもない。ごく普通の農民である。とはいえ、曹真の面子《めんつ》を蔑《ないがし》ろにはできず、秦邵夫妻への恩義を重んじて承諾した。「お前の頼みとあらば、二人を中軍の軍吏に取り立てるか。以後、功績を立てればきちんと昇進させてやる。役には立たずとも……まあ、俸給と食糧は多めにくれてやろう。いいか、これはお前の顔を立ててやるのだからな」

「はい、このご恩に感謝します」曹真はすぐさま礼を述べた。

曹真が友人のために役職をもらったので、曹丕は我慢できずに横から口を挟んだ。「父上、その朱家にはほかにも若い者がいます。朱鑠《しゅしゃく》といって、わたしより二、三歳年下ですが、なかなか利口で才のある男、司空府で取り立ててわたしの……」言い終わる前に曹丕は父の顔色に気づき、慌てて口をつぐんだ。

曹操は色を作《な》してたしなめた。「司空府は国の大事を謀《はか》る要《かなめ》、どうして個人的な頼みなど聞き入れられよう。わしが官渡の戦いに出ている際、お前が荀令君《じゅんれいくん》に便宜を図ってもらったこと、わしが知らぬとでも思ったか。いま朝廷は落ち着き、村でも軍を整理せねばならぬ。ここの義勇軍のなかから人を選んで中軍に編入すれば、彼ら自身の将来のためにもなる。だが、これは父の仕事で、お前が気にすることではない」

曹丕は首をすくめた。だが、傍らに座る曹瑜はうれし涙を流さんばかりに喜んだ。曹瑜が何日も心を砕いて曹操の世話をしてきたのは、まさにこの言葉を引き出すためであった。村の義勇兵を正規軍に編入するというからには、当然自分も含まれる。それどころか、頭である自分は官につくことになるだろう。曹瑜にはこれといって取り柄もなかったが、何はなくとも司空より上の世代の親族、今後は栄耀栄華も思いのまま、子々孫々まで官爵を賜るのも夢ではない。

周りに群がる親族たちの考えなど、むろん曹操もお見通しである。その昔、楚《そ》の覇王項羽《はおうこうう》は、「富貴《ふうき》にして故郷に帰らざるは、錦を衣《き》て夜行くが如《ごと》し」と言った。高祖劉邦《こうそりゅうほう》も、「大風起こりて雲飛揚《ひよう》す。威は海内《かいだい》に加わりて故郷に帰る」と高らかに歌ったではないか。光武帝劉秀《こうぶりゅうしゅう》も帝位についたあと、五回も故郷の南陽《なんよう》に帰っている。もちろん曹操自身はこうした英雄や聖王に肩を並べる身ではないが、位人臣を極めたいま、故郷に戻って大盤振る舞いをしたところで罰《ばち》は当たるまい。それに、やるならとことんまでやったほうがいい。曹操はそう思い定めると、さらに故郷の者らの便宜を図るため、卓上の筆を執って自ら教令《きょうれい》(1)をしたためはじめた。

吾 義兵を起こし、天下の為に暴乱を除く。旧土の人民、死葬《しそう》略《ほ》ぼ尽き、国中を終日行くも識《し》る所を見ず、吾をして凄愴傷懐《せいそうしょうかい》せしむ。其の義兵を挙げてより已来《いらい》、将士の絶えて後無き者は、其の親戚を求めて以て之を後《つ》がしめ、土田《どでん》を授け、耕牛《こうぎゅう》を官給《かんきゅう》し、学師《がくし》を置きて以て之に教えしめよ。存する者の為に廟《びょう》を立て、其の先人を祀《まつ》らしめよ。魂《こん》にして霊あらば、吾 百年の後 何ぞ恨まれんや。

「わたしは義兵を起こし、天下のために暴乱を鎮めてきた。故郷の民はほとんどが死に絶え、歩き回っても旧識《きゅうしき》には出会わず、痛ましさに胸が張り裂けそうになる。そこで義兵を挙げて以来、死んで後継ぎのいない将兵には、親族を探し出して跡継ぎとし、役所から田畑と役牛《えきぎゅう》を支給し、教師を置いて教育を受けさせせよ。また、跡継ぎが残っている者には廟を立ててやり、先祖を祀らせよ。亡魂《ぼうこん》が感応すれば、わたしは死後も恨まれることはない」

こうして譙県の民は、さまざまな面で優遇されることになった。耕地や食糧が保証されたばかりか、学堂で学ぶことや入朝して官になる優先権まで与えられたほどである。誰に後ろ指をさされようと故郷は故郷、同郷の役人は曹操にとってもっとも信頼できる。これは劉秀が皇帝となってからも故郷南陽の民を優遇したのと同じである。曹操は皇帝ではなかったが、この程度の決定権は持っていた。

教令を速《すみ》やかに書き上げて座の者に回すと、一同は大いに褒めそやした。というのも、いまいる者らはみな同郷で、誰もが恩恵にあずかれるからである。全員が見終えると、曹操は教令を丁斐、卞秉の目の前に差し出して重々しく言い添えた。「この件はおぬしたちに任せた」

丁斐はそれを聞くや、先ほどまで腹に溜めていた不満をきれいさっぱり忘れ、両の眼《まなこ》を輝かせた。これはうまみが多い。学堂を建てるために多くの金銭を割り当てられるばかりか、屯田を耕す民に役牛を貸し出せば金になる。全体を差配するとなれば、自分と卞秉がいくらかごまかしてもばれることはないだろう。親類縁者の面倒だけ見て、貧乏な赤の他人などは適当にあしらっておけばいい。残った金はすべて自分の懐に入れることもできる。

曹操も抜け目がない。これはかつて挙兵の際、丁斐の財力を借りたことに対する見返りで、今回は甘い汁を吸わせてやるつもりだった。妻である卞《べん》氏の弟の卞秉については、功労があっても官職を与えるわけにはいかない。大漢の乱れは外戚が政《まつりごと》に関わってきたことによる。曹操は妻の縁者を取り立てて自身の名声を落とすつもりはなかった。それゆえ官職の代わりに財を与えようと考えたのだ。

丁斐が手を伸ばして教令を受け取ろうとすると、曹操は手を引っ込めて言い含めた。「いいか、ものには限度というものがある。具体的にどれくらいの銭を割り当てるかは、任峻《じんしゅん》と相談して決めるのだ。一度決めたらその額で足るを知り、いつまでもだらだらと上乗せすることは許さん。数日ののち、袁渙《えんかん》を譙県の県令に任命する。袁渙は厳格に法を執行するゆえ、おぬしらの面子などかまってくれぬぞ。それから、子廉《しれん》は田舎に十分な土地がある。これ以上あいつに与えることは許さん。貧しい者の面倒をよく見るのだ、わかったか」曹操は丁斐の貪婪《どんらん》さを知り抜いていた。釘を刺しておかねば、きっと余すことなく自分の懐に入れてしまう。曹操の陣営には強欲な者も多い。銭を己の命のように大切にする曹洪を筆頭に、劉勲《りゅうくん》、許攸《きょゆう》、郭嘉《かくか》にも私腹を肥やす才があった。揃って功績があるので曹操も厳しくは咎めないが、丁斐がやりすぎて面倒を起こせばいちいち手を下さざるをえず、そうなれば誰もが気まずい思いをすることになる。

「はい、はい、わかっておりますとも。ご安心ください」家族より金に親しみを覚えるのが丁斐である。大喜びで教令を受け取ると、意味ありげに卞秉に目配せした。

それに気づいた曹操は、かぶりを振ってため息を漏らした。「数日前、兗州から知らせがあった。陳留《ちんりゅう》の太守、棗祗《そうし》が亡くなったらしい。かつて棗祗が屯田を行うよう進言しなかったら、朝廷にいまほどの金はなかった。この世では何をするにも金が要るのに、財源を確保してくれる人材は数少ない。いま荀令君は戸調《こちょう》の法［徴税法］を改めて思案しているが、棗祗がいてくれたらどんなに助かったことか。惜しいことだ……」

しかし丁斐はうわの空で、すぐにでもいくら上前《うわまえ》を撥《は》ねられるか勘定したくてうずうずしていた。卞秉を引っ張って立たせると、口から出まかせに答えた。「村の者たちが待っており、この仕事を遅らせるわけにはいきません。われらはすぐ軍営に戻り、任峻と相談してまいります。みなさまはどうかごゆるりと曹公とお話を続けてください。では、これにてお暇《いとま》いたします」

「ああ、行くがよい」曹操もこの守銭奴には敵わなかった。

「はっ」丁斐は金の匂いに意気揚々として、卞秉を引っ張って出ていった。長らく立ち尽くして疲れた曹丕、夏侯尚、曹真も、これを機に二人について逃げるように部屋を出た。

外は大雪である。風はなく、しんしんと降り続くぼたん雪は、すでに半尺［約十二センチ］ほど積もっていた。浮かれた丁斐はうっかり足を滑らせてよろめいた。卞秉は丁斐を支えながら皮肉った。「少しばかり儲けられるってだけで、ずいぶんな浮かれようじゃないですか。恥ずかしいったらありゃしない……」そこで突然目の前が真っ暗になった。大きな雪玉《ゆきだま》が額にぶつかったのだ。

口のなかに雪が入ってきた卞秉は、咳込みながら罵った。「ごほっ、ごほっ……誰だ？　ちくしょう」目をこすりながら見ると、上は十歳くらいから下は五、六歳まで、大勢の子供たちがいる。曹彰《そうしょう》、曹植《そうしょく》、曹沖《そうちゅう》、曹彪《そうひょう》ら曹操の息子たち、それに夏侯威《かこうい》、夏侯衡《かこうこう》、さらには曹仁の子の曹泰《そうたい》、曹洪の子の曹馥《そうふく》、おまけに自分の息子の卞蘭《べんらん》まで飛び跳ねて笑っている。もともと笛吹きを生業《なりわい》にしていた卞秉は、姉に従って曹家に加わったが、その最初の仕事が子守りだった。一族の子供たちは残らず卞秉に遊んでもらって大きくなった。子供たちを見た卞秉は途端に怒りを忘れ、自分も子供に返ったかのように、すぐに雪玉を作って卞蘭に投げつけた。「親に向かって雪を投げつけるとは、この不孝者め、よくもやったな！」

これが引き金となり、子供たちも一斉に雪玉を作りはじめた。曹彰は小さいときからほかの子供より力が強く、短い腕を振り回しながら叫んだ。「僕が投げれば親不孝じゃないよね」それが合図になって、子供たちの雪玉が一斉に卞秉に襲いかかった。

丁斐は、長幼の序をわきまえない悪ふざけを目にして声を荒らげた。「やめなさい！　みなやめるんだ！　わたしらには仕事があるんだ」

卞秉は雪玉をよけながら、笑って告げた。「文侯《ぶんこう》殿だけで行ってください。不当に金を稼ぐのは気が乗りません。いくら欲しいか、かまわず任峻に仰ればよろしいでしょう。わたしは責めもしないし告げ口もしませんから、好きになさってください」卞秉はいい加減に見えて、実は頭の切れる男である。姉の卞氏は息子を三人産み、数多い曹操の側女のなかでも一番の古株である。丁氏が実家に帰されたいま、姉がその地位に取って代わることも夢ではない。わずかばかりの金で名を汚すことはできなかった。横領した丁家と清廉な卞家、そうなれば、どちらが優れているかは明白である。今回のことも、あるいは曹操が両家を試しているのかもしれない。卞秉の眼差しは丁斐よりはるか遠くを見ていた。

丁斐もひとかどの人物であるが、いまは金に目がくらんでそこまで思い至らず、卞秉に軽く頭を下げて礼を述べた。「おぬしの心遣い、たしかに受け取った」転がり込んできたさらなる幸運に、顔をほころばせて去っていった。

丁斐が去ると、卞秉は子供たちと夢中になって遊びはじめた。最初は卞秉に集中していた雪玉も、やがて空中を縦横に飛び交い、誰が誰を狙っているのかわからなくなった。曹彰は小さいながらも力が強く、三つの雪玉を立て続けに繰り出すと、命中した曹沖が地面に転んだ。これを見た卞秉は慌てて「停戦」を叫び、曹沖の雪を払いながら曹彰を叱った。「兄なのに、どうしてそんなことをするんだ。その腕っぷしは、弓馬の鍛錬をして、将来父上のために戦場で敵を討つのにとっておきなさい……沖、どこか痛いところはないか」

「平気だよ」曹沖は笑いながら立ち上がり、乱れた衣を直した。曹沖は環《かん》氏が生んだ子である。母親にそっくりな美しい顔で、純白の狐裘を着ている姿は、まるで小さな銀細工の人形のようだった。

卞秉は曹沖の冷たく小さな手を握って軽く注意した。「沖は義兄《にい》さんの大事な大事な宝物。沖の身にもし何かあったら、わたしには責任が取れない。沖が着ているこの毛皮を見てごらん。『千羊《せんよう》の皮は一狐《いっこ》の腋《えき》に如《し》かず』というが、沖が着ているのは、まさにその狐の腋《わき》の下にある毛だけで出来ているんだ。いったい何匹の狐を殺して作られたものやら。それなのに雪の上で転がったりして……」

曹沖は平気な顔で言い返した。「でも父上は、『天下には狐の巣穴が山ほどある。いずれそれを残らず掘り出し、すべての狐の皮を剥《は》いでやろう』って仰ったよ。そのころには僕も大きくなっているから、それで僕のために大きくて立派な上着を作ってくれるんだって」曹沖は何の気なく曹操の口調を真似てみせたが、卞秉ははっとした。曹操の言葉には常に言外の意味がある――まさかこの子を跡継ぎに？――考えをめぐらせていた卞秉は、急に背中に冷たいものを感じた。叱られた曹彰が卞秉の隙《すき》を狙って、その襟首に雪を入れてきたのだ。

「うわっ」冷たさに思わず卞秉は震えた。「このいたずら小僧ども、わたしの服まで濡らしおって。これじゃ仕事に行けやしない。さあ、遊びはもう終わりだ。みんな帰って服を着替え、火にあたって温まりなさい。病気にでもなったら、ご両親がどんなに悲しむことか」そう促すと、卞蘭を抱き上げて歩き出した。

卞秉が去って行くと、子供たちもそれぞれの家に戻っていったが、曹彰、曹沖、曹彪の三人だけは遊び足りなかったのかその場に残り、ついで姿を現した曹丕を見つけると、袖を引っ張って遊ぼうとせがんだ。だが、曹丕は曹操が戻ってからというもの叱られどおしで、いまも朱鑠の件で怒られたばかりである。とても弟たちと遊ぶような心境ではなかった。「あっちへ行け。俺にかまうな。兄には大事な用事があって、お前たちみたいに一日じゅう遊んでいられないんだ」

曹彰は、うるさがる兄にあかんべえをすると悪態をついた。「ふんだ！　何かっていうとすぐに兄貴面《づら》して、どこがそんなに偉いっていうのさ。父上が兄上のことを目にかけているって本気で思っているの……沖、彪、行こう。あんなやつ、もうかまうな」

曹丕はあまりの衝撃に、怒るでもなく呆然と雪のなかに立ち尽くした。相手は十歳の子供である。自分の言った言葉の重みなどわかってはいない。きっと司空府でそういった噂《うわさ》を聞いたのだろう。曹丕は長男ではあったが、たしかに父親から目をかけられているわけではない。どうやらそれはもう秘密でも何でもないようだ……曹丕が塞《ふさ》ぎ込んでいると、その耳に痛ましい泣き声が聞こえてきた。よろよろとやって来たのは、司空府で厩舎の管理をしている李成《りせい》という老兵だった。

この李成も沛国譙県の人間で、もとは曹家の下男だった。のちに曹操が挙兵すると従軍したが、年寄りだということで厩舎の管理を任された。顔が広く、普段は笑みの絶えないおしゃべりなじいさんだったが、今日は不幸の極みといった顔をしている。六十になろうかという年寄りが、雪の降るなか笠もかぶらず綿入れも着ないで、馬の鞍を持ったまま泣き叫んでいるのだ。

「どうしたんだ」曹丕が面白がって尋ねた。

李成はその声も耳に入らぬ様子で、顔じゅうを涙で濡らしてうなだれたまま、何ごとかつぶやいていた。「もう駄目だ……生きちゃおれん……」曹彰は、李成のような老人が泣いているのが珍しく、駆け寄ってその長い髭を引っ張った。すると李成は、なんと引っ張られた勢いのまま地面に突っ伏し、鞍に抱きついて号泣しはじめた。

曹丕らは李成を助け起こした。「どうしたのか話してみなよ。泣いていたってなんにもならないよ」

李成は皺《しわ》の刻まれた瞼をこすりながら、鞍を持ち上げて見せた。「若君方、見てくだせえ……」黒く艶やかなその鞍には色漆《うるし》が施され、銅の環がぶら下がっている。ひと目で曹操のものだとわかったが、横に親指ほどの穴が開いていた。

その小さな穴に、その場の全員が凍りついた。曹操は普段から馬を愛し、馬具にも細心の注意を払うよう命じている。ましてこの鞍は、いまは亡き曹昂《そうこう》が遺した物、どんなに小さな綻《ほころ》びであろうと、見つかればただでは済まないだろう。曹操は部下の管理に厳しい。司空府の掾属《えんぞく》［補佐官］が仕事で小さな過ちを犯したときも、衆人の目の前で棒叩きを命じたことがあった。この鞍のことで怒りを買ったら、李成など殺されるかもしれない。

「どうしてこんなことに？」曹丕もうろたえた。

「ねずみにかじられたんです」李成はがたがたと震えながら答えた。「わしがちょっと出かけていたときに、ねずみが厩舎に入り込んだようなんです」

「お前はいつもきちんと仕事をするのに、どうしてこんな失態をしでかしたんだ。たしか、身内に会うため家に戻るのも許されていないはずだ。それなのに、こんな大雪のなか何をしに出かけたんだ？」

「医者を探しに行ったんです。それなのに……」李成は曹丕の足に抱きついて泣きついた。「若君、助けてくだせえ。この老いぼれのために、どうか旦那さまに取りなしてくだせえ。この年で棒叩きを食らったんじゃ死んじまいます……お願いでございます……」

曹丕は、父親の感情の起伏が激しく、自分には取りなしを頼むほどの力がないことも承知していた。少しでも言葉を選び間違えたら、今後評価を覆すこともかなわない。そばにいた曹真、夏侯尚もかぶりを振った。こればかりは誰にも助けられない。その様子を見た李成は自分に望みがないことを知り、地べたに突っ伏してまた激しく泣きだした。と、そのとき、幼い声が聞こえた。「おじいさん、泣かないでよ。僕が助けてあげるから」

李成が顔を上げて見ると、声の主は六歳の曹沖だった。こんな幼い子供にどうして自分を助けられるものか。だが、曹沖は自信満々、李成の耳元に口を近づけ、何ごとかささやいた。すると不思議なことに李成が泣き止んだ。「それで……うまくいきますかのう」涙をぬぐいながら尋ねた。

「きっとうまくいくよ」曹沖は大人を真似て懐手《ふところで》をすると得意げに答えた。「僕が咳をしたらなかに入って。それから謝れば大丈夫、安心して」

「だと、いいのですが……」李成は半信半疑ながら、泣きやんで曹沖の幼い顔を眺めた。「けど若君は、どうしてわしなんかのために骨を折ってくださるんで？」

「別に理由なんかないよ」曹沖はにやっと笑って下準備をはじめた。「兄さんたち、縄を探して李成を縛って。できるだけ可愛そうな感じにして……あと、真兄さん、剣を貸してくれる？」

「お前みたいな子供が剣をどうするんだ？」わけがわからないながらも、曹真は剣を曹沖に手渡した。「気をつけろよ。手を切るんじゃないぞ」だが、曹沖は剣を受け取るや、自分の着ている狐裘に穴を開けはじめた。

「お、おい……お前……」曹丕と曹真には、曹沖が何をする気なのかわからず、李成も驚いて目を丸くしている。こんなことをすれば高価な毛皮が台無しだ。

曹沖は笑いながら穴に指を突っ込むと、さらにぐるぐると引っかき回し、毛羽立つくらいになってようやく満足した。そして李成に念を押した。「おじいさん、いい？　僕が咳をしたら入ってくるんだよ」そう言うと曹真の剣を置き、飛び跳ねながら屋敷のなかへ入っていった。

このとき曹操はまだ棗祗の死を悼んでいたが、そこへ曹沖がばたばたと駆け込んできて、曹操の胸のなかに身を投げ出して泣きじゃくった。「父上、助けて！　早く僕を助けて」

「どうしたんだ、泣くんじゃない」曹操は、目に入れても痛くない最愛の息子が困っているのを見ると、すぐに抱き上げて膝の上に座らせ、髭だらけの頬を曹沖の白い頬に押し当てた。「沖よ、泣かずともよい……何があったのか、父に話してごらん。誰がお前をいじめたんだ？」

大泣きしているわりには涙で濡れていない顔を上げると、曹沖は口を尖らせた。「ねずみだよ。ねずみが僕の新しい毛皮をかじったんだ。ほら、見てよ」曹沖は狐裘に開いた穴をそこにいる全員に見せた。

曹瑜が思わず口を挟んだ。「若君は田舎に住んだことがありませんな。外がこんな雪だと、ねずみは家のなかに入ってくるものです。よくあることですよ」

曹沖は真剣な表情でかぶりを振ってぐずった。「違うんだ。ねずみに服をかじられたら、その人に悪いことが起きるんだよ。母上が言ってたもん。僕にもきっと悪いことが起きるんだ。父上、助けて……」

「はっはっは……」曹操は大笑いして、息子の小さな鼻先を弾いた。「沖、そんなのは女どもの迷信だ。何も悪いことなど起きんよ」

曹沖はぶるぶると体を震わせ、曹操の髭を引っ張って前後に揺らした。「だって怖いんだもん。僕、怖いんだもん」

「わかった、わかった」曹操は横に長椅子を引き寄せて息子を座らせると、やさしくなだめた。「お前は父のそばに座っているがよい。本当に何か悪いことが起きたら父が守ってやるからな」

曹沖はやっと安心して、ほっと息をついた。「みんな言ってるよ。父上の名前は天下に広まっていて、悪人はもちろん、幽霊だって父上のことを恐れているんだって」

息子に頼られるのは、世のどんな父親でもうれしい。ましてや自分のことを、幽霊でも恐れるほどだと信じているのだ。曹操は天にも昇る心地になった。「沖の言うとおりだ。父がいる限り、お前は何も怖がる必要はないぞ。いいか、お前も将来はこの父のように天下を背負って立たねばならん。たかが服ごときがなんだ。破れたってかまわん。古いものを捨てなければ新しいものはやって来ない。来年、父がお前のために新しい服を用意してやろう」親子の会話に、周りの者は唖然《あぜん》とした。自分が着るものには無頓着な曹操だったが、この息子にはどこまでも甘かった。破れたからといって、これほど高価な狐裘を捨て、すぐに新しいものを用意してやるとは……曹沖が一番愛されているのは誰の目にも明らかだった。

曹沖は曹操の横でおとなしくなった。曹操は棗祗を追賞《ついしょう》する件について夏侯淵と相談し、その息子に爵位を与えることにした。曹操が筆を手にして上奏文の字句を考えはじめると、機は訪れたと見て曹沖は咳をした。李成や曹丕らは窓の外で、曹沖の合図をいまや遅しと待ちわびていた。李成は慌てて跪《ひざまず》くと大声で叫んだ。「旦那さまにお目通り願います！」

「うん？　李成か……入れ」曹操はその声に顔を上げた。褐色の単《ひとえ》を着た老人が髪を振り乱し、自らを縄で縛ってにじり寄ってきた。そして李成は何度か叩頭すると、突然許しを乞うた。「旦那さま、お許しください。わたしは罪を犯しました」

「何ごとだ？」

「わたしがちょっと気を抜いたせいで、ねずみどもを厩舎に入れてしまったんです。おかげで旦那さまの鞍をかじられてしまいました。どうか罰してくだせえ」

「それほどのことで何を大げさな。退《さ》がれ」

李成は聞き間違えたのかと思い、額を地にこすりつけたまま繰り返した。「わたしが悪うございました。あれは昂さまの形見の鞍、どうぞわたしに罰を申し渡してくだせえ……」

曹操は李成をじろりと睨みつけた。「それがどうした。沖の狐裘は寝所にあったのにかじられたのだ。厩舎でねずみが騒ぐなど、さほど珍しいことでもあるまい」

「わたしが能無しなばっかりに……」

「もうよい」曹操は気持ちが上奏文に向いていたので、煩わしげに手を振った。「それしきのことは罪に値せん。とっとと退がって馬に飼い葉をやっておけ。これ以上わしを煩わせるな」それでこの件はおしまいになった。

李成は一つ小さく息をつくと、もう一度叩頭してから退出した。曹沖はそれからもうしばらく残り、曹操が上奏を書き終わったのを機にその袖を引いて切り出した。「父上は字を書いてばかりでつまらない。僕はもう行くね」

「おお、そうか」曹操は息子にうまく担《かつ》がれたとは露知らず、遊びに行くことを許した。「根気のないやつだな。まあ、いい。彪たちを見つけて遊んで来い……そうだ。さっき咳をしていたな。外はまだ寒い。服を多めに着ていくのだぞ」

「はい！」曹沖は返事をすると、うれしそうに出ていった。二の門から少し離れたところまで行くと、兄らが笑顔で李成を取り囲んでいた。一同は曹沖が来たのを見て、それぞれに親指を立てて称賛した。曹沖は得意げだったが、李成に元気がないのを見て尋ねた。「鞍のことが無事に済んだのに、まだ心配事でもあるの？」

李成は深くため息をついた。「今日のことは無事に済みましたが、どっちにしても、わしは死ぬしかないんです……実は重い病を患っていまして、今年じゅうに薬を飲まないと死んじまうんです」

曹沖は驚いて目をぱちくりさせた。「でも、薬ならすぐ手に入るさ。父上はすごい力を持っているから、どんなものだって手に入れられる。宮中のお薬だってもらえるよ。おじいさんは司空府の人なんだもん。薬が必要だと言えば、きっと父上が用意してくれるよ」

李成は苦笑いしてかぶりを振った。「弦《げん》から放たれた矢はどんな鳥でも射ち落とすが、薬は病人に合ったものしか効き目がないって言いましてね。わしの病は譙県の生き神様、華佗《かだ》先生じゃなきゃ治せないんです」

「華佗？　生き神様？　そんなにすごい人なのに、どうして僕たちは聞いたことがないんだろう？」

子供たちががやがやしはじめた。

「そりゃ、若君たちが都で大きくなられたからですよ。土地の者で華佗先生のことを知らぬ者はおりません。医は仁術と心得て、どんな難病、奇病もたちどころに治してくださるんです。わしの病は十八年前からですがね、毎日咳が止まらず痰《たん》には血が混じるもんで、そこいらの医者はみんな匙《さじ》を投げました。すがる思いで華佗先生のところへ行ってもらった薬を飲んだら、それがなんと一発で治りました。でも、華佗先生はこの病は完治せず十八年後に再発すると仰って、そのときに飲むようにと余分に薬をくれたんです。けど、数年前に親戚が同じ病にかかりまして、ついその薬をくれてやったんです」そう話すと、李成は顔に後悔をにじませた。「そのときは、いざとなったらまた華佗先生のところへ行けばいいと思ったのですが、数日前に先生のところへ行ったら留守で、さっきも雪のなかを行ってみたんですが、やっぱり留守で……村の者に尋ねたら、なんと華佗先生は広陵太守の陳登《ちんとう》さまの病気を診に行ったというのです。こっから広陵までは千里も離れていますし、先生はいつお戻りになるかわからねえ。数日したら、わしらも都に戻らなきゃならねえし……だからもう今年は年を越せねえかと……」そう嘆き、老いた李成はまた泣きはじめた。

「この世にそんな話があるものか。十八年もあいだをおいて再発する病だなんて！　とても本当は思えないね」曹真はほら話だと思っているようだ。

だが、李成は信じ込んでいる。「若君は華佗先生のすごさを知らないんです。先生はひと目見ただけで病気かどうかわかるし、どのくらいひどいかもわかるんです。その昔、解任されたある県令が先生を訪ねたことがあるんですが、とても元気で声もしっかりしていました。ところが、華佗先生はすでに病膏肓《こうこう》に入っているから死期は近いって仰ったんです。もちろんその元県令は信じやしません。

ところがどっこい、戻る途中で目眩《めまい》がしたかと思ったら、馬車に乗った途端に息絶えてしまいました。村の者はみんな見ていますからね、嘘だと思うなら聞いてみてくだせえ。これでも華佗先生が生き神様じゃないなんて仰るつもりですかい？」

「世間は広いから、華佗先生には本当にそんなすごい力があるのかもしれないね」曹沖は小さな手で李成の涙をぬぐってやりながら慰めた。「おじいさん、もう泣かないで。たぶん華佗先生は遠からず戻ってくるから」

「ええ？　どうして若君にそんなことがわかるんで？」

「賊どもを懲らしめてお国をまた興すのが父上の願いでしょ。陳登は自分の兵で守りを固めていたけれど、それを太守にしたのは河北に対抗するためだったんだ。もう袁紹は負けたから、父上が陳登を放っておくはずはないよ。きっと半年か一年もすれば、父上は陳登を広陵から移すはず。そのとき華佗が一緒についていてくれれば、おじいさんの病気だって治る見込みがあるでしょう？」

李成はそれほど楽観できなかった。たとえこの子の言うとおりだとしても、そのときまで自分の命が保《も》つかわからない。しかし、曹沖の好意には感謝するべきだと思い、跪いて叩頭した。「若君のご恩には感謝の言葉もありません。もし生きながらえることができたら、若君の轡《くつわ》を取って戦場にお供しますし、病が癒えずに死んだら、牛や馬に生まれ変わってご恩返しをいたします」

このやり取りを傍らで聞いていた曹丕は、背筋が寒くなるのを感じた——こいつは父の気持ちだけでなく、朝廷の大事さえ掌《たなごころ》を指すように見抜いている。道理で父がこいつを溺愛するわけだ。今日のことを李成が言いふらせば、曹沖は下の者にも思いやり深いと司空府じゅうに知れ渡る。まだ六歳だというのに、将来どこまで賢くなるのか……

そのとき、馬の蹄《ひづめ》の音とともに、曹純《そうじゅん》が雪を冒して軍営からやってきた。庭先で馬を飛び降りた曹純は、そのまま司空府に駆け込もうとした。手には一通の文書が握られている。

曹真は好奇心から尋ねた。「子和《しわ》おじさん、何か事件ですか」

「吉報だよ」曹純は破顔しながら答えた。「わが君の昔からのご親友、婁圭《ろうけい》殿がわれらに帰順してきたのだ」

（1）皇帝が発する「勅令」に対し、諸侯王、列侯《れっこう》などが発する命令を「教令」という。

意気投合

雪が徐々に溶け、鶯《うぐいす》がさえずり、草が芽を伸ばす春がまたやってきた。生きとし生けるものが息吹くこの季節、農村もにわかに活気を帯びはじめた。朝廷の優遇にあずかった譙《しょう》県の農民たちは、すこぶる順調に田畑を耕した。多くの農民が役牛《えきぎゅう》や農具を手にし、軍も派遣されて荒れ地を開墾したため、うち続く戦乱で所有者がいなくなった土地も耕作できるようになった。すべては曹操の威光がなせるわざである。

曹操はゆるゆると馬を進めながら、上機嫌で目の前に広がる田園風景を眺めた。兵糧は軍にとって欠かせない。民も食うものさえあれば文句を言わない。食糧さえ十分にあれば大抵のことはすんなり解決する。曹操が今日の地位を得ることができたのも、屯田によって農耕を盛んにし、収穫を増やして糧秣《りょうまつ》を蓄えたからで、これは天下に覇を唱えた歴代の英雄と共通する。曹操が遠くを見やると、視線の先では民が木材や石材を運び、学堂を修復しているところだった。思わず曹操の脳裡に古い記憶が蘇り、婁圭《ろうけい》のほうを振り返って微笑んだ。「子伯《しはく》、昔、橋公《きょうこう》［橋玄《きょうげん》］について野駆けに出かけ、教えを受けたことを覚えているか」

婁圭はうれしそうにうなずいたが、何も答えなかった。この十数年、自分の功績は曹操とは比べるべくもない。婁圭は王儁《おうしゅん》や許攸《きょゆう》と同じく曹操の友であり、かつては揃《そろ》って橋玄の薫陶を受けたが、歩んできた道はまるで異なる。王儁は自らの望みどおり隠者となり、門を閉ざして世間との交わりを絶ち、経典の研究に専念している。許攸はまず袁紹《えんしょう》に従って河北《かほく》で功績を立て、官渡《かんと》で曹操に投降してからは、大いに献策して富と地位を手に入れた。婁圭の才覚は三人に劣るものではない。むしろ志は三人よりも高かったが、これまで鳴かず飛ばずで無為に歳月を過ごしてきた。

董卓《とうたく》の入京で国が乱れはじめたとき、婁圭は故郷の南陽《なんよう》に戻って挙兵しようとしたが、袁術《えんじゅつ》に先を越された。人の下につくことを潔しとしなかった婁圭は、自ら小隊を率いて南陽の北で機を窺った。だが、そんな小さな勢力はこの乱世に星の数ほどあり、頼れる大樹がなければ生き延びることさえ難しい。その後、袁紹と袁術が豫《よ》州をめぐって争うと、寡兵の婁圭は兵糧にも事欠くようになり、己を枉《ま》げて劉表《りゅうひょう》に頼るしかなかった。このころ、荊《けい》州には多くの賢者が集まっていた。評判の高い人物も数えきれず、輝きの乏しい婁圭が人の目に留まることはなかった。当初、劉表は婁圭をひとかどの人物だと考え、武関《ぶかん》［陝西《せんせい》省南東部］に北上させて、戦乱を避けて逃れくる名士たちを受け入れさせた。しかし、時が経つとともに閑職に追いやられ、しまいには無官となんら選ぶところがないほどになった。このままでは何もなせずに生涯を終えることになる。そう憂慮していたところ、劉備《りゅうび》が敗れて荊州に逃げ込んできた。劉表が劉備を賓客として厚遇するのを見た婁圭は、劉表の意図に気づいた――劉表は曹操と決別する気だ。ならばいっそ譙県に行って旧友に帰順したほうが、まだ望みがあるのではないか――

「子伯、昔のことははるか遠くに思えるな。今生《こんじょう》でまたおぬしに会えるとは思いも寄らなんだ」曹操は婁圭を上から下までしげしげと眺めた。「しかし、おぬしは少しも年を取っておらんな。わしなどもうすっかり質《たち》の悪い老兵だ」婁圭もすでに五十に近いが、髪は黒々として白髪が一本もない。堂々たる押し出しで身の丈が九尺［約二メートル七センチ］もあるため、馬に跨がって並んでも曹操よりずいぶんと上背がある。二人は平服で轡《くつわ》を並べていたが、知らない者が見れば婁圭こそ天下の司《し》空《くう》で、曹操は卑しい老僕に映るだろう。

婁圭は髭をいじりながら言葉を返した。「孟徳《もうとく》、そんなことは言わんでくれ。黒い髪が何の役に立つ？　かつて橋公はよく仰っていた。われらはいずれおぬしに及ばなくなると……そして、いまやまったくそのとおりになった。男というのは偉大な者を羨むものだが、もしわしがおぬしの地位にあったなら……」そこまで言いかけて、婁圭は言葉を呑み込んだ。すぐに他人と比べるのは自分の悪い癖だ。婁圭はいつも自分は天下の誰より卓越しているといわんばかりに、「わしがもしおぬしであったなら……」と口にした。欠点だと自覚していながら、つい口走ってしまうのだ。

曹操もよくわかっていた。昔はどんなに仲がよかった友でも、別れて久しくなれば埋めがたい溝ができるものである。まして合従連衡が繰り広げられる乱世では、志を同じくした友でも天と地ほどに分かれてしまい、かつてのように腹を割って言葉を交わすことはできない。婁圭は許攸のような男と違い、富や爵位につられるようなことはない。曹操は婁圭の才を愛していたが、その気宇壮大な志を恐れた。警戒感を抱きながらもうわべでは親密さを装い、婁圭の肩を軽く叩いた。「話があるなら遠慮なく言ってくれ。わしらのあいだになんの憚りがあろう。そう言えば、おぬしはよく『男としてこの世に生を受けた以上、万の兵と千の騎馬を手に入れて後世に名を残さねばならん』と語っていたな。いまもまだその志を抱いているのか」

この問いかけに婁圭の心は苦しくなった。かつての志は一日として忘れたことはない。だが、運命は決して婁圭の思いどおりにはめぐってくれない。そして、こうした懊悩を曹操に打ち明けることもできず、婁圭はただため息をついた。「若いころの戯《ざ》れ言《ごと》など持ち出して何になる。いまはもう日々を何とか過ごせればそれでよい」

婁圭が心にもないことを口にしているのは承知していたが、曹操はあえて微笑みかけた。「麒麟児が野に埋もれていいものか。おぬしが嫌でなければ、わが軍の司馬《しば》になってはくれぬか。しばらくしたら様子を見て上奏し、校尉《こうい》か、あるいは将軍にでも推すつもりだが、どうだ？」

それこそ望むところであるが、婁圭は内心のうれしさをひた隠し、四角張って答えた。「帰順したからには、すべて孟徳の指示に従おう」

「はっはっは……」曹操は大笑いした。「山河は動かしやすきも、本性は改めがたし。おぬしは大きな志を持った人間だ。今後われらで力を合わせ、ともに天下を安んじて社稷《しゃしょく》を復興しよう。どうだ、素晴らしいではないか。軍営に戻ったら、おぬしを正式に別部司馬《べつぶしば》に任命する。自由に兵馬を動かしてくれていい。長い付き合いじゃないか。望みがあれば遠慮なく言ってくれ。昔と同じようにな」

「ああ、そうだな」婁圭は何度もうなずいたが、後ろを振り返らずにはおれなかった――許褚が鎧兜に身を包んだ十数人の兵を連れ、付かず離れずで常に曹操を警護している。相手が昔なじみであろうとそれは変わらない。これほど厳重に警備され、これほど地位に隔たりがあるいま、どうして昔と同じでいられよう。

婁圭はかくもえこひいきする天を密かに呪った。ふと見ると、曹操は婁圭に背を向けて話題を変えた。「ときに劉備は、荊州ではどのように扱われておる?」

婁圭は一瞬戸惑ったが、すぐにその意図を見抜いた。官職を与えるというのは目の前にぶら下げた褒美であり、曹操が本当に気になっているのは、自分がもたらす荊州の情報なのである。婁圭は即座に答えた。「劉表は劉備を下にも置かない歓待ぶりで、毎日宴を開いて何やら話し合っていた。どうやら劉備を新野《しんや》［河南省南西部］に駐屯させ、明公《めいこう》に対抗させる腹づもりのようだ」婁圭はわざと「孟徳」とは呼ばず、「明公」と呼んだ。

「ふん」曹操は鼻で笑ってあざけった。「劉表も懲りぬやつだ。かつては張繡《ちょうしゅう》を使ってわしに対抗させたが、今度は大耳の賊か。他人を盾にするばかりで、自分はのんびり襄陽《じょうよう》［湖北省北部］に隠れて暮らすつもりか。実際のところ兵法をまったく知らんのだろう。聞けば最近あやつは天子のみに許される郊祀《こうし》［天子が都の郊外で冬至に天を、夏至に地を祀《まつ》る行事］を行ったそうではないか。僭越にもほどがある。だが、劉備は張繡のようにはいかぬ。下手をすれば寝首をかかれるぞ」曹操の洞察力はさすがに鋭い。「官渡の戦いの際、劉表はわしの背後を突こうとしたが、長沙太守《ちょうさたいしゅ》の張羨《ちょうせん》の反乱に遇って中止せざるをえなかった。あれから張羨父子は殺され、長沙は劉表のものになったが、やつは後釜に誰を据えたのだ？」

「南陽の張機《ちょうき》だ」

「張機？」曹操は信じられないといった顔をした。「あの医術を究めようとしている張仲景《ちゅうけい》か」

「そうだ。張氏は南陽の名家だからな。張羨らを殺したとはいえ、やはり張氏一族から選ばざるをえんのだろう。張仲景は一族でも傍系にあたる。この男を太守に据えれば張氏の支援を失うことはなく、また一方で警戒する必要もないと考えたのだろう。しかも長沙では悪い病が流行っていて、民の半数近くが傷寒《しょうかん》［腸チフスの類い］で亡くなったらしい。張仲景は医術に通じているので、政《まつりごと》以外にも、病を治すことで民を救えると思ったのではないか」

曹操は皮肉った。「『医《くすし》は病を治す工《こう》なり［医者は病気を治す職人である］』と『説文《せつもん》』にあるが、言ってしまえば祈禱師や職人の類い(1)、君子がなるべき職ではない。そんな真っ当でない者を太守にしたのでは、民を安んじることはできまい。傷寒は治せても、天下の苦しみを救えるはずがない」

婁圭が見るに、張仲景という男は決して曹操が貶《けな》すような凡庸な人物ではない。しかし、あえて反論せずに同調した。「劉景升《けいしょう》は人を用いるのが下手なのだ。以前、劉表は別駕《べつが》の韓嵩《かんすう》を都に遣って天子に拝謁させたが、明公が上奏して韓嵩を零陵《れいりょう》太守にしたため、劉表は戻った韓嵩に疑いの目を向けるようになった。そして、官渡の戦いに際して韓嵩が出兵を諫めたため、劉表はどっちに仕えているのかと激怒し、牢に閉じ込めてしまった。いまも韓嵩は牢に入れられたままだが、かくも狭量な者がどうして人材を得られよう。しかも劉表は、いまや内外のことをすべて蔡瑁《さいぼう》と蒯越《かいえつ》に任せきりだ。襄陽の者たちは、劉景升は役所の広間で嘯《うそぶ》くだけで、荊州の実の主《あるじ》は蔡家と蒯家だと噂しておる」

曹操は冷やかに笑った。「かつて劉表が荊州に赴任したとき、頼れる者は誰もいなかった。そこで蔡家と蒯家の手助けを得て、ようやく地盤を固めることができたのだ。そうして蘇代《そだい》と貝羽《ばいう》を誅し、黄祖《こうそ》と結び、清流の名士を招聘して大功を立てた。その恩がある以上、劉表には二人を抑えこめまい。蔡瑁なら子供のころから知っているが、常に策略をめぐらせているような男だ。しかも劉表は蔡瑁の姉を娶《めと》り、縁戚関係を結んでいるというではないか。外戚を政に関わらせるのは乱れのもと、人を用いるときにもっとも忌むべきことだ。それに蒯越といえば、何進《かしん》のもとで東曹掾《とうそうえん》を務めていた男であろう。当時、何進や袁紹が蒯越らの申すことを聞いておればな……」

婁圭は感慨深げに語った。「袁紹や劉表といった輩が天下の一角を占めたといっても、ほかの者に持ち上げられたに過ぎない。己の実力によって土地の有力者を押さえ込み、権力を掌握したのは一人明公のみ。二人に対しても勝利を収めるは必定」

この言葉に曹操は胸が熱くなった。実力で有力者を押さえ込み権力を握る、まさに言うは易く行うは難しである。かつて兗《えん》州の張邈《ちょうばく》と陳宮《ちんきゅう》が謀反を起こし、曹操は帰還する場所すら失いかけたことがある。いまの隆盛は千辛万苦をなめ尽くしたうえで得たものだ。曹操は振り返ると、しばし黙って婁圭を見つめ、やがておもむろに口を開いた。「天下の賢才の論には相通ずるものがあるという。別れて久しいわれらだが、やはり心は通じ合うようだ……昔は決めかねることがあると、よくおぬしに意見を聞いたな。実はいま、わしには切に迷っている問題がある。子伯、代わりにこれを解決してくれぬか」

「もったいないお言葉だな……」

曹操は、婁圭が社交辞令でお茶を濁す前に続けた。「倉亭《そうてい》の戦いからこちら、袁紹は亀のごとく河北に引っ込み、半年も経つのにまだ完全なる勝利を得ておらぬ。かたや劉表は韓嵩を牢に入れ、劉備を招き入れてわしと事を起そうと目論んでいるようだ。わしは北の袁紹を攻めるべきか、それとも南の荊州を取るべきか……」

「それは……」婁圭は北を攻めるべきだと考えたが、安直に口にするのは憚られた。一つには曹操陣営でまだ正式な地位にないため、もう一つには、婁圭自身が荊州から来たためである。もし劉表を攻めるべきではないと進言すれば、劉表をかばっているとも取られかねない。

曹操は婁圭の躊躇《ちゅうちょ》を見透かした。「これほど話してもまだ胸襟を開いてはくれんか。昔なじみの友として話してくれ。それが正しかろうと間違っていようと気にすることはない。最後に決めるのはわしなのだ。どんな意見でも咎め立てはせん」曹操は天を指さして誓った。

それを見た婁圭は勇気を奮って考えを口にした。「北の袁紹を攻めるべきだと思う」

「なぜだ?」

「普天の下、袁氏の門生《もんせい》や故吏《こり》［昔の属官］は数多く、その名声は四海に鳴り響いている。かつ河北は天下でもっとも富んでおり、光武《こうぶ》帝もこれを手に入れることで天下を取った。明公は袁紹と対峙して数年、官渡と倉亭で勝ちを得た勢いに乗じて一気に掃討するべきなのに、なぜ手を緩めることがある?　一方で、劉表が身を置く荊州の襄陽は、西に劉璋《りゅうしょう》、東に孫権《そんけん》、南に山越《さんえつ》(2)という兵家必争の地。

明公の才をもってすればこれを奪うのはたやすかろうが、北を固めずに攻め取れば、今度は自分がその危地に飛び込むことになる」

曹操は口惜しそうにつぶやいた。「それはたしかにそのとおりだ。だが、官渡で勝ちを収めて優勢にあるとはいえ、兵を率いて強攻してもそう易々とは平らげられぬのだ」実際、曹操は一度北伐を試みたが、袁紹を引っ張り出すこともできなかった。

「時が経てば変化も起きよう。わしがもし明公ならいますぐ北上して兗州に兵を置き、戦《いくさ》の準備をはじめる。そして河北にわずかでも変化が生じれば、すぐに黄河を渡って一直線に鄴城《ぎょう》［河北省南部］を目指すところだがな」自分の話に酔った婁圭は、いつもの悪い癖が出たことにも気づかなかった。

だが、婁圭の言葉は曹操の目の前の霧を晴らしてくれた。ここ数日、荀攸《じゅんゆう》や郭嘉《かくか》が何度もまず河北を攻めるべきだと進言し、許都《きょと》にいる荀彧《じゅんいく》でさえ、わざわざ手紙をよこして北を攻めよと献策してきた。しかし、曹操の心を動かしたのは、やはりこの婁圭の言葉であった。兗州と河北は黄河を挟んで指呼《しこ》の間にある。わずかな異変でもすぐに察知することができ、兵を置いて機を窺うには絶好の場所に違いない。だが曹操はあくまで淡々としたまま答えた。「やってみる価値はあるな。兗州へは近いうちに行かねばと思っていたのだ。大戦《おおいくさ》を開いたのだから、勝ったわしが当地の民を慰撫せねばなるまい。そうだ、ついでに睢陽県《すいよう》［河南省東部］へ寄って橋公の祭祀を行おう。いいときに来てくれたな。手紙をやって許攸も呼び寄せ、橋公の薫陶を受けた者同士、ともに先生を供養しようではないか」

「一挙両得というわけか。それはいい」婁圭も自分の策が容れられて喜んだ。

「今日はもう遅い。軍営に戻るとしよう」曹操はそう言って馬首を回《めぐ》らせた。「戻ったら正式に別部司馬に任ずる。だが……袁紹との戦で大勢の兵を失った。十分には兵を回すことができん。代わりといってはなんだが、郭嘉らと一緒に軍議に参加してくれ。新しく兵を募ったら、真っ先におぬしに回すからな」

婁圭は不満そうに声を荒らげた。「孟徳、ふざけているのか。兵がいない司馬なんて、単なるお飾りではないか」

「はっはっは……」曹操は笑って軽くいなした。「許都に屋敷を建てて俸給も払ってやるのだ。わしがおぬしを粗略に扱ったりするものか。兵はすぐに補充する。昔なじみではないか」曹操は馬に鞭をくれ、先に走り出してしまった。婁圭も苦笑いしてあとを追うしかなかった。

二人が護衛兵を引き連れて駐屯地に帰ってくると、門のあたりで何やら騒ぎが起きていた。どうやら数人の衛兵が、一人を取り囲んで殴ったり蹴ったりしているらしい。その横には使い古された荷車が止められ、荷台にはぼろを着た者が座っている。曹操は眉をひそめて許褚を呼んだ。「何ごとか見てこい。もし法に触れることでもしていたら、すぐに県の衙門《がもん》［役所］に送って処罰せよ。兵同士の喧嘩ならわしが直接処罰する。軍営の門前で殴り合いなど、こんなに見っともないことがあるか！」

本来ならこうした些細なことに関わっている暇はなく、早く戻って執務に精を出さねばならない。しかし、官渡で勝利してほっとしたためか、近ごろは兵たちのあいだで軍紀が緩んでいた。今日の騒ぎはちょうどいい。何人か見せしめに処刑すれば、兵たちの気も引き締まるだろう。そこで曹操は馬を止めると、騒ぐ兵たちにぞっとするような視線を向けた。いままで殴っていた兵らも、それに気づいておろおろしはじめた。事態の仔細を尋ねてきた許褚が曹操に報告した。「申し上げます。兵士らは喧嘩をしていたのではなく、あの者が自分を官の親類だと偽ったため追い払おうとしていたようです」

「違う！」許褚の言葉を聞き、さっきまで殴られていた男が、がばと身を起こした。「俺は本当に官の親類だ！　嘘なんかついていない」

男がなおも言い張るので、許褚は兵に命じて取り押さえようとしたが、曹操はそれを制してじっと男を見つめた。髪はぼさぼさで顔も垢《あか》にまみれている。まだ春風の冷たい時期だというのに単《ひとえ》だけを身にまとい、擦り切れた袖から汚れた腕がのぞいている。着物は縄で結んでいるだけで、しかも裸足である。そばの荷車の台に座っている老婦人は、真っ白な髪を振り乱し、顔も皺《しわ》に埋もれていた。汚れた綿入れはあちこち穴が開いており、驚いたせいか顔を下げてこちらを見ようともしない——明らかに物乞いの二人連れである。

曹操はかぶりを振った。「戦に追われて活計《たつき》がないと訴えるならまだしも、官の親類を偽るのは許せん。すぐに県の衙門に送って処罰するがよい」そう命じると、男には目もくれず馬腹を蹴って軍営内に入ろうとした。

ぼろを着た男はそれでも弁解しようとしたが、兵士らに取り囲まれて逃れられないと思ったのか、大声で叫んだ。「この老いぼれめ、いい度胸だ。もし俺のおじ上が見つかったら全部訴えてやるからな！　おじ上の地位と権力を知らんのだろう。お前の首を斬るのも朝飯前だからな」

「待て！」曹操は汚れ果てた物乞いの男をじっと見た。よく見れば、それほど年は食っていない。「こやつを放せ……お前、わしの首を斬ると申すか。よかろう。ならば聞くが、お前のおじとはいったい何者だ？」

物乞いの男は殴られて腹を立てていたが、胸を張って問い返してきた。「お前が知りたいのは俺のおじ上のことか、それとも天下に名を轟かすもう一人のおじ上か」

「ん？」曹操は向かっ腹を立てながらも答えた。「どっちも知りたいものだな」

「聞いて驚くな。俺のおじ上は国明亭侯《こくめいていこう》、都護《とご》将軍の曹子廉《しれん》だ。もう一人のおじ上こそは、天下の司空、曹孟徳だぞ！」

曹操はあやうく噴き出しそうになった。「それならお前は朝廷の高官貴人の子息ということになるな。では聞くが、この老いぼれはいったい誰だと思う？」曹操の顔も知らずに刃向かう男を見て、兵士らは口を押さえて笑いをこらえた。妻圭だけは曹操の様子に言葉を失った――孟徳よ、輔政《ほせい》の任にありながら、一介の物乞いに目くじらを立てるとは、いつからそんな男になったのだ……

冷やかされていると気づいた男は、かえって声を荒らげた。「見るからに度量の狭い陰険な悪人だ。賢才を妬《ねた》むことしか能がない無頼の奸賊《かんぞく》だな」

許褚は曹操の短気をよく知っている。これ以上喚《わめ》かせておいたら、男は斬り刻まれるだろう。曹操が兵に命じるより早く、許褚は男を押さえ込んで怒鳴りつけた。「いい加減にせんか！　恐れ多くも曹公を罵倒するとは命が要らんのか！」

するとこれを聞いた物乞いは、恐れるどころかなんと飛び上がって喜び、もがきながら大声で叫んだ。「そ、曹公……おじ上、俺です！　休《きゅう》ですよ……覚えておられませんか！」

散々に罵られて曹操は怒りに打ち震えていたが、「休」という名には思い当たるところがあった。

一族の曹鼎《そうてい》は息子を早くに亡くしたが、その忘れ形見が曹休《そうきゅう》ではなかったか。寡婦と孤児はなんとか食いつないでいたものの戦乱で故郷を追われ、村の者たちも二人はとっくに死んだものと思っていた。まさか目の前の若者が曹休なのか。曹操は若者をしげしげと眺めたが、記憶のなかの曹休はまだ赤子であり、本物かどうかまったくわからない。

このとき、荷台に座っていた老婦人が声を放って泣きはじめた。「息子を放してくださいまし……どうか、手を放してください……ああ、天よ……」

「手を放せ」曹操は馬から飛び降り、荷車に駆け寄った——髪は真っ白で憔悴しきっていたが、それでも往事の面影を残していた。たしかに、かつて目にした寡婦に間違いない。

「お、奥さま、なんと……生きておられたのか」

この声に驚いた老婦人は袖で顔を覆い、肩を震わせた。

曹操は老婦人の手をつかんで自分の顔を見させた。「よく見てください。わたしです、阿瞞《あまん》です!」

「ああ……」老婦人は小さく叫ぶと、荷台に伏して激しく泣きだした。「天はわたしどもをお見捨てではなかった。とうとう一族の方に会えるとは……ああ、旦那さま。不幸にも若くして亡くなられた、わたしの旦那さま……」老婦人は曹家の人間を見て、思わず亡夫を思い出したのだろう。

貧しい女性は礼儀をわきまえていないものだが、曹操は周りの者たちの笑いものになるのを恐れて慌ててなだめた。「奥さま、泣かないでください。故郷に帰って一族の者に会えたのですから、喜ぶべきではありませんか」

曹休は地べたに膝をつき、そのまま曹操の前ににじり寄った。「おじ上、休でございます、休でございます！　先ほどはたいへんなご無礼を働きました。伏してお詫び申し上げます」そう謝りながら叩頭した。

「苦労したのだな……」曹操は曹休を助け起こした。「お前たちはいったいどこへ逃げていたのだ。一族の者はみな心配していたのだぞ。祖父君景節《けいせつ》［曹鼎］の孫はお前一人しかいない。お前が死んでしまったら血脈が絶えてしまうところだった」

曹休は泣きながら身の上を語りはじめた。「董卓の兵が豫州を襲ったとき、わたしは母を連れて隣県にいた母方の祖父の家に逃げました。ところが、行ってみたら祖父の家の者は皆殺しにされていて、屋敷も西涼《せいりょう》兵に焼かれていたのです。さらには、その騒乱に乗じた山賊どもが跋扈《ばっこ》して道を塞《ふさ》いだため、致し方なく流民とともに南へ逃れました。遠く故郷を離れて南陽まで行き着くと、袁術が若い男を捕らえては兵にしていると耳にしました。母はわたしも捕らえられるのではと心配し、今度は長江を下って淮南《わいなん》［淮河《わいが》以南、長江以北の地方］に向かいました。母子二人で物乞いをしながら生きていましたが、戦のためにどこも土地が荒れていて、山菜ももらえない日々が続きました。そこでさらに長江を渡って呉《ご》郡へ行きました。幸いにもそこで親切な官吏に出会い、母と二人で郡の衙門に置いてもらうことができました。わたしは役所の使いっ走り、母は針仕事や洗濯をして、なんとか糊口《ここう》をしのいでいたのです」

曹操は二人の苦労話を聞き、涙を禁じえなかった。「休よ、どうしてわしを頼って来てくれなかったのだ」

「戦乱のせいで道が通じていなかったのです。それに、どこにいるのかもわかりませんでしたから。

それからずいぶん経って、おじ上が天子さまを迎えて朝廷を再建したと聞きました。ですが、江東《こうとう》［長江下流の南岸の地方］は連年の戦続き、帰りたくとも無理でした。かの地ではよそ者であり、万一おじ上との関係がばれたら、どうなるか見当もつきませんでしたし……」ここまで話していよいよ悲しさがこみ上げてきたのか、曹休は声を震わせた。「呉郡の衙門の影壁《えいへき》［表門を入ってすぐにある目隠しの独立塀］には、祖父の姿絵がまだ掛かっていました。祖父が生きていたら、どんな富貴も思いのままでしたでしょうに……わたしは家が恋しくなるたび、その姿絵の前で泣いたものです……」

曹操ははっとした。曹鼎、字《あざな》は景節、かつて呉郡の太守を務めたことがある。決して清廉潔白な官ではなく、むしろ賂《まいない》によって蓄財に走り、弾劾を受けた身である。その曹鼎が亡くなって長い時間が経ち、めぐりめぐって嫁と孫の二人が辛酸をなめることになろうとは。しかも毎日、姿絵のなかの曹鼎に自分たちの苦労を見せつけていたというのだから、これが曹鼎の受けた報いということか……

曹休は涙をぬぐって歯を食いしばると、肩を震わせながら続けた。「わたしも母もずっと耐えに耐えました。孫策《そんさく》が刺客に殺され、孫権がその跡を継ぎ、江東に戦がなくなって、ようやく帰ってくることができたのです。どんな苦労も厭《いと》いはしませんでしたが、ただ、母の足はもう……」

曹操は言われてはじめて老婦人の足に注意を向けた。たしかに老婦人はずっと荷台に座ったままで、息子が兵に殴られていても動かなかった。「奥さま、あなたの足は……」

「動きません」老婦人は口惜しげに荷台を叩いた。「わたくしめは毎日の洗濯を仕事にしていましたが、呉郡の気候と水が合わなかったのでしょう。ずいぶん前に両足とも動かなくなりました。路銀も尽きたあとは憐れな息子が荷車を押し、千里の彼方にある故郷へと連れて戻ってきてくれたのです……ほんに親孝行な息子です……」

曹操はあまりの感動に身を震わせ、曹休の姿に目を奪われた——ぼろぼろの着物、垢まみれの顔、しかしその瞳には強い意志と勇気がはっきりと見て取れる。呉郡から譙県まで母を乗せた荷台を押して帰ってくるとは、まさに不屈の気概、至高の孝心《こうしん》ではないか！　人の生涯において、戦乱で流浪の身になるほど苦しいことはない。母の懐に抱かれて故郷を離れた赤子が、足の立たない母を助けて故郷に連れ帰ったのだ……曹操はしばらくぼんやりと曹休を見ていたが、やがてその頭をなでて褒め称えた。「休よ、お前は曹家の千里の駒だ。古《いにしえ》より忠臣は孝行者より出るという。将来、お前は必ずや大器となろう」

母子は荷車の上と下でしばし泣き崩れた。曹操は二人を軍営内に引き入れると、まずは衣食の用意をしてやった。それからすぐに曹洪《そうこう》を呼び、親族の感動の再会がいま一度繰り広げられた。曹休親子は故郷を離れて久しく、もといた土地の田畑は荒れ果てていたため、曹操は二人を自らの屋敷に招き入れ、気の利く下女を十数人も選んで曹休の母の面倒を見させた。また、曹休のことは息子たちと同じく扱うよう部下に命じ、着るもの、食べるもの、使うものの一切を、曹丕《そうひ》らと同じにするよう申し渡した。曹家と夏侯《かこう》家の両家では数日にわたって祝いの宴が続き、朝廷から民にも施しが行われ、譙県は喜びに沸いた。

それからしばらくすると、汝南《じょなん》太守の満寵《まんちょう》から一通の知らせが届いた。反乱軍の残党は残らず掃討されたという。劉辟《りゅうへき》と龔都《きょうと》の首級は都に送られ、于禁《うきん》と楽進《がくしん》の討伐軍も帰還したとあった。こうして曹操の故郷へ錦を飾る旅は終わりを告げた。都に戻れば今度は兗州へと北上し、袁紹討伐の好機を窺って、いよいよ河北に出兵である。

(1) 漢代には、医者は下賤の者がなる職と考えられ、呪術によって病を治す祈禱師や手工業の職人、商人などと同列に見なされ、朝廷に仕官できなかった。華佗や張機以前の後漢では、費長房《ひちょうぼう》が医術によって民を救ったことで有名である。また、当時は病気の治療と化け物や幽霊を退治することが、職業として分けられていなかった。

(2) 山越とは、古代の南方に住んでいた少数民族の総称。いまの壮族《チワン》、侗族《トン》、苗族《ミャオ》などが含まれ、雑多な民族が交じっていたことから「百越《ひゃくえつ》」とも呼ばれた。漢代は山越の勢力が強く、江蘇《こうそ》省、江西《こうせい》省、浙江《せっこう》省などにわたるほどだったが、しだいに漢民族に同化していった。

第四章　袁紹《えんしょう》、死す

橋玄《きょうげん》の祭祀を行う

睢陽県《すいようけん》［河南省東部］の北五里［約二キロメートル］にある小さな林には松や児手柏《このてがしわ》が豊かに茂り、近くには睢水《すいすい》がゆったりと流れている。軽やかに流れる川の音、賑やかにさえずる鳥の鳴き声、あたりの光景は人々の目を楽しませ、心を爽やかにした。橋玄《きょうげん》(1)は、その緑豊かな林のなかに眠っている。かつての太尉《たいい》で、曹操にとっては若かりし日の官途の師、そして忘年《ぼうねん》の友でもあった。恩義を忘れることは生涯ない。それゆえ兗《えん》州へと北上する途中、わざわざ回り道をして睢陽に立ち寄り、橋玄のために祭祀を執り行うことにしたのである。

墓の周りは土地の官吏によってすでに掃き清められ、銅鼎《どうてい》や香台、太牢《たいろう》(2)の供物などがきちんと並べられていた。曹操自ら香を焚いて祭祀を行い、婁圭《ろうけい》と許攸《きょゆう》が酒を捧げ、橋玄の息子の橋羽《きょうう》が傍らで手伝った。ほかにも司空《しくう》府の部下や軍の将らも叩頭して拝礼した。曹操は事前に書き上げていた祭文《さいぶん》を、新しく任命した記室《きしつ》(3)の劉楨《りゅうてい》に朗読させた。

故《もと》の太尉橋公、明徳《めいとく》を誕敷《たんぷ》し、汎《ひろ》く愛し博《ひろ》く容《い》る。国は明訓《めいくん》を念《おも》い、士は令謨《れいぼ》を思う。霊幽《くら》く体翳《かす》み、邈《はる》かなるかな、晞《おぼろ》なるかな。吾幼年を以て堂室《どうしつ》に升《のぼ》るに逮《およ》びて、特《た》だ頑鄙《がんぴ》の姿を以て、大君子の納《い》るる所と為る。栄を増し観を益《ま》すは、皆奨《ほ》め助くに由る。猶《な》お仲尼《ちゅうじ》の顔淵《がんえん》に如かずと称し、李生《りせい》の厚く賈復《かふく》を歎ずるがごとし。士は己を知るものに死す。此れを懐《おも》いて忘るること無し。又従容《しょうよう》として約誓《やくせい》せし言を承《う》く。「殂逝《そせい》の後、路経由《けいゆ》する有り、斗酒隻鶏《としゅせきけい》を以て過ぎるに相沃酹《よくらつ》せずんば、車過ぐること三歩、腹痛むとも怪しむ勿かれ」と。臨時の戯笑《ぎしょう》の言と雖《いえど》も、至親《ししん》の篤好《とくこう》なるに非ずんば、胡《なん》ぞ肯《あ》えて此の辞を為さんや。霊忿《いか》り、能《よ》く己に疾《やまい》を詒《おく》ると謂うに匪《あら》ず。旧を懐い顧《こ》を惟《おも》い、之を念うこと凄愴《せいそう》たり。命《めい》を奉じて東征し、屯して郷里に次《やど》り、北のかた貴土《きど》を望み、乃ち陵墓を心《しん》す。裁《わず》かに薄奠《はくてん》を致す。公其れ尚《こいねが》わくは饗《う》けよ。

「もとの太尉橋公は、立派な徳を広め、士人を博く愛して受け入れました。国は橋公の立派な教えを思い起こし、士人は橋公の優れた大計を慕っています。しかし、橋公の霊魂はさまよって見えず、肉体も霞がかったように遠く、なんと遠く離れてしまったことでしょうか。若輩のころ屋敷の奥に通され、ひとえに頑なでありながらも、大君子である橋公は認めてくださいました。わたしが名を揚げ見聞を広めえたのは、橋公が褒めて励ましてくれたからにほかなりません。それはあたかも孔子が弟子の顔回《がんかい》に及ばないと称え、李生が賈復を将軍や宰相の器であると感嘆したようなものです。士人は己を知る者のために死すもの。この思いを抱いて忘れることはありませんでした。また、橋公は寛ぎながらわたしにこんな約束の言葉をかけられました。「わしが死んだのち、おぬしがわしの墓を通り過ぎることがあったら、一斗の酒と一羽の鶏を持って墓参りをして供えてくれよ。さもなくば、車が墓を通り過ぎて三歩の距離も進まぬうちに腹が痛くなっても知らぬからな」その場限りの冗談ではありましたが、親しい間柄でなければ、こんな言葉は出ないものです。そしていまこうしているのは、橋公の霊魂のお怒りによって病が生じるのを恐れたわけではありません。昔を懐かしみ、橋公が目をかけてくれたことを思い起こし、悼んでいるのです。陛下の命により東征に出て郷里に駐屯した際、あなたの眠る北のほうを眺めて墓参を思い立ちました。ここに粗末な供物を捧げますので、願わくはお受け取りください」

流れるように祭文が読み上げられると、曹操は墓前に酒を注いで語りかけた。「何とぞ供物をお納めあれ。橋公にとこしえの謝意を……いまはまだ行軍の身の上、二度と安らかなる眠りを妨げることはないでしょう。これでお別れです」曹操は恭《うやうや》しく一礼すると、ようやく一行を引き連れて林を出ることにした。

婁圭は髭をしごきながらため息をついた。「橋公はその名を朝野に知られていたが、それでも死んだあとは、こんな小さな林を話し相手にするしかないのだな。ときどき考えるのだが、人はその生涯において結局何を追い求めているのだ？」

「そう考え込むな」曹操は歩きながら答えた。「天下のことはいまだ定まっておらん。要らぬ心配をしている暇などない。悩むなら橋公の遺志をどう受け継ぐか、漢室をどう復興させるか、民草をどう安んずるかを考えることだ」

そばにいた許攸が口を挟んだ。「孟徳《もうとく》、子伯《しはく》、われらのなかで橋公に一番似ているのは誰だと思う？」

「聞くまでもない、そりゃ孟徳だ」婁圭がすぐに答えた。

「いや、そうとも限らんぞ」許攸が笑って先を続けた。「兵を率いて羌人《きょう》を相手に戦うなら、そりゃ孟徳が一番に決まっている。だが、非凡な気概に溢《あふ》れる点では子伯が一番似ている」

婁圭も笑った。「ならば橋公の冗談好きな性格は子遠《しえん》が残らず学び取ったな。三人でそれぞれに受け継いだということだ」

「おぬしたち、一人忘れているぞ」曹操が振り向いて付け加えた。「名利に囚われないことでは、誰も王子文《おうしぶん》には敵わん。やつが一番橋公に似ている」曹操が王儁《おうしゅん》の名を持ち出すと、婁圭も許攸も口をつぐんだ。橋公を敬うことにかけては誰も王儁には敵わない。この橋公の墓も、王儁が橋家とともに建てたものだ。その王儁だけが静かに俗世から隠れ、飽くことなく修養を積んでいる。いまは荊州《けい》の武陵《ぶりょう》で門を閉ざして隠れ住んでいるが、その徳を慕う民たちが百戸あまりも王儁に付き従っていったという。王儁は劉表《りゅうひょう》の招きを断り、曹操が天子の名の下に尚書《しょうしょ》に任じても応じなかった。今日の祭祀に王儁の姿がないことは実に心残りであった。

橋玄の子の橋羽は一行の最後尾を歩いていたが、三人が塞《ふさ》ぎ込んでいるのを見て近寄ってきた。「心配は要りません。劉表は天下に覇を唱えるような器量はありません。いずれ曹公が襄陽《じょうよう》［湖北省北部］を手に入れれば、子文と再会する日も訪れましょう」

「そうなればいいがな」曹操は空を仰いでため息をついた。

そのとき、橋羽がやにわに威儀を正して懸念を口にした。「曹公とみなさまがお越しになり、亡き父の祭祀を執り行ってくださったこと、恐悦至極に存じます。しかしながら、太牢の供物は天子の祭祀に際して朝廷から捧げられるもの。本日、曹公が亡き父にそれを捧げられたのは、あまりに恐れ多きことではありませぬか」橋羽はすでに五十を超え、真面目を絵に描いたような人物である。今日の祭祀は僭越に過ぎると思っていた。

曹操は気にも止めていない。「はっはっは。橋公は生前、わしにこんな冗談を言われた。先生の墓前をよぎるとき、供えの肥えた鶏とうまい酒を忘れてそのまま通り過ぎたら、すぐに腹痛を起こしてやるからなと。いまはわしも出世した。それに、これは橋公の望んでおられたことだ。それゆえ太牢を供えてご恩に報いたまで。『僭《おか》さず賊《そこ》なわざれば、則《のり》と為らざること鮮《すく》なし。我に投ずるに桃を以てせば、之に報ゆるに李《すもも》を以てす［分不相応なことや、人を傷つけるようなことをしなければ、それがみなの手本となる。桃を贈られれば、返礼として李を贈るのが当然である］』というではないか。これはわしのささやかな感謝の気持ち、どうか気にしないでほしい」曹操が僭越だと思わないのであれば、それ以上ほかの者には追及できない。橋羽もすぐさまうなずいた。

一行が林を出ると、曹操の大軍勢はすでに駅路に整列して待っていた。曹丕《そうひ》が父のために馬を牽《ひ》いてくると、婁圭と許攸が曹操に一礼した。「わが君、お乗りください」昔なじみの二人は、内輪だけのときは曹操を字《あざな》で呼び、人前ではわが君と呼ぶ。そうすることで互いの関係にけじめをつけていた。

曹操は二人に退《さ》がるよう合図すると、曹丕に向かって小さくうなずいた。「お前が手を回して司空府に入れたあの劉楨とかいう者、なかなかの人材のようだ。筆を執れば路粋《ろすい》や繁欽《はんきん》にも劣らず、今日の祭文の朗読もすこぶる良かった。あんな友がいたとは、お前も少しは成長したのかもしれんな」

曹操から褒められることは滅多にない。曹丕は殊の外うれしく、得意満面で父の馬を牽きながら決意した――父上は詩賦《しふ》や文章が好きだから、これからはもっと精進しよう。

「では曹公、道中ご無事で」橋羽と睢陽県の役人たちが、跪《ひざまず》いて曹操に別れの挨拶をした。

「お立ちを」そう促して橋羽に尋ねた。「忙しさのあまり失念していたが、貴殿はいま何の役職についておられる」

「豫《よ》州の従事《じゅうじ》を務めております」橋羽は正直で真面目な人柄だが、能力に優れているわけではない。

曹操は少し考えたが、不意に顔をほころばせた。「いま任城《にんじょう》の相《しょう》が空いている。荀令君《じゅんれいくん》に詔書を起草するよう言っておこう。貴殿がこの空位につかれるがいい」

豫州の属官から秩《ちつ》二千石《せき》の国相《こくしょう》に昇進とは、途中の官職をいくつも飛び越えることになる。橋羽は慌てて辞退した。「わたくしには何の徳も才もありません。かようなお引き立ては身に余ります。どうかご命令を取り消されますよう……」

「辞退するには及びません。貴殿の年功はその地位にふさわしい。それに橋公はご存命の折り、わしに妻子のことを託されました。これはわずかばかりの気持ちです。ほかに何か不自由はされておらぬか。家の様子はいかがかな？」

橋羽は拱手《きょうしゅ》して答えた。「曹公のおかげで何不自由ございません。ただ、妹二人が故郷に戻れずにおります」橋玄は息子の橋羽のほかに、晩年二人の娘を得た。いずれも花のように美しく、大橋《だいきょう》、小橋《しょう》と称された。当時、二人の娘は橋玄に従って江淮《こうわい》［長江と淮河《わいが》の流域一帯］に避難したが、戦乱に巻き込まれて江東《こうとう》［長江下流の南岸の地方］の兵にさらわれてしまった。二人を見た孫策《そんさく》は大喜びで、大橋を娶《めと》って妻とし、さらに小橋を自身の右腕の周瑜《しゅうゆ》に与えてめあわせた。孫策も周瑜も美丈夫であったから、江東に流れた橋家の姉妹は思いも寄らず素晴らしい夫に嫁ぐことになった。しかし、不幸にも孫策は刺客の手にかかって殺され、大橋は若くして寡婦となった。さらに南北に遠く隔たり時局も微妙なため、大橋は兄のもとへも帰れず、息子の孫紹《そんしょう》を守って孤独な日々を過ごしている。

曹操は軽く請け合った。「江東の孫氏にかつての力はない。河北《かほく》を平定したらすぐにも南へ攻め込み、貴殿に代わって妹君をお迎えしよう……」曹操の脳裡には、幼かったころの二人の姿が次から次へと浮かんでいた。当時、橋羽の二人の妹はまだ幼子ながらも驚くほど綺麗で、大人になったいまはどれほど美しくなっていることか……

想像にふける曹操の後ろから笑い声が聞こえてきた。振り返ってみると、曹丕、曹真《そうしん》、曹植《そうしょく》らが配下の将と中軍の校尉《こうい》王忠《おうちゅう》を取り囲み、何やら指さして騒いでいる。みな楽しそうに大笑いしているが、軍には規律があり、兵士がむやみに笑い声を上げることは許されない。曹操は叱りつけようとしたが、そのとき王忠の馬に縛り付けられた髑髏《どくろ》が目に入り、思わずぷっと噴き出した。

この王忠というのは京兆尹《けいちょういん》の出で、年は三十を超えたばかりだが、曹操に帰順したのは早かった。王忠はもと関中《かんちゅう》［函谷関《かんこくかん》以西の渭水《いすい》盆地一帯］の亭長《ていちょう》で、天下が乱れた際は匪賊同然の手勢を率い、武《ぶ》関《かん》［陝西《せんせい》省南東部］で略奪を働いていた。だが、飢饉で食糧を得られなくなり、流民を殺して人肉を食ったという。のちに武関を離れ、劉表の命で戦乱を避けて南下してくる名士の受け入れに当たっていた婁圭と出くわした。王忠は婁圭の指揮下に入るどころか、これを奇襲して金目の物を奪い、北を迂回して許都《きょと》に投降したのである。曹操陣営の将兵は誰しも王忠が人肉を食べたことを知っている。馬に飾られた髑髏は、誰かがそれをからかったに違いない。橋玄の祭祀を行っている間にこっそり王忠の鞍から兵糧袋を外し、代わりに髑髏を縛りつけておいたのだろう。将兵たちがこらえきれずに大笑いするのも無理はない。

王忠は顔を真っ赤にし、目を飛び出さんばかりに怒《いか》らせ、地団駄を踏んで叫んだ。「誰がやった？　俺とやり合う気なら出てこい！」

曹操は慌てて笑いを引っ込め、重々しい表情でたしなめた。「軍中でかような無礼は許されぬ。早く名乗り出て王将軍に謝罪せよ。出てこぬならわしが厳罰に処すぞ」そう叱責しながら曹操の目は息子たちのほうを見ていた——この連中が誰よりも楽しそうに笑いこけている。おおかた子供たちのいたずらに違いない。

案の定、曹彰《そうしょう》と曹植が笑いながら、若い召使いを前に差し出した。その召使いは地べたに跪いて謝った。「旦那さま、お許しを。若君方に命じられて、ほんの冗談のつもりだったんです」

「冗談にも限度というものがある……いったいどこから髑髏などを見つけてきた？」

召使いは笑みを押し殺して答えた。「人には富貴あり、瓦には裏表あり。旦那さまが祭祀を行った橋公のお墓はそれは立派だったけど、そこまでの道中、誰にも顧みられない墓が山とあって、骨なんか拾い放題。一つ二つ持ってきたって罰なんか当たらないよ」張りのある声には曹操への敬意が微塵も感じられない。

むろんこんな話し方は許されず、まったく礼儀作法がなっていない。曹操はもう少しで棒叩きに処せと命じるところだったが、よく見ると相手は二十歳にも満たぬ小僧で、痩せた小柄な体に尖った鼻とへこんだ頬といった風貌をしている。召使いの服は着ているが司空府の人間ではない。曹操は怒りを露わにした。「貴様は誰だ。なぜわしの知らぬ者がここにいる⁉」

「おいらはえっと、若君にお仕えする召使いです」男は曖昧に答えた。

「でたらめをぬかすな！　わしは司空府の者をすべて知っておる。小僧、貴様は敵の間者ではないのか」

「とんでもない。司空府の召使いだ」若い召使いは曹操の威勢に少しも怯《ひる》むことなく言い返した。

「まだほざくか」曹操は怒髪天を衝《つ》いた。

「もし旦那さまの思い違いだったらどうしますか」若者はなおも言い張った。

曹操の息子たちはその素性を知っている。いまや悪さがばれたうえ、若者の命まで危ないと見て、慌てて一斉に跪いた。「父上、お許しください。この者は故郷の者で、名を朱鑠《しゅしゃく》と申します」

「朱鑠？」曹操は曹丕の願い出た件をふと思い出した。自分が許しを出さなかったので、曹丕が召使いのなかに紛れ込ませて譙《しょう》県［安徽《あんき》省北部］から連れ出したのだろう。曹丕のほうを向くと、すでにその顔は真っ青になっている。曹操は猛然と曹丕を怒鳴りつけた。「いい度胸だ。曹家の掟《おきて》によってお前を罰する！　覚悟せよ」

何も口答えしない曹丕の代わりに朱鑠が立ち上がり、あばらの浮いた胸を麻の茎のような細い腕で叩くと、大声で喚《わめ》いた。「若君をいじめるな。俺がくっついてきたんだ。旦那が俺を目障りだって言うなら、すぱっとひと思いに斬り捨てればいい。若君にはなんの関係もないんだ。話があるんなら俺にしてくれよ！」

功成り名を遂げて以来、曹操は面と向かって盾突かれたことがない。憤懣《ふんまん》をぶちまけて激しく罵った。「おのれ、悪人の分際でわしに意見するか！　まず息子の性根を叩き直してから、望みどおり貴様を斬り捨ててやる！」

このままでは曹丕に刑罰が加えられる。諸将は慌てて次から次へと許しを請い、当の王忠ですら取りなした。「わが君、お怒りをお鎮めください。ご子息は郷里のことを思い、わが君に代わって善行を施そうとしたに過ぎません。まして田舎の若者は広い世間を見たことがなく、ものの言い方を知らなくても仕方ありません。度量の広いわが君が相手にすることもありません。どうか大目に見てやってください」妻圭や許攸も情に訴え、橋羽もかばった。

取りなそうとする一同の顔を潰すわけにもいかない。曹操は曹丕を睨みつけると吐き捨てるように言った。「この役立たずめ、お前など褒めるのでなかった。この件はみなの顔を立てて不問に付すが、以後は身を慎め！」かろうじて許されると、曹丕は遠く離れていった。「朱鑠とかいったな。お前は家に帰れ。司空府にお前のような品のないやつは要らん」

王忠は諸将のなかでもっとも若く、曹丕や曹真らに取り入ろうと近ごろはよく一緒にいた。王忠はいまこそ懐に入り込む絶好の機会と考え、救いの手を差し伸べた。「それは酷というものです。こんな遠くまでついてきて追い払われたのでは、あまりに気の毒ではありませんか。わが君とは同郷ということですし、それを突き放せばわが君の面子にも関わりましょう」

曹操は王忠をじろりと睨んだ。「こやつの愚劣さは死んでも治らん。おぬしもたったいまからかわれたではないか」

「あれくらいたいしたことではありません」王忠は馬上の髑髏をぽんぽんと叩き、おかしそうに笑った。「それがしが人肉を食べたのは事実ですから、責めるわけにもいきません。せっかくなんで行軍中の退屈しのぎに、こいつをかじってますよ」王忠がそう言ってのけると、諸将も笑いだした。

曹操も笑ったが、やはり朱鑠のことは拒絶した。「だが、司空府にこんな無礼なやつは要らん」

「では、わたしがもらい受けましょう」王忠は朱鑠の袖を引っ張った。「それがしはこういう馬鹿な野郎が好きなんです。わが隊には似つかわしいかもしれません。わが君すら恐れないのですから、敵なんか屁とも思わんでしょう」諸将はまた大笑いしたが、曹丕におもねる王忠の思惑に気づく者はいなかった。

「おぬしのような将には似合いの兵か……ふん、好きにしろ」曹操は意に介さず、馬首を回《めぐ》らせて全軍に命じた。「時間を無駄にした。出発するぞ」

軍令が伝わり前軍が動き出すと、曹操も中軍の将兵を率いて前進し、夫人や息子たちの馬車があとに続いた。王忠は隙《すき》を見て前方へ駆けてゆき、曹丕に近づいた。「若君、焦らずとも大丈夫です。明《めい》公《こう》はざっくばらんなお方ですから、あれだけ怒ってももう気に留めていませんよ」

「先ほどは将軍のおかげで助かった」曹丕はすぐに礼を口にした。

「若君のために少しでもお役に立てたなら光栄です」王忠は意味ありげな笑みを浮かべた。「あの朱とやらは若君と一緒にいてはよろしくないかと。わたしが面倒を見ます。わが隊で軍吏として使い、そのうち機会を見つけて功を立てさせます。三年のうちには司馬《しば》に昇進させることを約束しましょう。いかがですか」

「それはありがたい……」軍中に友人がいるのも悪くない。曹丕はしきりに礼を述べながら、また密かに考えをめぐらせるのだった……

（1）『三国志演義』では「喬玄」として登場するが、『後漢書』では「橋玄」に作る。本書もこれに倣《なら》う。

（2）古代において、祭祀の供物には等級があった。一般に、太牢は天子の祭祀で捧げられ、豚、牛、羊が生《い》け贄《にえ》となる。中牢《ちゅうろう》は諸侯の祭祀で捧げられ、牛と羊だけが生け贄となる。

（3）記室とは、文書を起草する秘書官のこと。

鄴《ぎょう》城挽歌

曹操には知る由もなかった――曹操が睢陽《すいよう》を発って兗《えん》州に向かっていたころ、古くからの友人にして最大の宿敵、袁紹《えんしょう》の命の灯火《ともしび》はいまにも燃え尽きようとしていた。

倉亭《そうてい》の戦いで敗れたときには、袁紹の体はすでに病魔に蝕《むしば》まれていた。官渡《かんと》での一年は気力を振り絞って将兵を指揮したが、それは執念と自尊心によって支えられていたに過ぎない。曹操が黄河の南に兵を退《ひ》くと、袁紹はついに倒れ、いかなる治療も薬も効果がなく、病は徐々に重くなっていった。

建安《けんあん》七年（西暦二〇二年）五月のある日、長らく寝込んでいた袁紹だが、気分が爽やかになるのを感じた。重かった体は軽く、胸のつかえが下り、ずいぶんと楽になった気がする。侍っていた側女《そばめ》や童僕たちも、袁紹が茶碗に半分といつもより多く粥《かゆ》を食べたのでたいそう喜んだ。袁紹も側女らに久しぶりに笑顔を見せた。

小さく笑みを浮かべたものの、これが臨終の際に訪れる一時的な回復に過ぎないと袁紹はわかっていた。妻の劉《りゅう》氏は密かに棺や墓の準備をしていたし、三人の息子たちも父の寿命が尽き果てたときに慌てずに済むよう、人知れず召使いに喪服の用意を命じていた。袁紹はずっと寝台の上で動けなかったが、すべてを承知していた。苦労の末に得たわずかばかりの河北《かほく》の地、この支配地に存在するありとあらゆる人間や出来事について、自分の体と同じように把握していた。

死後にいったい何が起こるか、それを予見しているからこそ、世を去る前にきちんと引き継いでおかねばならなかった。幸い今日は意識がはっきりしている。袁紹は州の役所と軍の主だった者を残らず呼び寄せるよう息子たちに命じた。言葉遣いに気をつけ、礼儀作法にもとることのないよう言い含めて遣わすと、今度は自分ができる限り元気な姿を見せるため、召使いに髪を梳《くしけず》らせ、衣を着替えさせた。さらには寝室の窓もすべて開け放つよう言いつけた。自分とともに戦場を駆け抜けてきた者たちに、寝所にこもった薬の臭いを嗅がせることはできない。

逢紀《ほうき》、審配《しんぱい》、郭図《かくと》、辛評《しんぴょう》、荀諶《じゅんしん》、崔琰《さいえん》、陳琳《ちんりん》……みな忙しくしていたが、若君たちの要請を受けるとそれを放り出して駆けつけた。おそらくこれが袁紹との最後の対面になる。半刻［一時間］もすると、一同が大《だい》将軍府の大広間に勢揃《ぞろ》いした。そして、三人の息子に導かれ、渡り廊下を抜けた先にある袁紹の寝所へと向かった。

「大将軍に拝謁いたします」一同は揃って床に跪《ひざまず》き、じっと床石を見つめた。誰もが病に犯された主《あるじ》の姿を見るに忍びなかったのである。かつて袁紹には威厳があった。当代に並ぶ者がないほど英然としていた。だが、いまはきっと見るに堪えない姿となっているに違いない。

「みなの者、面《おもて》を上げよ……」袁紹の声には落ち着きがあり、柔らかかった。

一同は恐る恐る顔を上げて目を遣った。寝台にもたれかかる袁紹の顔は青ざめ、目は落ちくぼみ、数か月にわたって病に苦しめられた体は手の先まですっかり痩せ細っている。かつてはふっくらとして厚みのあったか細い手をかろうじて持ち上げ、みなに向けていた。寝台の横には憂いを満面に浮かべた妻の劉氏が座り、碗に入れた湯に息を吹きかけて冷ましながら捧げ持っている。だが、それでも袁紹の髪はきちんとなでつけられ、油も塗られて艶があった。身には真新しい絹の衣をまとっている。硬い笑みと自信を浮かべたその表情、そして厳かな眼差しは、昔といささかも変わっていなかった――袁紹はどこまでいっても袁紹、たとえ死の淵にあろうとも、やはり威厳に満ちている。

「わが君……」逢紀が声を詰まらせた。湧き上がる悲しみに胸を痛めたが、声を押し殺して涙をこらえた。しかし嗚咽が漏れると、審配や辛評たちもこらえ切れず、みなすすり泣きはじめた。

袁紹はぼんやりと審配らを眺めていたが、かすかにかぶりを振ってたしなめた。「泣く必要がどこにある……天下に終わりのない宴はない。人はいつか死んでゆくもの……」

袁紹の口から「死」という言葉が出ると、劉氏が慌てて遮った。「あなた、そのようなことは……」

袁紹は不満げに妻を睨んだ。もし体が不自由でなかったら、間違いなく「男の話に口を挟むな」と怒鳴っていたところだ。だが、いまの袁紹にそんな力は残っておらず、ただ弱々しく手を上げて制するだけだった。ゆっくりと息を整えて続けた。「わしはもう棺桶に片足を突っ込んでいる。とはいえ、天下平定の大事を止めるわけにはいかぬ。わしが死んだあと……」

この言葉に一同ははたと泣きやみ、上目遣いで袁紹を凝視した。むろん袁紹の死は悲しい。しかし、いまもっとも関心があるのは誰を世継ぎにするかである。それは今後の大業ばかりか、個々の利益にも大いに関わる。

だが、袁紹は焦《じ》らすかのように突然話題を変えた。「わが袁氏一族は、高祖父の袁安《えんあん》のときより聖恩を受け、四代にわたって三公《さんこう》を輩出する名門となった……民草を救い皇統を回復することは、わが袁氏が尽力すべき責務である。思い起こせば、桓《かん》帝や霊《れい》帝の御代は、寵臣と宦者《かんじゃ》によって仕官の道が閉ざされた……さらには鴻都門学《こうともんがく》［霊帝の命《めい》で設立された書画技能の専門学校］が設置され、寒門の者を高官に据え、造成した西園《せいえん》では官職を売って邪《よこしま》な小人《しょうじん》を高位につけた。五倫《ごりん》は廃れ、三綱五常《さんこうごじょう》は失われ、世の気風も昔日とは一変した。これで天下が乱れないわけがない。若いころ、わしは悪人を掃討せんと志を抱いたが、天は応えてくれなかった。董卓《とうたく》が都に入るやいっそう小人どもが跋扈《ばっこ》し、ついには収拾がつかなくなった……」感慨深げにそこまで話すと、袁紹は劉氏に水をひと口求めた。苦労して水を飲み込むと、ほっと息をついて先を続けた。「わしは河北を十年近く治めた。公孫瓚《こうそんさん》を滅ぼし、黒山《こくざん》の賊を打ち破り、幽《ゆう》州の将らを籠絡して、一気に中原まで平定するつもりだった。だが、思いも寄らなかった。まさかあの奸賊《かんぞく》の曹操めが……」宿敵の名を口にしたとき、袁紹の顔にかすかに緊張が走った。「曹操は謀《はかりごと》の多い男だ。官渡ではわが陣営の者を寝返らせ、兵糧を焼いてわしを惨敗させた。ああ……これもまた天命、抗《あらが》うことはできぬ……」

一同は思わず目を伏せた――天命？ 抗えぬ？――官渡の敗因は明らかである。袁紹が勝利を急いで忠言を容れず、時機を逸して備えを疎《おろそ》かにしたからにほかならない。袁紹はこの期に及んでもなお体面を気にして自らの失策を認めなかった。それどころか、当時は讒言《ざんげん》を信じ、忠誠心に満ちた田《でん》豊《ほう》を殺してしまった。袁紹にとっては面子《めんつ》がそれほど大事なのか……だが、もうまもなく命の灯火《ともしび》も消える。いまとなっては誰が間違っていたかなど、さして重要なことではない。

袁紹はしばらく沈黙していたが、突然、手招きした。「顕思《けんし》(1)、近う寄れ……」

この緊迫のときに父に呼ばれた袁譚《えんたん》は、いよいよ跡継ぎの指名かと期待して内心狂喜した。表向きはあくまで悲しむふりを続け、跪いたまま寝台の横までにじり寄ると、その手をしっかりと握った。

「父上、何かお言いつけが」

袁紹はいつもの教え諭すような口調を改め、袁譚の頭をなでると、穏やかに言い聞かせた。「わが袁氏は汝南《じょなん》の名家で、孝悌《こうてい》を重んじる家柄……だが、お前の叔父の袁公路《こうろ》が南陽《なんよう》で挙兵してから、公路とわしは公然たる敵同士になってしまった。その後、公路は皇帝を僭称し、わが袁氏の面子をつぶした……人の将《まさ》に死なんとす、その言《げん》や善《よ》しという。わしの言葉をよく覚えておくのだ。袁術のことを前車の轍《てつ》とし、兄弟で一致協力して一門のために尽くすのだ。そうすればわが袁氏の名が再び輝くことも夢ではない……」

その場にいた多くの者は河北の豪族であり、普段から傲岸不遜《ごうがんふそん》な袁譚とはそりが合わなかった。そのため、いま袁紹と仲睦まじく話す姿を目にして、冷や汗が背中を伝った。袁紹の言葉には含むところがあった。だがそれを読み取れた者はおらず、劉氏も落ち着きを失い、碗を持つ手が震えていた。袁譚と袁熙《えんき》は前妻が生んだ子である。後妻の劉氏にしてみれば、自分の生んだ袁尚《えんしょう》が跡継ぎになれなければ、悲惨な将来が待っていることは火を見るより明らかである。

事はすでに決したと思った袁譚は、内心の興奮を抑えつつ父の足の上に顔をうずめ、声を放って泣きだした。「父上のお言葉、必ずや心にとどめ置きます……うっうっう……」

「譚よ、泣くな。話はまだ終わっておらぬ……」袁紹は一同が驚くほど声に力を込めた。「われら袁氏は一族として隆盛を極めたが、あの憎き董卓の悪党め、朝廷を牛耳って袁隗《えんかい》や袁基《えんき》をはじめとする三族を皆殺しにしおった。わしはこのことを思い出すたび悲しみが抑えきれぬ……聞けば、わしが官渡で曹操めと対峙していたとき、汝南の酷吏《こくり》の満寵《まんちょう》もわが一族を少なからず殺《あや》めたとか。いまや袁家はすっかり衰微してしまった。そこで今日、わしはお前を袁基の養子とし、その後嗣《こうし》が絶えぬようにしたいと思う」

「ええっ!?」これを聞いた袁譚は雷に打たれたかのように驚き、涙も引っ込んだ。「父上はわたしを要らぬと仰るのですか」

袁紹は息子の頭をなでながらゆっくりと答えた。「何を馬鹿なことを……出来損ないだった袁公路の失敗を鑑《かがみ》とし、兄弟で一致協力して一門のために尽くせと言ったばかりではないか。父の言いつけを聞いていなかったのか。どこへ行こうとお前は袁家の子弟、これまでと何も変わりあるまい」

変わりあるまい？　大将軍の位を継ぎ、四州の兵馬を統《す》べ、曹操と天下を争う。そのための権力、地位、そして遠大な志……その一切が泡と消えるのだ。袁譚に納得できるはずもなかった。父はなぜ袁尚ばかり可愛がるのだ。青《せい》州を統治するよう命じられたときも、袁家が支配していたのは一県のみであった。自ら各県城や衙門《がもん》［役所］を攻め、田楷《でんかい》を追い払い、孔融《こうゆう》を破り、黄巾《こうきん》賊を掃討し、苦労に苦労を重ね、ようやく父のために一州すべてを手に入れたのではないか！　官渡の戦いに際しては父の傍らを離れず、兵馬を率いて疲労困憊するまで戦った。だが、いま父は自分に跡を継がせないばかりか、養子として外に追い出すという。袁譚はどうしても受け入れられず、理詰めで覆そうとした。

「父上はどうして……」

「もう二度とわしを父と呼ぶな」袁譚の性格からして、いましっかりと押さえつけておかねば、将来必ずや禍《わざわい》を惹き起こす。袁紹は気力を振り絞り、目を怒《いか》らせて袁譚をじっと睨んだ。その眼光は刃物のように鋭かった。「いまからお前は袁基の子だ。わしを呼ぶならおじと……おじ上と呼べ……」

何か言いかけた袁譚だったが、袁紹の眼差しは氷のように冷たかった。父親の、さらには君主の威厳を前面に押し出してきたため、袁譚は腹に溜まった不満を呑み込んだ。大声で泣き叫びたかったが、袁紹を父と思って泣けばいいのか、それともおじと思って泣くべきなのか、それさえもわからなかった。袁譚は袁紹の手を放して床に突っ伏した。

父と子のあいだに情がないことがあろうか。袁紹は胸を痛めたが、歯を食いしばってたしなめた。「もう泣くな。まだお前には頼まねばならぬことがある……いまから棺を安置する部屋をしつらえよ。弔問客《ちょうもん》の応接などはすべてお前に任せる。葬儀が終わっても急いで青州に帰ることはない。鄴城［河北省南部］にとどまり、弟のために知恵を貸してやってくれ……さあ、もう退《さ》がるがよい……」言い終えると、袁紹は目を閉じて顔を背け、二度と袁譚を見ようとしなかった。呆然としていた袁譚は一人では立ち上がれず、すぐに劉氏が童僕を呼んで退がらせた。

袁譚の泣き声が遠ざかるのを待って、袁紹はゆっくりと目を開いた。このたびの悩ましい決断は、たしかに袁紹の気力と体力を奪っていった。一同を見渡してもゆらゆらとした影にしか見えない。最期のときが迫っているのは明らかだった。袁紹は急いで次男の袁熙を呼んだ。

袁熙は二十歳過ぎ、端正な風貌をしているが、寡黙な人となりで、少しばかり気の弱いところがある。父との永遠の別れを前に、すでに泣き腫らして眼は真っ赤になっていた。いまも小刻みに身を震わせながら寝台の傍らに跪いたが、ひと言も言葉が出てこない。袁紹はため息をついたが、微笑みを浮かべて諭した。「兄弟三人で、熙が一番わしを安心させてくれる……わしが死んだら孝悌の教えを守り、兄や弟と仲良くするのだぞ。禍は芽のうちに断ち、邪《よこしま》な小人の言に惑わされて兄弟の仲を割かれぬよう、くれぐれも気をつけてくれ」言葉は袁熙に向けられたものだが、その目はじっと三男の袁尚を見ていた。

「は、はっ……」袁熙は慟哭《どうこく》し、返事さえ言葉にならなかった。

ここまでくればもう心配は要らない。跡を継ぐのは三男の袁尚だ。審配を筆頭とする河北の士人《しじん》たちはほっと胸をなで下した。逢紀や荀諶といった面々にも文句はなく、もちろん劉氏も安堵していた。ただ、郭図と辛評だけは暗い表情をしていた——郭図は潁川《えいせん》の士人で、平素から審配らと折り合いが悪く、しかも長年にわたって袁譚を密かに支持してきた。同じく潁川の辛評も、河北の豪族らとは馬が合わなかった。

だが、いちいち説明をしている時間はない。袁紹は急いで袁尚を呼んだ。「尚、近う寄れ……」袁尚は審配と逢紀のあいだに跪いていたが、その呼び声にぐっと涙をぬぐい、父の前ににじり寄った。二十歳になったばかりで、三人の息子のなかではもっとも袁紹に似ている。いつも上品かつ温和な態度で人に接し、貴顕の子弟らしい優雅さをおのずと身にまとっていた。袁紹は三男をしばらく見つめると、厳粛な表情でその肩を叩いた。「みなに拝礼せよ」

突然のことで袁尚は驚いたが、すぐにその意味を理解すると、居並ぶ者たちに向き直って深く拝礼した。これには一同も驚き、審配と逢紀は慌てて袁尚を抱え起こした。「わが君、若君から拝礼を受けるなど、とんでもございません」

「いや、せねばならん」袁紹がうなずいた。「わ、わしは自身の……」おそらく袁紹はこう告げたいのだろう。「自身の地位と官職は、すべてこの子に継がせる。みなは私心なく全力で補佐してやってほしい」と。だが、袁紹の喉はまるで誰かに締めつけられたかのように、どうしても声が出てこなかった。舌を少し動かすだけでも恐ろしいほどの力がいる。その様子を見て、審配と逢紀は涙ながらに袁紹の目の前に跪き、よく響く声で誓いを立てた。「天の神よ、地の神よ、ご照覧あれ。われらは若君を補佐して大業を受け継ぎます。忠誠を尽くし、永遠に二心《ふたごころ》なくお仕えします」二人が口火を切る格好で、ほかの者も次々に叩頭した。それぞれの想いを胸に秘めながら……

だが、袁紹の不安は誓いの言葉を聞いてもぬぐい切れなかった。審配や逢紀の忠誠心を疑うのではない。長幼の序を乱すという礼法にもとる行いをしたため、三人の息子の関係が将来こじれるのではないかと案じられたのだ。しかし、袁尚を跡継ぎに選んだのは溺愛しているからではない。何度も熟考した末に決めたのだ。

冷静かつ公平に論じるならば、長男で戦功もある袁譚を養子に出すのはおかしい。だが、袁譚は人に対しては情がなく、思慮にも欠けるところがある。さらに言えば河北の豪族たちとの関係も悪く、それは今後の歩みの大きな妨げとなろう。袁紹による河北統治の原則は豪族を重用して民を押さえ込むことで、豪族とともに河北を治め、厳格な階級秩序を作り出す点にあった。もし官渡の戦いに勝利して新しく支配地を手に入れていたなら袁譚に跡を継がせても問題なかったが、戦いに敗れてのちは陣営内の対立が顕在化していた。次なる主は河北を守り抜いて勢力を盛り返さなければならず、それにはおそらく四、五年の忍耐が必要となり、これまで以上に豪族の助けが不可欠である。陣営が一枚岩にならなければ、どうして曹操に対抗できよう。次男の袁煕については正直者で温厚だが意気地がない。跡を継がせれば河北の豪族たちが勢力を広げるのを黙って見ているだけになり、ひいては尾大《びだい》掉《ふる》わずとなろう。そうして考え抜いた結果、残った三男に跡を継がせることにした。袁尚は幼いころから利口で、賢人のみならず下々《しもじも》の者にも礼儀正しい。袁尚が年若いのに乗じて豪族たちが土地を占有しようとも、それほど大事には至らないはずだ。袁尚の持って生まれた資質にいずれ経験が加われば、きっと将来はうまく対処できる。袁尚を立てることでようやく内外の両方に折り合いがつき、河北の豪族たちを残らず袁氏のもとにつなぎ留めておけるのだ。

ただ袁尚に跡を継がせることは、長幼の序を乱すことを意味する。袁煕はともかく、長らく青州にいて兵馬を有する袁譚は、郭図の補佐もあって黙っていないかもしれない。ほかに甥の高幹《こうかん》もいる。高幹は并《へい》州を手にしてから徐々に命に従わなくなっており、いまや国のなかに別の国があるような状態だ。だが、一族で相争う事態だけは二度と起こすわけにはいかない。だからこそ袁紹は袁譚を養子に出し、その身から血統の正統性を剝奪したうえで、鄴城から離れて軍隊を掌握することを禁じるのだ。少なくともこれで内輪もめを防げる。とはいえ、こうした措置も決して完璧ではない。いまは問題なくとも、今後のことまでは知るすべもない。人事を尽くしても天命は測りがたく、智者も千慮に一失《いっしつ》ありという……

誰かを責めることはすまい。せっかくの有利な情勢も、自分が勝利を焦ったため台無しにしたのだ。

ただただ己が恨めしい。ここまで考えをめぐらせたとき、袁紹は目眩《めまい》を覚え、胸がつかえて息が詰まった。どうあがいてもうまく息ができない。袁紹の顔からはどんどん血の気が引いていった。遠くのほうに跪いている郭図が見える。袁紹は近くに呼び寄せて釘を刺しておきたかった。しかし、どうしても声が出ない。ただ震える手を持ち上げて郭図のほうを指さすのが精いっぱいだった。

これに逢紀がすぐさま反応し、袁紹の口元へ耳を寄せた。しきりに「はい、はい」とうなずくと、一同に向かって大きな声で告げた。「郭公則《こうそく》、わが君の命を伝える。若君が跡を継いで情勢が落ち着くまで、しばらくおぬしの都督《ととく》の任を解く。河北の兵馬は本日より審配に統率させよとのことだ」

――してやられた！　逢紀の偽の命を聞き、郭図の胸には怒りの炎が湧き上がった。だが振り返って見ると、いつの間にか袁尚一派の李孚《りふ》が、十数人の武装した衛士《えいし》に入り口を固めさせている。どの兵も刀や槍を手に殺気立ち、ここで逢紀の意見に盾突けば命の危険にさらされる。郭図はどこにも怒りをぶつけることができず、歯を食いしばって拱手《きょうしゅ》した。「仰せのとおりに……」

審配は少しも遠慮することなく指図した。「公則、虎符《こふ》［兵を徴発する際の印《しるし》である虎型の割り符］をよこせ」

郭図は必死に怒りを抑え、しぶしぶ懐から虎符を取り出して審配に手渡した。審配は受け取った虎符を袁紹の目の前で振って見せたが、袁紹はうなずく力すら残っておらず、かろうじて瞬きした――これでひとまずは安心だ――袁紹の手が寝台の縁をまさぐった。そして小さな櫛《くし》を手に取ると、あらん限りの気力を振り絞って髭を梳《す》きはじめた。

劉氏は手伝おうとしたが、袁紹のどこにそんな力が残っていたのか、握った櫛を頑として離さない。

死のそのときでさえ体面を重んじる、夫の気性をよく知る劉氏は手伝うのをあきらめた。ほかの者たちはこうした袁紹の姿を目の当たりにして揃って涙を流した。袁紹は震える手で数回髭を梳くと、突如唇を震わせて言葉をかろうじて絞り出した「み、みな、退がるがいい……」

審配らは断腸の思いで叩頭すると、最後に主君をひと目見て、嗚咽しながら寝室から出ていった。郭図は跡継ぎが袁尚と決まり、自身の兵権も奪われて憤懣《ふんまん》やるかたなく、地団駄を踏んで寝室を出ていった。辛評も袁尚が跡を継ぐことには反対だった。一つには将来必ず自分が排除されるからで、もう一つには、やはり長幼の序を乱して跡継ぎを立てるのは禍のもとと平素から考えていたためである。しかし、事ここに至っては、いくら言葉を費やしても袁紹の耳には届かない。ましてや辛氏と曹操の軍師《ぐんし》である荀攸《じゅんゆう》とは縁戚関係にあり、言葉を選び間違えれば敵の回し者だと受け取られかねない。結局は嘆息して郭図のあとについていくしかなかった。袁熙は劉氏が腹を痛めた子ではない。腹違いの弟が跡を継ぐ以上、自分は邪魔者でしかない。そう考えると、最後にひと目父親を見る勇気も出ず、震えながら寝室の外に出て跪き、静かに離れていった。

残ったのは劉氏と袁尚だけである。袁紹の視線は二人の上をしばしさまよい、唐突にぼそぼそとつぶやいた。「出ていけ……」袁尚は何か言いかけたが、劉氏がそれを止めた――劉氏は夫を知り抜いている。天より高い自尊心を持つ袁大将軍は、自分が息絶える姿を誰にも見られたくないのだ。たとえそれが妻でも、最愛の息子でも……

母子は寝台の背もたれを外し、少しでも楽になるよう袁紹の身を横たえさせると、泣きながら寝室の外へ出ようとした。そのとき、最後の力を振り絞った袁紹の声が聞こえた。「譚を追い詰めてはならぬ……」

「はい！」母子は目に涙をたたえたまま答えると、跪いて拝礼し、寝室をあとにした。

袁紹は最期の刻《とき》を自分一人のために残しておきたかった。いよいよ最後の力を使い果たした袁紹は、二人の返事を耳にすると、ようやくゆっくりと瞼を閉じた――できることはすべてやった。幽明境を異《こと》にすれば何も関わることはできない。息子たちには息子たちの福運がある。あとはすべてを任せるしかない……

およそ人とは、この世にやってくるときも一人なら、この世を去ってゆくときもまた一人……臨終に際し、袁紹は来し方を振り返った。思えば逆巻く大波が寄せては返す生涯であった。かつては英気に満ちた若者も、いまや寂しい最期を迎えるばかりである。だが、袁紹には官渡の戦いでの敗北以外、何ら後悔はなかった。その生涯における煌めきは袁家を興した袁安を淩《しの》ぎ、父の代の袁成《えんせい》や袁逢《えんほう》、袁隗と比べても遜色ない――よくやったではないか……堂々とご先祖さまに顔向けできる。わが生涯、名門たる袁家の名に恥じることは何もない――

これでもう思い残すことはない。若かりしころの友情、勲功を立てたときの熱情、配下への恩情、妻子への愛情……そうしたものはすべて忘却の彼方に去っていった。袁紹の胸に強烈に、そして最後まで存在し続けたもの、それは矜持であった。

息をする力もなくなった。袁紹はじっと寝台に横たわり、いまわの際《きわ》の最後の苦しみに耐えていた。微動だにしないその姿は、近寄りがたい神像のような威厳に満ちている。自尊心、それは袁紹がこの世に生を受けたときから備えていた、袁紹を袁紹たらしめていたものである。四代にわたって三公を輩出した名門の子弟という貴顕の誇りは、永遠に袁紹から奪い去ることはできない。曹操は戦場で袁紹の軍を破ったが、その誇りを奪うことはついにできなかった。そしてこれからも永遠に……

（1）袁紹の三人の息子はこのとき成人しており、長男は袁譚、字《あざな》は顕思、次男は袁煕、字は顕雍《けんよう》、三男は袁尚、字は顕甫《けんほ》である。ほかに袁買《えんばい》がいるが、まだ幼かった。

兗《えん》州で戦《いくさ》に備える

曹操と孫権《そんけん》のあいだに暗黙の了解がなると、張紘《ちょうこう》は会稽《かいけい》郡の東部都尉《とうぶとい》の職に任じられ、孫権を説いて帰順させるという使命を帯びて江東《こうとう》に帰った。それと同時に、孫権も江東に避難していた名士たちの足留めを解き、北へ帰ることを許した。名士のなかには、世に名を知られた王朗《おうろう》や華歆《かきん》もいた。

王朗、字《あざな》は景興《けいこう》、東海《とうかい》郡郯《たん》県［山東省南東部］の出である。かつて太尉《たいい》を務めた楊賜《ようし》の自慢の門生《もんせい》で、経書に通暁していた。戦乱の世となってからは、陶謙《とうけん》の命《めい》を受けて西の都長安《ちょうあん》の天子に拝謁し、会稽太守《たいしゅ》に任じられた。孫策《そんさく》が江東を攻めた際、王朗は堅く守ってこれを防いだが、最後には敗れて交《こう》州へ逃げる途中で捕らえられた。処刑こそ免れたものの、一家は曲阿《きょくあ》［江蘇《こうそ》省南部］に拘留され、のちには各地を転々として少なからぬ辛酸をなめた。

華歆、字は子魚《しぎょ》、平原《へいげん》郡高唐《こうとう》県［山東省北西部］の出身である。華氏は潁川《えいせん》の陳《ちん》氏と並ぶ高名な一族で、殊に華歆の名は二十年も前から世に轟いていた。やはり戦乱の世にあって豫章《よしょう》太守に任ぜられるも、孫策の勢力には敵わないとみて城を明け渡し降伏した。その後、孫氏兄弟の幕下に置かれ、表向きは礼遇されていたが、その実態は体《てい》のいい軟禁だった。

　四十を大きく過ぎた二人だったが、江東を離れて許都《きょと》にやって来たときは、まるで生まれ変わったかのように自由を噛み締めた。孔融《こうゆう》や郗慮《ちりょ》、荀悦《じゅんえつ》といった都の名士たちが次から次へとやってきて、二人に祝いの言葉を述べた。荀令君《れいくん》が王朗を諫議大夫《かんぎたいふ》に、華歆を議郎《ぎろう》に任ずるよう筆を振るうと、瞬く間に朝廷の高官となった。だが、朝廷を実質的に掌握する曹操が許都を留守にしていたため、二人はまた旅路についた。曹操に会うため、兗州の浚儀《しゅんぎ》県［河南省東部］へ行く必要があったのである。曹操に対して礼儀を欠くわけにはいかない。

　司空《しくう》府の長史《ちょうし》である劉岱《りゅうたい》は、とうの昔に出立の準備を万端整えており、快適な馬車で、無事に目的地まで送り届けてくれた。道中は、飲み食いや身の回りの世話をする召使いまで付き従い、馬車を下りれば、そこはもう衙門《がもん》の黒煉瓦の上といった具合で、履き物にほんの少しの泥がつくこともなかった。浚儀に到着すると、今度は司空主簿《しゅぼ》の王必《おうひつ》が応接を担当し、童僕が湯浴みと着替えの用意を済ませ、卓上には馳走を並べて待っていた。そのもてなしぶりは、いまにも料理を二人の口まで運びかねないほどであった。こうした至れり尽くせりの接待に二人は居心地の悪い思いさえしたが、そのまま曹操に会うこともなく三日が過ぎた。三日目の午後、ようやく曹操が面会するとの知らせを王必が持ってきた。二人は良馬に跨がり、先導されながら県城を出た。

　およそ五、六里［約二キロメートル］ほど行くと、曹操の大陣営が目に入ってきた。だが、案内の王必は止まることなく、陣営の外を回ってさらに三、四里［約一・五キロメートル］も進み、鴻溝《こうこう》（1）の川岸に来てようやく馬を止めた。浚儀の東で鴻溝は分岐しており、勢いのまま南下する本流とは別に、南東に分かれた支流が睢水《すいすい》となる。一帯はとても騒々しく、新しい運河でも掘っているのか、無数の兵士たちが汗だくになって川岸で鶴嘴《つるはし》を振るっていた。「お二方、どうぞこちらへ」王必は普請《ふしん》を見て立ち尽くす二人を手招きし、木々が生い茂った小高い丘の上へと導いた。

見下ろせば、丘の周りには衛兵が配備され、頂上には簡素な亭《ちん》が組まれている。亭には二人の姿が見えた。一人は小官のようで、羊皮紙の巻物を広げながら、身振り手振りを加えて何か話している。もう一人は立派な衣をまとった男で、巻物に注視しながらじっと耳を傾けている。こちらが曹操に違いない。王必は二人を男の前まで連れて行くと、気を利かせてすぐに立ち去った。だが、男が部下の報告を受けているので、王朗と華歆は挨拶するのをためらった。すると、巻物にじっと目を落としたまま、男のほうから声をかけてきた。「お二方、どうぞお掛けください」

そうは言われても、拝礼なしに腰を下ろすのは上下関係をわきまえていないとされる。王朗と華歆は互いに顔を見合わせた。だが、曹操の前にはすでに長椅子が二つ用意されている。二人はどうやら歓迎されているのだと知り、安心して席についた。年若く浅黒い小官のほうは賓客が来たと見て取るや、慌てて話をやめて退《さ》がろうとしたが、曹操はそれを制した。「続けよ」

「はっ」きびきびと返事をして男は話を続けた。「この図のとおり開削が進めば、水路は汴水《べんすい》と睢水に通じ、一帯に住む民に利益をもたらしましょう」

曹操は髭をしごきながら釘を刺した。「なるほどな。しかし、運河の延伸は今日明日になしうるものではない。わしは、すぐにでもここを離れねばならぬかもしれぬ」曹操が兗州に来た主な目的は、兵糧の確保もさることながら、やはり河北《かほく》軍の動向を探ることにあった。もし少しでも動きがあれば、すぐに兵を北に進めなければならない。

「一帯の民も募って普請させますから、おそらく問題ないでしょう。沿岸の民を総動員して上は浚儀から下は睢陽《すいよう》まで掘っていけば、さほど苦労することなく完成するはずです」

「そうか」曹操がうなずいた。「おぬしはその道の玄人。では、そのとおりに進めよ。だがな、民にあまり過酷な労働はさせるな。わしは民に恩を施しに来たのであって、恨みを買いに来たのではないのだからな」

「はっ」男は羊皮紙をしまって退がろうとした。「それでは、これにて失礼いたします」

「待て。天下の名士がおられるのだ。おぬしも挨拶するがよい」曹操は笑いながら男を引き止めた。

「紹介しよう。左の方が王大人《たいじん》、王景興殿だ。東方ではその名を知られた、博識で優れた才の持ち主であられる。右の方は華大人、華子魚殿。清廉で徳の高い人柄は潁川でも知れ渡っておる」

王朗と華歆は舌を巻いた――二人はこれまで曹操と面識がなく、王必からも紹介されていない。それなのに曹操はどちらが王朗でどちらが華歆か言い当てた。訝《いぶか》しく思った二人は互いに目を見合わせた。小官も驚いて拝礼するのを忘れている。

相手はなかなかの大物である。曹操は知恵を働かせねば心服させることは難しいと見ていた。そこで巻物を見るふりをしながら、横目で二人をじっと観察していたのだ。華歆は城を明け渡して降伏したため、孫策に礼遇され、食べる物や着る物にも困らなかった。だから肌には艶があり髪も豊か、顔もふっくらしている。一方、王朗は敗戦ののち俘虜《ふりょ》となって許された身で、江東を流浪し、あまたの辛酸をなめてきた。ここ幾日かは衣食も足りて休養できたとはいえ、目元になお疲労の色を帯び、髪や髭も艶がなくなっている。二人とも四十をとうに超えて年齢はそう違わないが、一方は賓客として扱われ、一人は流浪の身であった。曹操に見分けられないはずがない。

王朗がたまらず尋ねた。「曹公、どうしてわたしが王朗とおわかりになったのです？」

曹操は笑みをたたえただけで、それには答えなかった。こんな小細工はすぐに破れてしまう紗《しゃ》の帳《とばり》と同じで、大事なのは相手に手の内を見せないことである。曹操は若い小官を引き寄せて紹介した。

「ご両人、これは河隄謁者《かていえつしゃ》の袁敏《えんびん》と申す者。水利に通じており、まさに後生畏るべしです」

「お名前はかねがね伺っています」むろんこれは社交辞令である。

袁敏は深く一礼すると、にこりと笑った。「お二方にはお礼を申し上げねばなりません。お二方のおかげで許都と交州の往来がはじまり、交州に逃れていた兄とも連絡がつくようになりました」袁敏には袁徽《えんき》という兄がいる。袁家には袁渙《えんかん》、袁覇《えんは》、袁徽、袁敏の四傑と呼ばれる従兄弟《いとこ》たちがいた。袁徽だけは交州にいて故郷に戻れずにいたが、このたび曹操と孫権が歩み寄ったため、江東にいた名士が北へ戻れるようになっただけでなく、交州へ手紙を送ることも可能になったのだ。

華歆は上品な言葉で答えた。「袁大人、それは褒めすぎというもの。すべては曹公のお力によるものです。われらも北へ戻ってまいりましたが、ほかにも廬江《ろこう》の劉子台《しだい》［劉勲《りゅうくん》］の部下だった劉曄《りゅうよう》や、蔣済《しょうさい》、倉慈《そうじ》らも都入りを許されました。劉子台の妻の王夫人も戻ってまいりました」劉勲は欲深い男で、どういうわけか女にもてた。妻の名は王宋《おうそう》といい、江淮《こうわい》一帯でも有名な美人である。しかも聡明かつ貞淑で、一族からも称賛されていた。

「おぬしは仕事に戻るがいい」曹操は袁敏を退がらせると、王朗らを再び礼儀正しくねぎらった。

「遠路はるばるお戻りになったうえ、浚儀までご足労をおかけしました」

「曹公や九卿《きゅうけい》の方々のおかげで、道中は何不自由なく過ごせました」華歆はうなずいて礼を述べたものの、事実は少し違う。たしかに華歆は孫氏に賓客扱いされていたため、北へ旅立つときには千人以上もの江東の官や名士が見送りに出た。馬車や召使いも数え切れず、そもそも道中で難儀することはなかった。だが、王郎は違う。曲阿で北へ帰れるという知らせを聞いた王朗は、家族を乗せる馬さえ臨時に雇ったのだ。息子の王粛《おうしゅく》は十歳にも満たないのに、大人と同じように大きな荷物を背負って歩かねばならず、道中どれほど苦労をしたかわからない。しかし、華歆がこう答えてしまった以上、王朗も黙ってうなずくしかなかった。

曹操は二人の差に気づいており、とくに王朗の手を取っていたわった。「もうご安心ください。許都は小さいとはいえ、お二方が安心して住む場所はございます……」そんな挨拶をしばらく重ね、ようやく本題に入った。「お二方は幸いにも戻られたわけですが、江東にはほかにどのような人物がとどまっているのでしょう」

王朗はその答えをすでに用意していた。「汝南《じょなん》の許劭《きょしょう》と許靖《きょせい》がわたしのもとに避難していましたが、のち許劭は病を得て亡くなりました。孫策に敗れてわたしは捕らえられましたが、許靖は交州に逃れたと聞きます。曹公、ぜひ許靖を呼び戻し、朝廷で登用してください」

許劭と許靖、この従兄弟たちの名を耳にした曹操は思わず笑みを浮かべた。かつて許劭に無理強いし、「治世の能臣《のうしん》、乱世の奸雄《かんゆう》」という人物評をもらったことから、曹操の名は名士たちのあいだで知られるようになったのだ。その許劭は死んだというが、従弟《いとこ》からたっぷりその話を聞かされた許靖も、自分に仕える気はないだろう。心中ではそう思いながらも、曹操は王朗に調子を合わせた。「ではお手数だが、景興殿にその旨を一筆したためていただこう」

華歆はいちいちの所作が堂に入っている。おもむろに長い髭をしごきながら話しはじめた。「ほかにも二人ほど用いるべき人物がおります。一人は孫邵《そんしょう》、字を長緒《ちょうしょ》と申し、北海《ほっかい》の出でございます。孔文挙《ぶんきょ》が北海の相《しょう》をしていた際に功曹《こうそう》を務めていました。もう一人は先に呉郡《ごぐん》太守を務めていた盛憲《せいけん》、字は孝章《こうしょう》。会稽の出の者ですが、孫氏とは不仲で、孔文挙とも親交のある名士です」

「なるほど。では、その二人のことも考えておきましょう」そう答えたものの、孫邵らは華歆や王朗より孔融と近しい関係にあるようだ。曹操は平素から孔融のことを賢人を招聘するための看板にしていたが、孔融自身に本気で仕事を任せる気はなかった。

そのことを知らない王朗が話を引き取った。「許都で数日過ごしただけで感慨深いものがあります。昔なじみと会って目下の情勢を論ずるのは愉快なこと。文挙殿が教えてくれたのですが、朝廷では用いるべき人材をお探しだとか。われらも政《まつりごと》に参加して世を正しく導きたいと存じます。もちろんわれらには用兵の才はございませんが、徳を広めることで風紀を正すことはできましょう」

「さよう」華歆も得意げにうなずいた。

曹操はかすかに笑みを浮かべると、突然後ろを振り返って指さした。「お二方、向こうの草むらに墓が三つある。わかりますかな」

王朗と華歆が曹操の指さすほうへ目を向けると、たしかに小さな墓が三基あった。墓は青々とした雑草に覆われ、その前には低い石碑が立っている。彫られた字は摩滅してはっきりせず、しかもそのうちの一基は石が真っ二つに割れていた。曹操の意図がまったくわからず、王朗が尋ねた。「あの荒れ果てた墓が何か。まさか曹公のご存じの方ですか」

「もちろん知っています」曹操が小声で答えた。「石碑が壊れている墓は、この浚儀県で知らぬ者とてない辺譲《へんじょう》、字は文礼《ぶんれい》のもの。その左右は袁忠《えんちゅう》、字は正甫《せいほ》と、桓邵《かんしょう》、字は文林《ぶんりん》の墓です」

そう聞いて、王朗と華歆は驚きのあまり冷や汗を流した。全身の関節が外れたかのように体じゅうががたがたと震える。辺譲、袁忠、桓邵の三人は曹操が兗州刺史《しし》だったときに殺《あや》めた名士であり、家族もろとも皆殺しにされた。その一件は瞬く間に各地に伝わり、天下に知らぬ者はいない。三人を殺してから相当な年月が経つというのに、曹操は悔恨の情に駆られるどころか、恨みを抱いて眠る三人の墓のそばでにこやかに談笑している。曹操が王朗と華歆をここへ呼んだわけが、二人にもようやく理解できた。もし曹操に少しでも逆らえば、辺譲らと同じ末路をたどることになると言っているのだ。これでどうして、ともに政務に携わり世を導くなどできようか。

曹操は、二人の顔に恐怖の色が浮かぶのを見て満足した——朝廷の大事はことごとく自分が手を下すべきである。ほかの者はおのおの持ち場で務めを果たし、自分の政を褒め称えていればいい。その是非を問うたり、ましてや揚げ足を取る必要はない。華歆や王朗のような名士風情は、ともすると時の政を批判したがる。これは曹操の施政において無用である。孔融一人でも十分なのに、二人目など要るわけもない。

華歆はしばし呆然としていたが、すぐに常と変わらぬ態度を取り戻し、満面に温和な表情を浮かべて機嫌を取った。「『詩経《しきょう》』にも、『戦々兢々《せんせんきょうきょう》として、深淵に臨むが如く、薄氷を履むが如し［深い淵を覗き込むときのように、薄い氷の上を歩くときのように、慎重を旨とすべし］』とあります。辺譲らが慎重を旨としていたら、家を没落させることもなかったでしょう。いずれも君子とは言えますまい」

王朗は華歆を白い目で見ると、真面目な口調で語った。「天下の理《ことわり》も状況によって変ずるもの、君子の行いが慎重であることは言を俟《ま》ちませんが、孔子も『君子は坦《たん》として蕩々《とうとう》たり、小人《しょうじん》は長《とこしえ》に戚々《せきせき》たり［君子は常に心穏やかだが、小人はいつも何かに怯《おび》えている］』と述べております。恐縮ながら曹公、あの三人は自ら死を求めたとはいえ、それでもなお憐れみを垂れるべきかと」

曹操は微笑みながら二人の値踏みを済ませていた。狸親父の華歆は、孫策に投降して礼遇されていたことからもわかるように、すぐに人の懐に入り込む。一方の王朗は、孫策と一戦を交えただけあって、気骨も学もある。「王景興殿の仰ることはごもっとも。この三人には取るべき才があり、わたしも軽んじているわけではありません。だからこそ辺譲の門生で、河内郡《かだい》の楊俊《ようしゅん》を辟召《へきしょう》し、司空府の掾属《えんぞく》［補佐官］にしたのです。また幾日か前には、従弟の曹洪《そうこう》が当地の阮瑀《げんう》という男を書佐《しょさ》［文書を司る補佐官］として用いようとしました。それは体よく拒まれましたが、わたしはそのことも根に持っておりません。阮瑀も武人に仕えたくはなかったのでしょう。司空府で働いてもらうことにしました。これなど適材適所と申せませぬか。そういえば、霊帝《れい》が即位したころにも同じようなことがありましたな。時に巷《ちまた》では、『白蓋《はくがい》の小車 何ぞ延々たる。河間来《かかんきた》りて合に諧《まさ》らぐ《やわ》べし［延々と、白い車蓋《しゃがい》の車が続く。河間から、劉宏《りゅうこう》お出まし、万事落ち着く］』という歌が流行ったそうです。かつて光禄《こうろく》大夫《たいふ》の劉儵《りゅうしゅく》は、のちの霊帝を帝位に推しましたが、その竇武《とうぶ》と宦官の侯覧《こうらん》もその考えに従いましたが、その後、侯覧は劉儵を殺めました。朝廷の百官はみな腹に据えかねたそうです。そこで侯覧は、劉儵の弟の劉郃《りゅうこう》を登用して都で高官に据えました。これにより輿論《よろん》は落ち着きを取り戻したのだとか」

当時、宦者《かんじゃ》たちは殺戮《さつりく》によって敵対する者を除き、官職で人心を買ったわけだが、いまの朝廷もかつてと同じ道を歩んでいるのだろうか……二人が考えにふけっていると、突如、曹操に伺いを立てる声が聞こえてきた。頂上のすぐ手前に姿を現したのは、一人の部下を伴った兗州刺史の薛悌《せってい》である。

曹操は切り替えがことのほか速い。たったいま学のある者と腹の探り合いをしていたと思えば、薛悌を見た途端に意識は公務に向かった。「孝威《こうい》か。兵糧の確保はどうなっている?」

薛悌はいくぶん得意げに答えた。「東平《とうへい》からの最後の荷も届き、兗州各地からの兵糧はすべて集まりました」

「ほう、ずいぶん早いな」曹操は上機嫌になった。「任峻《じんしゅん》の具合があまりよくない。そのほうには苦労をかけるな」典農中郎将《てんのうちゅうろうしょう》の任峻は曹操の従妹《いとこ》の夫である。これまで一貫して兵糧の管理をしてきたが、その任峻が病気になったせいでいろいろと面倒が生じていた。

薛悌は傍らに立つ部下を曹操に引き合わせた。「正直に申せば、こたびの兵糧確保の成功はこの者の力によります」

曹操は男をじっと見つめた。年のころは二十歳過ぎ、濃い眉に大きな目、背は高くすらりとしている。機嫌よく笑顔で尋ねた。「おぬしの名は? 何の官職についておる?」

男は跪《ひざまず》いて答えた。「陳留《ちんりゅう》の董祀《とうし》と申します。朝廷と曹公のご恩、さらには薛大人のお引き立てにより、ただいまは兗州の従事《じゅうじ》を務めております」

容姿は優れ、才もあるばかりか、弁も立つことに曹操はいたく満足した。「薛悌に便利使いさせておくには惜しいな。おぬしを典農都尉《てんのうとい》に任命しよう」

「ありがたき幸せ」董祀は遠慮することなく拝命した。

「だが、自惚《うぬぼ》れるでないぞ。かつて棗祗《そうし》は兗州で屯田を行って功を立てたが、惜しいかな早逝してしまった。今後はおぬしがあとを引き継ぐがよい。任峻は病ゆえ、静養の邪魔をするな。こたびの出兵では李典《りてん》と程昱《ていいく》に兵糧の運搬を監督させておるから、そのほうは直接二人と相談して務めに当たるがよい」

「李典はまだ戻っておりません」薛悌が口を挟んだ。曹操がこのたび兗州へ来たのは、民を慰撫し、亡者を祀《まつ》るためでもあった。そこで使者を泰山《たいざん》郡と陳留郡に派遣し、それぞれ少牢《しょうろう》［羊と豚のみの生《い》け贄《にえ》］の供物を捧げて、鮑信《ほうしん》と典韋《てんい》の祭祀を行わせた。また、夏侯惇《かこうとん》の下で計吏《けいり》［地方から朝廷へ報告書を運ぶ官吏］をしていた衛茲《えいじ》の息子の衛臻《えいしん》も、父の葬儀を執り行うことを許されて、襄邑《じょうゆう》県［河南省東部］に帰っていた。同じく李典も一族の李乾《りけん》や李整《りせい》らを祀るため、故郷の山陽《さんよう》郡に帰っている。

「ならば李典が戻ってからにしよう」曹操は薛悌らを退がらせようとしたが、ふと何かを思い出した。「いや、待て」

「何か？」薛悌がくるりと振り向いた。

「鮑信は勇敢で忠義に厚い男だった……死んでしまったのは無念このうえない。おぬし、鮑信の息子を亭《てい》侯か何かに封じるよう上奏文を書いて、許都の令君へ送ってくれ。それから典韋の息子の……何といったかな……」

「典満《てんまん》でございます」すぐに薛悌が答えた。「典韋の息子はまだ幼うございます」

「歳などかまわん。令君によく面倒を見るよう伝えてくれ。太学《たいがく》［最高学府］へ入れて童子郎《どうしろう》［若くして経書に通じた者の称号］を与え、よく学問を修めさせるのだ」薛悌に命を伝え終えると、曹操は意味ありげに王朗と華歆に目を遣った。「鮑信と典韋は文字どおり命がけでわたしに力を尽くしてくれました。その息子らを無下にはできません」

ここに至って、王朗と華歆にもはっきりとわかった。朝廷の現状は孔融が語っていたほど単純ではない。曹操はいまや何の制約も受けることなく、気に入ったという理由で従事を都尉に昇進させ、漢室の爵位を随意に与え、太学にさえ自由に人を入れられるのだ。つまり、曹操の意に適えば昇進も富貴も思いのまま。逆に才があっても曹操の役に立てなければ、他人のために働かぬよう始末されることさえあるのである。そう、辺譲のように……

すべてが明白となったいま、もはや言うべきことは何もない。華歆は固い表情のまま押し黙り、王朗も何も目に入らないかのようにひと言も発しなかった。こうして曹操は二人を服従させると、また話を戻した。「お二方も、そんなに悩むことはありません。朝廷ではすべてにおいて再興が急がれ、やらねばならぬことが山ほどあります。先ごろも荀令君が文書を送ってきましたが、地方では租調《そちょう》を徴収する仕組みがうまくいっていないとか。これは財政の一大事です。また、鍾繇《しょうよう》は関中《かんちゅう》を安定させる方策を考えていますが、こちらも大局に関わる大事。許都に戻ったら、お二方にもお知恵を拝借したい。わたしは外で戦に明け暮れておりますゆえ、朝廷のことはみなさまにお任せいたします」

「ありがたきお言葉」長らく孫策のもとにいた華歆にすれば、こうしたことは心得たものである。

立ち上がって礼をすると言い添えた。「『中庸《ちゅうよう》』にも、『君子は其の位に素《もと》づき、其の外を願わず［君子はその地位に応じて職分を果たし、ほかのことは願わない］』とあります。われらは脇目も振らず朝廷のために尽力しましょう」

「ほほう、さすがに華大人は君子の名に恥じませぬな。たいへん結構」曹操は満足そうにうなずいた。

王朗も立ち上がって暇乞《いとまご》いした。「曹公は軍務でお忙しいゆえ、これ以上お邪魔はいたしません。急ぎ戻って政務に尽力いたします。荀令君のために知恵を絞るといたしましょう」

「結構。この運河の普請は急ぎのため、お見送りはできませんが」

「滅相もない……」文弱の華歆と王朗は、おぼつかない足取りで丘を下りていった。その背を見送りながら、曹操は密かに笑った――礼を尽くすにも利弊《りへい》あり……うまくやれば天下の者を心服させられるが、一つ間違えれば誹謗中傷を招く。とりあえずこの二人は、孔融と同じようにはなるまい……

曹操がそんなことを考えていると、大慌てで駆けてくる郭嘉《かくか》と荀衍《じゅんえん》の姿が目に入った。若い郭嘉は喜び勇んで、荀衍の前を跳ねるように走ってくる。かたや年配の荀衍は、あえぎながらも必死で後ろからついて来ていた。いつも厳格な態度を崩さない荀衍がこれほど急《せ》くとは、いったい何が起きたのか……

はっと閃《ひらめ》くものがあり、曹操は勢いよく立ち上がった。「袁紹に何かあったのか！」

「曹公、おめでとうございます」郭嘉がうれしそうに叫びながら丘を登ってくる。「たったいま知らせが……袁紹が死にました！」

「そうか……」曹操は心がすっと軽くなるのを感じた。だが、なぜだかわからないが、同時にそこはかとないもの寂しさと喪失感を覚えた。

「間違いありません」郭嘉が顔をほころばせて先を続けた。「しかも河北の臣下らは長子を廃し、三男の袁尚《えんしょう》に大《だい》将軍の位を継がせたようです。あのような世間知らずの若造では曹公の相手になりますまい。はっはっは……」

しかし、郭嘉の言葉は右から左へと流れていった。曹操はただ滔々《とうとう》と流れる眼下の水面《みなも》をぼんやりと眺めていた。まるで若かりしころの袁紹がそこに映っているかのように……

そこへようやく荀衍が、息も絶え絶えになってやってきた。「え、袁紹が……死に……」

郭嘉が荀衍の肩を軽く叩きながらいたわった。「もうわたしが申し上げました。どうぞ休若《きゅうじゃく》殿はお休みください」

荀衍はどさりと腰を下ろすと、郭嘉をひと睨みした。「なんということ……」荀家は河北とつながりがあり、この知らせも荀衍がもたらしたものである。それなのに郭嘉に先を越されてしまった。

曹操は眉間のあたりを揉みほぐして気持ちを落ち着けると、何ごともなかったかのように冷静に言った。「出兵の前にまだ一つやることがある」

「承知しております」郭嘉は打てば響くように答えた。「広陵《こうりょう》太守の陳登《ちんとう》を首にしましょう」さすがは郭嘉、曹操の胸の内を読むことに長けている。

だが、荀衍は諫めた。「陳登は広陵をよく治めて何の過失もございません」

これにはどう答えたものか……たしかに陳登は何ら過失を犯していない。しかし、広陵に陳登がいたのでは安心できない。かつて陳登は呂布《りょふ》を裏切ったことがあり、劉備《りゅうび》とは昵懇《じっこん》の間柄で、広陵の民からも慕われている。何より重要なのは、陳登が兵馬を持っていることだ。野心があり、智謀があり、人望も兵馬もある。こうした人物を放っておくわけにはいかない。大いに北伐の軍を起こそうというときに、陳登に背後を襲われたらまずいことになる。

郭嘉は曹操が口に出すのをためらっているので、代わりに荀彧に説明した。「裏庭に薪や藁《わら》を積み上げたからといって、必ず火事になるというものでもありません。ですが、それでも防火の対策はしておくべきでしょう?」

荀彧も賢い男で、みなまで説明する必要はなかった。うなずきはしたものの、なおも懸念をぬぐえない様子である。「しかし、陳登を動かすのは難しいですぞ。以前、荀令君がやつを都に転任させようとしたときも、広陵の民が願い出て取りやめになったとか」

だが、曹操には考えがあった。「東城県《とうじょうけん》［安徽《あんき》省東部］の一帯を東城郡に改め、陳登をそこの太守にして広陵から離れさせよう。あと二人、やつの片腕である陳矯《ちんきょう》と徐宣《じょせん》だ。二人にはいま一度毛玠《もうかい》から連絡を取らせ、ともに辟召して司空府の掾属にする。こうすればやつは両腕をもがれたも同然だ」

郭嘉は注意を促した。「揚《よう》州刺史だった厳象《げんしょう》はすでに死んでおります。もし陳登をよそへ移すなら、孫氏を防ぐためにも揚州へ誰か遣わさねばなりません。刺史が欠員のままでは……」

揚州刺史の厳象に対して、曹操は大きな不満を持っていた。揚州に赴任した厳象は、二艘の舟に片足ずつ乗せていたようなもので、一方では朝廷に従っているように見せながら、もう一方では孫氏に卑屈に取り入っており、実際、刺史の任に堪えない人物であった。最後は廬江の李術《りじゅつ》の手にかかって死んでいる。曹操は自業自得だと思っていたが、厳象を推挙したのが荀彧《じゅんいく》であったため、その面子《めんつ》を立てて何も言わずにいた。新たに代わりの者を選ぶとなれば、念入りに人選しなければならない。曹操は目を閉じて、頭のなかで司空府の掾属たちを一人ひとり思い出していった。じっと考え込んだあと、ようやく口を開いた。「劉馥《りゅうふく》はかつて揚州に避難していたな。あの男は袁術の部下を説得して投降させた手腕もあるし、朝廷への忠誠も篤い。おまけに沛国相県《はいしょう》［安徽省北部］の出で、わしとは同郷と言って差し支えない。劉馥を遣わせて揚州刺史に任じよう……休若殿、お手数だが令君に手紙を書いて、この件を手配するよう伝えてくださらんか」

「承知しました」荀衍はやっと息が落ち着いたところで、命を受けてまた斜面を下っていった。

曹操は残った郭嘉に命じた。「いますぐ徐《じょ》州に宛てて書をしたためよ。臧覇《ぞうは》、孫観《そんかん》、尹礼《いんれい》らに引き続き青《せい》州を攻めさせ、敵の兵力を引きつけておくよう命じるのだ。鍾繇には幷《へい》州の高幹《こうかん》の動向を探らせよ。何か異常があればすぐに報告するよう伝えておけ」曹操は時機到来と見るや、これまで温めてきた軍令を流れるように伝えた。「全軍に伝えよ。運河の普請に従事する者を除き、残らず荷造りをするように。明日、早朝に点呼を行い、辰《たつ》の刻［午前八時ごろ］に出立する。夏侯惇の部隊は許都に戻って守りを固めよ。各地に散っている部隊はそのまま官渡《かんと》に向かえ。程昱には先行して官渡に兵糧を運ばせよ。李典は戻り次第、速《すみ》やかに中軍に合流することとする」

曹操の軍令を指折り数えながら聞いていた郭嘉は、胸の内で反芻《はんすう》したのち拱手《きょうしゅ》した。「わが君、ご安心ください。すべての軍令、即刻手配いたします」

「物覚えのいいやつだ。すぐ行け」その後、曹操は丘の下にいる許褚《きょちょ》を手招きした。「仲康《ちゅうこう》、わしの荷造りを頼む。家の者は護衛兵に守らせて許都へ帰しておけ。戦に連中は不要だ」

許褚が下の者に言いつけていると、曹操がそれを遮った。「おぬしも行け。わしをしばらく一人にしてくれ」

誰もいなくなった丘の上に曹操は一人たたずんだ。袁紹とのあいだにあったわだかまりはすっかり消え、昔なじみに対する懐かしさだけが胸中に去来した。自分には袁紹を完全に打ち負かすことはできなかった……そんな思いが曹操の胸をかすめた。袁紹の傲岸不遜《ごうがんふそん》な心を折ることは誰にもできない、そしてまた永遠にできはしないのだ。戦場で矛を交えれば決して袁紹には負けない。だが、天下の名士との交際においては、たとえ傀儡《かいらい》の天子を擁していても、よくて引き分けと言ったところか。曹操は、自分が「腐れ宦者の筋」であることをいまも気に病んでいる。かたや袁紹は、泉下《せんか》の客となったいまも「四世三公」の美名とともにある。人はみな同じ姿であるというのに、なぜ身分や地位という烙印はかくまで深く押されるのか……

沈みゆく夕陽を浴びながら往時に思いを馳せてみても、この悩みだけはとうとう曹操の脳裡から消えることはなかった……

（1）鴻溝はまたの名を蒗蕩渠《ろうとうきょ》といい、中国史上、黄河と淮河の二大水系をつないだ最初の運河である。戦国時代の魏《ぎ》の恵王《けいおう》の時代に開削が始まり、のちに秦《しん》、漢、魏晋《ぎしん》、南北朝《なんぼくちょう》の時代を経て徐々に完成した。支流の数も非常に多い。

第五章　謀《たばか》って兵を退《ひ》く

黎陽《れいよう》の戦い

袁紹《えんしょう》が病死すると、審配《しんぱい》や逢紀《ほうき》らは三男の袁尚《えんしょう》を擁立し、正式に河北《かほく》の主《あるじ》とした。大将軍《だい》と邟郷侯《こうきょう》の地位を継がせ、冀《き》、青《せい》、幽《ゆう》、幷《へい》の四州の州牧《しゅうぼく》を兼ねさせた。また、袁熙《えんき》を幽州刺史《しし》、高幹《こうかん》を幷州刺史として、もとから治めていた州の刺史に再任した。だが、長男の袁譚《えんたん》は、名義上は相変わらず青州刺史だったが、鄴《ぎょう》城［河北省南部］に拘留されて一切の軍事と政務の権限を奪われた。袁紹死去の知らせを受けた曹操は直ちに兵を北に進め、黎陽（河南省浚《しゅん》県）を目指して攻め込んだ。

黎陽城は黄河沿岸の防衛拠点であるとともに、袁氏の根拠地である魏《ぎ》郡の入り口にあたる。黎陽が陥落すれば、曹操に黄河の南北を自由に行き来され、袁氏側はその後の戦いで完全に受け身になる。袁尚はいまだ大戦《おおいくさ》を経験したことがなく、曹操軍が動きはじめたとの報告を受けても、なす術を知らなかった。袁譚はこの機を逃さず、拘留から逃れたい一心で、兵を率いて自ら敵に当たることを願い出た。袁譚は常に父の袁紹につき従って戦い、軍中では信望がある。袁氏一族が自ら出陣することは人心の安定にも資する。袁尚も強敵を前にしては兄弟の対立にこだわっていられず、これに同意するしかなかった。

自信満々で黎陽に到着した袁譚は、各部隊の兵を動かして曹操を痛い目に遭わせると意気込んだが、黄河を渡って来た曹操の第一陣にもろくも惨敗を喫した。以降も敗戦が続き、建安《けんあん》七年（西暦二〇二年）九月に両軍が戦端を開いてから、袁譚は曹操軍を阻止するどころか、将兵を失っては後退を続け、翌年三月には、とうとう曹操軍が黎陽城下にまで迫ってきた。

「張郃《ちょうこう》に高覧《こうらん》、あの憎らしい謀反人どもめ。今度こそこの刀の錆《さび》にしてくれる！」袁譚は怒気も激しく県の衙門《がもん》［役所］に戻ってきた。また反撃に失敗し、砂ぼこりにまみれた顔を悔しさでゆがめている。

袁譚の冴えない表情を見た逢紀は、碗に水を注いで手ずから袁譚の前に差し出した。「若君、悔やまれることはございません。まずは水でも飲んで落ち着いてください」

「貴様、いまなんと申した？」袁譚は逢紀をじろりと睨んだ。

「あっ、将軍！　将軍、どうぞ水をお飲みください」逢紀は慌てて言い直し、深く頭を下げた。黎陽に駐屯してからというもの、袁譚は車騎《しゃき》将軍を自称していた。これが正式な官位でないことは逢紀も承知していたが、配下の身としては公然と反論もできず、黙って聞き入れるしかない。

「ふんっ」袁譚は怒りながら水を受け取ると、ひと口飲んだだけで碗を床に投げつけた。袁譚の腹は煮え繰り返っていた。戦いに勝利して長男としての威厳を見せつけるつもりが、どうしたわけか負け続け、その名はすっかり失墜していた。もっとも腹立たしいのは、袁尚と審配が逢紀を護軍《ごぐん》として遣わしてきたことだ。表向きは戦《いくさ》の加勢であるが、実際は監視役に過ぎない。外に強敵、内に監視がいるなかで、加えて戦は思うように運ばず、袁譚の苛立ちは募るばかりであった。

逢紀としても袁譚が自分を恨んでいるのは知っていたが、現状では我慢するしかない。袁紹を補佐していたころの忍耐力を再び発揮し、満面に追従笑《ついしょう》いを浮かべて慰めた。「将軍、焦ってはなりません。曹操軍は一時的に優勢なだけ、ここはじっと黎陽を守り、要路を抑えておくことが肝要かと存じます。曹操軍は戦おうにも戦えず、進もうにも進めず、じきに兵を退くことでしょう。そのとき一気に追撃すれば、われらの勝利は必定。英気を養って敵の疲れを待つのが最善の策かと」

「つまらぬ作戦だ。兵法にも『凡《およ》そ守城は、亟《すみ》やかに敵を傷《やぶ》るを以て上と為す。其の日を延べ久しきを持《じ》し、以て救いの至るを待つは、守に明らかならざる者なり［城を守るには、速《すみ》やかに敵を破ることが上策である。いたずらに持久戦に持ち込んで援軍を待つのは、城の防衛戦に明るい者がすることではない］』とある。貴様は長年父上に従っていながら、そんなことも知らんのか」

「さすがは将軍、老いぼれには敵いません」屁理屈に思えたが逢紀は反論しなかった。

袁譚の頭のなかには功を立てることしかなかった。ここで勝利すれば将来は弟とも対等に、あるいはその地位を奪うことも可能かもしれないと、目先の欲に目がくらんでいた。城から打って出ずに固く守り続けるなど、到底できない相談である。どっかりと広間に腰を下ろした袁譚は、手で佩剣《はいけん》をもてあそびながら冷たく言った。「官渡《かんと》の戦いのあと、曹賊めの勢いは日を追うごとに盛んになっている。対してわが袁氏はどうだ。いまのうちにやつを打ちのめさなければ、ますますつけ上がるだろう。それでは永遠に河北に安寧の日は訪れぬ。籠城など下策、敵の英気を増長するだけだ。打って出て戦うことはどのみち避けられんのに、味方の士気を挫いてどうする」

逢紀は袁譚の本音を見透かしていたが、平素から忖度《そんたく》することに長け、不愉快さはおくびにも出さなかった。一つには、兄弟の反目は曹操の利にしかならないため。もう一つには、いまの自分はまな板の鯉と同じで、袁譚にいつ殺されてもおかしくないためである。逢紀は真っ向からの反論を避けた。

「まことに将軍の仰るとおりです。ですが、数か月にわたる戦いで多くの将兵が傷つき、元気な者も不満を抱いております。このまま無理を続けては城を守ることさえままなりません」

袁譚は口惜しげに太ももを叩くとため息をついた。「父上が生きておられたとき、河北はどれほど強盛を誇ったか。官渡で敗れはしたが、あの曹操でさえわずかな土地も奪えなかった。それが亡くなってわずか半年あまりで、冀州はどうしてこんなに変わってしまったのだ。高幹だってそうだ。やつは野垂れ死んでもおかしくないところを父上に救われ、養ってもらったはず。それなのに并州を手に入れてからも恩に報いず、兵を出すように言っても耳も貸さない。なぜ尚はやつを野放しにしているのだ。まだあるぞ。俺は歴とした青州刺史なのに、平原郡《へいげん》に戻って支配することも許されず、臧覇《ぞうは》や孫観《そんかん》といった輩が東方の郡県を侵すのを手を拱《こまぬ》いて見ているしかない。こんなことで河北を保てようか。弟は幼く見識も浅い。それればかりか戦を経験しておらず軍務にも暗い。このままでは必ずや父の名を汚すことになる。まったく腹立たしい……」

話せば話すほど、大将軍の地位に恋々としていることがあからさまになる。逢紀はそう思ったが、口では当たり障りのないことを話した。「将軍、お心を煩わせる必要はありません。事の成否は人の行いで決まるもの。『易伝《えきでん》』にも、『二人心を同じくすれば、其の利き《と》こと金を断つがごとし［二人で心を合わせれば、その鋭さは金をも断つものとなる］』とあります。将軍と将……」そこまで言いかけて、逢紀は言葉に詰まった。いまや袁尚は大将軍の地位を継ぎ、袁譚は車騎将軍を自称している。「将軍と将軍が」とも言いがたく、つかの間考えて言い直した。「将軍とわが君が心を合わせて協力すれば、河北を守って民を安んじ、数年で往年の勢いを取り戻せましょう。高刺史は援軍について異論がおありのようですが、つまるところ同じ河北の人間です。また青州の地は黄河の南にあるため、いまの状況でかまっている余裕はありません。まずは河北の地を守り抜くこと。それさえできれば、失地の回復もたやすくなりましょう。曹賊めの南には劉表《りゅうひょう》、孫権《そんけん》がおり、関中《かんちゅう》［函谷関《かんこくかん》以西の渭水《いすい》盆地一帯］の諸将もいまだ完全に帰服しているわけではありませんから、いつか必ず変事が起きます」

「いつか?」袁譚はがばと立ち上がった。「それは俺がもっとも忌む言葉だ。『いつか』などとほざいていたら、天下の大事はいつまで経っても成すことはできん」父の跡を継ぐ機会を失ったとき、袁譚はそれを身に染みて感じた。父が病床にあったとき有無を言わさず跡継ぎの座を奪っていれば、今日のような情けないことにはなっていなかったのだ。

袁譚の言わんとすることはわかる。だが、逄紀としても安易に同意するわけにはいかず、頭《こうべ》を垂れた。すると袁譚は、黙り込んだ逄紀に激しく迫ってきた。「逄元図《げんと》、もう一度袁尚に救援の兵をよこすよう書をしたため、速やかに鄴城へ送るのだ」

「もうすでに三度送っています。すっかり援軍の準備も整っていることでしょう。もう少しお待ちになっては……」

「ふんっ」袁譚は逄紀の襟首をつかんで怒鳴った。「お前は三度送ったというが、なかに何が書かれてあったのか誰にもわからぬわ！」

年輩の逄紀は驚いてがたがたと震えた。たしかに逄紀は三度書を鄴城へ送り、援軍についても触れたが、強く要求したわけではない。袁譚が守りに徹すれば、黎陽城を守るには十分な軍勢があったからである。そしていま、袁譚は黎陽に来て車騎将軍を名乗り、将を残らず自分の腹心にすげ変え、しかも全軍の指揮権を郭図《かくと》に握らせていた。加えて、ほど近い陰安《いんあん》県［河南省北東部］の兵を接収し、すべて自身の配下としていた。こうしてなし崩し的に袁譚が兵権を握れば、曹操の兵を退けたその日にも、兄弟同士の戦端が開かれるかもしれない。逢紀は禍《わざわい》の芽を見過ごすことはできなかった。

袁譚は左手で逢紀の首根っこをつかみ、右手で腰の剣をゆっくりと抜いた。「狸親父め、賊でも遠ざけるかのように、いつも俺の邪魔をしやがって。俺の目が節穴だと思ったか。お前は救援の手紙を書いたと見せかけ、実は暗に弟に兵を動かすなと入れ知恵したんだろう。士気を乱した罪で今日こそお前を叩き斬ってやる！」

逢紀は袁譚の腕を握って何度も許しを請うた。「しょ、将軍、どうか怒りをお鎮めください。わたしは本当に救援を求めました。嘘ではありません。将軍が鄴城へ戻ってわたしが書いたものをご覧になれば、すぐにわかること……しかもわたしは将軍と同じ前線にいるのです。将軍のお心に背けば黎陽は失われ、この老いた命もこの地で終わってしまいます。将軍、どうか信じてください」

逢紀の言葉にも一理ある、そう考えた袁譚は剣を鞘《さや》に収めて逢紀を突き放すと、勢いあまってひっくり返った逢紀に向かって言い放った。「お前が俺と同じ気持ちだというなら、もう一度書をしたためろ。すぐに援軍をよこすよう、尚に求めるのだ。曹操はまもなく城下に迫ってくる。援軍が来たら城を出て一戦交えるぞ」

逢紀はよろよろと立ち上がった。「きわめて重大な案件ゆえ、郭図が戻ってから協議したほうが

「……」

「このうえ何を協議するというのだ。郭公則《こうそく》は城楼で軍の指揮を執っている。お前のように城内でこそこそしておらん。もう決めたのだ。お前は黙って書をしたためればいい！」

逢紀もこれ以上は言い返せず、自分を護軍につけた審配を恨んだ。これでは虎と一緒に寝ているようなものではないか。逢紀は将帥用の卓にかぶさるようにして火急を告げる文書を書きはじめた。袁譚がそばでじっと見ているため、手が震えて思うように筆を運べない。そしてまだ一行も書き終えぬうちに、郭図が広間に駆け込んできた。

「公則、どうした？」驚いて袁譚が尋ねた。

鎧を身にまとった郭図の顔色は真っ青で、眉間には刀傷のような深い皺《しわ》が刻まれている。何かよほど腹の立つことがあったらしい。袁譚の問いかけが聞こえたはずなのに、郭図は視線をまっすぐ逢紀に向けたまま答えた。「将軍にご報告します。鄴城の援軍が到着しました」聞く者を凍りつかせるような冷たい声である。

「よし」途端に袁譚は元気になった。「すぐに命《めい》を伝えよ。北門を開けて援軍を迎え入れるのだ」

だが、郭図はその場から一歩も動かず、やはり冷たい笑みを浮かべて答えた。「僭越ながら、わたしの判断でもう城内に入れました。将軍の命を待っていては、こたびの援軍では曹操軍に殲滅されてしまいかねません」郭図の言葉には棘《とげ》がある。

「それで、鄴はどのくらい送ってきた？」

「千人です」

「な、何人だと!?」袁譚は耳を疑った。

郭図は拱手《きょうしゅ》すると、わざわざ改まって報告した。「ご報告します。将軍の弟君は、一千の援軍をよこしてくださいました」

逢紀は身の毛がよだつ思いがした――わが君も審配も、兵を送りたくないなら一人も送らなければよいものを……出すなら出すで、なぜ自ら大軍を率いて来てくださらぬ。わずか一千ばかりを援軍によこすとは、わたしに死ねと仰るのか！

逢紀は慌てて釈明した。「きっとわが君が数を間違えたのでしょう。もう一度書をしたためますゆえ、どうかしばらく……」

「馬鹿者！」袁譚が卓を蹴飛ばした。竹簡や硯《すずり》が宙を舞い、墨汁が後ろの屏風を黒く染め、逢紀の顔も墨で真っ黒になった。袁譚は両の眼《まなこ》から火を噴き出さんばかりに怒り、まるで餓えた虎のように広間をうろうろしはじめた。「そうか……ああ、そういうことか……尚め、俺を死地に追いやろうというのだな。俺が劣勢なのを知っても大軍をよこさず、お情けの援軍だけ送って体《てい》良く始末するつもりか。ならばいっそのこと毒酒でも賜ったほうがましだ！　お前がいまの地位にいられるのは、父上に可愛がられたからだ。だが惜しいかな、父上の目は曇っておられた」

怒りが収まらない郭図は公然と罵った。「審配め、奸臣とはまさにお前のことよ。軍とわが君を擁して守りを固め、長幼の序を乱してお家を亡ぼそうとするとはな。この郭公則、命ある限りお前を許さぬ。必ず河北の田舎者どもを殺し尽くしてやる！」郭図は袁尚というより、自分の兵権を奪った審配たち冀州の豪族を憎んでいた。

「父上……あなたは不公平だ。弟を可愛がるあまり、長幼の序を蔑《ないがし》ろにして長男である俺を養子に出した。おかげで俺は虐げられ、いまや連中は俺を殺そうとしている……」袁譚は天を仰いで叫ぶと、自分の言葉が琴線に触れたのか、涙を流しはじめた。

髪を振り乱したまま床に座っていた逢紀は、二人の男が気でも触れたかのように見境なく叫ぶのを呆気にとられて見ていたが、しばらくすると臆せずに口を開いた。「将軍、嘆くことはありません。弟君が跡を継がれたのは変えようのない事実、どうか将軍は大義をわきまえ、お家とお国を第一にお考えください。将軍は幼きころより史書に親しまれておいで。呉楚《ごそ》七国の乱をご存じでしょう。景帝《けい》と弟の梁王《りょう》劉武《りゅうぶ》は仲が悪うございました。しかし朝廷の危機にあたり、劉武が睢陽《すいよう》［河南省東部］を守って敵に抵抗したため、周亜夫《しゅうあふ》が敵の本拠を突いて劣勢を挽回できたのです。乱を平定したあと、天下の者は揃《そろ》って劉武を賢王と称え、富貴を手にしました。いまの将軍こそわが君にとっての梁王劉武、感情的になってはいけません。黎陽は必ず守り通さねばならず、将軍は城門を固く閉ざすべきです。曹操の兵を退けることができれば、それは将軍の大手柄。そうなればわが君もどうして将軍を粗略に扱えましょうや。何とぞご賢察ください」

「梁王のことなど持ち出すな。王の墓は曹操に暴かれたではないか」勝利を収めて弟の地位を奪うことで頭がいっぱいの袁譚は、逢紀の言葉に聞く耳を持たなかった。「それに景帝は賦役《ふえき》を軽くし、田租《でんそ》を減らした明君だぞ。袁尚とは大違いだ。やつはあの劉《りゅう》氏が育てた畜生ではないか。劉氏はろくでもないやつだ。父上が亡くなったばかりだというのに、寵を競った側室を五人も殺したというではないか。それも目をくり抜き、舌を抜き、髪を切って、顔に刺青まで入れてな。冥土で女どもが父上と再会するのを恐れたらしいが、そんな陰険で嫉妬深い女など、わが母上の下女にも値せぬ。ましてやその子など、ろくでなしに決まっている。ああ、河北はあの母子のせいで滅ぶのだ……」

逢紀は唖然《あぜん》として己の耳を疑った――これが継母と弟に対する言葉か！――逢紀は目の前のことが悪夢のように思えてきた。骨肉相食む兄弟のいがみ合いは、あたかも十数年前に繰り広げられた袁紹と袁術《えんじゅつ》による仲違《たが》いの再演ではないか。悲しみに胸が詰まった逢紀は、思わず空を仰いで叫んだ。「ああ、大将軍！　天におわす大将軍、その目でとくとご覧ください。連中は大将軍が苦労の末に築き上げた偉業をつぶそうとしています。大将軍在世のみぎり、君臣の心は一つでございましたのに、わずか半年でこんなことになろうとは……一時の情けでご長男に兵を任せるのではなかった。このままでは河北は保《も》ちませせぬ……」

呪詛《じゅそ》のような叫びを聞いて、袁譚は逢紀につかみかかった。「貴様のような卑怯な小人《しょうじん》が何度も讒《ざん》言《げん》しなかったら、いまのようなことにはならなかったのだ」罵り終えると、袁譚は逢紀の腹を怒りに任せて三度殴り、郭図に回した。郭図も容赦せず、逢紀の首根っこをつかんで平手打ちを食らわせた。「逢元図、この恥知らずのろくでなしめ。田豊《でんほう》はお前の讒言のせいで殺されたのだ。しかも命《めい》を謀《たばか》って俺の兵権を奪いおって、どの面《つら》下げてそんな嘆きを口にする⁉」まだ腹の虫が治まらないのか、袁譚は後ろから逢紀を蹴った。

逢紀は二人から殴る蹴るの暴行を受け、卓上の墨入れもろとも倒れ込んだ。骨は折れて筋肉は引きつり、口からは血が流れ出た。真っ赤な血と真っ黒な墨が入り混じり、逢紀の全身を染めるように広がっていった。それはあたかも赤心と腹黒さという、逢紀の人生を表しているかのようだった。自分の命ももはやこれまでと悟った逢紀は、朦朧とする目で袁譚を見てつぶやいた。「ひ、卑怯な小人と仰いますが、逢紀めの一生は袁氏への忠を尽くした人生でした……田豊を讒言して殺したのも……それが袁家のためと思えばこそ。さらには天におわす大将軍の面子《めんつ》のため……かつてわたしは将軍の父上とともに何進《かしん》に仕え、天下の大事を成さんと、刎頸《ふんけい》の交わりを結びました……そもそもわたしの献策がなければ、あなた方が冀州を手に入れることもなかった。そなたのような若輩者が威張り散らすこともなかったのだ。ああ恨めしい……この役立たずの親不孝者めが恨めしい……河北は遅かれ早かれおぬしの手で滅びるのだ……」

袁譚は無言のまま剣を抜いて一閃《いっせん》させた――毀誉褒貶に満ちた逢紀の生涯は、ここに終わりを告げたのである。

性根の残忍な郭図は袁譚のひと刺しでは飽き足らず、猛然と死体に飛びかかって何度も剣で突き刺し、ようやく気が済んだのか剣を下ろした。二人は怒りに駆られて逢紀を殺したが、かといって目の前の戦をどうすべきかという肝心の策はなかった。ただ長剣を杖代わりに立ち尽くし、ひと言も発することなく、肩で息をしながら見つめ合った。

「報告！」そこへやって来た部下が、広間の入り口で跪《ひざまず》いた。「将軍、敵が大挙して攻め寄せてきました」

「何を慌てている」郭図は息を荒らげながら部下を睨んだ。「すぐにわが命を伝えよ。城楼の上に弓手《きゅうしゅ》と弩手《どしゅ》を並べて射かけるのだ。敵がいくら多くともこの城は攻め落とせん」

部下が走り去るのを見て、袁譚は額の汗をぬぐった。「逢紀を殺したからには尚とも決裂だ。いっそ曹賊めと手を組んではどうだろう。それが駄目ならここを捨てて鄴城へ攻め込み、力ずくで大将軍の位を奪い返すというのはどうだ」

「絶対にいけません」郭図のほうがまだ袁譚より冷静である。「いま曹賊めの大軍は目の前に迫っています。これに背を向けて兄弟で干戈《かんか》を交えれば、曹賊めは必ずや勢いに乗じて追撃してきましょう。そうなればわが軍の壊滅は必至。たとえ首尾よく大将軍の位を奪い返せたとしても、どんな顔をして河北の地に立つというのです。まずは黎陽を守り抜いて曹賊を防ぐことが肝要かと」郭図は袁尚や審配を憎んではいたが、曹操に対する憎しみはそれ以上だった。郭図の目指すところは河北の主の地位ではない。袁譚を補佐して曹操を滅ぼし、天下を統一することこそ最大の願いなのである。

「ふん。城に閉じこもって黎陽を守るだけなら逢紀の言と何も変わらんではないか。それこそ尚や審配の思う壺よ」

郭図は難しい顔でしばし考え込んでから口を開いた。「城内の兵馬と民で一丸となって曹賊めと戦いましょう。勝てば将軍は黎陽の支持を得られます。ここで兵糧を蓄え、それから青州のもとの部下たちと鄴城を襲っても遅くありません。もし敗れたとしても、敗残兵をまとめて鄴城へ戻ればよろしいではありませんか」

「逢紀はすでに死んだ。鄴に戻るなど、自ら縄目の恥を受けに出向くようなものではないか」

「それは違います」郭図は不敵に笑った。「前線の時局は刻々と変化するもの。敗れたときは、その敗因をすべて死人に押しつければいいのです。本当のことなど誰にもわかりません。それに将軍の父君は臨終の際に教えを残されました。あの遺訓がある限り、袁尚も将軍を手にかけることはできません。加えて鄴城にいる辛評《しんひょう》らは将軍の力になってくれましょう。再び兵権を握りたいとお考えなら、いまは耐えて力を蓄えるべきです。事を起こすのは曹操が兵を退いてからです。そのときは外敵もおらず、弟君と決着をつけるのみ。周りの者たちもとやかく申しますまい」

「よし。公則の申すとおりにしよう」袁譚は剣を鞘に収めて広間を出ると、大声で部下に告げた。「逢元図は妖言によってみなを惑わし、わが兄弟の仲を割こうとしたゆえ、たったいまこの手で処罰した。この首をさらして全軍に知らしめよ。そして銅鑼と太鼓を打ち鳴らせ。城内にいるすべての兵と民を召集するのだ。明日は城門を開いて打って出る。曹賊めとわたしのどちらかが死ぬまで徹底的に戦うぞ！」

袁譚と郭図は彼らなりの策をひねり出したわけだが、現実は期待どおりには進まなかった。河北軍は長らく敗北を重ねて士気が低迷しており、死傷者も多く抱えている。当然、城を出て互角の戦いを繰り広げる力は残っていなかった。一方、曹操軍は連戦連勝で士気も高く、どの兵も山を駆け下りる猛虎さながらの勢いがあった。両軍がぶつかると、河北の降将《こうしょう》である張郃と高覧の率いる軍がまず突撃してきた。河北軍はすぐに崩れ、鎧兜を投げ捨てて蜘蛛の子を散らすように逃げ出した。戦に巻き込まれただけの憐れな民も、次々とあえなく命を落とした。こうして黎陽の被害は一万人近くに及んだ。曹操軍に殺された屍《しかばね》が山のように折り重なり、血は川となって流れた。

完膚なきまでに叩きのめされた袁譚は、わずか数百騎の部下とともにかろうじて血路を開き、袁尚自ら率いる援軍と、鄴城の近くまで来てようやく落ち合った。郭図は、逢紀が兄弟の仲を裂いて人心を惑わせたとして敗戦の罪を着せた。これが虚言であることは袁尚の目にも明らかであったが、敵を目の前にして個人的な憎しみにかかずらうわけにもいかず、郭図の報告どおりすべての罪を逢紀に着せた。袁尚と袁譚は互いの兵を合わせて鄴城へと戻り、胸の内に確執を抱いたまま、これからどう敵に対処すべきか策を練った。だが、黎陽は曹操の手に落ち、河北の扉はすでに大きく開け放たれた……

長駆の果てに阻まれる

袁譚《えんたん》が要所で意表を突く用兵を見せたことにより、このたびの北伐は曹操が予想していたほど順調には進まなかった。だが、曹操をもっとも悩ませたのは目の前の戦《いくさ》ではなく、并州刺史《へいしし》の高幹《こうかん》である。袁紹《えんしょう》の甥の高幹は官渡《かんと》の戦いののち、并州の西の勢力を抱き込むことに手を尽くしていた。時に武力で脅し、時に利をちらつかせ、関中《かんちゅう》の諸将や土地の豪族を支配下に置いたばかりか、司隷校尉《しれいこうい》の鍾繇《しょうよう》の甥である郭援《かくえん》まで味方に引き入れて、叔父の鍾繇に公然と敵対させた。おかげで兵を動かさずに関中を取り込むという曹操の計画は頓挫した。官渡の戦いで要衝を守った河内太守《かだいたいしゅ》の魏种《ぎちゅう》はすでに病没し、河東《かとう》太守の王邑《おうゆう》も曹操の腹心とはいえない。并州に対する防備の態勢は明らかに弱体化していた。高幹は曹操が袁氏兄弟との戦で動きが取れないと考え、この機に乗じて兵を動かし、関中で動乱を起こした。

高幹はまず河東郡に攻め込み、郭援を勝手に河東太守に任命すると、正当な太守の王邑に猛攻撃を仕掛けた。土地の豪族や匪賊の類いがこれに呼応し、匈奴《きょうど》の単于《ぜんう》である呼厨泉《こちゅうせん》までもが高幹に味方して、関中は大混乱に陥った。一帯で信望のある鍾繇は朝廷に帰順する勢力を結集し、呼厨泉のいる平陽《へいよう》［山西省南西部］を包囲した。しかし、高幹と郭援はすぐさま救援に駆けつけ、一方では西涼《せいりょう》の馬騰《ばとう》や韓遂《かんすい》にも手を回して反旗を翻させ、鍾繇を挟み撃ちにした。事ここに至っては鍾繇も平陽を攻めるどころではなく、前後から敵に挟撃される危機を迎えた。

曹操は事の利害得失をよく承知していた。もし鍾繇が敗北を喫すれば、関中の諸将は雪崩を打って高幹側に回るだろう。朝廷は関中の支配権を失い、ここ数年の苦労がすべて無に帰する。だが、曹操は冀州《きしゅう》に縛られて離れられず、一時的に兵を退《ひ》いたとしても鍾繇の救援には間に合わない。取るべき道は、袁氏の本拠地である鄴城《ぎょうじょう》へ攻め込む以外になかった。

『孫子兵法《そんしのひょうほう》』に、「凡《およ》そ用兵の法は、国を全うするを上と為し、国を破るは之《これ》に次ぐ［戦では敵を傷つけずに降伏させるのが上策で、敵を打ち破って勝つのは次善の策である］」とある。この程度のことは曹操にとって自明の理と言ってよい。だが、曹操はこの箇所に以下のような注を加えている。「師を興して深入長駆し、其の城郭を距《へだ》て、其の内外を絶ち、敵の国を挙げて来服《らいふく》するを上と為す。兵を以て撃ち破り、敗《やぶ》りて之を得るは其の次なり」。つまり敵国を落とすには、深く攻め込んでその都を攻め、周囲との連係を断つことで、敵が全面的に降伏するのを上策とし、武によって力ずくで破るのは次善の策だというのである。鄴城を攻め落として冀州全体が降伏してくれれば、河東の不利な局面も好転するかもしれない。

鄴県は古くから軍事上の要衝で、戦国時代には魏《ぎ》国の陪都《ばいと》であった。鄴に赴任した西門豹《せいもんひょう》は違法な迷信を改め、漳河《しょうが》の水を引いて灌漑を行い、広大な面積の良田を開拓して、鄴県を豊かな土地に変えた。ただ、鄴城は冀州の南端にあり、河北から中原に鹿を逐《お》う点では有利だったが、いったん敵が南から攻め込んでくれれば、それはそのまま北に向けられた突端となる。黎陽《れいよう》から北上すれば、鄴まではわずか百五十里［約六十キロメートル］の道のりである。袁尚《えんしょう》はこのたかだか百五十里のあいだで何度も兵を繰り出して曹操を阻もうとしたが、そのたびに撃破された。建安《けんあん》八年（西暦二〇三年）四月には、河北軍はもはや大規模に抵抗する力を失い、曹操軍の主力が鄴県内の奥深くまで侵入した。

「曹公のご命令である。このまま前進せよ。陣を張るのはまだ先だ……」伝令の鋭い声が遠くまで響く。

夏が近づいているとはいえ、酉《とり》の刻［午後六時ごろ］ともなれば空も暗くなる。このまま行軍が続けば、暗闇のなか、手探りで陣を張ることになる。幸い数度にわたる味方の勝利のあと、敵が襲って来ることはめっきりなくなった。それどころか、以前は星の数ほどいた斥候《せっこう》の姿も見えない。曹操軍の士気は、上は将校から下は兵に至るまできわめて高かった。長時間の行軍にも疲れを訴える者はなく、命令のまま元気に田畑や林のなかを進んでいった。だが、中軍の虎豹騎《こひょうき》に守られた曹操らは焦りと苛立ちに駆られていた。

曹操のそばには軍師《ぐんし》の荀攸《じゅんゆう》、軍師祭酒《ぐんしさいしゅ》の郭嘉《かくか》、それに許攸《きょゆう》と婁圭《ろうけい》も控えていたが、誰の口からも次の一手をどう打つべきかの案は出なかった。一同が黙って俯《うつむ》いたまま目の前の道を見るともなく見ていると、曹操が沈黙を破った。「鄴城まではあとどのくらいある?」

許攸は河北で十年近く仕えていたため、このたびの遠征先の地理も知り尽くしており、遠くに見える村々を望んで答えた。「十数里［約六キロメートル］といったところでしょう」

「大きな城郭でしょうに、どうしてまだ城楼さえ見えないのです？」許攸と冗談を言い合う間柄になっていた郭嘉が尋ねた。

許攸は郭嘉を睨んで言い返した。「覚え違いじゃありませんか」「覚え違いだと？　その眠そうな瞼を引っ張り上げてよく見るんだな。道の東の広大な土地は審配《しんぱい》の野郎の田畑じゃないか。おぬしだって河北で暮らしたことがあるだろうに、わざととぼけているのか」

郭嘉は楽しそうに肩をすくめたが、婁圭はとても軽口を言える気分にはなれず、手綱を握り締めながら低くつぶやいた。「空が暗くなって遠くまで見えんのだ。もしわしが軍を率いていたなら……」またいつもの悪い癖が出かけたが、それを呑み込んで先を続けた。「陣を張ったほうがよくはありませんかな」

「駄目だ」曹操は許さなかった。「この戦をこれ以上長引かせるわけにはいかぬ。鍾繇から何の知らせもないのだ。われらはひたすら前進し、速《すみ》やかに敵を打ち負かさねば」

「鄴は河北随一の堅城、わが軍が大挙してもすぐに落とすことは難しいでしょう。攻城戦となれば思いのほか手間取ることも考えられます」婁圭は曹操に対していささか不満げである。それというのも、先には別部司馬《べつぶしば》として一軍を率いさせると約束しておきながら、官にはすぐに任じたものの、いまだ一人の兵も与えてくれないからである。

「早く着こうが遅く着こうが同じこと」許攸はあきらめがよい。「鍾繇に何かあったとしても、どのみちわれらには救えん。いさぎよく前進しよう」

「わしは関中の心配ではなく、道を急いで敵の待ち伏せに遭うことを懸念したまでだ」婁圭が言い訳じみた釈明をした。

「もう待ち伏せはなかろう。袁家にどのくらいの兵があるか、わしはよく知っている。袁尚のやつめ、かように幾度も敗れては、残った兵をかき集めても、もう攻めて来るだけの力はない。しかもわが軍は平らな駅路を進んでいるのだ。これでどこに伏兵を置く？」

曹操もそう考えていたが、振り返って荀攸に声をかけた。「公達《こうたつ》、なぜ何も言わぬ？」

荀攸は暗い顔で長らく黙り込んでいたが、曹操に声をかけられてようやく口を開いた。「わたしには少し腑に落ちないことがあります。鍾元常《げんじょう》は非常に実直な男です。勝ったにせよ負けたにせよ報告を怠るとは思えません。それがいまだに平陽からの便りはありませんし、あとから続くはずの糧秣《りょうまつ》がまだ届かないのも……」

「それのどこが不安なのです。わが軍の糧秣は足りておりますとも」許攸が大声で笑った。

荀攸は許攸をひと睨みして、密かに思った――道理で袁尚と審配がおぬしを軽視するはずだ。機を見てうまく立ち回ることには長けていても、見識の点では話にならん――

曹操は荀攸のひと言ですべてを見抜いた。「大いに案ずるべきことだ。知らせも糧秣も届かないのは尋常ではない。審正南《せいなん》と郭公則《かくこうそく》は狡猾極まりない連中、これほど簡単にわれらを鄴県に入れるはずがない。これはきっと……」曹操は、これはきっと河北軍が自軍の後方に回り、黄河を封鎖して渡れないようにしているためだと考えたが、口には出さなかった。万一兵に聞かれたら、あっという間に全軍に広まり、勝てる戦も勝てなくなる。

郭嘉は許攸と違って黄河封鎖の可能性に気づいたが、表向きは慰めた。「わが君、お考えすぎかと。

荀衍《じゅんえん》と賈信《かしん》を黎陽の守りに残してきたのですから、何かあったら二人から連絡がくるはずです。ともかく前に進み続けるしかありません」

曹操はそっとため息をついた。このたびの戦は難しいものになりそうだ。袁紹が世を去れば河北はすぐに崩れると踏んでいたが、これほどの困難に見舞われるとは……やはり袁本初《ほんしょ》は凡庸な男ではなかった。部下の心をしっかりとつかんで、跡を袁尚に継がせたのも何か考えあってのことだろう。おそらくは死の間際にも最後の一手を仕掛けたのかもしれない。曹操はそこで考えをやめ、馬に鞭をくれるとまた命じた。「前軍は休まず進め。鄴城に着けば陣を張ることを許す」

「前軍は休まず進め。城のあたりに着いてから陣を張れ……」伝令の声が波のように遠くまで伝わっていった。

このたびの戦では、曹仁《そうじん》が左軍、曹洪《そうこう》が右軍、夏侯淵《かこうえん》が後軍、于禁《うきん》、楽進《がくしん》、張遼《ちょうりょう》、朱霊《しゅれい》らが前軍に配されている。最前線の先鋒は張郃《ちょうこう》と高覧《こうらん》が務め、張繡《ちょうしゅう》と劉勲《りゅうくん》がそれに続いた。河北からの降将《こうしょう》である張郃らは冀州の地形を熟知している。最短かつ行軍しやすい道を選んで先頭を進んでいった。

実際に空が暗くなりはじめると、疲れた兵たちの気も緩みはじめた。隣の兵とひそひそ話したり、故郷の歌を口ずさんだり、兵糧袋から豆を取り出してつまんだりと、それぞれが思い思いのことをはじめた。斥候も疲れ果て、加えてこの暗さで道はわかりづらく、馬の足もどんどん遅くなる。どのみち敵は壊滅状態で軍の体《てい》をなしておらず、今晩鄴城の城外に陣を張れば一晩ゆっくり眠れるだろう。明日からの城攻めでは、命を捨てて戦わねばならないのだ。

もう二、三里［約一キロメートル］ほど進んだころ、最前線を調べていた数人の斥候が前方に現れた農民の集団に気づいた。だが、行軍中に農民と遭遇するのは特段珍しいことでもない。鄴城に近づけば、むろん河北の豪族の住まいや小作農の数も増える。これまでもあばら屋の並ぶ村だけでなく、荘園をいくつか通り過ぎてきた。農民たちも軍隊に驚いて、すぐに逃げだすだろう——威張り散らすのも先頭を進む者の楽しみである。

しかし、農民たちは逃げだす様子もなく、それどころか手を振り上げて何ごとか叫んでいる。まさか従軍したいというのか？　斥候たちにも事情がさっぱりわからない。そのなかの度胸ある二人の男が馬を前に進めると、何ごとかと問いただす前に農民たちの手から弓が現れた。二人の斥候は愕然として色を失い、慌てて逃げ出そうとしたが、矢より早く逃げられるものではない。二人はその場で射《い》殺《ころ》されてしまった。後ろでこれを見ていた残りの斥候は、慌てて馬首を回《めぐ》らして知らせに戻ろうとしたが、鞭を振り上げる間もなく弓弦《ゆづる》の音が聞こえ、矢の雨が天から降り注いだ——人も馬も瞬く間に針ねずみと化した。

古くからの相棒である張部と高覧は、戦での息もぴったりである。片方が前で指揮すれば、すかさずもう片方が後ろに下がって指示を出すという具合であった。このとき高覧はちょうど先頭にいて、腹心の小隊長と話をしているところだった。そのとき突然、天地をどよもす鬨《とき》の声が上がり、驚く間もなく次から次へと敵が無数に湧いてきた。敵の格好はてんでんばらばら、鎧兜を身につけている者もいれば、ほこりまみれの衣と頭巾だけの者もいる。武器にしても刀槍剣戟《とうそうけんげき》ありとあらゆる得物《えもの》を手にし、陣形も何もあったものではない。とはいえ人数だけは天地を覆い尽くすほどに多く、突然立ち並んだ旗指物は密林のごとく無数に立っている。日もとっぷりと暮れて視界が利かず、後ろにまだどれだけいるのかもわからない。

曹操軍はここ幾日かでしばしば河北軍と兵刃を交え、その主力をほぼ撃破している。そのため、短い時間で再び集結することは不可能だと思い込んでいた。予想だにしなかった敵の襲撃に備えはなく、疲れもたたって戦う前から戦意を喪失していた。硬骨漢の高覧は剣を引き抜いて吼《ほ》えた。「われに続け！　突撃！」しかし、先鋒の軍はすでに混乱をきたしている。兵士らは己の身を守ることもままならず、高覧に従って突撃するどころではなかった。人は叫び馬は嘶《いなな》き、蜂の巣をつついたような大騒ぎで、何の備えもないままに敵とぶつかった。今宵の敵はいつもと違う。死ぬことが少しも怖くないのか、遮二無二突き進んできた。刃のぶつかり合う音も聞こえず、曹操軍の先鋒は一人が逃げれば百人があとに続くといった具合で、隊列など無視して武器を捨てて逃げ出した。後方にいた張郃はなんとかそれを止めようとしたが、逃げ惑う兵士たちに押されて危うく倒れるところだった。

第二軍の前方部隊を指揮していたのは劉勲である。ときにこの守銭奴は、冀州を手に入れたらどれだけの田畑が手に入るか算盤《そろばん》を弾いていた――孟徳《もうとく》とは旧知の間柄ゆえ相当な田畑をもらえるはず……そんな皮算用をしてほくそ笑んでいたところへ、いきなり味方の兵が押し寄せてきたのである。瞬きする間もなく、あたりは混乱に陥った。劉勲は刀を振り上げて喚《わめ》いた。「こんちくしょう！　わしの金勘定の邪魔をしおって、全員ぶっ殺してやる！　やっちまえ！」劉勲は捨て身で向かっていったが、あとに続いたのは腹心の護衛兵だけである。

第二軍の後方部隊を率いていた張繡は、あたりが暗くなっても陣を張る命令が下らず、空腹を覚えた。涼《りょう》州の武人はみな騎馬に長けている。張繡は片手に干し肉を、もう片手に水袋を持って飲み食いしながら、馬の腹を両ももで締めて歩みを進めた。張繡が干し肉をまたひと口かじったとき、前方の軍が乱れて味方の敗残兵たちが押し寄せてきた。張繡は手にしていた干し肉を投げ捨て、護衛兵に預けていた自分の銀の槍をひったくった。竜が身をうねらせたかと見紛うような槍さばきで目の前に逃げてくる兵を二人突き刺すと、口に含んでいた肉を飲み込んで叫んだ。「後ろには大軍が控えているのだ。何を慌てふためいておる。これ以上逃げる者があれば斬って捨てるぞ！」しかし、逃亡兵は左右に広がって逃げてきており、近くの兵は押しとどめられても、遠くにいる兵まではいかんともしがたい。曹操軍はまるで津波に押し流されるかのように一隊が次の一隊を押し戻し、さらには逃げ惑う兵と追う敵兵とがもみくちゃになって、あたりは激しく混乱した。

前方の騒ぎを聞いた曹操は手綱を引き、盾兵と長矛兵を残らず差し向けて中軍の前方を守らせるよう、中軍を率いる史渙《しかん》と韓浩《かんこう》に命じた——敵兵とともに敗残兵も食い止めねばならず、もし中軍が乱れたら全軍が総崩れになる。命《めい》を受けた兵士らは慌ただしく動きだした。盾兵が歩兵の前に盾を並べて防御し、虎豹騎以外のすべての騎兵は、馬が驚かないよう後方に下がった。虎豹騎を率いる曹《そう》純《じゅん》には円陣を作って曹操たちを取り囲ませ、夏侯淵には伝令を送って後軍を統率してみだりに動くなと伝えた。

鬨の声はますます大きくなり、闇はいよいよ深まっていく。敵兵に狙われないよう中軍では松明《たいまつ》をつけることなく、曹操たちは暗闇のなかで静かに様子を窺っていた。しばらくすると西側の小隊長から報告が入った。「曹仁将軍の先頭部隊が襲われました」すると今度は東側からも報告が来た。「曹洪将軍が逃亡兵に押され、陣が乱れております」

「いったいどういうことだ！」怒りを募らせた曹操は馬の鞍を叩いた。

郭嘉が答えた。「官渡の勝利以降わが軍は負け知らずで、兵たちに驕りがあったのでしょう。加えて今日はいつもより長く行軍し、士気も緩んでいました」

「ふんっ。かつてわしが袁術《えんじゅつ》を追ったときは、三つも四つも続けざまに県城を落としたものだ。劉備《りゅうび》を破って千里を往復したときでも兵は一人として気を抜いたりはしなかった。どうも軍紀を引き締めねばならんようだな」

「まあ、焦らずのんびり待ちましょう」郭嘉に少しも慌てる様子はない。「敵の陣形は堅固ではありませんし、この暗闇で戦ったのでは、敵味方もすぐにわからなくなります」

実際、郭嘉の読みどおりで、曹操軍もはじめは混乱して押されていたが、時間が経つにつれて敵がたいして強くないこともわかってきた。双方が入り乱れての戦いとなれば、あとは命をかけて戦うのみである。両軍おのおの敵を探しては殺し合い、かまびすしい叫び声が響きわたった。まもなくあたりは完全な闇に包まれた。戦の続行は不可能となり、曹操軍は銅鑼を鳴らして兵を集めた。河北軍は押し合いへし合いしながら大部分は逃げ去ったが、曹操軍に殺された者も少なくなかった。

兵が落ち着くのを待って中軍に松明がともされた。張繡、劉勲といった将たちが明かりを見つけて集まってきた。誰も彼も血に染まった恐ろしい形相をしている。それを見た曹操は叱責する気になれず、まずは死者の数を確認するよう命じた。許攸らは地を埋め尽くす死体にどうしても納得できず、疑念を口にした。「袁尚の主力はつぶしたはずなのに、どこからこんなに大勢の兵を集めたのだ。しかもこいつら服は揃《そろ》っていないし、鎧もばらばら。ろくに陣形も整えず、これではまるでそこらの匪賊ではないか。ひょっとして黒山賊《こくざん》の張燕《ちょうえん》の兵なのか」

「違うな」婁圭が眉をひそめて答えた。「先ほどの戦い、敵は少なくとも八千はいた。どこにそんな人数の匪賊がいる？　しかも黒山の張燕は袁氏とは仇敵の間柄、救援になど来るわけなかろう」

荀攸もしばらく思案していたが、あたりを見回すうちにふと気がついた。「わかりました……この者たちは袁氏兄弟の兵ではなく、ましてや匪賊でも黒山賊でもありません」

「どういうことだ」曹操が先を促した。

「わが君はお忘れですか。袁紹は冀州を手に入れてから、土地の豪族を重用してきました。それによって自らの力を増大させたのです。そしていま目の前に広がるのは、そうした豪族たちの土地……豪族らが小作人や従者を動かせば、瞬く間に万をもって数える兵となります」

「審配一族の配下だけでも数千はいますからな」ようやく許攸にも合点がいった。「審配が今年は田《でん》租《そ》を免除するとか、貸し付けをちゃらにするとか約束するだけで、土地の若い衆はこぞって戦いますよ。道理で服や旗指物がばらばらなわけです」

曹操はぞっとした——土豪とはなんという存在だ。官渡で八万近い敵を討ち、倉亭《そうてい》からこちら連戦連勝だというのに、それでもこんなに多くの者を戦につぎ込めるのか。袁紹は豪族に好き放題させていた。それが集まってもただの烏合の衆だと思っていたが、なかなかどうして土豪を優遇するのは利点もあったのだ。いや待て。その土地を攻めるということは、袁氏を敵にするだけでなく土豪をも敵に回すことになる。土地に根を張る豪族は土地を守るのも命がけだ。そんなやつらがうようよいるこの土地で、速やかに鄴城を落とすなど至難の業……そのあいだに鍾繇が敗れ、ここも取れないとなれば、許都はいったい——曹操はその先を考えるのが恐ろしくなり、思わず顔を上げて遠くを眺めやった。おぼろな月明かりのもと、鄴城がぼんやりと浮かんで見える。そびえ立つ城郭、漆黒の城壁は、あたかも巨大な怪物が平原に突っ立っているかのようである。城楼のあたりがひときわ明るいのは見張りが立っているからだろう。強弓《ごうきゅう》や丸太、岩石など、守城の備えも十分に違いない。

曹操が呆然としていたところへ、張郃が悲痛な表情で駆けてきた。「ご報告します。前軍の兵は半数近くが死亡、こ、高覧も……」張郃と高覧は袁紹に従っていたときも、曹操に投降してからも、戦場でともに戦ってきた兄弟のような間柄である。張郃は相棒の死にひどく心を痛めていた。

敵の本拠地を目前にして手痛い敗北を喫したうえ、乱戦のうちに大事な将を失い、その場にいる全員が言葉を失った。暗い松明の光のもとで曹操の表情はわからなかったが、ずいぶんしてから曹操の長いため息が聞こえた。「高将軍の亡骸は手厚く葬るように。この戦が終わったら高将軍の功績を上奏せねばな……今夜はここに陣を敷こう。明日軍議を開く」

「たかがこれしきで、まさか撤退だなんて仰らないでくださいよ。張将軍の部隊がやられたのなら、わたしが先鋒を務めます。今度出くわしたら鎧のかけら一つも残さず斬り殺してやりますよ」朱霊が騒ぎはじめると、劉勲も黙っていなかった。「くそったれ！　何人死のうがそれがどうした。前進あるのみ。袁家の野郎の巣穴など、わしがぶっつぶしてくれる」

「そうだ、そうだ……」二人の声に引っ張られてほかの将たちも同調した。

「勝手に喚くな」曹操が睨みを利かせた。「わしの命に逆らう気か。おぬしらの勝手ぶりは目に余る。そんなことだから敵に隙《すき》を衝《つ》かれるのだ。それでもまだわしの前で喚くか。これ以上何かほざく気なら軍法が容赦せぬぞ。戻ってから全員処罰してやる」そう言い捨てるや、馬首を回らしてその場を離れた。諸将は曹操の一喝でしゅんとなり、おのおの陣の設営に散っていった。

ちょうど曹操の大軍が陣を張り終えたころ、黎陽より三通の報告がもたらされ、また諸将が呼び集められた。

一通目は兵糧の補給についてであった。袁尚の麾下《きか》で魏《ぎ》郡太守の高蕃《こうはん》が曹操の進軍の隙を衝いて黄河の岸に布陣し、曹操軍の水上輸送を断っていたのだという。黎陽の留守を任された賈信の兵力には限りがあり、加えて陰安《いんあん》を守る厳敬《げんけい》も高蕃を手助けしたため、平陽からの報告が途絶えていたらしい。しかし、この正念場に兵糧を運んできた李典《りてん》と程昱《ていいく》が輸送船を隠れ蓑《みの》に使って高蕃を奇襲したため、ようやく敵を蹴散らすことができたとのことであった。

それと同時に、平陽での勝利の知らせも届いた。もともと二心《ふたごころ》のあった馬騰《ばとう》は、高幹の求めに応じて兵を挙げたものの、戦の成り行きを懸念していた。そこへ鍾繇が使者を遣わして説得を試み、涼州刺史の韋端《いたん》も書を送って諫めたことで再び寝返ったという。馬騰の息子の馬超《ばちょう》が兵を率いて高幹の陣を襲い、鍾繇の危機を救ったばかりか、部将の龐徳《ほうとく》も偽の河東太守の郭援を討ち取り、高幹は敗れて幷州に逃げ帰った。高幹が敗れたので、匈奴単于の呼厨泉は自ら城門を開け放って投降したという

――関中の地は、こうして間一髪で危機を脱した。

だが、それよりも意外だったのが三通目の報告である。曹操はこのたびの北伐を前に、陽動作戦として青《せい》州を攻めるよう徐《じょ》州の諸将に命じていた。ところが、匪賊の出で昌慮《しょうりょ》太守を務めている昌覇《しょうは》が、臧覇《ぞうは》や孫観《そんかん》らが北上して東海《とうかい》の諸県を占領している隙に反乱を起こしたという。もとから昌覇は朝廷

への忠誠心に欠けており、帰順してからも何度か謀反を繰り返していた。これで四度目である。生まれつき反逆者の血が流れているのか、わずか数千の兵で謀反を繰り返して飽きることがない。手に刺さった小さな棘《とげ》のようなものである。

一日じゅう行軍を続け、曹操も疲れ切っていた。吉凶入り交じった三通の知らせを見終えると、諸将に手を振って命じた。「もう三更《さんこう》［午前零時ごろ］も近い。みなも戻って休め。鄴城攻めについては明日また話し合おう」先ほど叱られた諸将らも頭《こうべ》を垂れて出ていき、荀攸、婁圭らも幕舎をあとにした。ただ、郭嘉だけは衣冠を整えるふりをしてうろうろしている。

「奉孝《ほうこう》、まだ話があるのか」その意を察して曹操が尋ねた。

郭嘉はすぐに立ち止まると、明るく笑みを浮かべながら曹操の近くに寄ってきた。「わが軍は鄴城の間近に迫っていますが、わが君には敵を破る良策がおありなのですか」

「さすがに若いのう。夜中だというのに元気なことだ」曹操はあくびをしながら適当にあしらった。「鄴城は堅固で攻めるのは難しい。袁尚をおびき出して城外で戦えるとよいのだが……もう遅い、話は明日にしよう」

だが、郭嘉は立ち去る様子を見せない。「もし袁尚が堅く城を守って出てこなかったら、どうなさいます」

「大軍で城を包囲して、相手の兵糧が尽きるのを待つしかあるまい」

「本日の敗北、わが君もその目でご覧になったでしょう。河北の豪族の配下は思いのほか多うございます。こちらが城を包囲すれば、必ずやまた連中がどこからともなく攻めてまいりましょう。ましてや青州や幽州《ゆう》にはまだ敵兵が残っています。それが援軍に向かってきたらどうなさるのですか」

曹操は少し考えてから答えた。「その都度、臨機応変に対応するとしよう。鄴城を包囲し、やって来た援軍も迎え討つ」

郭嘉がなおも尋ねた。「もし袁尚が城を捨てて逃げ出し、ほかの場所にこもったら、それでも包囲を続けますか」

こうした問いかけはすべて無駄な話に思えた。曹操は疲れていたので郭嘉を追い出したかったが、当の本人はにやにやと笑うばかりである。ようやく曹操も気がついた。「回りくどい話はなしだ。おぬしに何か考えがあるのだろう？」

「さすがはわが君、わたしの胸の内をすべてお見通しとは」郭嘉は曹操を持ち上げることも忘れず先を続けた。「いまこそ、わが軍は兵を退くべきと存じます」

「なに？……ようやくここまで来たのだぞ。そんな簡単に撤退したのでは、いままでの苦労が水の泡だ」そう不満を口にしてみせたものの、実は曹操も行軍中から考えていたことではあった。

「では、わたしから説いて進ぜましょう」郭嘉はすでに曹操の眼差しから、その揺れ動く心を読み取っていた。「わが軍は鄴に至って明日にも城を包囲しますが、袁氏兄弟は城の堅固さを恃《たの》みに籠城するでしょう。こちらは幽州の袁熙《えんき》にも兵馬を割いて備えねばならず、身を危地に置いたまま敵を攻め落とせないことになります。しかし、これは目に見える心配事に過ぎません」郭嘉は流れるように続けた。「もう一つは関西《かんせい》［函谷関《かんこくかん》以西の地］です。幷州の高幹は敗れたとはいえ長らく関西を狙っており、捲土重来《けんどちょうらい》もありえます。河東の地にまた騒動が起きれば、今度は鍾繇も押さえ込めるかどうか。

三つ目は荊州《けい》です。劉表《りゅうひょう》は先ごろ劉備の加勢を得ています。わが軍が冀州に釘づけになっているあいだに、やつが南陽を攻めて許都を狙ったらどうなさいます」

曹操も首肯《しゅこう》せざるをえなかった。「おぬしの申すとおりだ。その点はたしかに心配だが、かといって逆賊の討伐もおいそれとは放棄できぬ。袁尚に休息の時間を与えれば、豊かな冀州のこと、すぐにまた勢いを盛り返すに違いない……」

「ありえません」郭嘉は冷やかに笑った。

「なぜ断言できる」

郭嘉は曹操の耳に口を近づけて尋ねた。「失礼を承知でお尋ねしますが、もし袁譚がはじめから籠城して守りを固めていたら、わが君にはいかほどの勝算がありましたか」

曹操はつかの間きょとんとしたが、冷静になって考えてみれば的を射た指摘だ。高蕃の兵が糧道《りょうどう》を断ち、高幹が河内で騒ぎを起こすなか、袁譚が籠城して曹操を河北に釘づけにしていたら、おそらく戦いの結果はまったく逆になっていた。敗れるのは袁氏兄弟ではなく、曹操のほうである。曹操は背筋にぞくっと寒気が走った――袁紹の威信はなお根強く残っている。自分が手にした勝利は、たまたま運が良かっただけなのだ――

郭嘉は曹操にしばし考える時間を与えた。「いかがでしょう。幸いなことにここまでは上手く運びました。功を焦って速戦即決を選んだ袁譚はわが軍に対して敗北を重ね、袁尚はそれを知りながら援軍を送らず、ついには黎陽を失う羽目になりました。この兄弟の動きはいささか不思議に思われませんか」

曹操は頭から冷たい水を浴びたかのように体じゅうの疲れが吹っ飛び、卓に手をつくとその目を輝かせた。「つまり……袁譚と袁尚のあいだには……」

「いかにも」郭嘉は曹操のそばに座って言葉を続けた。「袁譚は袁紹の長男で、青州を手に入れる際に戦功があり、軍中にも支持者が多いようです。ですが、勇敢なだけで智謀がなく、また傲慢で横暴な性格です。それで袁紹は三男の袁尚に跡を譲ったのでしょうが、この袁尚は意見をまとめて豪族たちを手なずけることには長けていても、戦をしたことがなく年功も浅い。兄弟二人のあいだにはもとより深い溝があり、それに輪をかけて郭図《かくと》や審配といった部下がその仲を割こうとしています。いまはわが大軍を前にしてやむなく手を取り合っていますが、わが軍が兵を退けば、おのずと互いに矛を向け合うでしょう」

「ということは……」

「しばらく兵を退き、南の劉表を攻めるふりをして、兄弟の仲違《たが》いを誘うのです。そうして二人が争っているところを攻めれば、河北の地は一気に平定されましょう」

曹操は一理あると思いながらも、なお迷いがあった。「だが、勝敗の手立ては外に求めるなというぞ」

「わが君、何を迷っておられるのです」郭嘉はきっぱりと断言した。「その昔、斉《せい》の桓公《かんこう》は尊王攘夷を掲げて諸侯を糾合しましたが、最後は五人の息子がその位を争い、桓公自身は宮殿のなかで餓死しました。これは嫡子と庶子を区別せず、長幼の序を守らなかったからです。袁本初は生前、息子三人と甥一人にそれぞれ一州を与えましたが、袁譚と袁尚を担ぐ両派が権力争いを繰り広げ、互いを仇敵とみなすようになりました。こうした骨肉の争いはときに外敵より恐ろしいもの。わが君はかつての流行り歌をご存じありませんか。『一尺の布も尚《なお》縫うべし。一斗の粟《ぞく》も尚舂《うすづ》くべし。兄弟二人相容れず「一尺の布ですら一緒に縫うと一つになる。一斗の粟《あわ》ですら一緒に搗《つ》くと一つの食べ物になる。だが兄弟二人は相容れない」』」

郭嘉の言葉に曹操は目が覚めた。うなだれていた頭を持ち上げ、天を仰いで笑いだした。「はっはっは……わかった。かつて袁紹と袁術は互いに度量が狭く、従兄弟《いとこ》同士で争ったものだが、いまは袁譚と袁尚が同じ轍を踏んでいるわけか。連中の鷸蚌《いつぼう》の争いには高みの見物を決め込んで、わしは漁夫の利を得ればよいのだな。直ちに全軍に命を伝えよ。明日、黎陽に戻る。撤退の準備をしろとな」

「お待ちを」郭嘉はなおも笑みを浮かべながら、かえってそれを制した。「撤退に際していくつかすべきことがございます。今年は豊作のようですから、袁尚が出て来ないうちに一帯の穀物を刈り取るのです。それから鄴城の周囲には多くの小作農がいます。これを河南に移して敵の働き手を削るのがよいでしょう。さらに陰安を奪っておけば、黎陽とで糧道の両端を押さえることになり、敵の攻撃を受けなくなります」

「すべて奉孝の策のとおりにいたそう」長らく抱えていた悩みごとが霧散し、曹操はようやく愉快になった。「任峻《じんしゅん》が病に臥せっておるゆえ、兵糧の管理は夏侯淵に任せよう」

「妙才《みょうさい》殿はざっくばらんで親しみやすい方ですが、少しせっかちなところがあります。慎重を期すよう、わが君から念を押されたほうがよろしいかと」

郭嘉の言葉で曹操は思い出した。これまで連戦連勝してきたため軍に驕りの気分が芽生え、敵を軽んじる風潮が広がっている。いまこそ軍紀を正す必要があった。曹操は真新しい竹簡を手に取ると、筆を走らせて軍令を記しはじめた。

司馬法《しばほう》にいう、将軍は綏《すい》に死すと。故に趙括《ちょうかつ》の母 括に坐《ざ》せざるを乞う。是《こ》れ古《いにしえ》の将なる者は、軍 外に破れなば、而《しこう》して家 罪を内に受くるなり。自ら将に命じて征行《せいこう》せしめ、但だ功を賞して罪を罰せずんば、国典《こくてん》に非ざるなり。其れ諸将をして出征せしむるに、軍を敗《やぶ》る者は罪に抵《あ》て、利を失いし者は官爵を免ず。

「『司馬法』によれば、将軍の退却は死罪に値するという。それゆえ趙括（戦国時代の趙の将軍）の母は、趙括に連座しないことを願い出たのである。これは古の将軍が国外で戦いに敗れると、家族まで罪を受けたことを意味する。将に出征を命じて、ただ功績を賞して罪を罰しないのでは、国の法とはいえぬ。よって諸将に命じて出征させたときには、軍を損なった者は処罰し、不利益をもたらした者は官爵を取り上げることとする」

書き終えると息を吹きかけ、墨を乾かして郭嘉に手渡した。「この軍令を諸将に閲覧させよ。連中にはもう少し行儀よくしてもらわねばな。今日の失敗を明日の糧とし、連中が好き勝手に軍機を外に漏らさぬよう、きつく申し渡さねばならん」

郭嘉はすべて承知していた――わが君はあまたの危機をくぐり抜けてこられたが、将を自由にさせて歓心を買ってきた嫌いがある。だが、軍の規模もこれほど大きくなったのだ。寛容を旨とするやり方はそろそろ改めてもらわねばな――胸の内ではそう思いながらも、口では別のことを言っていた。「わが君は字がお上手で……」

「奉孝、ご苦労だったな。軍令を伝えたら早く休むがよい」曹操は髭をしごきながら目の前の若者をしげしげと見つめた。言葉にはできぬほどの愛おしさが胸に湧き上がってくる――いまは軍師祭酒に過ぎないが、策略の才は軍師の荀攸にも劣らぬ。これでまだ三十路を超えたところか。前途は計り知れんな。これからも大事はこの男を頼ることになりそうだ……

軍紀を正し、敵に敗れたら処罰するという軍令により、諸将もいま一度気を引き締めた。曹操が軍を返して陰安を攻めると、果たして将兵は勇猛果敢に戦い、逃げ出す者は一人としていなかった。張遼、楽進などは真っ先に敵の城内に攻め入り、陰安を守る袁尚軍の厳敬《げんけい》を斬って捨てた。

袁尚が鄴城に閉じこもっているうちに、曹操は付近の穀物をすべて刈り取らせたうえ、周囲の民を脅しつけて黄河の南に引っ越させ、鄴城の周囲百里［約四十キロメートル］を無人の野に変えた。加えて黎陽の守備に賈信を置き、荀衍には袁氏兄弟の動向を探らせた。さらに夏侯淵には兗《えん》、豫《よ》、徐の三州の兵糧を監督させ、東海へは張遼を向かわせて謀反人昌覇の討伐を命じた。そうしておいて、曹操本人はというと大軍を率いて許都に戻った。このたびの北伐では成功を収めることはできなかったが、郭嘉の謀《はかりごと》により新しい作戦計画がはじまった。曹操はうわべでは劉表を討伐する態勢を整えつつ、袁尚と袁譚が互いに殺し合うのを待つことにしたのである。

第六章　劉表《りゅうひょう》征討の構え

南下態勢

曹操は郭嘉《かくか》の策を容れ、許都《きょと》に戻るや夏侯惇《かこうとん》に命じて兵を南に遣わし、荊州《けい》を狙う態勢を取らせた。一方で、黎陽《れいよう》［河南省北部］に残した荀衍《じゅんえん》と賈信《かしん》には袁《えん》氏兄弟の動向に目を光らせ、許都への報告を怠らぬよう命じた。

事態は郭嘉の予想どおりに進んだ。曹操が兵を退《ひ》くや否や、兄弟の対立が表面化してきたのである。袁譚《えんたん》は曹操の追撃を訴え、もっと多くの兵馬や鎧をよこすよう求めたが、袁尚《えんしょう》は兄の勢力が増すのを懸念して、頑なに部隊を分け与えることを拒んだ。そこへもってそれぞれの腹心たちが、二人を担いで勢力争いを繰り広げた。審配《しんぱい》が逢紀《ほうき》の死の一件を追及すると、郭図《かくと》と辛評《しんひょう》は審配の専横を指弾した。こうして事態は悪化の一途をたどり、ついには兄弟が鄴《ぎょう》城内にそれぞれ別の幕府を設けるまでになった――もはや一触即発の危機である。

ある日の午後、河北《かほく》からの報告がまた司空《しくう》府に届けられた。ちょうど曹操が朝廷に出向いていたので、軍師《ぐんし》の荀攸《じゅんゆう》はすぐさま曹操に知らせるべく、衣冠を整えて宮中に向かった。二の門を抜けて複道《ふくどう》［上を皇帝、下を臣下が通る上下二重の渡り廊下］を通り、中台《ちゅうだい》(1)や烏台《うだい》(2)を見て回ったが、曹操の姿はどこにも見当たらない。おそらく陛下に拝謁しているのだろう、そう考えた荀攸が、さてどうしたものかと思案していると、時ならぬ楽しげな笑い声が聞こえてきた。見れば曹操が息子の曹沖《そうちゅう》、尚書令《しょうしょれい》の荀彧《じゅんいく》、安南《あんなん》将軍の段煨《だんわい》、侍中《じちゅう》の耿紀《こうき》、議郎《ぎろう》の周近《しゅうきん》、尚書左丞《しょうしょさじょう》の邯鄲商《かんたんしょう》、尚書右丞《しょうしょゆうじょう》の潘勗《はんきょく》、それに見慣れぬ若い官吏を一人連れ、談笑しながら御苑のほうからやってきた。

荀攸は報告書を懐に隠すと、曹操らに近づいて拝礼した。「わが君、みなさま、ご挨拶申し上げます」

「おやおや、大軍師じきじきのお出ましとは、いったいどんな一大事が起こったのだ」曹操は満面に笑みを浮かべて冗談を口にした。

「いえ、別にたいした用では……」口が堅い荀攸は、司空府以外の者がいれば安易に軍機を漏らさない。「明公《めいこう》が召し出された西鄂《せいがく》県［河南省南西部］の県長杜襲《としゅう》が都に参りました」

これが本題でないことは明らかだが、曹操も調子を合わせた。「みなはこの杜襲、字《あざな》は子緒《ししょ》という男をご存じないでしょう。一昨年、劉表はわたしが河北を攻めた隙《すき》を衝《つ》いて西鄂県に兵を進めました。何の前触れもなかったため、民のほとんどが城外で畑仕事をしていたそうです。杜子緒はすぐさま五十人ほどかき集めて県城を守り、なんと半月以上も持ちこたえ、荊州兵を数百人も討ったのです。わたしが兵を取って返したので劉表も撤退しましたが、劉備を受け入れた罪と合わせてこれから償わせてやるつもりです。ちょうどよい。杜襲を呼んで荊州軍のことを尋ねるとしましょう」曹操はことあるごとに劉表を討伐すると口にした。

侍中の耿紀が答えた。「結構なことです。曹公は帷幄《いあく》の内にて謀《はかりごと》をめぐらし、まことに先の先まで見通される御方。こたびの南征も必ずや成功いたしましょう。身の程知らずの劉表を捕らえることなど、赤子の手をひねるようなものですな」耿紀は光武《こうぶ》帝の中興に功績のあった耿況《こうきょう》の末裔で、祖先の功績により爵位をもらい受けた。荀彧とともに常に政務に勤《いそ》しんでいるが、曹操一派の古参ではないため、折りに触れ曹操を持ち上げた。

荀彧も思い出すままに話しはじめた。「そういえば、杜襲と趙儼《ちょうげん》、繁欽《はんきん》の三人が一緒に召し出されたとき、わたしもその場におりましたが、杜襲はあまりに一本気、趙儼は細かすぎ、繁欽のへつらいぶりに至っては度を超していると感じたものです。ですが曹公はいつもどおり官職を授けました。ここ数年来、繁欽は真面目にこつこつと公文書を処理し、朗陵《ろうりょう》［河南省南部］の県長を務める趙儼は土豪らに対して柔よく剛を制するといった具合、そしていままた杜襲が大功を立てました。曹公は実に人を用いる才に長けておいでです。長年政務をあずかっておりますが、とても曹公には及びません」

荀彧はおべっかを口にするような男ではない。曹操は内心いたく喜んだ。すると傍らにいる若い官吏がさらに大げさに持ち上げた。「実際、子を見ればその父がわかるというもの。わずか六つか七つのご子息がこれほど聡明なのですから、そのお父上がいかほどかは言うまでもありません」これには一同が楽しそうに笑った。これより少し前、西域の于闐《うてん》(3)国から朝廷に一頭の象が献上された。先ほど曹操は曹沖や荀彧らを連れてその象を見に行ったのだが、みな中原の出なので、これほど巨大な動物を目にしたことがない。曹操はふと好奇心に駆られて象の重さを知りたいと言い出した。だが、これだけ大きな象を量る秤などどこにもない。荀彧や邯鄲商といった面々もお手上げだったが、幼い曹沖が象を量る方法を思いついたのだ――象を池に浮かべた大きな船に乗せ、喫水線に印をつける。次に印と同じところまで船が沈むよう石を乗せ、それから一つひとつの石の重さを量って合計すれば、象の重さがわかるというのである。これには一同が感心し、曹沖は神童だと賛辞を惜しまなかった。

議郎の周近は西域の諸族の言語だけでなく、数多くの経書にも精通している。周近もまたここぞとばかりに追従《ついしょう》した。「『易経《えききょう》』の「乾《けん》」に、『象《しょう》に曰《い》わく、天行《てんこう》は建《けん》なり、君子以て自強《じきょう》息《や》まず［天の運行は一日として休止することなく力強い。君子たるもの、かくのごとく自ら努めて励まねばならぬ］』という言葉があります。曹公が南の劉表を征伐なさろうとするいま、于闐国が大きな象を献上してきたことは、まさに大いなる吉兆でしょう」潘勗と邯鄲商も大きくうなずいて同意した。

荀攸は象のことにはまったく興味を示さず、見知らぬ若い官吏をじっと見つめていた。男は二十歳を少し過ぎたくらいか。顔は浅黒く、真新しい黒の朝服《ちょうふく》を羽織り、腰には黒い綬《じゅ》［印を身につけるのに用いる組み紐］と官印を帯びている。この若さで議郎に任ぜられるとは珍しい。曹操は、荀攸が訝《いぶか》しそうにしているのに気づき、すぐに紹介した。「公達《こうたつ》、こちらは涼《りょう》州刺史《しし》の韋休甫《いきゅうほ》殿のご子息、韋《い》誕《たん》殿だ。字は仲将《ちゅうしゅう》という。父上の命《めい》により于闐国の使者を都まで案内し、議郎に任命されたばかりだ」

韋氏のことは荀攸も聞いたことがある。涼州刺史の韋端《いたん》には二人の息子がいるという。長男の韋康《いこう》、字は元将《げんしょう》は、この数年よく許都に公文書を届けに来ているので、韋誕はその次男であろう。荀攸は邯鄲商にも目を遣り、はたと気がついた。曹操が韋誕や邯鄲商を引き連れて、意味もなく御苑を散歩するはずがない。邯鄲商は都が西の長安《ちょうあん》に遷っていたとき涼州刺史に任命されたが、三輔《さんぽ》［長安を囲む京兆尹《けいちょういん》、左馮翊《さひょうよく》、右扶風《ゆうふふう》］の動乱により赴任できず、これまでずっと韋端が涼州刺史の職を務めてきた。京兆尹の名門である韋氏も刺史を授かる以上は朝廷の管轄下にある。ところが実際は、武威《ぶい》の諸県をわが物とする一勢力と化していた。曹操が韋氏の者、そして邯鄲商と一緒にいるのは、きっと韋誕を通じ、父の韋端に涼州刺史の座を邯鄲商に譲るよう働きかけるつもりなのだろう。朝廷が直接涼州を支配下に置けば、高幹《こうかん》の動きを心配する必要もなくなる。

曹操は荀攸が話に乗ってこないので、喫緊の要件だったかと察し、段煨らに散会を促した。「御苑を散歩して象も見ましたから、そろそろ解散にしましょう。段将軍が朝廷に参内されるのは得がたき機会ですし、韋議郎の昇進祝いもせねばなりません。今宵はわたしが酒を振る舞いますゆえ、どうぞご一同で司空府にお越しください」

老将軍の段煨がこのたび朝廷に参内したのは、西域の使者の付き添いついでに、関中《かんちゅう》［函谷関《かんこくかん》以西の渭水《いすい》盆地一帯］の状況を曹操に知らせるよう、鍾繇《しょうよう》に頼まれたからである。段煨は生来賑やかなことが好きで、武人の気質もあってか酒宴と聞いて大喜びした。「曹公のお誘いとあれば断るわけにはいきませんな。しかし、これっぽっちの人数ではもったいない。曹公の配下の諸将も呼んで、賑やかにやりましょうぞ」

「はっはっは……」曹操は、微妙な政治的駆け引きの場を武人たちの大宴会にする気はなかった。「将軍、連中の機嫌を取る必要などありません。うちのはどうしようもないやつばかりで、先日も軍紀を引き締めるよう命を下したばかり。しばらくは調練に精を出させます。代わりに都の主だった者を集めてお相伴させますゆえ、それでご容赦ください」

「では曹公にお任せしましょう」段煨が満足げに笑うと顔じゅうに皺《しわ》が寄り、干からびた菊の花を思わせた。

不意に曹操は話題を変えた。「わたしはまだ令君《れいくん》らと話がありますゆえ、みなさまは先に行って司空府でお待ちくだされ……沖、お前も帰りなさい」

段煨はすっかり曹沖を気に入った様子で、皇宮《こうぐう》にいるにもかかわず曹沖を抱き上げた。「ご安心くだされ。わしが若君をお屋敷にお連れいたそう。この子がどれほど賢いか、いろいろ聞きたいですしな」曹沖のほうも高さに怯《おび》えるどころか、段煨の白い髭を引っ張ってはしゃいだ。

曹操は一同と別れ、荀彧、荀攸とともに尚書台《しょうしょだい》へ移った。耿紀と潘勗も何か内密の話があるのだろうと気を利かせ、室内にいる尚書や令史《れいし》［属官］らを退出させて扉をぴたりと閉めた。ようやく荀攸が懐の急信を出して曹操に見せた――思ったとおり、袁氏兄弟のあいだで争いが勃発したという知らせである。寡兵のために敗れた袁譚は郭図や辛評らと城外に逃れたのち、車騎《しゃき》将軍と青州刺史《せい》の名で兵を募る一方、かつての青州の部下たちに冀州へ来て自分を助けるよう呼びかけた。だが、青州の将の多くは土地の豪族である。自分の土地を守ることには熱心だが、内輪もめに加わることは望まなかった。しかも、臧覇《ぞうは》や孫観《そんかん》らの度重なる侵攻を長年捨て置かれたせいで、袁譚に対する信頼を失っていた。そんな折り、青州にいた配下の劉詢《りゅうしゅん》が漯陰《とういん》県［山東省北西部］で反乱を起こした。これを皮切りに、袁譚に反旗を翻す者はわずか数日でおびただしい数にのぼった。ただ別駕《べつが》の王脩《おうしゅう》と東萊《とうらい》太守の管統《かんとう》だけは袁譚のために兵を率いて北上してきた。兄弟による争いはもう時間の問題である。

機は熟せりと見た荀攸は、曹操に再び北を攻めるよう勧めたが、曹操はいたって冷静だった。「まだ早いな。虎退治には兄弟を、戦《いくさ》には父子を赴かせるのがよいという。いくら袁氏兄弟が仲違《たが》いしたとはいえ、あくまで血のつながった兄弟、いまわしが攻め込めば必ずや力を合わせてわしと戦うだろう。前回の苦い経験を忘れてはならぬ。わしは奉孝《ほうこう》と何度も話し合ったが、いまは無理に攻め込むより彼ら兄弟が殺し合うのを待つほうがよかろう。やつらが互いに多くの将兵を失い、人心もすっかり離れたところで漁夫の利を得るのだ」

だが、荀攸には懸念があった。「漁夫の利を得るのは結構ですが、時機を見極めることも大切です。袁尚が袁譚を滅ぼして力をつければ、漁夫の利どころではなくなります」

「安心せい。わしは奉孝を信じておる。あやつの言葉に間違いはない」曹操はにこりと笑って続けた。「速《すみ》やかに進軍するよう臧覇らに伝えよ。冀州は袁氏兄弟に争わせておけばよいが、青州はこれを機にもらい受ける。劉詢らが朝廷に帰順すれば話は早いが、拒むようなら皆殺しにせよ。すまぬが令君、勅書を二通書いてくれ。一通は呂虔《りょけん》を徐《じょ》州刺史に任ずるもの、もう一通は臧覇に青州刺史を兼任させるものだ。青州をほとんど向こうから差し出してくれるのだ。喜んでもらっておこうではないか」

荀攸は異議を唱えた。「青州の奪還はそう簡単ではありません。遼東《りょうとう》太守の公孫度《こうそんたく》が不遜にもずっと青州を狙っています。これまでは袁紹《えんしょう》がいたため手を出せずにいましたが、最近になって沿岸の県をいくつか奪い取ったとか。しかも奪った土地を営《えい》州と名づけ、勝手に営州牧とやらを名乗っています。これにはどう対処なさるおつもりですか」遼東は幽《ゆう》州に属するが、国のなかに別の国がある状態で、袁氏の指図も聞き入れない。公孫度は東の高句麗《こうくり》や西の烏丸《うがん》に侵攻し、さらには扶余《ふよ》(4)国まで併呑《へいどん》して自分の領地にしている。そうして奪った土地に遼西《りょうせい》と中遼《ちゅうりょう》の二郡を置き、最近では「遼東王」を自称して、中華とは別の国の天子のような振る舞いをしている。そしていままた海を越え、青州にまで手を伸ばしてきたのだ。

曹操は冷やかに笑った。「公孫度ほどの身の程知らずはおらんな。辺境の野蛮人の土地を奪っただけで天下を手に入れた気になっているらしい。ちょうど数日前に奉孝とも話したが、公孫度に武威《ぶい》将軍と永寧郷侯《えいねいきょう》の爵位を与えることにする。あやつが身の程をわきまえて帰順してくればそれでよし、非を悟らず抵抗する気なら一戦交えるまでだ」

「誰を使者に遣わしますか」

「奉孝が涼茂《りょうぼう》を推薦してきたが、わしも適任だと思う」

荀攸はいい年をして密かに郭嘉に妬《ねた》みを覚えた。曹操は軍師である自分より一介の軍師祭酒《ぐんしさいしゅ》を重んじているのではないか。湧き上がる嫉妬を必死に押さえ込み、口では別の件を尋ねた。「先ほど韋誕と邯鄲商を御苑に誘ったのは、涼州刺史の交替の件でしょうか」

「そうだ。平陽《へいよう》での戦いは実に危うかったと聞いたのでな」曹操の目にかすかに不安の色が浮かんだ。「もし馬騰《ばとう》がこちらに寝返らなかったら、結果は考えるだに恐ろしい。関中の地は残らず高幹の手に落ちていただろう」

「聞けば、馬超の部下の龐徳《ほうとく》という将が郭援《かくえん》を斬ったそうですが、あとで鍾繇は甥の首級《しるし》を前にして涙を流したとか。おのおの自分の主君のために働いたまでですが、気の毒なことです」

「高幹は袁本初《ほんしょ》の外甥《がいせい》、郭援は鍾元常《げんじょう》の外甥だったたな。わしの大事が二人の外甥によって危機にさらされるとは思いもしなかった」曹操は他人の感傷など気にもかけていない。「馬騰は道を誤ったと悟り戻ってきたのだから、いちおう功績があったとみなし、征南《せいなん》将軍に昇進させよう。ただし、大目に見るのはこたびまでだ。再び寝返ったら許しはせん。やはり馬騰の目付役には朝廷から刺史を遣わす必要があるな。韋端も向こうでは一方の勢力、わしに逐一報告してくるとも思えん」

荀攸はそうは思わなかった。「韋氏は大義を忘れていても涼州で声望があります。いまほかの者を刺史に遣わしても歓迎されぬのでは。それにわが君は邯鄲商が信頼するに足るとお考えですか。厳……」荀攸は、厳象《げんしょう》が揚州《ようしゅう》で失敗した前例を引き合いに出して慎重を期すよう進言しようとしたが、厳象を推挙した荀彧が横にいるため、思わず言葉を飲み込んだ。

「問題なかろう」曹操は荀攸の懸念も理解していた。「邯鄲商は兗《えん》州陳留《ちんりゅう》の士人《しじん》ゆえ、万潜《ばんせん》と薛悌《せってい》に尋ねてみたが、厳格な性格で忠義心にも厚いというぞ。さらに韋誕が申すには、父の韋端はずいぶん前から涼州を離れたがっているそうだ。韋端は朝廷に呼んで高官とし、息子の韋康を涼州にとどめて引き続き統率させれば、涼州を支配下に置きつつ韋氏の人質を手にすることにもなる。うまくいけば涼州の武将どもが、これに倣《なら》って朝廷の高官になりたがるかもしれん」

荀攸にはやや安易な考えにも思えたが、河北が平定されれば関西《かんせい》［函谷関以西の地］の諸勢力も恐れをなすであろうし、大局に影響はなかろうと考えた。「韋氏が望んでいるならよいのですが、西涼《せいりょう》の地で馬騰だけに権力を握らせるのは何かと不安です。韓遂《かんすい》は馬騰と義兄弟の間柄ですが、対立することも少なくないそうです。韓遂に官職を与えて互いに牽制させれば、どちらかが強大になることもないかと」

「いい考えだ」曹操の目がきらりと光った。「韓遂なら若いころに会ったことがある。あの男の父親とは同じ年の孝廉《こうれん》でな。韓遂も洛陽に学びに来ており、何進《かしん》に謁見したはずだ。そのころは名を韓約《かんやく》、字を文遂《ぶんすい》といったが、たしか、のちに北宮伯玉《ほくきゅうはくぎょく》に無理やり反乱に引き込まれ、名を韓遂、字を文約《ぶんやく》に改めたのだったな。やつなら学もあるうえ背いたことを恥じておろう。それに馬騰よりはよほど利口だ。うむ、よし……馬騰を征南将軍に任じ、韓遂も昇進させて征西《せいせい》将軍にしよう。征南と征西で張り合わせるのだ」

このとき荀彧が卓上に山と積まれた上奏文を繰りながら尋ねてきた。「先ごろ武威太守が病で亡くなったため、段煨が名将張奐《ちょうかん》の息子の張猛《ちょうもう》を推挙してきました。ただ、この者は弘農《こうのう》にいるため会ったことがありません。重用してよいものかどうか……」

曹操が一笑に付した。「その昔、段熲《だんけい》と張奐はすこぶる仲が悪かった。羌《きょう》人の討伐で意見が対立したのだ。さらに段熲は宦官の王甫《おうほ》を恃《たの》みとし、張奐は党人《とうじん》に味方した。それなのに二人の死後、互いの身内がこれほど親しくなるとは意外や意外。張猛、字は叔威《しゅくい》は将軍の子、段煨の眼力も確かなゆえ、見誤ることはあるまい。それに張猛の兄の張昶《ちょうちょう》は、朝廷で黄門侍郎《こうもんじろう》を務めておる。張猛に二心《ふたごころ》はなかろう。邯鄲商を刺史、張猛を武威太守とし、ともに涼州に赴任させるがよい。きっと協力し合ってくれるだろう」それからふと思い出した。「令君、新しく召し抱えた掾属《えんぞく》［補佐官］は揃《そろ》ったか」

荀彧が書簡を曹操に手渡して説明した。「こちらは毛玠《もうかい》が送ってきたばかりのもので、七、八割がたは揃ったようです。広陵《こうりょう》から来た陳矯《ちんきょう》と徐宣《じょせん》、河内《かだい》の楊俊《ようしゅん》、荊州から逃れてきた劉廙《りゅうよく》、地方官から呼び戻した杜襲、劉勲《りゅうくん》のもとの部下の劉曄《りゅうよう》、それに蔣済《しょうせい》や倉慈《そうじ》らはすでに揃いました。ただ、司馬懿《しばい》だけは任官を拒んでいます。ほかにわたしの判断で三人ほど付け加えました」司空府の掾属は始終入れ替わっている。曹操はそのなかから才能のある人材を選んでは地方の県令にし、さらにそこから国《こく》相《しょう》や太守へと昇進させていた。こうして地方で欠員が出るたびに司空府出身の者で占めていけば、いずれは曹操の命令が地方に行き渡る。古参の掾属だった何夔《かき》、劉馥《りゅうふく》、袁渙《えんかん》、涼茂、司馬朗《しばろう》、鄭渾《ていこん》、徐《じょ》奕《えき》らが地方官となったため、いまも新しい人材の補充が必要だった。

「ほかはいいが、陳矯と徐宣だけは話をしよう。陳登《ちんとう》が進んで広陵を離れたのかどうか聞きたいからな」曹操は受け取った名簿を繰りながらそう申しつけ、また末尾に書かれた張既《ちょうき》、杜畿《とき》、韋晃《いこう》の三名の名を見て尋ねた。「令君、この三人を補ったのは？」

荀彧はよどみなく答えた。「張既、字は徳容《とくよう》、左馮翊の高陵県《こうりょう》［陝西《せんせい》省中部］の出で、もと新豊《しんほう》［陝西省中部］の県令です。平陽の戦いでは鍾繇の命を受けて馬騰の説得に当たりました」

「度胸も見識もあるというわけか」曹操はうなずいた。「ほかの二人は？」

「杜畿、字は伯侯《はくこう》、京兆尹は杜陵《とりょう》［陝西省中部］の出です。これまで京兆尹の功曹《こうそう》、鄭《てい》県［陝西省東部］の県令、漢中府丞《かんちゅうふじょう》を歴任しております。漢中の張魯《ちょうろ》の乱に遭って荊州へ避難しましたが、最近になって関中に戻り、いまは京兆尹の張時《ちょうじ》のもとで功曹を務めて……」ここまで話して荀彧はふふっと笑みを漏らした。

「おやおや」これを横目で見た曹操が尋ねた。「前に令君が笑ったのはいつだったか。その杜畿という男はそれほど面白いのか」

「この者は、実はわたしも偶然知り合ったのです。杜畿は侍中の耿紀と交流がありまして、一昨日の晩、耿紀を訪ねてきて一晩じゅう話をしていました。ちょうどその夜、わたしは尚書台に泊まり込みで、隣の部屋にいたものですから、二人の話がよく聞こえました。杜畿は曹公と同じく、関中を戦わずして抱き込む策について述べており、それで杜畿の見識が非常に優れていることを知ったのです。昨日さっそく耿紀に、『国士がいるのに推薦しないのでは、その地位にいる意味がありませんぞ』と小言を言って、すぐに経歴を持ってこさせました」

「はっはっは……」曹操も笑い出した。「令君はまったく休む暇もないな。いずれ天下の人材を残らずかき集めてしまいそうだ」

「恐れ入ります」荀彧は拱手《きょうしゅ》して謙遜した。

ついで曹操は荀攸の手を取り褒め称えた。「一方、賊を除かんとする軍師も休む暇がない。敵を打ち破るための一切の策は、何もかも軍師に頼っている。そなたら二人がわしの右腕である限り、大事を成し遂げる日もそう遠くはあるまい」

単なる褒め言葉と聞き流した荀攸に対し、荀彧は曹操の口にした「大事」という言葉に引っかかりを覚えたが、いまはそのまま推挙の話を続けた。「最後の韋晃ですが、京兆尹の韋氏の一族で、私心なく公正なことで名を知られています」

「よろしい。三人とも辟召《へきしょう》しよう。何と言っても三人とも関中が本籍だ。関中はまだまだ安定しておらんから、用いるべき場所も多い。先ほどは段煨殿も、年を取って戦はもうご免だと申していた。河北が平定されたら都に呼び戻して九卿《きゅうけい》の官職を与えよう。関中の諸将が朝廷に帰順するいい手本となる」

荀攸が異論を挟《さしはさ》んだ。「段忠明《ちゅうめい》殿の件は急がずともよいかと。まずは河東《かとう》太守の王邑《おうゆう》を呼び戻すべきです。王邑は自身が河東太守でありながら、高幹が勝手に郭援を河東太守に任じても咎めず、高幹が関中に乗り込んできても城を守るだけで打って出ませんでした。寝返るべきかどうか風向きを見ていたに違いありません」王邑は都が西の長安にあった時期に河東太守に任ぜられ、皇帝が長安から逃げ出した際には食料を差し出した。朝廷が安邑《あんゆう》［山西省南西部］に落ち着いた際、その功績をもって列侯《れっこう》に封じられたのだが、兵力はさほど多くなかったため、曹操が皇帝を許都に連れ去ったときは黙って見ているしかなかった。王邑本人はいまも自身の兵馬を率いて河東に駐屯している。

曹操は考えながら答えた。「早くやつを呼び戻すべきだが、何か口実が必要だな。王邑はもうずいぶん長いあいだ河東にいる。無理に呼び戻して、やつの一派が関中の豪族と結託したら元も子もない」

「もう少し考えてみましょう。ほかにいい策があるかもしれません」そこで荀彧は卓上から二通の書簡を手に取った。「先ほどの続きですが、孔融《こうゆう》も一人推挙しておりまして、会稽《かいけい》の盛憲《せいけん》という……」

「要らん！」曹操は書簡を押し返した。「その盛憲とやらは孔融と親しいらしい。朝廷に孔融が一人いるだけで煩わしいのに、仲間を増やしてどうする？」

「わかりました」荀彧はごくりと唾を飲み込んでから続けた。「もう一人はわたしがとくに推す人物です。山陽《さんよう》郡の高平《こうへい》県［山東省南西部］の出で、名を仲長統《ちゅうちょうとう》、経書に明るく見識は広く、『昌言《しょうげん》』を著したことで知られています。筆鋒鋭く正鵠《せいこく》を射て、揚雄《ようゆう》の『法言《ほうげん》』や桓譚《かんたん》の『新論《しんろん》』、王符《おうふ》の『潜夫《せんぷ》論《ろん》』にも引けを取らず、まさに当代の大才《たいさい》と申せましょう。すでに拙宅に呼んでいますので、いつでも明公に引き合わせることができます」そう話しながら荀彧は書簡を曹操に手渡した。「これは『昌言』の「理乱《りらん》篇」です。よろしければ目を通してみてください」

荀彧が推薦した人材は少なくないが、これほど評価の高い者はいなかった。揚雄や桓譚と同列に論じるとは、この仲長統はよほどの人物に違いない。曹操は興味をかき立てられ、書簡を繰るのももどかしく仲長統の文を読みはじめた。

豪傑の天命に当たる者、未だ始めより天下の分有る者にあらざるなり。天下の分無し、故に戦い争う者 競い起こる。斯《こ》の時に於いて、幷《なら》びに偽《いつわ》りて天威を借《か》り、矯《いつわ》りて方国《ほうこく》に拠り、甲兵《こうへい》を擁して我と才智を角《くら》べ、勇力を程《しめ》して我と雌雄を競い、去就を知らず、天下を疑誤《ぎご》せしむること、蓋《けだ》し数《かぞ》う可《べ》からざるなり。

［天命を受けた豪傑も、はじめから天下を治める命運を有していたわけではない。天下を治める命運がないから、戦って争う者が出てくるのだ。ゆえにいまこのとき、天の権威を勝手に借り、不当にも地方に盤踞《ばんきょ》し、兵を擁して才智を比べ、武勇をたくましくして雌雄を競い、身の処し方を知らず、天下を惑わし誤らせる者が数えきれないのである……］

曹操は冒頭を読んだだけで烈火のごとく怒りだした。何が「偽りて天威を借り、矯りて方国に拠り」だ。何が「去就を知らず、天下を疑誤せしむる」だ。この書は自分が皇帝に政《まつりごと》を返上しないことを批判している。不愉快極まりなかったが、荀彧の面子《めんつ》を考えて婉曲に退けた。「文章が上手いからといって才能があるとは限らんぞ。こたびは辟召した掾属も十分に多い。またの機会があれば考えるとしよう」

荀彧が辟召の名簿に仲長統の名を記さなかったのは、別の役職に推挙したいと考えていたからだ。仲長統の才は掾属に収まらず、朝廷に身を置いて重臣となるべき逸材なのに、曹操のひと言で退けられてしまった。荀彧は慌てた。「仲長統はまことに得がたい人物、どうかご再考を……」

「またの機会もあろう」曹操は荀彧が言い終えるのも待たずに立ち上がった。「今宵は司空府で宴を開く。令君と軍師は、わしに代わって朝廷の群臣に声をかけてほしい。多ければ多いほどいい。陳矯や徐宣、ほかの掾属も互いに知り合うよい機会だ。一緒に宴に参加させてやってくれ。わしは段煨らの相手をせねばならんから、政務は令君に頼んでおくぞ」段煨らを歓待する以外にも、この宴には狙いがあった。朝廷の文武百官に、今後は荊州征伐に本腰を入れると知らしめて都じゅうに噂を広める。そうすることで、それを耳にして安心した袁尚と袁譚が内輪もめに精を出すよう仕向けるのである。

荀彧はなおも仲長統を推したかったが、曹操は振り向きもせずに出ていった。荀攸が荀彧に言葉をかけた。「天下のことはすべて曹公の意のまま。いかほどの才智を備えていようと、世俗に調子を合わせなければやっていけんのだ。文若、賢人を薦めるにせよ賊を除くにせよ、われらはいつでも時機を見定める必要があるのだ」

荀攸は自分より数歳年上である。だが、一族のなかでは下の世代にあたる。その荀攸が思いも寄らぬことを言い出したので、荀彧はしばし呆気にとられ、やがて力なくうなずいた……

（1）中台とは尚書台のことで、尚書らが執務する場所のこと。

（2）烏台とは御史台《ぎょしだい》のこと。憲台《けんだい》とも呼ばれ、御史中丞《ぎょしちゅうじょう》らが執務する場所である。前漢代に御史台の庭にあった児手柏《このてがしわ》の木に烏が多くとまっていたことから、よく烏台と称される。

（3）于闐国［ホータン王国］とは漢代の西域にあった属国で、タリム盆地の南縁部一帯を支配していた。その支配領域は現在の新疆ウイグル自治区の一部にあたる。後漢の名臣である班超《はんちょう》は西域を奪い返し、匈奴《きょうど》の勢力を駆逐し、西域都護《せいいきとご》に任じられた。その後、羌との長期にわたる戦いにより、後漢は桓《かん》帝の時代まで西域に対する支配権を失っていたが、一部の国とは友好関係にあった。『後漢書』「献帝紀」によると、建安《けんあん》七年（西暦二〇二年）、于闐国は許都に使者を遣わし、飼い慣らされた象を献上したという。

（4）扶余国は古代の少数民族の国家で、いまの鴨緑江《おうりょくこう》一帯にあった。領内には多数の部族がおり、なかには朝鮮《ちょうせん》族や女真《じょしん》族の祖先もいた。

文才繚乱

曹操はこれまでも広陵太守《こうりょうたいしゅ》の陳登《ちんとう》を信じ切ることができなかった。かつては呂布《りょふ》を裏切り、あの劉《りゅう》備《び》とも親交がある。曹操が袁紹《えんしょう》との戦《いくさ》に明け暮れていたころ、孫策《そんさく》が北へ攻め上ろうとしていた。むろん自ら対処する余裕がなかったため、陳登を広陵にとどめ置き、伏波《ふくは》将軍に任じて孫策に対する防波堤とした。しかし、孫策が死んでその利用価値がなくなると、曹操の胸中でまた陳登に対する不信の念が頭をもたげてきた。そこで陳登を広陵太守から東城《とうじょう》太守へと移し、その腹心であった陳矯《ちんきょう》と徐《じょ》宣《せん》を陳登から引き離して司空《しくう》府に召し抱えたのである。

新しく採用した掾属《えんぞく》に会うと、曹操は一人ひとりに言葉をかけ、陳矯と徐宣にはその場に残るよう伝えた。陳矯とは呂布討伐の際にすでに面識がある。官渡《かんと》の戦いの際、曹操陣営に援軍を求めに来たのも陳矯である。曹操はそのときから陳矯のことを高く評価していたため、辟召《へきしょう》による今日の再会をことのほか喜んだ。「実に久しぶりだ。季弼《きひつ》、またいっそう福々しくなったようだな」

「これもすべては曹公のご厚恩の賜物でございます」陳矯は如才なく返答した。

曹操はそれを聞き流して言葉を続けた。「そう言えば、陳元竜《げんりゅう》が広陵を離れる際、民らは別れを甚だ惜しんで、なかには一家を挙げてついて行った者もいると聞くが、それはまことか」

「まことにございます」陳矯は事実をありのまま述べた。「陳太守が広陵を治めるようになってから、法は公正に執行され、農耕や養蚕が推し進められました。加えて海賊や外敵を討ち払ったため、民は安心して生業に励むことができたのです。それゆえ陳太守が東城に移られると聞くや、その徳を慕っていた者たちは、老いも若きも陳太守に従うことを選びました。たとえ故郷を離れ、荒れ地を開墾することになろうともついて行きたいと申しまして……つまり、曹公の人選は当《とう》を得たものだったということでしょう。陳太守は実に民に愛されております」

曹操は微妙な表情を浮かべ、陳登に軽く嫉妬を覚えた。だが、陳登にそれほど人望があるのなら、広陵から移しただけでは安心できない。「長く動乱が続いたせいで民には苦労をかけた。ようやく陳登のような立派な太守を戴いたのだ。みなが慕うのも当然であろう。だが……」曹操は口調を厳しく一変させた。「各地の郡県には戸籍があり、民が勝手に移るのは民政上よろしくない」

一瞬、目をしばたたかせた陳矯だが、元来が聡《さと》い男でもあり、すぐにその言外の意味を汲み取った。

「広陵の地は曹公のおかげで安定したのですから、人心が誰に従うかは明々白々。陳太守も曹公をお慕いしているばかりか、今では曹公を仰ぐ民の心にいささかの揺らぎもございません。それにどのみち……」

「どのみち、なんだ?」

陳矯は意味ありげな目で曹操を見た。「無礼を承知で申し上げますが、陳太守のお命はそう長くはないかと」

「何?」これには曹操も驚いた。「どういうことだ?」

「陳太守は長年、胸がつかえる病にかかっておりまして、発作が起きると胸が苦しくて水も喉を通らなくなります。去年の春もこの病に襲われました。苦しみのあまり耳まで真っ赤になり、いつにも増して重篤な様子でした。もはや今日か明日までの命かと思われたのですが、ときに華佗《かだ》と申す医者が参りまして、陳太守に薬湯を処方したのです。すると、なんと陳太守が大きな虫を吐き出しまして……以来、みるみる回復したのです。その虫たるや全身は赤く、尻尾には鱗《うろこ》が生え、吐き出されたあともうねうねと動いておりました」

「もうよい。それ以上話すな」曹操は気持ち悪くなり、慌てて陳矯の話を遮った。「それで、陳登はいったい何の病なのだ」

「華佗先生が仰るには、この病は生魚を食べることで起こるそうです(1)。陳太守は幼いころから生魚を好んで召し上がっていたそうですし、病を得てからの時間も長く、完治は難しいとのこと。そのときは虫を吐き出して一命を取り止めましたが、すでに五臓六腑はかなり傷んでいるそうです。向こう三年のうちに必ずや再発し、そうなれば扁鵲《へんじゃく》[戦国時代の伝説的名医]がこの世に現れても治せないであろうと」

曹操は内心その日の到来を望んでいたが、悲しげに嘆いた。「非凡な才を持ちながら不治の病にかかるとは、まったく天は不公平なものよ。だが、方術や巫術《ふじゅつ》で病を治すとかいう者は、大げさに言って人を怖がらせるのが常。見立てでは難しい病だと言い、治ったら自分の手柄だと吹聴する。その華佗とかいう医者は、たしかわしと同郷のはず。いくらか腕があるにしろ、向こう三年のうちにとまで言い切られては、にわかには信じがたいな」

「明公は故郷を離れて天下を駆け回っておられるゆえ、ご存じないのでしょう。華佗は怪しげな方術士などではありません。医の道だけでなく経書にも通じ、四診《ししん》［漢方の診察方法で、望（視診）・聞（聴診）・問（問診）・切（触診）の四つ］に長けています。しかし、家業にしているわけではないため、貴人や高官が診察を求めても簡単には診てくれません。かつて沛《はい》国の相《しょう》を務めた陳太守のお父上、陳漢《かん》瑜《ゆ》さまは、華佗を孝廉《こうれん》に推挙したことがあります。去年の春は、その縁で診にきてくれたのです」陳矯は大真面目に続けた。「愚見を申し上げれば、明公は華佗をお召しになり、司空府にとどめ置かれるのがよろしいかと。華佗も正業につけますし、明公が病の際にはすぐに治してもらえます」

　曹操に挨拶してからずっと横に立っているだけだった徐宣が、ようやくここで口を挟んだ。「季弼は間違っております。孔子は、『君子は器《うつわ》ならず［君子は一芸だけに秀でた人物であってはならない］』と言っています。巫術で病を治す者、職人や料理人、役者や芸人の類いは、決して士大夫《したいふ》がなるべき職ではありません。そのような者に官職を与え、堂々と方術の腕を磨かせるなど、本末転倒ではありませんか。季弼は司空府の掾属となるのですから、推挙するなら大才の君子を推挙すべきでしょう。そのような邪《よこしま》な輩を薦めるべきではありません」徐宣と陳矯はともに広陵の人間で、長らく陳登に仕えてきたが仲は良くない。官渡の戦いの際には孫策を退けるため、陳矯は曹操に兵を借りることで、徐宣は海西《かいせい》［江蘇《こうそ》省北部］の反乱を平定することで、二人とも功績を挙げた。才能に大差がないことも、互いが反目し合う一因となっている。

陳矯は洒脱で、言葉遣いや振る舞いも自由闊達、対して徐宣は生真面目で品行方正、堅苦しいことで知られている。性格が正反対なこともあり、二人はぶつかり合うことが多かった。いまも徐宣に口を挟まれ、陳矯が黙っているはずはなかった。「華佗を推薦したのは明公のお体を思えばこそ。君子がどうのこうのと関係なかろう。徐宝堅《ほうけん》、まったくおぬしはその名のとおり堅物で無粋なやつだ」

徐宣も色を作《な》して言い返した。「君子は妄言を吐かぬもの、わしの字《あざな》をあざけるとは度が過ぎるぞ」

「おぬしとてわが一族のあることないことを言い触らしているではないか……」

曹操も二人の仲を聞いてはいたが、まさか目の前で喧嘩をはじめるとは思ってもいなかった。徐宣は堅苦しい顔で、かたや陳矯は真っ赤な顔で睨み合っている。まったく腹立たしくもおかしい光景だが、ともかく仲裁に入った。「宝堅の申すことは正しいが、さりとていささか厳しすぎる。医の道を好むのも悪いこととは言えまい。少なくとも病を治して人を救うのだからな。だが、禍福《かふく》は糾《あざな》える縄のごとしとはよく言ったもの。陳元竜はわずか三十過ぎで江東《こうとう》の孫策を阻んだというのに、まさか生魚好きがたたって生涯を閉じることになるとはな……」

話の途中で王必《おうひつ》が入ってきた。「ご報告します。酒宴にご参加のみなさまが門前にお越しです」

「そうか、すぐにお通しせい」曹操は慌てて立ち上がり、陳矯と徐宣を連れて部屋を出ようとした。すると庭に立っていた杜畿《とき》や劉曄《りゅうよう》、倉慈《そうじ》といった、新しく採用されたばかりの掾属が一斉に跪《ひざまず》いた。

曹操はそれを制して声をかけた。「みな立つがよい。まもなく酒宴がはじまるが、おぬしたちも帰るでないぞ。庭にも席を用意させるゆえ、自由に飲んで話すがよい。今後のためにも互いをよく知っておいたほうがよかろう」

「ありがたき幸せ」一同は声を揃《そろ》えて礼を述べた。

立ち去る間際、曹操は一同のなかにふと曹丕《そうひ》の姿を見つけた。「なぜ、お前がここにいる?」

曹丕は進み出て答えた。「お答えします。植《しょく》は丁《てい》家へ遊びに行き、沖《ちゅう》は一日じゅう遊んで戻るとすぐに寝てしまいました。彰《しょう》は馬で出かけたいとうるさいので、子丹《したん》［曹真《そうしん》］に頼んでついて行ってもらいました……」

「弟たちのことなど聞いておらん」曹操は厳しい視線を向けた。「奥で勉強しているはずのお前が、どうしてこんなところで油を売っているのだ」

「弟たちもいないので、劉楨《りゅうてい》や阮瑀《げんう》と詩の批評をしていたのですが、外が騒がしかったので様子を見に来たのです」曹丕は申し開きをしながら後ずさった。

「別に逃げんでもよい。それならここで客人をもてなすように」

「はっ」自分に対する周りの評価をもっと上げておく必要がある、平素からそう考えていた曹丕にとって、これは願ったり叶ったりであった。

司空府の門前には馬車が続々とやって来て、招かれた重臣たちが官位の順に並んでいた。みな衣冠束帯で出向いてきており、司徒《しと》の趙温《ちょうおん》を筆頭とする三十名あまりが、拱手《きょうしゅ》しつつのどかに挨拶を交わしている。曹操は掾属を従えて出迎え、何度も譲り合った末、ようやく全員で敷地に入った。司空府は曹操の住まいでもある。重臣らとて遠慮せざるをえない。

なかに入ると、司空府の家僕や童僕たちが忙しく立ち働いていた。卓や酒甕《さけがめ》を運ぶ者もあれば、編《へん》鐘《しょう》や瓦缶《がふ》といった打楽器、琴や瑟《しつ》といった弦楽器、簫《しょう》や笛といった管楽器を並べる楽人《がくじん》たちもいて、おのおの準備に余念がない。曹操は趙温の手を引いて案内した。「ささ、こちらへ。趙公はわたしの隣へどうぞ」

趙温は蜀《しょく》郡成都《せいと》［四川省中部］の出身である。若くして仕官したときには、「大丈夫当《まさ》に雄飛すべし、安《いず》くんぞ能《よ》く雌伏せん［男たるもの大きな志を抱いて活躍すべきで、人の下に甘んじることはできない］」と大言壮語したことで知られる。順調に昇進を重ね、都が長安に遷されたときにはすでに三公《さんこう》の位にあったが、当時は李傕《りかく》と郭汜《かくし》の手によって政《まつりごと》がかき乱されていた。そしていま、朝廷においては曹操が専横を極めている。雄飛したくとも、おとなしく身を潜めているほかない。老境に入ってはや七十も近い。うわべを取り繕《つくろ》って本心を隠すくらいわけもなく、蜀の方言を織り交ぜながら柔らかな口調でへりくだった。「曹公は主人でわれらは客、客が主人と同じ座につくわけにはまいりません」そう固辞すると、曹操が再び勧めるより早く、さっさと東側の一番上座に腰を下ろした。趙温が手本を見せる格好で、続く孔融《こうゆう》、華歆《かきん》、王朗《おうろう》、郗慮《ちりょ》、耿紀《こうき》、荀悦《じゅんえつ》、周近《しゅうきん》らも序列どおりに着席した。ただ、荀彧だけは職務を離れられず姿を見せていない。かたや西側の席は形式張ることもなく、思い思いに座っていた。曹操の腹心の丁沖《ていちゅう》と董昭《とうしょう》にはじまり、黄門侍郎《こうもんじろう》の張昶《ちょうちょう》や議郎《ぎろう》の金旋《きんせん》らは、関西《かんせい》の出ということもあって、段煨《だんわい》、韋誕《いたん》と並んで座っている。なかほどには、まもなく関西に赴任する邯《かん》鄲商《たんしょう》の姿もあった。さらには司空府の掾属たちが、広間から連なる庭に用意された席に腰掛け、にこやかな笑みを浮かべている。ただ一人、廊下にちょこんと座る曹丕だけが、いかにも場から浮いていた。しかし、実はそこがもっとも部屋の内外をよく見渡せるのである。

曹操は遠慮することなく一番の上座に腰を下ろすと、楽人たちに演奏を命じて開宴を告げた。宴がはじまってまもなく、ふと賈詡《かく》の姿が曹操の目に留まった。広間からはみ出たところに許攸《きょゆう》らと座っている。曹操は急いで劉岱《りゅうたい》に命じた。「賈文和《ぶんわ》殿には広間に入ってもらえ。文和殿は涼《りょう》州の出で、尚書令《しょうしょれい》や執金吾《しっきんご》を務めたこともある。段将軍と同列であるべきだ」

ほどなくして酒や肴が次々と各自の卓上に並べられた――肴には五味脯《ごみほ》、八合齏《はちごうせい》(2)、野菜や果物、ほかには西域の使者が献上した葡萄、青《せい》州の諸将が献上した鰒《あわび》などがあり、香りとこくのある年代物の賒店《しゃてん》［宮廷の銘酒］まである。「陽春《ようしゅん》」の曲を奏でる楽人たちの腕もすばらしく、まさに贅《ぜい》を極めた宴である。

『礼記《らいき》』には、「夫《そ》れ礼の初めは飲食に始まる［礼とは飲食にはじまる］」とある。司空府の普段の食事はごくありふれたものだが、今日は曹操がとくに心を砕いた宴席だった。酒も食べ物も何から何まで極上品である。西側に座る者は実務に携わる者が多い。みな低い声で関中《かんちゅう》の情勢について話していた。東側は気取った官が多く、孔融を除いては、威儀を正して静かに端座していた。庭の掾属に至ってはさらに固くなり、自由に口を開くどころではない。魚好きの曹操も、陳登の腹にいたという虫の話を思い出し、今日ばかりは箸が動かなかった。あきらめて酒に専念しようと決めたが、話が弾まないこと甚だしい。「伏国丈《ふくこくじょう》と楊公《ようこう》はなぜいらっしゃらないのです?」

曹操は突然皇后の父の伏完《ふくかん》と楊彪《ようひょう》の名を持ち出した。誰もが二人を責めているのだと感じ、慌てて趙温が笑みを浮かべて答えた。「伏国丈は卒中を患って臥せっております。楊大人《たいじん》はいつもの足の持病が出まして、外出もままならぬと聞いております。お二方が参れませんこと、どうかご寛恕ください」

伏完の話は本当だが、楊彪の足の病気は太尉《たいい》を罷免された日からのもので、世間と関わりを持たないための口実に過ぎない。わざわざ咎め立てするのも面倒である。曹操もうなずいた。「最近は天候が不順なためか、侍中《じちゅう》の劉邈《りゅうばく》さまも病の床にある。わしの従妹《いとこ》の夫、任伯達《じんはくたつ》も寝込んでおるしな」劉邈は曹操の恩人と言ってよい。玉帯《ぎょくたい》に密詔が仕込まれた一件では衝突したこともあり、古希を過ぎて老い先短いのは疑いないが、それでも曹操はこの老人を気にかけていた。任峻《じんしゅん》の病も軽くはなく、最近では屯田に関わる仕事もできなくなった。曹操は侍医を呼んで診察させる一方で、役職を長水校尉《ちょうすいこうい》に移し、許都《きょと》で落ち着いて療養できるよう配慮していた。

このやり取りで場の雰囲気がいっそう重苦しくなったので、曹操は思い切って曹丕に酒を注《つ》いで回るよう命じた。だが、いったい誰が曹操の長子の手を煩わして平気な顔をしていられよう。何人かの重臣は身分も顧みず席を離れて拝礼する始末で、これには若い曹丕もばつが悪く、大いに戸惑った。曹操は面白くなく、杯《さかずき》に酒を注ぎながら座に向かって呼びかけた。「今日わたしが宴を設けたのは、一つには日ごろご苦労をかけている重臣の方々にお礼を申し上げるため。もう一つには荊《けい》州へ南征する前に、ご一同にお別れを告げるため。それなのにこうしめやかでは困りますな。どなたか詩を吟じて酒席に興を添えてくださらんか」

突然の頼みに、重臣たちは顔を見合わせるばかりである。誰一人立ち上がろうともしないので、曹操はやむなく命じた。「では、司空府の掾属に露払いを務めさせましょう。繁休伯《はんきゅうはく》、路文蔚《ろぶんうつ》、いずれか先陣を務めよ」

広間の入り口辺りに座っていた繁欽《はんきん》は、路粋《ろすい》にちらりと目を遣ると、進み出て跪いた。「申し上げます。われらは役所の文書仕事に明け暮れて馬齢を重ね、気の利いた詩の一つも書けません。ここは若い者たちに腕前を披露してもらってはいかがでしょう」繁欽の言う若い者たちとは、司空府に入って日の浅い阮瑀と劉楨のことである。二人はまだ二十代と三十代で、ともに詩文を得意としている。曹操は平素から風流を解する者を好んで傍らに置いた。二人も書佐《しょさ》(3)から記室《きしつ》(4)に昇進して、令史《れいし》並みの俸禄をもらっている。だが、上奏文の草稿を作る機会は少なく、もっぱら曹丕ら曹操の息子たちと詩《し》賦《ふ》を作ってばかりいた。

「なるほど、それもよかろう……」曹操はにっこりと微笑んで劉楨のほうを見た。「公幹《こうかん》、早く詩を作って、みなさまに披露せよ。それともまさか、わしにそこまで取りに行かせる気か」

冗談好きで臆することのない劉楨には温めている自信作が山とあったが、曹操の指名を受けても前へは進み出ず、笑みを浮かべつつ拱手して固辞した。「まことに申し訳ありませんが、即興では作れません。少し考える時間をください……ただ、元瑜《げんゆ》殿なら詩文が泉のごとく湧き出でるお方、やはり先陣は元瑜殿にお願いいたしたく……」そう言ってお鉢を阮瑀に回した。

曹操がにやりと笑った。「一番手は避けたいと申すか。ずいぶん遠回しに断りおって。ならば元瑜、ここへ来て一首作れ。あとで公幹の作った詩が元瑜に及ばなかったら、公幹は罰杯だな」

やむなく阮瑀は曹操らのいる上座のほうへ歩み出て、一同に拝礼した。「わが君、どのような題でお作りしましょうか」

「今日は詩の合評会ではない。あくまでご一同の酒の肴にするのだ。堅苦しいことは言わんから好きにつくればよい」
阮瑀は考え込んだ――このあとどれだけの詩が作られるかわからぬが、自分の詩が目安となる。あまりに気合の入ったものを作って、劉楨の詩も素晴らしかったら、かえって興を醒ますことにもなりかねない。時節に合ったものを真面目に作るのがよさそうだ。身の処し方として間違いないのは平凡であること……阮瑀はそう腹を決め、髭をひねりながら吟じはじめた。

陽春 和気《わき》動き、賢主 以て仁を崇《たつと》ぶ。
恵みを布《し》き人物を綏《やす》んじ、愛を常に親しき所に降らす。
堂に上がりて相娯楽し、中外《ちゅうがい》時珍《じちん》を奉る。
五味 風雨と集まり、杯酌《はいしゃく》浮雲の若《ごと》し。
「のどかな春の気が漂うころおい、明君は思いやりをもって政を執る。
客人には恩恵を施して満足させ、親しき者をいつも愛おしんでくれる。
広間に上がってともに楽しみ、卓には各地から献上された珍味が並ぶ。
五味の肴は尽きることなく、酌《く》み交わされる酒杯は浮雲のように行ったり来たり」

「お見事……」お人好しの華歆が真っ先に声を上げると、ほかの者も続いて「いいぞ、いいぞ」と声をかけ、ようやく場が盛り上がった。曹操も笑顔で満足そうにうなずいている。
ところが、その雰囲気に孔融が水を差した。「駄目だ、駄目だ！　こんな凡作のどこがいいのだ」

大家である孔融の批評に本来なら言い訳などしてはならない。だが、阮瑀は曹操の機嫌を取るために売られた喧嘩を買うことにし、孔融の面前に立って大胆にも尋ねた。「孔大人、拙作のどこがお気に召しませんか」

「最初から最後まで気に入らぬわ」孔融は酒を飲みながら、にやりと笑った。「まず一句目の『陽春和気動き』だがな、元瑜よ、いまは何月だ？」

「たしかに孔大人の仰るとおりですが、詩を作る者は心象の風景を何より大切にします。本日のようにみなさまが一堂に会した和やかな酒宴の様子に、春のぬくもりを感じても差し支えないでしょう」

「まあよかろう。一句目はそれで許してやる」孔融は楽しそうに続けた。「次の『賢主以て仁を崇ぶ』は間違っておる！　当然ながら賢主といえば今《きん》……」

その瞬間、華歆の心臓が飛び跳ねた。孔融は、「賢主」といえば曹操ではなく陛下を指すべきと言いたいのだ。華歆はさっと杯を手に取り、孔融の口から「今上陛下《きんじょう》」という言葉が出る前に声を上げた。「みなさま、ここで乾杯いたしましょう！」そうして立ち上がると、丁沖の杯に酒を注いだ。丁沖、字は幼陽《ようよう》、この男はたとえ小間物売りや使い走りが勧めた酒でも断らないという酒好きである。すぐに乗ってきて、「そうだ、そうだ、乾杯しよう！」と大声で叫んだものだから、広間にはしばらく乾杯の声が響いた。おかげで孔融のひと言はかき消され、乾杯の合唱が落ち着いたころに続きが聞こえてきた。「この『五味風雨と集まり』もよくない。直前の『時珍』と重複しておる。だがまあ、『海闊《ひろ》く鰒魚躍《ふくぎょおど》り、葡萄堂に満ちて飛ぶ［大海に鰒《あわび》が飛び跳ね、広間では葡萄が跳ね回る］』としなかっただけましか」という孔融の声が聞こえてきて、これには一同も大笑いした。

「古《いにしえ》より『五味は五行により配される』と言い、料理人はこれに通じています。五味にはかくも深い意味があるのに、孔大人にはご理解いただけなかったようですな」阮瑀もああ言えばこう言うで、二人のやり取りは尽きることがなかった。

ふいに後ろのほうで「素晴らしい、まさに達筆！」と大きな声が上がった。見れば韋誕が書の腕前を披露している。もとより涼州の者は目立ちたがりで、若い韋誕はなおのこと自らの腕をひけらかしたがった。阮瑀が詩を吟じているあいだに大きな蔡侯紙《さいこうし》(5)を劉岱に持ってこさせ、阮瑀が吟じる詩を書き取っていた。一同がそれを見て口々に賛嘆の声を上げていたのである。

「曹公、ご覧ください……」紙を受け取った阮瑀が曹操に見せた。

曹操が目を凝らして見ると、その篆書《てんしょ》の筆致は力強く気魄《きはく》に満ちている。むろん篆書の達人として世にも名高い梁鵠《りょうこく》の書には及ばないものの、この若さにしては非凡な腕前である。曹操はしきりにうなずいた。「後世畏るべし……さらなる研鑽を積めば、いかほどの境地に達することか」

「お褒めにあずかり光栄です」韋誕は謙遜もせず素直に喜んだ。

「この書はわしがもらっておこう」曹操は手招きして劉岱を呼んだ。「玉帯を一本持ってきて韋議郎に贈るように。これで交換ということにしてもらおうか……おお、そうだ。元瑜にも筆と墨、それに絹帛《けんぱく》を贈るとしよう」

「そうお命じになると思い、すでに絹帛を入れた箱を運ばせてあります」劉岱はそう答えると、宴の賑わいに興を添えるべく続けた。「ここでみなさまに大いに詩作していただき、まとめて鑑賞されるのはいかがでしょうか」

「おお、それはよい。そういたせ」曹操がこんなふうに喜んでいるときは、何を申し出ても問題ない。その様子を見て、曹丕の胸にある考えが浮かんだ――ここで詩を作って好評を得たら、父も見直してくれるのではないか――曹丕はすぐに劉岱に頼んだ。「すみません。わたしに竹簡をいただけませんか」曹操の息子としてこの場で恥をかくわけにはいかない。まずは竹簡に書きつけ、推敲を重ねてから発表しようと考えたのだ。

一段高い広間からすぐ下りたところに控えていた劉楨も、すでに準備万端である。退がってきた阮瑀への礼儀も忘れなかった。「うまく回していただき、お気遣い痛み入ります」そう口にするや、颯爽と広間へ上がっていった。「みなさま、わたしも一首作りました。どうかご批評ください」そう前置きして広い袖を翻すと、舞うがごとくに吟じはじめた。

鳴鳶《めいえん》 双翼を弄《もてあそ》び、飄々《ひょうひょう》 青雲に薄《せま》る。
我が后《こう》 横怒《おうど》起こり、意気 神仙を凌《しの》ぐ。
機を発すること驚猋《きょうえん》の如し、三たび発して両鳶を連ぬ。
流血 牆《しょう》に灑《そそ》ぐこと星のごとく、飛毛 風に従い旋《めぐ》る。
庶士《しょし》 声を同じゅうして賛す、君の射ること一に何ぞ妍《うつく》しきやと。
[鳶《とび》は左右の翼を操り、風に乗って青天へと舞い上がる。
わが君主は大いに怒り、その気概は神仙をも凌ぐほどである。

轟音を響かせて矢を発するや、三発で二羽の鳶が連なり落ちる。
血しぶきは星のごとく垣根に飛び散り、羽根はくるくると風に揺れて舞い落ちる。
多くの者が異口同音に称賛する、わが君の射術はまったく何と見事なものだと」

劉楨は三十前とまだ若く、容貌も整っている。その劉楨が長い袖をゆったりと翻しながら詩を吟じ、天を仰いだかと思えば地を見つめ、ときに鳶を射ようとする姿は実に優雅なものであった。一同はこぞって称賛した。曹操は酒をひと口含んだところで、「機を発すること驚猋の如し、三たび発して両鳶を連ぬ」の句を聞き、思わず酒を噴き出して大声で笑いだした——この若造め、なんと聡いやつだ。仲違《たが》いしている袁尚と袁譚、わしはたしかに二羽の鳶を射ようとしている。

「素晴らしい！」西側の席からまた蔡侯紙が高々と掲げられた。劉楨の詩を、今度は黄門侍郎の張昶が書き取ったのだ。張父子が二代で編み出した狂草《きょうそう》［極端に崩した草書］が持つ勢いは、竜が飛び鳳《おおとり》が舞うかのごとくである。曹操はぐっと親指を立てた。「詩も書も素晴らしい。見事、見事！」

張昶はすでに七十近いが、わざわざ立ち上がって謙遜した。「ほんのお目汚しに過分なるお褒めをいただき恐縮です。もし父や兄が生きておりましたら、拙作をお見せするよりずっと良かったのですが」これについては謙遜ではなく事実である。父の張奐《ちょうかん》、字は然明《ぜんめい》は、戦に長けているばかりか草書の腕もずば抜けており、兄の張芝《ちょうし》は筆を下ろせば神のごとしと称えられ、天下に並ぶ者のない名筆家であった。張昶の書も相当な水準に達しているが、父と兄には遠く及ばない。だが、二人がすでに世を去ったいま、ようやく張昶にも脚光が当たるようになってきた。

張昶のそばに座る老将の段煨が、その手を取って大声を上げた。「よう兄弟、こいつは目にもの見せてやったな！　今日は関東《かんとう》［函谷関以東《かんこくかん》］の者が詩を作り、関西の者が筆を振り回したというわけだ。連中が文なら、なんたってわしらは武の達人だからな……ささ、もう一杯いこう」

これには一同も笑い出した。曹操などは腹を抱えて大笑いしたせいで、皿の上に頭巾を落としてしまった。劉岱は気を利かせて絹帛を二枚劉楨に手渡し、張昶には玉帯と精緻な彫り物を施した玉如意《ぎょくにょい》［玉製の孫の手］を手渡した——玉帯などはどのみち官渡の戦いで手にしたおまけに過ぎず、曹操は大盤振る舞いして人心の掌握に用いていた。

一方、曹丕はしばらく考え込んでいたが、まだ一文字も浮かんでこない。品良く書こうと思えば阮瑀に似てしまい、気宇壮大に書こうとすると劉楨の真似になる。独自の風格で書きたいが、丁沖や孔融、段煨らが大声で好き勝手に喚《わめ》くので、ちっとも集中できない。あれこれ考えてようやく一句目をひねり出したが、筆を下ろす前に孔融が席を立って怒鳴った。「おい段忠明《ちゅうめい》、この老いぼれのごろつきめ。よくも、わが関東には豪放な士人《しじん》がおらんなどと笑ったな。わしが一首作ってやったから、その遠い耳でとくと聞くがいい」その途端、賑やかだった宴席の場が水を打ったように静まり返った。孔融こそが随一の詩人であることは周知の事実である。孔融は箸を手に取って、皿や杯を軽く叩きながら高らかに歌い出した。

巌々《がんがん》たる鍾山《しょうざん》の首《しゅ》、赫々《かくかく》たる炎天の路。
高明　雲門《うんもん》を曜《かがや》かせ、遠景　寒素《かんそ》を灼《て》らす。

昂々《こうこう》たる累世《るいせい》の士、根を結び在所《ざいしょ》に固し。

呂望《りょぼう》は老いたる匹夫《ひっぷ》、苟《いや》しくも世故《せこ》に因《よ》るを為《な》す。

管仲《かんちゅう》は小《いや》しき囚臣《しゅうしん》、独り能く功祚《こうそ》を建てんや。

人生 何ぞ常有らん、但《た》だ年歳《ねんさい》の暮るるを患《うれ》うのみ。

幸いに不肖の軀《み》を託《よ》す、且《しばら》く当《まさ》に猛虎のごとく歩むべし。

安《いず》くんぞ能く一身《いっしん》を苦しめ、世と挙厝《きょそ》を同じゅうせん。

小節《しょうせつ》を慎まざるに由《よ》り、庸夫《ようふ》我が度を笑う。

呂望すら尚お希《のぞ》まず、夷斉《いせい》何ぞ慕《した》うに足らん。


［高くそびえる鍾山の頂きは極寒にして、陽光の降り注ぐ道は焼けるように熱い。

天にかかる日月は貴顕の門を輝かせ、その光ははるかかなたの寒門をも照らし出す。

そうして傑出した士人が代を連ね、根を張ったように固くつながって地を守る。

太公望《たいこうぼう》こと呂尚《りょしょう》（周《しゅう》初期の政治家）は老いさらばえた一介の匹夫、時運が幸いして活躍したに過ぎない。

管仲（春秋時代の斉《せい》の政治家）は囚われの臣下であったのに、一人で覇業をなすことができただろうか。

人の命運とはまことに推し量りがたいが、世は無常、一年また一年と過ぎ去ってゆく。

幸いこの世に生を受けたからには、猛虎のように雄々しく進むべきであろう。

どうして己を偽って、世俗に同調することがあろうか。

些細な礼節にこだわらぬため、凡庸な輩はわが器量をあざ笑う。

呂尚でさえ敬うに値しないのに、伯夷《はくい》や叔斉《しゅくせい》（殷《いん》末周初の隠者の兄弟）はなおさらである］

「はっはっは……」なんとも傲岸不遜《ごうがんふそん》、かつ奔放不羈《ほんぽうふき》な詩に、多くの者が笑い出した。段煨などは笑いすぎて息をするのも苦しそうだが、息をつく合間を縫って囃《はや》し立てた。「奇人孔融とはよく言ったもの。年を取るほどにその『奇』は磨きがかかっているようだ。太公望を老匹夫、管仲を小しき囚臣とな。それほど気が若いなら広間の上座に腰を下ろさず、いっそ外の若造どもと並んではどうだ(6)」

座は笑いに包まれたが、一人曹操は喜ぶどころか怒りを感じていた。この大胆極まりない老いぼれは曹操の面前であえてこうした詩を詠んでみせたのだ――呂望すら尚お希まず、夷斉何ぞ慕うに足らん……この句はわしに向かって言っているのか？　まさかわしが呂尚や伯夷叔斉を蔑《ないがし》ろにし、帝位を簒奪する気だと誹謗しているのか？　いや、見たところそうは……ええい、どのみち余興の詩を罪には問えぬ。だが、この件は心にとどめておくぞ。使い道がなくなったら、かの誉れ高い管仲に肩を並べさせてやる。小しき囚臣としてな――

郗慮や王朗、荀悦らも、棘《とげ》が含まれているのを感じ、そっと曹操の顔色を窺った。しだいに気まずい雰囲気が広まってゆき、ほどなくして広間はしんと静まり返った。ただ孔融だけが一向に気にする様子もなく大笑いしている。董昭が賈詡の腕を軽く引いてささやいた。「文和殿、曹公がお怒りのようだが……」賈詡は聞こえないふりをして、俯《うつむ》いたまま黙って飲み食いしている。

場が冷え切ったと見て、上座に座っていた司徒の趙温が口を開いた。「ご一同、今日の鰒の羹《あつもの》はなかなかの美味ですぞ」

華歆も慌てて言葉を継いだ。「いや、まことに美味でございます。西域の葡萄も甘うございますな」

如才ない二人がうまく調子を合わせたおかげで気まずい雰囲気は和らぎ、ほかの者も何くれとなく話題を探しはじめた。

曹操も顔が険しくなっていたことに気づいたのか、強いて笑顔を作ると、立ち上がって大きな声で告げた。「どれも素晴らしい作ばかりです。わたしもかつて作った楽府《がふ》の『善哉行《ぜんざいこう》』を歌っていささか興を添えましょう。どうか遠慮なくご批評をお願いしたい」主役が歌うと聞いて、広間の上も下も歓心を買うべくしきりに手を叩いた。両側の楽人も早々に琴や瑟、簫、笛の準備を整え、すぐさま素晴らしい調べを奏ではじめた。曹操は卓を回り込んで中央に出ると、一同をぐるりと見回しつつ、声高らかに歌った。

古公亶父《ここうたんぽ》、徳を積み仁を垂る。一道を弘《ひろ》めんと思い、哲王《てつおう》豳《ひん》に于《ゆ》く。
太伯《たいはく》仲雍《ちゅうよう》、王徳の仁あり。行いは百世に施《およ》び、髪を断ち身に文《ぶん》す。
伯夷叔斉、古の遺賢《いけん》なり。国を譲り用いられず、餓えて首山《しゅざん》に殂《ゆ》く。
智なるかな山甫《さんぽ》、彼《か》の宣《せん》王を相《たす》く。何ぞ杜伯《とはく》を用いて、我が聖賢を累《わずら》わせんや。
斉桓の覇、仲父《ちゅうほ》に頼り得しなり。後に豎刁《じゅちょう》を任じ、蟲《むし》は戸より流れ出る。
晏子《あんし》平仲《へいちゅう》、徳を積み仁を兼《か》ぬ。世と徳に沈み、未だ必ずしも命を思わず。
仲尼《ちゅうじ》の世、国に王たり君と為《な》る。制に随《したが》いて酒を飲み、波を揚げて官を使う。

［古公亶父は仁徳を積み重ね、広く仁愛を施し、民の支持を得た。祖先が勤《いそ》しんできた農耕を絶やさんがため、賢明な王は豳（陝西《せんせい》省西部）の地に移った。

息子の太伯と虞仲《ぐちゅう》も、父の望みを汲み取って末弟に跡を継がせんがため出奔するという王者にふさわしい行いをした。その徳行は百代先まで伝わるものであり、帰還せぬことを示すため、髪を切り全身に刺青を彫りさえした。

伯夷と叔斉は、殷代の孤竹《こちく》国の王子であり賢人でもあった。互いに王位を譲り合って国を去り周の武《ぶ》王に意見したが受け入れられず、ついには首陽山《しゅようざん》（陝西省南西部）で餓死した。

知恵深い仲山甫《ちゅうざんぽ》は、周の宣《せん》王を輔佐して周朝をもり立てた。それなのに宣王はなぜ杜伯を用い、結局は殺して聖賢の名を汚したのか。

斉の桓公が覇を唱えられたのは、管仲を頼りにしたからである。だがのちに豎刁を重用して国政は乱れ、桓公は死後長らく埋葬されず、蛆《うじ》が湧いて部屋の外まで流れるほどだった。

晏嬰《あんえい》は、広く徳を積み仁も兼ね備えていた。高潔さを保ち、命さえ顧みなかった。

孔子の時代には、すでに周室が衰えて諸侯が力を持つようになっていた。また、作法に則って酒を飲み、有能な官を大いに用いるようになっていった」

曹操の声は澄んでよく通り、詞も堂々として立派なものだった。古公亶父(7)、太伯と虞仲(8)、伯夷と叔斉、仲山甫(9)、管仲、晏嬰(10)、孔子といった先賢の仁徳を一つひとつ謳い上げ、これぞまさに君子たるものの詠ずべき歌と言える。広間に座っている重臣の半数以上は曹操の腹心ではない。しかし、この真っ当な詞と高揚した声に耳を傾け、漢室をもり立てんとする曹操の気持ちを疑うことはなかった。だが、注意深い者たちは気づいていた。孔融の詩は曹操を念頭に置いて古人を貶《おとし》めているが、曹操は問題の核心を避けて先賢を称揚している。二人の詩歌は真っ向から対立するものなのである。

そんな曹操の意図を見抜いて、孔融は密かにあざ笑った——貶める者が本当に貶めているとも限らぬように、褒める者も本心から褒めているとは限らぬわ。先賢を褒め称えたからなんだというのだ。人を見るには、その者が何を口にするかではなく、何をしているかであろう——

ほかの者はさほど深く考えることもなく、席を下りて曹操に跪いた。「曹公の文才はお見事。先賢を慕うお気持ちも、われらは遠く及びません」

「はっはっは……」得意満面の曹操は一同に酒を注いで回ろうとしたが、そのとき主簿《しゅぼ》の王必が慌てた様子で駆け込んできて、広間の客にはおかまいなしに曹操に何ごとか耳打ちした。

「あの忌々《いまいま》しい大耳の賊め……」曹操の満面に浮かんでいた笑顔が一瞬にして跡形もなく消えた。

「いささか急用ができましたゆえ失礼いたします。ご一同はかまわず宴をお続けください。公仁《こうじん》と文和殿には同行を願います」

「御意」董昭と賈詡は立ち上がると、大急ぎで曹操のあとについていった。

曹操が立ち去ると、盛り上がっていた広間の雰囲気もすぐに沈んだ。その場にいるのは曹操の顔を立てて宴に来た者たちがほとんどで、心から酒を飲み詩を吟じたい者など誰もいない。華歆や王朗らは黙って食事をし、段煨と張昶、邯鄲商は小声で自分たちの用件を話しはじめた。庭にいる劉楨や阮瑀、採用されたばかりの掾属たちは気ままに話すこともできず、ただ孔融だけが大声で話したり笑ったりしながら手酌で飲み続けた。

だが、この静けさのおかげで、ようやく曹丕にも詩想が湧いてきた。頬づえを突きながら筆を走らせ、自分でも満足がいく詩をすらすらと書き上げた。曹丕は父に見てもらいたかったが、待てど暮らせど戻ってこない。かなり経ってから劉岱が広間にやってくると、一同にぐるりと礼をして大声で告げた。「わが家の主《あるじ》より伝言でございます。急用ができまして、これ以上みなさまのお相手ができません。どうか存分にお楽しみいただき、残るも帰るもご自由になさってください。主人の中座をご寛恕いただきたいとのことでございます」

曹操が戻って来ないなら、もはやここで酒を飲む理由はない。司徒の趙温が真っ先に帰り支度をはじめた。客人のなかでもっとも官位の高い趙温が帰るとなれば、一同も見送りをせねばならない。段煨や張昶らもこれを機に席を立った。華歆や孔融、王朗といった名士らも互いに拝礼し、誰が先に出るか譲り合った末に帰っていった。ほかの者は残った酒や肴を飲み食いし、しばらく無駄話をしてから席をあとにした。掾属たちも三々五々去っていき、最後まで酒甕を抱えて離さなかった丁沖も、入り口に置いてある絹帛の入った箱につまずきながら帰っていった。杯が転がり、食べ散らかされた肴が散乱するなか、才能を披露する機会を失った曹丕は一人ぽつんと取り残された。どうしていつもうまくいかないのだろう……曹丕は深いため息とともに、書き上げたばかりの詩を手に、呆然として広間を出た。

「若君」客を送って戻ってきた劉楨が曹丕と鉢合わせになった。「先ほどはずいぶん思案なさっていたようですが、良い作品が出来上がりましたか」

「佳作かどうか……この程度のものさ」曹丕は自分の詩を劉楨に見せた。

東のかた河済《かせい》の水を越え、遥かに望む 大海の涯《みぎわ》。
釣竿《ちょうかん》何ぞ珊々《さんさん》たる、魚尾《ぎょび》 何ぞ簁々《しし》たる。
行路《こうろ》の好者《こうしゃ》、芳餌《ほうじ》 何をか為さんと欲す。
「東へ行き黄河と済水を越えると、大海の岸がはるか遠くに見える。
釣り竿は波にあわせてゆらゆらと揺れ、魚は尾で水面を力強く叩く。
道行くそこなお人よ、あなたは芳しい餌を前にどうなさるおつもりか」

「ほう」劉楨が驚いたような声を上げた。「なんと残念。ご一同の前で披露すれば、これが今日のもっとも優秀な作でしたでしょうに」

「ふんっ」曹丕は劉楨の賛辞を追従《ついしょう》と受け取った。「からかわないでくれ。たった数句で大げさすぎる」

劉楨はかぶりを振った。「若君のご機嫌を取るために称賛したのではありません。この詩にはたしかに見るべきところがあります。『詩経《しきょう》』に、『籊々《てきてき》たる竹竿《ちくかん》、以て淇《き》に釣る。豈《あ》に爾《なんじ》を思わざらんや、遠くして致す莫し「細長い竹竿を振り出して、淇水に糸を垂れる。あなたを慕っているものの、遠く離れて想いを届けることもできない」』という詩があります。これは恋の詩と解されており、若君の『釣竿何ぞ珊々たる、魚尾 何ぞ簁々たる』の句はこれを踏まえて、まさに傑作と言えます。いや実に傑作……」

「実はわたしもそう悪くないと思うんだ」ほろ酔い機嫌ながら劉楨がしきりにうなずくので、曹丕にもそれが慰めだとは思えなくなった。

劉楨はしばらく口のなかで曹丕の詩を繰り返すと、にこりと顔をほころばせた。「先ほどの元瑜の詩は『公宴詩《こうえんし》』といって、場を盛り上げるための小手調べの作に過ぎません。拙作の『射鳶《しやえん》』にしても高祖《こうそ》に倣《なら》って大風と勇士を題材にしたもので、みなさんを楽しませるための戯《ざ》れ歌。孔融老人の作は破天荒にして他を睥睨《へいげい》する気概に溢《あふ》れていますが、型に意を注がず、思いの赴くままにつづられたもの。たしかに他人には真似できませんが……翻って、わが君の『善哉行』は先賢の仁徳を顕彰したもので、これも余人の追随を許しません。ただ、こうして見ると、若君の詩のみが揺れ動く心境を素直に吐露したもので、だからこそ素晴らしいのです。若君の年齢で美しい女性に想い焦がれ、恋愛に興味を持つことは、世の男子の常ですから」

「からかわないでくれ」曹丕は頰を赤らめた。だが、内心では劉楨の評価にばつが悪い思いをしていた。この詩は恋心を詠んだものではない。たまたま『詩経』の言葉に似通ったに過ぎないのだ。とはいえ劉楨はその道の名手、その劉楨が本心から傑作だと言うのなら本当に良い作なのだろう。そのうち折りを見て父に見せれば、きっと褒めてもらえるに違いない。曹丕はそう思って劉楨に何度も礼を述べた。さらに少し話をして、奥の間に戻ろうと二の門のあたりまで来ると、聞き覚えのない声が後ろから曹丕を呼び止めた。「若君、お待ちを」

振り返って見ると、新しく採用されたばかりの掾属である。劉曄や杜畿のように目立たなかったため、曹丕は気にも留めていなかった。この男の名前さえわからない。「何かご用ですか」

その男は恭《うやうや》しく礼をして答えた。「ぶしつけながら、若君の詩を拝見させていただきたく……」

曹丕は男の狙いがわからず、相手をしげしげと眺めた。歳のころは二十四、五、少し兗州《えん》の訛《なま》りがある。身の丈はさほど高くなく、容貌については色が白く、髭は蓄えはじめたばかりでまだまばら、そのほかはとりたてて何と言うほどのこともない。普通の掾属が着る黒い衣を身にまとい、冠はかぶらず髪を黄楊《つげ》の簪《かんざし》で留めている——どこから見ても平々凡々な人物である。

曹丕が黙っているので、男は慌てて付け足した。「誤解なさらないでください。若君の文才が素晴らしいと聞き及びましたので、この目で拝見したかっただけなのです」

曹丕は男を阿諛追従の輩だと断じた。見せねばいつまでもまとわりつくだろう。面倒くさそうに不機嫌に応じた。「見たいならどうぞ。だけどわたしは奥で用があるから、なるべく早くしてくれ」

竹簡を受け取った男は俯き加減で詩を熱心に吟味し、一度小声で低く読んでから曹丕に返した。「まことに良い詩、とくに『行路の好者、芳餌 何をか為さんと欲す』のところが素晴らしい。とかく俗世の者は名利《みょうり》を求めるあまり、それが芳しい餌、つまり罠であるとは思っていないのです。人の一生とは大河が滾々《こんこん》と東するかのようなもの、どんなに競っても所詮は得るものなどないのです」

「貴殿は……」曹丕は思わず言葉に詰まった。それこそが自分の詩の本当の意味である。曹丕は驚くとともに感心した。先ほど劉楨が誤解したのは、自分に実力がないせいだと考えた。だがいま、目の前の男ははっきりと読み解いてくれた。まったく人は見かけに寄らない。曹丕は慌てて傲慢な態度を改め、襟を正して拱手した。「先生のお名前とご出身をお聞かせください」

「恐れ入ります」男も返礼した。「わたくしは名を呉質《ごしつ》と申し、済陰《さいいん》郡の者です」

「お名前はかねがね伺っております」型どおりにそう答えたものの、曹丕は男の名前を聞いたことがなかった。だが、詩の解釈からひとかどの人物に違いないと考えた。「先ほどわたしは劉公幹と話しましたが、公幹はこの詩を恋の詩だと申しました。わたしは自分に実力がなく詩が稚拙ゆえ誤読されたと思いましたが、先生はまこと慧眼《けいがん》でいらっしゃる」

呉質は詩の解釈だけでなく、人の心をよく理解していた。「劉公幹殿が詩の意味を深く読み取れなかったのは、ただ日々の忙《せわ》しさのため静かな心境になかっただけのこと。それに、失礼を承知で申し上げるなら、この詩は若君のようなご身分の方に容易に作れるものではありません。感慨を覚える言葉は必ず先に思いがあって生まれます。若君には何か心に適わぬことがおありなのでは？」

曹丕の顔が赤くなった。胸の内なる思いはそう易々と明かせるものではない。慌てて手を振って否定した。「少しばかり気が滅入っていただけのこと。たいしたことではありません。後ろ向きな気持ちがたまたま詩に出たのでしょう」

「そうですか」呉質はあえて掘り下げようとせず、もう一度詩を吟じてつぶやいた。「いまからわたしの話すことが間違いならお許しいただきたいのですが、ひとまずはお聞きください。曹公は詩賦がたいそうお好きで、『詩経』に精通して音律にもお詳しいとか。それでも若君くらいの年齢で、これだけの作品を物することはなかったでしょう。まさに青は藍より出でて藍より青し。ただ……」呉質は話の途中で、突然眉をひそめて黙り込んだ。

「ただ、何ですか」

「若君のために申し上げますと、この詩はお父上にお見せにならぬほうがよろしいかと」

「え？」曹丕は驚いた。「どうしてですか」

呉質の声はますます低くなった。「若君はすでに舞象《ぶしょう》(11)、『周礼《しゅらい》』に、『舞象は舞武《ぶぶ》なり。干戈を用うる小舞を謂《い》うなり〔象の舞とは武の舞である。盾と矛を持ってする年少者の舞をいう〕』とあります。若君の年齢なら前途洋々たる男子は狩りに馬術に弓術にと、お互い競い合い、英雄豪傑を敬慕し、意気天を衝《つ》かんとするお年ごろです。この詩のように感傷的になっていいわけがありません。お父上は生まれつき気概の強いお方、しかも若君には兄弟も多く、そのお一人お一人が才に恵まれております。曹公がもしこの詩を見れば、おそらくは……」これ以上、主の家のことについて話すのはさすがに憚られた。

曹丕は呉質の言葉に思わず背筋が寒くなった——父はまだまだ意気盛ん、先日も側女《そばめ》の李《り》氏が新しく子を産み、曹整《そうせい》と名づけたばかりである。自分には異母兄弟が十数人もいる。とくに可愛がられているのは沖《ちゅう》である。さらには彰《しょう》や植《しょく》、彪《ひょう》らに対する寵も深い。父がこの詩を見て、自分には気概がなく、毎日女々しくしているなどと誤解したら、なおのこと冷たくされるであろう……曹丕はすべてを悟った。どうしてもっと早く呉質と知り合えなかったのか。曹丕は慌てて呉質にもう一度拝礼した。

「ご教示ありがとうございます」

呉質は終始にこやかである。「まこと評判に違わぬ傑作、若君の詩を拝見できて眼福の至りです。もう遅いですし、若君も用事がおありとか。わたしはこれにて失礼します」

「お気をつけて」曹丕は呉質を引き止めてもっと言葉を交わしたかったが、あたりには童僕が行き来している。ここで腹を割って話をするのは難しい。しかも校事《こうじ》の趙達《ちょうたつ》や盧洪《ろこう》までうろうろしている。心の内をあんな連中に聞かれるわけにはいかない。

呉質は恭しく数歩下がり、くるりと踵《きびす》を返して去っていったが、少し進んだところで突然振り向いた。「たとえば……若君が詩を好むのでしたら、行軍や戦について詠んだ詩はございませんか。お父上に従って出征される際、全軍の将兵が若君の詩を高らかに歌う、なんと勇壮なことではございませんか。はっはっは……」

(1) 陳登の病はいまでいう「肝吸虫症《かんきゅうちゅうしょう》」だと思われる。寄生虫によって生じる病で、古代の人はこれを死体の解剖によって発見した。中国では秦《しん》や漢《かん》の時代から類似した病があり、中国の東南地区の沿岸地方に多かった。多くは生の魚介類など海産物を食べることで感染する。

(2) 五味脯、八合齏は漢代の有名な料理である。五味脯は牛、羊、鹿、猪、豚の干し肉を使って作る主菜である。八合齏は大蒜《にんにく》、生姜、柑橘、梅、栗、うるち米、塩、酢を一緒に搗《つ》いて作るつけだれである。後漢末にはまだ「炒める」という調理法がなく、蒸す、煮る、焼く、漬け込むなどした料理が主流であった。また、その料理につけだれを添えるのが一般的で、現代の西洋料理の食べ方に似ている。

(3) 書佐とは平《ひら》の文書補佐官であり、地位は掾属、令史より低い。

(4) 記室の正式名は記室令史であり、三公や大将軍の身近にあって上奏文を起草する。地位は書佐より上である。

(5) 蔡侯紙とは、後漢の蔡倫《さいりん》の製紙技術によって作られた紙である。中国の製紙の歴史は古いが、長らくのあいだ広く使用されるには至らなかった。後漢のころは竹簡や絹帛、羊皮紙《ようひし》などが主に書簡に使われた。精巧な紙は高級品であった。

（6）曹丕は自著『典論《てんろん》』のなかで、孔融、劉楨、阮瑀、のちに曹操に帰順する陳琳《ちんりん》、王粲《おうさん》、徐幹《じょかん》、応瑒《おうとう》を並べ、七人の詩賦や文章を高く評価した。この七人は、後世「建安七子《けんあんしちし》」と称される。

（7）古公亶父は周の文王《ぶん》の祖父で、一族を率いて豳の地から遠く岐山《ぎざん》［陝西省西部］に移り住み、周王室の隆盛の基礎を固めた。

（8）太伯と虞仲は古公亶父の子。周の文王の父である季歴《きれき》に位を譲り、兄弟二人して遠く山越《さんえつ》の土地へ行き、呉《ご》国を建てた。

（9）仲山甫は周の宣《せん》王の御代における名臣で、王命の発布、施行に努め、人望があった。

（10）晏嬰、字は平仲《へいちゅう》は、後世、晏子《あんし》と尊称された。春秋時代の斉《せい》の大夫《たいふ》で、霊《れい》公、荘《そう》公、景《けい》公の三代に仕えた。ずば抜けた才智があり、理に適った政《まつりごと》をおこなった。

（11）舞象とは、男子の十五歳から二十歳までの年齢をいう。

第七章　同胞相争う

郭嘉《かくか》の献策

　曹操は荊州《けい》を攻めるように見せかけるため、兵を率いて南下するよう夏侯惇《かこうとん》に命じた。荊州の劉表《りゅうひょう》は、大軍が許都《きょと》を出たからには大戦《おおいくさ》は必至と、劉備《りゅうび》に兵権を与えて南陽《なんよう》の諸県に攻め込ませ、博望《はくぼう》県［河南省南西部］で曹操軍を迎え撃たせた。劉備軍と夏侯惇、于禁《うきん》、李典《りてん》率いる曹操軍とのあいだで戦端が開かれ、戦《いくさ》は徐々に本格化した。

　建安《けんあん》八年（西暦二〇三年）八月、曹操軍と対峙していた劉備軍は地形を利用して伏兵を配し、自ら陣を焼き払って撤退を偽装した。これに夏侯惇と于禁がまんまと引っかかり、劉備軍を追って伏兵に包囲された。背後を守る李典軍の加勢でどうにか逃げ出せたものの、大きな被害を出して守勢に回らざるをえなくなった。劉備軍が葉《しょう》県［河南省南西部］、ついで豫《よ》州内にも攻め入ってくると、曹操も見せかけの出征だなどと鷹揚《おうよう》に構えてはおれず、西平《せいへい》［河南省南部］に大軍を駐屯させて劉備と対峙した。

　南方で本格的な戦がはじまったことで、袁譚《えんたん》と袁尚《えんしょう》は何憚ることなく刃を向け合った。袁尚が自ら兵を率いて兄を攻め立てると、敗れた袁譚はなんとか敗残兵をかき集めて青《せい》州の平原《へいげん》県［山東省北西部」に逃げこんだ。袁尚は勝ちに乗じて追撃し、平原の県城を幾重にも囲んで猛攻を仕掛けた。袁譚の陣営では寝返る者も多く、絶体絶命の窮地に陥った。郭図《かくと》らは何度も協議を重ねた結果、辛評《しんひょう》の弟の辛毗《しんぴ》を曹操のもとへ遣わして投降することにした。曹操に冀《き》州へ援軍を出してもらい、袁尚による包囲から脱しようというのだ。袁氏兄弟の骨肉相食《は》む殺し合いは、亡き父の仇敵に救いの手を求めるまでに至ったのである。

命《めい》を受けた辛毗は袁尚軍の重囲《じゅうい》をかいくぐり、許都を経て曹操軍の前線までやってくると、まずは軍師《ぐんし》の荀攸《じゅんゆう》を探し出し、曹操に援軍の派遣を促すよう依頼した。曹操にとっては目論見どおりの好機が到来したはずだったが、いま目の前には劉備軍がいる。難しい選択を迫られることになった……

曹操軍の中軍の幕舎《ばくしゃ》ではすでに長い議論が戦わされているが、なかなか結論が出ない。大半の将は袁氏兄弟より、劉備を破って荊州を討つことを主張した。痛い目に遭ったばかりの夏侯惇と于禁はとりわけ強く訴えた。許攸《きょゆう》、郭嘉、婁圭《ろうけい》らは袁譚の投降を受け入れて軍を北へ返すべきだと主張したが、これは少数派だった。

曹操も眉間に皺《しわ》を寄せて考え込んだ。袁尚はもとより大患《たいかん》であるが、大耳の賊も野放しにはしておけない。曹操に荊州を討つという考えはなかったが、だからといって虚を衝《つ》いて攻め込んできた劉備を許すことはできない。主力を北へ返せば豫州の守りは薄くなり、再び博望坡《はくぼうは》の戦いのような惨敗を喫すれば許都が危険にさらされる。劉備はここ十年あまり身の置きどころがなかった。逃げ上手なだけで、決して戦下手というわけではない。劉表という後ろ盾を得て十分な兵士や兵糧を確保した以上、これまでと同日の談ではないのだ。

荀攸もまた眉根を寄せて、許攸や婁圭と諸将の議論にはひと言も口を挟まなかった。軍略を統轄している立場とはいえ、多くを語ることは憚られたのである。それというのも、辛家と荀家はともに潁《えい》川《せん》の名家で、実は縁戚関係にあったからだ。荀攸の父方のおばは辛家に嫁いで辛毗《しんとう》をもうけた。辛毗と辛毗は同じ世代で、いまその辛毗が使者となっているのである。辛毗は袁尚の包囲を抜けると、曹操のもとではなく、まず許都の辛毗を訪ね、その紹介状を携えてやってきた。このたびの投降には数十人に及ぶ辛氏一族の命がかかっている。辛毗は袁譚の投降を申し出ながらも、実は自分の一族のことを案じていた。そうした裏事情が陣中でも噂になっているため、荀攸としては安易に態度を表明できずにいた。

そんな荀攸の様子に曹操も早くから気づいていた。幾度も何か言いかけては躊躇《ちゅうちょ》している。曹操は手を挙げて幕僚や諸将の議論を止めた。「ここは軍師の意見を聞こう」

荀攸が拱手《きょうしゅ》して答えた。「この件ははっきりしないことが多く、わたしの親族とも絡んでおりますゆえ……」

「どうした、賢人を推挙するときも親族だからといって避ける必要はない。ましていまはそれより差し迫った軍の大事であろう。思うまま申すがよい」

そこで荀攸は立ち上がり、ようやく口を開いた。「わが君の望みは河北《かほく》を先に取ることかと存じます。この考えは安易に捨てて良いものではありません。北を攻めるのがよろしいかと……」

荀攸が話し終わるのも待たずに、夏侯惇が反論した。「軍師殿、無礼を承知で申せば、袁紹《えんしょう》は袁尚に位を譲ったのに、袁譚が車騎《しゃき》将軍を自称して弟を除こうと謀ったわけです。肉親の情すら忘れたそんな男の投降をどうして信じられましょう。しかも青州の地には袁譚一味の王脩《おうしゅう》や管統《かんとう》も残っており、まだ全域を奪還できておりません。北上して袁尚軍を破っても、残る袁譚の勢力に利するのみ。万が一にも袁尚軍に敗れれば、結局はまたも無駄足になるではありませんか。一方の敵を除いても、もう一方の敵にうまい汁を吸わせるのでは、これまで同様、虚しく兵を返すことになりませぬか」

于禁も同意した。「目下の問題は後方ではなく前方にあります。もし劉備を撃退できなければ、軍を返そうとしてもおそらく……」

「口を挟むな。軍師、先を続けよ」曹操は眉間に皺を寄せて于禁らを叱責した。

「ありがとうございます」荀攸は胸中のわだかまりはひとまず忘れ、ゆっくりと一同の真ん中に進み出た。「いまはまさに非常のとき。群雄が天下を奔走して土地を争うなか、劉表だけは江漢《こうかん》の地「長江中流と漢江《かんこう》の流域一帯」に居座ったままです。張繡《ちょうしゅう》や黄祖《こうそ》、蒯祺《かいき》らの手を借りて身を守ってきたことを見ても、支配地を広げる野心がないのは明らかでしょう。一方で袁氏は冀、青、幽《ゆう》、并《へい》の四州を擁し、兵士の数は十万あまり。袁紹は徳治《とくち》によって民心を得、豪族の力を借りて基盤を固めました。ここでもし袁譚と袁尚が和睦して地盤を守れば、天下の戦が終わる日は永久《とこしえ》に訪れぬでしょう。いま兄弟は跡目争いを繰り広げ、不倶戴天の敵として争っています。力の勝る袁尚《まさ》が袁譚を滅ぼして河北の地を再び統一すれば、勢力を盛り返して手強い敵となります。これを捨て置いて良いものでしょうか。翻って、この機に乗じて兄弟をともに滅ぼせば、天下の平定に近づきます……わが君、そしておのおの方、どうかご熟慮いただきたい」

荀攸の進言はたしかに曹操の肺腑を衝いたが、于禁の心配もよくわかる。喫緊の問題はどうやって劉備に手を引かせるかだ。そこで曹操は董昭《とうしょう》と賈詡《かく》に尋ねた。「公仁《こうじん》、文和《ぶんわ》殿、何か案はありませんか」

このたび曹操は、とくにこの二人を同道させた。賈詡の智謀は言うに及ばず、董昭とて軍略に長けてはいないが、河北で魏《ぎ》郡太守《たいしゅ》を務めた人脈を利用できるからである。ただ賈詡は、李傕《りかく》らのもとで長安《ちょうあん》を混乱に陥れた罪や、謀《はかりごと》をめぐらして曹昂《そうこう》を死に至らしめた前科を気にしてか、帰順してからも固く口をつぐむばかりであった。いまも二人は小さな腰掛けに窮屈そうに座り、黙って俯《うつむ》いている。曹操に尋ねられても、しきりにかぶりを振っていた――かたや話したくとも策はなく、かたや策はあれども口を開かず――

曹操は頭に靄《もや》がかかったような感じがしてきた。最近はあまり体調がすぐれず、懸案が多いせいか、いまも考えがまとまらない。曹操は気分を変えようと、ゆっくり歩いて帳《とばり》の外に出た。新鮮な空気を大きく吸ったところで、婁圭がこっそりと近づいてきて小声で話しかけた。「孟徳《もうとく》、天下のことはともかく、われらも長らく駆け回って知命《ちめい》［五十歳のこと］も近い。わしがもしおぬしなら……」婁圭はいつもの癖を半ばわざと持ち出し、そこで口をつぐんだ。続きを聞けば曹操は烈火のごとく怒り、互いに傷つけ合うことになるだろう。まもなくまた冬が訪れる。あたりの草はほとんどが枯れ、今年もみすみす暮れてゆくのだ。はや五十に差しかかった曹操だが、天下を安らかにする道のりは一向に終わりが見えない。戦いはなおも続くのだ……曹操は振り向いた。「軍師の言に従おう。袁譚の投降を受け入れ、日を選んで北へ向かう」

この決定に、軍議の場からは安堵と落胆のため息が綯《な》い交ぜになって漏れた。すかさず于禁が問い返した。「目の前の敵からはどうやって逃れるおつもりですか……」

「何か方法もあろう。少し考えさせてくれ」曹操は袖を翻して決然と命じた。「わしの考えは決まった。ひとまずこれにて……」だが、散会を告げるその前に、軍門から曹洪《そうこう》が駆け込んできた。「こんちくしょうめ！　あの大耳の賊が攻めてきやがった。張繡が前方で防いでいる。みんな、ぼうっとしていないで加勢に向かってくれ」

目の前の現実を無視できるわけもなく、この状況での撤兵は到底不可能である。夏侯惇と于禁は曹操の顔色を窺ったが、決断を変える気はなさそうだ。二人が力なくかぶりを振りながら出ていくと、ほかの者もそれに続いた。荀攸はまだ何か言いたそうだったが、この状況ではそれもかなわない。賈詡もこれ幸いと外に出たが、そこで郭嘉に呼び止められた。「文和殿、お待ちを。わが君に献策したいので、面倒をお掛けしますがご一緒ください」

曹操は自分の卓に戻って兵法書に注をつけていたが、ほかの者が去るのを待って郭嘉に尋ねた。「まだ話があるのか」

郭嘉は満面に思わせぶりな笑みを浮かべて口を開いた。「お考えはすでに定まったようですが、目の前の敵をどうするかでお悩みの様子。そこで、文和殿とそれを解決して差し上げようかと」

曹操は目をじろりと上げた――たしかに賈詡も残っているが、隅にひっそりと立って俯いている。

「奉孝、他人を巻き込むことはない。何か敵を打ち破る策があるなら早く申せ」

「南陽の諸県はすでに劉表の手に落ち、本格的な戦とは言えないものの、大耳の賊が毎日のように兵を差し向けてきます。わが大軍をもってしても劉備を一気に打ち破ることはできませんが、荊州に自ら兵を退《ひ》かせることは可能かと」

「ふん」曹操は郭嘉に白い目を向けた。「孫権《そんけん》と手を組んで江夏《こうか》を攻めさせるなどと申すなよ。無理な話だからな。江東《こうとう》では山越《さんえつ》が反乱を起こし、さらに劉表の甥の劉磐《りゅうばん》が南からたびたび奇襲を仕掛けるせいで、孫権は自分のことで手いっぱい。わしらを助ける余裕はない」

郭嘉が口を開こうとしたとき、斥候《せっこう》兵が入り口に跪《ひざまず》いて報告した。「申し上げます。張遼《ちょうりょう》将軍が東海《とうかい》より戻られました。護軍《ごぐん》の武大人《たいじん》がすぐにお目にかかりたいとのことです」護軍の武周《ぶしゅう》と張遼はそりが合わず、用兵や戦術でしょっちゅう言い争っている。最初は原因があったものの、そのうち互いに顔を見るだけでも気に障るようになり、最近では何かあるとすぐ注進にやって来る。

「わかった」曹操はあからさまにうるさくてやりきれないといった顔をした。「張遼に命じて昌覇《しょうは》の反乱を平定させていたが、また武周とぶつかったらしい。半月前からおのおの書簡を送ってきて自分が正しいと訴えるが、どちらも些細なことばかりでまったく手に負えん。于禁と護軍の浩周《こうしゅう》(1)を見てみろ、苦しみも喜びも同じように分け合ってうまくやっている。それなのに、張遼と武周はなぜうまくいかんのだ。駄目ならあの偏屈な二人は別々にするしかないな」

郭嘉は賛同しなかった。「張遼は率直な性分で、于禁殿のように誰とでもうまく合わせる人間ではありません。武周は剛直な男で、その武周がそばで押さえつけているからこそ、張遼はまだいくらかおとなしくしているのです。二人を組ませておくことが正解でしょう。喧嘩し合ってもたいした問題にはなりませんが、武周を引き離したら良い結果になりません」

斥候兵が去ると、すぐ武周が足早に入ってきて大声で怒りをぶちまけた。「申し上げます。あの張文遠《ぶんえん》はわが君の命に背き、こっそり昌覇に会って投降を受け入れました。何度咎めても言うことを聞かず、軍令に違反するばかりか昌覇をここへ連れて来ました。わが君、あの軍法違反の輩を厳しく罰していただきたい」

曹操は肩をすくめた――張遼は自由闊達で、昌覇のような男を見捨てられない俠気《おとこぎ》がある。軍法には包囲後の降伏は許さないとあるのに、まったく眼中にないのだ。だが、張遼は曹操が高く買っている将軍であり、張遼を帰順させるのにどれほど心を砕いたかわからない。この件で張遼を厳罰に処すのは忍びない。曹操は無意識に卓のほこりを払いながら苦笑いした。「伯南《はくなん》、ご苦労であった。張遼の件はわしに任せてくれ。戦や長旅で疲れたであろう。戻ってゆっくり休むがいい」

武周は、曹操がまたもなあなあで済ませようとしているとわかって声を荒らげた。「わが君、いい加減なことでは困ります。こたびこそきちんと罰するべきです。張遼ときたら……」

「わかった、わかった」曹操はそれ以上聞きたくなく、慌てて言葉を続けた。「張遼は一介の武人、規則だの法だのが何なのか、よくわかっておらんのだ。戻ったらわしがよく言って聞かせ、おぬしに謝罪させる」

「それがしは個人的な恨みで申しているのではありません」武周は威儀を正した。「先ごろ、わが君は軍令を発して軍紀を正せとお命じになりました。張遼のわがままを許せば、明日には陣営じゅうの諸将がご命令に耳を傾けなくなりましょう。そうなればどうなるとお思いですか。ましてあの昌覇という逆賊、もう四度も謀反を起こしています。また大目に見れば、天下の無法な輩はわが君が寛容だと見て、気に入らないことがあれば反乱を起こし、反乱が不首尾に終われば投降しましょう。こうしたことが繰り返されれば天下は必ずや乱れます」

武周の言葉はいちいちもっともである。ぐうの音も出ない曹操に郭嘉が助け船を出した。「伯南殿の仰るとおりです。しかし、昌覇は臧覇《ぞうは》、孫観《そんかん》、尹礼《いんれい》、呉敦《ごとん》とともにもとは徐州《じょ》の将で、莫逆《ばくぎゃく》の友でもあります。かつてわが君が呂布《りょふ》を討ち滅ぼしたとき、東方の諸郡を臧覇らに委ねて自ら治めさせ、いま臧覇らは大功を立てています。この時期に昌覇を処刑すれば臧覇らの心を離反させる恐れがあります。張遼将軍が便宜を図ったのもそうした熟慮の末ではないでしょうか。あまり厳格に処罰するのもいかがなものかと」

「そうだ、そうなのだ」曹操は救われたように同意した。「奉孝が申すとおり。わしに考えがあるゆえ、おぬしがこれ以上気にかける必要はない。張遼が来たら言い聞かせておくから安心するがよい」張遼は勇猛で戦にも長けた大事な将軍、武周は長年力を尽くしてくれている腹心の配下、どちらの体面も傷つけるわけにはいかない。

それでも武周がまた反論しかけたとき、小隊長が報告しにきた。「張遼将軍がお越しです」これを聞いた武周は袖を翻すと席を立った。やってくる張遼とちょうどすれ違う格好になったが、お互いまるで見ず知らずの他人のように相手に目もくれない――これでは将軍と護軍というより憎い敵同士だ。

張遼は幕舎に入ってくるなり曹操の前で跪いた。「拝謁いたします」

「立つがよい」曹操がどう諭したものかと思い悩んでいると、張遼は跪いたまま続けた。「それがしは軍令に従いませんでした。どうか罰してください」

軍令違反であると承知しながら己のやり方を押し通す相手に、さてどうしたものかと曹操はため息をついた。「わしに何を言わせたいのだ。もうよい……陣に戻って武周に謝るのだ。次に武周がわしのところへ何か訴えに来たら許さんからな」

張遼は曹操陣営に帰順してから日が経ち、とっくにこうなるとわかっていた。「お許しいただき感謝します。以後は必ず軍令を守ります」そう張遼が誓うのを曹操はもう何度聞いたことだろう。毎度毎度の儀式である。

「昌覇はどこだ」

張遼は幕舎の外を指さした——曹操は昌覇に会ったことがないが、見れば胸をはだけて背中を露わにした大男が、縄で縛られて纛旗《とうき》［総帥の大旆《たいはい》］の下に跪いている。男は虎のような背、熊のような腰をし、腹もでっぷりとしている。全身真っ黒な毛で覆われ、ところどころ紫に変色した凶悪そうな大きな顔に獅子鼻を鎮座させている。大きく外側に張り出した耳と縮れた頬髭が目を引く。縛られてはいるが、顔を上げて口をへの字に曲げている様子からは罪の意識が少しも感じられない。瞼から飛び出さんばかりの両の眼《まなこ》であちこち眺め回している。

「なるほど、さすが昌豨《しょうき》(2)とあだ名されるだけあって、大胆不敵な猪よ」曹操は思わずあざ笑った。「あの猪をどうやって投降させたのだ」

張遼は拱手して答えた。「それがしと夏侯将軍は長らく三公山《さんこうさん》を包囲していましたが、見回りしているときに昌覇が山頂からわれらを注視しているのに気づきました。山頂を守っているやつの兵から放ってくる矢もどんどん少なくなっていましたし、それがしもやつの気質をよく承知していましたから、これはわが軍が大軍なのを見て戦うべきか降伏するべきかためらっていると思いました。すぐ使者に化けて山に登りやつを説得したところ、すぐに投降しました」

張遼は何でもないことのように話すが、聞いている曹操は背中に冷汗が流れた。「それは将軍のすることではなかろう」

張遼はまったく気にせず、無邪気に笑った。「それがしとやつは旧知の間柄ですから大丈夫です。それがしはやつの住まいへ行って酒を酌《く》み交わし、妻子にも会ってきました」

曹操は開いた口が塞《ふさ》がらない。「文遠よ、兵を置いて独りで虎穴に入るとはなんと軽率。もしあの厚顔無恥な裏切り者が山頂でおぬしを殺したら、全軍の指揮は誰が執るのだ。武伯南に罵られても仕方ないな」

「わが君は考えすぎかと」張遼は笑った。「わが君のご威光は四海に広がっています。天子を奉戴して逆臣を討っていることを知らぬ者はいません。それがしは詔《みことのり》を受けたかのごとく、わが君のご威光を恃《たの》みに降伏を説得したのです。昌豨にどれほど度胸があっても、それがしを殺《あや》めることはできません」

横でこれを聞いている郭嘉は忍び笑いを漏らした——どうやら張文遠もごますりを覚えたらしい。果たして張遼のいちおうの理屈を聞いた曹操は、別人のように顔を輝かせた。「なるほどよくわかった。だが、今後はこうした真似をするでないぞ」

「はっ。以後は必ず大局に重きを置きます」張遼は承知すると、さらに昌覇のために命乞いをはじめた。「昌豨はすでにこちらに連れてきましたし、自分から帰順したいと申しております。ぜひわが君には……」

「寛大な処分をしてほしいか」曹操は鼻で笑った。「わしは挙兵して以来、数知れぬ敵と戦ってきたが、あやつのように始末に負えぬ者はこれまでいなかった。一度の謀反ならともかく、こたびで四度目だぞ。たいした兵力はないとはいえ、わしもやつごときにこれ以上時間を無駄にするわけにはいかぬ。古《いにしえ》より四度も謀反した相手を処罰しなかった者がおるか」

張遼はそれでも友の昌覇のために弁明を続けた。「こたびは誠心誠意、心の底から帰順すると申しています。それに二人の息子も人質に差し出すため連れて来ています。どうかもう一度だけお許し願えませんか」

「ううむ……」曹操はまた幕舎の外にいる無鉄砲な男を眺めた。「よかろう。その息子とやらを軍中にとどめおき、徐州でのやつの声望に鑑みて職を奪うことはやめておこう。兵を半分に減らし、やつを放して帰らせよ」張遼はほっと安堵して昌覇を呼び寄せようとしたが、それを曹操が止めた。「必要ない。やつのような野生の猪に、わしと話す資格はない。こたびのことはすべておぬし、張文遠の顔を立ててやるのだから、おぬしから伝えればよい。今後はよく命を聞き、二度と悪事を働くことは許さん。今度そんなことをしたら、すぐに命を奪ってやるとな」

「昌覇に代わってわが君にお礼申し上げます」張遼が再び跪いた。

「もうよい。やつの縄を解いて出て行かせろ。おぬしも戻って休むがいい」曹操が昌覇を許したのは張遼のためである。張遼は曹操陣営でもっとも義侠心に富み、いま顔を立ててやれば、今後の戦いではこれまで以上に力を出すに違いない。

張遼は感激することしきりで威勢よく誓った。「敵を目前にして休んでなどおれません。昌覇の件が片づいたら、すぐに前線へ向かい張繡とともに劉備を防ぎます」

「さすがだ。それでこそまことの将軍だ！」曹操は褒めるべきときに、誉め言葉をけちったりしない。だからこそ将軍たちも喜んで曹操のために命を投げ出すのだ。

張遼が出ていくのを待って郭嘉が注意を促した。「昌覇は善人とは申せません。今後また必ず裏切るかと。文遠は私情で判断を誤りましたな」

曹操もうなずいた。「昌覇が信用できるかどうかはどうでもいい。やつは何度も反乱を繰り返してすでに信用を失っている。今後やつと組もうとは誰も思わんだろう。それに、やつの兵も数百しか残っておらんから、また悪さをしようと思ってもたいしたことはできん。こたびは張遼や臧覇らの顔を立ててやったのだ。昌覇も息子を人質に差し出してきたことだし、これで落ち着いてくれるといいのだが」

だが、郭嘉は異を唱えた。「『易経《えききょう》』には「過ぎて渉《わた》るも頂を滅《めっ》す」とあります。一度目、二度目は川を歩いて無事に渡れたとしても、三度目には溺れ死ぬということです。まして昌覇が反旗を翻すのは四度目、わが君がお許しになってもやつは落ち着かないでしょう。四度反乱を起こした者が、五度目に躊躇するとは思えません。あれはもう生まれながらの……」そこまで言いかけて郭嘉は話をもとに戻した。「これは劉備と劉表にも言えることです。大耳の賊は挙兵以来、公孫瓚《こうそんさん》を捨て、呂布を裏切り、わが君に謀反し、袁紹のもとからも逃げ去りました。こうした輩が劉表に忠誠を尽くすと思いますか。対して劉表の性格は慎重すぎるほど慎重、わが君とも和睦しては戦い、戦っては和睦しを繰り返しています。おそらくこたびもわが君と和睦したいと思っているに違いありません」

「たいした自信だな」曹操は郭嘉のこうした性格論には賛同しかねた。

だが、郭嘉は自信満々に微笑んでいる。「わが君が信じられないなら、文和殿にそのあたりの事情を説明してもらいましょう」

「文和?」曹操は賈詡がいたことをすっかり忘れていた。慌てて目を遣ると、賈詡は相変わらず隅のほうで両手を袖のなかに入れて俯いたまま、息もしていないかのように静かに立っている。その姿は曹操たちが話しているあいだ、自分はここにいなかったとでも言いたげである。曹操は思わず笑ってしまった。「文和殿、奉孝が荊州の状況を話してほしいとのことです」

「ははっ……」賈詡は数歩前に進み出たが、頭《こうべ》はまだ垂れたままである。「わたしには奉孝が何を言っているのかわかりかねます……」

郭嘉はそんな賈詡の態度などおかまいなしで、賈詡の腕をむんずとつかむと曹操の前に引っ張ってきた。「呆《ほう》けたふりなど許しません。少し意見をしたからってわが君は腹を立てたりしませんよ。先ほどは将軍たちがいたので遠慮しましたが、さあ、いま口を開かないでいつ開くのです。かつて張繡と南陽におられた、そのときの劉表の様子を話してください」

「ああ」ようやく悟ったようで、賈詡はゆっくりと口を開いた。「張将軍に従って南陽におりましたときはたびたび……ご免ください……」かつてのことを語るとあって、賈詡は曹操に詫びを入れるのを忘れなかった。「たびたびわが君と交戦しましたが、劉景升《けいしょう》はわが君の南征を恐れる一方で、張将軍の勢力が南陽で大きくなるのも恐れていました。そのため、張将軍への兵糧供給についても、余分が生じぬよう頃合いを見ては止める、そんな具合でした」賈詡はそれ以上語らず、口をつぐんで後ろに下がった。

「わが君、まだおわかりになりませんか」賈詡が話をやめたため、郭嘉があとを継いで説明した。「かつて劉表は張繡を南陽に駐屯させて、わが軍を阻むための壁にしていました。いまの劉備も同じです。一つ違うのは、劉備はこれまで幾度も裏切りを繰り返しているということ。信用という点では張繡に遠く及ばず、そのことは劉表もよく承知しているはずです。それに劉表は、南陽を手に入れて襄陽《じょうよう》を守りたいとは思っていても、北上して天下を狙うほどの野心は持っていません。すでに南陽を手に入れたのですから、むしろ兵を収める頃合いと考えているでしょう。劉備がこれ以上突き進んで汝南《じょなん》を狙ったり、さらに許都を攻めたりしても、劉表には何の得もないのです。かりに劉備が敗れてわが君が攻め込んでくれば襄陽が危機にさらされますし、劉備が勝利を収めた勢いに乗って自立を図れば、一方の敵を取り除いて新たな敵を育てることになりかねません」

「たしかに」曹操もはたと気づいた。「ではどうすればよい？」

郭嘉は待っていましたとばかりに続けた。「劉表に直接使者を送って和睦を持ちかけるのです。南陽郡はしばらく劉表に与え、葉県は今後の南下のために通り道として確保しておきます。必ずや劉表は劉備に停戦を命じ、これで目の前の件が解決します」

「うむ……」たしかにうまい手ではある。ただ、こちらから下手に出て和睦を申し出たりすれば、自分の名に傷がつく。

曹操が逡巡していたそのとき、賈詡がささやいた。「劉景升はまったく疑り深い男です」

この言葉を聞いた郭嘉ははっとして、すぐに意見を変えた。「この件はわが君から和睦を申し出る必要はありません。襄陽に人を遣り、劉備には敵わぬのでわが君が兵を退きたがっていると噂を流せばいいのです。それだけで、きっと劉表のほうから和睦を申し出てきましょう」

「よし。奉孝の策でいこう」

賈詡は拱手すると暇乞《いとまご》いした。「わが君のお心も定まったようですから、わたしはこれにて失礼いたします」

「文和殿、ご苦労である。この件はくれぐれも内密に」

「はっ」賈詡は猫背の背中をさらに丸めて、そっと幕舎を出ていった。

曹操は髭をひねりながら満足げに笑った。「あの賈文和はいつもああして薄氷を踏むかのようにびくびくしておる。長安を混乱に陥れた罪が持ち出されるのを恐れているのかのう。わしは息子を殺されたことさえ水に流しているのに、どうしてああも心を開いてくれんのだ。取り越し苦労が過ぎると思わんか」

郭嘉は頭を垂れたまま黙っていた——胸襟を開けと言われてもそう容易なことではないのです。いまこの瞬間は水に流していても、いつまた気が変わるとも限りませんから……大智《たいち》は愚のごとし……先ほどのひと言も明らかに自分に気づかせるためのもの。胸に成算ありながらも多くは語らぬということか……

「……奉孝」曹操の声に郭嘉は我に返った。「おぬしは河北で官吏をしていたな。辛毗のことを知っておるか」

「はい。その者は辛仲治《ちゅうじ》［辛評］の弟です」

「ほう、そうか。ふふっ……」曹操は冷やかに笑った。「許都に腰を落ちつけたばかりのころ、令君《れいくん》は同郷である潁川の者をよく用いたが、わしも天子の詔によって辛毗を召し出そうとした。だが、袁紹に忠義を尽くしてやって来なかったのだ。それがまさか、向こうからやって来る日が来ようとはな」

郭嘉は自分の知っていることを伝えた。「辛評は袁譚に従っていますが、気性のさっぱりした男、郭図のように頑固なわからず屋ではありません。弟の辛毗も弁が立ち才もあります」

「わしが気になるのもその弁才だ。袁譚がまだ十分な力を有するうちに、辛毗の言葉に乗せられて袁尚を攻め滅ぼしたりすれば、みなの苦労が水の泡、先ほど元譲《げんじょう》［夏侯惇］が申したようになっては困るのだ。袁譚は平原で包囲されているが、青州にどれだけの兵が残っているかもわからん。おぬし、辛毗と知り合いなら探ってはくれんか」

郭嘉は機転を利かせて答えた。「わたしや荀衍《じゅんえん》、董昭はかつて河北におりましたが、わが君に従ってから年月も長く、最近の状況については詳しくありません。ましてや現在の鄴《ぎょう》城内がどうなっているかなど知る由もないのです。となれば、これからわが君が北を攻略するにあたって、内通する者が必要だとはお考えになりませんか」

「それは願ってもないことだが」敵方にこちらと内通する者がいれば、それぞれの部下を煽って争わせることも、内外で呼応して鄴城を奪うことも可能かもしれない。

郭嘉が恭《うやうや》しく一礼した。「わが君、探し回る必要などありません。それをお求めなら、辛毗こそが適任ではありませんか」

「奉孝、おぬしは辛毗に帰順を勧めるつもりか」曹操は信じられなかった。「辛毗は敵の重囲を突破してまで袁譚のために救援を求めに来た。死んでも袁氏を裏切るとは思えん」

「はっはっは……」郭嘉は声を上げて笑った。「たしかに辛氏兄弟の袁譚への忠誠心は固いでしょうが、辛氏兄弟は大きな困難を抱えております。それも、わが君が手を貸さなければ解決しないという……」

「ほう。で、その困難とは何だ」

郭嘉はにこりと笑うだけで答えなかった。「わが君がわたしを信じてくださるなら、数日の猶予をいただけませぬか。それから、しばらくは軍師殿が辛毗と会わぬようお取り計らいください。この三寸不爛《ふらん》の舌でもって、必ずや辛毗を帰順させてみせます。さすれば内情を伝えてくれるだけでなく、わが君のために進んで道を切り拓いてくれるでしょう」

曹操は冗談を言っているのかと思ったが、思い返してみれば官渡《かんと》の戦い以来、多くのことが郭嘉の言うとおりになっている。曹操はこのたびも信じることにした。「辛毗を帰順させられれば、それに越したことはない。だが、あまり長くは待てぬぞ」

「ほんの数日あれば十分です。荊州から使者が来る前に必ず辛毗を帰順させます。わが君の大事に支障をきたすことなどいたしません。大船に乗ったつもりで吉報をお待ちください」言い終えると郭嘉は深々と一礼し、呵々《かか》と笑いながら去っていった。

(1) 浩という姓はいまは珍しいが、周《しゅう》の武《ぶ》王が中国の西北地区に浩《こう》国を分封《ぶんぽう》したときにはじまる。于禁の護軍である浩周、字《あざな》は孔異《こうい》は上党《じょうとう》の出である。

（2）豨は猪を意味する。

辛毗《しんぴ》の投降

辛毗、字《あざな》は佐治《さじ》、潁川《えいせん》郡陽翟《ようてき》県［河南省中部］の士人《しじん》である。董卓《とうたく》が政《まつりごと》を乱してからは兄の辛評《しんぴょう》とともに河北《かほく》へ逃れ、当時冀州牧《きしゅうぼく》だった韓馥《かんふく》に仕えた。その後、袁紹《えんしょう》が冀州を受け継ぐとその幕下に入った。一方、曹操は皇帝の劉協《りゅうきょう》を奉迎して都を許県《きょ》に遷《うつ》すと、荀彧《じゅんいく》を尚書令《しょうしょれい》としたが、かつて幕僚として仕えた戯志才《ぎしさい》や、荀攸《じゅんゆう》、鍾繇《しょうよう》、郭嘉《かくか》らもみな潁川の出なので、辛毗も自分の幕下に引き入れたいと考えていた。だが、残念ながら辛毗は袁紹への忠誠心が厚く、司空《しくう》のお召しだろうがまったく取り合わなかった。しかし、月日は流れ、いまや辛毗のほうから曹操に助けを求めに来たのである。

ここ数日、辛毗は居ても立ってもいられない心境だった。曹操は救援を約束してくれたものの、数日経っても軍が動き出す気配はない。荀攸も自分を避けているようだ。ただ、郭嘉が一人でやってきて、今日は軍の調練の様子を見せたかと思えば、次の日には近くの山河を散歩させたりとあちこち引っ張り回す。そのくせ出兵の件はまったく口にせず、いやがうえにも焦りが募る――この際袁譚《えんたん》を助けるかどうかはどうでもよかった。曹操の出兵には辛氏一族数十人の命がかかっているのだ。

以前、事態が切迫して袁譚が鄴城《ぎょう》を逃げ出したとき、要領のいい郭図《かくと》は一族を秘密裡に陣中に迎えたが、辛評と辛毗は身一つで逃げだすのが精いっぱいで、一族の老若男女は残らず審配《しんぱい》に捕まって牢に入れられた。辛毗が平原《へいげん》城の重囲《じゅうい》をかいくぐって曹操に救いを求めに来たのも、表向きは袁譚のためであったが、実は曹操の力を借りて袁尚《えんしょう》に圧力をかけ、一族を解放させるか、あるいは鄴城を攻め落として一族を救い出すのが目的であった。難しい交渉になるのは明らかゆえ、わざわざ辛韜《しんとう》と荀攸にも口利きを頼んだのだ。曹操が出兵を一日遅らせれば、それだけ一族が牢で苦しむ。もし袁尚が平原城を落として袁譚を攻め滅ぼせば、辛氏一族は袁譚とともに罪に問われて残らず処刑されてしまう。これ以上時間を無駄にすることはできない。

　焦燥のうちに五日目となり、西の山に夕日が沈むと、また虚しく一日が過ぎた。辛毗はとうとう我慢ならず、ついに「曹公に会わせてくれ」と喚《わめ》きながら中軍の本営に向かった。むろん門衛の兵士は辛毗の前に武器を横たえて進入を阻んだ。辛毗は半刻［一時間］あまりも叫んだが、曹操が出て来る前に、郭嘉がへらへらと笑いながら近づいてきた。「こんな遅くにいったい誰が騒いでいるんですか……おや、佐治殿ではありませんか。ご自身の幕舎《ばくしゃ》でお休みにならず、こんなところでどうなさったのです。まさか係の兵がお世話を怠りましたか。いったいどこのどいつです。仰ってくだされば同郷のよしみで懲らしめてやりますよ」

　辛毗は郭嘉の顔を見るや、無性に腹が立ってきた。「この郭め、いい加減にしろ！　さっさと曹公のもとへ連れていけ。出兵について相談したい」

　郭嘉は大あくびしながら拒んだ。「佐治殿、何をそんなに焦っているのです。わが君は袁譚に援軍を送るとすでに約束されたではありませんか。ただ戦況が緊迫していて、しばし兵を動かせないだけです」

「どこの戦況が緊迫しているというのだ！」辛毗は眉をつり上げて問い詰めた。「この数日、曹公は守るばかりで戦おうとしておらぬ。それなら副将に一軍を預けるだけでよかろう。ここに大軍で居座る必要はない。どうも曹公はわたしの誠意を疑い、それでおぬしに一時しのぎをさせているような気がする。ぜひお目にかかってはっきりさせねばならん」

「そんな必要がありますかね」郭嘉は興味なさそうに答えた。「こたびのことはつまるところ曹公と袁家の問題、われらが痛痒を感じることはありません」

「そ、それは、しかし……」辛毗は胸の内で悲痛な叫びを上げた。だが、郭嘉に個人的な事情を話すこともできず、考えた末にようやく反論した。「曹公は朝廷の輔政《ほせい》の任にあるお方。仰ったことは季布《きふ》の一諾［絶対に信頼できる堅い承諾。季布は漢代の信義を重んじた人物］であるべきではないか」

「おやおや、よくそんなことを仰いますね。官渡の戦いに際して袁紹は陳琳《ちんりん》に檄文を書かせて天下に飛ばし、曹公の祖父から三代を辱めたうえ、曹公の周りにいるのは奸佞《かんねい》の臣、悖逆《はいぎゃく》の臣ばかりだと罵ったじゃありませんか。どうしていまになって曹公が輔政の任にあるなどと持ち上げるのです」郭嘉はくすりと笑った。

「うっ……無駄話はもういい！」辛毗には郭嘉と言い争いをする気はなかった。「とにかく曹公に会わせてくれ」

郭嘉は笑顔を引っ込めて真顔になった。「本当に会いたいのですか」

「会わねばならんのだ」

「いいでしょう……みな、道を空けて。辛先生をお通しするのだ」兵たちは郭嘉に命じられて後ろに下がった。辛毗はなんとか第一関門を突破したが、どう曹操を説得するかはさらなる難問である。

衣冠を整え、頭のなかで口にする言葉を考えながら前に進もうとしたところ、郭嘉が大きなため息とともにつぶやいた。「ああ、運命とはこういうものか……忠告を聞かず自ら死地に赴くとは……まったく救いがたい。そうだ、佐治殿とは同郷ですから、わたしはここであなたの戻りを待ちましょう。亡骸を葬らせていただきます」

辛毗は猛然と振り向いた。「郭奉孝《ほうこう》、いったいどういう意味だ」

郭嘉は懐手《ふところで》したまま冷やかすように答えた。「ここに一歩入ったときから佐治殿は死地に踏み込まれているのに、まだお気づきではなかったのですか」

「でたらめを申すな！」辛毗は袖を翻して本営に向かおうとしたが、数歩進んだところでまた思わず振り返った。見れば郭嘉は腕を組んで笑みを浮かべたまま突っ立っている。辛毗のあとについてくる気はなさそうだ。辛毗はこらえきれずに尋ねた。「わたしが死ぬというのは、いったいどういう意味だ」

郭嘉はうれしそうに辛毗に歩み寄って来た。「われら両軍は別の主《あるじ》のために戦っています。本来なら教えるべきではないのですが、これもまた同郷のよしみで特別にお教えしましょう」

辛毗はごくりと唾を飲み込み、怒りを抑えて頼んだ。「頼む、教えてくれ」

「佐治殿は、燭之武《しょくしぶ》［春秋時代の鄭《てい》の使者］が秦《しん》軍を退けたことをご存じでしょう。袁氏と曹公とはそもそも仇敵の間柄ですのに、いま袁譚は困り果てて救援を求めに来ました。これを助けようと助けまいと、曹公に何の利があるのです？　袁尚と袁譚は兄弟で、どちらも河北の主になりえます。かりに曹公が袁譚を助けて袁尚を破ったとしても、そのあと冀州を手にするのはやはり袁家でしょう。これではせっかくの苦労も水の泡ではありませんか」

辛毗が慌てて弁明した。「わが将軍は兵を借りたいのではなく、投降したいと……」

「詭弁《きべん》はおやめください」郭嘉は口を尖らせて辛毗の言葉を遮った。「そんな話を誰が信用します。いま投降すると言っていても、袁尚を破ればすぐに手のひらを返すつもりでしょう」

「曹公に信じてもらえぬなら、袁譚から人質を差し出そう」

「人質？」郭嘉が大笑いした。「あなたのところの車騎《しゃき》将軍とやらは、兄弟の情さえ捨てて弟と戦う虎狼《ころう》のような輩、人質が何の役に立つのです」

辛毗は二の句が継げずに黙りこんだが、気を取り直して言葉を継いだ。「で、ではさらに青州など黄河の南を、そ……曹公に差し出そう」

「辛佐治、その言葉こそお前の命取りだ！」郭嘉の眼《まなこ》がかっと見開いた。「青州の地は平原と楽安《らくあん》を除いて残らず叛徒の手に落ちた。それを臧覇と孫観が毎日のように攻め立てて奪い返している。青州は遅かれ早かれわれらが曹公のものとなる。それを袁譚が贈るなどとは片腹痛い。まして天下はすべて漢室の土地、曹公は天子のために逆臣を討ち、戦乱を鎮めて天下を平定すべく尽力しておられる。その言い方だと青州の地は袁氏のものだとでも思っているようだが、そんな輩を曹公が生かしておくものか」郭嘉の言葉に辛毗の顔が青ざめた。

辛毗が動揺したのを見て取ると、郭嘉は少し口調を和らげた。「曹公は聡明で非凡なお方、先ほどの佐治殿の言葉ではわたしさえ説得できないのです。まして曹公を動かすことは不可能でしょう。もし一時の激情に駆られてまた言葉を誤れば、曹公は怒って佐治殿を処刑するに違いありません。そうなれば、佐治殿の才も志も富貴も、すべてが潰《つい》えてしまいます。あなた一人のことならまだしも、お気の毒なのは辛家のご一族の方々です。佐治殿が命を落とせば、ご一族の命運も……」

「か、郭……」辛毗は腹の内を見透かされて驚くとともに、荀攸がここのところ自分を避けていた理由に思い至った。二人はとうに示し合わせていたのだ。辛毗は泣くに泣けず、深いため息をついた。

「とっくにお見通しというわけか」

「わたしのみならず曹公もご存じです」郭嘉の手が自然に辛毗の手に伸びて固く握り締めた。「お気の毒な状況ですが、憎むべきは袁尚、乱世では致し方ありません。曹公の仁愛の情をもってしても、同情するのみで助けられぬのです。ですが、佐治殿に一つ提案があります。ひょっとすると曹公を説得して軍を北へ返せるかもしれません。そうなればご一族を救うことも難しくないはず。ただ、袁譚の利益を考えてはなりません。曹公のために謀《はかりごと》をめぐらすのです」

辛毗は力なくうなずきかけたが、はっと思い直した――いかん！　袁譚の命《めい》を受けながら曹操のために謀をめぐらすとは、裏切りそのものではないか――辛毗は顔を上げて反論しようとした。だが、薄明りのもと春風のように優しげな笑顔を浮かべる郭嘉を見ると、何も言い出せなかった。

「佐治殿、あなたが来られてからずっと申し上げようと思っていました。その昔、光武《こうぶ》帝が漢室を中興したとき、配下の将軍だった馬援《ばえん》が申したそうです。『当今《とうこん》の世、独り君のみ臣を択《えら》ぶに非ず、臣も亦《ま》た君を択ぶなり［いまの世では、君主が臣下を選ぶように、臣下もまた仕えるべき君主を選ぶ］』と。いわゆる、良禽《りょうきん》は木を択んで棲《す》み、良臣は主を択んで仕えるというやつです。生前の袁紹は曹公に敗北を喫したとはいえ、なお四州を束ねる英傑でした。当時の佐治殿が曹公の辟召《へきしょう》を拒んだのも当然のことです。袁紹が亡くなったあとも息子たちが孝悌《こうてい》を重んじて力を養えば、大きな問題はなかったはず。ところが、袁尚と袁譚の兄弟は骨肉の争いを繰り広げ、父親の築いたものを塵あくたのように捨て去り、内輪もめの戦《いくさ》で何千何万もの将兵を死に追いやりました。河北の民は塗炭の苦しみをなめ、袁本初《ほんしょ》が生前あれほど重用した豪族たちにもそっぽを向かれています。これほど愚かな者のために力を尽くして何になるのです」

そんなことは辛毗も重々承知していた。しかし、長らく袁氏を支えてきたことによる情もあれば、主を売って栄達を手にするという恥も知っている。それに兄の辛評、字は仲治《ちゅうじ》は袁譚の忠実な部下で、死んでも曹操には寝返らないだろう。

郭嘉には辛毗の心の動きが手に取るようにわかった。「佐治殿、よくお考えください。あなたの一族を牢に閉じ込めているのは袁氏兄弟ではありませんか。袁氏はすでにあなたの主君ではなく敵といっていい。袁氏兄弟が仲違《たが》いしなければ、あなたの一族が牢に入れられることもなかったはず。曹公を助けて袁氏を打ち破り、鄴城を奪い返すことこそ、佐治殿のとるべき真っ当な道ではございませんか」

「古来、忠孝並び立たずという。われら兄弟、袁譚を支えるからには多くを望むことはできぬ」辛毗は相変わらず意思を曲げないが、その語気にはすでに力がなかった。

「佐治殿、本当に一族への執着がないのなら、なぜ荀攸殿に口利きを頼んだのです」郭嘉はまたも辛毗を焚きつけた。「無礼を承知で申し上げますが、いま曹公の麾下《きか》に身を投じなければ、佐治殿は天下の笑いものとなりましょう」

辛毗は自分の感情に正直な男である。郭嘉の言葉を耳にすると烈火のごとく怒りだした。「なぜわたしが笑いものになる？」

「ふふっ、辛氏兄弟は見る目がないばかりに凡庸な主に仕えたと笑われるのですよ。将来、曹公が河北を平定したら、わたしら潁川の出の者はこぞって高官となり良馬に跨がっているでしょう。かたやあなたがたは帰る場所を失い、縄目の辱めを受けるのです」

「ええい、腹の立つ！」辛毗は怒りで顔を真っ赤にし、軍門のあたりをぐるぐると歩き回った。やがて足を止めると、落ち着いた口調で郭嘉に向かって話しかけた。「かつて陳登《ちんとう》は呂布《りょふ》に仕えていながら曹公のために謀をめぐらした。いまではそれを悪く言う者はおらぬ。わが一族が難を避けられるのなら、わたしはこの名が地に堕ちることも甘んじて受け入れよう。ただ、ここへ来る前、兄には袁氏のことをくれぐれも頼むと念押しされてきたのだ。曹公に帰順したら、今後どんな顔をして兄に会えばいいのか……」

郭嘉が助言した。「堅苦しく考えることはありません。令君《れいくん》の兄の荀諶《じゅんしん》は鄴城で官についていますし、あの強情っぱりの郭図だって、言ってみればわたしと同族。辛毗と佐治殿も同族ですが、異なる主に仕えていても差し障りはなかったでしょう。そのうち曹公が河北を平定すれば、佐治殿の功績のおかげで兄上の仲治殿も引き立てられるはず。天下の情勢を踏まえて佐治殿が先に一歩踏み出すことで、兄上もあとに続いてこられるのです。袁氏兄弟は争って父親の偉業を台無しにしました。そればかりか、配下の士大夫《したいふ》や軍の士卒、おびただしい無辜《むこ》の民にまで害を与えています。あなた方ご兄弟の忠心と袁氏兄弟の大罪、いずれを重く見るべきか、何とぞよくお考えください」郭嘉の言葉は最後には懇願になった。

ほのかな灯火《ともしび》に照らされて、二人の影は魑魅魍魎《ちみもうりょう》のように長く伸びて揺れていた。じっと辛毗を見つめる郭嘉、眉根を寄せて考え込む辛毗、門衛は息を潜めて静かに立ち、小さな虫の鳴き声まではっきりと聞こえてくる。ようやく辛毗はゆっくり息を吐き出すと、小さく低く震える声で言った。「事ここに至れりか……わたしは……わ、わたしは……」辛毗はそれ以上続けられなかったが、帰順の意思は明らかだった。

郭嘉もそれ以上は辛毗を困らせず、深々とお辞儀をしたうえでいたわった。「大義をわきまえたご英断、今後必ずや朝廷からも重んぜられましょう」そして辛毗の腕を引いて歩きだした。

「どこへ行くのだ」驚く辛毗に郭嘉は笑った。「はっはっは……もちろん曹公のところです。ずいぶん前から佐治殿をお待ちかねです」

この言葉に辛毗はすべてを悟った——なんと、全員で示し合わせたうえか。だが、すでに承諾したものを後悔しても遅い。いまはもう、歯を食いしばって郭嘉についていくしかなかった。

中軍の本営のなかは灯《あか》りが煌々とともされ、すでに酒と肴が調えられていた。酒を飲みつつ書を読む曹操の前に、空席が用意されていた。遠慮がちな辛毗を連れて郭嘉がなかに入ってくるのを見ると、曹操は軽くうなずいた。すべて予定どおりだと言わんばかりである。

郭嘉が辛毗を前に押し出した。辛毗は拳に手を添えて包拳《ほうけん》の礼をとったが、「明公《めいこう》」と呼ぶか「わが君」と呼ぶか逡巡し、つかの間言葉を失った。曹操も無理に強いることはせず、手ずから辛毗の杯《さかずき》に酒を注《つ》いだ。「辛先生、千里を駆けて朝廷のためにご足労いただき、ありがとうございます。まずは一献《いっこん》」

辛毗は小さな杯を両手で受け取ったが、そこに千鈞《せんきん》の重みを感じた。これを飲めば、飲んでしまえば、自分の主は曹孟徳《もうとく》ということになる。だが、ここまで来た以上、辛毗は深く考えるのをやめて一気に飲み干した――主を売った酒に味はなかった――

「お座りください」曹操は目の前の空席を指さした。

杯を受けたからには、いまさら忠臣ぶっても仕方がない。辛毗は遠慮せずに腰を下ろした。

曹操は髭をしごきながら、にこやかに尋ねた。「先生に一つお尋ねしたい。袁譚の投降は本気か否か。もしよもやわしの手を借りて袁尚を攻めさせ、自分は座して漁夫の利を得る気ではないでしょうな。もしそうなら、わしとしてはしばらく兄弟で争わせ、この機に荊州《けい》を平定しようと思うておるのだが」

「本気かどうかはたいした問題ではありません」いったん曹操のために謀をめぐらすと決めたからには、郭嘉らに軽んじられてなるものかと、辛毗は憚ることなく本領を発揮し、大胆に言い放った。

「明公は本気かどうかを問われる前に、情勢を問題にされるべきです」

「ほう」曹操が眉間に皺《しわ》を寄せた。「どういうことかな」

辛毗は滔々《とうとう》と話しはじめた。「袁氏兄弟が争っているのは離間の計を仕掛けられたからではありません。二人ともが、父の跡さえ継げば天下を平定できると思い違いしているからです。肉親同士で争うなど、まったく天下の道理をわきまえておりません。兄の袁譚の愚かさは、いま明公に救援を求めていることからも推して知るべしです。弟の袁尚にしても、袁譚を包囲しながら勝利を得る前に息切れです。外においては兵を失い、内においては謀臣《ぼうしん》を誅し、兄と国を二分して長年戦い続けたために、兵の鎧兜には虱《しらみ》が湧くありさま。加えて干ばつと蝗害《こうがい》で飢饉が起き、城に備蓄の穀物はなく、軍の兵糧も尽き果てています。上は天災、下は人災、河北の民はどんな愚か者でも事態の収拾は不可能だとわかっています。天は袁尚を滅ぼそうとしているのです」

辛毗がこんな話をはじめるとは夢にも思っておらず、曹操は慌てて辛毗の杯に酒を注いだ。辛毗はそれを遠慮することなく飲み干した。「兵法には『石城《せきじょう》湯池《とうち》 帯甲《たいこう》百万有れども粟《ぞく》無きは、守る能《あた》わざるなり［堅固な城とそれをめぐる川、さらに百万の兵を擁していても、兵糧がなければ守ることはできない］』とあります。いま明公が鄴城を攻めたとしましょう。袁尚は救援のために兵を返さねば帰る場所を失います。ですが、兵を返せば、袁譚がすぐに後ろから追撃を仕掛けましょう。明公の威光をもって困憊した敵を攻めれば、疾風が秋の葉を振るい落とすがごとくたやすく打ち破れます。天が袁尚の首を与えているのに、明公はこれを取らずに荊州を取ろうと仰る。荊州はいまだ豊かで国内も乱れていません。仲虺《ちゅうき》(1)も『乱るる者は之を取り、亡びんとする者は之を侮る。亡《ぼう》を推し存《そん》を固くするは国の利なり［乱れた国は討ち取り、滅びようとする国は打ち倒すべきである。滅ぶべきは滅ぼし、存立できるものを助けて堅固にしてやるのが、国にとって利益となる］』と言っています。いま袁氏兄弟は目先のことしか考えず、内輪もめにうつつを抜かしています。つまり『乱』です。守る者に食糧がなく、攻める者にも兵糧がない。これすなわち『亡』です。袁氏が滅ぶのは時間の問題、民は明日をも知れぬ身だというのに、明公はいま鄴城を取らずして、いつ取るというのですか。もし袁尚が袁譚を滅ぼして来年が豊作であったなら、悔やんでも間に合いませんぞ。なぜ明公はこの好機を見過ごされるのです。このたび兵を向けても袁譚からの申し出によるもの。これ以上ないほど大義名分も立ちます。いわんや四方の賊のうち河北より大きな勢力はありません。河北を平らげれば全軍は精強を誇り、天下は震えおののくでしょう。そうなれば明公の大業は成ったも同然ではありませんか」

辛毗が天下の情勢をひと息にまくし立てると、曹操も幾度となく膝を打った——さすがは辛佐治、これほど豪胆かつ怜悧な男だったとは——曹操は辛毗の手をしっかりと握った。「今日は先生から多くのことを教わりました。先生が投降すると言われるのなら、それが嘘でも真でもわしは受け入れますぞ」

「では、いつ出兵なさいます」辛毗はすぐに続けて尋ねた。

「それは……」曹操はつかの間返事に詰まった——こちらは問題ないが、劉表《りゅうひょう》と劉備《りゅうび》がどう出てくるかわからない。

と、そのとき、王必《おうひつ》が忙《せわ》しなく幕舎に駆け込んできた。「報告します。劉表が荊州別駕《べつが》の劉先《りゅうせん》を遣わしてきて、和睦を請うております」

「和睦？　はっはっは……」曹操は途端に胸のつかえが取れ、辛毗の肩を叩きながら上機嫌で答えた。「一両日中には軍を返しましょう」

辛毗にはまだ解決すべき私事があった。気は引けるが、やはりいまここで頼まざるをえない。「一日も早く鄴城を落とし、わが一族を牢獄からお救いくださいませ」

「当然です」曹操は立ち上がると王必に命じた。「劉先に申すがよい。わしは南陽《なんよう》の地を争う気はないゆえ、大耳の賊を撤退させれば、こちらも速《すみ》やかに兵を退《ひ》くとな。それで休戦としよう」

王必はわけがわからず尋ねた。「では、なぜ荊州を攻めたかと聞かれたらどう答えましょう。こた

び の戦はこちらから仕掛けています」

「ふんっ。この乱世、わしが攻めたければどこでも攻める。いちいち理由など要るものか」つい口走ったことだが、朝廷に身を置く司空の発言としては穏当を欠く。曹操は自分の失言に気がつくと、慌てて言い直した。「もし劉先がそう尋ねてきたら、劉表が長らく朝廷に使者を送らず臣道に反しているからだと答えよ。天子はひどく気分を害されておるとな。ほかにも何か話があるなら、わしについて許都に参り、御前にて話すよう伝えるがよい。わかったか」

「承知しました」返事とは裏腹に王必は釈然としなかったが、部下は主の命令のままに動くのみ、そう自分に言い聞かせて幕舎を出ていった。

曹操は辛毗の手を取った。「いま聞いたとおりです。許都へ戻ったら天子に上奏し、袁譚の包囲を解くため、すぐ黎陽《れいよう》に出発しましょう。そのときには先生にも力を借りねばなりません」

曹操の言う「力」が軍の道案内と内応を意味していることは、辛毗にもよくわかっていた。「ご安心ください。わたしの持てる力のすべてを尽くしましょう」――ほかならぬわが一族のために……

「今日はもう遅い。わたしが佐治殿を幕舎までお送りしましょう」郭嘉はそう口にすると、辛毗の手を取って談笑しながら出ていった。

その背中を見ながら、曹操は覚えず嘆息した――劉表の撤兵も、辛毗の投降も、すべては奉孝が謀ったとおり……わが大業を成就させるのはあの男に違いない。

（1）仲虺、またの名を萊朱《らいしゅ》は殷《いん》代の名臣。湯《とう》王を輔佐し、伊尹《いいん》とともに左右の相となる。『春秋左氏伝《しゅんじゅうさしでん》』に、

「乱るる者は之を取り、亡びんとする者は之を侮る」の語がある。

第八章　天子の反攻

許都《きょと》での慌ただしい一日

建安《けんあん》八年九月己巳《きし》（西暦二〇三年十一月九日）、この日は許都で十五年ぶりとなる立冬の儀式が行われる特別な一日であった。尚書令《しょうしょれい》の荀彧《じゅんいく》はかなり前から準備に勤《いそ》しみ、曹操も儀式に参加するため、軍より一足早く許都に戻ってきた。

当日の未明、儀礼に則って黒い礼服に身を包んだ朝廷の文武百官たちが、本年最初の北風を迎えるため、許都の北の郊外へと出かけた。その後はおのおのの屋敷に戻って深紅の礼服に着替え、朝賀のため宮中に参内する。この深紅の礼服は冬至までずっと着ることになる。さらに、皇宮《こうぐう》で八佾《はちいつ》［八人八列の群舞］が舞われ、総章《そうしょう》［楽官］による音楽が奏でられ、ようやくすべての儀式が終わる。この間、朝廷内の各官署は公務を停止し、朝議も行われない習わしである。

曹操は前の晩に許都に戻ったが、司空《しくう》府で仮眠を取る暇《いとま》もなかった。慌ただしく礼服に着替えて車に乗ると、百官とともに北の郊外へ出かけて儀式を行った。これほど大事な式典に曹操が欠席するわけにはいかない。また、曹操の参加しない儀式には意味がないことも周知の事実である。このたび曹操が立冬の大礼を復活させたのも、大漢はなお健在で、きちんと礼法が残っていることを天下に知らしめるためであった。

北風を迎える儀式が終わっても空はまだ薄暗い。曹操は荀彧を呼んで自分の馬車に乗せた。「どちらへ参られるのですか」荀彧はあくびを嚙み殺しながら尋ねた。見たところ、昨夜はあまり寝る時間がなかったらしい。

「すぐに皇宮へ参る」曹操も寝不足のはずだが、荀彧とは対照的に意気軒高である。「わしは明朝、軍を率いて北へ向かう。あらゆる仕事を今日じゅうに片づけねばならん」

「儀礼では深紅の礼服に着替えなければなりません。一度司空府に戻られてはいかがでしょう」

「その必要はない。礼服なら王必《おうひつ》に命じて先に尚書台《しょうしょだい》へ持って行かせてある。令君《れいくん》の礼服もな。荊《けい》州別駕《べつが》の劉先《りゅうせん》が朝見を待っておるのだ」

「そうでしたか」荀彧はいささか不愉快に感じた。儀礼に基づけば、北風を迎える儀式のすぐあとで天子に謁見することはできない。せっかく復活させながら、曹操は自らの手で儀式の決まりを破ることになる。

しかし、曹操の頭のなかは戦《いくさ》のことで占められ、ほかにはまったく考えが及ばないようである。

「鍾繇《しょうよう》の報告を道中で読んだが、河内太守《かだいたいしゅ》の王邑《おうゆう》が入朝を拒んでいるそうだ。配下の范先や衛固が、王邑は民に慕われているからと言って留任を求めている。おそらく高幹《こうかん》が陰で糸を引いているのだろう。あやつは袁氏兄弟と一つ穴の貉《むじな》、わしが河《か》北《ほく》に出兵すれば、必ずやまた関中《かんちゅう》［函谷関《かんこくかん》以西の渭水《いすい》盆地一帯］で前回以上の騒ぎを起こすに違いない。崤山《こうざん》一帯［河南省西部］の黄巾《こうきん》の残党も高幹と行き来があるらしいし、こちらも捨て置けん」崤山に巣くう黄巾の残党とは、張晟《ちょうせい》を頭《かしら》に戴く一派のことである。張晟はいつも白馬に騎乗しているため「張白騎《ちょうはくき》」と呼ばれており、その手下は一万を超える。関中にはびこる勢力はさまざまだが、この張白騎の一派は黄巾討伐の際に掃討されなかったばかりか、最近ではかえって勢力を伸ばして関中勢力の一角を占めている。また、弘農《こうのう》の豪族たちも互いに結託して密かに劉表《りゅうひょう》と通じている。こうした勢力が高幹に取り込まれたら、南北の敵が一気に気脈を通じることになる。

平素と異なるのは、荀彧がまったく気にも留めていないことだ。「情勢が様変わりしていますから、こたびは高幹も波風を立てられないと存じます」

「ほう」荀彧がこれほど楽観的なのも珍しい。

「天下が乱れてすでに久しく、関中の民は誰しもが穏やかな暮らしを望んでいます。民心が離れているのは明らかで、乱を好む者が出てもどうにもなりません。王邑に野心はありません。いまの権力を手放したくないあまり入朝を拒んでいるのです。范先や衛固はその尻馬に乗って騒いでいるに過ぎません。張白騎に至っては、もはや『蒼天《そうてん》已《すで》に死す。黄天《こうてん》当《まさ》に立つべし［蒼天は死んだも同然、黄天たる太平道が立つべきだ］』を唱える太平道《たいへいどう》の徒ですらありません。ただ私利私欲をむさぼる輩です。朝廷の威光と明公《めいこう》の武力をもってすれば、相手にするのも馬鹿馬鹿しいほどの小物です。先だって郭《かく》援《えん》が河東《かとう》を攻めた際、絳邑《こうゆう》県［山西省南西部］の県長の賈逵《かき》は頑として投降を拒みました。それゆえ郭援は賈逵を涸《か》れ井戸のなかに放り込みましたが、賈逵はわずか一晩で助け出されました。どうしてだと思われますか」

「なぜだ」曹操は先を促した。

「民が平和を願ったからです。人々は朝廷の権威が高まっているのを知っており、これ以上の戦を望んではいません。先日、弘農郡から功曹《こうそう》の孫資《そんし》が入朝し、計簿《けいぼ》(1)を差し出してきました。北方での戦乱がはじまってから十五年、ついに地方の計吏《けいり》がやって来たのです。われわれの努力は無駄ではありませんでした。明公が河北の地を平定されれば荊州の劉表など取るに足りません。天下の太平ももうまもなくです」荀彧にしては珍しく興奮している。

曹操も膝を打って同意した。「令君が太鼓判を押してくれたからには、わしも必ずや勝利を収めて大業を成し遂げよう。直ちに賈逵と孫資を昇進させ、朝廷で二人を表彰してくれ」曹操は熱に浮かされたようにそこまで口にしてから、ふと冷静になった。「とはいえ、高幹には備えねばならん。関西《かんせい》[函谷関以西の地]は天険の地で軍馬の質もよく、正面から討伐しにかかれば大戦《おおいくさ》となろう。張晟は崤山、黽池《べんち》[河南省西部]一帯を荒らし、南は劉表、北は高幹と通じている。衛固らも騒ぎに乗じて反乱すれば、小物とはいえ面倒だ。河東は山を背にして黄河が流れ、一帯は騒乱が頻発する。やはり要衝の地であり、守りを固めておかねばならん。令君、わしに誰か蕭何《しょうか》[前漢の政治家]や寇恂《こうじゅん》[後漢初期の政治家]に匹敵する人物を推薦してはくれんか」

荀彧はにこりと微笑んだ。「そうした人物ならとっくに明公にお引き合わせしております」

「誰だ?」

「杜畿《とき》です」

「杜伯侯《はくこう》か……」それを聞いた曹操の心境は複雑なものがあった。杜畿は司空府で任についてから、ほかのどの掾属《えんぞく》[補佐官]よりも重用してきたからである。都での輿論《よろん》の動向を注視する曹操は、趙《ちょう》達《たつ》や盧洪《ろこう》を校事《こうじ》に任じていたが、人品が卑しく朝廷の百官に唾棄されたため、別に司直《しちょく》の職を設けて司空府直属の者に朝廷の百官を監視させた。まずは杜畿をこの司直に任命したが、その後すぐに護羌《ごきょう》校尉《こうい》に転任させて堂々たる朝廷の大官とした。さらに、曹操が西平《せいへい》［河南省南部］に駐屯したときには、県を郡に昇格させたうえで杜畿に西平太守を兼任させた――数か月で三度の昇進は司空府はじまって以来の快挙であり、一介の掾属からこれほど早く出世した者はいない。

「はい、その伯侯です」荀彧は何度もうなずいた。「伯侯は大難に立ち向かう勇気、そして緊急の際にも対処できる知恵を持っています。また、京兆尹《けいちょういん》の士人《しじん》でもありますから、土地の実情に通じて人脈もあります。河東を任せるのに伯侯をおいてほかおりません」

「よかろう。では杜畿を河東太守とし、王邑は速《すみ》やかに入朝させよ」そう命じたあと、曹操は何の気なしに尋ねた。「わしが司直の職を置いたことに、令君は何の不満もないのか」

校事や司直の存在が百官の口をつぐませている。むろん荀彧に不満はあったが、かといって面と向かって告げるのは憚られる。荀彧は遠回しに苦言を呈した。「その昔、武《ぶ》帝は傑出した智力と遠大な計略をお持ちでした。しかし、物事の是非もわきまえぬ小人《しょうじん》の江充《こうじゅう》を重用したばかりに皇太子を冤罪で死に追い込み、自らも苦しむことになったのです。明公もどうかこのことを戒めとなされますように」

反駁こそしなかったものの、曹操も意見を述べた。「おぬしが武帝の子殺しを持ち出すならわしも言わせてもらうが、当時の丞相司直《じょうしょうしちょく》の田仁《でんじん》は城門を開けて皇太子の戻太子《れいたいし》を逃がした。司直には立派な者も悪いやつもいる。もし校事が小人の江充で司直が君子の田仁だったとしても、わしは両方用いるし、両方うまく使ってみせるぞ」

そんなことを話しているうちに、馬車は皇宮の表門に到着した。馬車はここで降りねばならない。曹操と荀彧は表の門を入ると、二の門を抜けて御苑へと進んだ。立冬のため朝議は休みである。朝臣も郎官《ろうかん》［宮中を守衛する役職］も自分の屋敷に戻っており、あたりはしんと静まり返っていた。わずかばかりの羽林と虎賁《こほん》軍の衛士たちが宮門を守るなか、二人は尚書台に行って深紅の礼服に着替えると、玉堂殿《ぎょくどうでん》の下へとやって来た。許都の皇宮も徐々に修復と拡張の普請《ふしん》が進み、今年もまたいくつか宮殿が増えた。玉堂殿の前に置かれた青銅の漏刻《ろうこく》も新しく鋳造されたものである。昇ったばかりの朝日に照らされ、きらきらと光り輝いていた。

長らくのあいだ、曹操と心置きなく話す機会がなかった。荀彧は久しぶりにその機会を得たためか、寝不足による疲労も忘れ、むしろ心地よさを覚えた。荀彧はゆっくりと歩を進めながら、新しく造られた漏刻と日晷儀《にっきぎ》(2)を見て口にした。「洛陽《らくよう》の南宮《なんぐう》にも一対の渾天儀《こんてんぎ》と地動儀《ちどうぎ》がありましたね」

「そうだったな。順《じゅん》帝が太史令《たいしれい》の張衡《ちょうこう》に監督させて造らせたらしいが、完成までに四年近くを要したとか。惜しむらくは、董卓《とうたく》が洛陽に火を放って焼失してしまった」曹操の声にはいくぶんあざけりが含まれていた。

「博士《はくし》［五経の教授などを司る］と工匠を集め、もう一度渾天儀と地動儀を造らせようと思うのですが」

「また造るだと？」曹操はあざ笑った。「そんな物を造っていったい何の役に立つ。張衡が地動儀を造ったあとも、地震の際は民を救うことができず、ただ朝廷の手間を増やしただけではないか。しかも、地動儀が出来てからは三公《さんこう》を罷免する口実にもなった。龐参《ほうさん》や王龔《おうきょう》といった輔弼《ほひつ》の良臣は、そのせいで罷免されたのだぞ。その挙げ句、順帝が罪己詔《ざいきのしょう》［君主が自らの過ちを反省する詔《みことのり》］を下すことになった。張衡の上奏文には、『妖星《ようせい》上に見《あらわ》れ、震裂《しんれつ》下に著《あらわ》る。天誡《てんかい》の祥《しるし》、寒心《かんしん》と為《な》す可《べ》し。今既に見《あらわ》れたり、政《まつりごと》を修め恐懼《きょうく》せば、則ち禍《わざわい》を転じて福と為す［妖星が天上に出現し、地上では地震で大地が裂け、天による警告が現れたことで、人々は肝を冷やしています。いま、災異がすでに現れましたが、政を改め恐れ慎めば、禍を転じて福となすことができましょう］』とはっきり書かれていた。奸臣を除いて天子に尽くすつもりだったのだろうが、結局は良臣を失脚させ、方々で恨みを買った。溢《あふ》ればかりの忠誠心がかえって事を誤らせたわけだが、最後は讒言《ざんげん》によって河間《かかん》の国相《こくしょう》に左遷された。張衡を悪く言う者は小人だけでなく君子にもいたが、みな災異を理由に張衡に弾劾されるのを恐れたという。董仲舒《とうちゅうじょ》は、『前世已《ぜんせいすで》に行われし事を視《み》て、天人相与《そうよ》の際を観る［過去に起きたことを考察して、天人感応《てんじんかんのう》（人事と自然現象は相関関係にあるという思想）を研究した］』と語っているが、この天人感応という考え方は実に恐ろしい」

「わが君は信じておられないのですか」

曹操はかぶりを振った。「わしはこれまで天意や天命を信じたことはない」

荀彧は炯々《けいけい》と光る双眸《そうぼう》を曹操に向けたが、返す言葉がわからなかった——天命を信じない者は讖緯《しんい》［未来の吉凶を予言する術］や迷信にも惑わされない。それはつまり何も恐れずに事をなすということ。だが、いまは信じずとも将来はそれを……荀彧はそれ以上考えるのをやめて話をそらした。「張平子《へいし》の上奏文をそれほど正確に覚えておられるとは、さすがでございます」

曹操はじろりと荀彧を睨んだ。「わしをなんだと思っておる。武勇一点張りの野蛮な男と一緒にするでない。かつて議郎《ぎろう》に任じられたときは、洛陽の東観《とうかん》［史料庫］で書物を読み漁ったものだ。そのころ、冠を頭に載せた犬が東観に入り込んできた。わしはそれにかこつけて、陳耽《ちんたん》と連名で上奏し、宦官一派の太尉《たいい》の許馘《きょよく》を引きずり下ろしてやったこともある。とかく世の中は思いどおりにはいかぬもの、とはいえ、まさかいまのようなことになろうとはな……」曹操はそう言って自分の手に目を落とした。筆を握ってふっくらと艶やかだった手は、戦に明け暮れる日々ですっかり荒れてひび割れている。深く刻まれた皺《しわ》の一本一本に、いったいどれほど多くの者の血が染み込んでいることか……

荀彧も感慨深そうに答えた。「かつてわたくしは守宮令《しゅきゅうれい》で、天子がお使いになる筆や墨の管理をしているだけでした。それがいまでは尚書令となり、毎日尚書や令史《れいし》［属官］に指示して上奏文を練っています」

「令君は名が知れ渡る前から、何顒《かぎょう》に『王佐《おうさ》の才』と褒められたそうではないか。いまの地位にいるのも当然であろう」

「王佐の才ですか……」これには荀彧が苦笑いした――わたしが輔弼する王とは果たして……

曹操はふと何かを思い出したらしく尋ねた。「そう言えば、荊州へ行く前に十数人分の爵位を願う上奏文を渡しておいたが、令君はまだ爵位を受け取っていないそうではないか」このたび爵位を下賜するよう願い出たのはいずれも曹操が挙兵してからの功臣で、すでに朝廷の官職や将軍職についている者もいれば、司空府の掾属もいた。たとえば夏侯惇《かこうとん》には高安郷侯《こうあんきょう》を、荀攸《じゅんゆう》には陵樹亭侯《りょうじゅてい》を、鍾繇には東武亭侯《とうぶてい》を賜るよう求めた。その上奏文の筆頭には荀彧の名があり、万歳亭侯《ばんざいいてい》を賜るよう記されていた。
荀彧は黙って玉堂殿を眺め、袖のなかから竹簡を取り出した。「仰っているのはこのことでしょう」
「天子にそのまま渡さなかったのか」曹操は受け取って中味を検《あらた》めた。やはり自身が書いたものである。

臣聞くならく、慮は功の首《しゅ》為《た》り、謀は賞《しょう》の本《もと》為りと。野の績は廟堂《びょうどう》を越えず、戦多きも国勲《こっくん》を逾《こ》えず。是《こ》の故に曲阜《きょくふ》の錫《せき》は営丘《えいきゅう》に後《おく》れず、蕭何の土は平陽《へいよう》に先んず。策を珍《ちん》とし計を重んずること、古今の尚《たっと》ぶ所なり。侍中《じちゅう》守尚書令《しゅしょうしょれい》彧、徳を積み行を累《かさ》ね、少長《しょうちょう》悔い無く、世の紛擾《ふんじょう》に遭うも、忠を懐《おも》い治むるを念《おも》う。臣 始めて義兵を挙げてより、周遊征伐し、彧と力を戮《あわ》せ心を同じくす。王略《おうりゃく》を左右し、言を発し策を授け、施すに効かざる無し。彧の功業、臣 由《よ》りて以て済《な》し、用《もっ》て浮雲を披《ひら》き、顕光日月《けんこうじつげつ》のごとし。陛下 許に幸《みゆき》し、彧は左右の機近《ききん》たりて、忠恪《ちゅうかく》祗順《しじゅん》、薄氷を履《ふ》むが如く、研精極鋭《けんせいきょくえい》、以て庶事《しょじ》を撫《やす》んず。天下の定まるは彧の功なり。宜しく高爵《こうしゃく》を享《う》けしめ、以て元勲《げんくん》を彰《あらわ》すべし。

「計慮《けいりょ》こそ第一等の功績であり、策謀こそ恩賞の中心だと申します。戦場での功績は朝廷でのそれを越えず、多くの戦で兵刃を交えたこともお国のために立てた勲功を越えることはありません。それゆえ周《しゅう》の武《ぶ》王は周公旦《しゅうこうたん》への曲阜の恩賞を、太公望《たいこうぼう》こと呂尚《りょしょう》への営丘の恩賞より遅らせはせず、蕭何の封邑《ほうゆう》も曹《そう》参《さん》（前漢の政治家）への平陽下賜に先んじられました。策謀や計慮を重んじることは古今で変わりありません。侍中で尚書令を兼務する荀彧は、徳行を積み重ね、幼いころから長じるまで過失がなく、世の混乱に際しても忠誠心を忘れず世の安定を強く願ってきました。わたくしははじめて義兵を挙げてから、あちこち討伐に出向いてきましたが、その際、荀彧とは力を合わせ、心を一つにしてきました。荀彧はお国の政を輔弼し、その意見や策略は常に成果を挙げてまいりました。わたくしは荀彧の功績によって成果を挙げ、日を覆い隠す雲のような悪人を退け、輝かしく徳を顕《あらわ》すことができたのです。陛下が許に行幸されてから、荀彧は側近として要職につき、忠勤に励んで命《めい》に従うさまは薄氷を履むがごとき慎重さで、心を尽くし神経を研ぎ澄ませて、万事を処理してまいりました。天下が定まったのは荀彧の功績です。高い爵位を与え、その輝かしき功績を顕彰なさるべきかと存じます」

「明公のご命令で、天子がご覧になる文書はわたくしの手を通りますので……」荀彧は申し訳なさそうに言った。

「遠慮しすぎだ」曹操は上奏文を荀彧に返した。「わしが書いた一言一句に誇張はない。たかが亭侯ごとき受け取っておけばよかろう。やはりこれは天子に渡すといい」

荀彧は力なくかぶりを振った。「わたくしは天子に命を受けてではなく、明公の信頼を得て朝政を司っているに過ぎず、まして功績と呼べるほどのことは……」

「何を申すか」曹操は袖を払った。「尚書令の職は天子の勅によるものではないと……それともあの孔融《こうゆう》がまた何か難癖をつけてきたか」

荀彧は肯定も否定もしなかった。「孔融が何も申さなかったとしても、やはりお受けするわけにはいきません。明公が願い出てくださった新鄭《しんてい》県万歳亭［河南省中部］は、臣下が軽々しくお受けできるものではありません。いったいわたくしに何の徳や才があって、僭越にも皇帝陛下を称する『万歳』の二文字をいただけましょうか」

「それはただの地名だ。深刻に考えずともよかろう。令君の功をもってすれば、それくらいの封邑を賜ることは理の当然。いま朝廷で輔政《ほせい》の任にあるのはわれら二人ではないか。わしが外で戦い、令君が内で政を司る。その功に報いるのは当たり前のこと。もしそれでも恐縮するというなら、わしに倣《なら》って三たび辞退してから受ければよかろう」曹操がこらえきれず笑いだした。

曹操がなぜ笑えるのか、荀彧には理解できなかった。ここ何年か、二人のあいだには目に見えない壁が存在していた。兗《えん》州にいたころのような親近感はもはや望んでも取り戻せない。荀彧は上奏文を受け取ると、しばしの沈黙のあと切り出した。「ほかにも折り入ってお話ししたいことがございます。喪が明けて戻ってきた陳羣《ちんぐん》が、郭嘉《かくか》の収賄や素行の悪さを指弾しており、その身内も外で悪さをしているようです。また、明公の故郷の県令に任じられた袁渙《えんかん》が、丁斐《ていひ》による特権の濫用について上奏してまいりました。屯田の役牛《えきぎゅう》の貸し出しで私腹を肥やしているようです。許子遠《きょしえん》や劉子台《りゅうしだい》についても同様です。さらには……」さすがに荀彧も曹洪《そうこう》までが貪欲に蓄財に励んでいると続けるのは気が引けた。それに曹洪の件はもう何度も曹操に伝えている。

曹操はいくぶん決まり悪さを覚えて頭をかきつつも、強いて弁明した。「揃《そろ》って功績のある者たちだ。命の危険を顧みず、苦難を厭《いと》わずついてきてくれている。あまり強いことは言えぬな……そうそう、陳羣が戻ったそうだが、同郷の鄧展《とうてん》を連れてきたか。あの者は武芸に秀でているので……」

曹操が話題を変えても荀彧は動じない。「わたくしの爵位の件は承知しましたが、郭嘉や丁斐らはどう処断なさるおつもりですか」

曹操は荀彧の肩を軽く叩いた。「陳羣や袁渙の顔をつぶさぬよう令君から注意しておいてくれ。わしの面子《めんつ》にも関わるからな。連中には、わしからもきちんと言い聞かせておく。不法に集めた財貨は返すよう命じるゆえ、なるべく穏便に済まそうではないか」

なんといい加減なことを――丁斐や曹洪といった輩は、口はあるが尻の穴がない貔貅《ひきゅう》［伝説上の猛獣］のようなもの、横領した金を差し出すことはあるまい。郭嘉の素行の悪さに至ってはどう落とし前をつけるというのか――だが、曹操がこの態度では、荀彧にはどうすることもできない。「では、当座は明公の仰るとおりにいたします。ですが、法を執行する者が法を犯すことは許されません。そんなことがまかり通れば朝廷の威信に傷がつき、民心が離れてしまいます。明公におかれましては、その点をご熟慮願いたく……」

「わかった、わかった。覚えておこう」曹操はうなずいて同意した。

「それから盛憲《せいけん》の登用の件ですが、孔融が何度も訴えてきております。こちらもご再考いただければと」

「ふんっ、孔融か。まったく憎らしいやつだ。いつも面倒を持ち込んでくる」

「孔融を責めてはなりません。朝廷のために良かれと思っているのです。盛憲は呉《ご》郡太守に任じられており、孫氏とは険悪な関係にございます。朝廷に招聘しなければ孫氏の手で亡き者にされてしまうかもしれません。明公が見殺しにしたとなれば、お名前にも傷がつきましょう。ほかにも孔融の故《こ》吏《り》［昔の属官］の孫邵《そんしょう》ですが、これがなかなかの才子でして……」

「よいよい」曹操が手を挙げて制した。「では、孔融の意に沿うようにしてくれ。それでしばらくはおとなしくしてくれるだろう」

「それから仲長統《ちゅうちょうとう》の件ですが……」

「ならん、そやつは絶対にならんぞ！」曹操は言下に退けた。「『昌言《しょうげん》』が傑作であることは否定せん。だが、あの方法によって世を治めるとなれば絶対にうまくいかぬ。乱世には乱世のやり方がある。太平の世と同じではないのだ。いまのところは戦が最優先だ。もし河北を平らげて荊州を滅ぼすことができなければ、何をほざいても机上の空論に過ぎぬ」もちろんこのことも曹操が仲長統を登用しない理由の一つである。だが最大の理由は、仲長統の「甲兵《こうへい》を擁して我と才智を角《くら》べ、勇力を程《しめ》して我と雌雄を競い、去就を知らず、天下を疑誤《ぎご》せしむること、蓋《けだ》し数《かぞ》う可《べ》からざるなり［兵を擁して才智を比べ、武勇をたくましくして雌雄を競い、身の処し方を知らず、天下を惑わし誤らせる者が数えきれないのである］」という一文にある。それが何より曹操の機嫌を悪くしていた。

荀彧は曹操に拒まれると予想して反論を用意してあった。「明公は仲長統を世間知らずの青二才とお考えのようですが、そんなことはありません。仲長統は各地を遊歴し、かつて并州《へいしゅう》で賓客として扱われていました。高幹は仲長統をことのほか高く買っていましたが、仲長統のほうから高幹が大事をなす人物ではないと見切りをつけ、都に戻ってきたのです。仲長統を軍で用いれば、并州で何かあったときに内情を聞くこともできましょう」

「何？」戦の役に立つと聞くや、曹操の態度は一変した。「では……仲長統を召し出して掾属にしよう」

「なりませぬ。『風の積むや厚からざれば、則ち其の大翼を負うや力無し［風の力が弱いと大きな翼の鳥は飛べない］』と申します。掾属ごとき身分では仲長統の才は発揮できません」

「では、どうしろと？」

「せめて参軍《さんぐん》［幕僚］にしていただきたいのです」荀彧は強く求めた。

「弁州で相談役に過ぎなかった男をいきなり参軍にはできんだろう」

荀彧は懇願した。「明公が冀州《き》を鎮めたいとお考えなら、この者は必ず役に立ちます……」

「役に立つか。よし、令君の言うとおりにしよう。仲長統を司空府の参軍とする。すぐに軍営に来て、明日わしについて北へ出発するようにと伝えよ」曹操はにわかに元気になった。「それから鮮于《せんう》輔《ほ》、田豫《でんよ》、董昭《とうしょう》ら、河北といくらかでもつながりのある者は残らず連れて出征する。一挙に四州の地を平定してやるのだ」

「ご武運をお祈りしております」曹操が仲長統の登用を許可したため、荀彧の顔もほころんだ。

曹操はふと漏刻に目を遣った。「もう辰《たつ》の刻［午前八時ごろ］か。天子も身支度がお済みであろう。これ以上はのんびりしておれんな」曹操は急ぎ足で玉堂殿の前にある黄鐘《こうしょう》［銅の釣鐘］のところへ行き、鐘を鳴らすよう命じた。

皇宮で働く者は、上は衛兵から下は雑役夫まで、一人残らず沛国《はい》譙県《しょう》［安徽《あんき》省北西部］の者で占められ、曹操のことを知らない者はいない。指示されたとおりに大急ぎで大鐘を撞《つ》いた。鐘の音は朝議への参加を促す合図である。ひとたび鳴れば冬至も夏至も関係ない。すべての朝臣は速やかに皇宮へ駆けつける決まりである。曹操は許都には一日しか滞在できないため、なんとしても今日じゅうに荆州の劉先の朝見を済ませる必要があった。

鐘の音が遠くまでのどかに響くなか、荀彧は殿中で捧げ持つ笏《しゃく》を取りに尚書台へと戻った。曹操はその痩せた背中を見つめながら覚えずため息をついた。曹操も荀彧との距離を感じている。まるで二人のあいだには深い溝が存在するかのようである。だが、曹操はあまり深刻には考えなかった。自分は軍事を、荀彧は内政を受け持っている。両者のあいだで少なからぬ軋轢が生じるのはやむをえない。曹操はその隔たりが自分の専横に由来するとは考えてもいなかった。

いかにして目の前の戦いに勝利するか、曹操の脳裡はほとんどそのことで占められていた。

（1）漢代では、毎年地方から朝廷に政治や経済、司法の報告がなされた。こうした制度を「上計《じょうけい》」制度といい、その報告書を「計簿」、計簿を運ぶ者を「計吏」と呼んだ。

（2）漏刻、日晷儀は古代の時計。漏刻は水滴を落とすことによって時刻を計る水時計。一日を百刻に分け、一刻を約十五分とした。日晷儀は太陽の影によって時刻を計る日時計のこと。

劉協《りゅうきょう》の涙

朝廷の文武百官は己の目で見ているにもかかわらず、目の前の光景が信じられなかった。日ごろ権力を一手に握りのさばっている猛虎のような曹操が、今日はおとなしい羊のようである。皇帝への謁見と和睦交渉のため、劉表《りゅうひょう》の命《めい》を受けた別駕《べつが》の劉先《りゅうせん》が、荊《けい》州から許都《きょと》へとやって来ていた。

驚いたことに、劉先は劉表からの上奏文を天子に差し出すと、曹操の罪を声高に訴えた。天子の命を偽って諸侯を討っていること、理由なく荊州に侵攻したこと、このたびの南陽《なんよう》の戦いの責任が曹操にあること、そして、南陽郡は荊州に属し、劉表の管轄下に入るのは当然であること……別駕とは州刺史《しし》の補佐官であり、特別な事由がなければ昇殿さえ許されない。それなのに劉先は天子に目通りしたうえ、堂々と殿中で輔政《ほせい》の任にある曹操を非難したのだ。百官は驚き呆気にとられた——ああ、この男はすぐにも曹操の手で処刑されるだろう——ところが、曹操は笏《しゃく》を捧げ持ったままひと言も発さず、劉先が何を追及しようがじっと耐え、南陽を放棄する要求さえ黙って受け入れたのだ。

曹操に詰め寄る劉先の態度は、曹操一派はもちろん、関わりのない重臣たちにとっても黙って見過ごせるものではなかった。厳粛な場である玉堂殿《ぎょくどうでん》に、百官たちのささやき声があちこちから漏れ聞こえた。内心で快哉を叫ぶ者、朝廷が侮辱されたと立腹する者、曹操のために憤慨する者もいた。光禄勲《こうろくくん》の郗慮《ちりょ》は兗《えん》州山陽《さんよう》の士人《しじん》である。普段から曹操一派と親しく、眼前の光景に一歩進み出て口を挟んだ。「先ほどの劉別駕の話は間違っておる。南陽は荊州にあるとはいえ天子の土地だ。劉荊州殿［劉表］は朝廷の土地を占拠することが正道に反するとは考えないのか」

劉先は荊州では名の知れた人物で、その見識も並大抵のものではない。このたびの南陽の戦いについても一部始終をしっかりと把握していた。察するに、急いで兵を北へ移動させたがっているいまなら、少々無理難題を吹っかけても妥協してくるに違いない。そう考えた劉先は、せっかくの機会だとばかりに、殿中で言いたい放題を言ってのけたのである。だが、その途中で郗慮の反撃に遭うとは思わなかった。「普天《ふてん》の下、王土《おうど》に非ざるは莫《な》し［この天下に王のものでない土地はない］」、たしかにこれは争いようのない正論である。曹操が朝政をほしいままにしているとはいえ、天子という看板を掲げられてはどんな理屈を並べても敵わない。だが、機転の利く劉先はしばし考えて抗弁した。「かつて劉使君《しくん》［劉表］は単身で荊州に赴任し、土豪を押さえ、袁術《えんじゅつ》を追い払う功績を立てました。長安《ちょうあん》に都が置かれていたころ、その功績によって朝廷から鎮南《ちんなん》将軍と荊州牧《しゅうぼく》に任じられたのです。さらには成武《せいぶ》侯に封じられ、仮節《かせつ》［皇帝より授けられた使者や将軍の印《しるし》］の権限を与えられました。仮節を与えられた以上、一州を統《す》べるのは当然。わたしの記憶が間違っていなければ曹公も仮節の権限をお持ちのはず。ただ、統べているのは一州だけではないようですが……」

無表情の曹操だったが、内心では先ほどから怒りの炎が燃え盛っていた。情勢に鑑みてそれを押さえ込んでいるだけである。そこへ郗慮の反論がはじまり、曹操はこれで劉先をぎゃふんと言わせられると思った。ところが、劉先はその矛先をまたも自分に向けてきたではないか。これには曹操も黙っていられず、冷やかな笑みを浮かべて言い返した。「わしが兗州牧の職を兼任しておるのは、たしかにそのとおりだ。ところで、国家の大事は祭祀と戦《いくさ》にある。劉使君は荊州で勝手に郊祀《こうし》［天子が都の郊外で冬至に天を、夏至に地を祀《まつ》る行事］を行ったようだが、それは仮節の権限に含まれているのか」

臣下が天を祀ることは重大な越権行為であり、曹操はこれで劉先を黙らせることができると思った。だが、あにはからんや劉先はまたも反論してきた。「劉荊州は州牧の地位にあると同時に、漢の宗室《そうしつ》でもあります。昨今は朝廷の政《まつりごと》が安定せず、凶悪な輩が道を塞《ふさ》ぎ、玉帛《ぎょくはく》を抱えながらも謁見できず、上奏文を書いてもお届けできないありさまでした。そのため、劉荊州は郊祀を執り行い、その赤心《せきしん》を示したまでのこと」

劉先は、曹操が天子を擁して諸侯に令し、政をほしいままにして道を踏み外していると、はっきり非難したのである。百官はしんと静まり返り、殿中のすべての目がそっと曹操に向けられた。咳《しわぶ》き一つしない殿中に、漏刻《ろうこく》の水の滴る音だけが響く。曹操は笏を持ったままじっと動かないが、その目には徐々に殺意の色が浮かんできた。やがて嚙み締めた歯の奥から絞り出すような声が聞こえてきた。

「凶悪な輩とは誰のことだ」

「わが目に映るあらゆる者たちです」劉先も恐れからか遠慮からか、あえて目を上げて曹操を直視することは避けた。

「目に映るあらゆる者たち?」ついに曹操が立ち上がった。「わしには十万の勇猛な兵がおり、天子の命を受けて凶悪な者を討ってきた。まだ従わぬ者がいるのなら、どうかその名を挙げてもらおう。わしが天子に代わってその国賊を除こうぞ」このとき曹操の左手には笏が、右手には剣の柄《つか》がしっかりと握られていた――皇宮《こうぐう》での帯剣は禁じられているが、曹操は遷都の功績により、剣を帯び、履き物を履いたままで昇殿することを許されていた。だが、天子の面前で血を見るような凶行に及べば、これまで形だけでも積み上げてきた天子尊奉《そんぽう》を旨とする礼法が跡形もなく消え去る。

劉先は突然曹操に向かって一礼した。「いまや漢室の政は衰え、民は疲弊しております。天子を戴いて内外を安定させ、国じゅうを徳によって帰順させる忠義の士もいません。武力を恃《たの》みに民を苦しめれば、おのずと民の心も離れていく、曹公はこのことをご存じないのですか。いまこそ民を安んじ家業を守成《しゅせい》させてやるべきなのに、かえってみだりに武力を用いたのでは、蚩尤《しゆう》(1)や智伯《ちはく》(2)のような末路を迎えることとなりましょう」劉先は曹操を、戦いに敗れて滅んだ蚩尤や智伯になぞらえた。百官は心臓が飛び出るほど驚き、恐ろしさのあまり誰も曹操を直視できなかった。

しかし、百官がさらに驚いたことには、曹操は長い沈黙のあと、ゆっくりと剣の柄から手を放し、凶悪な表情に微笑みらしきものを浮かべたのである。「結構……まことに結構……劉別駕の申すとおり、わしも武力を用いず民を安んじ家業を守成させてやりたい。今後は無益な戦いをせぬよう劉荊州殿にお伝えいただけぬか。われらもここらで休戦といたそう」

「はっ」劉先は深く拝礼した――実のところ、劉先の胸は早鐘を撞《つ》くように騒いでいた。相手はあの曹操である。いくら口では強く出ても、平然としていられるわけはない。

一連のやり取りを荀彧は手に汗を握りながら見つめていた。なんとか事なきを得た様子に百官の列から進み出ると、天子に向かって跪《ひざまず》いた。「劉別駕も地を異にするとはいえ朝臣、いま陛下への謁見も済みました。まずは駅亭へ下がらせ、日を改めて褒賞を下賜されてはいかがでしょうか」

提案ではあるが、傀儡《かいらい》に過ぎない天子の劉協が逆らうことはありえない。だが、劉協が答えるより早く、曹操が厳しい口調で願い出た。「それはよろしくないかと。劉別駕は天子に謁見するため遠路はるばる都へやってきました。この忠義に対して日を改める必要がございましょうか。劉別駕にはこの場で武陵太守《ぶりょうたいしゅ》を賜りたく存じます」武陵郡は荊州内にあり、別駕から太守になるとは目を見張る昇進である。

劉協は消え入るような声でため息交じりに許可した。「曹公の申すとおりにせよ」

「陛下のご厚恩に感謝いたします」劉先は跪いて拝礼した。「陛下のご長寿とご健勝をお祈り申し上げます」そう言って立ち上がると、今度は曹操に向かって拱手《きょうしゅ》した。「曹公にも御礼申し上げます」

言い終えると、衣冠を整えてゆっくりと殿中から退出していった。劉先は密かに感心した――停戦を盾に逆らってみたが、曹賊め、怒りを押さえ込んで官職まで与えるとは。硬軟両様の対応は見事なものだ。劉景升《けいしょう》では才覚も智略も遠く及ばぬ。襄陽《じょうよう》はいずれこやつの手に落ちよう……

殿中の文武百官は、悠揚《ゆうよう》迫らぬ態度で玉の階《きざはし》を下りていく劉先の後ろ姿を見送ると、ようやく詰めていた息を吐き出したが、しばらく口を開く者はいなかった。荀彧は、曹操が開かせた異例の朝議がこうした形で終わるのはよくないと考え、再び願い出た。「陛下に申し上げます。青州《せい》刺史の臧覇《ぞうは》から勝利の報がもたらされております。北海国《ほっかい》と東萊郡《とうらい》などはすでに官軍の手で奪還を果たしました。これをひとまず誰に預けるべきか、諸官と協議いたしたく存じます」

劉協は無表情にうなずいた。「では、協議するがよい」

協議せよと言われても、それが無意味なことは誰もがわかっていた。結局最後に決めるのは曹操であり、協議とはそのための通過儀礼に過ぎない。司徒《しと》の趙温《ちょうおん》が白い髭に手をやり、にこやかに話しだした。「青州は新たに奪還した地、徳が高く人望のある者を選ばなければなりますまい。光録勲の郗鴻予《こうよ》［郗慮］は、かの鄭康成《じょうこうせい》［鄭玄《じょうげん》］の門生《もんせい》、北海の民にも慕われており、曹公の信任も篤い。この者を任じてはいかがでしょう」さすがに趙温は如才ない。郗慮ならば朝廷の威厳も保たれ、曹操の機嫌を損ねることもない。趙温の下座に座っていた郗慮は、自らが望む官職ではないものの、名を挙げられたことを誇らしく感じた。

だが、向かいに座る少府《しょうふ》の孔融《こうゆう》が即座に反論した。「趙公は間違っております。一国一郡を統べ治める者は文武両道でなければなりません。郗鴻予にそうした才はありますまい」孔融は容赦がない。

本人の目の前で蔑《さげす》めば、郗慮の恨みを買うばかりか、趙温も引っ込みがつかない。

　百官は郗慮が曹操と近しい関係にあることを知っている。孔融がこれほど容赦なく言い放ったので、みな臆してしまい、協議を続ける気を失った。このとき劉協が、さして興味もなさそうな声で尋ねた。「一国一郡を統べ治める才がないなら、鴻予にはいかなる才があるというのか」劉協の問いかけは、どことなく人の不幸を楽しむかのように聞こえた。

　孔融が答えた。「『与《とも》に道を適《ゆ》く可《べ》きも、未だ与に権《はか》る可からず［ともに行動できたとしても、ともに臨機応変な対応はできない］』といったところかと」つまり孔融に言わせれば、郗慮は世俗と調子を合わせて他人の尻馬に乗るだけの輩で、曹操の威を借りる以外に何の才覚もないということである。

　だが、郗慮も鄭玄門下の高弟、弁が立つことにかけては孔融にも引けを取らない。黙って放言を許すこともできず、すぐに立ち上がると、笏を高く掲げて言い返した。「わたくしの才はたしかに至らず、『与に道を適く可きも、未だ与に権る可からず』かもしれません。しかし、孔文挙《ぶんきょ》殿がかつて北海の相《しょう》であったとき、その失政によって民は流浪し、戦にも破れて城を失ったではありませんか。いったい何をどう『権』ったのです」漢の朝臣は礼儀を重んじる。孔融が他人をあれこれ批判したこと自体、すでに礼儀にもとっていたが、郗慮の皮肉はさらに度を越しており、殿中にいる者はみな気まずい表情を浮かべた。そのなかにあって曹操だけが内心快哉を叫んでいた。曹操は常日ごろから孔融に不満を抱いていたため、郗慮の嫌味に日ごろの鬱憤が晴れる思いがした。一人曹操が密かにほくそ笑んでいると、突然、殿中に甲高い笑い声が響き渡った――笑ったのはほかでもない、玉座に鎮座する劉協である。

劉協は、九卿《きゅうけい》の位にある二人がまるで闘鶏でもしているかのように言い争うのを見て、すっかり失望した——滑稽だ、なんとも滑稽なことよ。まったく無能な臣下どもめ。曹操の専横という国難を前にして、心を合わせて朕《ちん》を助けようともせず互いに非難し合うとは。かように無能な臣下ばかりでは、わが大漢の社稷《しゃしょく》が滅ぶのも時間の問題だ。老いぼれの曹操に朕の天下が奪われるのもな……劉協はそこまで悲観して、突如大声で笑いだしたのだ。「はっはっは……はっはっは……」梁《はり》や棟木《むなぎ》に彫りや彩りを凝らした玉堂殿に、虚《うつ》ろな笑い声がこだまし、百官はただ呆気にとられた。

さしもの荀彧も慌てふためき、すぐに口を挟んだ。「陛下、協議も尽くされたようですので、散会をお命じください」

劉協は依然として狂ったように笑い続け、いつの間にかその目から二、三粒の涙がこぼれ落ちたが、幸い旒冕《りゅうべん》の玉簾《すだれ》に遮られ、それに気づく者はいなかった。劉協は力なく手を上げると、その手を振って百官に散会を命じた。「退《さ》がれ……みな退がるがよい……曹公は残るように。朕はそなたに話がある」

いくら高位高官であっても所詮は曹操の引き立て役、曹操に正面切って逆らうような度胸のある者はいない。舌戦にはじまり舌戦に終わった朝議はこうして幕を閉じ、百官は急いで挨拶を済ませると脱兎のごとく退出していった。孔融と郗慮はしばらく睨み合っていたが、ともに互いを蔑むような笑みを浮かべながら百官のあとに続いた。荀彧は天子の笑いが口惜しさの裏返しであることに気づいていた。まるで気が触れたかのようであり、そんな天子のもとに曹操を一人残していくのは気がかりである。そこでこっそりと殿中にとどまった。むろん曹操も、今日の劉協の雰囲気を奇異に感じていた。玉座へと至る階の下に跪いて尋ねた。「何かわたくしにお話がおありですか」

ぼんやりと曹操を見ていた劉協は落ち着かない様子で口を開いた。「荀令君《れいくん》も退がれ」これに荀彧は眉をひそめたが、天子の命に逆らうわけにもいかず、曹操と目を見合わせたあとでゆっくりと退出していった。

劉協はさらに殿中で仕える黄門《こうもん》の官や虎賁《こほん》軍の衛士《えいし》を指さし「お前たちも退がるのだ」と命じた。黄門らは天子にかしずいているとはいえ、夏侯惇《かこうとん》が同郷から選んだ者たちである。天子の突然の命を受けても、なお退出すべきか判断がつきかねた。そこで曹操に目を遣ると、曹操が小さくうなずいたので、それを見てようやくぞろぞろと退出した。

ひっそりと静まり返った玉堂殿に君臣二人だけが残された。互いに目を向けてはいるが、どちらも言葉を発しない。曹操はわけがわからず、劉協と二人きりでいるのがしだいに息苦しくなってきた。旒冕の玉簾に隠されて、その表情もわからない。曹操のほうが気圧《けお》されて先に口を開いた。「陛下、わたくしをお残しになった理由をお聞かせ願えますか」

劉協は何も答えずただ静かに座っていたが、突然、かぶっている旒冕をおもむろに外しはじめた。重臣であっても天子の顔を軽々しく見ることは許されない。その決まりに背く気がない曹操は慌てて俯《うつむ》いた。そこへ劉協の言葉が降ってきた。「曹公、面《おもて》を上げて朕を見よ」

その声に曹操は凍りつき、すぐに許しを乞うた。「陛下のご尊顔を拝することはできません」

「できぬとな……」劉協は小さく笑った。「朕が許すのだ。そなたは面を上げて朕をほんの少し見ればよい」

天下に恐れる者のない曹操の体が小刻みに震えている。劉協に何の実権もないことは百も承知だが、いま曹操はその一挙一動に畏怖の念を抱いていた——これこそが天子の威厳であり、臣下の限界である。

曹操は恐る恐る面を上げて若い天子をちらと見ると、すぐに目を伏せた——色白で痩せているが凛々しい顔つきである。だが、それとは不釣り合いなほどに目元は憂いを帯びている。光のない大きな双眸《そうぼう》は、まるで涸《か》れた古井戸のようである。さらに傷ましいことには、二十四歳の若者でありながら鬢《びん》に白いものが交じっていた。

劉協の顔には怒りも憎しみもなかった。かつて劉協は目の前の顕官《けんかん》を激しく憎み、この男が死ねばどれほど喜ばしいかと思っていた。董貴人《とうきじん》を殺されたときは、はらわたもちぎれるかと思うほどの悲しみに襲われた……だが、いまではもう感覚が麻痺していた。天下の者は一人残らず皇帝の存在を忘れ、朝廷じゅうの文武百官も曹操の命にしか耳を傾けない。希望を抱くことも、苦痛を感じることも、劉協はとうの昔に忘れていた。いまあるのは、ただぼんやりとした現実だけである。「前に曹公が朕に会いに来たのはいつだったたか、覚えているか」

曹操は答えられなかった。東へ西へと戦に明け暮れ、聞こえてくるのは己の功績を称える賛美ばかり、そんな日々を過ごすうちに、天子とは、自分が大上段に構えて刃向かう相手を受け入れるときだけ存在するものになっていた。前に天子に謁見したのは果たして何か月前だったか、とうとう思い出せなかった。「賊を討つため長らく都を留守にし、陛下への謁見も怠っておりました。どうしても思い出すことができません。しかし、わたくしが尽力しているのは陛下の天下を守るため。謀反人どもを掃討し、天下平定のご報告をする日を、どうかお待ちください。そして……」

「そんな話は聞きとうない」劉協は曹操のおざなりな返事を遮った。また劉協が不満をぶちまけるに違いない、曹操はそう考えて意地を張った。「いいえ、聞いていただかねばなりません」

「ならば続けるがよい」劉協は仕方なさそうにかぶりを振った。

「御意。わたくしの行いには不適切なところがあるやもしれません。しかし、これもすべては陛下のおためを思えばこそ。謀反人どもを滅ぼして天下を平定すれば、漢の社稷も落ち着きを取り戻します。そうなれば代々の先帝のご霊前に報告できるうえ、下々《しもじも》の者も安らかに暮らすことができましょう。明日、わたくしは袁尚《えんしょう》を討伐するため北へ向かいます。陛下におかれましては……」そう言って猛然と面を上げた曹操は思わず言葉を失った――劉協は曹操の話をまったく聞いていなかった。興味なさそうに天井を眺め、宮殿の梁をぼんやりと見つめている。

これには曹操も腹を立てた。天子でなければ即座に処刑して鬱憤を晴らしているところだ。しかし、いまは相手が悪い。ここで臣道を踏み外すわけにはいかない。曹操はどすの利いた声で探りを入れた。

「陛下はわたくしに何かご不満でも」

だが、劉協はまったく怖気づくことなく頭を上げたまま答えた。「不満？　不満はない……朕はそなたに不満はない。誰にも不満など抱いておらぬ……朕はただ、ここにいると息が詰まるのだ。ここはまるで檻のなか、朕はここに閉じ込められたまま、花がいつ咲き、いつ散ったかさえ知ることもなく、無為に一年を過ごしているのだ……『荘子《そうじ》』の『逍遥遊《しょうようゆう》』に、『夫《そ》れ列子《れっし》は風を御して行き、泠然《れいぜん》として善し。旬有五日《じゅんゆうごにち》にして後反《のちかえ》る。彼 福を致す者に於いて、未だ数々然《そくそくぜん》たらず。若《も》し夫《そ》れ天地の正に乗じて六気《りくき》の弁を御《ぎょ》し、以て無窮に遊ぶ者は、彼且《は》た悪《なに》をか待たんや「列子は風を操り、軽やかに出かけ、半月してようやく帰る。幸せをもたらすものといても、あくせくすることはない。もし天地の正常なるときに、自然の変化を捉え、そうして極まりの無い世界に遊ぶ者は、何に頼ることもない」』とある。朕も思うのだ、一切の煩わしさを捨てて、誰にも縛られることのない場所へ行きたいとな……」

　曹操の背筋に寒気が走った――皇帝の身でありながら厭世《えんせい》の言葉を吐くとは……曹操はどう答えたものか皆目見当がつかなかった。「へ、陛下がもし気詰まりだとお感じなら……そうです、皇后や皇子を連れて御苑へ散歩にでも行かれては……」

　言葉に詰まりながらようやく返答したが、またも冷たい沈黙があたりを包んだ。やがて劉協は力なく立ち上がると、ぼんやりと曹操を見つめつつ、消え入るような声でつぶやいた。「曹公、そなたがもし本当に心から朕を輔弼《ほひつ》したいと願うなら、朕に何もかも決めさせてくれ。それを望まぬなら……どうか朕がここを去るのを許してくれ……隠居して一介の民になりたい。この玉座にはそなたが座ればいい」

　曹操は雷に打たれたような衝撃を受けた。冷や汗が滝のように流れ落ちる。

　劉協は春風のような優しい笑みを浮かべ、玉座の前の玉案を指さしながら、淡々と続けた。「そなたが朕の位につけばよい。朕はただ……ただ自由になりたいのだ」

　一瞬で曹操はこの若者に打ちのめされた。もし劉協が恨みを晴らそうとして口汚く罵ったり、大声で叫んだりしてきたなら、曹操の性格からして敢然と立ち向かっただろう。しかし、劉協は諸手を挙げて皇帝の位を曹操に差し出すというのだ。天子の位を譲るという綱紀を超越した変事、その衝撃を俗人がどうして受け止められよう。むろん曹操はそんなことを考えたこともない。かりに真夜中にこっそり思い描いたとしても、あまりの畏れ多さに実行できるはずもない。まして天下はいまなお定まらず、天子を奉戴して逆臣を討つと大言してきたのだ。自ら臣道を踏み外せば、逆臣を討つ大義名分を失ってしまう。それで、どんな顔をして世間に向き合うというのだ。王莽《おうもう》のように、天下の者に唾棄されるのが落ちではないか。

曹操は震えが止まらなかった。背中を刺され、五臓六腑を焼かれたかのような感覚に襲われた。脳裡に「逃げろ」という声がこだまする。逃げるのだ……この世に恐れるものとてないはずの曹操が、このときばかりは味わったことのない恐怖に駆られた。戦に負けた脱走兵か、盗みを見つかったこそ泥のように、曹操は御前を辞する挨拶さえ忘れ、ただ大慌てで転がるように玉堂殿を出た。がくがくと膝を震わせながら、玉の階を半分ほど降りたところで段を踏み外し、曹操は七、八段ほど転げ落ちた。

「曹公が階段から落ちたぞ……」階の下で待機していた衛士が十人ばかり、叫びながら駆け寄ってくる。

「来るな！」冠は脱げ、片方の靴が見当たらない。玉の階にぶつけたこめかみは真っ赤に腫れていたが、曹操はすぐに片膝立ちになると、剣を高々と掲げて怒鳴った。「誰もわしに近づくことは許さん！　近づく者は……斬る！　一族郎党、家畜まで残らず斬り殺してやる」曹操は嗄《か》れてしゃがれた声で叫んだ。

衛士らはわけもわからず、曹操の剣幕にたじろいで離れた。

曹操は血走った目で周囲の者を見回した——いずれも夏侯惇が選んだ沛《はい》国譙《しょう》県の同郷の者で、護衛のため手には武器を持っている。漢室の旧制によれば、兵権を握る三公が皇宮に入るときは虎賁軍の衛士が護衛する。しかし、このときの曹操は恐怖心に駆られ、目に入るあらゆるものに不安を感じた。駆け寄った衛士らに曹操を害する気などあるわけがない。だが、もし衛士が手を滑らせ、武器が自分の上に落ちてきたら……そう思うと曹操は恐ろしくてたまらなかった。

逃げるのだ、逃げなければ！　許都の皇宮にはもう二度と来るまい……曹操は喚《わめ》き声を上げそうになったが、困惑した虎賁軍の衛士が下がるのを見届けると、それでも剣を掲げつつ、よろよろと宮門のほうに歩いていった。そのまま歩き続けて、ようやく許褚《きょちょ》の率いる腹心の部下たちが迎えに来るのを目にした。

許褚は二の門で控えていたが、騒ぎを聞いて駆けつけた。まるで物の怪にでも取り憑かれたような曹操の姿に、許褚は驚いて声を上げた。「わが君、いったいどうなさったのです」

曹操は許褚の腕のなかに飛び込んだ。頭はぐらぐらと揺れ、息も絶え絶えな様子である。驚いた部下たちも曹操を取り囲むと、背中をさすったりして介抱した。許褚は曹操の剣を鞘《さや》に収め、その衣冠を整えると、魂が抜けたような曹操を真正面から見つめて尋ねた。「刺客に襲われたのですか」

「ち、違う……違うんだ……」曹操は目を剝いたままぶつぶつと答えた。

「皇宮で異変が起きたのでしたら、どうして令君をお呼びにならなかったのです」

この言葉で曹操の眼《まなこ》にぱっと光が戻り、意識をはっきり持ち直したが、表情はまたすぐに暗く沈んだ——いまの出来事を令君になんと説明したものか……表沙汰になれば、とんでもない大騒ぎになる——曹操は許褚の腕をぎゅっとつかみ、唇を噛み締めた。「今日のことは外へ漏らしてはならぬ……丁沖《ていちゅう》と郗慮に命じよ。今日の当直だった侍衛《じえい》や黄門は皆殺しにするのだ」

「なぜです」

「理由は聞くな。殺すのだ」

心根の優しい許褚は食い下がった。「侍衛や黄門は沛国の同郷、それを罪なく殺せば、故郷の者に合わせる顔がなくなるのでは」

「それなら……全員追放しろ。二度と許都へ戻ることは許さん」

「御意」曹操が詳しく話そうとしないので許褚もそれ以上は尋ねず、曹操を支えてゆっくりと表の門から外へ出た。外には多くの案件を抱えた掾属《えんぞく》たちが待ち構えていた。曹操が皇宮に入ったまま出てこないので、宮門の外まで迎えに来ていたのだ。曹操はそれには取り合わず馬車に乗り込んだ。しだいに震えが収まってくると、眉間に皺《しわ》を寄せながら、目を閉じて必死に息を整えた。そこへ陳矯《ちんきょう》が駆け寄ってきた。「わが君、先ほど東城《とうじょう》から報告がまいりました。陳元竜《ちんげんりゅう》［陳登《ちんとう》］殿が七日前に病で亡くなったそうです。華佗《かだ》の申したとおり、ちょうど三年目になります」

陳登の死は曹操にとって喜ばしい。だが、いまはそれどころではなく、ひと声答えるだけで精いっぱいだった。

今度は南のほうから蹄《ひづめ》の音が近づいてきた。曹丕《そうひ》、曹真《そうしん》、曹休《そうきゅう》の三人である。今日の三人の装いはいつにも増して勇ましかった。頭には皮弁《ひべん》［白鹿の革で作った冠］をかぶり、腰には剣を佩《は》いている。真っ先に馬車の横に来た曹真が、馬から飛び降りて地べたに跪いた。「父上、われらも従軍させてください。朝廷のために力を尽くしたいと存じます」すぐに曹丕も横に並んで頼み込んだ。「子丹《したん》〔曹真〕と同じく、わたしも従軍しとうございます。舞象《ぶしょう》〔男子の十五歳から二十歳までの年齢のこと〕の年に達しておりますので、父上に従って功業を立てたく思います」これに曹休も続いた。「これまでわたしと母はおじ上のおかげで生きてこられました。天子、そしておじ上の恩に報いるため、どうか戦場へお連れくださいい」

打ちひしがれて馬車に乗っていた曹操は三人に目を遣った。世間の親と同様、曹操も曹丕らのことは見込みがあると思っていた。ただここ何年か、曹操自身があれこれ言われることも多く、早くから息子たちを朝廷の官職につけることを望まなかったのである。いらぬ噂が立つのも面倒であるし、息子たちが自らの地位を鼻にかけて横暴な振る舞いをしないか心配だったからだ。だが、今日は違う。いまは一族を残らず武装させ、身近において自身を守らせたかった……曹操は普段と異なり、手を伸ばして曹丕の腕を取った。「お前たちが望むなら、中軍の虎豹騎《こひょうき》〔曹操の親衛騎兵〕に名を連ねるがよい。但し、公事にかこつけて私腹を肥やしたり、えこひいきをしてはならんぞ。中軍に身を置くからにはしっかりと父を守るのだ」

曹丕はことのほか感激した。父の口調がいつもとかなり違うことに戸惑いはしたものの、多くを尋ねることはしなかった。と、そこへ王必《おうひつ》が周囲の者を押しのけて馬車の近くまでやってきた。「申し上げます。劉常伯《りゅうじょうはく》が薨去《こうきょ》されました」劉常伯とは、侍中《じちゅう》の劉邈《りゅうばく》のことだ。

曹操はため息をついた——劉邈は玉帯《ぎょくたい》に詔《みことのり》が仕込まれた一件で、梁王《りょう》一族に累が及ばないよう曹操とやり合った人物である。梁王子の劉服《りゅうふく》を宗室の身分から強引に外し、李《り》姓であると言い張って事件の方《かた》をつけたが、それでも曹操にとって恩人であることに変わりはない。曹操は玉帯の一件を思い出すと、落ち着きはじめていた心臓がまた激しく脈打った。あの血でしたためられた絹帛《けんぱく》——この正道に反する逆臣を誅するのみ——その末尾の「耳《のみ》」の最後の一画は縦に長く、いまもまだ血が乾かず滴っているように思えた。

王必は曹操に仕える前は劉邈のもとにいたので、不屈の男も今日は泣き濡れている。呆然とする曹操を目にし、曹操も劉邈の死を悲しんでいるのだと誤解して、馬車ににじり寄った。「わが君、どうかわたしを許都に残してください。劉大人《たいじん》の葬儀を執り行い、かつてお仕えしたご恩に報いたいと存じます」

曹操はうなずきながら許した。「こたびは残ってよい。劉邈殿の葬儀が終わったあとでよいから、家僕や配下の者、親族の子弟などを募って、もう一組親衛隊をつくってくれ」

「また別の部隊をつくるのですか」

「そうだ。おぬしにはその部隊を率い、常に司空《しくう》府とわしの家族の安全を守ってもらいたい」

「承知しました」

曹操は眉間のあたりを揉みほぐし、さらに命じた。「それから、わしに代わって元譲《げんじょう》に伝えてくれ。許都周辺の警備を強めよ、決してなおざりにしてはならぬとな」

「はっ」

「それから……盧洪《ろこう》と趙達《ちょうたつ》にも伝えてくれ。朝廷じゅうの文武百官をしっかりと監視し、どんな些細な異変も速《すみ》やかに知らせるようにとな。あとは、あの剣術に長けた鄧展《とうてん》を軍中に呼んでわしの護衛をさせよ。毛玠《もうかい》を通す必要はないゆえ、直ちによこすように」

「はっ」なぜ曹操が急に用心深くなったのか計りかねたが、王必はすべて指示に従った。曹操はようやくいくらか安堵し、馬車の背に身をもたせかけた。

曹操の顔色がすぐれないのを見て取った者は、また持病の頭痛が起こったのだと思った。そこで陳矯が進言した。「顔色があまりよろしくございません。以前に申し上げた名医の華佗はだいぶ前に広陵《こうりょう》を離れて、聞けば彭城《ほうじょう》のあたりをめぐっているとか。華佗をお召しになって治療させてはいかがでしょう」

「わしは病気ではない」曹操は疲れて馬車にもたれながらも、強い語気で答えた。「いささか悩みがあるだけだ。怪しげな方術士などに治せるものではない……」

そこで曹丕が口を挟んだ。「父上、さように固辞されることでもありません。華佗が難しい病をよく治すことは天下の誰しもが知っております。父上は去年、急死した老兵の李成《りせい》を覚えておいでですか。かつて華佗は李成の病を治したのですが、そのとき十八年後に再発すると申したそうです。そして去年がちょうどその十八年目だったのです」

陳矯がまた勧めてきた。「陳登殿と李成の死は的中しました。華佗を軍中にお召しになれば、わが君のお体のためにはもちろん、将兵の傷を治すのにも役立ちましょう」

曹操は言い返すのも億劫になってきた。「そこまで言うなら、おぬしたちの好きにするがよい……もう退がれ」

許褚は馬車の横木に手をかけながら大きな声で叫んだ。「わが君のお発ち、司空府へお帰り」

「違う、違う」曹操は慌てて許褚を止めた。「司空府には戻らん。すぐ城外の陣へ行くのだ」

「明日は北へ出立します。今日はお屋敷で休まれたほうがよいのでは」

曹操の眼に恐怖の色が浮かんだ。「明日を待つ必要はない。今晩にも北へ出立する。早いほうがよい」どういうわけか、曹操は急に自ら造り上げた許都がとてつもなく恐ろしい場所に思えてきた。常に誰かが自分の命を狙っている気がする。そんな場所にこれ以上とどまるなどもってのほか。一刻も早く戦に赴くのだ。兵馬が入り乱れる戦場のほうが、この許都よりもはるかに心が落ち着く。

この一件以来、曹操が一人で劉協に謁見することは最後までなかった。

（1）蚩尤とは伝説上の九黎族《きゅうれい》の首領。黄帝《こう》の部族を襲ったが、涿鹿《たくろく》の戦いで炎帝《えん》と黄帝に敗れた。
（2）智伯とは、荀瑶《じゅんよう》のこと。春秋時代末期、晋国《しん》の六卿の一つであった智氏は、中行氏《ちゅうこう》と范氏《はん》を滅ぼしたが、晋陽の戦いで韓氏《かん》、魏氏《ぎ》、趙氏《ちょう》の連合軍に敗れた。これ以後、晋は韓、魏、趙の三国に分割された。

第九章　華佗《かだ》の治療

政略結婚

曹操が大軍を率いて黎陽《れいよう》［河南省北部］に駐屯すると、袁尚《えんしょう》は鄴城《ぎょう》［河北省南部］を落とされるのを恐れ、平原《へいげん》の包囲を解いて急遽撤退した。だが、背後を袁譚《えんたん》に追撃されて多くの兵を失った。この戦いで、袁尚配下の呂曠《りょこう》と呂翔《りょしょう》が袁氏兄弟に見切りをつけ、数千の兵とともに曹操軍に投降した――曹操は漁夫の利を得はじめたのである。

建安《けんあん》八年（西暦二〇三年）十月末、袁尚軍は亀のように鄴城内に閉じこもって戦おうとせず、一方の袁譚は臆面もなく黎陽へ「大恩人」に会いに来た。これに対して曹操は、袁譚が期待した以上の申し分ない態度で出迎えた。城門を閉じ、城下には兵をびっしりと並べて守りを固め、歓迎の宴はおろか、攻め寄せてくる敵を眺めるように、幕僚とともに城壁の城楼で待ち受けたのである。

靄《もや》がかったようにかげる日の光のなかを、袁譚は部下を引き連れて近づいてきた。かつて袁紹《えんしょう》が率いた威厳に満ちた軍は、すっかり寄せ集めの烏合の衆に変わり果てている。隊列は乱れて軍の体《てい》をなしておらず、だらだらと二里［約八百メートル］近く延び切った兵のなかには、鎧兜を身に着けていない者さえいる。数か月に及ぶ兵糧不足のせいで、どの兵も痩せて血色が悪い。城楼の上で眺める曹操の目から見ても情けない光景であった。尾羽《おは》打ち枯らした将、疲れ切った兵、痩せ細った軍馬、錆びて光を失った得物……そんななか、「車騎《しゃき》将軍」の纛旗《とうき》［総帥の大旆《たいはい》］だけが異様に目を引いた。肌寒い秋風を受けて、主《あるじ》と同じように元気いっぱいはためいている。

俗に傍目《おかめ》八目と言うが、曹操は袁譚の軍をひと目見ただけで必ず滅びると確信し、姫垣《ひめがき》に手を置いて叫んだ。「どなたが車騎将軍か。前に出て来ていただきたい」

すぐに隊伍のなかから二頭の駿馬が駆け出した――前を行くのは袁譚、その後ろには郭図《かくと》が従っている。兵卒たちは見る影もないが、袁譚は車騎将軍の面目にかけてか、頭に赤い房のついた兜をかぶり、身には鋲《びょう》を打ちつけた鎧、その上に猩々緋《しょうじょうひ》の戦袍《せんぽう》を羽織って威儀を保っている。郭図は相変わらず陰険そうで無表情であるが、顔には皺《しわ》が多く刻まれ、鬢《びん》のあたりには白髪がだいぶ増えている。袁譚は駿馬を疾駆させて曹操軍の目の前まで近づこうとしたが、矢を放たれるのを恐れた郭図が慌てて止めた。ぎりぎり矢の届かない距離で袁譚と曹操は顔を合わせた。

「それがしは袁譚、はじめて曹公にご挨拶申し上げます」袁譚は馬上で得意げに拱手《きょうしゅ》した。

曹操は、事ここに至っても恥じることを知らない袁譚を内心あざ笑った。許攸《きょゆう》も楼上にいたが、かつて自分を投降に追いやった相手が落ちぶれているさまを見て、愉快でたまらず声を張り上げた。

「袁譚、無礼であるぞ！　朝廷に帰順しながら跪《ひざまず》かないとはどういう了見だ」

曹操は許攸に一瞥をくれた。「子遠《しえん》、そこまでいじめることもなかろう。わしは司空《しくう》に過ぎず、あちらはなんといっても車騎将軍なのだからな」これには楼上の者もみな口を押さえて笑いを噛み殺した。だが、あらためて城下を見下ろすと、袁譚は言われたとおりに馬を下り、礼儀正しく地べたに跪いていた。

袁譚が地に伏すのを見て、曹操の胸はかすかに痛んだ。おかしくも悲しい光景である。むろん袁氏とは仇敵であるが、若いころは袁紹とも友人として付き合い、ともに朝廷で働き、宦官と戦った仲である。袁本初《ほんしょ》は意気軒昂で傲岸不遜《ごうがんふそん》な好漢だったのに、いまその親不孝な息子は敵に膝を屈して亡父の顔に泥を塗っている。四代にわたって三公《さんこう》を輩出した名家の一族がこれほど凋落したことに、曹操は儚《はかな》さを感じずにはいられなかった。

突如、曹操は本気で矢を射かけ、袁家をつぶした親不孝者を殺したい衝動に駆られた。だが、そんな思いはおくびにも出さず、慰めの言葉を口にした。「許子遠は戯《ざ》れ言《ごと》を申したまで。袁将軍にさように丁寧に挨拶されてはわたしもいたたまれない。どうかお立ちください」

だが、袁譚は立ち上がらず、跪いたまま少しにじり寄った。「もし曹公の救援がなければ、それがしは死んで葬られる地もありませんでした。この跪拝《きはい》はそれがしの本心によるもの。曹公は命の恩人であり、このことは生涯心に刻んで忘れません。われを生む者は父母なれど、われを生かす者は曹公にございます！」言い終えると袁譚は兜を脱いで何度も叩頭した。

愚かな人間は他人を容易に騙《だま》せると思っているが、度を過ぎればかえって不信を招くことを知らない。曹操は袁譚の嘘を見抜いたが、嘘に付き合って遊ぶ余裕を持ち合わせていた。「将軍、ご謙遜が過ぎますぞ。わたしはほんの少しお手伝いをしたまで。勇猛果敢で人に抜きん出た将軍の武勇が袁尚を破ったのです。思えば、将軍のお父上とはともに朝廷に仕えて親交も厚く、かつては董卓《とうたく》討伐のため戦場で肩を並べたもの。兗《えん》州に入ったときもお父上にはずいぶんと助けていただいた。こちらこそ感謝の念に堪えません。そのご子息たる将軍が困っておいでなのに、どうして手を拱《こまぬ》いて放っておくことができましょうや」嘘もここまでつけば見事ですらある。官渡《かんと》の戦いで七万の袁紹軍を生き埋めにしたことが、袁紹の恩に対する報いだったとでもいうのか。

袁譚は尻を天に向けて地に這《は》いつくばり、はっきりと誓いを立てた。「それがしは曹公に帰順し、命を捨ててご恩に報います」その姿はまるで主人に媚《こ》びを売る犬のようである。

「わたしにではなく、朝廷に帰順するのです。ただいまよりわれらはともに天子のために力を尽くしましょうぞ」曹操はこれまで何度この言葉を口にしたか知れないが、以前は口にするたびに痛快でたまらなかった。それなのに今日は口にした途端、どこか舌がざらつくような気がした。

袁譚は相変わらず跪いたまま、上目遣いで探るように願い出た。「朝廷の人間になりましたからには、車騎将軍を僭称し続けることはできません。どうか別の官爵をお与えください」

袁譚が自ら官爵を求めてきたことに曹操は眉をひそめた――たしかに袁譚の車騎将軍は自ら称したもの、青《せい》州刺史《しし》も一時的なもので正式な官職ではない。だが、朝廷から正式に官爵を与えれば、いずれこやつを討つ際に面倒なことになる……曹操にしてみれば、官爵を失った袁譚が自暴自棄になってくれたほうが都合がよい。曹操が返答に困っていると、姫垣近くに控える郭嘉《かくか》が大声で答えた。「袁将軍、わが君とて勝手に官爵を与えることはできません。まずは朝廷に上奏し、お伺いを立てるのが先です。貴殿は弟に列侯《れっこう》の爵位を奪われたのですから、朝廷がお許しくだされば亡きお父上の爵位をすべて賜ることも可能でしょう。わが君は貴殿の力添えを得て袁尚を討たねばなりません。いましばらくは青州刺史として戦い、朝廷が上奏を認めてくださったあとで正式に官爵を賜っても遅くはありますまい」

袁譚は半信半疑だった――父の官爵をすべて継げるとはにわかには信じがたいが、袁尚討伐に加勢したことで曹操は感激しているのかもしれんな――そう考えると、袁譚はうれしそうに礼を述べた。「曹公のご厚意に感謝いたします」そしてようやくゆっくりと立ち上がった。

袁譚の浅ましい姿を見て、曹操の嫌悪感は頂点に達した。だが、顔には依然として微笑みを浮かべながら、なすべきことを最後までやってのけた。「袁将軍には娘御がおありと聞き及んでおりますが……」

袁譚も人質の要求くらいは予想していた。「お気にかけていただきありがとうございます。娘はまだ幼く五歳にもなっておりません」

「うむ」曹操はうなずいた。「わたしには整《せい》という息子がおり、ちょうど二歳になったばかりです。将軍がお嫌でなければ、娘御を愚息の嫁にくださらんか」

これほど幼い娘を嫁に出せというのは人質にほかならないが、それを遠回しに命じたのは袁譚の面《めん》子《つ》を立ててのことである。むろん袁譚に拒めるはずもなく、再び地べたにひれ伏して感謝を述べた。

「わたしごときの娘が虎の子に嫁げるとは光栄に存じます」

「はっはっは……これでわれらは親類、さような礼はもう困りますな」

「では、お言葉に甘えまして」袁譚は満面に笑みを浮かべて答えた。「娘は軍中におりますゆえ、すぐにでも城内に連れて行かせましょう。仲人や結納はいかがいたしますか」

「仲人は辛佐治《しんさじ》［辛毗《しんぴ》］がよろしいでしょう。こちらもちょうど従軍しておりますゆえ、今後わたしと将軍のあいだの連絡は佐治にやらせます。もし佐治が何か失礼をしましたらわたしから叱ってやります。袁尚を破った暁には、辛佐治は将軍のもとへお返ししたいと思いますが、いかがでしょうか」実のところ、辛毗はすでに議郎《ぎろう》の任についており、袁譚のもとに戻ることは不可能である。曹操がこう申し出たのは袁譚を惑わすために過ぎなかった。

「承知しました……」詳しい事情がわからない袁譚は、自身の知恵袋が曹操のもとにとどめ置かれるのを惜しみながらもうなずいた。

「いま将軍は勝利されて郡県を落ち着かせたいところでしょう。ここに長らくお引き止めするのも悪い。早々に平原へ戻って兵馬を整えられるがよろしかろう。ともに袁尚を討つ日を楽しみにしておりますぞ」曹操は一刻も早く袁譚を追い返したかった。袁譚には早く袁尚と殺し合ってもらわなければならない。

もとより袁譚にも長々ととどまるつもりはなかった。早く戻って兵馬と兵糧を集め、袁尚を滅ぼしたあとは曹操を破り、河北《かほく》の地を手に入れるのだ。それぞれの思惑を胸に二人は別れを告げた。「では、これにて失礼いたします」

「道中お気をつけて。将軍が袁尚を滅ぼせば、お父上の官爵をいただけるようわたしも尽力します。四州すべての州牧《しゅうぼく》は難しいが、将軍が朝廷のために尽力なされば、どれか一つの州牧には間違いなく任命されましょう。わたしも将軍が希望なさる州を統《す》べられるよう手を尽くしますぞ」この嘘八百を曹操は眉一つ動かさず言ってのけた。

袁譚は軍馬に跨がると、わざとらしく返答した。「朝廷のために力を尽くし、曹公のために命をかけ、天下太平が成るまでは己の栄誉など望みません」

己の栄誉を望まぬなら、なぜ弟と血で血を洗う戦いを繰り広げるのか……むろんこの場で問い詰めることはせず、曹操は気づかない程度に皮肉を込めた。「大義を胸に刻んでくださるとは、まことお国の慶事、民の幸い。これもお父上の導きの賜《たまもの》ですな……」

「必ずや曹公のご期待に応え、ご恩に報いてみせます」袁譚ももっともらしい言葉を返し、馬に鞭を入れて戻ろうとした。だが、鞭を振り上げたまま、何かを思い出したのか振り返った。「もう一つだけお願いしたいことがございます。わが軍は兵糧が不足しております。その……もしよろしければ……」

兵糧もないのに、いつまでもだらだらと殺し合いを続けていたのか。曹操は内心であざけりながら顔には困ったような表情を浮かべ、ことさら大きな声で近くの者に尋ねた。「袁将軍は兵糧がなくて困っているそうだ。わが軍の兵糧は余っておらぬか」

周りにいるのは機転が利く者ばかりである。曹操のわざとらしい問いかけにどう答えたものか心得ていた。卞秉《べんへい》が目配せして答えた。「申し上げます。わが軍の兵糧にも余剰はなく、大軍が黎陽に着いているものの輜重《しちょう》隊はまだ到着していません。ご一同には笑われましょうが、それがしはいま腹が減って立ってもいられないほどなのです」輜重を司る卞秉がここにいるのに隊が到着していないはずがない。

「ああ……わが軍に兵糧を求められる袁将軍が羨ましい。わが軍はいったいどこへ求めたらいいのやら」郭嘉が尻馬に乗って揶揄した。

二人の悪ふざけを見て董昭《とうしょう》が助け舟を出した。「袁将軍よりの申し出、まったく差し上げないのでは朝廷の面子も丸つぶれです。それに、兵糧がなくては平原に戻って兵を集めることもかないません」

曹操は髭をしごきながら考え込むふりをして、はたと一大決心でもしたかのように姫垣を手で叩いた。「笑われるかもしれませんが、実はわが軍も兵糧が不足しておるのです。しかし、助けを求められて知らぬ顔もできませんので、いまある兵糧のなかから百斛《こく》［約二千リットル］を工面しましょう。ほかに麦くずと糠《ぬか》をいくらかお持ちください。とりあえずそれで焦眉の急をしのいでいただきたい」

それくらいの兵糧をやっても、曹操軍にとっては痛くも痒くもない。

「なんと感謝してよいものやら……」袁譚は何度も礼を述べてから馬を駆けさせて立ち去った。

砂ぼこりを巻き上げて去っていく袁譚の後ろ姿を見て、曹操の口元に冷やかな笑みが浮かんだ――袁本初、あれこそおぬしが大切に育てた息子だ。おぬしは生涯面子を重んじたが、あんな不肖の子を残して恥ずかしかろう。わしはおぬしの河北を奪うが、それはわしのためだけではない。昔なじみのおぬしの代わりに家門の恥を雪《そそ》いでやるのだ……物思いにふけっていた曹操は、ふと城壁の下にいる郭図が自分を睨みつけているのに気がついた。その視線は鷹か隼のように鋭い。

その触れれば切れそうな眼差しに堪えきれず、曹操は顔を背けた。「わしはあの郭図という男が好かん。さっきの兵糧の話も、袁譚はごまかせてもあの男には通用せぬ」

郭嘉は遠い親戚にあたる郭図にちらと目を遣って笑った。「郭公則《こうそく》は独りよがりな男です。かつてわたしがわが君にお仕えすると決めたときにも、自分は袁本初についていく、二心《ふたごころ》などないと啖呵《たんか》を切ってきました。いま禍《わざわい》が目の前に迫っているのに、それでも目を覚ましません。袁譚の反乱も半分はあの男のせいです。頭は悪くないのに、どうしてああも極端なのか。ほとんど気が触れています」

婁圭《ろうけい》も笑いながら皮肉った。「橋《きょう》公［橋玄《きょうげん》］の家にあった先祖伝来の『礼記章句《らいきしょうく》』、その『大載礼《だたいれい》』にこうあった。『富恭本《もと》を有すれば能《よ》く図《はか》り、修業居ること久しうして譚《の》ぶ[1]［富んで驕らず本分を保てば考えをめぐらせることができ、業を修めてその期間が長くなれば発展する］』とな。これこそ郭図と袁譚にふさわしい。図《と》のほうは図《はか》らず、譚《たん》のほうは譚《の》びず、さながら変人が馬鹿者を補佐しているといったところか。郭図は富んで驕らずに本分を保つことができず、袁譚は長らく業を修めて盛んになることを考えておらん」これには一同も笑った。

ただ荀攸《じゅんゆう》だけはため息をついた。「わたしは郭公則とは昔なじみ、かつて南陽《なんよう》の名士陰脩《いんしゅう》が潁川太守《えいせんたいしゅ》になったとき、鍾繇《しょうよう》を功曹《こうそう》、荀彧《じゅんいく》を主簿《しゅぼ》、郭図を計吏《けいり》として、さらにわたしを孝廉《こうれん》に挙げてくれた。当時は兄弟のように交わり天下国家を論じたもの、それがかように遠く隔たってしまうとは……」郭図が憤慨しつつも致し方なく去っていくのを目にし、荀攸はますます胸が痛んだ。

「わしと袁紹もかつては親友だったのだ」曹操は苦笑いした。「事ここに至っては嘆いても何もはじまらぬ。いまの世は人情が薄く、たとえ……」たとえ天子でさえ誠心誠意仕える必要はない。曹操は強くそう思ったが、むろんその先は口にしなかった。

おのおのがやるせない思いを抱くなか、もっともつらいのは辛毗である。辛毗は密かに兄の辛評《しんぴょう》に手紙を送ったが、辛評は曹操に帰順する気などなく、辛毗が袁氏に背いて家名を辱めたと罵倒する返信をよこした。今日の対面にも辛評は顔を出さなかった。自分と顔を合わせる気はないのであろう。辛毗は胸をえぐられる思いで、去ってゆく袁譚軍を呆然と眺めるしかなかった。

「佐治、頼んでいた仕事はどうなった」

曹操に尋ねられて辛毗は我に返った。「申し上げます。鄴城を守る蘇由《そゆう》と連絡を取りました。この者は袁尚に重用されていますが、わが軍が攻撃を仕掛けたら内応してくれるそうです」

「よくやった」曹操は辛毗の肩を軽く叩いた。「官職を与えてかまわぬから、ほかにも何人か味方に引き込むのだ。百足《ひゃくそく》の虫は死して僵《たお》れずという。河北すべてを平定するにはまだ知恵を絞らねばならん」

「はっ」辛毗にとっては速《すみ》やかに河北を平定すること、ひいては一族を苦境から救うことが何より大事である。審配《しんぱい》の執念深さは郭図に引けを取らず、一族が鄴城内にとどまったままでは不安が消えることはない。

このとき許褚《きょちょ》の荒々しい声が聞こえてきた。「止まれ！　貴様らの身分で楼上に上がれると思っているのか。規則を知らんやつらだ」許褚は手にした長柄の矛で城楼への入り口を塞《ふさ》ぎ、いかなる者も登ることを許さなかった。

「仲康《ちゅうこう》、何を騒いでおる」曹操が許褚に尋ねた。

「降将《こうしょう》の呂曠と呂翔がわが君にお会いしたいと」

「いまや同じ朝廷の臣、何も問題はあるまい。通してやれ」何かと言うとすぐに「朝廷」の二文字を口にするのは、いつの間にか曹操の習慣になっていた。だが、天子の劉協《りゅうきょう》との一件があって以来、そのたびに憂鬱になるのもまた事実である。

許褚が道を空けると、降将の立場をわきまえた呂曠と呂翔は剣を預け、楼上に上がってきて曹操の足元にひれ伏した。「わが君にお詫びいたします」

「何を詫びるというのだ」曹操は二人の手に握られた錦嚢《きんのう》に目を留めた。「それは何だ」

呂曠は怯《おび》えながら答えた。「先ほど袁譚の娘が城内に送られてきた折り、お付きの童僕らしき者がわれらのもとへやって来ました。曰く、袁譚はわれらを引き続き袁氏の配下として迎え入れたいとのこと。袁尚が嫌なら自分のもとへ来ればいいと、この二つの印を残していったのです」

「ほう」曹操は錦嚢を開けてみた。真四角の金印が袋のなかで輝いている。大きさは四寸［約九センチ］ほどでかなり重量がある。曹操はすぐに呂曠に返した。「袁譚がそなたらに贈ったものだ。持っておくがよい」

「いいえ、滅相もございません」驚きのあまり、呂曠は金印を受け取り損ねて落とした。慌てて頭を敷石にこすりつけて訴えた。「われら二人はすでに明公《めいこう》に帰順した身、どうしてまた袁氏に命を捧げられましょう。河北の民も兵も袁氏のせいでひどく苦しんでおります。われらと袁譚はもはや仇も同然、明公がお疑いならばわれらは……」

曹操は腰をかがめて金印を拾うと、二人の懐にねじ込んだ。「わしがいつそなたらを疑った。袁譚はどう恩徳を施すべきかもわからぬ愚か者。たかが金印ごときで立派な将を引き抜けると思い違いしておる。天下のどこにそんなたやすきことがあろうか。そなたらがわしに差し出すというのなら、わしからもう一度そなたらに下賜しよう。加えて、そなたらに一つずつ玉印《ぎょくいん》も与えよう」

「玉印？」二人は戸惑って顔を見合わせた。

「そなたらの帰順を上奏し、二人を列侯に封じようと思っていたところだ」

「な、なんと！」呂曠と呂翔はしばし呆気にとられたが、すぐに声を揃《そろ》えて礼を述べた。「われら二人、この命が尽きるまで明公にお仕えいたします」呂曠と呂翔はとくに名将というわけではないが、いわゆる「隗《かい》よりはじめよ」である。これでほかの河北の将兵もこぞって投降してくるに違いない。

「はっはっは……」曹操は上機嫌で笑った。そして二人が城楼を下りていくのを目にしながら、周囲の者にしたり顔で話した。「袁譚の投降が偽りであることはとっくに見抜いていた。やつはわれらに袁尚を攻めさせ、その間に兵を集めて足場を固める気なのだ。わしが袁尚を滅ぼすころにはやつの準備も整い、疲れたわが軍を襲うつもりだろう。だが、やつはわかっておらん。袁尚を破れば、わが軍の士気はますます高まる。疲れたところを襲うなど生兵法もいいところだ」

許攸はこのたびの出兵を敵討ちと捉えている。血気にはやって促した。「阿《あ》瞞《まん》殿、すぐに出陣しましょう。まず袁尚の犬っころを打ち負かして、それから袁譚を叩きつぶしてやるのです」

「焦る必要はない」曹操は落ち着いていた。「袁譚が漁夫の利を狙っているのはお見通し。最後にやつとわしのどちらが笑うか見ものだのう。兄弟の争いはいくらひどくとも所詮は内輪もめ。だが、袁譚がこたび投降したことは、河北に対する重大な裏切り行為だ。憎しみを募らせた袁尚は裏切り者がつけ上がることを決して許さぬ。連中は敵であるわしと組むことはあっても、相手の下につくことは死んでもない。まあ見ているがいい。やつらは必ずまた争いはじめる。われらは高みの見物をすればよいのだ。そして機を見て一気に……そうだ、各陣営に伝えよ。明日の朝一番、全軍で南に移動する」

「撤兵ですか」一同が怪訝そうに顔を見合わせた。

「ここまで来ておいて撤兵などするものか」曹操は意味ありげに笑った。「淇《き》水《すい》(2)はちょうど黎陽の南にある。われらは淇水を堰き止めて白溝《はっこう》(3)に水を引き入れるのだ。そうすれば今後わが軍の兵糧は直接鄴城へ運ぶことができる。『工《たくみ》 其の事を善くせんと欲すれば、必ず先ず其の器を利《と》ぐ［職人はいい仕事をしようと思うと、必ずまず道具を磨く］』というからな。一切の準備を整えて来《きた》るべき好機に備えるのだ」

「さすがは明公、とてもわれらの及ぶところではありません」

曹操は朝廷での不愉快な思いからすっかり解放されていた。戦《いくさ》の火蓋はまだ切られていないが、すでに成算がある。曹操は遠くの山々を眺めて大きく息を吐いた——そのとき、曹操の耳に歌声が聞こえてきた。「おい、あの歌はなんだ?」

曹操が尋ねるあいだにも、歌声はよりはっきりと大きくなっていく。どうやら士気を高める軍歌のようである。一同は楼上から見下ろして歌っている者を探したが、兵士らは草を刈ったり馬に飼い葉をやったり、またある者は兵糧を運んだりと、おのおの仕事に勤《いそ》しんでいるだけである。だが、よく目を凝らすと、兵士の多くが楽しそうに歌いながら手を動かしていた。一人が歌えば百人が声を合わせるといった具合に、歌声はどんどん大きくなり、最後には天地を揺るがす大合唱となった。

千騎 風の靡《なび》くに随《したが》い、万騎 正に竜の驤《おど》るがごとし。
金鼓《きんこ》 上下を震わせ、干戚《かんせき》 縦横に紛《みだ》る。
白旄素蜺《はくぼうそげい》の若《ごと》く、丹旗《たんき》 朱光《しゅこう》を発す。
太王《たいおう》の徳を追思《ついし》せば、宇《う》を胥《み》て臧《ぞう》とするに足るを識《し》る。

万歳林《ばんざいりん》を経歴《けいれき》し、行き行きて黎陽に到る。

「千軍万馬は風になびく草のよう、勢いよく身をうねらせる竜のよう。

陣太鼓は天に轟き地をどよもし、得物《えもの》は縦横無尽に繰り出される。

天子の御旗は白き虹のようにたなびき、錦の旗指物はきらきらと光を放つ。

その昔、古公亶父《ここうたんぽ》（周《しゅう》の文《ぶん》王の祖父）は、地勢の善し悪しを見て宮殿を建てたという。

そのころから植わっているであろう万年の古木の林を過ぎ、大軍はどんどん進んで黎陽に到着する」


「上手い！」曹操が興奮して周囲を見回した。「この詩はわが軍の士気を大いに上げておる。いったい誰の作だ？」

一同はかぶりを振ったが、記室《きしつ》の劉楨《りゅうてい》が前に進み出て答えた。「申し上げます。この詩はご長男がお作りになったものです」曹丕は呉質《ごしつ》の指摘を受けてから、ずっと己の才覚を披露する機会を窺っていた。この行軍中にも三首の詩を書き上げると、曹真《そうしん》や曹休《そうきゅう》、王忠《おうちゅう》、朱鑠《しゅしゃく》らにあちこちで歌わせて広めさせていたのである。おかげで数日も経ったころには、炊事担当の兵士でさえ曹丕の詩を歌えるようになっていた。

息子の作だと聞いて、曹操の心は花が開いたように明るくなったが、あえてあらを探した。「ただ歌詞にいささか品がないな。まあ、兵が歌うにはちょうどよかろう」そう指摘するなり顔を背け、隠しきれない笑みを周囲に見られないようにした。

曹丕と親しい劉楨は、この機を逃さず曹丕を褒めた。「ここ数日、若君はずいぶん心を砕いておいで、詩のみならず、折りに触れ城内の民をいたわっております」曹操の息子を悪くいう者などどこにもいない。劉楨が口火を切ると、ほかの者も口々に曹丕を褒めそやし、英雄の血が子に受け継がれていると、こぞって追従《ついしょう》した。

董昭も俯《うつむ》きながら曹操に近づいて称賛した。「才智を比べますれば、袁本初の息子は揃って凡庸ですが、曹公のご子息はすでに英傑でございます」

「たかが詩一つで褒めすぎだ」曹操は遠くを眺めたまま微笑んだ。

「立派なご子息を得ることほど、人生において喜ばしいことはないでしょう」董昭はそう称えながら曹操の表情を盗み見た。「漢の御代でも父子が揃って名臣だった例は少なくありません。李郃《りこう》と李固《こ》は二代にわたる賢臣、周景《しゅうけい》と周忠《しゅうちゅう》は父子ともに三公を務め、楊《よう》家一門は四代にわたって輔政《ほせい》の任を務めました。曹公のご子息も将来は有望でございます。いずれ大業が成り、曹公が政《まつりごと》を天子にお返しして退かれましても、ご子息が才を発揮して朝廷をもり立ててくれるでしょう」

最初は喜んで耳を傾けていた曹操だったが、大業が成るだとか政を天子に返すという言葉を耳にして笑顔が凍りついた――天子はまだ若いがわしはもう五十、しかも劉協はわしを憎んでいる。わしが退いて政を返したら、子や孫が朝堂に立つことを許しはすまい。そのときわが一族は……その後降りかかるであろう災厄を想像すると、またかすかに頭痛がしはじめ、その顔から微笑みが消えた。

そして董昭は、曹操の表情の微妙な変化に気づいていた……

（1）譚とは大きいこと。学問や技芸を習い修めてそれが長くなれば大いに発展するということ。

（2）淇水は昔の黄河の支流であり、いまの河南省北部を流れていた。
（3）白溝はいまの衛河《えいが》の上流にあたり、遠くは太行《たいこう》山脈のあたりまで続いていた。漢代にはすでに涸《か》れていたが、曹操が大規模な工事を行って淇水の水を引き入れ、天津《てんしん》市の海にまで通じさせた。

神医、華佗《かだ》

曹操は黎陽《れいよう》で袁譚《えんたん》と対面し、その人物を見極めると、政略結婚によって縁戚関係を結んだ。しかし、軍を鄴《ぎょう》城に向けることはせず、その間に大規模な灌漑工事を進めた。淇水《きすい》に堰《せき》を築き、溜まった水を干上がっていた白溝《はっこう》へと流し込んだ。こうして鄴城への糧道《りょうどう》を確保しつつ、袁氏兄弟が再び戦いはじめるのを静かに待った。

いつの世にも愚か者はいる。生前の袁紹《えんしょう》は河北《かほく》に覇を唱え、その名は天下に轟いていたが、不肖の息子二人は兄弟で協力せよとの父の遺言さえ心に留めなかった。兄の袁譚は弟を破るため、外敵に投降して臆面もなく膝を屈し、弟の袁尚《えんしょう》も目の前の敵にかまうことなく、兄を滅ぼすことばかり考えた。

建安《けんあん》九年（西暦二〇四年）二月、袁尚は黎陽の曹操軍に動きがないのを見て取ると、審配《しんぱい》と蘇由《そゆう》に鄴城の守りを託し、自らは大軍を率いて再び平原《へいげん》へと出陣した。平原で兵馬を集めて勢いを盛り返している兄の袁譚と、今度こそ雌雄を決するつもりだった。曹操は好機到来とばかりに、すぐに鄴城を攻めた。鄴城を守る蘇由は辛毗《しんぴ》と内応の約束を交わしていたが、その企みが露見したため慌てて挙兵した。だが審配に敗れ、洹水《かんすい》まで逃がれて曹操軍に合流した。この謀反のせいで審配は出足が遅れ、曹操軍を阻止する機会を失った。こうして河北の要衝である鄴城は、一度も戦うことなく曹操軍に包囲された。

曹操は城壁の下に土山を築き、雲梯《うんてい》を架け、地下道を掘って、およそ考えられる限りの方法で城を攻めた。袁尚自身は袁譚との戦いの最中で、兵を返して城を救う余裕はなかったが、沮授《そじゅ》の子の沮鵠《そこく》に邯鄲《かんたん》［河北省南部］を、武安県《ぶあん》［河北省南西部］の長である尹楷《いんかい》に毛城《もう》［河北省南西部］を守らせた。こうすることで幽州《ゆう》、幷州《へい》から鄴城へと続く要路を押さえ、両州から援軍と兵糧を送らせようとした。だが、それを黙って見過ごす曹操ではない。軍を二隊に分けて曹洪《そうこう》に鄴城の包囲を任せると、自らはすぐに兵を率いて毛城を落とし、続いて邯鄲城を抜き、西と北からつながる敵の糧道を断った。これにより冀州《き》の人心はにわかに動揺しはじめた。易陽県《えきよう》［河北省南部］の県令の韓範《かんはん》や渉県《しょう》［河北省南西部］の県長の梁岐《りょうき》は城を挙げて降伏し、曹操によって関内侯《かんだいこう》に封じられた。三月《みつき》も経たないうちに、あちこちの郡県が次々と降伏し、かくして鄴城は孤立無援となった。

だが、鄴城は袁紹が拠点とした堅固な城である。審配も硬骨漢で、一朝一夕では落ちなかった。幸い辛毗や董昭《とうしょう》、許攸《きょゆう》といった、かつて袁紹に仕えていた者は河北でも名を知られており、変わるがわる敵軍の前に出ては投降を呼びかけたおかげで、毎日のように大勢の兵士や官吏が城を抜け出して曹操軍に帰順した。こうして硬軟両面から攻め立てて徐々に鄴城の勢いをそぎ、その間にも城内の食糧はみるみる減っていった。攻城戦は思いのほか順調に進んだ。曹操もいつしか許都《きょと》での不愉快な思いを忘れ、毎日陣を見て回るほか、幕舎《ばくしゃ》では兵書に注釈をつけた。袁譚や袁尚の動向を探りつつ、英気を養って鄴城の状況が変わるのを悠然と待ったのである。

今日もいつもと同じように、荀攸《じゅんゆう》、郭嘉《かくか》、婁圭《ろうけい》が中軍の幕舎に集まって次の一手を相談し、辛毗と許攸は白い旗を持って城下で投降を勧めた。曹操は自ら注釈をつけた兵書をのんびり整理していた。するとある一文がふと目に飛び込んできた。「敵 佚《いつ》すれば能《よ》く之を労《つか》れしめ、飽《あ》けば能く之を飢えしめ、安んずれば能く之を動かす。其の必ず趨《おもむ》く所に出《い》で、其の意《おも》わざる所に趨く［敵の休息が充分ならば疲れさせ、敵の兵糧が足りているならば不足するように仕向け、敵が安心して駐屯しているならば移動させる。敵が必ずやってくるであろう地点に先回りして出撃し、敵が予期していない地点に急襲をかける］」この言葉はまさに目の前の状況と同じである。曹操は宝物でも見つけたかのように感じてそこに注をつけた。「糧道を絶ち以《もっ》て之《これ》を飢えしむ。其の必ず愛《お》しむ所を攻め、其の必ず趨《おもむ》く所に出《い》ずれば、則《すなわ》ち敵をして相救わざるを得ざらしむ［敵の糧道を断って不足するように仕向け、敵の戦略的要地を攻め、敵が必ずやってくるであろう地点に先回りして出撃する。そうすれば敵は互いに救援に向かわざるをえなくなる］」書き込んだ自身の注釈を読みながら、曹操は満足げに微笑んだ。

荀攸を手伝って書巻の整理をしていた路粋《ろすい》はそれをめざとく見つけると、すぐに近づいてごますりをはじめた。「ここ数年でわが君が注釈をおつけになった兵書はかなりの数になりました。『三略《さんりゃく》』『六韜《りくとう》』『司馬法《しばほう》』『尉繚子《うつりょうし》』『孫子《そんし》』『墨子《ぼくし》』『孫臏《そんぴん》』など、十三の大箱がいっぱいです。いくらか選んでまとめるだけで古今随一の兵書となりましょう」

曹操もうずたかく積まれた書巻をなでながらうなずいた。「かねてより『兵書接要《へいしょせつよう》』なるものを編みたいと思っているが、民草はこの乱れた天地《あめつち》のもと、いまも飢えに苦しんでおる。これは兵法では解決できんのだ。やはり社稷《しゃしょく》を復興し、世を正しく治めて民草を救う長久の策こそ肝要だ。先日、仲長統《ちゅうちょうとう》が教えてくれたのだが、『国の国為《た》る所以《ゆえん》は、民有るを以てなり。民の民為る所以は、穀有るを以てなり。穀の豊殖《ほうしょく》する所以は、民の功有るを以てなり［国は民がいてはじめて国であり、民は食べるものがあってはじめて民であり、五穀が豊作になるのは民の働きによってである］』だという。黄巾《こうきん》の乱以来、田畑は荒れて民は四散し、いまや天下の戸籍はかつての三分の一にも満たぬほどだ。賊徒を討って天下を統一したとしても、やるべきことはまだまだ多い」当初は仲長統にわだかまりを抱いていた曹操も、長く接するうちにその主張に興味を持ちはじめていた。

このとき、荀攸が一通の報告書を持ってきて曹操に手渡した。「わが君、これをご覧ください。令《れい》君《くん》が許都から送って来たものですが、江東《こうとう》の孫権《そんけん》が江夏《こうか》に兵を出したそうです」

「何⁉」曹操は耳を疑い、慌てて書簡を開いた――孫権が父と兄の地位を受け継いでわずか三年、もうかつての勢いを取り戻したというのか――江夏を攻めたのは、黄祖《こうそ》を捕えて父の仇を討とうと考えたからであろう。より注視すべきは、朝廷が呼び戻すと決定したばかりの先の呉《ご》郡太守盛憲《せいけん》を、出陣前に殺《あや》めたことだ。さらに、江東に避難していた孫邵《そんしょう》は孫権から長史《ちょうし》に任じられ、江東にとどまる道を選んだという。これらは両者の休戦状態が呆気なく終わりを迎えたことを意味する。

曹操は眉間に皺《しわ》を寄せ、荀彧の報告書を軽く指ではじいた。「孫権は本気で手のひらを返すつもりのようだ」

路粋が笑った。「孫権が黄祖を討つのは喜ばしいことではありませんか。やつが再び劉表《りゅうひょう》と事を構えれば、わが君も河北の戦《いくさ》に集中でき……」

「黙れ！」曹操は路粋を睨んだ。「おぬしに何がわかる。さっさと自分の仕事をしろ」曹操から見れば、路粋や繁欽《はんきん》、劉楨《りゅうてい》らは物を書くことや弁舌には長けているが、重要な軍事に口を挟めるような器ではない。

荀攸もやはり孫権の出兵を喜ばしいとは捉えていなかった。「戦上手の孫氏に高齢の黄祖では相手になりますまい。孫権が江夏を手に入れれば、将来必ずや大患《たいかん》となりましょう。早急に手を打たれたほうがよろしいかと」

「手を打つか……」曹操はしばし考え込んでから命《めい》を下した。「合肥《ごうひ》［安徽《あんき》省中部］だ、合肥を備えとする。劉馥《りゅうふく》に命じて城の修復を急がせよ。淮南《わいなん》［淮河《わいが》以南、長江以北の地方］の地をしっかり固めておくのだ。そのうちわしが孫権の若造に思い知らせてやる」新しく揚《よう》州刺史《しし》に任命された劉馥は孫権に阻まれて丹陽《たんよう》に赴任できず、合肥で足止めを食っていた。近ごろでは流民を集めて芍陂《しゃくひ》(1)を修復するなどの実績を挙げている。

郭嘉が横から口を挟んだ。「わたしに淮南を守る策があります」

「早く申すがいい」いまや曹操は郭嘉の策に頼り切っていた。

「わが君は中原で民による屯田をなさっていますが、孫権との最前線の地でも軍による屯田をなさればよいかと存じます。監督には倉慈《そうじ》を推挙します。この者は淮南の出で郡吏をやっておりました。倉慈を典農校尉《てんのうこうい》として現地に遣わし、民を募って田畑を耕すかたわら兵として訓練すれば、兵糧と守備兵の問題は一挙に解決します。さらに、合肥城の修復もさせれば、江北《こうほく》［長江下流の北岸］の地の守りは万全といえましょう。ひょっとするとわが君のために精鋭軍が出来上がるかもしれません」

「おお、よい考えだ」曹操は手を打って喜んだ。「すぐに倉慈を遣わそう。だが、典農校尉とするのはよくない。軍による屯田であるからには区別すべきだ。そうだな、特別に綏集都尉《すいしゅうとい》の職を新設しよう。綏集とは国の境を守って民を安んじるという意味だ」

「わが君の深いお考え、到底われらの及ぶところではありません」曹操に対していつ献策し、いつ機嫌を取るべきか、その点で郭嘉はもはや達人の境地に入っていた。

笑みを返した曹操は、また別のことを思い出した。「孫策《そんさく》が死んだとき、劉表の甥の劉磐《りゅうばん》は武勇を恃《たの》みに江東を騒がせていただろう。近ごろ動きがないのはなぜだ。それどころか孫権の侵攻を許すとはどうなっておる？」

これには董昭がまじめな顔で答えた。「以前、華歆《かきん》が申しておりました。孫権は東莱《とうらい》の太史慈《たいしじ》なる者を建昌《けんしょう》［江西《こうせい》省北西部］の都尉《とい》につけたそうでございます。この者は騎射に優れ、配下の兵も勇猛果敢、劉磐は幾度も敗れて戦う意欲をなくしたのだとか」

「東莱の太史慈か……」曹操もその名は知っていた。当時、北海《ほっかい》の相《しょう》であった孔融《こうゆう》が黄巾賊に包囲されたとき、太史慈は弓矢一つで重囲《じゅうい》を突破して劉備《りゅうび》に救援を求めたという。のちに孔融が許都に呼び戻されると、太史慈は揚州刺史だった劉繇《りゅうよう》のもとに身を投じた。そして孫策と劉繇が争った際、騎兵一人を従えて見回りをしていた太史慈は、十三騎を引き連れた孫策と出くわして兵刃を交えた。孫策は太史慈の短戟を、太史慈は孫策の兜を奪い、激しい命のやり取りを通じて二人は互いを深く知ったという。のちに劉繇が敗れ、太史慈は孫策の部下となった。いまや孫権は、孫邵ら江南《こうなん》［長江下流の南岸一帯］に避難した名士のみならず、太史慈のような武勇に優れた将まで手に入れたのである。孫策の勢いが盛んだったころ、江東の者は「小覇王《しょうはおう》」と称えたが、どうやら孫権も兄と遜色ないようだ。なんと英傑揃《ぞろ》いの一族ではないか。自分の体が一つしかない以上、いまはどうすることもできないが、何か手を打って孫権の両翼をそがねばならない。それにもし太史慈のような勇将を朝廷に帰順させられれば、どれほど役に立つことか。

孫権の動きをいかにして封じるか、曹操が頭を悩ませていると、許褚が幕舎に飛び込んできた。「申し上げます。任峻《じんしゅん》の身内の任藩《じんはん》が、急ぎわが君にお会いしたいと参っております」

「任藩が許都から何の用だ。まさか……」曹操の胸がどきりと鳴り、不吉な予感が頭をもたげてきた。果たして、喪服に身を包んだ任藩が泣きながら帳《とばり》の前に身を投げ出した——任峻が死んだのか！

任峻、字《あざな》は伯達《はくたつ》、曹操の従妹《いとこ》の夫であり、大切な右腕でもあった。董卓《とうたく》討伐のころ、つまり曹操がもっとも苦しかった時期に危険を顧みず加わってくれた。官渡《かんと》の戦いでは兵糧の運搬を司り、河北軍が曹操軍の糧道を断とうと挑んできても、そのたびにそれを跳ね返した。任峻の最大の功績は、屯田を推し進めたことである。おかげで朝廷は大軍を擁することができ、曹操も安心して各地に征伐に繰り出せた。棗祗《そうし》がはじめて、任峻が軌道に乗せた屯田制、その二人がいまはもうこの世にいない。曹操の胸に激しい悲しみの波が襲ってきた。

報告に来た任藩がにじり寄ってくる。近づくにつれ悲しみが大きくなり、次から次へと涙が溢《あふ》れてきた。幕僚たちも任峻とは長い付き合いである。なかには大声を上げて泣く者もいた。ちょうど近くの幕舎にいた曹丕《そうひ》、曹真《そうしん》、曹休《そうきゅう》もその泣き声を聞きつけ、すぐにやって来て曹操に駆け寄ると左右から慰めた。曹操はようやく泣きやみ、任藩の手を取って繰り返し言い含めた。「まだ若い伯達が病を得て亡くなるとは、なんたる不幸だ。鬼籍《きせき》に入ってもその功績と爵位は失われておらぬ。そなたは急いで朝廷に上奏し、伯達の爵位を息子の任先《じんせん》に継がせるよう願い出るがいい。わしは戦場にあって葬儀の世話もできぬ。任先はまだ幼いゆえ、そなたや一族の者らがきちんと気を配ってやるように」

「力を尽くします……」任藩は声を震わせて答えた。

妻圭は、これ以上任藩がそばにいては曹操の悲しみも収まらないと考え、急いで任藩を助け起こすと、慰めながら外へ連れ出した。あまりの悲しみで激しくすすり上げたせいか、曹操は突如として頭に痛みを感じた。目の前がぐるぐると回りはじめ、視界が徐々にぼやけてくる。涙のせいかと思いぐっとぬぐってみても、しだいに隣の者さえ二重に見えてきた。曹操は恐ろしくなって思わず叫んだ。

「目が……わしの目が……」

「わが君!」曹操の容態が急変したとあって、しめやかな雰囲気も吹き飛び、周囲の者は慌てて曹操のもとへ集まった。

目の前がかすみ、何もかもはっきりと見えない。曹操は両手であたりを探るようにして、卓上に積み上げていた報告書を下に落としてしまった。さらには痛みのあまり倒れ込み、頭を抱えてのたうち回った。「うう、頭が……頭が割れる!」

玉帯《ぎょくたい》に詔《みことのり》が仕込まれたあのときから、曹操は頭痛を持つようになった。その後も発作はしょっちゅうあったが、今日ほどひどい状態になったことはない。曹操があちこちにぶつかって怪我をしないよう、みな両手を広げて曹操を囲んだり押さえたりした。郭嘉が機転を利かせ、曹操の口を開けて白湯《さゆ》を飲ませたが、頭痛が収まる様子はまったくない。曹操は失明したかのように両目を細め、汗をだらだらと垂らしながら苦しげに唸《うな》り続けた。

これは尋常ではない、そう感じた婁圭は慌てて老軍医と若い軍医を連れてきた。すぐに一人が脈を取り、一人が瞼を裏返して眼球を覗き込んだ。しばらくすると、老軍医のほうが髭をしごきつつ見立てを伝えた。「わが君は気血《きけつ》が滞り頭痛を起こしております。寒気が原因でしょう」だが、若い軍医は手を振って否定した。「怒りが肝《かん》の臓を、悲しみが肺腑を傷めたのです。あまりにも激しい悲しみによって意識が混濁し、目眩《めまい》と頭痛を引き起こしているのです」

「違う、違う……意識が混濁したくらいでこれほどひどい症状にはならん」

老軍医の言葉にも若い軍医は納得しなかった。「あなたの見立てこそ間違っております。五月の天気で寒気を覚えるはずがありません」

この二人は宮中で陛下の病を診たこともある腕前だが、互いに己の見立てを主張し合って一歩も引かない。病の原因さえ一向に定まらず、幕僚たちも気が気でない。曹操は目を閉じて頭を左右に振り、頭が痛い、目が回ると、それ以外の言葉を知らぬかのように叫び続けた。俗にも父子の心は一つというが、曹丕も焦りのあまり地団駄を踏んで叫んだ。「父上、どうなさったのです！」

そのとき、うろうろと取り乱していた曹休が、はたと自分の額を軽く叩いた。「そうだ！　陣中には陳季弼《ちんきひつ》［陳矯《ちんきょう》］に招かれた華佗《かだ》先生がいらしたはず。早く呼んできて診ていただこう」

曹丕もやっと我に返り、二人は幕舎を飛び出して華佗を探した。あちこち走り回って、ようやく奥のほうの幕舎にいた陳矯を見つけた。ちょうど程昱《ていいく》や卞秉《べんへい》と兵糧の計算をしている。二人は陳矯に曹操の病状を説明した。すぐにでも華佗が治療してくれるものと思っていたが、陳矯は難色を示した。

「華先生は非常に気難しい方です。陣中にいるとはいえ医者として従事することは望んでおりません。

頼んでみてもおそらくは……」

曹丕は焦って叫んだ。「そんな悠長なことを言っている場合じゃないんです。早く華佗をよこしてください」

陳矯は投げやりに答えた。「治療をお望みなら、若君ご自身でお迎えに行かれたほうがよろしいかと」

「わかりました。治療さえしてくれるなら叩頭でも何でもします。早く案内してください」曹丕は有無を言わせず陳矯を外に引っ張り出した。

華佗、またの名を華旉《かふ》、字は元化《げんか》。曹家とは同郷であるが往き来はない。幼いころから経書や史書を熟読し、徐州《じょ》で学んだ。陳登《ちんとう》の父で沛《はい》国の相だった陳珪《ちんけい》により孝廉《こうれん》に挙げられた。養生の道に精通し、医術に長じていたため、貧しい者や病人をよく治療してやった。だが、そのために学問の才は埋もれ、医術の名声の陰に隠れてしまう格好となった。沛国の者たちは華佗のことを神仙の生まれ変わりで、どんな難しい病も治せると褒め称えた。骨を削って毒を取り除いたとか、はらわたを取り出して洗ったとか、果ては頭蓋を開いて虱《しらみ》を取っただとか、死人を生き返らせて白骨に肉をつけたなどという荒唐無稽な噂《うわさ》まで広まった。また、方術に秀でて陰陽の道を極めているとも言われた。

しかし、華佗本人は医術を生業《なりわい》として考えたことはない。それはあくまで趣味に過ぎなかったため、陳矯に軍医として陣中に招かれたこともひどく不本意だった。とはいえ、曹操の威光を笠に着て求められたのでは断れず、唯々諾々と従うほかかない。陳矯は華佗の才をことのほか高く買っていたため、曹操が医者を軽んじているのは承知しつつも、陣の隅のほうに小さな幕舎を与え、世話係として二人の兵をつけていた。華佗は機嫌がいいと負傷した将兵たちの怪我を治療してくれたが、虫の居所が悪いときは幕舎を閉め切って誰であろうと相手にしなかった。

曹丕らが駆けつけたとき、あいにく華佗の幕舎は閉め切られていた。表では下男らしい若い男が兵の傷口を手当てしていた。曹丕は陳矯が止めるのも聞かず、幕舎のなかにずかずかと入り込んだ。帳を開けると薬の臭いが鼻をつき、なかには書巻や薬箱が積み重なっていた。寝床に目を遣ると、白髪で白い髭を蓄えた老人が横になって書巻を手にしていた。よほど興味深い内容なのか、書巻からまったく目を離そうとしない。

「華先生ですか」焦る曹丕は礼儀もわきまえず、せっかちに尋ねた。

老人は何も聞こえていないかのように寝返りを打ち、曹丕に背を向けて書巻を読み続けている。曹丕は貴顕の子弟である。相手の不遜な態度に腹を立て、思わず怒鳴りつけようとしたが、曹休に後ろから止められた。二人の後ろで陳矯が老人に深々と礼をした。「華先生、お休みのところ申し訳ありません。曹家の若君が先生にお目にかかりたいと参っております」

華佗は振り向きもせずに答えた。「世間知らずの老いぼれゆえ、高貴な方に対する礼儀をわきまえませんでな。どうかお引き取りを」落ち着き払ったその声は軽やかでさえあったが、曹丕は余計に無礼だと感じた。陳矯は、またも華佗を怒鳴りつけようとする曹丕の口を手で押さえながら頼んだ。「実は若君は、わが君の病を診ていただきたいとお願いに参ったのです。ご足労ですが、お越し願えませんか」

華佗は依然として背を向けて横になったまま、淡々と尋ねた。「曹公はどこが悪いのかね」

陳矯はさらに丁寧に答えた。「わが君は長らく頭痛の持病がおありです。都にいらっしゃるときは侍医に診させていたのですが、好くなったり悪くなったりでした。今日の発作はとりわけひどく、両目もはっきり見えないほどだそうです。どうか華先生、お助けください」

「頭痛？」華佗の背中が小さく揺れた。どうやら笑っているようである。

曹丕は陳矯の手を振り払い、怒り心頭に発して怒鳴った。「先生を軍中に招いたのは父上の病を治療してもらうため。軍医の身でありながら治療しないばかりか、主《あるじ》の病が重いと聞いて笑うとは、いったいどういうつもりです！」

「若君は勘違いしておられる」華佗はなお向き直ることもせず、静かに話しだした。「わしは曹公の病が重いと聞いて笑ったのではありません。軍医が病に疎《うと》いのを笑ったのです。浅いところの痛みで急性のものを頭痛といい、深いところで慢性のものを頭風《とうふう》という。頭痛は突発的で収まるのも早い。対して頭風は発作が止まず、ひどくなる一方です。頭風の多くは憂いや怒りといった気の不調から起こります。怒りが肝《かん》の臓を傷つけ、憂いで病状が進行し、それらが頭にまで影響を及ぼすのです。五臓六腑や気血が不調に見舞われると頭風が発症し、目眩が起こり視界がぼやけます……わしが見るところ、こたびの戦はさほど曹公の心を煩わせておらぬようですし、ここ数日もさしておつらそうには見えませんでした。おそらくは、許都を離れる前にすでに鬱憤が胸中にあったのでしょう。ちょうど冬から春への季節の変わり目、今日は何か気を乱すきっかけがあり、それで持病が発症したに違いありません」

これを聞いた曹丕は驚き、怒りもきれいに消え失せた。詳しくは知らないが、許都の皇宮《こうぐう》であったことが父の鬱憤の源であり、任峻の死の知らせが発作の原因になったということだろう。こうした経緯は華佗にはひと言も告げていないのに、症状を聞いただけでほとんど言い当てたのである。曹丕は神医《しんい》と称されるそのわけを思い知らされた。陳登や李成《りせい》の死を見抜いていたことも思い起こされ、さっきまでの自分の態度を反省した。慌てて衣冠を正し、深々と一礼した。「先ほどはたいへん失礼しました。わたくし曹丕と申します」

「ご丁寧にどうも……」華佗はようやく振り返って体を起こした。曹丕は華佗の姿をじっくりと眺めた――身の丈は七尺［約百六十一センチ］ほど、骨格からも非凡さが窺われる。粗末な青い衣を身にまとい、鬢《びん》や髭は雪のように真っ白で、枯れた小枝を簪代《かんざし》わりに頭に挿している。かなりの年齢と思えるのに肌はつやつやとして皺一つない。よく通った高い鼻筋にきりりと結ばれた口元、細い眉に長いあご髭、深くくぼんだ両の眼《まなこ》は炯々《けいけい》として光を放っている。長く優雅な手に握られているのは、『内経《なんけい》』(2)や『本草《ほんぞう》』(3)、『難経《なんぎょう》』(4)、『素問《そもん》』(5)といった医書ではなく、六経《りくけい》の一つである『春秋《しゅんじゅう》』である。所作は飄々として凡人と異なり、まるで仙人のようである。沛国の民は華佗を神仙の生まれ変わりで百歳を過ぎているなどと噂しているが、でたらめだとしても、白髪の童顔はなるほど修業を積んだ仙人を思わせた。

曹丕は華佗の非凡な容貌を見て喜んだ。病の原因を見抜いたからには治せるに違いない、そう思って華佗に再度拝礼した。「先生の医術の腕をもって父の病を治していただきたいのです。必ずや厚くお礼をさせていただきます」

「これはこれは」華佗は微笑みながら曹丕に面《おもて》を上げるよう言った。「わしは曹公にお会いしたことはありませんが、気性の激しい人だと聞いております。喜怒哀楽といった感情は体を傷つけます。怒りはのぼせや嘔吐など下降すべきものを逆行させ、喜びは緊張を弛ませ、悲しみは気を滅入らせて気力を消耗させ、恐れは精気を失わせ、驚きは気を乱し、悩みは気を凝り固まらせます。お父上は日々政務に忙しく、怒ったり憂えたりすることが多いのではありませんか。御年も五十を超えておられるのに、長年戦場に身を置いて休むこともままならない。これらすべてが病を重くしたのでしょう。衰えるのは力だけではありません。骨や脾臓、胃も若いころと同じく元気というわけにはいかぬのです。そう考えれば、頭風を患うのも当然のこと。曹公が気持ちを落ち着かせ、ゆっくりと呼吸し、日々憂えず怒らず、苛立たず焦らずなさって、はじめていくぶんか和らぐのです」

「和らぐ？　しかしそれでは……」

華佗は曹丕が言い返す前に続けて言った。「こうしましょう。薬の処方を書きますので、それを曹公のおそばの軍医たちに検討していただくのです」そう話しながら筆を執って処方箋を書きはじめた。

陳矯はそれがその場しのぎだと気づき、急いで華佗の手を押しとどめた。「お待ちください。曹公の病は急を要するゆえ、やはり先生にご足労を願いたく存じます」

華佗は微笑みながらも体良《てい》く断った。「曹公のおそばの軍医たちは天子にもお仕えしていた方々、いまだ病根を絶つに至らずとはいえ、医術の腕は確かなはず。わしごとき草莽の医者が、そうした面々を差し置いて診るわけにはまいりません」

「それは違います」陳矯は反論した。「先生は曹公のお召しにより軍中に参ったのですから、いまや曹公の配下です。主の病を診ないなどという道理はありません。たとえ軍医らが診ているにせよ、わが君のご命令とあらば行かねばなりますまい。親孝行な若君の顔も立ててあげてくださいﾞ」

優しげな笑顔と裏腹に、華佗は内心困惑していた――そもそもは経書を学び、朝廷で天子のために力を尽くしたいと考えていた。だが「春秋に義戦なし」、乱世にあって群雄に仕えることを潔しとしなかった。それゆえに、華佗はこれまで医の道で民を救ってきたのである。いまここにいるのも無理やり連れて来られたに過ぎなかった。ここでもし曹操の病を治せば、きっと長らくその身辺に留め置かれ、世の人々を診ることはできぬであろう。さらに言えば、華佗はいま医書を編む計画を立てていた。曹操に拘束されればその時間も奪われてしまう。それに華佗には陳登の配置換えの一件で、曹操が猜疑心の強い人物であることはわかっていた。そんな者が果たして医者の指示に従って養生するだろうか。それで万一治らなかったら、どんな結果が待ち受けているか考えるだに恐ろしい。

陳矯はもっともらしい理屈を並べ立てた。「先生、医は仁術と言うではありませんか。曹公は朝廷で輔政《ほせい》の任にあり、その身の健康は天下万民に関わります。つまり先生が曹公の病を治せば、それはすなわち天下の万民を救うことにもなるのです。これほどの高い徳がありましょうか。『危うくして持せず、顚《くつがえ》って扶《たす》けずんば、則ち将《は》た焉《いずく》んぞ彼《か》の相《しょう》を用いん［主君の危うきを支えず、倒れても助けないというのでは、それを助ける者はいったい何のためにいるのか］』と申します。それにまた、医者は父母の心を持ちたまえとも……」

華佗の瞳は、見る者が吸い込まれそうなほど深く透き通っている。白い髭をひねりながらしばし黙り込み、ややあって口を開いた。「高貴な方は尊大な振る舞いで臣下に相対し、臣下は恐れを抱きつつ恭《うやうや》しく承るもの。いまの世でもっとも高貴なお方は曹公ですが、かたやわしは礼儀も知らぬただの老いぼれ、お会いすれば怒りを買うだけです」

「お願いです！」曹丕は再び頭を下げた。「父は目眩がひどく、立つこともままなりません。先生は医術で人々を救ってこられた。病んだ人を目の前にして見過ごすというのですか」

一介の布衣《ふい》の身でありながら曹丕から三度も拝礼を受け、華佗は忍びなくなってきた。そこで眉間に皺を寄せながら告げた。「そうまで仰るなら、まあよいでしょう……ですが、わしは日ごろから五つの相手には治療しないと決めております」

「それはどのようなものでしょう」曹丕が恭しく尋ねた。

華佗が居住まいを正して答えた。「わがままを通して勝手に処方を変える者、慎んで身を養生しない者、ひどく虚弱で薬を使えない者、そして、怠けるだけで大病のふりをする者です」

曹丕はいちいちうなずき、どれももっともだと納得した。病人が医者の指示を聞かなかったり、自ら病気を悪化させたりするのでは、華佗ほどの名医であっても病を治すことは不可能であろう。指折り数えつつ華佗の話を聞いていた曹丕は先を促した。「これで四つ。あとの一つはどのような相手でしょうか」

華佗は苦笑いを浮かべてため息をついた。「若君は斉《せい》の桓《かん》公(6)と扁鵲《へんじゃく》の話をご存じありませんか。強情で疑い深く、病を隠して医者を嫌う者は、決して治療することはできません」

これに対して曹丕は躊躇《ちゅうちょ》なく答えた。「華先生、わたしの父はわが朝で輔政の任にあって道理に明るく、賢人や名士に礼をもって接します。桓公のように病を疑ったり医者を嫌う人間ではありません。しかも、いま実際に病で苦しんでいるのですから、先生の言いつけに逆らうはずもありません。これ以上気を揉まず、早く一緒に来てください」言い終えると華佗の手を引っ張った。陳矯と曹休も左右から外へ連れ出そうとする。

華佗もこれ以上は逆らえなかった。「若君の仰るとおりならよいのですが……では、治療に必要なものを用意させますから少しお待ちください」そう言うと、華佗は表で兵士の手当てをしていた弟子の李璫之《りとうし》に薬箱の用意を命じた。

曹丕ら三人が華佗を取り囲むようにして中軍の幕舎へ戻ってくると、曹操は先ほどのように喚《わめ》いてはいなかったが、なお苦しさに呻《うめ》き続けていた。その目は焦点も定まっておらず、幕僚たちもおろおろするばかりでなす術がない。二人の軍医は相変わらず病気の原因がどこにあるかで言い争い、何の治療方法も見いだせないでいる。

ここまで来たらあとは治療するのみである。華佗も遠慮しなかった。二人の軍医を押しのけると曹操のそばに近づき、弟子に灯《あか》りをともさせて詳しく診察しはじめた。やがて華佗は懐から布袋を取り出し、そこから四本の鍼《はり》を抜き出した。灯りの火で少し鍼の先をあぶり、片手で曹操の頭を押さえた。曹操の腰を支えていた許褚はそれを見て慌てて怒鳴った。「無礼なやつめ、天下の司空《しくう》の頭に鍼を打つ気か！」

華佗はため息をついた。曹操の治療は簡単ではなさそうだ。曹操自身だけでなく周りの者まで融通が利かない。曹休が許褚を引き離して説明した。「こちらは華先生、陣中に来て日は浅いが軍医だ……先生、お気になさらず。早く鍼を打ってください」

これでもう邪魔をする者はいない。華佗は素早く曹操の首を起こすと寝台にまっすぐ座らせ、頭頂の髪を探るようにかき分けた。「明公《めいこう》、失礼をば」そう軽く声をかけると、両眉のあいだと頭頂に手早く鍼を二本打った。

これを見た二人の軍医は呆気にとられ、言い争うのも忘れてつぶやいた。「そういえば『素問』にあったな。『頭痛み及び重きときは、先ず頭上及び両額両眉の間に刺して血を出だ《い》す』(7)と。こんな応急の方法を忘れるとは……それにしてもなんと素早く正確なことよ」

鍼を打たれた途端、曹操が深い息を吐き出した。華佗は曹操の首を支えながら優しく尋ねた。「目のかすみはいかがですか」

曹操はほんの少し目を開けて素直に答えた。「ちらちらとして雪が舞っているようだ……」

華佗は首の後ろの左側(8)にもう一本鍼を打った。打ち終わると手招きして曹真と曹休を呼び、曹操の両側で体を支えさせた。続いて曹操の頭の後ろをあちこち指圧しながら言った。「明公の病のもとを探しています。痛いところがあれば仰ってください」

曹操はひどい目眩と目のかすみで、誰が自分を治療しているのかわからなかった。相手が自分の頭を指圧するに任せ、ただ力なく返事した。すると鋭い痛みを感じ、「ああ、そこだ!」と大声で告げた。曹操が言い終えるよりも早く、華佗は迷いなくそこにまた鍼を打った。鋭い痛みに曹操は思わず体を揺らしたが、曹真と曹休が倒れないようにしっかりと支えた。

周りの者たちは驚き、二人の軍医も華佗を叱責した。「頭が痛いと言われて頭を治し、足が痛いと言われて足を治すのは、凡庸な医者のやることだ」

華佗は静かに微笑みながら説明した。「『痛を以て輸《ゆ》と為す(9)』というではありませんか。患部の気血の滞りを順にし、経絡《けいらく》を通して痛みを止める方法です」そう口にしながら華佗は四本の鍼を軽くひねった。

神のご加護か、すぐに曹操の痛みは弱まり、唸ることもなくなった。曹操はゆっくりと目を開けた。視界がくっきりとしている。鍼を打たれた四か所は麻痺しているのか、軽く熱を持っているような感覚がある。華佗は周りの者に急いで帳を下ろし、曹操に風を当てないよう指示した。

すっかり感心した二人の軍医は親指を立てて褒めた。「素晴らしい……鍼一つで治してしまうとは……われらも勉強になりました」

許褚は憎々しげに二人の軍医を睨んだ。「いまになってわかったとは……たかが医者の分際でいつまでここにいる、早く出ていけ！」驚いた二人は頭を抱えて逃げるように幕舎を出た。

曹操の血色はみるみるよくなり、顔にも笑みが戻った。曹操は穏やかに礼を述べた。「先生、ありがとうございます」

華佗は治療について説明した。「明公は気の流れもよく体もまだお元気でしたので、急場の鍼で痛みを抑えました。恐れながら、これは一時しのぎの治療に過ぎず、病根を取り除いたわけではございません。あとで明公の脈を取り、病根を探りたいと存じます」

董昭もいささか養生の道を心得ていたので、拱手《きゅうしゅ》して賛嘆した。「『望みて之《これ》を知る、之を神と謂《い》い、聞いて之を知る、之を聖と謂い、問うて之を知る、之を工と謂い、脈を切りて之を知る、之を巧と謂う』と申します。先生は神聖工巧のすべてが揃っておいで。さぞや名のある名医でございましょう」

曹操はさんざん治療を受けておきながら、まだ名前も聞いていなかったことに気がついた。この者が曹操と同郷の華佗であること、名臣の陳珪に推挙された孝廉の身で、比類なき医術の腕を持つことを、陳矯が横から代わって答えた。一同はそれを聞いて代わるがわる華佗に挨拶した。しばらくすると、華佗は曹操の体から鍼を抜き、清潔な衣服に着替えて横になるよう求めた。それからおもむろに横に腰掛け、曹操の脈を取りはじめた。

すでに痛みも消えていた曹操は、横になりながら先ほどのことを思い出し、深くため息をついた。「まことに残念だ。もっと早く先生の腕前を知っていたら、許都の任峻を診ていただけたのに。先生の技量なら伯達もあんなに早く死ぬことはなかった……子丹《したん》、文烈《ぶんれつ》、任藩がまだいるか見にいってくれ。もしいたら、わしに代わってよくよく慰めの言葉をかけてやるようにな」命じられて曹真と曹休が出ていった。任峻の件が一段落すると、曹操は江東の孫権のことを思い出して郭嘉に命じた。「孔融に書簡を送り、張紘《ちょうこう》と連絡を取るよう命じよ。かつてのよしみを利用して孫権の出兵のいきさつを探らせるのだ。あのときは事を焦って張紘を江東に遣わしたが、とんだ間違いだったな。まさか本当に孫権に味方するとは、まったく……」

これまで華佗が治療してきた相手は、誰しも助けを求めて必死ですがりついてきた。曹操のようにあちこち気が散る相手は初めてである。華佗は思わず注意した。「明公、どうか心を静かに落ち着け、考えごとはお控えください」曹操はすっかり痛みが引いているので、華佗の忠告を重く受け止めなかったが、助けてもらったばかりの医者の言うことを無下にもできず、話すのをやめた。

このときまた外で騒ぎが起こり、幕舎の外から兵士が報告してきた。「申し上げます。鄴城を守る馮礼《ふうれい》が内応して突門《とつもん》(10)を開き、わが軍を城内に引き入れました」

「何？」曹操は脈を取る華佗の手を振りほどいて飛び起きた。「入れ！」

幕舎に入った兵は跪《ひざまず》いて続けた。「張繡《ちょうしゅう》将軍の兵三百が突門から攻め込みましたが、審配に城壁の上から巨石を落とされ、入り口のあたりで生き埋めになっております」

曹操の顔色を見て郭嘉が慌てて遮った。「まだ全滅したとは限りません。わたしが見てまいりますので、わが君は治療をお続けください」そう言い残すと、兵士を連れて足早に出ていった。周りの者がまた曹操を座らせたが、曹操は病気のことなどすっかり忘れ、一刻も早く外へ出ていきたかった。しかし、一同が口々に止めるので、ようやく手を伸ばして華佗に脈を取らせようとした。

「もう結構でございます。おおよそわかりました」華佗は白い髭をひねりながら告げた。「思ったとおり、明公の病は心《しん》の臓と肝《かん》の臓のあたりから起こっています」

「はっはっは……」曹操が笑った。「先生は妙なことを仰る。わしが痛いのは頭であって、心の臓や肝の臓ではない」

「『内経』には、気血が流れると陰陽が循環し、生死を決め、百病を治すとあります。百病のもとは、すべて気と血の流れにあります。気は血の将帥で、血は気の母。気は血なくしてありえず、血もまた気なくして順となることはありません。気のめぐりが良くなってはじめて血もよくめぐり、気が勢いを得てはじめて血もまた勢いを得るのです。そして血のめぐりが良くなれば、病はおのずと癒えるでしょう。『素問』にも、心は血脈を司り、すべての血は心に属すとあります。わが君は血のめぐりがよくないため心が安定せず、動悸が起こるのです。これが病の一つです」華佗はうまく伝わっているかが心配で、譬《たと》え話を持ち出した。「その昔、禹《う》は治水に際して浚渫《しゅんせつ》を行い、おかげで水は流れて治水はうまくいきました。血管の働きも同じなのです。痛みを感じるのは血の流れが悪いからで、血の流れが良い者は痛みを覚えません」

ただの医者だと思っていた男が禹の治水などと言い出したので、曹操はおかしかった。

華佗は大真面目で続けた。「明公は普段からよくお怒りになります。それで肝経《かんけい》が損なわれ、頭に気が逆上して頭の経絡を滞らせるのです。頭風が起こって目がくらんだり目眩がするのはそのためです。脳は髄の海であると言われますが、この病根を取り除かなければ、いずれ体じゅうの経絡に影響して命の危険にさらされましょう」

曹操はこらえ切れず、冷たく笑って答えた。「助けてくれたことには感謝する。だが、わしは体も丈夫で、五十になったいまでも騎射ができるのだぞ。先生の仰るようなことにはならんだろう」

華佗は小さくため息を漏らしたが、辛抱強く説明した。「ただいまのはあくまで応急の治療に過ぎません。根本から治すには時間がかかります。明公のお体を診た以上は病根を取り除きたいと存じます。明公が養生してわたしの調合した薬を服用してくだされば、数年の内にはよくなりましょう。ですが、この病に憂いや怒りは禁物です」

曹操は華佗が言うほど重篤な病だと思わなかったが、感謝の気持ちから同意しておいた。「ご懸念なさるな。先生の仰るとおり養生いたそう」そして自ら筆を華佗に手渡した。

どれほどの腕前があっても医者は身分が低く、主君の机を使うことなどできない。曹操が華佗に手ずから筆を渡したのは、それだけで十分に敬意を示すものであった。華佗は恭しく両手で受け取ると、少し下がって薬の処方を書きはじめた。そして弟子の李璫之を呼んで薬箱を受け取ると、川芎《せんきゅう》、当帰《とうき》、葛根《かっこん》、蜈蚣《ごこう》などを選び出し、兵士には水と火を用意させ、薬を煎じる準備をさせた。ほかの者たちも集まってきて、興味深そうに眺めた。

曹操も大きな病を患ったことはない。華佗の薬箱を見て、その中身に興味が湧いた。枯れた藤蔓《ふじづる》のような薬草は指のように五本に分かれている。曹操はそれを李瑠之の手から取ると、好奇心から尋ねた。「何だこれは。こんな珍妙な物があるのか」

李瑠之は曹操のような高貴な者と接したことがない。大げさに叩頭してから答えた。「これは当帰と言います。神農《しんのう》がなめて見つけたとされる薬草で、瘧《おこり》の熱や寒気に効きます。また、将兵の刀による怪我なども治せます」李瑠之は大きな病を治したことはないが、長年師について薬を調合してきたので、薬の成分や効能については詳しかった。

「当帰……当帰……」曹操は何度か繰り返すうちに、はっと思い至った。「公仁《こうじん》［董昭］、急ぎ小箱を用意してなかに当帰を詰めよ。適当な間者を揚州の建昌県に遣わし、その贈り物を太史慈に届けさせるのだ」

董昭は一瞬わけがわからなかったが、すぐに気がついた——太史慈は北の青《せい》州の出で、流れ流れて南の孫氏に帰順している。薬草の名である「当帰」に掛けて、「当《まさ》に帰るべし」と太史慈に呼びかけるのだ。「さすがはわが君、病の最中でも策が浮かぶとは、まこと常人の及ぶところではございません」

話の途中で郭嘉が戻ってきた。後ろには辛毗と許攸、それに全身泥まみれの見知らぬ男を連れている。

曹操は勢いよく立ち上がった。「状況はどうだ」

郭嘉はかぶりを振った。「審配は突門のあたりでわが兵を生き埋めにし、馮礼も城に攻め込んだ者とともに戦死しました……」

「なんと……」曹操は悔しそうに太ももを打った。「あと少しのところで……おのれ審配め！」

許攸は連れていた男を引っ張って急《せ》き立てた。「早く曹公に拝礼せんか」

促された男は跪いて名乗った。「魏《ぎ》郡の功曹《こうそう》、張子謙《ちょうしけん》と申します。帰順が遅れましたこと、まこと死罪に値します」男は混乱に紛れて城を抜け出し投降してきた河北の官吏だった。

「礼など無用。城内の様子はどうなのだ」曹操は両手で相手を立ち上がらせた。曹操にとって張子謙ごとき小物に興味はない。関心があるのは城内の情報だ。

張子謙はすぐに本題に入った。「鄴城は堅牢で落とすことは難しく、また審配は城内の兵が二心《ふたごころ》を抱くのを恐れ、私兵も駆り出して城の守りを固めさせております。さらに若い者には各門の防備を担わせ、曹公と徹底的に戦う構えでございます」

「城内に兵糧はどのくらいある」

「兵糧はまもなく尽きるでしょう。民の苦しみも筆舌に尽くしがたいものがあります。ただ審配は戦の前に多くの牛馬を集めさせております。兵糧がなくなってもこれで持ち堪え、死ぬまで抵抗するつもりです。また数日前、袁譚に連勝している袁尚は、救援に戻る旨の早馬を飛ばしたとのこと。明公、急ぎ対策をお立てになりますよう」

曹操は眉をしかめた。「城を包囲したときから援軍はあると考えていたが、審配と袁尚が連携して内と外から挟撃してきたら厄介だ。なんとしても審配と袁尚に連絡を取らせてはならん。みなの者、何か策はあるか」

鄴城は周囲四十里［約十七キロメートル］近くもあり、四、五万の兵をもってしても完全に包囲するのは難しい。各陣を分散するにしても水も漏らさぬ布陣というわけにはいかず、袁尚と審配の連絡を遮るのは事実上不可能である――荀攸、董昭らは力なくかぶりを振り、頼みの郭嘉も押し黙ったままだった。その様子に曹操はため息をついた。

「ごほん」このとき許攸がわざとらしく咳払いをした。「そのような些細なことで、明公もおのおの方も何を難しい顔をしているのです」

「ん？」曹操が見ると、許攸は自信満々でまばらな髭をしごいている。何か考えがありそうだ。「子《し》遠《えん》、策があるのか」

懐手《ふところで》した許攸が甲高い声で答えた。「阿瞞《あまん》殿、貴殿ともあろう方が、これぞ智者の一失愚者の一得と言うべきか。かつて呂布《りょふ》をいかにして捕えたか、お忘れになりましたか」

許攸は昔なじみをいいことに曹操を幼名で呼ぶ。むろん、ほかの幕僚たちはいい顔をしなかったが、曹操自身は続きが聞きたい一心で気に留めなかった。「あのときは泗水《しすい》を決壊させて下邳《かひ》城を水浸しにし、ようやく呂奉先《ほうせん》を捕まえた。ここには漳河《しょうが》の流れがあるとはいえ、いかんせん鄴城は大きい。どうやって水攻めするのだ」

「水浸しにする必要はありません。堀をつくって閉じ込めてしまえばいいのです」

曹操は笑った。「だが許子遠よ、鄴城は周囲四十里、ぐるりと城を囲って堀を掘るのはたやすいことではない。審配が黙って見過ごすと思うか。城から出て普請《ふしん》の邪魔をされたらどうする」

「なんとわが司空さま、本気で仰っているのですか」許攸は曹操に近づいて耳元でささやいた。「昼は……夜になったら……」

曹操の眼がきらりと光り、思わず手を打って大笑いした。「妙計、妙計、妙計だ」三度も叫ぶと、曹操はすぐに許褚を呼んで命じた。「急いで馬を用意しろ。護衛兵を連れて漳河の地形を視察する」

「わが君、お体がまだ……」荀攸が止めようとしたが、曹操はその手を振り払った。「わしなら問題ない。まだ敵を打ち滅ぼせていないのに、病になっている暇はなかろう」言うが早いか、曹操は鎧兜を身に着けて外に出ていこうとした。病のことなどすっかり忘れているようである。

華佗が慌てて遮った。「明公、お待ちを。せめて薬を飲んでからお出かけください」

曹操はそれをも笑い飛ばした。「煎じ終わった薬はそこに置いておけ。戻ってから飲んでも遅くはなかろう」そう言い残すと、華佗を押しのけて出ていこうとしたが、ふと入り口で振り向いて告げた。

「華先生の鍼はわしの痛みを取ってくれた。いつでも治療できるよう、今日じゅうに中軍へ移っておくように。安心せい。わしは位人臣を極めた身、悪いようにはせん……」

華佗は曹操が医者の言うことに耳を傾けず、自分の処遇まで勝手に決めたことを嘆いた――まったく、これで今後はろくに身動きも取れんな。しかも、わしの話などまったく信じておらん。まあ、医者は病でもないものを治して自分の手柄にする［斉の桓公が扁鵲に言った言葉］などと貶《けな》されなかっただけましか。それにしても曹操は怒りと憂いを抑えて養生もせず、鍼でその場しのぎの治療を続ける気のようだが、それでは……ああ天よ、決してこの華佗が無能なためではありませんぞ。たとえ小さな病でも、病根を取り除くのは実に難しい……

（1）芍陂は春秋時代、楚《そ》の令尹《れいいん》の孫叔敖《そんしゅくごう》が淮河の水利工事を行って造った貯水池で、のちには「安豊塘《あんほうとう》」と呼ばれた。いまの安徽省寿《じゅ》県の南部にある。後漢末に劉馥が修復して拡張した。

（2）『内経』とは、『黄帝内経《こうていないけい》』のことである。

（3）『本草』とは、『神農本草経《しんのうほんぞうきょう》』のことである。

（4）『難経』とは、『黄帝八十一難経《こうていはちじゅういちなんぎょう》』のことである。

（5）『素問』とは、『黄帝内経素問《こうていないけいそもん》』のことである。以上四種の書物は先秦《せんしん》から後漢の時代に編纂された重要な医書で、生理学や陰陽学についても記されている。

（6）ここで述べる斉の桓公とは、春秋五覇に数えられる姜斉《きょうせい》の姜小白《きょうしょうはく》ではなく、戦国時代の田斉《でんせい》の三代目君主、田午《でんご》のことである。田午が上蔡《じょうさい》に遷都したことから、文献によっては「蔡の桓公」とされる場合もある。

（7）頭頂のつぼは百会《ひゃくえ》、両眉のあいだのつぼは印堂《いんどう》と呼ばれ、頭痛に効く。後漢のころには具体的なつぼの名はまだなかった。

（8）このつぼの名は天柱《てんちゅう》といい、目眩や目のかすみを治す。『鍼灸甲乙経《しんきゅうこうおつけい》』によれば、かすみ目の程度により鍼を打つのに左右の違いがあるという。

（9）「痛を以て輪と為す」は『黄帝内経』に見える言葉。後世の「阿是穴《あぜけつ》」のつぼにあたる。このつぼは場所が固定されておらず、指圧で患者が痛いと言うところの近くに鍼を打つ。名前の由来は、つぼを探すときに患者が痛さで「あ（阿）、……そこ（是）」というからである。

（10）突門とは、古代城壁に設けられた秘密の出入り口のこと。城壁の外側には薄い壁を一層だけ作っておき、内側は空間にして兵を忍ばせる。守備側の軍がそこに兵を隠しておけば、外から攻めてきた敵に不意打ちをかけることができる。こうした秘密の門は城内からしか見つけられず、使用したあとは煉瓦で塞《ふさ》ぐこともできるため、外の敵が発見して対応するのは難しい。戦国時代にはすでにこうした防御のための門があり、『墨子』に関連する記述がある。

第十章　曹操、袁尚《えんしょう》を破る

往来自在

建安《けんあん》九年（西暦二〇四年）五月、曹操は平原《へいげん》の戦況が変わったことを知ると、鄴城《ぎょう》に対する強攻策を改めた。土山を崩して地下道も埋め、その代わりに鄴城をぐるりとめぐる堀を作ることにしたのである。それにより、城を守る審配《しんぱい》と加勢に戻ろうとしている袁尚《えんしょう》との連絡を遮断しようと考えた。最初、曹操は浅く狭く堀を掘るよう兵士らに命じた。それは城内からもはっきりと見えたので、審配は飛び越えるのも壊すのもたやすいことと、曹操軍の無駄な努力をあざ笑った。

だが、それは城内の者を油断させるための計略であり、曹操は夜になると全軍の将兵に一気に普請《ふしん》を進めさせた。そしてわずか一晩で、長さ四十里［約十七キロメートル］、幅二丈［約四・六メートル］、深さ二丈という堀を完成させ、さらには鄴城の西を流れる漳河《しょうが》まで掘り進めて水を引き入れた。審配が手を打とうにも時すでに遅く、鄴城は完全に外部と遮断された。袁尚とのやり取りができないばかりか、城内の食糧も底をつきはじめ、毎日餓死する者が跡を絶たなかった。審配は解決策を見いだせず、袁尚が一刻も早く救援に駆けつけてくれることを願うしかなかった。

一方、曹操軍のほうは決戦の準備も万端整っていた。斥候《せっこう》を放って袁尚軍の動向を探らせつつも、堀沿いに砦を築くなどして要路を封鎖した。鄴城は河北《かほく》随一の巨城で、その規模は許都にも劣らない。四方を囲む城壁は高さ三丈［約七メートル］近く、外郭《そとぐるわ》には七つの城門が設けられている。なかでも鳳陽門《ほうようもん》、中陽門《ちゅうようもん》、広陽門《こうようもん》の三門がある南側が、攻守双方の対峙する要地となる。むろん曹操も城の南を厚くするため中軍の本営をここに設営し、堀沿いの砦には軍門を築いて、昼夜を分かたず兵士に監視させた。各部隊の将や司馬《しば》にも、袁尚軍の間者が包囲を抜けて行き来できないよう巡視させた。

郭嘉《かくか》は曹操の幕舎《ばくしゃ》で策を練りつつも、暇を見つけては各陣の見回りに勤《いそ》しんだ。というのも、許都では陳羣《ちんぐん》が自分の収賄や素行の悪さを弾劾したが、すべてうやむやになったと家の者から知らせが届いたためである。これは曹操が荀彧《じゅんいく》に取りなしてくれたからに違いない。郭嘉は曹操に対する感謝の念をいっそう強くし、これまで以上に職務に励むようになった。平素の文人風の装いも皮弁《ひべん》［白鹿の革で作った冠］と武人の服に改め、率先して将兵たちと苦労を分かち合った。将兵が軍門を修繕したり兵粮を運んだりしているのを目にすれば、すぐに自分の部下を手伝いに遣った。そうしていまや将兵の誰しもに敬愛されるまでになった。

ある日の正午ごろ、曹操は華佗《かだ》に鍼を打たせながら、そばの曹丕《そうひ》、曹真《そうしん》、曹休《そうきゅう》らと輿に乗って話をしていた。郭嘉は声をかけずに幕舎を出ると、護衛の兵とともにまた陣営の見回りに出かけた。このたびの北伐は思った以上に順調に進んでいる。将兵は包囲を固めたことで寛いでいたが、かといって軍紀を乱す者はいなかった。各部隊の将や司馬も曹操の命令どおり巡視に励み、陣営間の連絡も密であった。いつの間にか昼餉《ひるげ》どきとなり、至る所から炊煙が上りはじめた。郭嘉も飯の匂いを嗅いで空腹に湛えられず、北のほうにある自分の幕舎に戻ろうと馬に鞭を当てた。二つ目の軍門に至ったところで、大勢の兵が何やら騒いでいるのが見える。

郭嘉が部下の兵に命じて道を空けさせたところ、騒ぎの真ん中では二人の兵が鞭打たれていた。背中は肌が剝き出しにされ、地べたに跪《ひざまず》いている。すぐ横では鎧兜を着て軍令用の小旗を持った将が、馬上から激しく怒鳴りつけていた。「もっと強く打て！　ろくでなしどもは痛い目に遭わねばわからんのだ。こんなことで戦場に出たときどうする」男の部下らしき三名の兵が命令どおりに鞭を強くしならせる。打たれている二人の兵は背中の肉が裂け血が飛び散り、口々に許しを乞うていた。軍中では厳格に軍紀を守るべきだが、過酷な罰を与えることは禁止されている。道を塞《ふさ》いでまでして兵を鞭打つとは、よほどのことがあったに違いない。

「やめい！　なぜそんなにむごい罰を与える」郭嘉が大声を上げて制止した。

将は慌てて馬を下りると拱手《きょうしゅ》した。「これはこれは郭祭酒《さいしゅ》、鎧兜を身に着けておりますゆえ、略式の礼をお許しください。大人《たいじん》自ら見回りとは恐れ入ります。昼餉どきにお食事もせずお勤めとは」この男、鞭を打たせているときは虎のように猛々しかったが、いまは羊のようにおとなしい。郭嘉はまだ三十を越えたばかりである。それをわざわざ「大人」などと、ごまをするにも度が過ぎる。取り囲んで見ている兵士らも思わず鼻で笑った。

もともと郭嘉はこの男を叱りつけたらすぐに事態を収めるつもりだった。だが、相手が聞こえのよい言葉を並べるものだから、振り上げた拳の落としどころに困ってしまった。やむなく郭嘉も馬を下り、口調を改めて尋ねた。「おぬしは誰の配下かな。なにゆえあの者らを鞭打っておる」

「郭祭酒に申し上げます」男は一歩進み出て答えた。「それがしは張繡《ちょうしゅう》将軍配下の司馬で、命《めい》により軍営を見回っておりました」そこで鞭打たれていた兵を指さした。「こやつらは門番をしていたのですが、料理番が飯を炊き終わると、門の見張りを放り出して盗み食いに行ったのです。その間にもし袁尚軍の間者が通り抜けていたら一大事、鞭打ちに処するのは当然ではありませんか」

「違います！　俺たちは勝手に持ち場を離れたりしていません……」二人の兵は真っ赤に染まった背中を見せるように、郭嘉に何度も叩頭して訴えた。

「まだ認めぬか！」張繡配下の司馬は軍令旗を片方の兵の首に突きつけ、もう片方の兵には平手打ちを食らわせた。打たれた兵は地べたに這《は》いつくばって呻《うめ》き、それを目にしたもう一人は恐怖におののいて弁明をやめた。「お許しください、罪を認めます。もう二度としませんから……もう二度と……」

司馬はぺっと唾を吐くと、怒りも露わに訴えた。「郭祭酒、ご覧ください。こやつらときたら、さっきまでは罪を認めず口答えしていたくせに、やはり鞭打たれなければわからん連中なのです」

郭嘉はこの司馬をじっくりと眺めた――年のころは四十前後、大きな顔に広い額、すっと通った高い鼻筋に横一文字の大きな口。肌はくすんでおり、あご髭は蓄えずさっぱりとしている。ここ幾日か陣営を見回っているが、一度も目にしたことはない。だが、男の顔にはどこか見覚えがある。しかも相手は口を開けば「郭祭酒」と呼び、自分のことをよく知っているようだ。司馬の数は多いうえ頻繁に配置換えがあるため、顔はわかっても名前が出て来なかった。それも珍しいことではない。この男ともどこかで会っているのだろう。そう自分を納得させると、郭嘉は軍門の上に立てられた大旆《たいはい》に目を遣り、思わず笑いだした。「ここは夏侯淵《かこうえん》殿の陣だ。おぬしは張繡将軍の配下、よその軍門の兵まで罰するのはやはりやりすぎではないのか。連中が従わないのも無理はない」

驚いたことに、相手は襟を正して郭嘉に言い返してきた。「曹公の用兵は縄張り意識になど囚われていません。どの将の部下だろうと軍紀に違反した者は罰するべきです。ここで違反を見つけたからには、それがしも見逃すわけにはまいりません」

郭嘉は相手のもっともな言い分を聞くと、せっかくの誠意に水を差すのも気が引け、穏やかにたしなめるにとどめた。「いまさら仕方ないが、これからはあまり手ひどいことをするな。士卒を罰するのは軍法を徹底させるため、鬱憤晴らしのためではない。数回鞭打てば十分だろう。こんなに傷だらけにして戦場で役に立たなければ本末転倒だ。周りの兵士らも見ているのだぞ。度が過ぎても兵の心をつかむことはできん」

「ごもっとも、ごもっとも、仰るとおりです。それがしは粗忽な武人、深い考えがありませんでした。大人に叱責いただいたおかげで目が覚めました。わが軍に郭祭酒のような仁義の士がおられることは、全軍にとっての幸い。鄴城を落として袁氏を滅ぼすのに何の憂いがありましょう……」司馬はぺこぺこと頭を下げて郭嘉を褒め続けた。

郭嘉もおべっかに思わず笑みをこぼしたが、それを遮った。「もう結構。そう褒められるとかえって気分がすぐれぬ。それより早く二人を放してやれ。おぬしは自分の陣を見回るがよかろう」

その司馬は、もっぱら上には弱く下には強く出るらしい。郭嘉には過度に丁寧だったが、下の兵には容赦なかった。「今日は郭祭酒のお顔に免じてお前たちを許してやる。だが、罰として飯は抜きだ。引き続き軍門を守っておれ。不服なら遠慮なくお前らの将軍に告げるがいい。文句があるなら将軍のほうから出向いて来るようにとな」二人の兵は口答えできず、痛みをこらえて引き下がった。

そばで聞いていた郭嘉は冷やかに笑った――なんという命知らずだ。曹公の縁者でもある妙才《みょうさい》「夏侯淵」殿を不用意に怒らせていいものか。たかが司馬の分際でこんな大言壮語を吐いて、本当に妙才殿がやって来たらどうするつもりだ――郭嘉は笑いをこらえながら自分の幕舎に帰ろうと馬に跨がると、司馬がまた近づいてきた。「それでは郭祭酒、お気をつけて。戦《いくさ》の形勢は一時に変わるもの、ご武運をお祈りしております」そう口にすると笑みを浮かべ、三人の部下と揃《そろ》って馬に跨がった。騒ぎを取り巻いていた多くの兵に向かって軍令旗を振りながら野次馬を下がらせつつ、司馬はまだ重箱の隅をつつくようにあら探しを続けた。「お前らはどこの隊だ。もっとしゃきっとせんか……道の上で鍋を並べて炊事することは許さん。早くどかせ……お前らは馬鹿か。柵の近くで火を使って燃え移ったらどうする……」見るものすべてが気に入らないのか、司馬は傲慢な態度でいちいち文句をつけながら東へ向かっていった。

郭嘉は腹立ちと同時におかしみを覚え、あえて文句は口にしなかった。自身も兵を連れて幕舎に戻っていったが、どうしても男の顔が脳裡から離れない。あと少しで名前も出て来そうなのに結局誰かは思い出せない。郭嘉は振り返って部下に尋ねた。「あの司馬、おぬしたちは知っているか」

「いいえ。きっと取り立てられたばかりで得意になっているのでしょう。あの傲慢さと来たら……一番腹が立つのは上にはごまをすって下をいじめるあの態度です。とても張繡将軍の配下とは思えません。ああいったやつは于禁《うきん》将軍の配下に多いのですがね」この部下は思ったことを何でもずけずけと口にする。

「口を慎め。そのようなこと、おぬしが申していいことではない」郭嘉は非難しながらも内心では思い切り噴き出していた。

「申し訳ありません……それにしても、あの者はずいぶんと祭酒にごまをすっていましたが、郭祭酒もご存じなかったのですか」

郭嘉は苦笑いしながらうなずいた。「やつはこちらを知っているようだが、わたしはやつを知らぬ……いや、知らぬとは言えんな。ただどうしても名前が思い出せん。妙なことだ……」

兵も笑った。「祭酒が妙なんじゃありません。張繡将軍の配下はみな関西《かんせい》［函谷関《かんこくかん》以西の地］の者ばかりなのに、突然、中原訛《なま》りの司馬が現れたんですから。きっとほかから新しく配属されたのでしょう」

郭嘉は急に馬を止めた。「そうだ、あの者はたしかに中原の訛りだった。張繡はわれらに降伏してきた軍であり、いまは前軍に配されている。新しい者を入れるならわが君に報告しないわけがない。さっきやつは、戦の形勢は一時に変わるゆえ武運を祈るなどとほざきおったが、あれはどういう意味だ……」郭嘉は考えるほどに怪しく思えてきた。どうにもきな臭い話だ。「いかん、戻るぞ！」

部下は心配しすぎだと思ったが、文句を言わず郭嘉についていった。夏侯淵の陣営の近くまで来ると、あの司馬の姿はもうどこにも見えず、先ほど鞭打たれた二人の兵が痛みに耐えながら門を守っていた。

郭嘉は二人に尋ねた。「先ほどおぬしたちを鞭打った司馬はどこだ」

黙って通り過ぎるべきだった。この気の毒な兵士らは郭嘉が声をかけた途端、転《まろ》ぶように郭嘉の馬の足元にすがりついた。「郭先生、お助けください……俺たちは本当に怠けていないんです……」涙と鼻水を流しながら訴えた。

「いったいどういうことだ」

二人の兵は泣きながら続けた。「門を守っていたらあの司馬が来て、無理やりなかに入ろうとしたんです。俺たちが軍令旗を調べようとしたら、渡さないばかりか逆に俺を知らんのかと詰問してきて……やつが誰かなんて知るわけありません。だから正直に知らないと答えたら、それならいますぐ教えてやると声を荒らげて、有無を言わせず俺たちを縛って鞭で打ったんです……やつのほうが偉いんで俺たちも反抗できず……」

「あやつめ……」郭嘉もそのときの状況を思い出した。あの男は自分に答えるときも軍令旗を兵の首に突きつけて、こちらに確かめさせなかった。「無実の罪で鞭打たれたのなら、どうして夏将軍に訴えない？」

「将軍は曹公の命令で兵糧の輸送に行ってまだ戻っていないんです。ここにはおられません」

郭嘉は歯がみした。「都合がよすぎる。あの男はきっと袁尚が遣わした間者、包囲をくぐり抜けて鄴城に入ろうとしているに違いない」

郭嘉の部下が口を挟んだ。「それならなぜあの者は祭酒を存じ上げていたのでしょう」

この言葉で郭嘉の記憶が蘇ってきた。袁尚の配下……あの広い額に大きな顔……やっと脳裡にはっきりと像を結んだ——冀州従事《きしゅうじゅうじ》の李孚《りふ》、字《あざな》は子憲《しけん》だ。

まだ官渡《かんと》の戦いが幕を開ける前、郭嘉は南陽《なんよう》へ行き、張繡に帰順を勧めたことがある。そのときちょうど袁紹《えんしょう》側からも李孚が遣わされて来ており、二人は張繡の面前で舌戦を繰り広げた。そのときの李孚は上品な身のこなしで大袖を翻していた。今日は髭を剃って顔色をくすませ、服装を変えていた。権力を笠に着て威張り散らす振る舞いは、まったく粗野な武人そのものであった。郭嘉は李孚の変装に舌を巻いたが、表面上はあくまで冷静を装った。兵には司馬に扮した李孚の捜索を命じる一方、自身は馬に鞭をくれて急いで曹操の幕舎に向かった。

曹操は鍼灸の治療を終えて食事を取っているところだった。郭嘉は急いで幕舎のなかに入って報告した。「申し上げます。河北の従事の李子憲が包囲を突破しようとしています」ちょうど薬箱をしまい終えた華佗は、郭嘉の姿を目にするなり驚愕した——なんと、この男、病んでおるではないか!

「何?」曹操の関心は常に軍事にある。華佗の様子に気づくはずもなく、慌てて郭嘉に尋ねた。「兵はいかほどか。なぜ斥候の報告がない?」

「敵はわずか四人です」郭嘉は詳細を報告した。「すぐに命を下し、各陣を徹底的に調べさせてください。少しでも遅れれば……」

その言葉が終わらないうちに、にわかに外が騒がしくなった。韓浩《かんこう》が飛ぶように走ってきて、曹操の帳《とばり》の前に着くなり跪いて報告した。「敵が紛れ込んで軍門を突破し、堀を越えて城内に入りました」

一報に驚愕した曹操は飯茶碗を放り捨てて外に出た。郭嘉、許褚《きょちょ》、曹丕らもそれに続いた。曹操の幕舎からまっすぐ北へ行けば、鄴城の南側に通じる軍門である。見れば門は大きく開け放たれている。門を守るべき兵士らは口に詰め物をされ、柵に縛りつけられていた。兵士らの縄を解いて事情を聞くと、軍令旗を掲げた司馬がやってきて、自分たちが門の見張りを疎《おろそ》かにしていると叱責してきた。そして、鞭を振るって懲罰を与えるふりをし、そのあいだに三人の部下に自分たちを縛らせて、四人で勝手に軍門を開けて通り抜けたという。話を聞いた曹操が怒りに打ち震えていると、鄴城から天にも届かんばかりの歓声が聞こえてきた——李孚が城内に入ったのだ。

あれほど厳重に警戒していたのに敵を城に入れてしまった。怒りで頭に血が上った曹操は諸将や息子らが止めるのも聞かず、堀に仮設の橋を架けるよう命じ、自ら鄴城のそばまで行って様子を窺うと言い張った。人が多ければ仕事も早い。兵士らが運んできた板ですぐに浮き橋が出来上がり、許褚、鄧展《とうてん》、韓浩、史渙《しかん》といった腹心が、それぞれ護衛兵を率いて曹操の身辺を守りつつ城壁へと近づいた。曹操が見上げると、城壁の上の一挙手一投足がはっきりと見える。鄴城は包囲されてすでに五か月あまりにもなるが、袁尚からの救援の知らせを受けて、どの兵も喜びに沸いていた。なかにはうれし涙を流している者や、旗指物を勢いよく振り回して威勢を示す者もいる。

曹操は思わず怒鳴った。「おのれ李孚、よくも卑怯な手を使いおったな！　わしが必ず……」言うが早いか、風切り音とともに一本の矢が曹操の耳元をかすめた。矢は曹操のそばにいた護衛兵の喉を貫いた。

「見事な弓の腕、危うく射殺《いころ》されるところだった」曹操が驚いて逃げ出すと、取り巻く兵士らも曹操を守りながら退いた。城壁の上は大いに盛り上がり、歓声を上げながら雨霰《あられ》のように矢を射かけてきた。少なからぬ兵が討ち取られ、韓浩や史渙も矢を受けて軍門まで退いた。

噂《うわさ》を聞いて諸将がこぞって集まるなか、曹洪《そうこう》が大慌てで報告した。「たったいま斥候の知らせで、袁尚が平原を放り出してこちらへ救援に戻っているそうです。強行軍で、鄴城まであと三十里［約十二キロメートル」に迫っています」

「なんだと！」袁尚がこれほど早く戻ってくるとは、曹操の見立ては大きく覆された。「袁譚《えんたん》はどうした？」

「袁譚に追撃する気はないようです。勃海《ぼっかい》の諸県を攻めるつもりなのか、北へ兵を動かしました」

「ふんっ」曹操は思わず苦笑いした。「あの若造、やはり裏切りおったか。わしと袁尚を争わせておいて、その隙《すき》に自分の勢力範囲を広げる気だな。だが、それくらいの浅知恵でやつの劣勢は挽回できん」

しかし、曹洪は真顔で答えた。「袁尚軍は一万あまり、装備も十分、騎兵も多数おります。各地に散っていた部隊も徐々に集まっている様子。わが君、急いでご指示を！」

「焦るな」曹操は振り返って城壁の上を眺めた。「袁尚が李孚を遣わして城内に入れたからには、審配と連絡を取り合ってわが軍を挟撃するつもりだ。そのためには今度は外へ出る必要がある。みな自陣に戻って守りを固めるのだ。わしはここで陣頭指揮を執る。何千何万もの兵がおって、李子憲一人を捕まえられぬ道理はない」だが、郭嘉はしきりにかぶりを振っていた――あのときも李孚は密かに豫《よ》州を通って南陽へ来た。いまのわが軍の比ではなかったはず。入った以上、必ずや抜け出す自信があるに違いない。

諸将は曹操の命に従ったが、曹洪は自陣に戻らず進言した。「袁尚の軍勢は強大で、わが軍は包囲のために兵力が分散しています。兵法にも『帰師《きし》は遏《とど》むる勿《な》かれ〔帰国しようとする敵軍を遮ってはならない〕』とあります。いったん包囲を解いて袁尚を城に入れ、再度わが軍が戻って包囲すれば、敵を一挙に城内に閉じ込めることができます」

「焦るなと言っておろう」曹操は不敵に笑った。「もう一度斥候を放って詳しい状況を探らせよ」

曹洪はなおも食い下がった。「袁尚の軍は三十里に迫っています。もし……」

「わしに考えがある。袁尚軍は遠路はるばる強行軍でやって来るのであろう。ならばすぐには戦えまい。ましてや返事をもたらす者がまだ城から出ておらんのだ。どう動くかは敵の動向を詳しくつかんでからにしよう」

ようやく曹洪も引き下がり、曹操は兵士が軍門近くに運んできた腰掛けにどっかりと腰を下ろした。中軍の将兵は軍門の外に整列して弓を構え、李孚が出てくればすぐにでも針ねずみにしようと待ち受けた。敵が大挙して出てきても包囲を守れとの軍令が伝えられ、一周四十里にわたる堀沿いは、どの砦も準備万端で敵を待ち受けた。

一分の隙も作ることなく一刻［二時間］あまり過ぎたが、鄴城の敵に動きは見えない。一方、外に放った斥候たちは次々と知らせをもたらしてくる。

「袁尚軍が城より二十五里［約十キロメートル］に迫りました！」

「袁尚軍が城より二十里［約八キロメートル］に！」

「袁尚軍が城より十九里……」

斥候が何を報告してきても、曹操はただ「引き続き探れ」とだけ繰り返した。日が西に傾き、灯《あか》りをともすころになってまた報告が入った。「袁尚の大軍は城より十七里［約七キロメートル］の陽平亭《ようへいてい》で停まり、陣を築く準備に入りました」

曹操は真剣な面持ちで腰掛けから勢いよく立ち上がると、その報告をもたらした斥候を呼びつけた。

「陽平亭は駅路沿いにあり、両側には西山《せいざん》と滏水《ふすい》がある。袁尚は駅路に沿って陣を敷いたか、それとも山に拠《よ》ったか、もう一度行って詳しく探るのだ。戻ったらすぐにわしに報告せよ」

斥候が退《さ》がると、曹操にも緊張が込み上げてきたのか、もう腰を下ろそうとはせず、軍門の近くをうろうろと歩き回った。ぶつぶつ独り言をつぶやいたかと思うと、時折両手を握り締めて空に掲げ、天に祈りを捧げるような動きをした。しばらくして大きな物音が響きわたり、鄴城の南の鳳陽門、中陽門、広陽門の三門が同時に開いた。曹操軍もこのときに備えて待ち構えていたが、矢を放とうとした誰しもが驚いて目を見開いた――城門から出てきたのは李孚でも河北軍でもなく、無数の民たちであった。

ろくに食べ物もない状態で城内に五か月あまりも閉じ込められていた民らは、一様に飢えて痩せこけ、骨が浮き、顔色は悪く肌には艶もなかった。城門が開いて飢え死にから逃れられると思ったのか、三本の激流のようになって城の外に溢《あふ》れ出てきた。白旗を手に降伏を叫ぶ者、松明《たいまつ》で道を照らす者、また、何も考えずにただ戦場から逃げ出そうと走る者もいる。曹操軍は正気を取り戻すと、軍令に変更がないため民に向かって雨霰のように矢を射かけた。

審配と争っていても民草に何の罪があろう。城門から真っ先に出てきた者は、憐れ矢に射抜かれて息絶えた。だが、背後から出てくる人の流れは止まらない。多くは老人や子供、病人といった弱い者たちばかりである。何とか逃げ出そうと押し合いへし合いしているうちに、背後で大きな音が響いた。今度は三つの城門が閉じられたのである。数千人に及ぶ無辜《むこ》の民が戦場に放り出されたのだ。

前は堀と曹操軍に遮られ、後ろには閉ざされた城門がそそり立つ。民らは目を血走らせ、泳ぎの達者な者は堀に飛び込んで必死に泳いだが、向こう側に着いた途端、曹操軍の兵に指を斬り落とされた。多くの者は浮き橋に殺到したが、これも曹操軍の槍に突かれて次々と堀に落ちていった。悲鳴、怒号、助けを乞う声、母を呼ぶ声が天地を震わせ、あっという間に数百人が殺された。堀の水は血で真っ赤に染まった。

さしもの曹操もこれは予想できなかった。目の前で繰り広げられる殺戮《さつりく》に呆然として動けずにいた。荀攸《じゅんゆう》が駆け寄って来て、曹操の衽《おくみ》にしがみついて訴えた。「わが君、早く道を開けてください。無辜の民を殺したら官軍の威信は地に落ちます」

曹操は目の前の光景を見ながらつぶやいた。「李孚は必ずこのなかに身を潜めている。民を殺し尽くさねば、やつをみすみす逃がすことになるのだ。だが、民を殺せばわしの名に傷がつく。鄴城内の兵も民もわが軍を憎み、徹底的に抗戦するだろう。どうすればいい……ええい、ままよ。敵を武力で屈服させるは下策、感服させるが上策、民の恨みを買うわけにはいかん。直ちに命を伝えよ。道を開けて民を逃がしてやれ。阻んではならん」

軍令が伝わるに連れ、兵士らはしだいに弓を下ろして道を開け、曹操も自身の幕舎へと戻っていった。だが、一周四十里もの長い堀沿いに、そんなに早く命令が行き届くものではない。そのあいだにも、どれだけの民が命を落としたことか。この世のものとは思えない阿鼻叫喚は、どの陣にいてもはっきりと聞こえた。曹洪が逃げ惑う民の流れをかき分けて中軍へ向かってくる。「わが君、急いで検問をお命じください。李孚は必ずこのなかにいます」

しかし、郭嘉は力なくかぶりを振った。「これほど暗くなっては無理です。大海で一本の針を探すようなもの、行かせてやりましょう……」

目を閉じて聞いていた曹操は眉をひそめた。「わしは河北の人間を甘く見すぎていたようだ。袁本《ほん》初《しょ》が冀州に本拠地を置いて十年あまり、有能な人材も多いと見える。李子憲は余裕綽々《しゃくしゃく》でわが軍の手をするりと逃れたわけだが、さて、袁尚は結局どこに陣を築いたのだ」いまとなってはそれが最大の関心事である。逃げだした民の多くは四方八方に散っていった。子を探す母の声や兄弟が呼び合う声など、半刻［一時間］以上もあちこちから聞こえていたが、それもようやく静まってきた。一帯には至る所に血痕があり、行李《こうり》や風呂敷包みだけでなく、屍《しかばね》も転がっていた。曹操はこの凄惨な光景を見ながらいよいよ苛立ちを募らせ、はるか遠くを望んで敵陣に関する知らせを待った。

曹操は相当に気持ちが張り詰めているようで、両の手を固く握り締めて震わせていた。諸将も曹操のそんな姿を目にするのははじめてである。

どれほどの時が経っただろうか。空が闇に染まったころ、ようやく馬の蹄《ひづめ》の音が聞こえ、斥候の影が篝火《かがりび》の明かりに照らされて徐々にはっきりしてきた。曹操はじっとしていられなかった。三公《さんこう》の身分も顧みず自ら迎えに走り、斥候の馬の手綱を取ると、厳しい口調で問いかけた。「袁尚の陣はどこだ。駅路沿いか、山の麓《ふもと》か」

斥候は驚き、恐れおののきながら答えた。「せ、西山沿いです」

曹操は信じがたいとばかりに、上ずった声で聞き返した。「もう一度申せ、どこだと？」

斥候は気持ちを落ち着けると、馬から飛び降りて曹操の前に跪き、はっきりとした大きな声で答えた。「申し上げます。袁尚は陽平亭近く、山に拠って陣を築きました」

曹操はまるで肩の荷が下りたかのように大きく息をつくと、斥候を退がらせた。落ち着きを取り戻した曹操の様子を見て、曹洪がすぐに進言した。「すぐに包囲を解いて撤退しましょう。袁尚の大軍が陣を築き、李孚も逃げ出し、これ以上遅れればやつらの挟撃を食らいます」

「そうです、撤退すべきです」諸将も曹洪に賛同した。

日ごろから曹操に目をかけられている于禁は遠慮することなく忠告した。「兵法にも『帰師《きし》は遏《とど》むる勿《な》かれ』と申しますし、わが軍は鄴城を包囲するために兵力が分散しています。もし袁尚が一点に集中して攻撃を仕掛け、審配もこれに呼応すれば、わが軍はひとたまりもありません。ここ数か月の努力も水の泡になってしまいます」

「はっはっは……」曹操は二人の忠告を笑い飛ばした。はじめは小さな微笑みが、諸将の話を聞くうちに天を仰いでの大笑いとなった。「わが事成れり！　袁尚の滅亡は決まった。わしの勝ちだ。この曹孟徳《もうとく》、ついに冀州を手に入れたぞ。はっはっはっは……どうした、わしが信じられないのか」

于禁と曹洪は互いに顔を見合わせた。なぜ勝利を断言できるのかわからない。だが、荀攸や婁圭《ろうけい》、許攸《きょゆう》らも笑みを浮かべ、郭嘉に至っては祝いの言葉を述べた。「わが君、おめでとうございます。冀州を手に入れ、袁氏の滅亡が目前に迫ったこと、お慶び申し上げます」

わけがわからずぽかんとしている諸将を尻目に、曹操は後ろ手を組んでなお笑っていた。「まあ、見ているがいい。すぐにわかることだ」そう口にすると、曹操はふとため息をついた。「本初よ、おぬしの息子どもはまことに情けない。審配や李孚がいるのにその才を活かすこともできず、おぬしが苦労して手に入れたこの土地をあっけなく差し出すのだからな……家をつぶす不孝者とはまったく恨めしいものよ……」

しばらく呆気にとられていた曹洪も気を取り直して尋ねた。「それでは、わが軍はどのように対応すればいいのでしょう」

「昼夜の別なく鄴城を監視せよ。敵は三日以内に必ず総攻撃を仕掛けてくる。いまの審配は追い詰められたねずみ、決して油断するでないぞ」

「もし袁尚が……」

「あんな親不孝のことはかまわんでよい」曹操は面倒くさそうに言い捨てると、幕舎のなかへと戻っていった。

袁尚《えんしょう》軍を蹴散らす

袁尚軍が西山《せいざん》に駐屯して二日目の夜、鄴《ぎょう》城の守備軍は審配《しんぱい》に鼓舞され、曹操軍を挟撃する一戦をいまや遅しと待っていた。

城内の南にある空き地には、目印として白い布を頭に巻いた数千の兵が集結していた。その最前列では重装備の決死隊が荷を満載した荷車を用意し、堀を埋めて橋代わりにしようと待ち構えている。城内の民家はその資材とするためすでにあちこち取り壊されていた。決死隊の後ろには、審配が手塩にかけて育ててきた弓手《きゅうしゅ》と弩手《どしゅ》が、城門を出たら曹操軍に一泡吹かせてやろうと手ぐすね引いていた。

後方の大部隊は袁尚が留守に残した兵士のほか、審配の私兵や大勢の民などによる義勇兵で構成されている。義勇兵は槍や矛、戟《げき》はもちろん、人を殺せるものなら何でもいいとばかりに鍬や棍棒、鎌、斧などを手にしている。

誰もが静かに立ったまま、そのときを待っていた。手中の得物《えもの》が薄暗い灯火《ともしび》に不気味に照らされている。戦いの火蓋は切られていないが、将兵たちは敵意を剝き出しにして殺気を身にまとい、悲壮感さえ漂わせていた。城壁の上に立つ審配も着込《きご》みを身に着け、白い布を頭に巻き、剣を固く握り締めている。この一戦のため、審配は己の財産はもちろん側女《そばめ》まで将兵に分け与え、冀《き》州第一の豪族の名にかけて袁氏の支配を死守する覚悟であった。秋の夜、時に肌寒いほど冷たい風が吹きつけてきたが、審配は微動だにせずじっと城外を凝視している。紫がかったその顔は、ちらちらと揺れる灯火に照らされて明滅していた。

暗闇のなか、ひっそりと静まり返った曹操軍の陣には何の動きも見えない。曹操や配下の将はもう深い眠りに落ちているのか、目に入るのは堀沿いに設けられた砦の門を見回る兵士だけである。柵沿いには十数歩ごとに松明《たいまつ》が焚かれ、城の周囲四十里をぐるりと取り囲んでいる。その光景はさながら円状になった提灯行列のようで、城壁の上から眺めると、どことなく温かい気持ちに包まれた。だが、審配はそれが偽りの景色だと知っている。曹操の深慮遠謀を考えれば、何の備えもなく眠っているはずはなく、闇のなかにどれだけの伏兵が潜んでいるかわからない。この一戦は厳しい戦いになる……

そのとき、遠くにそびえる山の陰から数条の狼煙が上がり、すぐに消えた。しばらくするとぽつりぽつりと火がともりはじめ、それはやがて天をも照らす明るさとなった。

審配はこのときを五か月あまりもひたすら待っていた。だが、いざそのときが来ると、声を荒らげるでもなく、兵のほうを振り向いて静かに告げた。「時間だ。行くぞ」

ぎしぎし……耳をつんざくような大きな音が深夜の静寂を打ち破った。城門が大きく開け放たれ、続いて激しい嵐のような河北《かほく》軍の鬨《とき》の声が上がった。決死隊、それに続く弓手と弩手が南門から荒れ狂う激流のように飛び出し、曹操陣営に向かって突進した。審配の予想どおり、静まり返っていた曹操軍の陣営に瞬く間に無数の松明が掲げられ、鄴城を真昼のように明るく照らした。陣太鼓の音が鳴り響き、奔馬のように現れた兵士たちが、地を這《は》う蟻《あり》のごとくにあたり一帯を埋め尽くした。

河北の弓手と弩手が一斉に矢を放った。矢はたちまち曹操軍の陣に雨霰《あられ》と降り注ぎ、軍門の前を固める兵はしだいに後ずさりしていった。ただちに曹操軍の後方部隊から報復の矢が射返されたが、河北の決死隊は前にどれだけの敵がいようと怯《ひる》むことなく、頭を低くして荷車を押しながら突き進んだ。決死隊の何人かが雄叫《おたけ》びを上げ、荷車もろとも堀へと飛び込んだ。進んで後ろから来る者の踏み台になったのである。大部隊がすぐに続いて雪崩れ込んだが、荷車の橋は一度に大勢が渡っていけるものではない。泳ぎが達者でない者も次々と堀へ飛び込み、あるいは決死隊が投げ込んだ資材につかまり、あるいはその屍《しかばね》を踏んで、ひたすら前へと進んだ。

「守れ！　守り抜け！」曹操軍の将が声を嗄《か》らして叫ぶ。兵士らは味方の矢の援護のもと、長柄の矛や戟を手に、陣を囲む柵を必死に守った。闇夜のなか、兵士らに感じ取れるのはぼんやりと揺らめく松明の火と、堀から聞こえる激しい水の音だけである。すぐ目の前の状況さえはっきりしない。兵士らは当てずっぽうでやたらに矛や戟を柵から突き出した。そしていくらも経たないうちに城壁の上から矢で狙われ、気づけば針ねずみになっていた。すると、すぐ後ろの兵が死人の手から矛や戟をもぎ取り、その屍の上に立って空いた守備位置を埋める。攻めるほうも守るほうも必死である。

曹操はとうに中軍の本営を出て、激戦が繰り広げられている場所から離れて戦況を見守った。詳しくは見て取れないが、敵の鬨の声や矢音は聞こえてくる。審配が誇る弓隊の恐ろしさは、曹操も先の経験で十分身に染みている。曹操は安易に軍門に近づこうとせず、その場にとどまって護衛兵がもたらす報告に耳を傾けた。それでも諸将は曹操の身を案じ、外側を曹純《そうじゅん》率いる虎豹騎《こひょうき》［曹操の親衛騎兵］が、その内側を許褚《きょちょ》や鄧展《とうてん》らが、盾を構えて敵の矢を防いだ。荀攸《じゅんゆう》や郭嘉《かくか》といった幕僚までも鎧兜を身につけ、汗ばむ手で盾をかざしてともに曹操を守った。

戦《いくさ》が佳境に入ってきたころ、張繡《ちょうしゅう》の護軍《ごぐん》の王選《おうせん》が報告に駆けてきた。「南より袁尚軍がわが陣営に攻撃を仕掛けてきました」

曹操は王選に目を向けることもなく答えた。「心配するな。袁尚など張繡の敵ではない」

「救援くださらないのですか」王選は驚きうろたえた。

「安心しろ。袁尚軍がわが軍を打ち負かすことはできん」曹操はなおも前を向いたままである。「おぬしは各陣を回って命《めい》を伝えよ。一番外で陣を守る兵以外は残らず審配との戦闘に回せとな。今宵の敵は袁尚ではなく審配だ」

王選には曹操の意図がわからず、懸念をそのまま口にした。「そ、それでは背後が危うくありませんか」

郭嘉がじろりと睨んだ。「行けと命じられたら行けばよい。何をぐずぐずしておる」

王選は慌てて退《さ》がり、一同は引き続き戦場を見つめた。およそ半刻も経っただろうか。審配軍は依然として猛攻を続け、曹操軍も負けじと柵を頼りに防戦に努めている。鄴城の弓隊は盾代わりに立てた荷車の陰から矢を放ち続ける。決死隊はもちろん命を顧みず、矢の雨のなか味方の屍を踏み越えて切れ目なく前進を続ける。するとそのとき戦場に大きな音が響き渡った。とうとう陣門が審配軍によって押し倒されたのである。曹操軍の前線はどんどん押し込まれ、後方の兵も混乱をきたして逃げ出しはじめた。

「後退する者は斬る！」曹操は戦況危うしと見るや、剣を抜いて叫んだ。

伝令官が曹操の命令を大声で叫びながら行き交うと、将兵たちも死力を振り絞り、やっとのことで審配軍を押し戻した。戦局はまた膠着し、堀を越えてくる審配軍と曹操軍が白兵戦を繰り広げた。槍や矛が舞うところ血飛沫が盛大に跳ね上がり、大刀が振るわれたその先には腕やら首が乱れ飛んだ。曹操軍は誤射を案じて矢を止めたが、鄴城の城壁からは敵味方おかまいなしに矢が降り注ぎ、決死隊もそれをものともせず迫ってくる。

南側の陣の柵がすべて押し倒されたとの一報が入ると、曹操は思わず舌打ちした。「さすがは審正《せい》南《なん》よ、本気でわしと雌雄を決する気らしい」

荀攸が進言した。「攻撃こそ最大の防御と申します」

「よし。敵にはこれほどの攻撃をもう一度仕掛ける余力はない」曹操が大声で命じた。「東西南北、すべての陣の柵を倒し、いまこそ一気に城に攻め込むのだ！」

曹操の命令が瞬く間に伝わっていく。兵士らはすぐに鄴城の周囲四十里を取り囲んだ柵を自分たちの手で押し倒すと、それを堀に架けて渡り、城に向かって突撃した。なかには目端を利かせて雲梯《うんてい》を城壁に架ける者もいる。むろん闇雲に攻めかかったところで堅城を落とすことはできない。だが、包囲を突破するという審配の目論見を打ち砕くことにはなる。守兵は慌てて真下に向かって矢を放ち石を落としはじめた。城の南ではいまも激しいせめぎ合いが続いていたが、こうして南を除く三方では審配軍が劣勢に立たされた。

このとき西から護軍の浩周《こうしゅう》率いる小部隊が駆けて来た。「報告します。袁尚軍は張繍軍を攻めあぐね、西に移動して于禁《うきん》将軍の陣営を攻めております」

「そうか」曹操は失笑を禁じえなかった。「于禁に伝えよ。陣を固く守り、決して打って出てはならん。袁尚軍を足止めしておくようにとな。東西南北どの方面からも攻め入らせるな」

「はっ」命を受けて浩周は戻っていった。

戦況は徐々に変わりはじめた。攻撃こそ最大の防御と打って出た曹操軍に対して、審配軍もついに後退を余儀なくされた。さらに、東西の曹操軍が南側へ加勢に駆けつけ、審配軍は三方から攻められる格好となり、士気は高いものの劣勢は免れなかった。両軍が槍で、刀で、戟でぶつかり合うすさまじい混戦となり、松明に浮かぶ人影は血にまみれて悪鬼《あっき》さながらであった。このとき、上のほうから銅鑼の音が響いた——ついに審配が退《ひ》き鉦《がね》を打ち鳴らしたのだ。

だが、両軍が入り乱れた戦いの最中である。速《すみ》やかに退くことなどできるはずもなかった。松明の火が荷車に燃え移ったのか、鳳陽《ほうよう》門の前に黒煙が立ち上った。煙に巻かれて視界も利かない。兵士らは己の身を守るため闇雲に得物を振り回した。もはや敵も味方も関係ない。血だまりのなか、そばにいる者にがむしゃらに刃を向けた。誰もが殺気で目を血走らせ、押し合いへし合いの大混乱に陥った。そうこうしているうちに、またも轟音が響いて鳳陽門が閉ざされた。曹操軍の侵入は防いだものの、門の外にはまだ百名あまりの河北兵が残っている。ふいに拍子木が打ち鳴らされた。すると、城壁の上から無数の大木や岩が落とされ、土煙が舞い上がり、そして静けさを取り戻した――城門の前で奮戦していた両軍の兵士は、下敷きとなって絶命した。

曹操は、息つく暇もない両軍の激闘をじっと見つめていた。東西両面から襲いかかった自軍の兵は激しく鄴城を攻め立てている。曹操は片手で肩を揉みながら告げた。「このへんでよかろう。戦いをやめさせよ……」

その軍令が伝えられる前に、護軍の武周《ぶしゅう》が怒りも露わにやってきた。「報告します。袁尚が于禁の陣をあきらめてわが陣に兵を向けると、張遼《ちょうりょう》は軍令を無視して打って出ました！」

「はっはっは……」曹操は知らせを聞くや、上機嫌に笑いだした。「伯南《はくなん》、こたびばかりはおぬしのほうが間違っておる。『一たび鼓《こ》して気を作《おこ》すも、再びして衰え、三たびして竭《つ》く［一度目の陣太鼓で士気を奮い立たせることができても、二度目では衰え、三度目には尽き果てる］』と申すではないか。袁尚軍は二度の攻撃に失敗し、もはやいかほどの力も残っておらん。まあ、見ているがいい。すぐに文遠《ぶんえん》がよい知らせを持ち帰ってくる」

戦場の喧騒《けんそう》がしだいに収まってくると、郭嘉や許褚、曹純らは曹操を守りつつ、倒された陣の柵の前まで恐る恐るやってきた――両軍の死者は数え切れず、堀を埋めつくさんばかりである。だが、鄴城の城門前の光景はさらに凄惨を極めていた。矢で射殺《いころ》された者、岩や大木に押しつぶされた者、ありとあらゆる類いの屍が集められたかのようである。ちぎれた腕や足、流れ出た鮮血や脳漿《のうしょう》が地に広がり、おぼろな明かりに照らされて地獄絵図が浮かび上がっていた。

曹操が屍を片づけるよう命じると、またしても拍子木の音が聞こえ、城壁の上から矢が放たれた。慌てて本営に戻った曹操はかえって賞賛した。「さすがは審配、事ここに至ってもまだ抵抗してくるとは。だが気の毒なことに、無能な主《あるじ》を持ったものよ。袁尚はわが陣に攻め込むこともできず、城内の兵を無駄に一晩戦わせたのだからな」

ほどなくして、武周が満面の笑みを浮かべながらまた報告に来た。「申し上げます。袁尚は撤退しました。袁尚軍の数は相当なものでしたが、張遼が出ていって攻撃を仕掛けると、すぐに算を乱して潰走しました」

曹操もうれしそうにうなずいた。「さもありなん。援軍が来ないとなれば審配軍も動揺し、これ以上は戦いたくとも戦えぬはず。全軍の将兵に伝えよ。陣に戻ってしばし休息を取るように。日の出とともに、わしは半数の兵を率いて袁尚を追撃する。袁尚を徹底的に叩きのめすのだ！」

袁尚は鄴城の内と外で呼応して曹操軍を挟撃するつもりだったが、逆に甚大な被害を蒙り、惨めな姿で陽平亭《ようへいてい》に逃げ帰ってきた。曹操軍の追撃を恐れて漳河《しょうが》のほとりまで退き、陣を築いて諸将や幕僚と善後策を協議した。だが、曹操は袁尚に息つく暇も与えず追撃を仕掛けた。あくる日の昼には早くも漳河のほとりに到着し、陣を築いて袁尚軍を挑発した。

袁尚軍は鄴城を包囲する曹操軍を一晩にわたって攻め立てたにもかかわらず、これを打ち破れなかったばかりか、さらに撤退してようやく陣を築いたところである。これでは士気が上がるはずもない。曹操軍はあまりに手強い相手である。逃げることもできないとなれば、あとは陣に閉じこもるしかなかった。それを見て曹操は総攻撃を命じた。意気も盛んな曹操軍の将兵たちが、おのおの得物を振り上げて袁尚軍の陣に攻めかかる。袁尚軍はその猛攻を食い止めるので精いっぱいで反攻に移るほどの力はない。昼どきから夕暮れまで戦っても曹操軍の陣太鼓は鳴り止まず、ついには袁尚軍を包囲したぞという声があちこちから上がり、河北の兵士らを震え上がらせた。このまま戦い続けても陣を守り通すのは難しい。鄴城は救えず、ほかの土地は袁譚《えんたん》に奪われ、さらに目の前では曹操軍の猛攻にさらされている。袁尚に残された道は休戦を求める以外になかった。やむをえず陰夔《いんき》と陳琳《ちんりん》を曹操軍に遣わして投降を申し入れた。

「先だっては袁譚が、こたびは袁尚が投降するという。わしにどうやって信じろというのだ」曹操は鋭い視線を陰夔と陳琳に投げかけた。

もとより小心者の陰夔は、曹操の態度に震え上がるばかりで声も出ない。陳琳は陰夔より肝が据わっていて、両手で捧げた竹簡を堂々と曹操に差し出した。「これはわが主が自ら記した降伏状です。どうかお納めください」

許褚はその竹簡を奪うように取り上げ、曹操の前にある卓に置いた。だが、曹操は竹簡を読むことなく、そばの火鉢に放り込んだ。「目を通す必要などない。袁尚の投降は許さぬ」

陳琳は地団駄を踏んで非難した。「それはわが主が自ら記した……」

「自ら記しただと？」曹操は笑い出した。「数年前、袁紹《えんしょう》はわしを討伐するといって各地に檄文を飛ばしたが、あれも袁紹が自ら記したのか？」

陳琳は驚愕のあまり身が凍りついた——官渡《かんと》の戦いの際、陳琳は袁紹の命で曹操討伐の檄文を起草し、曹家三代を筆鋒鋭く罵った。曹操の祖父曹騰《そうとう》は邪《よこしま》な宦官で、左悺《さかん》、徐璜《じょこう》と徒党を組んで忠臣を迫害した。父の曹嵩《そうすう》はその養子となり、宦官に媚《こ》びへつらって賂《まいない》をむさぼり、天下に不正をはびこらせた。そして曹操は、王莽《おうもう》や董卓《とうたく》に並ぶ奸賊《かんぞく》で、陵墓を暴くなど悪行の限りを尽くしたと……あの檄文の遺恨がよもやここで災いするとは。

かつて陳琳は何進《かしん》の大《だい》将軍府で掾属《えんぞく》［補佐官］を務めていた。曹操とはそのときからの古い付き合いで、気質もいくらかわかっている。曹操を相手に弱腰になれば望む結果は得られない。陳琳はすぐさま跪《ひざまず》きながらも、大きなよく通る声で頼み込んだ。「わたしに対する曹公の恨みはまた別の問題、こたびわたしが参りましたのは軍の大事をご相談するためです。どうか広いお心でわが主をお許しくださいませ」

「何をもって袁尚を許せというのか」曹操はねずみをもてあそぶ猫のように陳琳を見つめた。

「袁氏は河北に腰を据えて十年、土地の人望もございます。曹公が遺恨を捨ててわが主をお許しくだされば、河北の士人《しじん》で感激せぬ者はおりません。四方に割拠する者たちも続々と倣《なら》い、天下統一の大業も成るというもの」これは縦横家《しょうおうか》の常套句である。天下統一の大業がどうしてそれほど簡単に成し遂げられようか。仁の心だけで本当に天下を手に入れられるなら、古今のあまたの英雄たちはこぞって無駄な努力を重ねてきたことになる。

曹操は陳琳をもてあそぶ気でいるため、陰気な声で嫌味を口にした。「袁氏の者には情もなければ義もない。実の兄弟でさえ仲直りできぬのに、わしには誠意をもって当たれと言う。今日投降を許そうとも、明日には必ず裏切るであろう」

陳琳は拱手《きょうしゅ》して反論した。「わが主はすでに曹公に敗れ、それを認めております」

「袁尚が敗れることなど、やつが山に拠《よ》って陣を築いたときからわかっておったわ！」曹操の態度が豹変した。「もし駅路沿いに陣を築いていたなら、鄴城の救援を第一に考えている証し、総帥が生死を顧みないとわかれば将兵も命がけで戦っただろう。だが、袁尚は山沿いに陣を築いてから攻撃を仕掛けた。戦う前から天険によって己の身を守ろうとしたのだ。そんな逃げ腰でこのわしに勝てると思ったか。袁紹は広大な冀州を息子に残した。だが、袁尚は危急存亡の秋《とき》に至って、なお士卒を鼓舞して命を擲《なげう》たせることもできなかった。そんな役立たずに帰順されても使い道はない。これほど無能をさらけ出しては、鄴城を守る審配はもとより、昨夜の戦いで命を落とした将兵らもあの世で愛想を尽かしていようぞ」

陳琳とて内心では袁尚に愛想を尽かしていた。いま曹操に喝破され、穴があったら入りたいところだったが任務は任務である。陳琳は再び曹操に許しを請うた。「わが主は命がけで戦うことを望まなかったわけではありません。ただ、将兵たちの心が離れて一つにすることができず、そのため……」

「そのため大陣営を構えて、わしを脅して撤退させようと思ったか」曹操はあざ笑った。「残念だったな。この曹孟徳《もうとく》がそれしきのことで臆病風に吹かれるとでも思ったか。いや、危機に当たってはむしろ自ら飛び込む質《たち》でな。将兵たちの心が離れたのは自業自得、兄弟同士で骨肉の争いを続ける連中のために命を投げ出す道理はない」

陳琳は涙を流して何度も叩頭した。「何とぞ寛大なお心でわが主の投降をお許しください。先代の顔に免じて、伏してお願い申し上げます」

「ならぬ」曹操は険しい声ではねつけた。「陳孔璋《こうしょう》、おぬしが檄文を記したとき、少しはわしの顔を立ててくれたか?」

そう言われると陳琳には返す言葉もない。

「戻って袁尚に伝えるがよい。わしが父親に代わって不肖の息子を罰してやるゆえ、首を洗って待っていろとな。それでこそ袁本初《ほんしょ》の顔を立ててやることになる」曹操は袖を翻して立ち上がった。「いまの世でわしの言葉は絶対である。袁兄弟は断じて許さん。わしが死ねといったら連中は死なねばならんのだ。これ以上話すべきことはない。去れ!」これが曹操の偽らざる本音である。もはや覆す余地は残されていなかった。

陰夔は地べたに身を投げ出し、滂沱《ぼうだ》として涙を流した。「袁本初さま……大将軍さま……わたしが無能なばかりに若君をお守りできませんでした。臨終の際に遺命を受けておきながら……ああ……」

曹操は泣き叫ぶ陰夔の姿に少し心を動かされた。「臆病とはいえ忠の心は持ち合わせているようだな。その心に免じておぬしらに危害は加えぬ。護衛をつけて安全に袁尚の陣まで送り届けてやろう。だが、明日の朝には再び攻撃を仕掛ける。刀剣はおぬしらの顔を見分けてはくれんぞ。せいぜい自分の身は自分で守るんだな」曹操が手を振って合図すると、兵が二人を立たせて外に連れ出そうとした。

「お待ちを」于禁が一歩進み出た。「この陰とやらを見逃すのはまだしも、陳琳はなりませぬ。わが君のみならず、わが君のご先祖まで侮辱する檄文を記した張本人。簡単に帰すわけにはまいりません」

「そうだ、そうだ。こいつを斬り刻んでしまえ!」諸将も口々に叫んだ。

だが、曹操は手を上げてこれを制した。「軍は争っても互いの使者は斬らぬのが習わし。しかも今日は降伏を求めてやって来たのだ。まあ、見ているがいい。袁尚の敗北は目前、こやつと再び顔を合わせる日も近かろう。そのときはたっぷりと檄文のつけを払ってもらおうではないか」これを聞いた陳琳は全身に寒気を覚え、何も言い繕《つくろ》えぬうちに陰夔と本営の外に出された。二人が去ったあと、曹操は忙《せわ》しなく命じた。「先鋒の将に命を伝えよ。二人が袁尚の陣に戻ったらすぐに陣太鼓を打ち鳴らせ。派手に一晩じゅう打ち鳴らして威勢を示し、袁尚を震え上がらせてやるのだ！」

このとき、華佗《かだ》が煎じ終わった薬を持ってきて曹操の前に差し出した。「わが君、ここ数日は薬をお飲みになっていません。戦にも勝ったことですし、熱いうちにこれをお飲みください」

しかし、曹操は華佗に目もくれず、諸将に向かって話し続けた。「ここで威嚇してやれば、投降できないと知った袁尚は今夜にも遁走する。大将が逃げれば兵の心は離れ、一斉に逃げ出すだろう。金輪際、兵を集めることはできん」そこで曹操は華佗の肩を叩いた。「これぞ『病骨髄に在るは司命《しめい》の属する所、奈何《いかん》ともする無きなり［病が骨髄に入れば、命は寿命を司る神に委ねられ、医者には治せない］』だな」

華佗は肩を叩かれた拍子に持っていた碗を落とし、碗は粉々に砕け散った。半日かけて心血を注いで煎じた薬が無駄になってしまった。だが、曹操は勝利の喜びに浸《ひた》るばかりで、いかに苦心して煎じた薬だったか気にも留めなかった。それどころか、華佗の困り果てた顔を見て大笑いした。

第十一章　董昭《とうしょう》、天下取りを勧める

大勢決す

建安《けんあん》九年（西暦二〇四年）七月、袁尚《えんしょう》は鄴城《ぎょう》の救援に失敗し、漳河《しょうが》のほとりでも曹操軍に完膚なきまでに敗れた。やむなく降伏の使者を遣わして許しを乞うたがそれも容《い》れられず、恐怖のあまりその日の夜のうちに逃げ出して祁山《きざん》(1)に本陣を敷いた。だが、曹操は逃げる袁尚に死神のように追い打ちをかけ、袁尚の陣を包囲すると直ちに猛攻を仕掛けた。

野を埋め尽くさんばかりの曹操軍を目の当たりにした袁尚軍の兵士らは震えおののき、武器を手に取ることさえできなかった――もし袁尚が漳河で背中を見せていなければ、兵を鼓舞してまだ戦えたかもしれない。しかし、逃げ通しで疲れ果てた兵の士気は地に落ちていた。もはや袁尚を信じる気持ちすら失い、立ち向かう気力など残っていなかった。頭を抱えて逃げ出す者、武器を捨てて敵に投降する者、さらには、どうせ投降するならと身を翻して袁尚の本陣に攻め込む者までいた……袁尚配下の将の馬延《ばえん》と張顗《ちょうぎ》が降伏すると、曹操軍は一気に本陣まで攻め込み、袁尚軍は総崩れとなった。敗勢を立て直せないと見た袁尚は、将兵や兵糧、輜重《しちょう》はもとより、官印や節《せつ》［皇帝から授けられた使者などの印《しるし》］まで放り出し、わずかな護衛兵だけを連れて落ちていった。

大将に決死の覚悟があればこそ兵も勇気を奮い起こすものである。兵を見捨てて姿をくらます大将のために誰が命を懸けようか。狼煙の消えた戦場には、ただ荒涼とした景色が広がっていた。かつて袁紹《えんしょう》のもとで威勢を誇った河北《かほく》軍はここに潰《つい》えたのである。あとに残ったのは、逃げる勇気もなく地べたに伏して命乞いする者ばかり。古《いにしえ》の燕《えん》や趙《ちょう》の地で生まれ育った勇士の気概は、袁氏の没落と歩調を合わせるように見る影もなく失われていた。

曹操は手綱を引いて馬を止め、打ち捨てられた陣の跡を眺めながら顔をほころばせた。このたびの一戦で袁尚の敗北は決定的となった。兵も兵糧もすべて失った袁尚など、もはや追いかける価値はない。袁熙《えんき》が治める幽《ゆう》州に逃げ込んだところでたいした兵はおらず、并《へい》州の高幹《こうかん》とは遠く隔たっている。あとは仇と狙う兄の袁譚《えんたん》が始末をつけるのを待てばよいのだ。

袁尚が捨てていった品々を調べた兵によると、輜重や調度品は十数台の車に山積みになるほどであり、珍宝や真珠、玉の類いも少なくないという。曹操はあざ笑った。「官渡《かんと》の戦いでは袁紹も山のようにごちゃごちゃと何やら持ち出してきていた。まったく親父にそっくりだ。ただ、戦《いくさ》の才にかけては親父の足元にも及ばんな」

降伏して武器を取り上げられた馬延と張顗が、虎豹騎《こひょうき》［曹操の親衛騎兵］に取り囲まれながら引き出されてきた。二人は跪《ひざまず》くなり大声で詫びた。「帰順が遅れましたこと、どうぞお許しください」

「許すどころか褒めてやりたいくらいだ。さあ、早く立つがよい」二人とも立派な体格をした偉丈《いじょう》夫《ふ》である。これは勇猛な将に違いない、曹操はそう思うとうれしくなった。「配下におぬしらのような勇士がいながら、その力を十分に発揮させてやれんとは、袁尚が敗れるのも当然だな」

軽率な馬延はすぐに袁尚を罵りはじめた。「正直に言いますと、俺はとっくに袁尚の下で戦うのは嫌になっていたんです。あのくそったれは兄弟同士で醜く争い、そのくせ敵を見りゃすぐ逃げやがる。まったく忌々《いまいま》しい戦だったぜ、ちくしょう。だから俺はあんなやつのために命を捨てるのはごめんだと思って曹賊に投降したんです」馬延は話に夢中になるあまり、つい癖で曹操のことを「曹賊」と口走った。

曹操陣営の将兵たちは血相を変えて剣を抜いたが、曹操は笑ってそれを制した。「気にするな、かまわぬ。わしはまだ何も施しておらんのだからな。賊と呼ばれても仕方あるまい。今後わしが河北の士人《しじん》を厚遇すれば、賊呼ばわりされることもなくなるだろう。はっはっは……」

張顗は馬延よりは素養がある。再び曹操の前に跪いて詫びた。「明公《めいこう》、お許しください。われらの投降が遅れたのは勝てると思ったからでも、袁尚の愚かで頑迷な考えに従ったからでもありません。ただ、野でくすぶっていたわれらを軍に入れてくれた、亡き先代の恩に報いたいと思ったからなのです。それなのに袁尚兄弟がこれほど意気地なしとは思いも寄らず……」身の丈は七尺［約百六十一センチ］ほどだが、がっしりとした男が猛々しい目に涙を浮かべて弁明すると、馬延も一緒になってしょげ返った。

曹操は物思いにふけった――袁本初《ほんしょ》よ、おぬしはやはり手強い相手だった。死んでなおこれほど慕われているとはな。たしかに官渡と倉亭《そうてい》ではわしが勝った。だが、おぬしがまだ生きておれば冀州《きしゅう》を手に入れるのも難しかったはず……わしはおぬしを完全に打ち負かしたわけではないのだ。ただおぬしの息子どもがな……

いまは河北の人心を掌握することが何よりも肝要である。曹操は、袁紹とは昔なじみであることを前面に押し出して話しかけた。「わしもかつては袁本初と力を合わせて宦者《かんじゃ》どもと戦った。本初の才智はとうに承知しておる。わしがこたび河北に来たのは、一つには河北の地を朝廷にお返しするためだが、もう一つには、不肖の息子どもを懲らしめてやるためなのだ」これは真っ赤な嘘だったが、馬延や張顗のような連中には十分通用した。

二人は顔を引き締め、懐から錦織りで飾った小箱をそれぞれ取り出すと、恭《うやうや》しく曹操の前に差し出した。許褚《きょちょ》と鄧展《とうてん》が受け取り、小箱の中身を検《あらた》めてから曹操に手渡した。箱には金印と銅印が入っていた。

金印は袁紹に授けられていた大《だい》将軍の官印である。かつて天子を奉迎して許《きょ》県に遷都したとき、曹操は自身を大将軍に、袁紹を太尉《たいい》につけようとした。だが、袁紹は曹操の下につくことをよしとせず厳しく批判してきた。曹操は面倒を避けるため大将軍の位を譲ることとし、孔融《こうゆう》に命じてこの金印を袁紹に届けさせたのだ。いま袁紹は死に、金印だけが本来の持ち主の手元に戻ってきた。もう一つの銅印は持ち手に虎が彫られ、印面には「詔書一封　邟郷侯印《こうきょうこう》」の八文字が篆刻《てんこく》されている。これは袁紹が挙兵したときに勝手に作り、天下に号令する際に用いてきたものだ。袁紹がこの私印を用いるのを見て、曹操は袁紹と袂《たもと》を分かつことに決めたのである。思い起こせば、袁紹はかつて瑕《きず》一つない珍しい玉の原石も見せてくれた。玉座につくことを夢見ていた袁紹のことである。大業が成った暁には、あれを彫って玉璽《ぎょくじ》とするつもりだったのだろう。だが、いまや帰らぬ人となり、玉も行方知れずとなってしまった……

曹操は路粋《ろすい》を呼び、許都に戻ったら印を天子に返上するよう言いつけた。そのとき、高らかな笑い声とともに、立派な軍馬に跨がった張繡《ちょうしゅう》が威風堂々とやって来た。傍らには金鉞《きんえつ》、白旄《はくぼう》、纛旗《とうき》といった戦利品を担いだ兵がいる。金鉞を失うことは軍の生殺与奪の権限を失うことであり、白旄を失うことは軍の大義名分を失うことにほかならない。さらに、総帥の証である纛旗まで失っては、袁尚の威厳は完全に地に堕ちたと言っていい。

張繡は今日の戦いで率先して敵陣に斬り込み、こうした物品を奪ってきた。曹操も思わず拱手《きょうしゅ》して褒め称えた。「張将軍、見事な戦であったな」

「すべては明公のご威光の賜物《たまもの》です」張繡は馬を下りて頭《こうべ》を垂れた。張繡には曹操の息子を殺した負い目がある。そのため、戦では骨身を惜しまず働き、それでいて功績を誇ることもなかった。

「さすがにわが親族だけのことはある。朝廷に上奏して千戸の封邑《ほうゆう》を加増してもらおう」

それを聞いて張繡は驚いた。張繡はすでに千戸侯《せんここう》［千戸を領する列侯《れっこう》］であり、さらに千戸を加えれば曹操陣営の諸将は言うに及ばず、朝廷の高官のなかでも曹操の次に封邑を有することになる。「それはなりません」慌てて兜を脱ぐと、張繡は叩頭しながら辞退した。

傍らにいた郭嘉は曹操の意図をよく汲み取っており、張繡を助け起こすと耳元でささやいた。「わが君と貴殿のあいだに遺恨があるからこそ、貴殿に官位や封邑を授けるのです。それにより天下の者はわが君を称賛します。貴殿がそれを断れば、わが君はかえって公明正大ならずとの謗《そし》りを受けることになるでしょう」

張繡も事情を理解したが、過度に手厚い褒美を授かるのは、やはり抵抗がある。話をそらして兵士らに命じた。「お前たち、わが君の仇敵を連れてこい」

罵声のなかを陳琳《ちんりん》がやってきた。肩に背負わされた長柄の矛に両腕を縛りつけられ、観念したのか力なく視線を落としている。髪はぼさぼさに乱れ、夢遊しているかのように足取りはおぼつかない。袁尚のために投降の使者として来たときは、曹操も私怨には目をつぶった。だが、今度ばかりは逃げられない。鬱憤をぶちまけられるに違いなかった。

曹操はかすかに笑みを浮かべて陳琳に目を遣った。「陳孔璋《こうしょう》、また会ったな。どうだ、わしが申したとおりになったであろう」曹操は戦場で陳琳を見つけたら、生け捕りにしてくるよう命じていた。

陳琳は返す言葉もなく、じっとうなだれている。

「陰夔《いんき》はどうした？」

陳琳は消え入りそうな声で答えた。「乱軍のなかで討ち死にしました」陰夔は陳琳のように「優遇」されておらず、曹操軍に戦場で殺されていた。

「陰夔の亡骸は必ず探し出し、忠臣としてきちんと葬ってやる」曹操は冷たい笑みを浮かべると、いよいよ陳琳をいたぶりはじめた。「死んだ者が必ずしも不幸なわけではない。生き残った者が必ずしも幸せなわけではない。ひょっとすると、戦で殺されていたほうが楽だったかもしれんぞ……ふふっ……」

突き刺さるような曹操の冷たい視線に射すくめられ、陳琳は体を小刻みに震わせた――いったいどんな極刑で殺すつもりだ……思わず陳琳は許しを乞おうと口を開きかけたが、さすがに経験も素養も十分に積んできているだけあって、それは思いとどまった。卑屈な命乞いは曹操に馬鹿にされるだけでなく、自分で自分を貶《おとし》めることになる。極度の焦りのなか、必死でどう対応すべきか考えた。

果たして曹操の頰から笑みが消え、表情が一変して険しくなった。「陳孔璋、わしとおぬしのあいだに何の恨みがあった。檄文でわが曹家をあのように罵倒するとは言語道断。わしと袁紹が争い誹り合っていたとしても、わが祖父や父に何の関係がある。はっきり申さねば屍《しかばね》を斬り刻んでやる」

切り刻むとまで言われては悠長に構えていられない。陳琳は進み出て曹操の前に跪いた。「あの檄文は弓につがえられた矢、放たざるをえなかったのです」

「何だと？」

「弓につがえた矢ゆえ、放たざるをえませんでした」そっけない答えのなかにも、陳琳は譬《たと》えを込めた。矢は陳琳本人、矢をつがえた弓は袁紹であり、弓弦《ゆづる》が引かれれば矢は飛ぶしかない。つまり、袁紹に書けと命じられ、自分は檄文を起草するしかなかったというのだ。

これを聞いた曹操はしばし黙り込んだ。おもむろに振り向くと、そこには路粋、繁欽《はんきん》、劉楨《りゅうてい》、元《げん》瑀《う》らが控えている。曹操ははっと気がついた——こやつらもわしに命じられれば書かざるをえまい。しかも陳琳の地位はずっと高く、何進《かしん》が政《まつりごと》を司っていたときには大将軍府の主簿《しゅぼ》を務めていた。河北の人心を掌握しようとするいま、名の知られた陳琳を殺すのは得策ではないな。それに、戦場でわが兵を殺した馬延や張顗さえ許したのだ。たかが筆を執って戦うだけの文人一人、わざわざ殺すこともあるまい……

曹操の顔からしだいに怒気が消えていった。「縄を解いてやれ……なるほど弓につがえられた矢は放たざるをえない。袁本初がそなたを矢として用いたのなら、わしが用いてもよかろう。そなたを記《き》室《しつ》に任じるゆえ、今後はわしのために文書を司るのだ。わしが誰かを射よと命じたら、その相手を射るのだ」

「寛大なご配慮に感謝いたします……」九死に一生を得た陳琳の眼《まなこ》が涙でにじんだ。兵が陳琳の縄を解くと、荀攸《じゅんゆう》や陳矯《ちんきょう》が左右から助け起こした。荀攸はかつて何進の大将軍府でともに仕えた仲、陳矯は広陵《こうりょう》の同郷である。天下広しといえども官の世界は狭く、思いのほか情によって結ばれているのである。

このとき、武器の管理を任されている卞秉《べんぺい》が、帳簿と数取り棒を手に高笑いしながらやって来た。

「いやあ、こたびの戦は大儲けです。袁尚は何もかも捨てて逃げたに違いありません。兜だけで二万、ほかにも長柄の矛や弓、弩《ど》、盾など数え切れないほどあります。これだけあればいくつもの部隊の装備をまかなえます」

この報告を聞いた曹操は喜びながらも驚いた。というのも、自軍は歴とした官軍でありながら兜が全体に行き渡らず、頭を布で巻いている兵士も少なくない。かたや袁氏は天下の一部を占拠していただけなのに、なんと多くの武器を有していたのか。しかも、官渡での損失もかなりあったはずだというのに……袁紹が十年にわたって蓄えてきた力が自身を大きく凌駕していることを、曹操も認めざるをえなかった。これ以上悠長に戦ってはいられない、そう思いを新たにした曹操はすぐに命《めい》を下した。

「わが軍はここで一晩休息を取る。降伏した兵はひとまず朱霊《しゅれい》、張郃《ちょうこう》、馬延、張顗ら河北の故将のもとに組み込め。明日、鄴城へ戻って曹洪《そうこう》と合流する」

「御意!」いまや天下無敵となった曹操軍の威風を示すかのように、一矢乱れぬその声は天高く響いた。

軍を鄴城へ返す途上、曹操は朝廷に上奏する文書を推敲し、自身の功績を誇った。

臣前《さき》に上言《じょうげん》す、逆賊袁尚還《かえ》らば、即ち精鋭を厲《はげ》まし之を討つと。今尚の人徒震蕩《しんとう》し、部曲《ぶきょく》守を喪《うしな》い、兵を引きて遁亡《とんぼう》す。臣軍を陳《つら》ぬるに堅《けん》を被《かぶ》り鋭《えい》を執《と》らしめば、朱旗《しゅき》震耀《しんよう》し、虎士《こし》雷噪《らいそう》す。旗を望みて眩精《げんせい》し、声を聞きて気を喪い、戈を投げ甲を解き、翕然《きゅうぜん》として沮壊《そかい》す。尚単騎にて迸走《ほうそう》し、偽の節鉞《せつえつ》、大将軍と邟郷侯の印各《おのおの》一枚を捐棄《えんき》す。兜鍪《とうぼう》は万九千六百二十枚、其れ矛盾弓戟は数うるに勝《た》う可《べ》からず。

［先にわたくしは、逆賊の袁尚が戻れば、精鋭の兵を鼓舞してこれを直ちに討つと申し上げました。そしていまや袁尚の兵士は動揺し、部隊は守りをうち捨て、袁尚は兵を率いて遁走しました。わたくしが布陣に際して軍装を十分に整えさせると、軍旗は輝きはためいて、勇猛な兵は雷のような鬨《とき》の声を上げました。敵は官軍の軍旗を見て意気阻喪し、喊声を耳にして落胆し、矛を捨て鎧を脱いで、にわかに総崩れとなりました。袁尚は単騎で遁走、偽の節と鉞、大将軍と邟郷侯の印を捨てて去りました。兜は一万九千六百二十、矛や盾、弓、戟に至っては数えきれないほどであります］

この上奏文は、袁尚を震え上がらせた陣太鼓にも劣らず、読むものを恐怖に陥れる。ただ、その相手は天子劉協《りゅうきょう》であるのだが……

（1）祁山は古書の記載によれば藍嵯山《らんさざん》ともいい、現在の河南省安陽市《あんようし》にある。諸葛亮《しょかつりょう》が北伐に際して駐屯した祁山とは別の場所である。

予言

曹操は鄴《ぎょう》城に兵を返すと、戦利品の節鉞《せつえつ》や印綬を長柄の矛の先にぶら下げ、城を守る敵兵に見せつけた。袁尚《えんしょう》が敗れたことを知り、援軍も来ないと知った兵士らの士気はくじけ、多くの者が城を抜け出て投降した。だが、審配《しんぱい》は決して節を曲げることはなかった。降伏するどころか、兵糧も援軍もないなかで曹操軍の攻撃をいくたびかしのいだ。

一方、袁尚は敗走したのち故安《こあん》［河北省中部］に逃れたが、これまで幾度も苦渋をなめさせられてきた袁譚《えんたん》が、報復の好機到来とばかりにすぐさまこれを追撃した。袁尚は曹操に完膚なきまでに敗れていたので、抵抗もできずに県城を捨て、ついには次兄の袁熙《えんき》を頼って幽《ゆう》州にまで逃げ込んだ。袁尚が姿を消すと、冀《き》州のその他の県城も後ろ盾を失い、投降を乞う知らせが次々と曹操陣営に舞い込んだ。袁譚は表向きすでに降伏している。残るは孤城の鄴だけとなった。ここに至って曹操は城攻めをやめ、鄴城の周りをただぐるりと包囲し、飢えと恐怖を武器に審配を兵糧攻めにした。

すでに七月も終わりに近づいていた。審配は相変わらずあがき続け、半月経っても投降してこなかった。しかし、城を守る将兵たちは絶望のどん底にいる。その泣き声はまだ日の高いうちから遠くまで聞こえてきた。情け容赦ない審配を恐れて降伏できずにいるのである。

その日は暗い夜空の一角に三日月がかかるだけで、霧雲がこの世のすべてを覆い尽くすかのように低く垂れ込めていた。馬上の曹操は董昭《とうしょう》、許褚《きょちょ》、それにわずかな衛兵だけを従えて、南の陣営を巡視していた。勝利を目前にして一行は浮かれていた。陣を出てどんどん遠ざかり、ついには鄴城の南の荒れ地までやって来た。

ほのかな月明かりと松明《たいまつ》を頼りに目を凝らすと、あたりには見るも無残な光景が広がっていた。かつて鄴城の周りには人家が密集し、数多くの民が住んでいたが、半年に及ぶ戦いで様相は一変した。民は城内に逃げ込むか、そうでなければ行方をくらませ、あぜ道には雑草が生い茂り、家々は曹操軍が柵や橋の資材とするため取り壊わされていた。豪族の荘園を守る土塁もとうに崩れ、見渡す限り荒涼としている。鶏や犬の鳴き声はなく、代わりにどこかから狼の遠吠えが聞こえた。

上機嫌だった曹操もいささか気分が沈んだ。「功業を打ち立てるよりも、それを維持するほうが難しいと聞く。たとえ鄴城を落としたとしても、ありし日の姿を取り戻すには歳月を要するであろうな」

だが、董昭は感傷に浸《ひた》ることもなかった。「民草は、天子の命《めい》を受けて四方を討つわが君を敬慕しています。戦《いくさ》が終われば農耕や養蚕を奨励し、屯田によって恩恵を施すのです。そうすればまた民も戻り、このあたりも賑やかに車馬が行き交うようになりましょう。鄴県はもともと豊かな土地、民も裕福で蓄えもありますから、復興もそう難しいことではありません」そこで董昭は周囲を見回し、そう遠くない場所にある高台を指さした。「長らく馬に乗られてお疲れではありませんか。あの高台に登って鄴城の様子を眺めてはいかがでしょう」

「それもよいな」ここ数日は、華佗《かだ》が煎じる薬のためか、曹操は持病の頭痛がだいぶよくなり、ほとんど疲れも感じていなかった。いっそ軽く体を動かしたほうが陣に戻ってからよく眠れると考えた。

荒れた高台は登っていてもさほど楽しくなかったが、高みからは鄴城をよりはっきりと望むことができた。もっとも、鄴城の上には黒い霧がかかり、まばらに灯火《ともしび》がともるばかりである。かすかに見える人影も、生きる望みをすっかり失い、ただ死を待っているかのように感じられる。董昭はわざとらしくため息をついた。「あの鄴城を奪うためにどれほどの兵が戦場を血で染め、未練を残して死んでいったことでしょう」

曹操は董昭の感傷を青くさく感じた。「公仁《こうじん》、多くの修羅場をくぐり抜けてきたそなたが、何をいまさら書生のようなことを。古《いにしえ》より帝王や将軍、宰相の功業は、荒野を埋め尽くす白骨と大地に広がるおびただしい血の上に成り立っておる。それでも後世から敬慕されるものなのだ」

「わたくしは古よりの功業を嘆いたのではなく、鄴が吉祥の地であることに思いを致していたのです」

「吉祥の地とは？」

「この鄴城は万世不朽の覇業をなさしめる場所であり、ほかの県城とは比ぶべくもありません」

曹操は笑った。「そなたは斉《せい》の桓《かん》公のことを申しているのであろう。かつて桓公は尊王攘夷を掲げ、五鹿《ごろく》［河南省北東部］、中牟《ちゅうぼう》［河南省中部］、鄴など九か所に城を築いて天下を守った」

董昭はしばらく黙っていたが、おもむろに口を開いた。「明公《めいこう》は思い違いをされています。わたくしが申し上げたのは春秋の覇業ではなく、ただいまの天下の覇業についてです」

曹操はつかの間驚いたが、すぐに笑い飛ばした。「公仁、冗談もほどほどにいたせ。はっはっは……そなたが怪しげな方術士のようなことを言うとは」

董昭がそっと曹操の顔を盗み見ると、その笑みはどことなくぎごちない。「冗談でも無駄話でも、連日軍務にお忙しい明公のお心を和ませられるならうれしく思います。わたくしはかつて袁本初《ほんしょ》のもとで魏《ぎ》郡の太守《たいしゅ》を務め、このあたりの故事もよく存じています。ご興味はおありですか」

「ほう。それは面白そうだな」董昭の表情からすると、これから語られる話はありきたりなものではない、曹操はそう感じた。

董昭は一つ咳払いをして切り出した。「経書に通じられた明公の前で、わたくしも古のことは申しますまい。そうしたことはご存じでしょう。これからお話しするのは、かの黄巾《こうきん》賊の首領張角《ちょうかく》の……」

「公仁、逆賊の話など持ち出してどうする」曹操は思わず董昭の話を遮った。

「逆賊とはいえすでに鬼籍《きせき》に入っております。ここは朝議の場ではありませんので、何をお話ししても差し支えないかと」董昭は曹操が反論しないのを確かめて話を続けた。「かの黄巾賊の張角は鉅《きょ》鹿《ろく》の出で、官吏になろうとして学んでいたものの、結局は『太平経《たいへいきょう》』という奇書を修めました。そして、お札《ふだ》によって民の病を治し、鉅鹿で大勢の信者を得ました。しかし、挙兵する段になると間《ま》怠《だる》いことに、わざわざこの鄴で兵を挙げ、しかも南下せず北に進んでまずは真定《しんてい》［河北省南西部］を攻めました。なぜだかおわかりになりますか」

曹操は話が進むほどに眉をしかめ、かぶりを振った。「たしかに不可解だ。当時張角の弟子の馬元《ばげん》義《ぎ》が都の周辺で捕まった。先々帝の命で車裂きの刑に処されたのはわしもこの目で見ている。それを知った張角は天下八州から信徒をかき集め、大漢の社稷《しゃしょく》の転覆を目論んだ。非常の事を起こすなら急ぎ河南《かなん》に向かうべきなのに、なぜか張角は南下せず、鄴城で挙兵して真定を奪ったのだ。これはまったく道理に合わぬ」

董昭は髭をしごきながら笑った。「明公は兵法でお考えになるからわからないのです。ですが、地名の音によって意味を探れば不思議ではありません。鄴で挙兵し真定を取る、つまり大業が真《まこと》に定まるという意味になります」

これを聞いて曹操も謎が氷解した。「張角のような怪しげな方術士はそうした手口で民をたぶらかすのだな。なるほど、それでは大事が成せるわけがない」

だが、董昭はまたしても意味ありげな言葉を続けた。「たしかに張角は愚かな賊でした。しかし、袁本初と袁公路《こうろ》［袁術《えんじゅつ》］は決して怪しげな方術士ではありません……」

「張角の話と袁氏の二人に何の関係がある？」曹操の顔からしだいに笑顔が消える。

「それが大いに関係あるのです。その鍵は、とある予言にあります」董昭はそこまで話すと、突然話題を変えた。「鄴城の審配にはまだわずかながら兵が残っています。もしわが君がここにいることを知って奇襲してきたら一大事、どうか松明の火を消してください」

案ずるにも度が過ぎる。いまや鄴城には食糧もなく兵も残り少ない。曹操軍の重囲《じゅうい》を突破して奇襲を仕掛ける力があるとは、曹操には到底思えなかった。だが、董昭の眼差しは炯々《けいけい》と光り、いわくありげな様子である。曹操は背後に向かって命じた。「火を消すのだ」許褚は衛兵に松明を踏み消させた。

曇天のもと、松明の火が消えるとあたりは静かな闇に包まれた。遠く鄴城の城楼に点々とともる明かりだけが、ぽつんと宙に浮いて見える。長い静寂のあと、董昭は小さく息を吐いてゆっくりと話しだした。「先ほどわたくしが申した予言とは、おそらく明公もお聞きになったことがあるかと存じます。『春秋讖《しゅんじゅうしん》』に見える一句、『漢に代わるは当塗高《とうとこう》(1)』……」

暗闇のため曹操の表情は読み取れないが、静かな声が聞こえてきた。「仲康《ちゅうこう》、わしは公仁と話がある。しばらく離れておれ」

「御意」許褚は何も尋ねなかった。こんな辺鄙で人気のない場所である。変事など起こりえず、ましてや董昭が曹操を害することも考えられない。許褚は衛兵を連れて暗い高台を下りていった。

許褚らの足音が完全に聞こえなくなるのを待って曹操は口を開いた。「何か話があるとは思っていたが、やはりそういう危うい話か。かつてその予言に惑わされて皇帝を僭称した袁術がどんな末路をたどったか、そなたも知っておろう」

「それは袁公路が解釈を間違えたからです。たしかに『当塗』の『塗』は『路途《ろと》』の『途』に通じるものの、袁術の字《あざな》である公路の『路』が天命に適っていたわけではありません。この予言にはほかに深い意味があるのです」

曹操は好奇心をそそられつつも、いささか後ろめたさを覚えた。こうした話題を論じることは正道にもとる。続きを促すことを憚ってお茶を濁した。「そういえば本初もずいぶんと拘泥《こうでい》していたな。だが、わしは讖緯《しんい》(2)など信じておらんぞ」官渡《かんと》の戦いに勝利した際、曹操軍は袁紹の本営にあった大量の緯書《いしょ》を押収していた。

「信じられようと信じられまいと、たいした差はございません。讖緯に通じていたところで、天命の帰するところと違えば何の意味もないからです。讖緯は河図洛書《かとらくしょ》にはじまります。『易経《えききょう》』に、『河は図《と》を出《い》だし、洛は書を出だし、聖人之《これ》に則《のっと》る［黄河から図が現われ、洛水《らくすい》から書が現われ、聖人はこれら河図洛書に則って八卦《はっか》を作った］』とあります。その昔、伏羲《ふっき》［伝説上の帝王］は甲羅をくわえた竜《りゅう》馬《ば》に出くわしました。赤い紋様と黒漆《うるし》の文字が書かれた甲羅は亀の背に似て、広さは九尺［約二メートル七センチ］あり、表には星々の正しい位置と帝王にまつわる数が描かれていました。孔子は河図洛書を詳しく調べて奥義を究めましたが、周《しゅう》王の法を変えてしまうことを恐れ、その奥義を緯書に潜ませて後世の王に伝えたのです。讖緯の学は『易経』のみならず、『書経《しょきょう》』の「洪範《こうはん》」の五行説にも通じています。つまり、この世のあらゆる理《ことわり》が含まれているのです」

曹操は董昭が強弁するのを聞きながら冷たく笑った。「古人の学問は奥深く計り知れぬが、いまの者は讖緯を牽強付会《けんきょうふかい》して文意をねじ曲げている。讖緯を河図や洛書と同列には論じられん」

「そうとばかりは申せません」闇夜は董昭を大胆にさせた。曹操の顔色をいちいち窺うこともない。「王莽《おうもう》は讖緯を信じて符命《ふめい》を偽造しましたが、それで讖緯のすべてを否定するわけにはいかないのです。光武《こうぶ》帝は漢室を中興した英明な君主ですが、やはり讖緯を信じておられました。光武帝が南陽《なんよう》で挙兵したのは、『劉氏復《ま》た興《おこ》り、李氏輔《ほ》と為《な》らん［劉氏は再び興隆し、李氏がその助けとなる］』の言葉に拠《よ》ったものですし、帝位についたのも、『赤伏符《せきふくふ》』(3)の符命に拠っています。天地を祀《まつ》る祭文《さいぶん》もすべて讖緯に拠っていますし、孫咸《そんかん》を大司馬《だいしば》とし、王梁《おうりょう》を大司空《だいしくう》としたのも讖文に拠っています。雲台二十八将は二十八宿《にじゅうはっしゅく》の数と同じです。光武帝は夜には『河図会昌符《かとかいしょうふ》』を読み、泰山《たいざん》［山東省中部］で封禅《ほうぜん》の儀を執り行っています。また、霊台《れいだい》や辟雍《へきよう》、明堂《めいどう》(4)を設けて、図讖を天下に宣布なさいました。

先ほどの明公のお言葉によれば、こうした光武帝の行いも間違っていたことになります」董昭は漢室中興の祖である光武帝の「成功体験」を持ち出し、曹操がどう反論するか試した。

曹操はふんっと鼻でせせら笑い、何も答えなかったが、内心いろいろと思うところがあった――一年前に聞かされていれば、たとえ光武帝のことであろうと讖緯の盲信を否定しただろう。だが、いまならわかる。一介の平民から皇帝に昇り詰めるのは尋常なことではない。天命を借りなければ、世の者を従えるなど到底無理であったのだ。天命とやらも所詮は人の意志に過ぎぬが……

董昭は曹操の返事がないので、静かに話を続けた。「『漢に代わるは当塗高』……以前、『当塗高』とは魏闕《ぎけつ》(5)のことだと、太史令《たいしれい》(6)や博士《はくし》［五経の教授などを司る官］が申しているのを耳にしました。たしかに『塗［道］』の両側にあって『高』いものといえば魏闕であり、魏闕には朝堂や朝廷といった意味もあります。いま明公は魏郡の地に拠り、鄴城はかつての魏国発祥の地です。そうした点からすると、魏を手に入れた者は朝廷、ひいては天下をも手にすると申せましょう」

ここで曹操がようやく言葉を挟んだ。「魏闕とはそもそも楼閣の意で、朝廷とは関係ない。ただ、『荘子《そうじ》』に見える『身は江海《こうかい》の上に在るも、心は魏闕の下《もと》に居《お》る［わたしの身は都から遠く離れた田舎にあるが、心はいまも朝廷を忘れられずにいる］』の魏闕は朝廷のことだがな」

董昭は満面の笑みで尋ねた。「その一文は、『荘子』のどの篇で述べられているかご存じですか」

「むろん『譲王《じょうおう》篇』……」篇名を口にした途端、曹操は続く言葉を失った。

「譲王……」董昭は低くつぶやいた。「天下は受け継ぐばかりではありません。譲るという選択もまたありえます。『生を重んぜよ、生を重んずるは則ち利を軽んずるなり［民を重んじよ。民を重んじることは、すなわち己の名利《みょうり》を顧みないことである」』と申しますが、万民は恩恵を施してくれるなら、畢《ひっ》竟《きょう》、誰がその地位にあろうとかまわぬのです。しかし、頑迷な輩は枝葉末節《しようまっせつ》に拘泥し、学や徳を修めず功も立てず、讖緯の言葉を追いかけるに終始しました。袁術は思い上がったため、張角と袁紹は鄴城を手中に収めれば天下を取れると勘違いしたため、それぞれ滅んでいったのです。鼎《かなえ》の軽重《けいちょう》を問うた楚《そ》の荘《そう》王は、天下が鼎によってではなく、徳によって保たれていることをわかっていませんでした。天子の座に登って天下を安んずるのは、必ず徳によって民草を救う者なのです」董昭はここでひと息つき、さらに続けた。「換言すれば、徳で民草を救う者には天子の位に登る資格があるということです。古来、好機というのは電光石火のごとく目の前を通り過ぎてゆくもの。これをみすみす逃しては、子々孫々の無念たるや如何《いか》ばかりかと……」

ここまで露骨にほのめかしたのである。曹操が気づかないはずはない。だが、何の反応もなく、ただ重苦しい沈黙が訪れた。董昭は気が気でない。なんとか曹操の顔色を窺おうとしたそのとき、折悪しく厚い黒雲が流れてきて、おぼろな月明かりまで遮った。あたりは漆黒の闇に包まれ、目の前の人影さえはっきりとしない。そのとき、曹操の低い声が響いた。「それで終わりか」

「つ、続きをお聞きになりますか」董昭は尋ねてみたが、やはり曹操は何も答えない。董昭もついに覚悟を決めた。「では、これより戯《ざ》れ言《ごと》を申します。どうか明公もそのつもりでお聞きください」

すぐそばにいながら顔色を窺うこともできない。万籟寂《ばんらいじゃく》として物音一つしない闇のなか、董昭の話も徐々に核心に迫っていった。「かつて、このような話を聞いたことがあります。李傕《りかく》と郭汜《かくし》に追われた天子が曹陽《そうよう》［河南省西部］で敗れたとき、当初は船で黄河を東へ下り、兗《えん》州か冀州へ逃げるつもりでした。しかし、太史令の王立《おうりつ》が天文を見て、太白《たいはく》が天を横切り、熒惑《けいこく》が逆行しているので、東へ下るのは不吉であると申しました。(7) そこで、北上して黄河を渡り、安邑《あんゆう》［山西省南西部］へ向かうことになったのです」

「でたらめだ」ようやく冷笑交じりの曹操の声が聞こえた。「その件は丁沖《ていちゅう》から聞いている。楊彪《ようひょう》が船で黄河を下ることに反対したらしい。弘農《こうのう》には大小三十六の浅瀬と支流の流れ込みがあり、船で行くには危険を伴うと考えたのだ。かつて陝《せん》県［河南省西部］の県令を務めた侍中《じちゅう》の劉艾《りゅうがい》も地形に詳しく、やはり水路を行くことに反対した。そこで陛下は黄河を下ることを断念し、渡河して安邑へ向かうことを決められた。天文とは何の関係もない」

「たしかに明公の仰るような原因もありました。ですが安邑に到着すると、天子はすぐに天帝を祀られました。まだ危険を脱していないというのに、なぜ急に天を祀られたのでしょうか」

答えに窮したのか、曹操からの返事はなかった。天文に異変が生じたためと考えれば、たしかに理に適っている。董昭はそのまま話を続けた。「安邑に落ち着いてから、王立は密かに劉艾に申したそうです。天文の変化は如何ともしがたい。一時は逃れられたとしても、一生逃れ続けることはできないと。太白が天を経て熒惑が逆行すれば、いずれ両者は交わります。金星と火星が相まみえて一つになるのは命《めい》の革《あらた》まる兆し。漢室は……漢室は……」

「漢室がどうした？」

曹操に続きを促され、董昭は押し殺した声で答えた。「漢室はついに終わりを迎え、魏晋《ぎしん》の地に新しい天子が立つのでしょう」

返事の代わりに息をつく音が聞こえ、董昭は思い切って続けた。「のちに王立はこのことを陛下に申し上げたそうです。天命が去るのは五行の乱れによるもの、火徳《かとく》に属する漢室に取って代わるは土《ど》徳《とく》であると。つまり、漢室を受け継ぐのは……」董昭は喉から心臓が飛び出しそうになった。この先を口にすれば曹操はどんな反応を示すのか。もし曹操の怒りを買えば、一族郎党は残らず刑場の露と消える。だが、曹操が理解を示せば、今後の富貴は思いのままである。董昭は覚悟を決めたつもりでいたが、喉元まで出かかった言葉がどうしても口にできない。

長い静寂ののち、曹操が再び重々しい声で尋ねた。「そなたの話はそれで終わりか」

「明公、一つお約束いただきたいことがあります。約束を得られましたら、最後まで申し上げたいと存じます」

「なんだ?」

董昭は声を震わせながら話した。「わたくしが話し終えたとき、明公がお怒りであろうとお喜びであろうと、罪には問わないと契っていただきたいのです」

「ふふっ……」曹操は突然、不敵な笑い声を漏らした。「いま目の前には自分の指さえ見えぬ漆黒の闇が広がるのみ。そんな約束をしたところで証人は誰もおらん。いずれわしが反故にしようとも、董公仁、そなたにはどうすることもできんではないか」

董昭は身震いした――しまった! この男は他人の言いなりになる人間ではない。天子さえ手中に収めているのだ。いまの世で曹孟徳《もうとく》に掣肘《せいちゅう》を加えられる者は誰もおらん。進言ならともかく、要求など断じてするべきではなかった……そう思い至ると、董昭は膝からくずおれた。曹操には見えないとわかっていても、地べたに這《は》いつくばって頭を打ちつけずにはいられなかった。

「いまさら悔やんでも後の祭り、先ほどからの話でそなたを誅殺することもできるのだ」

董昭は風に吹かれる木の葉のように激しく震えた。「どうか命だけはお助けください……」

「臣下たるもの、口にしていいことと悪いことがある。誤った道に踏み出せば天に見放される。許されぬことだ……」曹操の声は氷のように冷たかった。だが、その言葉は董昭を責めているようでいて、曹操が己を戒めているようにも聞こえる。

禍《わざわい》がすぐそこまで迫っている。董昭は死中に活を求めるほかなかった。砂混じりの土をぎゅっと握り締め、歯を食いしばって猛然と頭を上げた。「どうせなら最後まで申し上げて死にたいと存じます。この胸にあるのは赤心《せきしん》のみ、思い切って申し上げます。天文は人心の帰するところを示すもの。漢の天下に取って代わるは魏、天下を得る者の姓は必ずや曹……」

「無礼であるぞ！　妖言によって惑わす気か」

董昭は首筋にひやりと冷たいものを感じた。闇のなかで判然としないが、おそらく曹操の鋭い剣であろう。董昭は微動だにせず、一切を擲《なげう》って話し続けた。「戯れで申しているのではありません。当時、張楊《ちょうよう》の命で安邑に参り、たしかにこの耳で聞いたのです。根も葉もない噂《うわさ》話ではありません。太史令の王立はいまも許都におりますし、侍中の劉艾も陛下の起居注《ききょちゅう》［皇帝のそばでその言行を記録する官］を務めております。決してでたらめでは……」

「黙れ！」曹操は一喝した。

色も音もない闇は死を予感させる。万物が深い闇に溶け込むかのように、あたりから生き物の気配が消えた。地べたにへたり込んだ董昭は、底なしの深い闇に落ちていく気がした。目を見開いても何も見えない。その恐怖は、首筋に当てられた剣よりも董昭の身を凍りつかせた。董昭は身じろぎもせず運命の審判を待った。

どれくらい経っただろうか。曹操の声が風に乗って聞こえてきた。「今宵はまことに暗い。まるで目隠しでもされているかのようだ。こんなときの話など当てにはならん。『君 密ならざれば則ち臣を失い、臣 密ならざれば則ち身を失う［主君が言葉を厳密に扱わなければ配下の者を失い、配下の者が言葉を厳密に扱わなければ命を失う］』という。そのようなとりとめのない話は聞き流せばよい。二度と持ち出すでないぞ」

曹操はいつの間にやら静かに遠ざかっていた。

清らかな風が黒雲を吹き払い、皓々《こうこう》と輝く月が再び大地を照らすと、ようやくあたりの景色も影を取り戻しはじめた。董昭は命拾いした喜びに浸るとともに、全身から力が抜けるのを感じた。へたり込んだまま荒い息を整え、衛兵らを引き連れて去りゆく曹操の後ろ姿を呆然と眺めた。ふいに首筋のひやりとした感覚を思い出し、はっとして思わず手を当てた。誰も剣など当てていない。ただ、冷たい風が首元を吹き抜けていった。

我ながら滑稽なことよ――董昭は自分の臆病さを笑った。また、余計なことをしたとも思った。人はその置かれた環境によって変わり、万事は時機が来ればおのずと成就する。この世で曹操を動かせる者は誰一人としていない。そしてこの世の一切は、すべて曹操の意のままに決まるのである。

（1）「漢に代わるは当塗高」は、中国の歴史上でもっとも長きにわたって流布し、かつ影響力のあった予言である。出典は『春秋讖』で、『漢武故事《かんぶこじ》』にも記載がある。また、『後漢書』や『三国志』、『晋書《しんじょ》』にも見えるが、その解釈は定まっていない。

（2）讖緯とは古の図讖《としん》と緯書を合わせた呼び名である。図讖は方術士による吉凶を予言した隠語や図で、緯書は儒家の経書にこじつけた予言の書をいう。本文中に出てくる『春秋讖』や『河図会昌符』も、漢代に八十一作られた讖緯の書の一つである。讖緯は儒家の学説にこじつけた迷信の産物で科学的な根拠はないが、一部は徐々に変化して中国の伝統文化になっている。たとえば、「君は臣の綱と為り、父は子の綱と為り、夫は妻の綱と為る」といった「三綱《さんこう》」の教えは、実は讖緯から生じている。

（3）光武帝劉秀《りゅうしゅう》は臣下に幾度勧められても帝位につこうとしなかったが、讖緯から抜き書きされた「赤伏符」という符命にある、「劉秀 兵を発して道ならざるを捕らえ、四夷《しい》雲集して竜は野に闘い、四七の際に火は主と為る〔劉秀が兵を起こして道を外れた者を捕らえれば、東夷《とうい》、南蛮《なんばん》、西戎《せいじゅう》、北狄《ほくてき》の異民族が雲のように集まってきて竜も野で戦い、漢の高祖《こうそ》劉邦《りゅうほう》から二百と二十八年後である四七に際して、火徳の漢室がまた天下の主となるであろう〕」という文言を見て、ようやく自らが天命を得たとして帝位についたという。

（4）霊台、辟雍、明堂は古代の礼制に基づく建造物である。霊台では天文や星回りを観測し、辟雍では礼儀が講釈され、明堂では政令を発布した。しかし、王莽や光武帝劉秀の時代にはこれらの建物で図讖が宣布され、讖緯を伝える国家的な機関であった。

（5）魏闕は闕、双闕《そうけつ》とも。古代の礼制に基づく建造物で、宮門の両側にある物見櫓《やぐら》を指す。

（6）太史令は略して太史と呼ばれ、史書の編纂や天文、暦に関することなどを司る。太常《たいじょう》の配下で地位は高くなかった。

（7）太白とは金星、熒惑とは火星のことである。「太白が天を横切り、熒惑が逆行する」とは、金星と火星が重なって見える現象を指し、現在の天文学ではごく正常な惑星運動である。

第十二章　袁《えん》氏の本拠地を落とす

鄴《ぎょう》城陥落

気がつけば秋も暮れ、また寒さの厳しい季節がやってきた。冷たい西風が枯れ葉を巻き上げながら、はるか彼方へと吹き去ってゆく。いったいどれだけの儚《はかな》い命が、この風のように消えてゆくのか。生気に溢《あふ》れる者も、艶《なま》めかしく人を惑わす者も、何憚ることなくこの世で輝きながら、死を免れることはない。幾星霜《いくせいそう》を、幾多の苦難を、誇らしく乗り越えてきた鄴城もまた同じである。もはや落城の定めから逃れることはできなかった。

兵糧はとうに底をついていた。馬も、木の皮も、草の根も、飢えをしのぐためにすべて食い尽くした。残るは人を殺してその肉を食らうのみである。しかし、曹操軍に包囲されて半年以上になる。餓死者や病死者、逃亡者の数は数え切れず、いまの鄴城にはそれもできない相談であった。また、李《り》孚《ふ》を無事に城から送り出すため囮《おとり》にした大勢の民も、城内に戻ったのはごくわずかである。たとえ飢えをしのぐためであっても、好き勝手に人肉を食らう余裕はなかった。陥落の危機に瀕しながらも、残り少ない河北《かほく》の兵は必死で城を守った。誰も口には出さないが、食糧も援軍もないこの状況である。城が落ちるのは時間の問題だとわかっていた。ただそれが早いか遅いかの違いでしかない。袁尚《えんしょう》が敗れる前は鄴城にも一縷《いちる》の望みがあった。しかし、いまやそれもあえなく霧消し、兵士らは審配《しんぱい》への忠誠と執念だけで戦っていた。

三日三晩、審配は飲むことも食うことも休むこともせず、ただ城壁の上に立ち続けていた。その姿はもはや常人とかけ離れていた。ざんばらの髪、伸びるに任せた髭、顔はやつれ果てて見る影もない。空腹と疲労でふらつくと姫垣《ひめがき》に手をかけ、かろうじて持ちこたえた。ただ、落ちくぼんで血走った眼《まなこ》にはまだ鋭い光が宿っていた。じっと遠くを睨みつけ、奇跡を待ち望んでいる。もしかしたら袁尚が兵を率いて戻って来るかもしれない。袁譚《えんたん》が心を入れ替えて曹操を攻撃してくれるかもしれない。あるいは荊州《けいしゅう》の劉表《りゅうひょう》が許都《きょと》を奇襲するかもしれない。豫《よ》州の後方で反乱が起こるかもしれない。いや、それどころか雷が落ちて曹操をあの世に送ってくれるかもしれない。あるいは、あるいは……だが、すべては現実離れした妄想に過ぎなかった。

突如として一陣の冷たい風が吹き抜けた。風の運んできた腐臭が審配を現実へと引き戻す。目を落とせば、鄴城を取り囲んだ堀は河北の将兵の屍《しかばね》で埋まっていた。いずれも曹操軍の包囲を突破しようとして命を落とした兵である。両軍の弓矢の射程内にあるため半月経っても回収されず、いまでは腐乱して強烈な悪臭を放っている。みな命がけで奮戦した。ただ、城内と呼応して背後から攻め込んだ袁尚軍が曹操軍の陣を抜けず、みすみす犬死にする羽目になったのである。袁尚軍が敗走すると、曹操軍の攻撃はますます鄴城に集中し、城の周りには水も漏らさぬ包囲網が敷かれた。しかも、袁尚軍から鹵獲《ろかく》した白旄《はくぼう》［旄牛《からうし》の毛を飾りにした旗］や金鉞《きんえつ》［金のまさかり］、纛旗《とうき》［総帥の大旆《たいはい》］を軍門に吊るし、城を守る兵たちに精神的な打撃を与えた。これにはさすがの審配も残酷な現実を思い知らされた――もはや袁氏は風前の灯火《ともしび》である。

「鄴城の将兵たちよ、よく聞くがいい。袁尚はすでにお前たちを棄てて幽《ゆう》州へ逃げた……速《すみ》やかに城門を開いて官軍を迎え入れよ……曹公は、お前たちが自ら朝廷に城を明け渡すなら罪に問わぬと仰っている。だが、あくまで抵抗するなら、ねずみ一匹残らず皆殺しにするぞ……鄴城の将兵たちよ、よく聞くがいい。袁尚はすでにお前たちを棄てて幽州へ逃げた……」降伏を呼びかける声が途切れることはなかった。この日、馬に跨がり白い旗を高く掲げて曹操軍から出てきたのは辛毗《しんぴ》であった。辛毗が引き連れた数十名の兵士らは声を限りに降伏を呼びかけた。どの兵もみな得意満面である。

これを目にした審配は湧き上がる怒りに我を忘れた――辛毗め、射殺《いころ》してやる！――とっさに朱《す》雀《ざく》が描かれた腰の弓を手に取り、いつものように矢を射かけようとした。だが、その手は虚しく空を切った。矢はとうの昔に最後の一本まで射尽くしていたのである。それでも審配はあきらめ切れず、足元の石を拾って力いっぱい投げつけた。石は勢いよく手を離れたが、城壁の下、河北兵の屍の山へと虚しく落ちた。辛毗までまだ八丈［約十八メートル］あまり手前である。怒りの収まらない審配は、姫垣から身を乗り出して辛毗を罵倒した。「辛佐治《さじ》、厚顔無恥な小人《しょうじん》め！袁氏の禄を食《は》みながら国賊に媚《こ》びへつらい、主《あるじ》を売り渡して栄達を図る気か！人の面《つら》をしたけだものめ、よくも河北の者たちの前に顔を出せたものだ。貴様の肉を食らい、皮を剝《は》いで敷物にできんのが恨めしいわ！」

辛毗はその喚《わめ》き声がよく聞き取れず、馬に鞭を当てて前へ進み出ると城壁の上に向かって叫んだ。

「正南《せいなん》殿、お変わりありませんか。連日城を守ってご苦労なことですが、城内にはもう食う物がありますまい。いくらか忠告をして差し上げたいが、聞く耳はお持ちか」

「おのれっ」審配は再び罵った。「くだらん話など聞く気はない！　貴様のような薄汚い裏切り者の甘言に騙《だま》されはせんぞ」

主を売り渡したのは辛毗の本意ではなかったが、いまとなってはどう釈明しても言い訳にしかならない。辛毗は開き直って平然と言い放った。「正南殿がわたしを裏切り者と罵るならそれでもかまいません。あえて汚名を着ましょう。たしかにわたしは主を敵に売り渡しました。しかし、袁氏兄弟のように愚鈍かつ非道な主君を守ってどうするのです。時務《じむ》を識《し》る者こそ俊傑《しゅんけつ》と申します。曹公は天子の命《めい》を受けて官軍を動かしておられる。これに降ることは決して不義にはあたりません」

「でたらめをほざくな！」審配はことさら冷笑して見せた。「曹賊めは天子を擁して諸侯に令する逆賊、各地の県城を襲うのも私利私欲のため。われこそは万難を排して事に当たる大丈夫、体《てい》のいい言葉に騙されはせん。貴様は天下の者の目が節穴だとでも思っているのか」

審配は一向に聞く耳を持たない。辛毗は城壁の上の兵士らに目を向けて訴えた。「城内の民や兵たちもさぞ苦しんでいることでしょう。正南殿は民や兵をみすみす餓死させて平気なのですか。みなにも父母があり妻子があるのです。そのことには思いを致されたのですか」そして白い旗を投げ捨てると、拱手《きょうしゅ》して一礼した。「鄴城の民に代わって命乞いします。どうか民草のため、城門を開いて降伏していただきたい」

この言葉は城を守る兵士らの心を捉えた。一人残らず落ちくぼんだ目から涙を流している。周囲の光景に審配は恐怖を覚えた。城もろとも袁氏に殉ずる、その覚悟を兵士らに求めるのは容易ではない。矢は尽き果て、大木や岩石も残っておらず、いま城壁から投げ落とせるものといえば、城内の民家を取り壊した瓦礫か兵士の屍だけである。曹操軍がもう幾日か猛攻を仕掛ければ、城は間違いなく落ちるであろう。だが、曹操は戦力の消耗を惜しんでか攻めようとはしなかった。飢えと恐怖だけで事足りると考えたのである。絶望感は恐ろしい疫病のように一気に蔓延した。辛毗や董昭《とうしょう》、許攸《きょゆう》らは、日ごと脅したり賺《すか》したりして城壁の下から降伏を促してくる。当初は袁氏を支え続けると誓っていた将兵たちでさえ次々と敵に投降していった。畢竟《ひっきょう》、人間とは生に執着する生き物である。このままでは将兵らが反乱を起こすのも時間の問題であった。

どうする、どうすればいい……審配は唇を噛み締め、城下から声を上げる辛毗の言葉を遮った。「黙れ！　貴様の似非《えせ》仁義など聞く耳を持たぬ。何が鄴城の民に代わって命乞いするだ。貴様の頭のなかは自分の一族のことのみであろう。それこそ私利私欲ではないか」審配はしかめっ面で兵に命じた。「誰か、辛氏一族をここへ連れてこい」

これを聞いた辛毗の顔色が変わった。「な、何をする気だ」

「何をだと!?　ふふっ……」審配は残忍な顔つきを浮かべた。「信義に背き、主を売り渡した者がどんな報いを受けるのか、いまこそ思い知らせてやる」

ぞっとするような審配の笑みに、辛毗は背筋が寒くなった。「わ、わが一族に髪の毛一本でも触れてみろ。城が落ちたときには貴様を断じて許さんぞ」

「はっはっは……」審配は一笑に付した。「命など端《はな》から捨てておる」

この騒ぎに曹操の陣営から多くの兵が飛び出してきた。何ごとかと見ていると、城壁の上に大勢の老若男女が引き出されてくる。枷《かせ》をはめられ、鎖につながれた彼らの泣き声が兵士らのもとにまで届いた。審配は狂ったように叫んだ。「辛佐治、喜べ。貴様の愛しい妻はすでに獄中で飢え死にしたぞ」

そのひと言で辛毗の胸はえぐられた。ともに暮らしてまだ十年である。仲睦まじい日々を過ごした妻の最期を看取れなかったとは……辛毗の気持ちが落ち着く間もなく、審配は中年の女性を姫垣の上に立たせた――兄辛評《しんひょう》の妻である。はらはらと涙を流す兄嫁は、辛毗を目にすると塀の上に突っ伏してむせび泣いた。

「義姉上《あね》！」辛毗は声を限りに叫んだ。「審正南、いったい何をする気だ！」

「何をする気だと？　はっはっ……」双眸《そうぼう》に凶悪な光を宿した審配が傍らの兵に向かって手を挙げた。それと同時に刀が一閃《いっせん》して血飛沫が跳ね上がり、辛毗の兄嫁の首は城壁を伝うように落ちていった。

「あ、義姉上……」辛毗は憤ってしきりに馬の鞍を叩いたが、その間にも城壁の上には白髪の老人が引っ立てられている。「叔父上！　審配、やめろ。やめないと……」その言葉を言い終えぬうちに、今度は白髪の首が転がり落ちた。

「ああっ……」一声叫んだ辛毗は馬から飛び降りると、おぼつかない足取りで城壁へと近づき、血まみれの首を抱いて胸も張り裂けんばかりに泣いた。「叔父上……わたしがきっと仇を討ちます……」

審配は相変わらず狂ったように笑っている。「仇を討つだと？　愚かな。貴様が河北の地を売り渡していなければ、こいつらの首も無事だったのだ」もとは将兵の投降を防ぐために行ったことだったが、溜まりに溜まった鬱憤が血の臭いに刺激され、審配を残忍な行為へと駆り立てた。この光景を目の当たりにした辛毗の一族もここに至って死期を悟り、大人も子供も泣き叫んだ。なかには逃げようとして兵に取り押さえられた者もいる。実際に手を下したのは審配自身の私兵である。曹操軍の兵のみならず、鄴城を守るほかの将兵さえも心を痛めて目を背けた。

審配は傍らで泣いている兵士に平手打ちを食らわせた。「目をこじ開けてよく見ろ。裏切った者はこうなるのだ。殺せ！　皆殺しにしろ！」虎狼《ころう》のごとき審配の私兵は手を緩めず、今度は辛毗の側女《そばめ》を引き出してくると、その首を姫垣に押しつけて一刀のもとに斬り落とした。

白く小さな美人の首が嫌な音を立てて地に落ちた。辛毗は血まみれの首を抱きながら、はらわたを断ち切られたような苦しみに悶え、意識を失いそうになっていた。悲しみの真っ只中、その辛毗を現実に引き戻すように、またもどさりと音が聞こえた。音のしたほうに目を向けると、今度は年端もいかない甥っ子が生きたまま城壁から突き落とされていた。骨が砕けて即死している。辛毗が慌てて見上げると、二歳になったばかりの息子が審配の手で宙に掲げられていた。辛毗は卒倒しそうになった。もはや自分の任務など忘れ、地べたに頭を打ちつけて哀願した。「息子は殺さないでくれ……お願いだ、助けてくれ……頼む、このとおりだ！」

「わたしに乞い願うというのか。ならば聞くが、貴様はどうして袁氏を助けなかったのだ？　はっはっは……」審配は何の躊躇《ちゅうちょ》もなく子供を城壁から放り投げると、天を仰いで大笑いした。身の毛もよだつその声は慟哭のようにも聞こえた。

辛毗はよろめきながらもわが子のもとへ駆け寄った。抱き上げた小さな体は腹が裂け、はらわたが飛び出し、すでに息絶えていた。辛毗はまるで胸を何かで貫かれ、五臓六腑をえぐり出されたかのような激しい衝撃を受けた。息子を失った父の苦痛たるや、いかばかりであろうか。天を仰いで悲痛な叫び声を上げた。「おのれ、審正南！　この犬畜生め！　袁氏兄弟の争いがわが一族と何の関係がある……ふざけるのもいい加減にしろ。よくもわが妻子を殺《あや》めたな。城を落としたら、その日のうちに貴様の妻子もあの世へ送ってやる！」

「はっはっは……くっくっく……」審配は笑っているのか泣いているのかわからない。「わが妻子をあの世へ送るだと？　息子は二人とも官渡《かんと》の戦いで俘虜《ふりょ》となり、曹賊めによって生き埋めにされておる。妻や側女などとっくにこの手で殺し、その肉を兵士たちに食わせてやったわ。はっはっはっ……ううっ……殺せ！　早く次の者を殺せ！」

人間の首がどさっ、どさっと次々に城壁から落ちてくる。辛毗は城壁の下ではあちらを拾い上げ、こちらを抱き上げするうちに、全身が真っ赤に染まった。最後の首にもなると、もうそれが誰なのか判別することさえ難しい。地に伏して慟哭する辛毗の悲しみはここに極まり、息も絶え絶えとなった。袁氏に背いたのは一族を救うためである。それがまさか、かえって一族郎党を皆殺しの目に遭わせてしまうとは……辛毗の様子を見て、審配はふっふっふと低い笑い声を漏らした。「わが妻をあの世に送ってやると言ったな……わたしにはもう家も家族も何も残っておらん……わっはっは……」その場にいる将兵は、敵も味方も死線をくぐり抜けてきた猛者《もさ》ばかりである。だが、これほどまでの惨劇を目にしたことは、いまだかつてなかった。もはや誰もが耐えきれず、俯《うつむ》いて耳を塞《ふさ》いだ。

あっという間に数十人の命が白刃の餌食となり、一人を残して辛氏の一族は皆殺しにされた。最後に残されたのは十四歳になる辛毗の娘——憲英《けんえい》であった。この娘のことは審配も見知っており、辛家と行き来があったときは、その聡明さを褒めたこともある。だからこそ審配は、自ら手を下して息の根を止めてやろうと考えた。辛憲英の足元には首のない屍が山と積み重なっている。憲英は悲しむ余裕すらなく、恐怖にうち震えていた。審配は容赦なく憲英の体を抱き上げ、辛毗に見せつけようとした。ところが辛毗はすでに意識を失い、兵士らが陣に連れ帰っていた。

審配はがっかりした。不意に笑うのをやめ、軽く憲英の頬をなでると、優しい声で語りかけた。「綺麗になったものだが、辛氏一族に生まれるとはまことに惜しい。お前の母も一族も残らず死んだ。お前だけを生かして苦しめようとは思わん。すぐに母親たちのところへ送ってやる」そう告げるや否や、腰の剣を抜いて憲英に斬りかかろうとした。

「お待ちを！」鋭い声があたりに響いた。見れば一人の男が城壁の上に上がってきて、血だまりを踏みしめながら近づいてきた。年のころは三十過ぎ、身の丈は八尺［約百八十四センチ］そこそこ、艶やかな顔、星のように明るい眼、さっぱり整えた髭――袁紹の下で騎都尉《きとい》を務めたことのある崔《さい》琰《えん》だった。

崔琰、字《あざな》は季珪《きけい》、清河《せいが》の名家の出である。早くから経学《けいがく》の大家である鄭玄《じょうげん》に従って学び、郗慮《ちりょ》や国《こく》淵《えん》とは同門である。のちに袁紹によって騎都尉に任命されたが、その死後、袁譚と袁尚は崔琰を自身の陣営に引き込もうとして色々と画策した。しかし、崔琰はどちらに与《くみ》することもなく致仕《ちし》を申し出た。すると袁尚は、味方にできないまま野に放っておくことに不安を感じたのか、なんと崔琰を投獄した。陰夔《いんき》や陳琳《ちんりん》らが再三許しを乞うたので牢からは出されたものの、鄴城での現在の身分は一介の布衣《ふい》に過ぎない。

憲英の体をゆっくりと放した審配は、無表情のまま崔琰にちらと目をくれた。「何をしに参った。

誰の許しを得てここへ上がってきたのだ」崔琰が義を重んじる人物であることは審配も知っている。そのため、決してきつく非難するような口調ではなかった。

崔琰は腰のあたりから木札を取り出して審配に見せた。「辛氏一族の命を助けるよう、われらが主のご母堂が仰せです」亡き袁紹の妻にして、袁尚の生母である劉《りゅう》氏も鄴城にいる。劉氏は審配の悪行を知ると、落城の際に袁氏一族が報復されることを危惧して、崔琰を遣わしてきたのである。

審配はあたり一面に転がる首のない屍を指して低く笑った。「辛氏の一族ならここにおる」

「こ、こ、これは……」崔琰がため息をついた。「なんと早まったことを……すぐにでも亡骸を集めて棺に納めてください」

「ふんっ。自分の亡骸さえ葬られるかもわからんのに、わたしに屍を片づけろと申すか」審配は顔を背けて唾を吐いた。

常軌を逸した審配の様子を見て崔琰は諫《いさ》めた。「よくお聞きください。わたしは正南殿と話し合うよう、主のご母堂に遣わされ……」

「いまさら何を話すことがある。わたしは鄴城とともに討ち死にする、そうご母堂に伝えるがいい。先代のご恩に報いることができなかった以上、何を話し合っても無駄だ」援軍の望みが断たれて劉氏は命が惜しくなり、投降して生きながらえるつもりだ、審配はそう考えた。

崔琰は声を荒らげた。「正南殿、まだおわかりにならないのですか！」

審配はぼんやりと城壁の下に目を遣り、ややあってつぶやいた。「事ここに至っては挽回する手立てもない。しかし、先代が長年苦労して勝ち取ったこの河北の地をやすやすと敵に明け渡すわけにはいかんのだ。いまはもう……」審配はしばしむせび泣いたかと思うと、一転おぞましい笑みを浮かべた。「救援に来た若君はお姿を見ることもなく曹操軍に敗れた。ふふっ……もう終わりなのだ……大勢が決した以上、いたずらに生きながらえる気はない。この審配、死ぬまで抵抗して先代のご恩に報いる覚悟だ」

審配は衷心《ちゅうしん》より思いを語ったが、崔琰は心を動かされるどころかせせら笑った。「殉死がお望みなら止めません。ですが、辛氏一族にいったい何の罪があるのです。城内の民がどんな罪を犯したというのです。この半年で死人は十分すぎるほど出ました。このうえ残った者たちまで正南殿と一緒に殉死させるつもりですか。この鄴城にはご母堂と主のご家族もおられる。どうかそのことをお忘れなく。正南殿が忠義の美名に殉じるのは勝手ですが、女子供まで巻き込む必要はありません」

崔琰の言葉はいちいちもっともだが、審配の反応は冷たかった。「その昔、田横《でんおう》が斉《せい》のために殉死した。五百人の部下もろとも命を投げ出したが、誰も田横の死を謗《そし》ったりせず、それどころか烈士として称賛した。妻たる者は貞節を尽くし、子たる者は孝行を尽くす。言うも愚かな当然の理《ことわり》だ。辛氏一門を皆殺しにしたのは、やつらが不忠にして不孝だったからだ」

「妻たる者は貞節を尽くし、子たる者は孝行を尽くす……」崔琰はますますあざ笑った。「先代が亡くなられて一年にも満たないのに、兄弟は仲違《たが》いして骨肉の争いをはじめました。袁譚はわれらを裏切って敵に投降したばかりか、喪中にもかかわらず曹操と婚姻関係を結んでいます。その兄を攻め立てた主の袁尚も、曹操が攻め寄せてくるや、猫を目の前にしたねずみのように逃げ出しました。父親が残した城を全力で守ることなく、生みの母を危険の真っ只中に置き去りにして逃げたのです。正南殿、この兄弟が孝子《こうし》と言えますか。なぜ二人を不忠不孝の罪に照らして誅さぬのです？」

審配は言葉に詰まったが、長い沈黙のあとで言い返した。「お二人が孝子だろうと不孝者だろうと知ったことではない。わたしはただ忠臣として生を全うするのだ」

「忠臣？　わたしには、己《おの》が名を惜しんでいるとしか見えません。死んで烈士と呼ばれたいだけなのでしょう」

崔琰の言葉は痛いところを突いていた。審配は崔琰を睨みつけて怒りを押さえ込んだ。「おぬしが何を申そうと、鄴城とともに討ち死にする覚悟は変わらん。一介の布衣が余計なことに口を挟むな。誰か、みだりに軍の大事を語るこの不届き者を下へ追いやってしまえ。いいか、今度城壁に上がってきたら容赦なく斬るぞ！」

「わたしにはご母堂より預かった牌があります。誰も勝手には……」

崔琰が言い終える前に審配はその木札を取り上げ、城壁の外へ放り投げた。「ここではわたしの言葉がすべて、これから死ぬのに木札一枚が何の役に立つ？　こやつを追い払ってしまえ！」

二人の兵がそれぞれ崔琰の腕をつかんで引っ立てていこうとすると、崔琰は大声で怒鳴った。「審配、貴様には三つの大罪がある。たとえ死んでも末代まで笑われよう。忠臣などと片腹痛いわ！」

「待て！」怒りに火がついた審配は、剣先を突きつけて崔琰に迫った。「よくもそんな戯言《たわごと》を。よかろう、話だけは聞いてやる。わたしにいったいどんな罪があるというのだ。これだけ大勢殺したからな、一人ぐらい増えても違いはない。さあ、心して話せ」

むろん崔琰も腹を括《くく》っていた。屍を踏み越え、審配の手にする剣先が胸に当たる距離まで自ら近づき、指を突きつけて非難した。「袁氏はお国の禄を食み、四代にわたって三公《さんこう》を輩出した。先代が挙兵したのは天下を憂い、民草を塗炭の苦しみから救わんがためだった。ところが貴様は人々の命を顧みることもなく、己一人の名誉のために無辜《むこ》の民をみだりに殺した。これのどこが忠臣か。これが第一の罪。主君の家族の苦しみを顧みず、大禍《たいか》を招いてその身もろとも滅ぼそうとしている。主君の家族を守りもせず、これのどこが忠臣か。これが第二の罪」

審配は歯ぎしりしながら剣先を崔琰の首に合わせた。次を言い終えたら、すぐにでも首を斬り落とすつもりだった。「これでも第三の罪とやらを挙げるつもりか」

「もちろんだ」崔琰は少しも恐れることなく断言した。「河北が今日のような惨状に陥ったのは誰の罪か……そう、その罪からは貴様も逃れられんぞ。河北の地を荒れ野に変えておきながら、どの面下げて忠臣だなどとほざく」

「でたらめをぬかすな！」審配が崔琰の襟首をつかんだ。「わたしは赤心《せきしん》をもって袁氏二代に仕えてきた。そのわたしがこの河北を滅ぼすというのか！」

「忘れたとは言わせんぞ」崔琰は審配の手を払った。「審配、貴様と郭図《かくと》がそれぞれ主をけしかけて争っていなかったら、河北が今日のように落ちぶれることはなかった。先代は袁尚をもり立てて力を蓄えるよう言い残したのであり、兄弟を蹴落とすために争えとは仰らなかったはずだ。貴様は主を見捨てて投降した者を蔑《さげす》むが、先代の遺言を聞き捨てた貴様と何が違う？　主家が滅びんとするいまも己の過ちを認めず、九泉の下でどの面を下げて先代にまみえるつもりだ！」

がしゃんと音がして審配の手から剣が落ちた。審配はふらふらと後ずさった。姫垣に手をついて体を支え、怯《おび》えた眼差しを崔琰に向けた。「違う……違う……わたしは河北のためにやったのだ。袁譚にも手紙をしたため、すぐに手を引いて兄弟で仲直りするよう勧めた。李孚には手紙を直接袁譚に渡すよう、よくよく言いつけた……」

崔琰は審配に言い訳を許さなかった。「貴様の過ちがこれほどの禍《わざわい》をもたらしたのだ。いまになって取り返そうとしても遅い。長幼の序を乱して三男を跡継ぎにするという先代の過ちを、なぜそのときに諫めなかった。貴様の罪こそ死に値する。忠臣の名を望むことさえ愚かしいのに、そのうえ無辜の民を道連れにしようとは。これ以上、過ちを重ねてどうする！」

審配は低く頭《こうべ》を垂れて後悔しているように見えたが、生来の意固地な性格がすぐに頭をもたげてきた。「やめろ。忠義の臣であろうと不忠の臣であろうとかまわぬ。先代を諫めなかったことが過ちなら、こたびの惨敗もまた過ち。だが、いまさら悔やんで何になる。みなの者に命ずる。柴や草を用意して城内のあちこちに積み上げておけ。曹操軍が突入してきたらすぐに火をつけろ。曹賊めに瓦一枚残してやるものか」崔琰も居丈高な男だが、審配はそれに加えて残忍なところがあった。

「はっ」死を恐れぬ私兵たちが、審配の命を受けて散らばっていった。

崔琰は止めようとしたが、一人で止め切れるものではない。「過ちだと知りながら死んでも悔い改めぬとは、もはや暴君以外の何物でもない！」

「暴君で結構だ。いずれにしても曹賊めとは徹底的にやり合ってやる！」そう言い捨てると、審配は剣を拾い上げ、もとの憎々しげな表情に戻った。そして、そばにいる辛憲英の首を絞めて殺そうとした。

ところが、ちょうどそのときに城外で騒ぎが起こった。見れば曹操陣営から無数の兵が駆け出し、軍旗を翻しながら東に進んでいく。「なんだ？　城の東で何か起こったのか。幽州からの救援か。そうだ、わが君が兵を率いて戻ってこられたのだ」審配の胸にかすかな希望が生まれた。

だが、完膚なきまでに敗れ去った袁尚が戻ってくるはずもなかった。城壁の上に駆け上がってきた兵の報告が、審配の希望を一瞬にして打ち砕いた。「一大事です。東門を守っていた兵が城門を開けて曹操軍を引き入れました！」

審配は頭をがつんと殴られたような衝撃を受けた――なんだと!?　これで終わるのか……

このとき呆然とする審配の左手に痛みが走った。憲英が審配の手を噛んで逃げ出したのだ。曹操軍が侵入したとの知らせに、城壁の上は逃げ惑う兵でごった返していた。少女の姿はそのどさくさに紛れてすぐに見えなくなった。

崔琰は泣くに泣けず笑うに笑えず、小さくつぶやいた。「戦《いくさ》、戦、また戦……年がら年じゅう戦ばかりで、ついには何のために戦っているのかわからなくなったようですな。正南殿、生きるも死ぬも好きにするがよい。わたしは曹孟徳《もうとく》に、河北の民を粗末に扱わぬよう頼みに行く。それぞれ歩む道は異なりますが、ご自愛くだされ……」崔琰は審配に深々と一礼すると、力のない足取りで去っていった。

「ついに終わりか……」しばし呆然としていたが、審配はなぜかしだいに心が軽くなるのを感じ、やがてゆっくりと左右の者に尋ねた。「わたしとともに節に殉ずる者はあるか」

城の主の袁尚ですら幽州に逃げた。それでも兵士らが逃げなかったのは、ひとえに審配を恐れていたからに過ぎない。しかし、曹操軍が侵入してきたと聞くや否や、ほとんどの者は家族の無事を確認するため城壁の上から逃げ出していた。城を守る兵士らで審配についていこうとする者は誰一人としていなかった。わずかに審配の私兵数十人だけがその場にとどまっており、そのうちの一人が叫んだ。

「われらは兄弟で争う袁家の畜生のために戦うのではありません。ですが、ここにいるのはみな審家のご恩を受けた者ばかり。審大人《たいじん》が袁氏のために殉死なさると仰るなら、喜んで命を捧げます！」

「よし！」審配は気力を奮い立たせた。「みな、わたしとともに忠義を尽くすのだ！」

私兵らは審配のかけ声に応えて得物《えもの》を掲げ、悲壮な鬨《とき》の声を上げた。そして逃げ惑う者たちをかき分け、曹操軍のいるところへと駆けだしていった……

審配《しんぱい》、節に殉ずる

建安《けんあん》九年（西暦二〇四年）八月二日、河北《かほく》の要衝鄴城《ぎょう》がついに陥落した。包囲すること半年あまり、おびただしい数の兵士が犠牲になったが、それをはるかに上回る無辜《むこ》の民が、またもや戦《いくさ》に巻き込まれて露と消えた……

城の東門を守っていたのは校尉《こうい》の審栄《しんえい》である。審栄はこの絶望的な状況を前にしてやむなく城門を開いた。そして曹操軍に投降を訴え出ると、于禁《うきん》や楽進《がくしん》などが部隊を率いて城内になだれ込んだ。袁《えん》尚《しょう》が敗れて去ったあとも、鄴城は一月《ひとつき》あまり持ちこたえたが、いかんせん、守備兵にはこれ以上抵抗する気力も体力も残されていなかった。審配の率いる私兵だけは文字どおり死ぬまで得物《えもの》を振るったが、そのほとんどがあえなく曹操軍に殺された。先代の袁紹《えんしょう》から受けた恩に報いるため、あるいは審配に忠義を尽くすため、散っていった者たちが命をかけた理由はさまざまだったが、果たして袁譚《えんたん》や袁尚のために死んだ者がいたかは疑わしい。

一刻［二時間］ほどで要所は残らず曹操軍に押さえられ、残った河北軍の兵もことごとく降伏した。反乱や不測の事態を防ぐため、俘虜《ふりょ》は残らず城外に出された。両手を縛られた俘虜たちが数十人ごとにまとめられ、家畜のように曹操軍の兵に追い立てられてゆく。半年にもわたる籠城のせいで骨と皮だけになり、生気はなく、足取りもおぼつかない。その姿はまさに生ける屍《しかばね》である。

本陣を出て城の前まで来た曹操は、俘虜の列と堅固な鄴城を眺めた。そして安堵と喜びに浸《ひた》りつつ、思わず後ろの幕僚たちに自慢した。「わしは兵を挙げて以来負けたことがない。唯一、河北だけは兵も多く勢いも盛んで悩みの種だったが、それも今日で消え去った。もはや天下に怖いものなしだな」

「わが君のご威光は天下無敵でございます」幕僚たちも持ち上げた。

「はっはっは……はっはっは……」曹操の高らかな笑い声が河北の空にこだまする。

荀攸《じゅんゆう》は小さな胸騒ぎを覚えた――これまで負けたことがないと？　よもや兗《えん》州の乱や宛《えん》城［河南省南西部］での敗北を忘れたのではあるまい。ずいぶん有頂天になっているようだが……

荀攸の心配をよそに、許攸《きょゆう》が得意げに語りはじめた。「阿瞞《あまん》殿、漳《しょう》河《が》の水で鄴城を包囲するというわが献策がなかったら、いまも城を落とせていたかわからんのですぞ。官渡《かんと》の勝利もわたしが軍機をもたらしたおかげ。やはり鄴城陥落の第一功はわたしでしょう。いい昔なじみを持ってよかったではありませんか」自らの功を誇る許攸を見て、周りの者は鼻で笑った。

だが、有頂天になっている曹操は気にしない。「まったくだ。子遠《しえん》の功に感謝しておる」

許攸も遠慮せずに続けた。「阿瞞殿、河北に残してきたわたしの財はすべて奪われました。これほどの功を立てたのですから、十分な褒賞を願いたいものです。官職の高望みはしませんから、余計に田畑をいただけませんか。わたしも審正南《せいなん》のような大地主になってみたいのです」

曹操の顔からしだいに笑みが消えた。「許子遠、おぬしという男はまったく変わらんな。長年の悪い癖がまだ直らんのか。許都《きょと》では使用人を使って民の畑を横取りさせていたであろう。わしが知らんと思ったか。おぬしの罪を処罰すれば十度では利かんのだぞ」

名を捨てて実を取ろうと目論んだ許攸だったが、かえって墓穴を掘る結果となり、曹操の顔色を窺ってすごすごと引き下がった。許攸がおとなしくなると、曹操は昔からのよしみを思って寛大なところを見せた。「わかればよい。信賞必罰こそわが流儀。鄴城の処理が片づいたら、おぬしにも少なからず褒美を取らそう」

「阿瞞殿、かたじけない」褒美がもらえると聞き、許攸は小躍りして喜んだ。

「いま、わしを何と呼んだ?」

私的な場面では、許攸はいつも曹操を幼名で呼ぶ。だが、大勢の部下がいる前では当然慎まねばならない。喜びに興奮していたときは曹操も気づかなかったが、落ち着きを取り戻すと聞き過ごすことはなかった。

許攸も慌てて言い直した。「わが君、ありがとうございます」

「それでよい」ついで曹操は婁圭《ろうけい》に顔を向けた。「子伯《しはく》もずっと従軍して功がある。別部司馬《べつぶしば》から校尉に昇進させよう」

「わが君、感謝いたします」婁圭は許攸のへまを他山の石とし、言葉選びを間違わなかった。だが、別部司馬だったこの何年か、一人の兵も与えられたことはない。校尉に昇進したとして、果たして兵を預けてくれるのかどうか……婁圭はそのことだけでも尋ねようとしたが、それを拒むかのように、曹操はすでにあらぬほうを向いていた。

そのとき、少し離れたところで、劉勲《りゅうくん》が河北兵の俘虜を鞭で打ちはじめた。長年従軍している古参の老兵が、曹操軍に城外に引っ立てられて腰を抜かしたのである。それというのも、官渡の戦いの際、曹操は俘虜をまとめて七万人あまり生き埋めにした。老兵はそのことを思い出したのだった。怯《おび》えるあまり足が進まず、よろめいて地べたに倒れ込んだ。すると、俘虜を数珠つなぎに縛る縄のせいで、ほかの者もばたばたと一緒に倒れた。手は互いに縛られて自由が利かず、飢えと疲れ、そのうえに恐怖も加わり、どうしても起き上がることができない。劉勲はその様子を見咎め、俘虜たちがわざと倒れたと誤解して鞭を振るったのだ。

これを目にした荀攸は眉をひそめ、急いで曹操に進言した。「官渡では河北軍の大勢の兵の命を奪ってしまいました。その恐怖が彼らの心に植えつけられています。冀《き》州を手に入れたからには民をいたわって人心を掌握しなければならず、かつてのようなことを行ってはなりません」

董昭《とうしょう》も曹操に近づき、別の思いを抱きながら進言した。「軍師《ぐんし》殿の仰るとおりかと。鄴城はわが君にとってただの城ではありません。この地でわが君が人望を得ることは何よりも肝要です」

董昭の意図は曹操も承知していた。そこで、降伏した河北の将兵に暴力を振るわないこと、城内に入っても民の物を略奪しないこと、袁氏の家族と配下の官は保護すること、さらには違反者は軍法によって処罰することなどを直ちに全軍に伝えさせた。曹操はすぐにでも自ら城内に入って民の前に姿を見せたかったが、城が落ちたばかりで、曹操を狙う刺客が潜んでいないとも限らない。こればかりは幕僚たちが思い止まらせた。そのとき、今度は耳障りな罵声が聞こえてきた。曹洪《そうこう》と兵士らががんじがらめに縛った審配を城内から引きずり出してきたのである。

審配の私兵は一人も残らなかったが、皮肉なことに審配本人は生き残った。自身は袁氏のために命を捨てる覚悟でいたが、私兵らは主人を守りたい一心で審配を涸《か》れ井戸に匿《かくま》った。なんとか生きながらえて鄴城を脱出し、再び袁尚のもとにたどり着くよう部下たちは願ったのだが、それも叶わず曹操軍に見つかってしまった。曹操軍の兵士らにしても、審配は半年あまりも籠城して自分たちを苦しめた敵将である。そう簡単に殺したのでは気が済まない。そうして審配を縛り上げ、城外へと引っ立てて来たのである。

この期に及んでも審配の意地の強さは変わらなかった。上体は縄で身動きが取れず、足には怪我を負いながらも、口では罵詈雑言《ばりぞうごん》を喚《わめ》き続けた。「貴様らが好き勝手できるのもいまのうちだ。わが河北の主《あるじ》はまだ死んでおらん。必ずや戻ってこの借りを返してくれる。死を恐れぬ好漢はいるか！　いるなら名乗り出てわたしと勝負しろ……」

許攸は喜びを隠せなかった。仇と憎む相手の落ちぶれた姿を目の当たりにすると、馬に鞭を当てて進み出た。「おやおや、これは審正南殿ではありませんか。つい先ほどまでは城壁の上で人を次々と殺していたのに、なぜまたこんなところで粽《ちまき》のようにぐるぐる巻きにされているのですかな」

審配は許攸に唾を吐きかけようとしたが、曹洪の兵に押さえ込まれて頭を上げることさえできない。それでも声を限りに罵った。「ふん、誰かと思えば、金欲しさに民を苦しめ、主を売って敵に降り、権勢を笠に着て威張り散らす許子遠ではないか。よくもまあ、鄴城に戻ってこられたな。民に唾棄されるとは思わなかったか」

「おぬしのような愚か者が何をほざこうと痛くも痒くもないわ。いまやわたしは高官に昇り詰め、おぬしは囚われの身に過ぎんのだからな」

審配はじろりと許攸を睨んだ。「わたしは河北の忠臣、貴様は主を売り渡した小人《しょうじん》だ。死を目前にしたいまでも、貴様ごとき敵に尻尾を振る輩を羨ましいとは思わん。とはいえ、かつてはともに袁氏に仕えたよしみだ。ひとつ忠告しておいてやる」

「おぬしのような罪人が忠告するだと?」

「そうだ」審配は冷たい笑みを浮かべた。「貴様のように不義を働くだけの小人は、早いところ官位を捨てて山に隠れたほうがいい。さもなくば、報いを受けてろくな死に方をせんぞ」

「こやつ……」許攸はいきり立って馬の鞭を振り上げ、激しく審配を打ちつけた。だが、許攸よりも激しい怒りを燃やす男がいた。男は飛ぶように馬を駆けさせて審配の目の前まで来ると、手綱を引きもせずに馬から飛び降り、そのままの勢いで審配を蹴り飛ばした——辛毗《しんぴ》、字《あざな》は佐治《さじ》である。

辛毗は鄴城が落ちたと聞くや、軍令も顧みず城内に駆け入り、城壁の上を埋め尽くす一族の亡骸を目にした。数十人にも及ぶ一族が残らず殺されており、その惨状に辛毗はしばし言葉を失った。だが、唯一人生き残った娘の憲英《けんえい》の姿を見つけた。父と娘は抱き合って涙を流した。その後、辛毗は気が触れたかのように血眼になって審配を探し、ついにこの場へやって来たのだ。仇同士が顔を合わせれば憎さは百倍にもなるというもの。辛毗は手にした革の鞭で審配を打ち据えながら叫んだ。「血に飢えたけだものめ！　死ね、死んで償え！」審配の額が切れ、目じりに沿って血が流れた。審配を勝手に殺しては曹操に申し開きできない。曹洪は慌てて辛毗から鞭を奪うと、兵士らに取り押さえるよう命じて辛毗をなだめた。

だが、なだめた程度で辛毗の深い恨みが晴れるはずもない。辛毗は曹洪の兵に羽交い絞めにされながらも、地団駄を踏んで罵り続けた。「この畜生、貴様を殺さずにおくものか！」

「ふふっ……」審配は鞭に打たれて地べたに倒れ、顔じゅうを血で染めながらもあざ笑った。「このくそったれ。冀州が敗けたのは何もかも貴様らのような不義不忠の輩のせいではないか。こちらこそ貴様を殺せんのが恨めしいわ！」

「殺してやる！」辛毗の両の眼《まなこ》に恨みの炎が燃え盛る。

両腕を固く縛られた審配はどうやっても起き上がれず、ただ辛毗を睨みつけた。「貴様はいまや曹賊めに飼われる犬、ご主人さまの言いつけを聞かずに殺すことなどできやしまい。はっはっは、いい気味だ……」

辛毗はもどかしさにぎりぎりと歯がみした。そんな辛毗を曹洪が慰めた。「ほんの少しの辛抱だ。すぐにわが君が処断してくれる」そう言いながら審配の髻《もとどり》をつかむと無理やり立ち上がらせた。

このとき曹操はすでに幕僚を引き連れて近くまで来ており、がんじがらめに縛られた審配をじっくりと眺めていた。審配はかつて太尉《たいい》を務めた陳球《ちんきゅう》の故吏《こり》［昔の属官］で、(1)河北でも名の知れた豪族である。曹操もそのことは知っていたが、これほど気骨のある男だとは思いもしなかった。いまも鞭打たれて血まみれになりながら、なお顔を上げて口を不満げに尖らせている。その頑なな態度を見て曹操は感心した。「おぬしが審正南か」

審配は目の前の小柄な男が曹操であろうと当たりをつけ、わざと顔を背けて無視した。

「跪《ひざまず》かぬか！」左右の兵が審配に叫んだ。

だが、審配は頑として跪こうとしない。審配の後ろに立つ辛毗は、取り巻く兵士らの隙間から審配の背中を思い切り蹴った——審配は跪くどころか地べたに腹ばいに倒れた。許褚《きょちょ》が辛毗を一喝した。

「わが君が処罰を決めるまで、みだりに手を出すことは許さん」

曹操はため息をついた。「こやつの縄を解いてやれ」

「わが君……」曹操の言葉に辛毗は慌てた。

「佐治、そう悲しむな」曹操は辛毗をなだめた。「おぬしの一族はお国のために死んだ。わしが銭や絹帛《けんぱく》を授けて厚く葬ってやる。それに、朝廷にも辛氏一族の功績を上奏しよう」いくら手厚く葬られて顕彰されても、それがいったい何になるというのか。辛毗は両手で顔を覆って泣きだした。

縄を解かれた審配は這《は》うようにして前に進んだ。曹操を恐れたためではない。鞭打たれた痛みと足の怪我がひどく、立ち上がれなかったのである。審配は精いっぱい虚勢を張り、首を高く上げて曹操に屈しない態度を見せた。手足を必死で突っ張って体を支え、首だけを上げた姿勢は、遠目にはいささか滑稽な格好にも見える。

鉄の心を持つ曹操も、審配の意地にはさすがに舌を巻いた——なんと意志の強い男だ。兵糧も救援もない城を半年あまり守り抜いただけはある。城が落ちれば節義を重んじて自尽する者も多いが、こやつの威勢だけはたいしたものだ。麾下《きか》に加えれば河北の人心をつかむ飾り物として役に立つ……そう胸算用して曹操は小さく笑った。「誰が城を差し出したのか知っておるか」

「ぺっ」審配は血の混じった唾を吐いた。「命を惜しむ臆病者の名など知る価値もない」

「そうか。だがな、城を差し出したのは東門を守っていた審栄だぞ。おぬしの甥ではなかったか」

審配が命がけで戦ったのは、忠臣として恥じることなく節義を重んじるためである。だが、半年に及ぶ死闘の終わりに、自らの一族が城門を開いて敵を迎え入れようとは夢にも思わなかった。「出来損ないの甥のせいでこんな羽目に陥ろうとは」

「そう言えば、わしが城の近くへ様子を窺いに出たとき、ずいぶんたくさんの矢を放ってくれたな」辛毗が横にいるため、曹操もおいそれとは許してやると言えず、助け舟を出すつもりでこう語りかけた。もし審配が、「矢が明公《めいこう》を傷つけることがなく幸いでした」とでも答えてくれたなら、こちらも許しやすくなる。

ところが、審配は命乞いをするどころか曹操を罵った。「貴様のような奸賊《かんぞく》を射殺《いころ》せなかったとは、まだ矢が足りんかったようだな」みなの面前で聞き捨てならぬ無礼である。諸将が審配を鞭打とうとした。

「待て!」曹操は手を上げてそれを制すると、審配をじっと見つめて尋ねた。「おぬしが矢を射たのは袁氏に忠義を尽くすため。だからやむをえずわしと敵対した。そうであろう?」その言葉には言外の意味が含まれていた——いまや袁氏はいない。わしに同じように忠義を尽くせばよいではないか。

審配は胸が引き裂かれる思いがした——この賊が自分のことを理解してくれているとは。ああ、わが生涯は過ちばかりであった。袁紹を戴いたことからして間違っていたのかもしれぬ。しかも信用を得たのをいいことに、長男を廃して三男に跡を継がせ、袁尚には兄弟で争うよう焚きつけた。城を守ろうとしてかえって無数の民を死に至らしめたことなどは、取り返しのつかない過ちだ。もしも……もしも曹孟徳《もうとく》に仕えていたら、今日のような辱めに遭うこともなかったであろうに……審配はゆっくりと瞼を閉じた。しかし次の瞬間、再びその眼をかっと見開いた――いや、忠臣は二君に事《つか》えず。この審配、生まれてこのかた趙襄子《ちょうじょうし》の衣に斬りつけた豫譲《よじょう》や、斉《せい》国に殉じて自刎《じふん》した田横《でんおう》のような忠義の烈士を敬慕してきた。それが間違いだったとでもいうのか。古《いにしえ》より勝てば官軍、敗ければ賊軍というではないか。ただそれだけのこと。たとえ間違っていようとも、死ぬまでこの道を歩むしかない。頭《こうべ》を垂れて命乞いするなど、この審配がなすべきことではない！

もう少しで落ちそうだった審配の顔つきがまた変わった。どうやら降伏を拒んだようで、曹操は眉をひそめた。これほど一本気な性格の男である。あとは単刀直入に問うしかない。「それで、降伏するのかしないのか」

審配はきっぱりと断った。「生きては袁氏の臣、死しては袁氏の守り神、断じて降伏などせん」

これですべて決まった。辛毗は何度も曹操に叩頭した。「お願いします。どうかわたしの功績と引き換えに、この男の首を刎《は》ねてください。わが辛氏一族の霊魂を慰め、鎮め……ううっ……」言葉半ばで涙を溢《あふ》れさせた。

関羽《かんう》が劉備《りゅうび》のもとに去ったとき、曹操は一つの教訓を得た。自分に仕える気があるなら過去の遺恨は水に流してもいい。だが、その気がないなら、たとえ殺してでもほかの者に仕えさせてはならない。

さらに辛毗は河北から帰順した臣下である。ここで審配をかばって辛氏の仇を討たなければ、そうした配下の心も離れてしまうだろう……そう考えると、曹操は目つきを鋭くして苦渋の決断を下した。

「わかった。おぬしの思いを全うさせてやろう。辛氏の恨みを晴らすため、こやつを斬れ！」

「はっはっは。感謝するぞ、奸賊殿。この審配、生まれ変わったらもう一度貴様の前に現れてやる。はっはっは……」審配は猛々しく耳障りな声で叫んだ。あとは処刑するだけだというのに、その恐ろしげな声を耳にした者はたじろいだ。兵士らは寄ってたかって審配を城門の下まで引っ立てた。

曹操は辛毗を助け起こして慰めた。「佐治、もう悲しむな。袁譚を破れば兄と再会を果たすこともできよう。そなたに処刑の監督を命じるゆえ、自身の手で仇を討つがよい」そして軍令用の小旗を辛毗の手に握らせた。

「ありがたき幸せ……」辛毗は感謝の言葉を述べたが、その胸の恨みつらみとやりきれなさは全身から透けて見えた。

「放せ！」またも審配が怒鳴った。腕は兵士らに取られていたが、両足を踏ん張ってなんとしても進もうとしない。「曹孟徳！　曹孟徳！　貴様に話がある」

「黙れ！　おとなしくしろ」兵も必死になって歩かせようとしたが、審配は頑として動かない。

正直なところ、曹操もこの頑固者を恐ろしく感じはじめていた。肺腑をえぐるような審配の叫び声に居ても立ってもいられず、ついに自分から声をかけた。「何の用だ」

審配は最後に気炎を吐いた。「生きては袁氏の臣、死しては袁氏の守り神と言ったであろう！　わが主は北のかた幽《ゆう》州におられるゆえ、わたしは北を向いて死ぬ！」

斬首の刑に処される罪人は、一般に南を向いて首を斬られる。だが、審配は死の間際に至ってもなお袁尚のいる北を向いて死にたいという。これは自身が忠臣として死ぬことを示すだけでなく、降伏して生きながらえようとする者たちを責める行為でもある。曹操はそっとため息をついた――古の燕《えん》や趙《ちょう》の地は義士が多いと聞く。袁紹が隆盛を極めたのも当然ならば、義士をうまく使えなかった袁紹が滅ぶのもまた当然と言えようか――曹操は手を挙げて答えた。「北面して死につくことを許す」

願いの叶った審配はそれっきり口をつぐみ、まっすぐ北の方角を向いて跪いた。処刑人の大刀が高く掲げられると、曹操は見るに忍びなく思わず背を向けた。

軍令用の小旗は辛毗の手に握られており、それが投げられると同時に審配の首も地に落ちる。あれほど激昂していた審配が、いまは死を受け入れて静かに両目を閉じていた。辛毗は突然震えはじめた――一族の命を奪った罪は、本当に何もかもこの男にあるのだろうか？　そうだ、そうでないならいったい誰に罪がある？　まさかわたし自身か？　それとも一族を囚われの身に至らしめた袁譚か？あるいは鄴城を攻めた曹操か……こんな悲劇を生みだした元凶はいったい誰なんだ？　いや、ひょっとすると誰にも罪はないのかもしれない。すべては人を狂わすこの乱世のせいか――辛毗はあれこれ思い悩むことはやめた。ぎゅっと両目をつぶって小旗を投げると、天を仰いで慟哭した……

「処刑は完了しました」郭嘉《かくか》が曹操の耳元で低くささやいた。

「丁重に葬ってやれ」曹操はなかなか振り向こうとせず、兵士らが遺体を片づけた頃合いを見計らって、ようやく城門のほうに目を遣った。城門へと続く道は、審配の鮮血で赤く染められている。審配の命は、鄴城の門を開ける最後の鍵でもあった。ここに至って鄴城は、「漢に代わるは当塗高《とうとこう》」という謎めいた予言と、張角《ちょうかく》や袁紹の怨念に彩られたまま、ついに新しい主を迎え入れることとなったのである。

于禁と張遼《ちょうりょう》が城門から駆け出してきて、曹操の前で一礼した。「城内の点検は終わりました。さあ、ご入城ください」

「よし」曹操は一つ深呼吸をして気持ちを落ち着けた。「みなでともに入城しよう。まずは袁氏の屋敷だ。袁氏の家族はきちんと保護しているのだろうな」

于禁は少しばつが悪そうにしていたが、強いて笑顔を浮かべた。「実は、すでに袁氏の屋敷に入った者がおります」

「なんだと？　袁氏の家族を保護して誰もなかへ入れるなと命じたはず。軍令を破ったのは誰だ。すぐひっ捕らえて処罰しろ！」

于禁と張遼は互いに目配せするばかりで、いつもと様子が違う。やがて蚊の鳴くような声で答えた。

「それが、その……若君たちなのです……」

いかなるときに賢く振る舞い、いかなるときに空とぼけるか、幕僚たちはよく心得ている。曹操の息子たちが軍令に反したと知るや、あるいは顔を背け、あるいは俯《うつむ》き、また無駄話をはじめたりして、誰もが何も聞いていないふりを装った。

(1) 陳球は後漢の桓《かん》帝と霊《れい》帝の二代にわたって仕えた名臣で、陳珪《ちんけい》の伯父、陳登《ちんとう》の大伯父にあたる。文献によれば、審配は故吏であったとする記述が陳球の碑文にあったという。

第十三章　甄《しん》氏と袁《えん》家の旧臣

美しき甄氏

鄴《ぎょう》城の大《だい》将軍府は、城内に攻め込んだ曹操軍の兵士によって真っ先に狙われた。袁家を取り仕切っていた者はとうに行方をくらましていた。かりに残っていたところで何の役にも立たなかっただろう。曹操が徐《じょ》州で殺戮《さつりく》を繰り広げたことや、官渡《かんと》で七万人あまりを生き埋めにしたことを知らない者はいない。表の広間にいた掾属《えんぞく》［補佐官］や令史《れいし》［属官］のほとんどは逃げ出していた。また、長らく食べ物にありつけず、すでに動けなくなっていた者は、あきらめてその場で死を待っていた。袁家の衛《えい》士《し》はまだ忠誠心を失っておらず、高い建物の上から曹操軍に向けて矢を放ち、屋根に登っては瓦を投げつけて最後の一戦に挑んだが、すぐに曹操軍に矢を射られて針ねずみとなった。

屋敷の奥は表の広間より大騒ぎになっていた。迫りくる危機を前にして、他人の命を顧みる余裕などない。下男や童僕はむろん脱兎のごとく逃げだしたが、身一つで逃げるならまだしも、多くの者が火事場泥棒を働いた。どうせ袁氏兄弟はいないのだからと、金銀財宝や琅《ろう》、瑶《よう》、琮《そう》、璧《へき》といった玉器を手にして逃げていった。侍女や女中は恐怖で奥の庭を逃げ惑い、袁紹《えんしょう》の寡婦劉《りゅう》氏も彼女らを落ち着かせるどころではなく、一緒になって涙を流した。もはや運を天に任せるしかない。

まもなく屋敷内に攻め込んだ曹操軍の兵士らによって、広間も回廊もあっという間に埋め尽くされた。だが不思議なことに、喊声を上げて複道《ふくどう》［上下二重の渡り廊下］を突進してきたものの兵士らの動きはそこでぴたりと止まった。水も漏らさぬほどに奥の庭も包囲したが、喊声は徐々に静まった。曹操が袁家の家族に手を出さないよう命《めい》を下したからである。

大将軍夫人の劉氏は、かつて袁紹がどのように各地の県城や役所を襲ってきたか多少なりとも知っていた。庭の外に目を遣ると、屋敷の奥まで占拠した曹操軍の槍や戟《げき》が見え隠れしている。少し離れた楼上からは、兵士らが物珍しそうに首を伸ばしてこちらをのぞいている。捕らわれたが最後、幸せな結末など待っているはずがない。そう思うと、背筋が寒くなるのを禁じえなかった。曹操が天子を奉戴して逆臣を討つという旗印を掲げている以上、袁家の者を処罰して国法を明らかにするであろう。年寄りは首を刎《は》ねられて死ぬだけだが、若くて美しい女たちは将兵の慰みものとして与えられる。これからはじまる悪夢のような日々を考えるだけでも恐ろしい。いま奥の部屋では、身分の上下に関係なく侍女も女中も歌妓《かぎ》も一所《ひとところ》に集まって、涙ながらにどうすればよいか相談していた……

どのくらいの時間が過ぎただろうか。突如遠くのほうから笑い声が聞こえ、どんどんと近づいてくる。女たちが涙をぬぐって窓の外に目を遣ると、のんびりとこちらに近づいてくる将兵の姿が見えた。着込《きご》みを身につけて頭に武冠《ぶかん》をかぶり、腰に佩剣《はいけん》を提げた者たちが一人の若い武将を取り巻いていた――その将は身の丈七尺［約百六十一センチ］ほど、やはり着込みを身につけて革の鞭を持ち、身には猩々緋《しょうじょうひ》の外套をまとっている。美しい玉のような面立ちに真っ白な歯と赤い唇、鬢《びん》に向かってすらりと伸びた眉、炯々《けいけい》とした双眸《そうぼう》と鷲鼻、あごの下や口の周りにはふさふさの髭を蓄え、左右の鬢は黒々として跳ね上がっている。この垢《あか》抜けた若者こそ、曹操の息子の曹丕《そうひ》、字《あざな》は子桓《しかん》であることを、部屋にいる女たちはまだ知らない。

曹丕にとって、今日は大いに見識を広めたと言ってよい。鄴の城内は目もくらむばかりであった。天子のお膝元である許都《きょと》に長らく住み、許都こそが天下随一だと信じていたが、袁氏の鄴城はそれをはるかに凌駕していた。損壊したところも多いが、広々とした大通りやびっしりと軒を連ねる豪壮な屋敷は、修繕すれば天下一の賑やかな城市《じょうし》になるだろう。城内に入った曹丕は曹真《そうしん》、曹休《そうきゅう》と轡《くつわ》を並べ、段昭《だんしょう》、任福《じんふく》、呂昭《りょしょう》らを護衛に従えていた。そして南北に走る大通りをまっすぐ進むうちに、気づけば大将軍府へと行き当たった。いかにも高貴な雰囲気を持つ屋敷である。広く立派な門楼《もんろう》は高くそびえ、司空《しくう》府とは雲泥の差で、ちょっとした宮殿のようですらある。曹丕、曹真、曹休の三人は、相談して屋敷に入ることにした。ちょうど門を守っていたのが王忠《おうちゅう》に従っている朱鑠《しゅしゃく》だったため、三人は咎められることもなかった。

敷地内の造作《ぞうさく》はいっそう目を見張るものであった。堂々たる楼閣の長く連なった庇《ひさし》は翼のように優美に反り上がっている。瓦当《がとう》には精緻な紋が刻まれ、斗栱《ときょう》には獣面《じゅうめん》がかたどられ、壁はすべて漆喰《しっくい》で塗り固められていた。正門を入ると常緑の樹々に迎えられ、きらきらと輝く獣頭《じゅうとう》を飾りつけた銅の香炉も置かれている。影壁《えいへき》［目隠しの独立壁］には袁氏の歴代の名臣たちが描かれているほか、井戸の井桁《いげた》でさえ黒煉瓦が積まれている。ここ何年か、朱鑠は王忠に目をかけられ、若くして武官に取り立てられていた。いまも自ら若君たちを案内している。曹丕のことを知っている兵士が行く手を遮るはずもなく、そうとは知らない兵士らも曹操の先遣隊だと思い込んだ。曹丕らは庭も広間もどの部屋も自由に見て回り、そうこうするうちに奥の間のほうまでやってきた。

将兵らが入ってくるのを目にした女たちは、命を守ることが先決だと考えた。長年奥向きの世話をしてきた年増の女中らは自ら進み出て、泣きながら曹丕らの足にすがった。「心優しき将軍さま方、どうか憐れと思《おぼ》し召して、われらが主《あるじ》の命をお助けくださいませ」そう訴えながら音を立てて床に額を打ちつけた。

曹丕は怪訝な顔をした――われらは虎豹騎《こひょうき》［曹操の親衛騎兵］の一員だが将ではない。この女どもにはそんな見分けもつかないのだろうか――若い曹丕は世事に通じていなかった。およそ戦乱に巻き込まれた民は、兵を見れば誰であろうと将軍と呼ぶのである。

段昭や任福は曹丕らの護衛役である。相手が女だからといって容赦するわけにはいかない。足に力を入れて女たちの手を振りほどくと怒鳴りつけた。「どけ！　今度近寄ったら叩っ斬るぞ」蹴り飛ばされた女たちはもう近づこうとせず、その場で泣き崩れた。

曹休ははたと気がついた。「どうやら奥まで入り込んでしまったのかもしれん」

呂昭はもともと曹家の童僕として長く曹操に仕えていた。その気質は誰よりもよく知っている。「早く出ましょう。袁氏の家族には手を出すなとのご命令です。屋敷内はもう十分に見て回りましたし、旦那さまがお着きになる前にここを出たほうが……」

だが、朱鑠が異を唱えた。「虎は残忍なれどわが子は食わぬとか。曹公がいくら軍法に厳しくとも若君を罰したりはしませんよ。見て回っているだけですし、何かお咎めがあっても俺が引き受けますから」

呂昭はじろりと朱鑠を睨んだ。たかが武官の分際でどうやって責任を取るというのだ。

曹丕はこのたびの従軍に際して、見事な軍歌を作ったことや華佗《かだ》に礼を尽くしたことで父に誉められ、いささか自惚《うぬぼ》れていた。「父上と袁紹は昔なじみ、相容れなくなったのも乱世ゆえのこと。息子が友人の家族に会ったとしても別に咎められることはなかろう。父上に問いただされたら自分で釈明するから心配するな。お前らに迷惑はかけん」笑いながらそう安心させると、後ろ手を組みながらさらに奥へと進んだ。曹真と曹休は軍法違反を恐れてしばらく迷ったが、最後には好奇心が勝《まさ》って曹丕のあとを追いかけた。

朱鑠は小さな目を光らせ、床に落ちていた精巧な作りの玉製の如意《にょい》を見つけると、さっと拾い上げて曹丕に見せた。「いい物がありました。どうぞお納めください」

「どこにあったものだ?」

「主のいない屋敷の物に持ち主などいません。誰かが盗んで落としたのかもしれないし、どっちにしろ拾った者勝ちです」そう言うと朱鑠は玉製の如意を曹丕の懐に押し込んだ。さらに、瑕《きず》のない玉《ぎょく》佩《はい》を見つけて自分の懐にねじ込むと、まだ近くにいた女たちを追い払った。

これを見た呂昭は愕然とした。曹操の命令ならば人殺しでも火付けでも、墓暴きでも何でもやる覚悟はある。だがいまは軍令も下されておらず、勝手に屋敷を漁ったり盗人まがいのことをしていいわけがない。呂昭は叱りつけた。「この青二才め! 財はわが君が検《あらた》めたあとで下賜される。いまのお前の行為はただの盗みだぞ」

「だから何さ!?」朱鑠は目をむいた。「ならあんたも取ればいいじゃないか。どうせ袁家はもう終わり、一族は皆殺しになって家財は没収されるんだ。なら、俺が盗っても同じだろう」床にへたり込んでいた女たちは泣きやんでいたが、「一族は皆殺し」という言葉を聞いて再び激しく嗚咽しはじめた。

曹丕は朱鑠の面《つら》の皮の厚さを冗談半分に罵った。「とんだろくでなしだな。こんな少しばかりの玉がそれほどうれしいのか?」

そうたしなめられると朱鑠は機転を利かせ、拾ったばかりの宝を投げ捨てて追従笑《ついしょう》いを浮かべた。「たしかに若君にはたいしたお宝じゃありませんね。けれどここには若君が見たこともないお宝があるんですよ」

「ほう、そこまで言うなら見せてもらおうか」

「お任せあれ」そう言うが早いか、朱鑠は振り返って一人の女中を無理やり立たせた。「おい、奥の間に案内するんだ」

女中は驚きと恐怖で足が震え、歩くのもままならない。「お、奥の間に?」

「ふん」朱鑠は女中を払いのけると、曹丕のほうを向いてにやりと笑った。「さあ若君、本当のお宝を見に参りましょう」

これにはほかの連中も慌てた。段昭らは言うに及ばず、妻を娶《めと》ったばかりの曹真や出征前に契りを交わした曹休も、朱鑠の口にする「お宝」が何を指すのかすぐに察した。曹丕はまだ十八になったばかりである。本当にわからないのか、それともわからないふりをしているのか、にこにこと笑いながら朱鑠について奥へと入っていった。

威張りくさった朱鑠が奥の間に踏み込むと、女たちは金切り声を上げた。すると朱鑠は剣を抜き、入り口の框《かまち》に突き立てて大声で叫んだ。「騒ぐな！　声を出した者は俺さまが成敗してくれる」相手は豪邸の奥の間に住む深窓の佳人《かじん》である。これまで屋敷で何の苦労もなく優雅な生活を送ってきた。屋敷を出たこともほとんどなければ、当然、こんな無頼の徒に出くわしたこともない。驚いて声も涙も引っ込んだ。

曹丕は朱鑠のあとからゆっくりと奥の間に入った。あたりを見回すと、室内は美しくしつらえられ、どれもこれも贅《ぜい》を尽くしたものばかりである。帳《とばり》の留め具でさえ銅で出来ている。卓上には玉をちりばめた樟《くすのき》製の琴や翡翠製の投壺《とうこ》が置かれ、何の香草を焚いているのかわからないが、香炉からは馥郁《ふくいく》とした香りが漂っている。だが、さらに奥へ進むと、そこには見るに忍びない者の姿があった――髪は乱れ、簪《かんざし》も傾《かし》いだ十数人の女たちが、ひと塊になって床に座って震えている。顔もずいぶんと汚れたままで、主人と侍女の区別もつかない。帳の陰や屏風の後ろにも何人か隠れているようである。みな恐怖に震え、俯《うつむ》いたまままうずくまっていた。

段昭、任福、呂昭はあえて室内に入らず、念のため刀を抜いたまま、曹丕らが早く出てくるのを願って待った。だが、曹丕には最初から思うところがあった。普段から父親に放っておかれ、劉楨《りゅうてい》のような洒脱な文人とつるむ日々。十八にもなって、男女の秘めごとに疎《うと》いわけがない。司空府でも手をつけた侍女は数多くいた。そしていま、この立派な袁氏の屋敷には絶世の美女が隠れているはずである。それを見たい、何なら気に入った者を連れ帰って侍女にしてもいい。曹丕はそんなことを考えていたのである。しかし、目の前の女たちの残念な容貌を見て落胆した。

朱鑠は軍に入ってからずっと王忠に従っていた。その王忠は、関中《かんちゅう》［函谷関《かんこくかん》以西で、渭水《いすい》盆地一帯］

で人殺しや略奪を行い人肉を食らったこともある悪党である。朱に交われば赤くなるで、朱鑠も手を染めない悪事はないほどであった。曹丕の耳元でささやいた。「お宝はきれいに洗って愛でるものですよ」

曹丕は笑みを浮かべてうなずいた。

あたかも天子の詔勅を読み上げるがごとく、朱鑠は重々しく女たちに命じた。「ざんばらの髪、ほこりまみれの顔で若君に会うとは無礼である。全員顔を洗って来い！　ここにおわすは天下の司空、曹公のご子息であられるぞ。そんな姿で拝謁してご機嫌を損ねたらどうする」

真ん中に座っていた劉氏は、顔を洗えとの命令に身震いした。五十になろうかという自分は用心することもない。だが、嫁や若い侍女たちには身の危険がある。そのため、わざと顔を煤《すす》で汚させていたのだ。一方で、相手が曹操の息子だと知り、劉氏はそこに一縷《いちる》の望みをかけた。地位も長幼の序も顧みず、劉氏は自ら曹丕の前に這《は》い出て跪《ひざまず》いた。「若君、わたくしは亡き袁大将軍の夫人、劉氏でございます……」

「近寄るな！」朱鑠は怒鳴りつけて劉氏を蹴った。「何が大将軍だ。早く女どもの顔を洗わせろ！」

これまで親にさえ手を上げられたこともない大将軍夫人が、ならず者に足蹴にされたのである。虎もいったん山を下りれば犬にも侮られるというが、衝撃を受けた劉氏は左右から侍女に支えられてようやく身を起こした。

曹丕は朱鑠を叱責することもなかった。「怖がることはない。言うことを聞きさえすればお前たちを苦しめたりはしない。われら父子は慈悲深い有徳の士なのだ」入り口でこの言葉を聞いた呂昭は小さく冷たい笑みを浮かべた——子は親の鏡とはよくいったもの、瞬き一つせずに嘘をつく。他人の屋敷の奥の間にまで押し入って、慈悲深い有徳の士だなんて——

侍女たちは目の前に迫る恐怖に抗《あらが》えず、慌てて奥から銅の盥《たらい》を持ってきた。しかし、手が震えて水は半分以上も床にこぼれてしまった。侍女が盥を置いて離れると、朱鑠は目の前の少女を指さして命じた。「お前、ここへ来て顔を洗え」少女は恐ろしさのあまり数歩後ずさった。「わからんやつだな！」朱鑠は少女に飛びかかると、髪の毛をつかんで顔を盥のなかに押しつけた。少女は息ができず、手足をばたつかせて必死にもがいた。何度かこうして洗ってやると、朱鑠は少女を引っ張り起こし、あごを少し持ち上げて曹丕に顔を見せた。曹丕が黙ったままなのを見ると、すぐに少女を平手打ちして突き飛ばした。「向こうへ行け！　次はそこの赤い服を着た女、こっちへ来い」一人目の様子を見ていたので、続く少女は逆らわず、泣きながらやってくると自分で顔を洗いはじめた。「早くしろ！」朱鑠はその少女を怒鳴りつけ、またしても髪をつかんで下に押しつけた。

曹真は見るに堪えず曹丕の耳元でささやいた。「やりすぎではないか」

「もう少し優しくやれ」曹丕はそうやんわりたしなめるだけで、二番目の少女に目を遣った。

劉氏は胸を引き裂かれるような悲痛を覚え、悪夢を見ているのではないかと疑った。袁紹が亡くなった日、劉氏はかつて自分と寵を競い合った五人の側女《そばめ》を死に至らしめた。のみならず、その頭髪を剃《そ》り落とし、顔に入れ墨をした。いまの曹丕の行いを見るに、劉氏の末路も五人の側女に負けず劣らず悲惨なものになるだろう。劉氏はいっそ石柱に頭を打ちつけて死んでしまいたかったが、嫁が腰にぎゅっとしがみつき、動こうにも動けなかった。

曹丕の視線がふと劉氏のところで止まった。「夫人にすがりついているのは誰だ」このとき、曹丕は奥の間に入ってはじめて劉氏を「夫人」と呼んだ。

劉氏は抗う気力もなく、聞かれるがままに答えた。「わが息子、袁熙《えんき》の妻でございます」

「顔を見せろ」愛想も誠実さのかけらもない曹丕の物言いは、まるで遊女にでも命じているかのようだ。

劉氏は必死に屈辱に耐え、嫁の顔を持ち上げて曹丕に見せた――柔らかな曲線を描くうりざね顔は煤で汚れているものの、生来の美しさは隠しきれるものではない。朱鑠は曹丕が自分で選んだのを見ると、つかんでいた侍女を突き放して袁熙の妻に近づき、その髷《まげ》をつかんで盥に押しつけようとした。

「待て！」曹丕はひと声叫んで自ら女に近づくと、その腕を取って顔をじっと見つめた。「わたしが自分でやる……水が汚れているな。新しいのを持ってこい」

朱鑠が再び侍女を怒鳴りつけた。「聞こえなかったのか。早く新しい水を持ってこい」

「わたしはお前に命じたのだ」曹丕が朱鑠を睨んだ。「盥をきれいに洗って、新しい井戸水を汲んでこい」

ずっと威張り散らしていた朱鑠だったが、曹丕の一喝にしゅんとなって身を小さくした。銅の盥を持って敷地内にある井戸へ走ると、盥をごしごしとこすって洗い、透明に澄んだ水をいっぱいにして戻ってきた。先ほどの曹丕の剣幕が鮮明に残っている。朱鑠は盥を床に置かず、自ら女の面前で捧げ持った。曹丕は袖をまくり上げると、自身の手で水をすくって女の顔を洗いはじめた。若い夫人はかつてこんな恥ずかしい目に遭ったことがない。羞恥心と恐怖心から顔を背けて抗ったが、曹丕はいつになく忍耐強く、女の肌に触れるのが楽しいのか、そっと優しく満遍なく洗った。一人大忙しなのが朱鑠で、水の入った盥を持ったまま曹丕の洗うに合わせて慌ただしく動き回った。

洗い終わっても何も拭《ふ》く物がない。すると曹丕は、自身の羽織り物を引っ張って女の顔を拭いてやった。拭き終わって現れた顔に、男たちは驚きで言葉を失った――肌はきらきらと輝いて雪のように白く、小さな鼻は絶妙な曲線を描き、眉は墨で染めたように黒い。澄んだ瞳、桜の花びらのような唇、やさしく尖ったあご、豊かな黒髪と着物はひどく乱れているが、それがまた女の艶っぽさをいや増している。戦禍の苦しみを嫌というほど受けながら、実に覆い隠しようのない絶世の美人である。紅白粉《べにおしろい》を施すまでもなく、その容貌はあたかも水面に咲きでたばかりの蓮の花、まさに百花を圧する美しさであった。

男たちはしばし息をするのも忘れて若い夫人に見入っていた。ちょうどそのとき、外から多くの足音が聞こえてきた。誰よりも早く反応したのは朱鑠である。「若君、早く……」

「うるさい！」曹丕は朱鑠にかまわず、一時たりとも女から視線を離さなかった。ためつすがめつしては惚れ惚れし、手ずから女の髪をなでた。女は離れようとしたが、もう片方の手でがっちりと肩をつかまれている。曹丕は髪をなでた手をゆっくり下に向かって下ろし、ついには女の小さな手のひらを握り締めると、呆《ほう》けたようにもごもごとつぶやいた。「艶《えん》たる淑女 閨房《けいぼう》に在り、室邇《ちか》くも人遐《とお》く我が腸《はらわた》を毒《そこな》う。何に縁《よ》りてか頸《くび》を交えて鴛鴦《えんおう》と為《な》り、胡《なん》ぞ頡頏《けっこう》し共に翺翔《こうしょう》せん。凰《おう》や凰や 我に従いて棲《す》み……「美しく淑《しと》やかな女性が部屋にいる。あなたはすぐ目の前にありながら果てしなく遠く、わたしを苦しめる。どうすれば鴛鴦《おしどり》のごとき仲睦まじい夫婦となり、ともに羽ばたいて仲良く飛び回ることができるのか。凰よ凰よ、わたしの家に来て……」」

その続きは背中のほうから聞こえてきた。「孳尾《じび》に託するを得て永く妃と為らん［二人仲良くして永遠にわが妻となっておくれ］」

聞き覚えのある声がして、曹丕は我に返った。振り返って見ると、目を怒《いか》らせた曹操が部屋の入り口に立っている。後ろには荀攸《じゅんゆう》、郭嘉《かくか》、それに許褚《きょちょ》、韓浩《かんこう》、史渙《しかん》ら中軍の将たちも揃《そろ》っていた。部屋の外では呂昭、段昭、任福らがいつの間にか後ろ手に縛られ、曹真と曹休も兵に取り押さえられていた。二人は頭を地にこすりつけて許しを乞うている。いまのいままで威張り散らしていた朱鑠はさっさと逃げ出したらしく、影も形も見えない。

数多くの男を前にして女は羞恥で頬を赤く染めたが、すかさず曹丕の手を振りほどいて劉氏の後ろに隠れた。曹丕はようやく恐怖を感じ取り、慌てて曹操の前に跪いた。「父上にお目見えいたします」

段昭は曹丕に目を遣ってつぶやいた。「何度もわが君のおいでと声を上げましたのに、若君はまったく気がつかないんですから……たいした肝っ玉でございます」一同は噴き出しそうになったが、むろんそんな雰囲気ではなく口をきつく閉じてこらえた。

曹操は恐ろしい目で曹丕を睨みつけた。「父が城外で軍務に忙しくしているときに、お前はここで鳳《ほう》が凰《おう》を求めるように女に色目を使っておったのか。図々しいにもほどがある」

「親不孝でございました」

「それだけか」

「まことに申し訳ありません」

「ふん」曹操の顔に不敵な笑みが浮かんだ。「いかなる者であっても袁家の家族に手を出すなと軍命を下してある。たとえ息子であっても軍法を犯したからには処罰せねば全軍への示しがつかん……誰かある！」

「はっ」外に控えていた諸将が一斉に答えた。

「子桓［曹丕］、子丹《したん》［曹真］、文烈《ぶんれつ》［曹休］の三人を縛り、鞭打ち三十に処せ！」曹操は意を決してそう命じた。

「お待ちを」郭嘉が跪いて曹丕のために許しを乞うた。「若君におかれましては、兵としての従軍はこたびがはじめて、まだ軍法にお詳しくありません。何とぞ寛大なるご処置をお願い申し上げます」それを皮切りに、ほかの諸将も次々と取りなした。みな曹家の飯を食う間柄、今後も手を取り合っていかなければならない。目の前で曹操の息子が処罰されるのを、いくら曹操の命令とはいえ黙って見過ごすことはできなかった。荀攸でさえ大目に見るよう求めた。「若君はまだお若く、物事の情理にすべて通じているわけではありません。こたびだけはどうかお許しを」

「ならぬ！」曹操は険しい声で怒鳴りつけた。「今日こやつを許せば、明日も誰かを許すことになる。軍法を軽んじてはならぬ。ほかの者は鞭打ち三十、子桓は鞭打ち五十だ！」みなが取りなしたばかりに、曹操もますます意地を張った。

だが、当の曹丕は跪いたまま曹操ににじり寄り、面と向かって願い出た。「父上のお気に召すまで罰してください。怒鳴られても打《ぶ》たれてもかまいません。ただ一つ、お願いしたき儀がございます」

「何だ、言ってみろ」

曹丕は立ち上がると、急ぎ足で袁家の女たちのもとへ行き、袁熙の妻を父の前に引っ張って来ると、再び跪いた。「この女を妻に娶りとうございます。父上のお許しをいただきたいのです」

その場は騒然となった。天下のどこにさらった女を妻に迎える者がいる。曹真、曹休、後ろ手に縛り上げられた呂昭らでさえ飛び上がって驚いた。適当に女をみつけて遊ぶのかと思いきや、あろうことか本気だったのである。

激怒している曹操は、女の顔立ちにはまったく注意を払っておらず、曹丕の言葉を聞いて内心苦笑した――はて、こいつは今年いくつになった……抱いた女もまだ多くはあるまい。おおかたちょっとましな女を目にして惚れてしまったか。

曹丕は誓いまで立てた。「この女を得られるなら、今生《こんじょう》はほかに何も望みませぬ」

大勢の前でこんなことを願い出されては、曹家の面子《めんつ》も丸つぶれだ。曹操は腹を立てたが、ふと曹丕の横で俯く艶やかな黒髪を見て、怒りを抑え込んで命じた。「面《おもて》を上げよ」

袁熙の妻は渋々ながらも「はい」と答えた。その声は鶯《うぐいす》や燕《つばめ》のさえずりにも似て美しく、顔をほんの少し上げただけで曹操は驚いて息を呑んだ。思わず一、二歩後ずさったが、すぐに朗らかに笑いだした。「まことわが息子の妻にふさわしい」外にいた諸将も興味津々で女の顔を眺め、誰もがその美しさに「おおっ」と感嘆の声を上げた。

曹丕はほっと息をついた――よし、うまくいった。

離れて跪いていた劉氏も胸をなで下ろした――これで死なずに済む。

だが、軍師《ぐんし》の荀攸だけはばつの悪そうな顔をして、曹操の耳元でささやいた。「まずは劉夫人にご安心いただくのが先決かと」

曹操もはっとして尋ねた。「どなたが劉夫人かな」

長らく黙って跪いていた劉氏はやっと口を開くことができた。「わたくしが亡き袁本初《ほんしょ》の寡婦でございます」今度は劉氏も大将軍夫人とは言わなかった。

曹操は曹丕の連れてきた女が何者か早く知りたかったが、こう人が多くては具合が悪いと考えた。そこでぐるりと部屋を見回し、諸将の後ろに王忠が立っているのを見つけると手招きした。「王忠、ここにいるご婦人方を離れにお連れせよ。きちんと世話をして迷惑をかけてはならんぞ。大将軍夫人と軍師にはしばし残ってもらおう。あとの者は表の広間のほうでおのおの職務に戻るように。それから、用のない者は入ってくるでないぞ」

「はっ」曹操の命が下ると、またばたばたと騒がしくなった。みな表の広間のほうへと歩いていったが、一人曹丕だけは、一時でも離れたくないのか、袁熙の妻に惹《ひ》き寄せられるようについていった。段昭ら三人はいつの間にか縄を解かれていたが、それについては曹操は何も言わず、お咎めなしとなった。ほどなくして足音も静まった。

曹操はほかに誰もいなくなったのを確かめると、ようやく劉氏に深く一礼した。「義姉《あね》上さま、驚かせてしまいましたな」若いころはときに袁紹を兄上と呼んだこともある。曹操はもっともらしく劉氏を義姉上と呼んだ。

「義姉上などとは滅相もございません」劉氏も返礼した。

何はさておき曹操が尋ねたいのは例の女のことである。劉氏は堰《せき》を切ったように話しはじめた。女は中山《ちゅうざん》郡毋極《ぶきょく》県の出で、上蔡《じょうさい》の県令をしていた甄逸《しんいつ》の娘だという。名は甄宓《しんぴつ》、幼いころから美しく聡明で、書物を読むのを好んだ。袁熙の妻となったが、袁熙が幽《ゆう》州へ赴任した際も姑の世話をするため鄴城に残った。曹丕よりは五つ年上で、今年二十三歳になる。

横で聞いていた荀攸は気まずくて仕方がなかった。「あの女子《おなご》はすでに夫のある身、若君の妻としてふさわしくありません」たとえ軍師であっても主家のことには口を出すべきでない。だが、荀攸は見るに見かねて黙っていられなかった。

しかし、曹操はこれを不名誉なこととは考えず、劉氏に話しかけた。「袁熙は控え目な男だとか。残念ながら我の強い兄と弟のあいだを取り持てなかったようですな。古人も『身を修め行いを正すも福を来《きた》す能《あた》わず、戦慄し戒め慎むも禍《か》を避くる能わず［人格や行いを正しくしようとも福を招き寄せることはできず、どれだけびくびく恐れて用心しようとも禍《わざわい》から逃れることはできない］』と言うように、袁熙はどのみち刀下の鬼《き》となる男。死んでしまえば夫の問題は方《かた》がつきます。息子が惚れた女を娶らせてやるのも、また父たるものの務め。いかんせん中山は遠い。この屋敷を借りて婚儀を執り行うゆえ、すぐに支度をお願いしたい」

「はい」跪いた劉氏は命じられるままにうなずいたが、胸中は複雑であった――袁熙を亡き者にされれば袁氏の男子が途絶えてしまうかもしれない。しかも、仇に袁氏の女を嫁がせることになるなんて……でも、甄宓が曹丕に嫁げばこの男とは縁戚関係、自分が殺されることもない。素直に喜んでいいものやら……

果たして、曹操は劉氏に約束した。「袁氏の女子を嫁に取るからには、ご婦人方に迷惑はかけません。誰にも狼藉《ろうぜき》などさせませんから、これまでどおりこの屋敷でお暮らしください」体《てい》のいい言葉を並べても、要は軟禁である。

曹操はそれだけ告げると荀攸を伴って部屋を出た。劉氏は曹操の背中にもう一度拝礼したが、胸の内には曰《いわ》く言いがたい苦々しさが残った――息子との再会は高望みが過ぎるとしても、静かに暮らしていくことさえ簡単ではなさそうね……

曹操は満面に笑みをたたえていたが、荀攸の表情は晴れなかった――大将軍府に入ってまだ事後の処理も済んでいないのに、人さまの女を奪って息子に与えるなど不謹慎極まりない。張済《ちょうさい》の寡婦に秦宜禄《しんぎろく》の妻、これまでも女を奪って側女にしてきたが、今度は若君まで……まったくとんだ家風をお持ちなことだ。

そこへ王忠がやってきた。「申し上げます。わが君にお目にかかりたいという者を三名、東の離れに待たせてありますが、いかがいたしましょう」王忠は察しのいい男である。曹操に袁氏の女たちの世話を任せられるや、その意を違《たが》えることなく汲んでいた――俗に盗人は手ぶらで帰らないというが、絶世の美女を目の前で息子に奪われ、曹操が手ぶらで帰るわけがない。「女たちの世話」とは、あとで自分にも美女を物色させろという命令であろう。

「ふふ、仕事熱心だな」そう答えると曹操は笑みを引っ込め、四角張った顔で応じた。「案内せよ」

三人は話をしながら東の離れにやってきた。生真面目な荀攸に曹操と王忠の考えがわかるはずもなく、どこかの賢人でも会いに来たのだろうと思っていたが、離れの前に着くなり己のうかつさに気がついた。荀攸は不機嫌な顔で足を止めて室内へは入らなかった。王忠も適当な理由をつけて外で待機し、曹操一人が入っていった。室内には三人の娘が礼儀正しく並んで待っている。二人は美しく着飾り、玉の耳飾りが揺れるさまは艶やかな仙女のようである。もう一人は化粧っ気のない眉目秀麗な娘で、おそらく侍女か何かであろう。

化粧を施した二人は趙《ちょう》氏と劉《りゅう》氏といい、袁氏の屋敷に住まう歌妓《かぎ》であった。二人は先ほど甄宓が曹丕の目に留まったのを見て、琵琶を弾く身分でもよい落ち着きどころを得られるかもしれない、兵士の手に落ちるよりはましだと考えた。そこで、王忠が選《よ》り抜くのを待たずに、髪を梳《と》かして紅白粉《べにおしろい》を凝らし、普段は惜しんで身につけない簪、腕輪、装飾品でめかし込んだ。そして曹操が入ってくるや、自ら拝礼して進んで名乗った。

甄宓には及ばないが、花も恥じらう年ごろの二人に、曹操は単刀直入に尋ねた。「二人ともわしに仕えたいか」

二人は声を揃えて「はい」と答えた。とりわけ趙氏の小さくて愛らしい口から出る言葉はとても心地いい。「わたくしどもは下賤の身、曹大人《たいじん》のお供ができますれば身に余る光栄にございます」曹操は大笑いしながら二人を助け起こすと、二人は蔓《つる》のように曹操の両腕にからみついた。しなだれかかる女たちに曹操は至極ご満悦な様子である。荀攸は啞然《あぜん》とし、ついには視線を背けた。

さらに曹操は立ち尽くしたままの少女にも目を遣った。すっきりとした目鼻立ちにほっそりとした体つき、表情は怯《おび》えているが、何とも言えない可愛らしさがある。侍女は歌妓と違って奥の間で袁氏の家族に仕え、これまで男の前に引き出されたことがないせいか、驚きと恥じらいと恐れで泣くことさえ忘れている。

「お前の名は？」

侍女は曹操の問いかけにがたがたと震えるばかりで、一向に口を開かなかった。曹操が怒りだすのを危惧した劉という歌妓が代わって答えた。「阿鷲《あぶ》と申します」

「あぶ？　どんな字を書く？」曹操は大いに興味を惹かれた。

趙氏は多少文字を知っているので、曹操の手を取って手のひらに指で書いて見せた。「阿鷲は小さいときに両親を亡くし、ここで奥さま方にお仕えしていたのです。旦那さまはきっとお優しい方、阿鷲も一緒にお連れくださいませ」趙氏は口達者で人の機嫌をとるのが上手い。そう話しながらも、字を書き終わった手で曹操の髭を軽く引っ張った。

趙氏に持ち上げられて曹操はことのほか機嫌がよかった。「かの屈原《くつげん》もこう詠んでおる。『鼂《あした》に江皐《こうこう》に騁鶩《ていぶ》し、夕《ゆう》べに節を北渚《ほくしょ》に弭《とど》むれば、鳥 屋上に次《やど》り、水 堂下《どうか》を周《めぐ》る［朝には川岸で馬を走らせ、夕べには北の水際《みぎわ》に舟をつけて休む。鳥は屋根の上に巣を作り、水は広間の下をめぐり流れる］』とな。これほどの美人は豪華な屋敷の女主人とすべきであろう。侍女にしておくのはもったいない」

趙氏が甘えた声を出した。「旦那さまが阿鷲を大事にしてくださるなら、わたくしたち三人で旦那さまによくお仕えいたしましてよ……」

「はっはっは……こやつ、愛《う》いことを言いおる」

「わが君！」外には室内の会話までは聞こえてこない。荀攸はやむなく俯きながら部屋に入ってきた。「こたびの戦《いくさ》で河北《かほく》を攻めたのは何のためだったのです。鄴城に入って他人の歌妓や侍女をさらうためではありますまい。こ、このような……」荀攸はどう諫めたものかわからなかった。

「さらう？」曹操は笑い飛ばした。「お前たち、言ってやれ。わしがお前たちをさらったか？」

趙氏が答えた。「こちらの殿方は間違っております。わたくしどもは自ら望んで曹大人についていくのですよ」

歌妓ごときに言い返されて、荀攸は仰天した。「わ、わが君は……ふしだらではございませんか。これは道に外れております」荀攸は腹立ち紛れにそう言い捨てると、部屋から出ていこうとした。

曹操はまとわりつく歌妓を突然押しのけ、荀攸の袖をぐっとつかんだ。「軍師、待つのだ。わしのどこがふしだらで、どこが道に外れている？」さっきまでとは口調ががらりと変わっていた。

袖をつかまれた荀攸は曹操の顔を見るのも不愉快で、背を向けたまま答えた。「女色に耽《ふけ》って諫言に耳を貸さぬところです」

「女色に耽って何が悪い」

「古来、女に溺れると、政《まつりごと》が乱れ、お国に禍をもたらします」荀攸は即座に答えた。「その昔、晋《しん》に驪《り》姫《き》あり、陳《ちん》に夏《か》姫《き》あり。そのために国が傾きました。それゆえ政に当たる者は……」

「ずいぶん偏った見方だな」曹操は強く反論した。「かつて光《こう》武《ぶ》帝は陰《いん》皇后のために奮闘し、司馬相《しばしょう》如《じょ》は卓文君《たくぶんくん》を得たことによって名を揚げた。色を好んで国を誤らせた者だけを俎上《そじょう》に載せ、好色により大事を成した者を挙げぬのでは公平さを欠いているのではないか」

荀攸はとっさに返す言葉がなかった。

「それに女色に耽ったといっても、ふしだらは言いすぎであろう」曹操は荀攸の袖からゆっくりと手を放した。「しかも諫言に耳を貸さないというが……そも軍師の職務は何だ？」

自身の果たすべき職務ぐらい当然荀攸も承知している。「帷幄《いあく》の内にて謀《はかりごと》をめぐらすことです」

「そうだ」曹操は微笑んだ。「つまり、わしが色を好むことに口を挟むのは軍師の職務ではない」

「そ、それは……」またも荀攸は言葉に詰まった。

「それに、諫言に耳を貸さぬからといって、道を外れているとまでは言えまい」曹操は得意げに続けた。「これでわしがふしだらでもなければ、道に外れてもいないとわかったな」

曹操に屁理屈で口を封じられた以上、荀攸としては謝るしかない。曹操のほうに向き直って拱手《きょうしゅ》したが、語気の鋭さは変わらなかった。「失言をお許しください。しかし、女色に耽って政務を怠り、袁家の女子を側女にしてはお名前に傷がつきます。どうかお考え直し……」荀攸の言葉が終わる前に、劉岱《りゅうたい》が外から声をかけてきた。「申し上げます。大将軍府内の文書や書簡は、言いつけのとおり一所に集めました。財宝の類いは残らず集めて封をし、捕らえた三十人あまりの属官は前庭でわが君の処分を待っております」

曹操は笑い出した。「聞いたか。何もかも順調に進んでおる。軍師は女色に耽って政務を怠ると言うが、わしが何を怠った？　この曹孟徳《もうとく》、半生をかけて天下を縦横無尽に駆けめぐり、すでに八割方を手に入れた。そろそろ天下の美女を側女に迎えても、大丈夫の名に恥じることはあるまい」そう反論するや、曹操は侍女の阿鶩を指さした。「この女子はかなりの美人、軍師に贈るゆえ側女にするといい。長年の功労に報いようではないか」

「えっ？」荀攸は驚き、激しく手を振って断った。「なりません」

「何がいかんのだ」曹操は荀攸の腕をつかんだ。「聖人も『食と色とは性なり［食欲と性欲は人間の性《さが》である］』と言っておる。軍師がこの女を側女にしても何も問題なかろう」そう話しながら阿鶩を手招きした。

もう五十になろうかという年齢まで謹厳実直を通してきた荀攸である。この曹操の提案に慌てて逃げ出そうとした。しかし、腕を曹操に取られている。やむをえずしっかりと辞退を申し出た。「お気持ちだけいただきます。ですが、側女など断じて要りませぬ」

曹操はこれほど慌てふためく荀攸をはじめて目にし、荀攸が焦れば焦るほど、その腕をつかむ手に力を込めた。「ほんの気持ちなのだから、遠慮なく受け取ればよかろう。恥ずかしがる年でもあるまい。さあ、さあ……阿鶩、早くここへ来て軍師に挨拶するんだ」

阿鶩は呆然として震えるばかりで、どうしたらいいかわからない。趙氏と劉氏の二人が気を利かせて阿鶩を引っ張った。「阿鶩、こちらの旦那さまに早く拝礼するんですよ」だが、それでも阿鶩は前に進み出ようとしない。

曹操は阿鶩を睨みつけた。「せっかく目をかけてやったのにわからんやつだな。わが軍師に仕えないならいつまでも甘い顔はせんぞ」

眉をつり上げて目を怒らせた曹操の恐ろしい顔を見て、阿鶩は肝をつぶした。まだあちらの先生のほうが慈愛があり、上品で優しそうだと思った。阿鶩はわあと声を上げて泣き出すと、荀攸の前に跪いて衣の裾をつかんだ。「お助けください……お願いです……阿鶩をお助けください」

「はっはっは……」その様子を見て、曹操の機嫌もすぐに直った。「この女子は軍師と縁があるようだ。軍師、このうえまだ要らぬと突っぱねるなら、わしはこの女子の首を斬る。さあ、この女子を生かすも殺すも軍師次第だ」

荀攸の胸は恥ずかしさ、憤り、憐れみ、恐れが綯《な》い交ぜとなって乱れた。荀攸は思わず阿鶩につかまれた衣の裾を引っ張った。「お嬢さん、泣くのはおやめなさい。話があるなら聞きましょう……この年になって……ああ、まったくもう……」しかし、阿鶩にとって荀攸は最後の頼みの綱、どうして手を放したりできよう。阿鶩は裾をつかんだままひたすら泣き続けた。

曹操は困り果てている荀攸に耳打ちした。「公達《こうたつ》、断ってはならぬぞ。おぬしが子供のことで思い悩んでいるのは知っておる。もしこの女子が子を産めば喜ばしいことではないか」たしかに荀攸には頼りとなるような子はいなかった。荀緝《じゅんしゅう》という息子は勉学を好んで聡明だったが、二十歳になったばかりで夭折した。のちに荀適《じゅんてき》という男児を得たが、こちらは病弱で無事に育つかわからない。荀攸はきわめて口が堅かった。かつて辛毗《しんぴ》が援軍を求めて許都へやってきたとき、辛毗は望みがあるかどうかを、同族の辛諂《しんとう》を通してその縁戚関係にある荀攸から聞き出そうとしたが、荀攸は軍機をひと言たりとも洩らさなかった。ましてや、子がいないという自身の苦衷《くちゅう》を他人に打ち明けたことなどない。いま、その点をいきなり曹操に持ち出されて思わず心が揺らいだ。

しかし、だからといってこんな恥知らずなことを受け入れるわけにはいかない。荀攸は心を鬼にして衣を強く引くと、曹操にきっぱりと言った。「わが荀氏は潁川《えいせん》の名門、他人の女子を奪うような不義はできません」

「ほう、そうか……」曹操は髭をしごきながら笑った。「では劉岱、この女を連れて行って首を刎ねよ」

劉岱は良くも悪くも曹操に忠実である。部屋に入ってきて阿鶩を引きずり出そうとした。阿鶩は激しく涙を流しながら荀攸の足に必死でしがみついた。「旦那さま、どうかお助けください。お願いです。お助けくださればどんなことでもいたします……どうか、どうか殺さないで……」

こうまで言われては荀攸も折れるしかない。その泣き声を聞きながら、愛らしくも憐れな娘を見つめるうちに、胸が引き裂かれるような思いに襲われた。「も、もらいましょう……この娘をお与えください」そう叫ぶと、荀攸は思わず阿鶩を抱き寄せた。

「ふふっ……それでいい。いや、実にめでたいな」曹操は嫌らしい笑みを浮かべながら劉岱を連れて外に出た。

表にはいつの間にか郭嘉もやってきていて、ふざけるように声をかけてきた。「えこひいきではありませんか。軍師殿には褒美をお与えになって、わたしには何もなしでございますか」

「まったく目ざといやつだ」郭嘉が色好みなのは曹操もよく知っている。ようやく気の合う仲間が来たとばかりに、曹操は上機嫌になった。「泥棒猫が魚の匂いに誘われて来たか」

「紅白粉の匂いに誘われてきたのです」郭嘉はにんまりと答えた。

「女がらみのごたごたが絶えんというのに、まだ懲りんのか」

「『好色を知れば則ち少艾《しょうがい》を慕う［色に目覚めれば若く美しい女を想う］』と、かの孟子も仰っています。わたしはこれまで女子のことを面倒だと感じたことはありません。わが君がくださるなら来る者は拒まず、多いほどありがたいのです」

「離れに山ほどいるから自分で行って選んでこい。欲しいだけくれてやるわ」

「ありがたき幸せ」郭嘉はよく回る舌で続けた。「周《しゅう》の文王《ぶんおう》には百人の子がいたそうですが、まさか一人の母親から生まれたわけではありますまい。つまり、文王ほどの聖人でも山ほど側女がいたということ。言ってみれば、われらがたくさんの女子を側女にするのは聖人を敬うがゆえ、違いますか」

「はっはっは……」曹操は腹の底から笑った。「そうだ、そのとおりだ。今宵は軍師も交じえ、聖人に倣《なら》って研鑽を積もうではないか。はっはっはっは……」

その言葉は部屋のなかにいる荀攸にもはっきりと聞こえた。荀攸は忸怩《じくじ》たる思いに袖で顔を覆うと、風に揺れる木の葉のように身を小刻みに震わせた。

袁《えん》家の旧臣

奥の間の艶っぽさとは打って変わって、前庭では厳粛な光景が広がっていた。曹操軍に捕まった袁氏の旧臣数十人が庭の中央に立たされている。大将軍府の掾属《えんぞく》、州、郡、県の地方官(1)はもとより、袁家と昵懇《じっこん》だった豪族までいた。ここ数か月、まともな食事にありついていないため、力なくふらついて立つ様子は、まるで魂が抜けたようである。長柄の矛を手にした曹操軍の兵がそれを幾重にも取り囲み、いまや遅しと処刑の命令を待っていた。

袁氏の旧臣たちから少し離れた場所に二つの小さな山があった。一つは金銀財宝や織物、玉器で出来ており、もう一つは屋敷内で没収した書巻や竹簡の類いがうずたかく積み上げられていた。いずれも兵士に守られて、誰も手を出すことはできない。

曹操は大将軍府で美しい「戦果」を手に入れ、至極気分がよかった。捕らえられた者たちをざっと見渡すと、傲慢な態度でほくそ笑んだ。「その昔、蕭何《しょうか》が咸陽《かんよう》［陝西《せんせい》省中部］に入ったとき、まずは法に関する書を探したという」そう話しながら竹簡の山に足を向けた。

王忠《おうちゅう》が歓心を買おうと急いで大きな箱を運んできた。「わが君、こちらが袁紹の残した竹簡です。屋敷の者によれば、死ぬ前までいつも見ていたものだとか」

「ほう。どうせ緯書《いしょ》［儒教の教義に関連させた予言書］か何かだろう」曹操は何気なく一冊手に取った。よく見ると、冒頭には力強い篆書《てんしょ》で、「汝南《じょなん》応仲遠《おうちゅうえん》撰」と書かれてある。応劭《おうしょう》、字《あざな》は仲遠、曹操が兗《えん》州刺史《しし》だったときの泰山太守《たいざんたいしゅ》である。曹操に命じられて曹嵩《そうすう》と曹徳《そうとく》を迎えに行ったが、出迎えが遅れて父子を徐州で殺されるという失態を招いた。その後、曹操に罰せられることを恐れ、官を棄てて袁紹のもとへ逃げ込んでいた。この竹簡を目にしたばかりに、曹操の胸に殺意が芽生えた。「応劭を捕らえたか」

「いいえ、俘虜《ふりょ》には含まれておりません」

「はっはっは……」俘虜の一人が突如、屋根瓦を震わさんばかりの大声で笑いだした。「応仲遠はもう何年も前に死んでおる。残念だったな」

「黙れ！」王忠は男に飛びかかって拳を挙げた。

「待て」曹操は王忠を止め、その男に目を遣った――年のころは四十あまり、身の丈は八尺［約百八十四センチ］ほど、腕は長く腰はすらりとして、肩のあたりは肉付きがよい。白く丸い顔には、星のように明るい大きな眼《まなこ》が輝いている。満足に食べていないながらも、その声は鐘の音のように力強く、武人に負けず劣らず立派な頬髭を蓄えている。居並ぶ者より頭一つ分抜きんでたその男は、後ろ手に縛られているにもかかわらず微笑みを浮かべ、この場に臨んでなお鷹揚《おうよう》に構えていた。曹操は内心、男の風貌に惚れ惚れしたが、また俯《うつむ》いて竹簡に目を落とし言葉を続けた。「当人が死んだからといって済む話ではない。城内に応劭の息子や甥はおらぬのか」

誰に尋ねているのかわからず王忠が戸惑っていると、男がまた口を挟んだ。「城内には弟の応珣《おうしゅん》とその息子の応瑒《おうとう》がいる。だが、どうするつもりだ」

曹操は依然として男とは顔を合わさず、竹簡に目を落としたまま忌々《いまいま》しげに声を上げた。「仲康《ちゅうこう》!?」

「はっ」許褚は大きな鉄の矛を横たえて返事をした。

「速《すみ》やかに応珣と応瑒を引っ立ててこい。わしが……」そこで曹操は竹簡に書かれた一節に目を奪われ、続く言葉を飲み込んだ。竹簡には次のようにある。

夫《そ》れ国の大事、載籍《さいせき》に尚《まさ》るもの莫《な》し。載籍なる者は嫌疑を決め、是非を明らかにし、賞刑《しょうけい》の宜《よろ》しきこと、允《まこと》に厥《そ》の中《ちゅう》を獲、後人をして永く監為《かがみた》らしむ。故に膠西《こうせい》の相《しょう》の董仲舒《とうちゅうじょ》老病にして致《ち》仕《し》せしも、朝廷政議有る毎に、数《しばしば》廷尉《ていい》の張湯《ちょうとう》を遣わして親《みずか》ら陋巷《ろうこう》に至らしめ、其の得失を問う。是《ここ》に於て『春秋決獄《しゅんじゅうけつごく》』二百三十二事を作り、動《やや》もすれば経《けい》を以て対《こた》え、之を言うこと詳らかなり。逆臣董卓、王室を蕩覆《とうふく》し、典憲《てんけん》は焚燎《ふんりょう》され、孑遺《げつい》有る靡《な》く、開闢《かいびゃく》以来、茲《こ》の酷きこと或る莫し。今大駕《たいが》東に邁《ゆ》き、許都《きょと》を巡省《じゅんせい》す。険難《けんなん》を抜け出でて、其の命惟《こ》れ新たなり……

「そもそも国にとって大切なもので、法制を記した書籍を凌《しの》ぐものはありません。法制を記した書籍は、嫌疑が事実かどうか判断し、善悪をはっきりさせ、それによって褒賞と刑罰が中正《ちゅうせい》を得て、後世の者たちが永く規範とするものです。そのため、膠西の相の董仲舒は老病に身を侵されて致仕しましたが、朝廷は政《まつりごと》をめぐる議論があるたび、何度も廷尉の張湯を遣わして、その得失を尋ねさせました。そこで董仲舒は『春秋決獄』二百三十二の判例を作り、いつも経書に基づいて返答し、詳しく説明したのです。逆臣の董卓は帝室を揺るがし、法制を記した書籍は焼き払われ、すべて灰燼《かいじん》に帰《き》しました。開闢以来、これ以上ひどい事態はありません。いま、天子は東に遷って許都に巡幸されており、ついに危難を脱して、天命は新たなものとなりました……」

これは上奏文の写しである。曹操はふと思い出した。九年前、天子を奉じて許都に遷都したとき、応劭が朝廷に『漢官儀《かんかんぎ》』という書を奉《たてまつ》ったことがある。曹操自身は軍務に忙しく目を通せなかったが、荀彧《じゅんいく》によれば、朝廷の礼法や制度を細かく記した書であったという。

曹操は竹簡を置いて箱のなかを物色した。すると、思ったとおり『漢官儀』が出てきた。官職について、その俸禄や属官、職責に至るまでがびっしりと書き込まれている。曹操はさらに思い出した。まだ兗州にいたころ、応劭は朝廷の再建に用いるため、あるべき礼法を記した書を編纂したいと言っていた。いまの朝廷の礼法は荀彧が確立したものである。だが、この書から多くを得たに違いない。『管子《かんし》』にも、「礼儀廉恥、国の四維《しい》なり。四維張らざれば、国乃《すなわ》ち滅亡す［礼法、節義、清廉、羞恥は国の安寧を維持するために必要な四つの大本《おおもと》であり、それが行き渡らなければ国は亡びる］」とある。礼法を正しく整えたからこそ、許都に多くの人材が集まってきたのだろう。曹操は感心しきりであった。応劭は袁紹に寝返ったとはいえ、許都の朝廷のために大きな手柄を立てていたのである。ただ、自分が気づいていなかったに過ぎない。

許褚は曹操が命《めい》を下し終えるのをじっと待ったが、いつまで経っても続きの言葉が出てこないので、とうとう自分から尋ねた。「応氏の親子を捕らえていかがいたしましょう」

曹操は竹簡を丁寧に巻いてもとに戻すと、慌てて取り繕《つくろ》った。「捕らえて来るのではない。お招きするのだ。何を聞き違えておる。応仲遠には『漢官儀』を編纂した功績があるゆえ、弟の応珣を招いて掾属とする。息子の応瑒は繁欽《はんきん》と路粋《ろすい》に引き合わせよう。もし才があるようなら官職を与える」

「はっ」許褚は理解が追いつかなかったが、もとより自分がとやかく言うべきことではない。命じられるままに出ていった。賢人を招くのに無学の武人を遣わすことは珍しい。ほかの者も不思議そうにその後ろ姿を見送った。

曹操がさらに箱のなかを調べると、政務と兵法に関する書ばかりであった。「これを見るに、袁紹も最後の一年は心を入れ替えたようだが、棺桶に片足を突っ込んでからでは遅すぎるな」そして今度は杏子色の絹布《けんぷ》で包まれた竹簡を見つけた。冀《き》州の戸籍簿である。冀州の戸数は思っていたより多く、中原の豫《よ》州の数倍はあった。曹操は思わず顔をほころばせた。「これだけいればすぐにでも三十万は集められるな。冀州の人口のなんと多いことよ」

そこへすぐさま叱責の声が飛んできた。「早晩、貴殿も袁紹と同じ轍を踏み、お国も家も滅ぼすだろう」

これには曹操陣営の者だけでなく、捕らわれた袁家の旧臣も一様に驚いた。死を招く発言である。曹操も膨れっ面《つら》で声の主を見ると、またしても例の頰髭の男だった。

言葉を挟むだけならまだしも、これは明らかに罵りである。すぐに兵士らが男を取り囲み、十数本もの矛先が一斉に向けられた。男は恐れる様子もなく、頰髭をしごいて笑った。「わたしを殺すのか。ならば殺すがいい」男は曹操に目を向けた。「わたしが何か間違ったことを言ったか？」

案に相違して曹操は怒らなかった。一つには、男の風貌があまりに立派だったからである。ことにその頰髭は見事で、曹操の陣営を見渡してみてもこれほど男っぷりのいい者はいない。さらに言えば、男の言葉には敵意が感じられなかった。曹操は平然として笑みを浮かべ、穏やかに尋ねた。「わたしが早晩お国も家も滅ぼすとはどういう意味かな」

男は威儀を正して答えた。「天下は瓦解し九州《きゅうしゅう》［中国全土］は分裂、袁氏兄弟も相争い、河北《かほく》の民は耐えがたい辛酸をなめてきた。そのほうは、いま武をもって冀州に落ち着きを取り戻したが、そもそも官軍を率いる身。第一に民を慰撫してしかるべきである。それをあろうことか、鄴城《ぎょう》に入るや集められる兵の数を見積もるとは。そんなことでは冀州の民の心はつかめまい」男は容貌魁偉で声もよく通る。威勢よく朗々と諫言する姿は毛を逆立てた虎を思わせた。

曹操は面と向かって容赦なく意見する男の気骨ある態度に驚くとともに、その言葉には袁氏に対する非難が込められていることを不思議に思った。しばし呆気にとられたが、気を取り直して男に深く拝礼した。「ご指導を賜り、まことに痛み入ります……」そう簡単に人の言葉に屈する曹操ではない。だが、今日は賢人に礼を尽くし、その様子を河北の官たちに見せておこうと考えた。「失礼ながらご尊名は何と？」

「こちらこそ礼を失してしまいました」男は礼を返したが、依然としてかしこまるほどではなかった。どうやらわざと傲慢な態度を取っているらしい。硬い表情も強い語気も改めることなく答えた。「それがしは清河《せいが》の崔琰《さいえん》と申す」

「おお！」曹操は思わず笑みをこぼした。「ご尊名はかねがね伺っておりました。どうして早く仰ってくださらないのです」

「早く申せば何か変わりましたかな」崔琰は笑顔で答えたが、目をむいて怒っているようにも見える。

「先生は鄭康成《じょうこうせい》［鄭玄《じょうげん》］の高弟、郗鴻豫《ちこうよ》［郗慮《ちりょ》］や国子尼《こくしじ》［国淵《こくえん》］からもたびたび推挙があったのでよく存じております。ずいぶん他人行儀ではありませんか。ささ、こちらへ」

崔琰はかぶりを振って答えた。「他人行儀なくらいがちょうどいいのです。先ほどからの無礼は明《めい》公《こう》を試すため。それがしが補佐するに足る人物かどうか知りたかったのです。何とぞお許しを」

曹操はうなずきながら、この僥倖《ぎょうこう》を喜んだ。

そこに郭嘉《かくか》、許攸《きょゆう》、荀衍《じゅんえん》、婁圭《ろうけい》といった幕僚たちもやってきた。許攸は崔琰をひと目見るなり笑いだした。「崔季珪《きけい》ではないか。おぬしのその大きな目は節穴か。そんなところに突っ立っていないで早くこちらへ来い」ほかの者は勝手な発言を控えたが、許攸だけは曹操の旧友という立場を恃《たの》みに好き勝手に振る舞った。何度痛い目をみても学ばない男である。

崔琰も許攸を見て馬鹿にした。「わたしはおぬしのような恥知らずとは違う。長い付き合いだからな、この目はごまかせん。虎の威を借《か》る狐の真似はやめるんだな」

曹操は心のなかで快哉を叫んだ——よくぞ代わりに言ってくれた！——むろんそんな様子はおくびにも出さず崔琰に尋ねた。「先生は袁尚《えんしょう》によって投獄されたと聞きました。もはや大将軍府の掾属でもないのに、なぜこちらに来てくださらぬ。まさかわたしを助ける気がないと？」

崔琰は明確な返事を避けた。「わたしにとっては袁氏も曹氏もありません。ただ天下を第一に考える方のみお助けする所存です」

「先生の見立てでは、わたしにはまだその資格がないと？」

崔琰はゆっくりと周囲の兵を指さした。「天下を第一に考えているなら、なぜ武装した兵で威圧するのです。たしかに明公と袁氏は不倶戴天の敵、ですが、河北の役人や鄴城の民に何の罪があるのでしょう。審配《しんぱい》が半年あまりも籠城を続けたため、城内の民は誰もが飢えにあえいでいます。明公はなぜ食べ物を与えて民を救おうとしないのです。これでは明公が天下を第一に考えているとは申せますまい」単純な道理ではあるが、曹操を恐れて誰も口に出せずにいた。崔琰は袁氏の遺臣でありながら、これで二度にわたって曹操に直諫《ちょっかん》したことになる。しかも、声を張り上げて堂々と指弾し、まるで傍らに人なきがごとき傲慢さである。

曹操の気の短さも人後に落ちないが、このたびは腹を立てるどころか笑い声を上げながら聞いている。物事の道理は常に変わらず存在するが、誰が口にするか、またどのように話すかで、その聞こえ方はずいぶん違う。曹操は道義を重んじて直言する崔琰を気に入った。その頬髭にふさわしい威厳ある振る舞いには、かえって小気味よさを覚えるほどだった。

「すべて先生の仰るとおりにしましょう……」曹操は笑みを引っ込めて劉岱《りゅうたい》を呼んだ。「まずは民に食糧を施すよう卞秉《べんぺい》に伝えよ。それから、各部隊が勝手に動くことを禁じる。そして民には、城外へ出て身内の遺体を葬ることを許可してやるのだ」

「はっ」

「待ちなさい」崔琰が劉岱に直接声をかけた。「戦《いくさ》で秩序が乱れているときは、必ず混乱に乗じて人を殺《あや》める悪党が出る。民にはみだりに私怨を晴らすことも禁じる必要があろう。それから城外の遺体は三日以内にまとめて葬るのだ。手厚い葬儀を行うことは贅沢を助長する」

どちらも理に適ってはいる。しかし、劉岱としては崔琰の指示に従うわけにはいかない。その場に立ち尽くしたまま曹操の顔色を窺った。

「聞こえなかったのか？　崔先生の仰るとおりにせよ」曹操は劉岱を叱りつけた。

「御意」劉岱はあたふたと外へ駆けだし、人知れずつぶやいた――まだ帰順もしていないのにわが君はこいつの言うことばかりお聞きになる。髭男め、じきに俺より高い地位につくんだろうな。

「それで、ここにいる袁家の旧臣はどうするつもりですかな」崔琰はすぐにまた曹操を問い詰めた。

曹操は俘虜たちを見回した。衝撃がまだ冷めやらぬ者、顔じゅうに悔しさを浮かべている者、平静を装っている者、憤りを隠そうともしない者……だが、揃《そろ》いも揃って顔色は悪くやつれている。天子を奉戴して逆臣を討つ、その名分に従うなら厳罰を下さなければならない。漢律《かんりつ》によれば、罪人と三日関係を持った者は同罪とみなされる。だが、袁氏に仕えた役人を罪人と断じてしまっていいものか。彼らを処罰するとなれば、冀、青《せい》、幽《ゆう》、幷《へい》、四州の官も残らず罪人となる。目の前の俘虜たちは不運にも捕まってしまったが、よその土地へ逃げた者の数はもっと多いであろう。また実際のところ、州郡県の官をすべて入れ替えることなどできない。今後河北を統治するにあたっては、当然こうした者たちの力が必要になる。そう考えると、曹操は大声で宣言した。「袁氏に与《くみ》した者を残らず赦免する。罪には問わぬ」つまり、袁譚《えんたん》と袁尚の兄弟だけを罪に問うというのだ。

曹操の命を聞いた俘虜たちは一斉に胸をなで下ろし、曹操軍の兵士らもすぐに矛を収めた。崔琰はそれを聞くとおもむろに衣冠を整え、折り目正しく曹操に向かって正式な礼を行った。「騎都尉《きとい》の崔琰、曹公に帰順いたしたく存じます。何とぞ生まれ変わって出直す機会を賜られますよう、伏してお願い申し上げます」

はじめは単に諫言しているのだと思っていた曹操も、ここへきて崔琰の巧妙なやり口に気がついた。きちんと赦免を勝ち取ったうえで招聘を受ける――ずいぶんと回りくどいが、間違いのないやり方である。赦免されればもはや罪人ではない。罪のない人間の招聘には誰も文句を言えない。曹操にすれば招聘したのは罪のない人間であり、罪人をかばったと謗《そし》られることはない。崔琰からしても赦免されたのち曹操を頼るのであれば、主《あるじ》に背くわけでも敵に投降するわけでもない。世間の非難を浴びることなく、朝廷の法に触れるでもない、実に上手いやり方である。

曹操は慌てて崔琰を助け起こした。「いやはや、先生の才と諫言にはお見それいたしました。どうかお立ちください」

崔琰が帰順すると、続けて五、六人の若い掾属が跪《ひざまず》いて帰順の意を示したが、そのほかほとんどの者はまだ去就を決めかねている。そうしたなか、白髪交じりの髭を蓄えた文官が大声を上げた。「お許しいただきありがとうございます。では、それがしは失礼いたします」そう言うと、身を翻して出ていこうとした。この男はよほど人望があるのか、少なからぬ者がそのあとに続いた。

　曹操が赦免したのは帰順させるためである。それはどんな愚か者でもわかるだろうに、勝手に家に帰してしまっては元も子もない。曹操軍の兵士らは下ろしていた長柄の矛を再び持ち上げ、出ていこうとする者たちを押し戻した。自分から約束した手前、先頭に立つその文官を罰することもできない。曹操は苦々しく思った。

　すると荀衍が男の袖をぐっとつかんで引き止めた。「友若《ゆうじゃく》、どういうつもりだ！」その者こそは荀衍の弟にして荀彧の兄、荀諶《じゅんしん》、字は友若だった。曹操が以前荀諶と会ったのは、もう十数年も前のことである。すっかり顔を忘れていたが、荀家の兄弟とあっては、もうそれだけで手を下すわけにはいかない。

　荀諶は荀衍の手を強く振りほどいた。「無礼な真似はおよしなさい！」

　その言葉に荀衍は凍りついた。「友若、なぜ帰順を拒む……」

　荀諶は、荀衍が言い終わるのも待たずに反論した。「わたしは袁氏の臣、対して貴殿は朝廷の臣ではありませんか」荀諶は「朝廷」という言葉に皮肉を込めた。「わたしと貴殿は他人同士、見ず知らずの相手に本音を洩らすわけにはいきません」そう言い捨てるや、またもや外へ出ていこうとした。

「友若！　お前はこの兄を他人だというのか！」

「兄？」荀諶は冷たく答えた。「わたしには兄も弟もいません。そういえば、かつては兄弟とともに袁氏に仕え、大業を成し遂げようと誓いました。のちに弟は若さゆえか、こらえ切れずに逃げ出し、兄は信義に背いて去りました。以来、わたしには兄も弟もおらぬのです。わたしは冀州の従事《じゅうじ》、冀州を棄てた兄弟などはおりません」

荀衍は返す言葉もなく呆然と立ち尽くした。それを見て今度は曹操が荀諶に近づいた。「荀友若、そう意地を張るな……」

荀諶は曹操に向かって深々と頭を下げた。「明公が袁氏の臣を赦すと仰ったからには、わたしには何の罪もなく、どこへ行こうと自由なはずです。男子の一言は金鉄のごとし。よもや天下の三公《さんこう》ともあろう御方が前言を翻すのですか」

曹操はすぐに機転を利かせて言葉を返した。「たしかにわしは天下の三公、よって司空《しくう》府に士人《しじん》を辟召《へきしょう》する権限を有する。たったいま、そなたを司空府の掾属に任ずるとしよう」

荀諶は再び拝礼した。「朝廷の召し出しを辞退することも、三公の辟召を断ることも、いずれも国法に触れるものではありません。いまや一介の民であるわたしは、明公の辟召に応じるつもりはありません。どうか隠棲することをお許しください。まさか輔政《ほせい》の任にある明公が、自ら国法を犯したりはなさいますまい」さすがは荀家の者、理路整然たる返答であるが、ほかの者が同じことを言っていたなら首が落ちていただろう。力こそが曹操の正義である。ただ、荀家の者に対してはそうもいかない。

態度を決めかねていた袁氏の旧臣たちも荀諶に倣《なら》って口々に訴えた。「われらも官職を離れます。どうか家に帰ることをお許しください……」誰もが荀諶のように、曹操の陣営に頼れる親類がいるわけでもない。みな額を地に打ちつけて懇願した。

曹操には彼らがどうしてこんな態度を取るのかわからなかった。だが再三悩んだ末、ついにあきらめた。「行かせてやれ……」

兵士らが左右に分かれて道を開けると、荀諶を先頭に袁氏の旧臣たちが去っていった。だが、許攸と妻圭はそのなかに黒い衣を着た年配の官吏を見つけ、笑みを浮かべながらその官吏を連れて戻ってきた。「わが君、この者が誰だかおわかりですか」

曹操は年配の官吏をじっくりと見た——顔じゅう皺《しわ》だらけで、浅黒い肌に白髪交じりの髭……ただ、眉と目じりのあたりにどこか見覚えがある。自分を見つめる年配の官吏はどうやら恐怖に怯《おび》えているようだ。

「こちらは……？」

許攸は笑いながら手がかりを与えた。「昔なじみを忘れましたか。こちらの家と曹家は先代から付き合いがあったはず」

「なんと！」曹操は驚いて叫び声を上げた。「まさか元平殿《げんぺいでん》か？　どうしてこんな……」

その官吏は先々帝の御代の太尉《たいい》、崔烈《さいれつ》の子の崔鈞《さいきん》だった。董卓《とうたく》の入洛後、これに抵抗して挙兵しようとした者は各地に散っていった。崔鈞も勃海《ぼっかい》に逃れたのち袁紹に従っている。袁氏においては挙兵以来の忠臣といっていい。曹操の記憶のなかの崔鈞は、赤ら顔でたくましい体つきをしており、武人の風格を漂わせていた。それがどうしてこんな姿に落ちぶれてしまったのか。

崔鈞はぶるぶると身を震わせながら曹操に拝礼した。「罪臣《ざいしん》、曹公に拝謁いたします。どうか父に免じてわたくしめの罪をお許しください……」

曹操は急に張り合いが抜けた。「元平殿、どうしてあなたを罰したりしましょう」

「ありがたき幸せ……」そう礼を述べると崔鈞は背を向け、石段につまずいて転びそうになりながら、さっさと逃げ出していった。

曹操はその後ろ姿を眺めながらつぶやいた。「なぜあんな姿に……」

許攸はそのわけを知っていた。「袁本初《ほんしょ》の扱いがひどかったからです。ずっと元平殿を昇進させず、事あるごとに叱責していました。才を発揮することもできず、元平殿は日々薄氷を踏むような思いでびくびくと暮らし……」そこまで話すと、いつも気だるそうな許攸がひどく悲しみ、ため息をついた。「実際、わたしも本初に追い詰められてわが君の配下になったようなものです。それでも元平殿は、張景明［張導］や劉子璜［劉勲］のように袁紹に殺されなかっただけよかったと言えましょう。まったく本初という男は、昔のよしみなどこれっぽっちも考えないのですから……」

「すべてが袁紹のせいとも申せません」傍らで聞いていた崔琰が口を挟んだ。「袁紹は汝南の出身ゆえ、河北に来てからは土地の士人を重用して人望を集める必要がありました。古くからの友人を取り立てなかったのではなく、土地の者に任せるしかなかったのです。さもなくば、豪族の力を借りて地盤を固めることはできなかったでしょう」

曹操が黙って聞いていると、崔琰はおもむろに一歩近づいた。「河北は明公が治める中原とまるで異なります。先ほど去っていった連中は城外に広い土地を持ち、多くの小作人を抱えて荘園を営んでいます。しかし明公は、中原で豪族の利を損なうような政を行いました。屯田を起こして豪族の力をそぎ、官渡《かんと》では河北の兵を七万あまりも生き埋めにしました。これでは豪族らが明公をもり立てようと考えるはずがありません。みな明公を恐れているのです」

曹操は残った俘虜たちを見回した。一部の属官を除けば残っているのは若い者ばかりで、名実を兼ね備えているのは崔琰ただ一人……これは由々しき問題であった。豪族らが危害を加えられるのではないかと恐れているうちは、曹操としても心を許すことはできない。当地の豪族は揃って名のある家柄ばかりで、これを掌握できなければ曹操の指示を拒むばかりか、手を組んで反乱を起こしかねない。これに手を打たなければ、冀州の火種はいつまでも燻《くすぶ》ることになる。

「つまり、わしが連中を安心させればよいわけだな」曹操は大きく息を吸い込んだ。「いい考えがある……誰にも思いつかぬような、いい考えがな……」

（1）魏郡は冀州の中心地で、鄴城は魏郡の治所《ちしょ》であるため、州、郡、県の官吏がいる。

第十四章　曹操、泣いて人心をつかむ

見せかけの涙

曹操が考え出した方法は、たしかに曹操にしか思いつかないようなものだった。三日後、鄴城《ぎょう》周辺の塹壕《ざんごう》に死体をまとめて埋葬し、城の内外が落ち着きを取り戻したところで曹操は命《めい》を下した。部下の幕僚や将、袁氏の旧臣を引き連れて、袁紹《えんしょう》の墓で祭祀を執り行うという。戦《いくさ》に勝利した者が敵の墓で祭祀を行うとは、まさに前代未聞である。

袁紹の墓は鄴城の北西十六里［約七キロメートル］の場所にある。(1) 袁紹が亡くなったとき袁家はまだ隆盛を誇っていたため、その家柄を象徴するような立派な墓であった。高さ三丈あまり［約七メートル］も積まれた封土《ほうど》は小高い丘さながらで、植えられた松や児手柏《このてがしわ》がこんもりと生い茂っている。墓道《ぼどう》の両側に置かれた鎮墓神《ちんぼしん》や鎮墓獣《ちんぼじゅう》の石像も厳粛な雰囲気を醸し出しているが、臣下の墓としてはいささか分不相応に思えた。

今日の曹操は素服《そふく》に身を包み、わざわざ用意した白い馬に跨がっていた。徒歩《かち》でつき従う曹操陣営の掾属《えんぞく》［補佐官］と袁氏の旧臣も白の喪服で揃《そろ》え、護衛の兵士でさえ弔意を表す白い帯を巻いていた。長く伸びた行列は一里あまり［約四百メートル］も続き、遠目からは白一色に見える。招魂の幡《はた》を掲げる者、香炉や供え物を捧げ持つ者、葬送の曲を奏でる楽隊もいた。「薤上《かいじょう》の露、何ぞ晞《かわ》き易き。露晞けば明朝更に復《ま》た落つ、人死して一たび去れば何《いず》れの時にか帰らん［薤《にら》の葉に降りた露はなんと乾きやすいことか。露は翌朝になればまた降りるが、人は死んでしまえば帰ってくることはない］……」悼み嘆く声は天地に響きわたり、もの悲しい秋風が枯れ葉を舞い上げ、まるで改めて袁紹の葬儀が行われるかのようであった。

祭祀の儀式は着々と整えられた。曹操の部下は西側に、河北《かほく》の臣下たちは喪主が並ぶべき東側に並び、封土の上には袁紹の寡婦劉《りゅう》氏が返礼のため袁氏の女たちとともに跪《ひざまず》いていた。すべての者が所定の場所につくと、香台の上には供え物の家畜や果物、酒などが置かれ、崔琰《さいえん》と崔鈞《さいきん》の前には審配《しんぱい》、田《でん》豊《ほう》、逢紀《ほうき》、沮授《そじゅ》、それに顔良《がんりょう》や文醜《ぶんしゅう》らの位牌がずらりと並べられた。いずれも袁紹とともに祀《まつ》るためである。曹操が重々しく口を開いた。「袁本初《ほんしょ》の息子は揃って親不孝である。身代《しんだい》をつぶし、河北を戦禍に巻き込んだ。いまも生きているとはいえ、もはや死んだも同然。あの者どもの位牌も並べよ」

指示を待っていた呂昭《りょしょう》らはすぐさま袁譚《えんたん》、袁熙《えんき》、袁尚《えんしょう》、それに郭図《かくと》の位牌まで供物台に並べた。これで最後まで袁氏に忠誠を誓った中心的な臣下の位牌も揃ったわけだが、辛毗《しんぴ》の面子《めんつ》を考えて辛評《しんひょう》の位牌だけは除いた。これは将来、辛評は赦免されるということを意味する。しかし、建前上とはいえ帰順している袁譚の位牌まで並べるのは穏当ではない。だが、曹操は袁譚が最後には手のひらを返すと踏んでおり、それに異議を唱える者はいなかった。

こうして準備万端整うと、死者に供えて地に注ぐための三杯の酒が杯《さかずき》に満たされた。曹操はいよいよ馬を下り、祭祀をはじめた。供物台に向かってゆっくりと進んでゆく。東側に直立する崔琰、崔鈞、荀諶《じゅんしん》らは、まるで親でも失ったかのように一様に悲しげな表情をしている。西側に並ぶ曹操陣営の大半は無表情だったが、なかにはこんな茶番に付き合っていられるかと明らかに不満そうな者もいた。ほんの数歩の距離を曹操は時間をかけて歩き、若かりしころの袁紹との思い出を呼び起こそうとした。懐かしくは思う。しかし、あまりにも長い時が過ぎていた。いまの勝利の喜びの前では、その懐かしさも霞んでしまう。仕方なく、これまでの苦しみや無念を洗いざらい思い出すことにした。幼少のころから母のいなかった寂しさ、相次いで世を去ったおじたち、不慮の死を遂げた父と弟、壮絶な死を遂げた親友の鮑信《ほうしん》、陳宮《ちんきゅう》の謀反、宛城《えん》［河南省南西部］での典韋《てんい》の死、全身に矢を受けて淯水《いくすい》に沈んだ息子の昂《こう》は遺体さえ見つからない……何が悲しみを引き起こしたのか、曹操の頰をきらりと涙が伝った。

居並ぶ者たちは驚きを隠せなかった――袁紹のために涙するほど、二人には深いつながりがあったのだ――

その涙が地に落ちようかというところで曹操は供物台の前に着き、香を手に取って火鉢にかざした。そうして香に火を付け、恭《うやうや》しく香台のなかに突き立てると、一杯の酒を地に注ぎ、ようやく一同のほうを振り向いて話しはじめた。「かつて、本初とは洛陽《らくよう》でともに官についていた。だが、当時の朝廷は綱紀が乱れ、大漢は危機に瀕していた。外には黄巾《こうきん》の乱、内には悪辣な宦者《かんじゃ》ども、そして天下の名士は禁錮《きんこ》［官職追放、出仕禁止］に処され、民草は塗炭の苦しみにあえいでいた……」ここ二、三日、曹操は軍務の合間を見つけては祭文《さいぶん》を書き、一字一句違《たが》わず覚え込んでいた。「袁氏は四代にわたって三公《さんこう》を輩出し、陛下を輔弼《ほひつ》して朝政に参与してきた。本初は若くして志と節操があり、義俠の士と広く交わった。肝胆《かんたん》相照らして苦楽をともにした。大《だい》将軍何進《かしん》が宦者に手を焼いていたときには義侠の心を燃やし、司隷校尉《しれいこうい》の任を授かって方策を立てた。宦官の乱に際しては兵を率いて皇宮《こうぐう》に突入した。承明堂《しょうめいどう》では武器を手に、虎のごとく宦者に嘯《うそぶ》き、凶悪かつ醜悪なる者どもを討った。この義挙は天下の誰もが知るところである」

この部分はかなり潤色されている。袁紹が何進を補佐して宦官の誅殺を謀ったのは事実であるが、用心を怠って董卓《とうたく》の入洛を招いたため、功績より過失が上回ると言える。しかし、善行を称賛するのは死者に対する礼儀である。ましてや曹操の目的は河北の人心を慰撫することにあるのだから、袁紹の美徳を並べ立てる必要がある。列席した河北の旧臣たちも、かつての主《あるじ》がそこまで崇高な志を抱いていたとは思っていないが、曹操が涙を浮かべて語るのを目にすると、その言葉にも一理あるように思えた。半年あまり曹操に包囲されて募っていた憎しみも、いくらかは和らいでいた。

曹操は涙をぬぐうと、感慨たっぷりに続けた。「董卓は入洛して朝廷を牛耳り、少《しょう》帝を弑《しい》して何《か》太后を殺害した。本初の叔父や従兄は高官として都に残っていたが、本初は一族を失う恐怖をものともせず、仮節《かせつ》［皇帝より授けられた使節や将軍の印《しるし》］を手放して出奔し、河南に対する計略を練った。率先して義勇軍を起こすことを主張し、漢室を助けるため英雄を集め、会盟を行って百万の軍を起こし、孟津《もうしん》に攻め寄せ、漳河《しょうが》で血の誓いを立てた。恨めしいことに、冀州牧《きしゅうぼく》の韓馥《かんふく》が異心を抱き、権力に目がくらんで本初の兵糧を断ったため、董賊の討伐は成就しなかった。董賊の害は天下に及び、袁隗《えんかい》らが一日にして皆殺しにされた。鳥や獣でさえ悲しみ泣き叫ぶのに、人たるものが一族の恨みを忘れられるはずはない。たしかに本初は忠孝ともに全うしたとは言い難いかもしれない。しかし、戦火を一掃して漢室を復興し、反乱を討伐して青史に名を残すことを誓ったのだ。帷幄《いあく》の内にて謀《はかりごと》をめぐらし、忠義の士とともに冀州を取り、大業の基《もとい》とした」袁紹が韓馥を追い払ったころは曹操もまだ仲違いしていないので、当時のことを称賛するのはためらう必要もない。「十万の黄巾賊が青州《せい》と兗州《えん》を火の海にし、黒山《こくざん》の賊も河北を侵したが、本初は東奔西走し、転戦に転戦を重ねて、向かうところ敵なしであった。東方の賢人は我先にと従い、幽《ゆう》州と并《へい》州の烈士もことごとく呼応した。公孫瓚《こうそんさん》が劉虞《りゅうぐ》を殺害し、虎狼《ころう》のごとく南に馳せ下ってきたときには、本初は夜通し駆けてこれと戦った。道中の険しさに怯《ひる》むことなく果敢に霜雪《そうせつ》を踏み進み、幾度となく戦った末、ついに易京《えききょう》で勝利した。配下の文人武人はいずれ劣らぬ英傑揃い、天子のご威光により、ここに四州を平定した」ここで曹操は袁紹の墓に近づいて、二杯目の酒を豪快に地に注いだ。

袁紹を補佐して功業を成し遂げた、それは河北の旧臣たちにとって大いに誇るべきことである。黄巾賊を討ち、黒山の賊を挫き、公孫瓚を破った……袁紹と苦楽をともにし、赫々《かっかく》たる勲功を立てた日々が思い起こされる。曹操の言葉が心の琴線に触れたのか、旧臣らは天地を震わさんばかりに号泣した。しかも、曹操は自分たちのことを、「いずれ劣らぬ英傑揃い」と評した。そうであるならば、悔い改めることを厭《いと》うてはならないのではないか。まさにいま、袁氏に代わって曹操の統治が現実的なものとなってきている。河北の旧臣たちが胸に抱いていた曹操への敵意は、覚えず知らずほぼ消え失せていた。

だが、ここからが難しい。袁紹を追悼するといっても、二人の溝は深まり、ついには兵刃を交えた間柄になるからである。賛美もできなければ冒瀆《ぼうとく》もできない。しかし、しめやかな雰囲気に包まれ、慟哭する河北の旧臣たちを見ているうちに、曹操の脳裡にさまざまな思い出が蘇ってきた。かつて胡《こ》広《こう》の葬儀で時を忘れて語り合ったこと、党人《とうじん》を助けるために尽力したこと、何進の大将軍府で薄氷を履むような緊張の日々を過ごしたこと……胸の奥底に澱《よど》んでいた悲しみが絶え間なく湧き上がってくる。いつしか曹操は本気で泣きはじめていた。「ああ本初、なぜ死んだ！　兄弟と呼び合う仲だったのに……とうとう参商《しんしょう》(2)となってしまった。なぜだ、なぜ……」

西側に立ってこれまで耳を傾けていた荀攸《じゅんゆう》や郭嘉《かくか》らは驚いた——違う、これは用意していたものと違う。草案ではここで袁紹が朝廷に背いて傲慢になったことを嘆くはずだ。なぜそのまま読まない？

だが、感極まっている曹操はもう草案など覚えていなかった。天子を戴いて義を尊ぶだの、そんな体裁ばかり整えた虚言は犬にでも食わせておけばいい。曹操は袁紹の墓の封土をじっと見つめると激しく嘆き悲しんだ。「本初、もし太平の世であったなら、われらは肝胆相照らす仲のままであったろう。しかし、やるかやられるか、乱世に覇を唱えるのはただ一人のみ……やむをえなかったのだ。おぬしはすでに鬼籍《きせき》に入り、かつての憎しみも消え失せた。今日はおぬしに会いに来た……かつて兵を挙げたとき、おぬしがわしに何と語ったか覚えているか。『まず南は黄河を背負い、北は古《いにしえ》の燕《えん》と代《だい》の地まで守り、北や西の異民族も加えたのち、南に進んで天下を争えば成功する』、おぬしはそう語ったな。だが、わしは『天下の賢人に任せ、道理をもって治めれば、不可能はない』と答えた。いまからすればどちらが正しかったかは明白だ……おぬしは光武《こうぶ》帝が河北に拠って立ち、天下を再興した策に倣《なら》って天下に敵なしであった。それなのに、孤高を貫いて群雄を軽視したため、今日のような事態に陥ってしまったのだ。なぜ道を踏み外した」そこで曹操は涙をぬぐうと、ゆっくりと東側に立つ旧臣たちを指さした。「おぬしの臣下がどれほどの辛酸をなめ、河北の民草がどれほど餓えに苦しんだか。おぬしの死後、どれだけの者が忠義を尽くして死んでいったか。なんと強情なやつよ。おぬしはどうして忠言を容れなかったのだ」他人のことはよくわかっても自分のことは見えないものである。曹操の言葉はどれもいちいちもっともだが、むろん曹操自身の強情も決して袁紹に引けを取らない。「本初、子を知るは父に如《し》くはなしというであろう。跡継ぎをはっきりしなかったのはおぬしの甘いところだ。いかんせん二人の息子たちは傲慢で愚か、お国も家も滅ぼした……なんと恨めしいことよ。おぬしがあんな不肖の子を持ったこと、恨めしくて仕方ない」曹操は顔じゅうを涙と鼻水で濡らしながら続けた。「本初……現世では互いを認め合いながらも相容れることはなかった。わしはおぬしの息子たちを許すわけにはゆかぬ。だが、おぬしには敬意を抱いておる。おぬしは天下に先んじて声を上げた。財を惜しむことなく、危険を恐れぬ強い意志を持ち合わせていた。おぬしが泉下《せんか》の客となり、わしが生きてこの地に立つただいまも、やはりおぬしには及ばない。おぬしとの恩讐は天が決めたこと。もし来世があるのなら、轡《くつわ》を並べて駆け回りたいものだ……ああ本初よ……」衷心《ちゅうしん》からの言葉はここで終わった。こうして異例の祭文を締め括《くく》ると、曹操は香台の上に身を突っ伏して悲しげな声を上げた。

ときに率直な言葉は、念入りに練られた言葉よりも人の心を突き動かす。河北の旧臣たちは曹操の祭文を聞き終えると感傷に浸《ひた》った。ある者は袁紹に受けた恩を思い出して胸をかきむしり、天に向かって叫んでは地に頭を打ちつけた。またある者は家族や同胞と離散したことに、胸も裂けんばかりに泣き叫んだ。さらには袁氏の敗北を悲しみ、声もなくすすり泣く者もいた。

劉氏は聞き入りながらむせび泣いていたが、ふと振り向くと、涙でかすむ視界のなかに墓の傍らにたたずむ庵が見えた。実の息子の袁尚らが、亡き夫の服喪中に住んでいたものである。袁紹が葬られると、袁尚は袁熙とともにこの堊室《あくしつ》(3)で喪に服した。しかし、袁譚は大将軍府に軟禁されて喪に服せなかった。兄弟でそんな差別的な待遇を受けたら憎しみを抱かないほうがおかしい。劉氏は不意に袁紹が臨終に際して遺した言葉を思い出した――絶対に譚を追い詰めるでないぞ――ようやくその言葉の意味を思い知ったが、いまさら嘆いてもあとの祭りである。内輪もめに明け暮れた挙げ句、袁氏一族はいままさに終わりを迎えようとしている。今度は供物台の上に並べられた三人の息子たちの位牌を見た。もはや現世では会えず、あの世で会うしかないのだと悟った。悲しさ、悔しさ、怒り、憎しみ……劉氏の胸にさまざまな想いが押し寄せてきた。視界の先にある位牌がぐらりと揺れ、劉氏は涙を流しながら気を失った。

西側に立つ曹操陣営にも、その場の雰囲気に影響されて涙を流す者が少なからずいた。ただ、その涙は袁紹を思ってのものではない。許褚《きょちょ》は何かと助け合ってきた典韋の痛ましい死を思い出して泣いた。辛毗は罪もなく白刃の餌食となった一族数十人の浮かばれない魂を思い出して泣いた。曹休《そうきゅう》は母とともに流浪した日々の苦難を思い出して泣いた。国淵《こくえん》は大学者だった師の鄭玄《じょうげん》が軍中で逝去したことを思い出して泣いた。李典《りてん》は一族の李進《りしん》を死に至らしめた張遼《ちょうりょう》のそばに立ちながら仇を討てないことを泣き、荀衍《じゅんえん》は墓道を隔てて弟の荀諶と向かい合いながらも赤の他人同然なことを泣いた……乱世におけるおのおのの悲しみがこのとき噴き出していた。

一方で平然としている者もいた。楽進《がくしん》は悲しみに暮れる一同をよそに、一人懐手《ふところで》しながら退屈そうに鼻歌を歌っていた。顔には軽蔑の色さえ浮かべている。楽進は気性の荒い根っからの武人である。人心を慰撫するという曹操の考えに思い至らず、横で涙をぬぐう鄧展《とうてん》に向かって腹立たしげに毒づいた。「ちえっ、おぬしらは病にでもかかったのか。袁紹は俺たちと戦った相手だぞ。その祭祀に俺たちまで参列させるなんて、まったくわが君の気が知れん。おぬしはそもそも袁紹のことなど知らぬだろうに、なんで泣いているんだ」

鄧展は気概溢《あふ》れる義士で、平素から人情や義理を重んじる。いまも顔じゅうを涙で濡らしながら答えた。「袁紹がどんな男かは知らぬ。だが、わが君の悲しんでいる姿にこらえ切れなくなったのだ……」

「何を泣いているんだか。だいたいなぜ祭祀に参列せねばならん。まったくこれじゃ俺さまの名折れってもんだ」

徐宣《じょせん》も苦々しい顔で楽進に同調した。「楽将軍の仰るとおり、わたしもこの件はいかがなものかと。敵対していたことは脇に置くとしても、古来、賞罰を行うにあたっては、悪事を懲らしめ善事を奨励し、末永く訓戒を明らかにしようとしてきました。袁紹は謀反を企んで帝位を狙い、お国の秩序を乱した逆臣です。それなのに、わが君はその墓前で哀悼の意を表し、強欲な夫人に恩寵を与えています。これは正しいとは言えず、たとえ河北の人心を得るためだとしても、やはり名を汚す行為かと」

徐宣とは水と油の陳矯《ちんきょう》が、やや離れたところから異論を挟んできた。「宝堅《ほうけん》［徐宣の字《あざな》］は間違っている。かつて高祖《こうそ》と項羽《こうう》は懐王《かいおう》［秦《しん》末の楚《そ》王の末裔］の命を受けて義兄弟の契りを結んでいたため、高祖は項羽の死後にこれを厚く葬った。まさか高祖が間違っていたというのか。袁紹はわが君にとって古くからの友人、董卓討伐の際には連合軍の盟主であった。のちには別々の道を歩んだとはいえ、昔のよしみまで忘れねばならぬ道理はない。大義のために討ち、私情のために涙する。私情のために大義を忘れることも、大義のために私情を軽んじることもない。わが君のお心の広さが明らかではないか」いかにも曹操の意に適った言葉である。周りの者もみなしきりに首肯《しゅこう》した。

だが、徐宣も負けじと反論した。「高位にある者は行いを慎まねばならぬ。わが君は一介の民ではなく朝廷を代表する御方、逆臣のために祭祀を執り行うのはどうかと言っているのだ。屁理屈をこねるのもたいがいにしろ」

「いかなる官職についていても人であることに変わりはない。友の死を悲しむのは人の内なる情によるものだ。おぬしのほうこそ屁理屈ではないか。そもそも……」

二人の言い争う声が大きくなるにつれ、涙を流していた者も泣くのを忘れて呆気にとられた。荀攸が慌てて二人を諫めた。「静粛に。言いたいことがあるなら帰ってからになさい。この場においては心を鎮めよ。みなさまをお騒がせしてはならぬ」軍師《ぐんし》に注意されて、二人はようやく口を閉じた。荀攸が振り返ると、曹操はまだ涙をぬぐい感慨にふけっている――陳矯と徐宣の言い分はどちらももっともだが、わが君の感情の高ぶりは偽りではない。しかし、他人の土地を奪っておいてその祭祀で流す涙は、あくまで見せかけるためであろう……虚々実々の駆け引きということか。あの阿鶩《あぶ》という侍女についてもそうだ。わたしに跡継ぎがいないのを心底案じて贈ってくれたのか、それとも袁氏の女を奪ったという世間体を気にしてわたしを巻き込んだのか……これまでは品行方正を貫いて軍でも慕われてきたが、こたびの件で後ろ指を指されることは免れぬ。あるいは阿鶩を使ってわたしの軍での評判を落とそうというのか……それにしてもあの女子《おなご》……いやいや、みなが墓前で泣き濡れているときに女のことを思い出すとは、慎まねばならん、慎まねばならんぞ——荀攸は阿鶩のことを思い出して赤くなった顔を慌てて伏せた。

祭祀が半刻［一時間］続いたところで、曹操はようやく泣くのをやめた。袖で涙を拭いながら東の列を横目で見れば、みな身も世もなく泣いている——もう十分だろう——そこで最後の杯に手を伸ばし、酒を地に注ぎながらつぶやいた。「伏して惟《おも》う、尚《こいねが》わくは饗《う》けよ(4)」そう祭文を結ぶと一つ大きく息をつき、先ほどまで悲しみに沈んでいた男とは別人のように平静を取り戻した。曹操は有終の美を飾ろうと思ったのか、ゆっくり封土にいる袁氏の女たちのもとへ歩いていくと、わざとらしく拝礼した。劉氏は悲しみのあまり失神を繰り返していたため、しっかり跪くこともできず、両側の女たちが劉氏を支えてなんとか返礼させた。生殺与奪はすべて曹操の思うがままである。どんなに気分が悪くとも返礼しなければならない。

「義姉《あね》上さま、どうかお気を落とされませぬよう」曹操は居並ぶ全員に聞こえるよう、ことさら声を張り上げた。「本初殿とは昵懇《じっこん》の間柄、昔のよしみがありますゆえ、みなさんを苦しめるようなことはいたしません。鄴城内の袁氏の財産はそのまま残らずお返ししますし、ほかに気持ちばかりですが絹帛《けんぱく》を車三台分ほど贈りましょう……」

曹操の声は大きく、東側に立つ袁氏の旧臣たちの耳にも届いたようである。この思いやりに溢れた胸を打つ曹操の言葉に、またもやひとしきりすすり泣く声が聞こえ、曹丕《そうひ》が袁紹の嫁を奪ったことなど、みなすっかり忘れていた。続く曹操の言葉はその泣き声にかき消された。「袁譚、袁熙、袁尚はお上に逆らった不孝者ゆえ、法に照らして処罰せねばなりません。義姉上さまも大義のために肉親の情を断ち、息子はもういないものとお考えください」

曹操が再び拝礼して後ろに下がると、続いて河北の旧臣たちが劉氏に跪拝《きはい》した。崔琰、荀諶、崔鈞、陳琳《ちんりん》らはいずれも瞼《まぶた》を泣きはらしており、そのあとに隙間なく列をなす令史《れいし》［属官］たちも一様に悲しげな顔をしている。彼らの礼が終わると今度は曹操の部下と入れ替わったが、涙の出ない者は顔を覆いながら泣き声を上げた——曹操が涙を流しているのに平然としているわけにはいかない。

こうしてすべての儀礼が終わった。河北の旧臣たちはとうに喉を嗄《か》らし、相も変わらず涙をぬぐっている。亡くなった主人を思って泣く旧臣たちを馬上から眺めた曹操は、長いため息をついて本陣に戻っていった。三、四里［約一・五キロメートル］ほど進むと、前から誰かが騎馬で駆け寄ってくるのが見えた——本陣の留守を任せていた劉岱《りゅうたい》である。

「何かあったのか？」

劉岱はすぐに下馬して報告した。「袁尚の麾《き》下《か》で冀州の従事《じゅうじ》だった牽招《けんしょう》が投降してまいりました」

「ほう、その男なら義理堅い人物だと聞いたことがある。だが、わざわざ報告に来るほどのことではあるまい。わしが戻ってからでもよかろう」まだ朝廷で何《か》皇后が権力を握っていたころ、何進の異父弟である何苗《かびょう》は車騎《しゃき》将軍となり、河北の名士楽隠《がくいん》を掾属として辟召《へきしょう》した。牽招はこの楽隠の弟子である。洛陽の政変の際、何苗は八つ裂きにされ、楽隠も非業の死を遂げた。牽招は兵乱のなか幽州から洛陽に駆けつけ、師の棺を守って帰郷したという美談が伝わっている。

「それだけではありません……」劉岱は続けた。「この者は并州から来たのです」

「何？」曹操は劉岱の言葉にきな臭さを嗅ぎ取った。「何か事情があるのか」

「わが君が鄴城を包囲していたとき、袁尚は牽招を幷州へ遣わして高幹《こうかん》に援軍を求めました。しかし、援軍を拒まれただけでなく、高幹は牽招を幽閉したのです。牽招は人目を忍んで逃げ出してきたのだとか」

「援軍を拒んだのか……なんとも悪辣だな」曹操は目つきを鋭くした。高幹が袁尚の援軍を拒んだのは、鄴城を攻めていた曹操にとっても好都合であった。しかし、喜んでばかりもいられない。冀州を平定したからには、次は東に赴いて袁譚を討つか、あるいは北上して幽州を攻めることになる。袁譚を攻めるのはまだいいが、北上するとなると幽州への道のりはかなりある。曹操軍が幷州から遠く離れている隙《すき》に高幹が関中《かんちゅう》［函谷関《かんこくかん》以西で渭水《いすい》盆地一帯］に攻め寄せたら、大軍をもって救援に向かうことはできない。大混乱に陥った平陽《へいよう》の戦いの二の舞になる。しかも劉表《りゅうひょう》は孫権《そんけん》との争いが一段落すれば、荊州《けい》方面からいつでも援軍に駆けつけられる。崤山《こうざん》のあたりでは張白騎《ちょうはくき》が高幹と気脈を通じており、南北の敵が一斉に刃向かってくる可能性さえある。関中を失って涼州《りょう》との道筋が断ち切られれば、洛陽より西の地には力が及ばなくなるだろう。北方統一の戦略が頓挫してしまう。

「ご心配には及びません」いつの間に近づいたのか、郭嘉が話しかけてきた。「高幹の思いどおりに事が運ぶことはありません。先だって高幹の企てがうまくいったのは意表を突いて襲ってきたからです。こたびは鍾繇《しょうよう》や段煨《だんわい》も備えていますし、河東太守《かとうたいしゅ》の職は杜畿《とき》が引き継いでいます。彼らが臨機応変に対応してくれますから、高幹が南下してきても大事には至りません」

「大事に至らない……か」曹操は髭をしごきながらつぶやいた。「痛みはもちろん、痒みさえも耐えられんぞ」

郭嘉には成算があった。「袁譚は跡目争いのため敵に投降し、とっくに人望を失っています。これを打ち負かすのはたやすいことでしょう。幽州は袁熙と袁尚の手にありますが、土地は広くとも人は少なく、漢人と胡人《こじん》が混在する地でもあります。さらに遼東《りょうとう》では公孫度《こうそんたく》が勢力を振るっていて、動かせる兵馬はそれほど多くないはずです。いま河北の人心は揺れ動いているのですから……」郭嘉はそこで慌てて口をつぐんだ。最後まで言ってしまえば曹操を褒める機会を一つ失うことになる。

曹操も郭嘉の示唆で気がついた。「うむ。本陣に戻ったら、すぐに劉虞に仕えていた鮮于《せんう》輔《ほ》や鮮于《せんう》銀《ぎん》、田豫《でんよ》らに幽州の調略を命じよう。恩知らずの高幹はわしが北上した隙に攻め込むつもりだろうが、そうはさせん。幽州には北上せず、袁熙の配下が自ら寝返るよう仕向けて幽州を手に入れるのだ」

「わが君の智謀と奇策は、わたしなどの及ぶところではありません」郭嘉の言葉が呼び水となったのは明らかであったが、郭嘉は大げさに褒め称えた。

二人が話をしていると、荀攸と荀衍も追いついてきた。

「軍師、何用かな」

「わが君、おめでとうございます」荀攸はそう切り出すと曹操に深く拝礼した。「袁紹の祭祀を執り行ったのはまことに良策でした。崔琰によると、ほとんどの者が義勇兵を解散させてわが君に従うことを望み、一部の豪族は土地を手離して朝廷に管理してもらいたいと申し出ているとか。義によって公私の別をわきまえ、情によって昔のよしみを忘れず、わが君の度量は袁紹に勝《まさ》ると、みなが褒め称えているそうです」

曹操は思わず声を上げて笑いそうになったが、きりっと表情を引き締めた——後ろには大勢の河北の旧臣たちがいる。哭《こく》すれば歌わず「弔問の日に歌うようなことはしない」、有頂天になっては、どこでぼろが出るかわからない。

郭嘉が慌ててその場を取り繕《つくろ》った。「いやはや……これもわが君の赤心《せきしん》のなせる業ですな。感化されずにはいられなかったのでしょう」曹操もことさら大きくうなずいた。ふと荀衍に目を向けると、荀攸と違って意気消沈している。「休若《きゅうじゃく》、友若《ゆうじゃく》はまだ帰順を拒んでいるのか」

荀衍は苦渋に満ちた表情のまま、やるせなさそうに答えた。「友若もわたしが兄であることは認めてくれたのですが、二君に仕えずと誓った以上、いまさら朝廷のために力を尽くすことはできない、隠棲すると言ってきかんのです」

「それほどの決心であれば無理に強いることはできんな。好きにさせるがよい」曹操は天を仰いで大きくため息をついた。「本初よ、おぬしは多くの義士に囲まれておったのだな……」

曹操は胸に手を置いて自ら問いかけた——先のあの涙、あれは果たしてどこまでが本心でどこまでが偽りだったのだ……

（1）現在は「前高竜華古墓《ぜんこうりゅうかこぼ》」の名で呼ばれ、河北省滄州《そうしゅう》市にある。
（2）参商《しんしょう》とは、参星《しんせい》（オリオン座の星）と商星《しょうせい》（さそり座の星）のこと。二つの星は夜空に揃って出現することがないため、昔の人は二つの星を対立や不仲、親友の絶交の比喩として用いた。
（3）昔は服喪に関する礼法が厳格に定められており、十分に喪に服するため、墓の近くに「堊室《あくしつ》」と呼ばれる小屋を建てる人も多かった。

（4）「伏して惟《おも》う、尚《こいねが》わくは饗《う》けよ」とは、祭文の結びの決まり文句。「恭しく地に伏して、供え物をご堪能されることを願います」という意味。

新たな課税法

その後、袁《えん》氏の旧臣たちは続々と曹操に帰順した。それは冀《き》州が完全に曹操の手に落ちたことを意味する。曹操は兼任していた兗州牧《えんしゅうぼく》の職を朝廷に返上し、新たに冀州牧を兼任した。さらに、河北《かほく》の士人《しじん》に対して誠意を示すため、崔琰《さいえん》を冀州の長史《ちょうし》［次官］に任じた。だが、兗州は曹操が兵を挙げた地である。実際の行政権はしっかりと握ったままで、北伐に要する兵糧も夏侯淵《かこうえん》が兗州から調達していた。兗州牧を辞したのはうわべのことに過ぎない。

時に思いがけない知らせが曹操のもとに飛び込んできた。幷《へい》州の高幹《こうかん》が曹操に投降する旨の書簡を送ってきたのである。曹操はその投降を受け入れ、朝命によって高幹を幷州刺史に再任した。しかし疑念はぬぐい切れず、高幹のもとで賓客として過ごしたことのある仲長統《ちゅうちょうとう》を呼び寄せた。

姓は仲長、名は統、字《あざな》は公理《こうり》。兗州は山陽《さんよう》郡高平《こうへい》県［山東省南西部］の出身である。若くして聡明で学を好み、博覧強記として知られる。年は二十六とまだ若いものの、青《せい》、徐《じょ》、幷、冀の四州を遊学し、漢室の衰えと民草の苦しみを目の当たりにしてきた。昨今の情勢を憂えて『昌言《しょうげん》』を著したことから荀彧《じゅんいく》に推挙され、いまは曹操の幕下で参軍《さんぐん》［幕僚］を務めている。

しかし、仲長統はまだ何の手柄も立てていなかった。政務ならともかく、軍務となるとまったくの門外漢で、とくにこの数か月は右も左もわからないまま従軍していたに過ぎず、たまに用件があっても婁圭《ろうけい》や郭嘉《かくか》が処理してしまう。この年齢で司空府《しくう》に入るなり参軍に任ぜられ、そのくせ仕事をしないでただ飯を食らっていては陰口を叩かれないほうがおかしい。自らもそんなことを案じていたところへ、曹操からの急な呼び出しである。

仲長統が身を固くしているのを見ると、曹操は自身のそばにある腰掛けを指さした。「緊張する必要はない。まあ座って話そう」

「は、はい」仲長統はおどおどしながら腰を下ろした。

「一つ尋ねたいのだが……高幹の投降をどう思う?」

万に一つも間違いの許されない問いがいきなり飛んできた。仲長統は熟考してから答えた。「わたくしは偽りの投降だと考えます」

「なぜそう思う?」

「高元才《げんさい》は并州にあって財を惜しまず、人心をつかむのに躍起になっているゆえでございます」

曹操も同じように考えていた。高幹は、先には鍾繇《しょうよう》の甥でまだ朝廷に出仕していなかった郭援《かくえん》を味方に引き込んだ。いまも張白騎《ちょうはくき》のような黄巾《こうきん》の残党とまでよしみを通じ、涼州《りょう》の馬騰《ばとう》や韓遂《かんすい》とも手を結ぼうとしているらしい。さらに言えば、いま目の前にいるこの若い文士でさえ賓客として扱っていた。もし高幹に二心《ふたごころ》がないのなら、これほど必死になって画策することがあるだろうか。一連の河北での戦《いくさ》の最中も、高幹は袁氏の救援に駆けつけるでもなく、かといって曹操に帰順するでもなく、明らかに漁夫の利を狙っていた。高幹の陰険さは袁氏の兄弟をはるかに上回る。

曹操は納得して軽くうなずいた。「河北の者は、高幹は文武に秀でていると褒め称えおる。そなたはやつの屋敷にいたわけだが、その人となりをどう見ておる？」

仲長統は立ち上がって拝礼した。「幷州を離れる際、わたしは見送りに来た高幹にこう申しました。志は遠大であるが傑出した才はなく、人材を好むも見る目が伴っていないと」

「はっはっは……」曹操は卓を叩いて笑った。「なるほど、危地にある袁尚《えんしょう》を助けもしないで才があるとは言えんな。それに無謀な連中ばかり集めて、人を見る目があるとも思えん。公理の見る目は確かなようだな」

曹操の誉め言葉に仲長統もようやく緊張を解いた。「一人、推挙したい者がおります。高幹の親族で名は高柔《こうじゅう》、字は文恵《ぶんけい》と申します。父の高靖《こうせい》はかつて蜀郡都尉《しょくぐんとい》を務めておりました。父が蜀の地で亡くなったとき、高柔はその亡骸を戦乱のなか三年かけて持ち帰りました。孝子《こうし》として名高いゆえ、これを召し出せばわが君の聞こえもいっそうよくなりましょうし、高幹も信頼を寄せていますから人質として利用できます。こちらに高柔がいるとなれば、高幹もおとなしく従うのではないかと」

それを聞いて曹操は内心あざ笑った――仲長統も所詮は一介の文人、肉親の情や道徳に信を置きすぎる。現に袁譚《えんたん》と袁尚は兄弟で争っているではないか。血のつながりにどれほどの重みがあるというのだ――そう思いながらも同意した。「よし、公理の提案に乗ろう。高柔を召し出すだけでなく、官を何人か幷州に赴任させる。素知らぬふりでやつの芝居に付き合い、わしを欺いたと思い込ませるのだ。さて、誰が最後に笑うことやら」

「わが君の叡智はわたしの及ぶところではありません」仲長統もこうした物言いを郭嘉に学んでおり、深々と拝礼して退出しようとした。

「公理、待て。まだ相談したい大事がある」曹操は笑いながら、とある文章を暗誦しはじめた。「政の理を為す者、一切を取るのみにして、能く賢愚の分を斟酌し、以て盛衰を開くの数に非ざるなり。日ごと古《いにしえ》に如《し》かず、彌《いよいよ》以て遠く甚だしきこと、豈《あ》に然《しか》らざらんや［当世の為政は一切を任せきりで、賢愚の度合いを斟酌して抜擢・解任するといったあるべき姿ではない。そのため時代の経過とともに古に及ばなくなり、ますますかけ離れていくのは至極当然である］」

仲長統は呆気にとられた――これは自分の書いた『昌言』ではないか。

当初、曹操はその「理乱篇《りらんへん》」の冒頭を拾い読みしただけで仲長統を孔融《こうゆう》のような人物だと思い込み、荀彧《じゅんいく》の顔を立てて参軍に任命するにとどめた。だがここ数日、兵馬を休ませているあいだに全編に目を通してみると、それが決して月並みな文章ではなく、治国の法を明らかにしているとわかった。諸子百家の説のようにつかみどころのない話ではない。古今の税制の改革とその変遷を事細かに追っている。曹操は至宝を得たように感じ、荀彧の言葉に嘘はないことを改めて認めた。

曹操が自分の文章を諳《そら》んじている。仲長統は勇気を振り絞って尋ねた。「わが君はどう思われますか」

「素晴らしい」曹操は立ち上がって仲長統に拱手《きょうしゅ》した。「わしは最初、荀令君《れいくん》［荀彧］が文章をもてあそぶだけの者を推挙したと思っていたが、いまようやく周到な配慮に気がついた。荀令君は冀州を手に入れたあとのことを考え、乱を鎮めて民を安んずる人物を前もって用意してくれていたのだな」

仲長統は驚いて礼を返した。「そ、そんな……滅相もございません」

「冀州は長らく戦乱が絶えなかった。その再興は焦眉の急である。だが、わしにはどうすればいいかわからん。何から手をつけるべきか、わしに教えてくれぬか」むろん曹操にも腹案はあったが、仲長統を試すために尋ねた。

仲長統は間髪を容れずに答えた。「袁氏が大目に見ていた旧弊を改めるべきです」軍略については何も献策できない仲長統だが、話題が政務の話になると目を輝かせた。

「卓見だな」先ほどまではことさらに褒めていたが、問題の核心を衝《つ》く仲長統のひと言に、曹操は大いに感服した。

仲長統も完全に気持ちがほぐれたのか、勢いよく話しはじめた。「一万戸を擁する土地でも戸籍に載っているのは数百に満たず、税収は規定の三分の一にも達しません。官に命じてもその職責を全うせず、兵役や賦役《ふえき》を断るのも日常茶飯事、お国の法は守られず、軍によって力で訴えても言うことを聞きません。天下の大乱はこうした不規律から生じています」

そこで曹操が尋ねた。「いくら考えてもわからんのだが、袁紹《えんしょう》は河北を手に入れてから豪族を重用してきた。それでどうして強い軍をつくり上げ、充分な兵糧を集められたのだ？」

「天下を治める方法は一つではなく、同じように栄えていても、その内情は異なるものです。聖人の治国の基本には民がおります。『寡《か》を患《うれ》えずして均《きん》ならざるを患い、貧を患えずして安ならざるを患う［人々の富が不十分なことではなく不均等なことを憂え、人々の貧苦ではなく不安を憂える］』、つまり、民がつつがなく暮らせることが肝要です。そのうえで国と軍を強くし、人々を教化して、はじめて天下に覇を唱えることができるのです。袁氏は豪族に好き放題させせました。その結果、豪族の父祖はいよいよ驕り高ぶり、子弟はますます贅《ぜい》を尽くし、富と権力は一部の者に集中したのです。袁紹のやり方は民を安んずるどころか、豪族たちに富と権力の占有を許し、かえってその地位を確かなものにしてしまったのです。豪族の子弟のみならず、その太鼓持ちまでが官途に登りました。武器や鎧は庭いっぱいに並べられ、金銀財宝が蔵に満ち、それぞれの部屋には歌い女《うため》があてがわれました。馬はおろか犬までが色鮮やかに飾り立てられ、棟には錦繍《きんしゅう》がかけられました。一見すると、軍は強く人材は豊かで、物産に富んでいるようにも見えますが、これらはすべて民草から搾り取って得たもの。道義は廃れ、官吏は廉恥を忘れ、民は耐え忍ぶのみでした。もし袁紹一派がその地位にとどまって一時的に勢力を盛り返したとしても、張燕《ちょうえん》ら流民は山にこもって帰順しなかったでしょう。そして袁紹が世を去るや、その子らは座して道理を論じるだけの能しかなく、袁紹のやり方を踏襲するだけの品性もなければ、奮って再興するだけの見識もなく、遠からず滅ぶのは自明の理です」仲長統の語り口は不遜に過ぎる嫌いもあったが、臆することなく立て板に水のごとくであった。

曹操は仲長統の意見に酔いしれたように聞き入っていたが、実はもっと深くまで考えていた。朝廷の立場からすれば、豪族というのは民と収穫物を奪い合い、税を取り合う関係である。さらに言えば、広大な田畑と富を所有し、権勢によって官爵を手にして私兵まで擁している。個人的な立場から見ても必然的に邪魔な存在となり、到底受け入れられるものではない。袁紹の祭祀を執り行って涙を流して見せたのは、曹操なりの妥協であった。

曹操はもっとも聞きたかったことを口にした。「では、豪族どもを押さえつけるため、あるいは手なずけるために、何か良い策はあるか」

仲長統は拱手して答えた。「土地の所有を制限するしかありません。限田制[1]を実施すべきです」

曹操は黙り込んだ。実は荀彧も限田制の実施を朝廷に提議したことがある。ほかに侍中《じちゅう》の荀悦《じゅんえつ》も、土地の売買を禁止する上奏文を奉《たてまつ》っていた。だが、いずれも曹操が退けた。理由は簡単で、実現不可能だからである。


豪族の大土地所有は一朝一夕に成ったものではなく、すでに秦《しん》の末期にはその萌芽を認めることができる。時代が下るにつれて占有の度合いは甚だしくなり、数多くの明君や宰相が解決を試みるも果たせずにいた。それを一刀両断に変革できるはずはない。かつて王莽《おうもう》は王田《おうでん》制を打ち出して大土地所有を制限しようとしたが、天下を安定させるどころか、国とわが身を滅ぼす結果になった。英君として名高い光武《こうぶ》帝も耕作地の面積調査や戸籍の管理に乗り出したものの、数々の困難に見舞われた。太平の世の天子でさえ成し遂げられなかったことを、この乱世で実現できるわけがない。もし曹操が豪族の田畑を取り上げれば、豪族は即座に曹操を見限るであろうし、見限るだけならまだしも反乱を起こすかもしれない。曹操には兗州で乱を招いた苦い経験がある。曹操直属の軍のなかにも広大な土地を所有する豪族は少なくないのだ。たとえば李典《りてん》の宗族は三千戸を超え、その所有地は成武《せいぶ》から乗氏《じょうし》の各県［山東省南西部］に跨がる。紛う方なき大地主である。一方で、李典には数々の功績がある。兗州も李一族が命がけで奪い返してくれた。李典ほどではないが、泰山《たいざん》の呂虔《りょけん》や汝南《じょなん》の李通《りつう》も、私兵を擁する豪族から成り上がっていまに至る。さらには曹洪《そうこう》や許攸《きょゆう》、劉勲《りゅうくん》、郭嘉といった蓄財に励む連中もいる。彼らに田畑や家屋を手放せと命じることはできない。

目下の問題である冀州は袁氏の統治が長かったため、豪族が至る所にいる。曹操に直言した崔琰もその一人で、彼らに不愉快な思いをさせればこれまでの苦労が水の泡になる。袁紹のために涙を流したことが無駄になってもいいのか。影響は今後の戦にも及ぶであろう。

曹操は俯《うつむ》いたまましばらく考え込んだが、やがてため息をつきながら仲長統の案を退けた。「大国を治むるは小鮮を烹《に》るが若《ごと》し［大国を統治するには、小魚を煮るようにかき回しすぎてはならない］……」

仲長統にも曹操が決心しかねる理由はよくわかっていた。こうした改革は天下が統一されてはじめて行いうる。そのため仲長統もそれ以上は勧めずに方針を変えた。「強きを挫けぬなら、弱きを助けることに努めるしかありません。冀州の税を減免するのはいかがでしょう。併せて各地の官吏と郡県の地主には小作人にひどい扱いをせぬよう命じ、戦乱で所有者のいなくなった田畑を民に分け与えるのです」こうしたやり方は抜本的な対策ではないが効果はすぐに現れる。

「うむ、おぬしの意見に従おう」曹操は眉間のあたりを揉みほぐしながら続けた。「河北の民は長年の戦で苦しんできた。中原と同じ田租《でんそ》というわけにはいかんだろう。どのくらいが適当と考える？」

「十分の一がよろしいでしょう」仲長統はその点もすでに考えてあった。「河北の豪族が課す小作料についてはよく存じていますが、少なくて三割、多いと五割に達します。つまり屯田の……」仲長統は「屯田の五分五分と同じ」と言いかけたが、慌てて口をつぐんだ。曹操の政績のなかでも屯田制は随一である。ただ、出来高の五割という田租はかなり高く、納められた穀物は朝廷の蔵に入るので、その意味では朝廷が最大の地主と言っていい。つまり、屯田を引き合いに出せば、朝廷も豪族と選ぶところがないと批判することになる。もっとも、屯田を耕す民は自作農とは違い、戦乱で家や田畑を失った流民である。彼ら自身は耕す田畑と食べるものがあるだけで満足していた。

仲長統は税率を十分の一にすべきと提案したが、ほかの州とは段違いに低いので却下されると思っていた。だが、曹操は笑って答えた。「十分の一は高すぎるな。一畝《いっぽ》［約四百五十八平方メートル］ごとに四升［約〇・八リットル］の穀物を納めさせれば十分だろう」

仲長統は腰を抜かしそうになった——低すぎる！

一畝あたり二斛《こく》［一斛は約二十リットル］の収穫として、かりに一戸が百畝の田畑を所有していればその収穫は二百斛［約四千リットル］、田租が十分の一なら一戸あたり二十斛［約四百リットル］納めることになる。しかし、曹操の案に則れば一畝から四升、百畝でたったの四斛［約八十リットル］という計算になる。いまは肥料を使うため、一畝あたり十斛［約二百リットル］を収穫できる田畑もある。つまり、うまくすれば百畝分の田租を一畝の収穫でまかなえる。

仲長統の驚いた様子に曹操は噴き出した。「ただし、それは冀州だけの話だ。ほかの州はこれまでどおり徴税する。それにあくまで臨時の措置で、いずれはまた改める。国の蔵に余裕がなくなれば田租を上げ、今年のような状況になれば減免するつもりだ」

「では、戸調《こちょう》(2)はいかがなさいます」

「一戸ごとに絹帛《けんぱく》を二匹と綿糸を二斤納めさせればいい。そのほかは勝手に税を課さぬよう郡県に命《めい》を出そう」

これほど低い田租と戸調は秦の始皇帝《しこうてい》以来なかった。仲長統はじっくりと考えて曹操の方策を理解しようとした。曹操は冀州を得たばかりで、すぐにでも民の歓心を買う必要がある。田租を低く設定すれば、わざわざ豪族にこき使われる小作人になりたがる者は減るだろう。むろん民は喜んで受け入れる。その結果、正面から豪族に対抗せずとも、これ以上の土地の占有に歯止めをかけることができる。税率については一時的に思い切って下げたとしても、天下が平穏を取り戻してから全面的に見直すこともできよう……しかし、何ごとにも功罪がある。低い税率は、すでに広大な土地を所有する大地主にとって、さらなる利益の拡大につながる。結局のところ、法を司る者が所有地の拡大をいかに厳しく制限できるかにかかっているのである。もしきちんと制限できなければ、豪族たちはこれを機にいっそうその勢力を強め、想定とは逆の結果になるかもしれない。

仲長統が考え込んでいるあいだにも、曹操は筆を執って政令を書きはじめた。仲長統は税における禁忌を思い出し、己の身分もわきまえずに曹操の手を制した。「わが君、税を下げるのは簡単ですが、いったん下げた税を上げるのは難しいかと……」

いまの曹操の脳裡には、いかにして冀州の士人の動揺を鎮め、青州と幽州にいる袁氏の残党を掃討するかしかなく、先々の面倒までかまっていられなかった。曹操は仲長統の手を押しのけると、軽やかに筆を走らせた。

国を有《たも》ち家を有《たも》つ者は、寡を患えずして均ならざるを患い、貧を患えずして安ならざるを患う。

袁氏の治や、豪彊《ごうきょう》をして擅恣《せんし》せしめ、親戚をして兼幷《けんぺい》せしむ。下民《かみん》貧弱なるも、代わりて租賦《そふ》を出し、家財を衒鬻《げんいく》するも、畢《ことごと》く負うに足らず。審配《しんぱい》の宗族、罪人を蔵匿《ぞうとく》し、逋逃《ほとう》の主と為るに至る。百姓親附《しんぷ》し、甲兵《こうへい》強盛なるを望まんと欲するも、豈《あ》に得可《うべ》けんや。其れ田租は畝ごとに四升を収め、戸ごとに絹二匹、綿二斤を出さしむるのみ、他は擅《ほしいまま》に興発《こうはつ》するを得ず。郡国の守相 明らかに之《これ》を検察し、彊民《きょうみん》をして隠蔵《いんぞう》する所有らしめて、弱民《じゃくみん》をして賦を兼ねしむること無かれ。

「国を統治し家を運営する者は、人々の富が不十分なことではなく不均等なことを憂え、人々の貧苦ではなく不安を憂える」という。袁氏の政は、豪族に好き勝手させ、親族には土地の召し上げを許した。そのため、下々《しもじも》の民は貧しいのに田租と算賦《さんぷ》を納め、一家の財産を売り払っても、すべての負担に足りなかった。審配の一族などは、罪人を匿《かくま》って逃亡者の主君になった。これでは民がなついて軍が精強になることを望んでも不可能である。そこで、田租は一畝につき四升を徴収し、一戸あたり絹帛二匹と綿糸二斤を供出させることとする。その他は勝手に税を課すことを許さない。郡の太守《たいしゅ》と諸侯国の相《しょう》はきちんと目を光らせ、豪族が財を隠匿したり、貧民に二重に税を課すことがないようにせよ」

この政令を目にした仲長統は呆気にとられた——先々のことはともかく、これで当面のあいだ冀州は民草にとって衣食の心配もない天国だな。それにしても曹孟徳《もうとく》は、わざわざ自分を呼び寄せながら耳を傾けぬ。この分ではわたしが『昌言』で説いた為政の道も、真に受けぬのであろうな……

曹操は傑作を書き上げたと一人悦に入り、声を上げて笑った。「鄴《ぎょう》におけるこたびの戦はなかなか順調であった。残りの兵糧も十分にあり、袁氏の蔵から接収した品々もある。以前は何かと言えば朝廷から恩賞が下されていたが、世が乱れてからはそれもなくなった。許《きょ》に都が遷ってからも朝廷から恩賞を与える余裕はなかった。これでようやく恩賜を再開できそうだ。三公《さんこう》以下の官に金子《きんす》と絹帛を下賜し、これからも三年に一度は恩賞を授けよう。そしてこれを慣例とするよう、朝廷に上奏しようではないか」にわか成金の大盤振る舞いといった感はあるが、むろんこれも許都の百官の歓心を買おうという下心からであった。

曹操が竹簡を取り出して上奏文を起草しはじめたとき、荀攸があたふたとやってきた。「わが君、袁譚が勃海《ぼっかい》に兵を出し、わがほうの土地を奪いました」そう告げると、いつもは落ち着き払って慎重な大軍師がにやりと笑った。

現在、建前上とはいえ袁譚は曹操に帰順している。これまでは手出しできなかったが、ついに向こうから攻める口実を与えてくれたのだ――ありがたい、わざわざ謀反を起こしてくれるとはな――曹操の顔にも不敵な笑みが浮かんでいた……

(1) 限田制は、個人の土地所有の上限を定め、その占有を抑制するものである。かつて前漢の董仲舒《とうちゅうじょ》によって提唱されたが、反対の声があまりに強く実施されなかった。

(2) 戸調とは、家ごとに取り立てる穀物以外の現物税のこと。綿花や織物、生糸などを納めさせた。戸ごとに調を取り立てる制度は曹操が建安《けんあん》九年(西暦二〇四年)にはじめて行ったとする学者もいるが、漢末にはすでにあったことを示す史料もあり、学界ではまだ定説が出ていない。

第十五章　袁譚《えんたん》を討つ

南皮《なんぴ》の戦い

曹操に鄴城《ぎょう》を包囲されていたとき、審配《しんぱい》は袁譚に宛てて書簡をしたためた。「往《おう》を改め来《らい》を修め、己に克《か》ちて礼に復し、孔懐《こうかい》の初めの如き愛を追還《ついかん》すべし［往時の過ちを改めて今後は善行を積み、自制して礼儀を守り、もともとの兄弟の情を取り戻すべきである］」。つまり、袁尚《えんしょう》との遺恨を水に流し、手を取り合って曹操と戦うよう切望した。兄と弟の板挟みになっていた袁熙《えんき》も人を遣わして和解を勧め、荊《けい》州の劉表《りゅうひょう》でさえ兄弟それぞれに書簡を送って仲裁を試みた。だが、袁譚はそうした忠告に耳を貸さず、あくまで弟との生死を懸けた戦いを選んだ。袁尚が敗れて幽《ゆう》州に敗走すると、曹操以上に執拗に弟の息の根を止めようとして、憚ることなく弟の支配地域を攻め取っていった。時を同じくして、曹操は幽州に劉虞《りゅうぐ》の故将を遣わして袁熙配下の調略を試みた。すると、焦触《しょうしょく》と張南《ちょうなん》が真っ先に寝返り、主《あるじ》の袁熙に矛を向けた。また、漁陽太守《ぎょようたいしゅ》の王松《おうしょう》も幕僚の劉放《りゅうほう》の進言を容れ、郡を挙げて曹操に帰順した。こうして幽州の地に動乱が広がっていったのである。

曹操が袁尚と袁熙に勝利して鄴城で人心掌握に努めていたころ、袁譚は躍起になって支配地の拡大に乗り出していた。そして冀《き》州東部の中山《ちゅうざん》、甘陵《かんりょう》、安平《あんぺい》、勃海《ぼっかい》、河間《かかん》といった郡国を攻め落とし、一時は勢いを盛り返した。ところが、実はこれらの地域はそれより前に曹操に帰順を願い出ていたため、袁譚の攻勢は裏目に出てしまった。人に罪を着せようと思えばいくらでも言いがかりをつけられるが、袁譚は曹操が攻め込む口実を自ら与えてしまったのである。曹操は袁譚を討つための大義名分を手に入れた。直ちに袁譚へ盟約に背いたことを非難する書を送りつけ、陣にとどめていた袁譚の娘も送り返して訣別の意を示した。曹操が自ら兵を率いて東へ押し寄せると、袁譚は寡兵では敵わないとみて平原《へいげん》を捨て、南皮［河北省南東部］まで退《ひ》いて守りを固めた。

だが、曹操軍の士気は高かった。休む間もなく追撃をかけると、建安《けんあん》十年（西暦二〇五年）正月には大軍で南皮城下に迫った。袁譚は弟を追い払い、曹操に背き、劉表の助言を拒むなどして、多くの者の機嫌を損ねていた。いまさら救援を求める相手はどこにもおらず、籠城しても審配の二の舞になるだけである。結局は兵をできるだけかき集めて曹操との決戦に臨むしか道はなかった。

両軍は南皮城の東で対峙した。いずれの陣も開戦前から殺気がみなぎっている。袁譚は残る軍資をすべてこの一戦につぎ込み、土地に巣食う山賊であろうと町のごろつきであろうと、一獲千金を狙う命知らずな連中を見境なく雇い入れた。むろん連中には鎧兜などなく、大刀のほかは頭と体を布で覆っているだけである。そんな男たちが正規の軍に混じっているため、頭数だけは野を埋め尽くすほどだったが、陣形も何もあったものではなかった。袁譚自身はというと、鎧に身を包んで自ら先頭に立ち、背水の陣で臨む決意をみなに示した。郭図《かくと》はざんばら髪に銅の着込《きご》みを身につけ、人目を引く真っ赤な戦袍《せんぽう》を羽織っていた。おそらくは今日を最後と定めたのであろう、兜はかぶっていなかった。小高い丘の上で馬に跨がり、手には全軍を指揮するための杏子色をした軍令用の小旗を握っている。

また、郭図の後ろには軍楽隊が並んでいた。寒風吹きすさぶ季節であったが、なかには滝のような汗を流して陣太鼓を打ち鳴らす者や、耳を真っ赤にして角笛《つのぶえ》を吹く者の姿がある。その重厚な響きは奔馬のごとく戦場に鳴り響き、兵士らの魂を否《いや》が応《おう》でも揺さぶった。袁譚軍は将帥から兵卒に至るまで悲壮な覚悟に満ち、その気迫は曹操軍の心胆《しんたん》を寒からしめた。

ここまで来ればほかに言うべきことはない。ただひと言、曹操は伝令官に短く伝えた。「かかれ！」

整然と隊列を組んだ曹操軍が力強い足取りで袁譚軍に迫っていく。先鋒は例によって張繡《ちょうしゅう》の部隊が務め、左に徐晃《じょこう》、右に楽進《がくしん》、後ろに曹仁《そうじん》、曹洪《そうこう》、夏侯淵《かこうえん》、于禁《うきん》、張遼《ちょうりょう》、朱霊《しゅれい》、李典《りてん》、程昱《ていいく》、劉勲《りゅうくん》、張郃《ちょうこう》、路招《ろしょう》、馮楷《ふうかい》、張憙《ちょうき》、王忠《おうちゅう》、牛金《ぎゅうきん》の各部隊が続く。曹操軍にとっても、今日は袁譚を討ち滅ぼす会戦なのである。

着実に進める必要はない、一気に片がつく——郭図はこの戦《いくさ》をそう読んでいた。軍令旗をさっと挙げ、渾身の力で左右に大きく振った。袁譚軍の兵が鬨《とき》の声を上げながら、堰《せき》を切ったように曹操軍になだれ込んでいく。

従来の戦は、まず互いに矢を放ち、長柄の矛で突き合って、それから得物《えもの》で斬り結ぶのが常であった。だが、今日の袁譚軍にそんな定石は通じない。曹操軍の矢の雨を物ともせずに突進し、いきなり激しい白兵戦をはじめた。一方、曹操軍の兵はそこまで捨て鉢ではない。最前列の兵士は盾の後ろに身を隠して猛攻を食い止め、口々に敵を罵りながら最前線を死守した。陣形を保持したまま持ちこたえつつも、これほど向こう見ずな連中が相手では、さすがに反撃に出るのは難しい。

陣太鼓が鳴り響き、角笛の音が耳をつんざくなか、袁譚は矛を掲げて兵を鼓舞し、必死になって前進を命じた。郭図の声はもう嗄《か》れている——殺せ！　殺し尽くせ！——軍令旗をぐるぐると振り回しながら叫ぶざんばら髪の男は、傍目には気が触れているようにしか見えない。陣太鼓と角笛の音、それに喊声が一緒くたとなり、兵たちは亡霊にでもとり憑かれたかのように目を血走らせ、大刀を振り回して前進した。突破すれば富と権力が、できなければ死が待っている、ただそれだけのことである。生きるも死ぬも、すべてはこの一戦にかかっているのだ。

曹操は絹傘の下で馬に跨がりながら、砂煙がもうもうと舞い上がる戦場を眺めた。手綱を握り締める手に早くも冷や汗がにじむ。が、押し黙ったままである——人は鉄を鍛造した鋼《はがね》ではない。どんなに勇猛な兵もいつかは疲れ、士気が下がる。そのときまで耐え忍んで、それから一気に反撃を仕掛ければいい。

隙間なく並んだ曹操軍の兵士らは後ろの兵が持つ盾に背中を支えられながら、敵が波のように押し寄せるたび、一斉に「おうっ」と声を上げては猛攻を跳ね返した。整然と並んだ隊列は一枚岩のようにびくともしない——連戦連勝で鄴城も攻め落とした曹操軍は、さすがにそう簡単には崩れなかった。こうして両軍は半刻［一時間］あまりも全力で戦い続けたが、袁譚軍の勢いも一向に衰えを見せない。

張繡や楽進ら血の気が多い将は、戦となればもとより命など顧みない。敵に押されっぱなしの戦いにとうとう堪忍袋の緒が切れた。楽進は軍令を待たず、手にした盾を放り投げ、長柄の矛を高々と掲げて叫んだ。「このくそったれども、なめるのもいい加減にしやがれ！　ぶっ殺してやる！」この雄《お》叫《たけ》びを聞くや楽進の部下も盾を放り投げ、槍を掲げて敵に突っ込んでいった。それを見た張繡や徐晃らも遅れを取ってはならぬとばかりに攻勢に転じた。

怒りに火がついた楽進らが飛び出していく。曹操は袁譚軍の士気が衰えはじめたのだと見て取り、ついに全軍に突撃を命じた。両軍の将兵が真っ向からぶつかり合う。曹操軍の将兵は磨き上げた牙を剝き出しにして襲いかかり、袁譚軍の将兵も窮鼠かえって猫を嚙むというとおり、ここが踏ん張りどころと覇気を見せた。戦の激しさはもはや尋常ではなかった。鋭利な矢が風音を立てて豪雨のごとく降り注ぐと、鎧兜を射抜かれた兵士らは断末魔の叫びを上げた。矛で胴を貫かれた者は、赤い血飛沫を上げながら白いはらわたをぶら下げていた。大刀が一閃《いっせん》したその先には首がぐるぐると飛び交い、首の付け根からは勢いよく湧き出す泉さながらに鮮血がほとばしった。戟《げき》で首を刺された軍馬は狂ったように嘶《いなな》き、背《せな》の騎兵を宙に投げ出しては足元の人間を敵味方かまわず踏み潰した。兵士らは地に倒れたが最後、靴と蹄《ひづめ》に踏みしだかれて、ついには人の形をとどめることなく大地の肥やしとなった。喉を嗄らして叫びながら、ただひたすら目の前の敵と殺し合う人間たち、その目には何の感情も浮かんでいなかった……

たしかに袁譚の性格や品性には問題があるかもしれない。しかし、決して無能というわけではなく、ましてや戦場で怯《ひる》むような臆病者でもなかった。実のところ、袁紹《えんしょう》が袁譚を青州《せい》に遣わしたその当時、支配下にあったのは幾つかの小さな県だけであったが、袁譚は田楷《でんかい》を駆逐し、孔融《こうゆう》を破り、黄巾《こうきん》賊や海賊を掃討して青州を勝ち取った。その自負があるからこそ、弟の袁尚が父の跡目を継ぐことに承服できなかったのである。この土壇場でかつての武勇を取り戻した袁譚は、分厚い鎧に身を包み、手にした馬稍《ばさく》［馬上で用いる長柄の矛］を舞わせつつ護衛兵と一緒になって突進した。命がけで戦う総大将の姿を見て、将兵らが奮い立たないわけがない。槍や矛が折れれば刀を持ち、刀がなくなれば拳を握り締め、腕が斬り落とされれば頭突きをしたり嚙みついたりと、まさに死に物狂いである。郭図は軍令旗を投げ捨てた――こんな乱軍で何を指揮する!?――そして佩剣《はいけん》を引き抜くと、自ら戦場を駆け回った。全軍の将兵に向かって叫ぶそのさまは、いかにも狂気じみていた。「殺せ！　曹賊めを殺せば富と名声が手に入るぞ！　天下の金銀も美女も思うがままだ！　やつらを殺せ、殺し尽くせ！」

戦いは朝から二刻［四時間］あまりも続き、依然として勝負がつかないまま午《うま》の刻［午後零時ごろ］を迎えた。敵に討たれるまでもなく、誰もが疲労困憊で倒れる寸前だった。重傷を負った兵はもとより地べたに倒れて起き上がれず、勇猛な精鋭たちでさえ足がふらつきはじめ、得物は力なく空を切るばかりだった。弓弩《きゅうど》の弦《つる》はとうに切れ、弓手《きゅうしゅ》や弩手《どしゅ》の指は肉が裂けて血まみれになっていた。騎兵たちは半日ものあいだ馬の腹を締めて、太ももがぴくぴくと痙攣《けいれん》していた。軍楽隊も力尽きたか、袁譚軍を鼓舞していた陣太鼓や角笛もすっかり鳴りを潜めている。郭図だけが喉も裂けよとばかりに叫んでいたが、まるで言葉になっていない……両軍ともに疲れ果てていた。だが、そうなると地獄の入り口で戦う袁譚軍のほうが最後まで残る気力を振り絞れる。袁譚軍の兵士らは肩で息をしながらも飽くことなく屍《しかばね》を踏み越え、かたや曹操軍は死傷者が増えるにつれて徐々に陣形が崩れはじめ、ちらほらと後退する者も出はじめた。

これほどまでに粘られるとは、曹操も予期していなかった。袁譚と郭図は勝つか、死ぬまで戦うかのみである。何も失うものがない者は強い。しかし、曹操は将兵を失うわけにはいかない。幷《へい》州の高《こう》幹《かん》が反乱を起こすかもしれず、三つの郡の烏丸《うがん》が侵攻してくるかもしれない。遼東《りょうとう》の公孫度《こうそんたく》はすでに海を越えて攻め込んで来ている。ここで体力を使い果たすまで戦ってこれ以上の死傷者が出れば、今後のことに差し支える。曹操は悪化する戦局を見ておれず、ついに口を開いた。「退き鉦《がね》を……」

「お待ちを！　退いてはなりません」

「何⁉」曹操が驚いて声の主を見ると、それは虎豹騎《こひょうき》［曹操の親衛騎兵］を率いる曹純《そうじゅん》であった。

曹純は強く訴えた。「わが軍は千里の彼方から遠征しており、このまま退けば威信が失墜しましょう。ましてや敵地の奥深くまで攻め入っている以上、長居をするよりはここで袁譚を倒さねばなりません。敵はいまわずかに優勢となっただけで驕り、わが軍はいささか押されて慎重になっているのみ。慎重さでもって驕る敵に当たれば必ずや勝ちを得られます。わが君自ら中軍の精鋭を率いて前線へお進みください。われら虎豹騎もお供しますので、引き続き命《めい》に従うよう将兵を鼓舞してください。なんとしても今日、袁譚を討たなければなりません」

曹純が言い終えるや、後ろにいる許褚《きょちょ》も賛同した。「子和《しわ》殿の言うとおり、こうなったらわれらも戦いましょう。それがしも久方ぶりで腕が鳴るというものです」

鄧展《とうてん》も剣を引き抜いて意気を示した。「今日はなんと好き日、御前にてわが腕前を披露できるとは！」韓浩《かんこう》や史渙《しかん》といった護衛の将もこれに呼応した。

曹操もとうとう腹を括《くく》った。「よし、今日は袁譚を殺さずして兵は退かん。わしも長いこと前線に出ておらぬゆえ、今日はみなとともに戦おうぞ！」

曹操の口から「戦う」という言葉が出た途端、後ろにいた曹丕《そうひ》、曹真《そうしん》、曹休《そうきゅう》もじっとしていられなくなった。「われらも戦に来たのに、まだ一人も血祭りに上げていません。父上が自ら前線に出られる必要はありません。われらが代わりに戦います」

「お前らの出る幕ではない、退《さ》がれ！」曹操は親心からそう一喝した。

三人は転がるように馬から下りると曹操の馬前に跪《ひざまず》き、曹真が真剣な面持ちで下命《かめい》を求めた。「父上はなおご壮健とはいえ知命も近うございます。われら若い者が代わりに行って敵と斬り結んでまいりましょう。われらとて曹家の者、敵に後れを取ったりはいたしません」

曹操はこの言葉にはっとなった――たしかに大事を成そうと決めたからには、この曹孟徳《もうとく》の息子として、こやつらも手柄を立てたかろう。ここは譲ってやるべきか……曹操はうなずいた。「よかろう。生まれたばかりの子牛は虎をも恐れぬという。前線に行くがいい」

「父上、ありがとうございます」曹真が歓喜の声を上げて馬に飛び乗ると、その耳元で曹純がささやいた。「お前たちは俺の後ろにくっついていろ。好き勝手に動いてはならんぞ、いいな」

「わかっていますとも」曹真も心得ている。

曹丕も出陣のため馬に跨がろうとしたところ、曹休に引き戻された。「一人ぐらいいなくても変わらんさ。三人とも行く必要はなかろう。おぬしは父上をそばでお守りするのだ」強い口調の裏には優しい配慮があった――曹操には実子も養子も数多くいるとはいえ、すでに曹昂《そうこう》を失っている。ここでまた実の息子を危ない目に遭わせるわけにはいかない。それに娶《めと》ったばかりの美しい妻を若くして寡婦にするわけにもいかない。曹休のきつい物言いは、曹丕の安全と面子《めんつ》を考えてのことであった。

曹丕はすぐに曹休の意図を汲み取ると、剣を抜いて曹操の馬前に立った。「わかった、安心してくれ。父上はわたしが守る！」曹丕がことさら威儀を正して格好をつけると、事情を知らない者たちが口々に「いいぞ！」と囃《はや》し立てた。

　死に物狂いの相手を止めるのはただでさえ難しい。袁譚の麾下《きか》にはそんな将兵が数万人もいる。曹操軍の劣勢は誰の目にもしだいに明らかとなっていた。精魂尽きた兵士らは戦意を失い、武器を振りかぶるのがやっとで、心のなかではこの戦いが一刻も早く終わることを待ち望んでいた。ところが退き鉦は鳴らず、代わりに後方から激しい鬨の声が聞こえてきた。「敵を破り賊を討つは、この一戦にあり！　手柄を立てたい者はわれに続け！」兵士らが不満げに目を遣ると、声の主は長剣を高々と掲げた中軍の校尉《こうい》鄧展であった。鄧展は騎射は不得手なものの身のこなしは軽く、剣術に長けている。混乱する戦場に転がる武器や死体を飛び越えながら、まるで許都《きょと》の大通りを疾駆するかのように軽やかに騎兵の前まで躍り出て、あっという間に袁譚軍に突っ込んでいった。

　自分のほうが得物が長ければ速《すみ》やかに攻め、短ければ隙《すき》を見て攻める、これが白兵戦の定石である。長柄の矛を手にした袁譚軍の兵は短い剣を持つ相手を見て、矛の長さを恃《たの》みに一斉に攻め寄せた。ところが、鄧展はその攻撃を馬上で跳ね上がって躱《かわ》すと、二本の長柄の矛を両足で蹴り飛ばし、猛然と剣を振るってその矛先を斬り落とした。すかさず相手との距離を詰めて剣を繰り出したときには、二人の敵がすでに刺し殺されていた。

　これには続く兵士らも騒然となり、喚《わめ》きながら鄧展に向かっていった。鄧展は大勢の敵に囲まれても慌てず騒がず、敵を斬り捨てては突き刺し、右へ左へと攻撃を躱しながら剣を振るった。曹休、許褚、史渙、韓浩らも虎豹騎を率いて駆けつけ、叫びながら敵陣に突っ込んでいった。朝からずっと力戦してきた袁譚軍はここへきて勇猛な新手の部隊に攻め込まれ、前線の騎兵のなかにさえ逃げ出す者が現れた。千人かそこらの兵力で戦局を一変することは不可能だが、士気への影響は小さくない。曹操軍の兵士は虎豹騎の姿を見て気勢を上げ、多くの兵が再び武器を振るって懸命に戦いはじめた。ちょうどそのとき、気概山河を呑まんとする陣太鼓の音が響いてきた。みなが振り返って見ると、轅《えん》車《しゃ》「通常は荷馬車として利用され、陣中では轅《ながえ》を向かい合わせて轅門《えいもん》となる」の上で白髪交じりの髭を生やした老将が、戦袍を脱ぎ捨てて陣太鼓を打ち鳴らしている——曹操その人であった。

曹操は兵士らの視線を感じ、これで全軍を鼓舞できると確信した。そして、ことさら驚いた表情で敵陣のほうを眺めて叫んだ。「おお、見よ！　袁譚軍が背中を見せているぞ。いまこそ追撃するのだ！」これには傍らにいる荀攸《じゅんゆう》、郭嘉《かくか》、曹丕らも呆気にとられたが、すぐに曹操の意図を理解して一緒になって叫んだ。「敵を逃すな、早く追うのだ！」

戦場にいる一人ひとりは大海の一滴に過ぎず、戦局全体を把握することは難しい。兵士らは目の前の敵と向き合うのが精いっぱいである。敵軍が退却していると後方から聞こえれば、それを信じるしかなかった。ましてや総大将が自ら陣太鼓を打ち鳴らし、その護衛兵までもが敵陣に突撃しているのである。もはや勝利は目前に違いない、将兵らはそう思うと疲れも吹き飛び、また袁譚軍に向かっていった。頑強に抵抗されても、それは敵が撤退するための時間稼ぎだと考えた。

強弩《きょうど》の末《すえ》魯縞《ろこう》を穿《うが》つ能《あた》わず、そんな袁譚軍に対して曹操軍が突如発奮し、猛虎のように味方の屍を踏み越えて進んできたのだ。袁譚軍もなおしばらくは持ちこたえていたが、じきに攻勢が弱まり、わずかに前線が押し込まれた。本来なら戦局に影響のない小さな後退であったが、曹操軍の将兵は敵が敗走しはじめたと考え、ここぞとばかりに猛攻を仕掛けた。加えて曹休らが先頭に立ち、「袁譚軍、敗れたり！」と叫ぶ。最前線で敵と斬り結ぶ兵にそこまでの手応えはなかったが、後ろからどんどん味方の兵が押し寄せてくる以上、前を向いて攻め込むしかない。

いくら覚悟を決めたつもりでも、心の片隅には必ず恐れがある。そして、状況によってはそれが頭をもたげてくる。袁譚軍の兵は自軍が背水の陣であることは知っている。にわかに勢いを増して響く敵の陣太鼓、戦場に響く「袁譚軍、敗れたり！」という叫び声、そして意気を吹き返して押し寄せる曹操軍……敗北の二字が袁譚軍の兵士の脳裡をよぎった——その刹那、絶望、無力、無念といった負の感情が、兵士らの心に襲いかかった。突如として逃げ出す者、武器を捨てて命乞いをする者が次々に現れ、袁譚軍はたちまち大混乱に陥った。

袁譚は驚愕して声を上げた。「わが軍は敗れておらん！　負けておらんぞ！」しかし、いくら一人で声を張り上げたところで全軍に届くはずもなく、自軍の潰走を押しとどめられない。袁譚は剣を抜き、逃亡する兵を斬って威厳を示そうとしたが、腕を振り上げた瞬間に激痛が走った。見れば矢が深々と突き刺さっている。袁譚の護衛兵までがそれを見て肝をつぶした。「将軍に矢が……終わりだ、逃げろ！」こうなっては袁譚の命より自分の命である。いったん先頭部隊が崩れると、後続部隊もわけのわからぬまま崩れ、敗色が濃厚となった。

袁譚は腕に突き刺さった矢を引き抜いて再び戦おうとしたが、あたりを見回すと護衛兵までが算を乱して逃げ出し、自分の命令を聞く者は誰もいなかった。うろたえているあいだにも曹操軍が殺到してくる。正面から向かってきた敵兵が大刀を横一閃《いっせん》に振り払った。袁譚は慌てて馬の背に身を伏せた。「がつん」と衝撃が走り、兜が飛ばされ髻《もとどり》が断ち切られた。さしもの袁譚もこの一撃で最後の闘志を失い、慌てふためいて馬首を回《めぐ》らし逃げだした。

虎豹騎の面々は誰も袁譚の顔を知らなかった。だが、きらびやかな戦袍を身にまとい、髪を振り乱して逃げる将の姿は人目を引く。みな一丸となってこれを追った。袁譚は南皮城に戻って再起を図るつもりだったが、逃げ惑う自軍の兵らに邪魔されて思うように前に進めない。兵士を踏みつけて先へ進もうとしたが、均衡を保てず軍馬ごと倒れて投げ出された。慌てて起き上がったものの、袁譚の目の前には鬼気迫る兵士の大刀がきらりと輝いた。

それでも袁譚はなんとか生き延びようとした。しかし、いまとなっては負けん気も家柄も何の役にも立たなかった。「許してくれ！　おぬしらに財産も地位もくれてや……」言葉半ばにして袁譚の首は宙を舞った。

小高い丘の上にいた郭図にもその様子がはっきりと見えた——ここまでか……これですべてが終わる……いや、袁譚に叛逆を促したときから、この結末を予期していたのかもしれん。わしの命などくれてやる。どのみち審配のような土豪に権力を握られたままでは、よそ者が日の目を見ることはなかったのだ。結果はいずれにせよ同じこと。否、審配の下で情けない日々を送るより、袁譚の隆盛に賭けて勝負に出たのだ。この名を残せたからには善悪など知ったことではない。ただその賭けに負けたに過ぎん——郭図は佩剣を投げ捨てると、護衛兵が散り散りに逃げるのも放っておき、静かに馬上で死を待った……瞬く間に曹操軍の騎兵と歩兵が巨大な波のように押し寄せる。

郭図は逃げるでも降伏するでもなく、何かに取り憑かれたかのように笑うと、突然両手を広げて叫んだ。「来い！　さあ来い！　すべてやり切った。この郭図、ここで見事に散ってくれよう。はっはっは……」その耳を刺す笑い声に引き寄せられるように、七、八本もの矛先が同時に郭図の体に吸い込まれていった。矛を繰り出した兵士らは郭図の全身をとどめておきたかったが、そんなことはおかまいなしに後ろの兵が喊声を上げて突進してくる。ぐいぐいと押された長柄の矛はそれぞれ左へ右へと押し込まれ、郭図の死体は八つ裂きになった。

曹操はまだ気を抜かず懸命に陣太鼓を打っていた。戦場に舞い上がっていた砂塵が風に吹かれるにつれ、蜘蛛の子を散らすように逃げ惑う敵兵の姿が見えてきた——勝った！　これで袁氏は終わりだ。これでもう天下に敵はいない。長い戦いだった……この日のためにいったいどれほどの苦しみを味わってきたことか……曹操はしばし呆然としたのち、手にしていた桴《ばち》を空高く放り投げた。「わしは勝ったのだ！　万歳！　万歳！」曹操は両腕を高く掲げながら何度も天を仰いで叫んだ。

父親が感情を高ぶらせ、躍り上がって喜んでいる。曹丕は父のそんな姿を初めて目にし、一緒になって叫んだ。「万歳！　万歳！」そばにいる幕僚や掾属《えんぞく》［補佐官］、護衛兵たちも唱和した。

万歳の声はあっという間に戦場に満ち、将兵は誰も彼もがこぞって得物を掲げ、大声で歓声を上げた。「曹公万歳！　曹公万歳！」、歓声はますます大きく、きれいに揃《そろ》っていった。耳をつんざく大歓声は、さながら天を震わす雷《いかずち》が大地を打って反響し、地平線の彼方まで響き渡っているかのようであった。

「曹公万歳！　曹公万歳！　曹公万歳！」

全軍の将兵が声を揃えて叫ぶなか、ただ一人、荀攸は呆然としていた——曹公万歳？——「万歳」とは皇帝を言祝《ことほ》ぐための言葉であり、みだりに使ってよいものではない。

曹操はなお狂ったように叫び続けていたが、そこへ郭嘉が馬に鞭打って駆けてきた。「わが君、敵はまだ残っています。この勢いに乗じて速やかに南皮城を奪い取るべきです」

これで目が覚めた曹操は軍馬に跨がると剣を抜き、全軍に向かって高らかに命じた。「南皮を奪うぞ、全軍進め！」

将兵らは何かに取り憑かれたかのように喚声を上げながら、敵の城に向かって津波のように襲いかかった。袁譚と郭図が死んだいま、城を死守しようという者はいない。南皮城の四つの城門は開け放たれ、守備兵たちは鎧兜を打ち捨てて逃げだしている。最前線にいた楽進は馬を飛ばして塹壕《ざんごう》を飛び越え、敵と見れば刺し殺して城内に突入していった。

城門の前で馬を止めた曹操は、勇敢な全軍の兵を見て再び叫んだ。「殺せ！　殺し尽くせ！　袁譚と郭図の一族を皆殺しにして、この曹操の功臣となるのだ！　城内の物は何でもくれてやる、好きなだけ持っていけ！」

曹操の言葉に興奮した兵士らは、矛や戟を掲げて突撃すると、ただの住民であろうと女子供であろうと容赦なく、人と見れば殺し、物と見れば奪った。城をまるごとひっくり返して金目の物を漁れないのが恨めしいといった様子である。実際、将軍が略奪を許可すれば、兵士とはいえ強盗と何ら選ぶところがない。

ようやく追いついた幕僚たちは、この世のものとは思えぬ惨劇を目の当たりにして一様に驚愕した。そのとき、曹操軍のなかから突然一人の兵士が曹操の眼前に飛び出してきた。その男は兜を脱いで地面に投げつけ、激しい口調で罵った。「曹孟徳、とうとう本性を現したな！　やはり民のことなどおかまいなしか」

曹操はそのひと言ではっと我に返った。だが、そばにいる護衛兵たちはすでに矛を構えて男を刺し殺そうとしている。

「待て！」郭嘉が慌てて馬から飛び降りた。「わが君、この者を殺してはなりませぬ。この者は冀州従事《じゅうじ》だった李孚《りふ》です」

曹操軍の一兵卒に身をやつしていた李孚は郭嘉に変装を見破られると、声を上げて笑った。「はっはっは……名にし負う曹孟徳とは民をわが子のように慈しむ情け深い君子だと思っていたが、まさか民を害する賊であったか」

曹操は全身に震えが走った――河北の人心を掌握するはずが、危うくすべてを失うところであったわ――曹操の軍では、平時から厳格な軍令が徹底されている。曹操がすぐに退き鉦を打つよう命じると、全軍の将兵らは速やかに撤退しはじめた。幸い軍はまだ城内深くにまでは侵入しておらず、損害は城門の周辺だけにとどまった。とはいえ、殺された無辜《むこ》の民は少なくない。曹操は馬上から李孚に拱手《きょうしゅ》した。「先生は、先には変装してわが陣営を抜けて鄴城に情報をもたらし、今日はいつの間にやらわが軍に紛れ込んでいたとは……まさに当代きっての奇才。さらにいましがたは曹操めの不明を咎めてくださり、まったく言葉もありません」

李孚も前に進み出て拝礼した。「お褒めにあずかるようなことは何も……それより、まずは城内の人心を落ち着かせることが肝要かと存じます」

「何か良策を持ち合わせておらぬか？」

「河北から投降したばかりの者を城内に遣わしてお考えを広く伝えるとともに、兵には軍紀を再度言い聞かせてくだされば、民もおのずから安心しましょう」

曹操は馬の鞍に括《くく》りつけた袋から軍令用の小旗を取り出して李孚に差し出した。「では、城内には貴殿に行ってもらおう」

李孚はつい手を伸ばして軍令旗を受け取ったが、しばし曹操を見つめて苦笑いした――なるほど、投降した者を遣わすようにと言ったが、これで自分も投降したことになるわけか……

李孚は改めて曹操の前に跪いた。「お尋ねします。何と言って民を教え諭しましょう」

「民が安心するなら何でもかまわん。おぬしなら何と申す？」

「はっ」立ち上がった李孚は郭嘉の馬に跨がって答えた。「城内の民はおのおの家業に勤《いそ》しみ、互いの物を奪ってはならんと」そう叫びながら城内に駆けていった。

曹操は髭をしごきながら笑った。「あの男、使えるな」

このときには城内で略奪を働いていた兵士たちもすでに撤退し、捕まった者や投降した将らも城外に引っ立てられていた。王図《おうと》、張熹、牛金、厳匡《げんきょう》ら若い将が敵の首級《しるし》を手に報告に来るなか、髪を振り乱した辛毗《しんぴ》が走ってきて俘虜《ふりょ》の一人に詰め寄った。「わが兄の辛仲治《ちゅうじ》はどこだ？」

「お、おな……」両手を縛られた俘虜は驚きで言葉が出てこない。

「早く申せ！」辛毗が俘虜の頬を張った。

「お、お亡くなりに……」

「何!?　兄上が死んだだと？」

俘虜は震えながら続けた。「仲治さまはあなたが曹操の補佐をしていると聞き、さらにはご一門が殺されたと聞いて……憤死なさいました……」

「ああ、天よ……」辛毗はひと声叫ぶとその場で気を失った。

郭嘉と曹丕が慌てて辛毗を抱き起し、胸や背中をさすった。辛毗はしばらくしてようやく息を吹き返すと、血の気の引いた顔で両の眼《まなこ》に力を込めて郭嘉を見つめた。「わたしに投降を勧めたとき……おぬしは今日のような日が来ることをすでに予期していたのか。この辛佐治《さじ》は何も……何もわかっていなかった……兄上……」

「そう思い詰めないでください」曹丕が優しく辛毗の肩に手を置いた。「父上はあなたの大功に深く感謝しています。決してなおざりにすることはないでしょう。それに娘さんがおられたはず。どうか娘さんのためにも……」

たしかに郭嘉は辛氏一族を救い出すのは難しいと踏んでいた。だが、まさかここまで痛ましい結末が待っていようとは夢にも思わなかった。その罪を辛毗になすりつけられ、郭嘉は思わず後ずさった。そのとき何かを踏みつけた。足元に目を遣ると、切り刻まれて血まみれになった死体である。誰かが手柄を報告するために持ってきたらしい。

死体はすでに一部が欠けていたが、郭嘉にはそれが誰かすぐにわかった。しかめ面《つら》に深く刻まれた皺《しわ》……見覚えのあるその顔に、郭嘉は胸が苦しくなっていよいよ狼狽《ろうばい》した……

九州制《きゅうしゅうせい》を論ず

袁譚《えんたん》が死んだ日はいささか混乱があったものの、南皮《なんぴ》の引き継ぎはおおむね順調に進んだ。鄴城《ぎょう》での経験もあってか、曹操は李孚《りふ》に民を慰撫させると、思い切って「赦袁氏同悪令《しゃえんしどうあくれい》［袁氏とその一党を赦免する布令］」を出した。これは袁氏とその旧臣を赦免するのみならず、併せて私的な仇討ちと手厚い葬儀を禁じるもので、河北《かほく》以外にも、このたび支配下に入った各県城で施行された。

曹操は南皮城の西門の城楼に立ち、兵馬が城外のはるか彼方までびっしりと整列するのを眺めていた。少し前には夢だった光景がいまや現実のものとなっている。河北への出兵は各地の県城の制圧だけでなく、将兵の取り込みも狙いにあった。呂翔《りょしょう》、呂曠《りょこう》、馬延《ばえん》、張顗《ちょうぎ》らは部隊を率いて帰順し、ほかにも大勢の将が投降してきた。いまの曹操には眼下の軍のみならず、鄴城に残してきた兵馬や許都《きょと》に駐屯している兵馬、幽《ゆう》州に遣わしている兵馬もいる。将軍の権勢は率いる兵馬の数に比例すると言っていい。その点で曹操は十分に満ち足りていた。

さらに数日前には、袁尚《えんしょう》と袁熙《えんき》の部下が謀反し、二人は烏丸《うがん》の地へ逃げたという吉報がもたらされた。青《せい》州方面も楽安《らくあん》郡を除いてほぼ支配下に収め、中原における曹操の地位は盤石のものとなった。勝利の美酒を飲み干し、論功行賞を終え、帰順した者の叙任も済ませると、曹操はさて次に何をしたものかと考えた。

城楼に立って思いにふける曹操の後ろでは、許都から来た校事《こうじ》の盧《ろ》洪《こう》が近ごろの朝廷の様子を報告していた。盧洪の口に上るのは国の大事や軍機ではなく、都にいる高官たちが日々何をし、何を話し、誰と会ったかである。これによって曹操は許都を留守にしていながらも、百官の一挙手一投足を把握していた。

上背の割に痩せぎすで馬面《うまづら》の盧洪は卑賤の出で見栄えもしないが、聡明で仕事はよくできる。いまも曹操は背を向けているのに頭を下げて腰をかがめ、背の低い曹操より頭が上にいかないよう気を配りながら小声で報告していた。「伏完《ふくかん》がまた病で寝込んでおります。伏皇后はしょっちゅう手紙を送っているそうですが、伏完はそれを見もせずに燃やすか送り返しているとのこと。何が書かれているのか内容まではわかりません」

「ふん」曹操は冷たい笑みを浮かべた――何が書かれているかだと。策を講じてわしを押さえ込むよう父に頼む以外何がある。それにしてもまったく肝の小さい男だ。持病はともかく、娘の手紙を読む勇気すらないとはな――曹操は手を上げて盧洪の話を遮った。「華歆《かきん》［字《あざな》は子魚《しぎょ》］、王朗《おうろう》［字は景興《けいこう》］、孔融《こうゆう》［字は文挙《ぶんきょ》］の三人は何をしておる」

盧洪が答えた。「華子魚は毎日尚書台《しょうしょだい》で文書の処理に勤《いそ》しみ、わが君の命《めい》を守って怪しいところはありません。王景興は朝議に参加する以外、門を閉ざして家にこもり誰とも行き来がありません。孔文挙も最近は面倒を起こすことなく、一日じゅう屋敷で酒盛りしては酔いつぶれています」

孔融の動きは以前にも増して見過ごせなくなっている。鄴城陥落の知らせを聞いた多くの重臣たちは祝いの書簡を送ってきた。孔融も例外ではなかったが、その文中には、「武王《ぶおう》［周《しゅう》の王］は紂《ちゅう》［殷《いん》の王］を伐《う》ち、妲己《だっき》［殷代の妃《きさき》］を以て周公《しゅうこう》［周公旦《しゅうこうたん》、周の政治家］に賜う」との一文があった。だが、太公望呂尚《たいこうぼうりょしょう》が妖婦の妲己を処刑したのは周知のことである。曹操は何か拠るところがあるのか、孔融に問い合わせた。すると、「今を以て之《これ》を度《はか》り、当《まさ》に然《しか》るべしと想うのみ［現在のことから推し量れば、そうしたこともあったかと思ったまで］」という返書が送られてきた——曹丕《そうひ》が甄《しん》氏を妻にしたことを皮肉っているのは明らかである。

そうした経緯もあったため、孔融が酒盛りをしていると聞き、曹操は関心を抱いた。「誰と酒を飲んでいるのだ」

「議郎《ぎろう》の謝該《しゃがい》と太医令《たいいれい》の脂習《ししゅう》、それに楊彪《ようひょう》の子の楊脩《ようしゅう》です」

「その連中なら間違いは起こらなそうだな」議郎の謝該は学問一筋で、『春秋左氏伝《しゅんじゅうさしでん》』を修めること にしか興味がない。脂習は温厚かつ善良な質《たち》の人物である。孔融と付き合うのが玉に瑕《きず》とはいえ、そのほかは曹操の命に唯々諾々と服している。そもそも秩六百石《せき》の小官に何ができようか。まだ年若い楊脩も、父の楊彪が病を理由に表舞台から引っ込んでいる以上、やはり気に病むほどではない。だが、孔融だけは別である。曹操は腹立ち紛れに命を下した。「お国は危機にあり収穫も十分でない。直ちに禁酒令を発布するよう、許都に戻ったら荀令君《じゅんれいくん》に伝えてくれ」

「御意」盧洪は返事をしてから、思い出したように付け加えた。「そういえば最近、孔融が文章をものしました」

「どんな文章だ」曹操は警戒を強めた。

「詳しいことはわかりませんが陳羣《ちんぐん》に宛てて書いたもので、たしか『汝頴優劣論《じょえいゆうれつろん》』といったかと。陳羣が常日ごろ故郷の潁川《えいせん》は賢人を輩出していると誇るため、孔融が汝南の士人《しじん》と比べて論じたもののようです。どのみちふざけて難癖をつけているだけでしょうが……」

「ふざけてだと？」曹操はそうは思わなかった——曹操の配下の幕僚は荀氏一族や郭嘉《かくか》、鍾繇《しょうよう》など潁川の者で占められ、一方、汝南は袁紹《えんしょう》の故郷である。この時期に潁川と汝南の士人の優劣を論じるとは、孔融はわざと悶着を起こそうとしているに違いない。懲らしめてやりたい気持ちはやまやまだが、ふと遼東《りょうとう》には邴原《へいげん》や管寧《かんねい》、王烈《おうれつ》といった、まだ中原に召し寄せていない名士がいることを思い出した。憎らしいが孔融の名はまだ使える。曹操は腹の虫が治まらず、ぎりぎりと歯を食いしばって怒りをこらえた。

そのとき、司空府《しくう》の長史《ちょうし》を務める劉岱《りゅうたい》が、董昭《とうしょう》を連れて城楼に上がってきた。二人は揃《そろ》って曹操に拝礼したが、劉岱のほうは董昭を残してそそくさと立ち去った——盧洪や趙達《ちょうたつ》がいるときは何人《なんぴと》たりともそばで話を聞かぬよう厳命されている。

董昭も居心地悪く感じた。「お呼びとのことですが、どんなご用でしょうか」

曹操はこれには答えず、去っていく劉岱の背中に命じた。「筆と竹簡を持ってくるのだ……盧洪、続けよ。ほかには？」

盧洪はちらと董昭に目を遣り、口をつぐんだまま答えなかった。

「董公仁《こうじん》ならかまわぬ。続けよ」鄴城郊外の高台で決して公にできぬ話をしてからは、曹操は董昭のことを股肱《ここう》の臣とみなし、ある面では郭嘉以上に重んじていた。

「御意」盧洪は報告を続けた。「許都の街中では、軍功のある者しか官につけぬとの声が上がっています。まるで……」

「まるで、何だと言うのだ」

「まるで武人の牛耳る国だと……」

「万死に値する！」曹操は拳を握り締めた。そこへ劉岱が筆や墨、竹簡などを抱えて戻ってきた。

だが、その場のただならぬ雰囲気に気づいて、運んできた物を置くとすぐに立ち去った。曹操はしばらく考え込んだが、やがて重苦しい表情を浮かべながら董昭に頼んだ。「すまぬが公仁、わしが申すことを書き取ってくれぬか」

「はっ」命を受けて董昭は左右を見回したが、城楼に卓など置かれているはずもない。まさか胸壁《きょうへき》の上で書けとでもいうのか。

曹操は振り向いて盧洪に命じた。「おぬしが四つん這《ば》いになれ」

「えっ」盧洪は驚いたが曹操の命令である。やむなく敷石に手をついた。

「この上で書くがいい」

「わかりました」そう答えると董昭は腰を下ろしてあぐらをかき、盧洪の背に竹簡を広げ、筆と墨を置いた――まるであつらえられた文机《ふづくえ》のようにちょうどいい。

「よいか、申すぞ……議者《ぎしゃ》の或いは以《おも》えらく、軍吏功能有りと雖《いえど》も、徳行足らざれば、任郡国の選に堪えざると……」そこで曹操は少し言葉に詰まったが、ふと孔融がかつて殿中で郗慮《ちりょ》を皮肉った「与《とも》に道に適《ゆ》く可《べ》きも、未だ与に権《はか》る可からず」という言葉を思い出した。心の内でせせら笑うと、あとの言葉はよどみなく口を衝《つ》いて出てきた。

議者の或いは以えらく、軍吏功能有りと雖も、徳行足らざれば、任郡国の選に堪えざると。謂《い》う所は「与《とも》に道に適く可きも、未だ与に権る可からず」なり。管仲《かんちゅう》曰《い》わく、「賢者をして能に食《は》ましめば則ち尊を上《たっと》び、闘士をして功に食ましめば則ち卒死を軽んず。二者をして国に設くれば則ち天下治まる」と。未だ無能の人、不闘の士、並びに禄賞を受け、而《しか》るに以て功を立て国を興す可き者を聞かざるなり。故に明君無功の臣を官せず、不戦の士を賞せず。治平徳行を尚《たっと》ぶも、事に有りて功能を賞す。論者の言、一《いっ》に管窺《かんき》の虎に似たるか。

［論者のなかには、たとえ武官として功績があった者でも、徳行が足りなければ太守《たいしゅ》や国相《こくしょう》に選ばれるべきでないと考える者もいよう。「ともに行動できたとしても、ともに臨機応変な対応はできない」と言いたいのであろうが、「能力によって賢人に俸禄を与えれば君主は尊ばれ、功績によって武人に俸禄を与えれば兵は命を惜しまず、この両方が国において確立されれば天下は治まる」と、かの管仲も言っている。無能な者や戦わない武人が俸禄や恩賞を賜り、それによって功績が打ち立てられて国が興隆したなどという話は聞いたことがない。それゆえ明君は功績のない臣下を官職につけず、戦わない武人には褒賞を賜らないのである。太平の世では徳行を重んじるも、乱世では有能な者や手柄を立てた者に褒賞を賜る。先に挙げたような論者の発言は、管《くだ》の穴から虎をのぞき見るのと同じで、実に見識が狭い」

一文には一石二鳥の狙いがある。軍功のある者にばかり官職を与えるという世評への反論、そして孔融に対する反駁である。孔融と郗慮が殿中で言い争ったことは巷間の噂《うわさ》となっている。「与に道に適く可きも、未だ与に権る可からず」の一句を見れば、この文章が誰に向けられたものかはおのずと明らかであり、大勢の面前で孔融に平手打ちを食らわせるに等しい。

書き終えた董昭は竹簡を曹操の前に差し出したが、曹操は見ようともしなかった。「おぬしに任せたのだ。確かめるまでもなかろう」そしてまた盧洪に尋ねた。「まだ何かあるか」

盧洪は冷たく固い敷石の上で四つん這いになっていたため、腰は痛く足も痺れていた。なんとか立ち上がって大きく息をついた。「たいしたことではありませんが、軍中で陳矯《ちんきょう》のことが話題になっています。陳矯はもと劉家の者で、陳家の養子となりました。それなのに、あろうことかその劉家の女《おな》子《ご》を娶《めと》ったのです。これは同姓で婚を結ぶのに同じ、人倫にもとると申す者がおりまして……」

「忌々《いまいま》しいやつめ!」曹操は目を怒《いか》らせた――これは曹操にも波及しうる問題である。曹操の父曹《そう》嵩《すう》は夏侯家から曹家へ養子に入ったので、曹操も元をたどれば夏侯氏の一族となる。そして曹操の娘は夏侯惇《かこうとん》の息子である夏侯楙《かこうぼう》に嫁いだ。つまり、これは陳劉両家の関係と同じく、現今の姓は異なるが、やはり同姓間における婚姻とも言える。いま、陳矯の婚姻が人倫にもとるというのなら、曹操もまた同じ罪に当たる。

董昭は曹操が不機嫌になった理由を汲み取って話題を変えた。「妄言によって人を害するのは昔からよくあることです。順《じゅん》帝の御代に司空を務めた第五倫《だいごりん》は忠義の能臣《のうしん》でしたのに、岳父を鞭打ったとして指弾されました。ところが、第五倫が娶っていた三人の妻の父はいずれも早くに亡くなっており、そのときには第五倫に岳父などいなかったのです」曹操も話を聞きながらしきりにうなずいた。第五倫は袁紹《えんしょう》の高祖父袁安《えんあん》と政治的な立場を異にしており、ともに賢臣でありながら政敵の間柄であった。董昭が第五倫の話を持ち出したのは、多分に袁家を貶《おとし》めるためであり、実際このたったひと言で見事に曹操の怒りをそらしたのである。

曹操はしばらく髭をしごいて考え込むと、再び董昭に命じた。「もう一つ、旧習を改める命を発布しよう。公仁、書いてくれ」

盧洪は泣き出しそうな顔をした。だが、曹操の命令は絶対である。しぶしぶまた腰を折り曲げて四つん這いになった。それほどまでに喫緊の命令なのか、それとも単に盧洪をいじめて遊んでいるだけなのか、董昭には量りかねたが、おもむろに筆を執ると曹操に進言した。「僭越ながら、陳矯のことは直接述べぬがよろしいかと存じます」

「なぜだ？」

「先ほどわが君は佞臣《ねいしん》が口にした、『与に道に適く可きも、未だ与に権る可からず』という言葉を引かれました」董昭は孔融を佞臣と言い換えた。「愚考しますに、こうしたことを言う輩は胸にいかなる考えを秘めているかわかりません。道に適く者が世故《せこ》に長けているのは決して恥ずべきことではなく、さほど害はありません。老子の説く和光同塵《わこうどうじん》［才能や学識を隠して俗世間と交わること］』は処世や為政の要諦、天下の者たちが道を踏み外さなければ国は決して乱れぬものです。ですが、何の気なく思いを述べるだけの者も、品行に劣る口さがない連中も、そして胸に一物ある者も、これら無謀にして妄言を吐く者にはすべて陰険な下心があり、こういう者こそが徒党を組んで政《まつりごと》を乱す輩なのです。こたびの命では、妄言を戒めて徒党を組むのを咎めるだけでは足りません。この際はっきりと輿《よ》論《ろん》を統一して是非を明らかにするべきです」董昭はうまく言い換えて善悪を顛倒《てんとう》させた。定見を持たず時代に迎合することを、時代に即して変化するということに、集まって事理を議論することを、徒党を組んで謀反を企むということにすり替えたのである。これは言外に、今後は満天下の者が曹操一人の言うことをおとなしく聞き、曹操一人の命に従い、曹操一人の徳を讃え、余人があれこれ言うことを許さない、そう命を下すよう曹操に勧めていた。

「わかっておる。書き取ってくれ」曹操は静かに答え、少し考えてから滔々《とうとう》と言葉を続けた。

阿党比周《あとうひしゅう》、先聖の疾《にく》む所なり。冀《き》州の俗を聞くに、父子 部を異にし、更相《こもごも》毀誉《きよ》すと。昔 直不疑《ちょくふぎ》は兄無くも、世人 之《これ》を嫂《あによめ》を盗むと謂う。第五伯魚《だいごはくぎょ》は三たび孤女《こじょ》を娶るも、之を婦翁《ふおう》を撾《う》つと謂う。王鳳《おうほう》は権を擅《ほしいまま》にするも、谷永《こくえい》之を申伯《しんはく》に比べ、王商《おうしょう》は議に忠なるも、張匡《ちょうきょう》之を左道《さどう》なりと謂う。此れ皆白を以て黒と為し、天を欺き君を罔《なみ》する者なり。吾 風俗を整斉《せいせい》せんと欲す。四者の除かれざるは、吾 以て羞《はじ》と為す。

「上におもねって徒党を組むのは、昔の聖人が忌み嫌ったことである。聞くところでは、冀州では父と子が党派を異にし、互いに批判したり褒め合ったりするという。かつて直不疑は兄がいないのに、兄嫁と密通したと中傷された。第五倫は三度親のいない娘を娶ったが、岳父を鞭打ったと噂された。王鳳が権力をほしいままにしているのに、谷永は王鳳を申伯になぞらえ、王商が朝議で誠意をもって発言しているのに、張匡は王商を邪道だと批判した。これらはすべて白を黒と言いくるめるもので、天を欺き君主を蔑《ないがし》ろにする行為である。わたしは旧習を改めたい。これら四つのようなことがなくならないのを恥ずべきことと考える」

書き終えた董昭は大いに失望した。命は言論を厳しく統制するものではなく、通り一遍の一般論にとどまっている。だが、それ以上は何も言えなかった。盧洪はといえば、卓の代わりに長らく跪《ひざまず》いたのがよほどこたえたらしく、足が痺れて立ち上がれないでいる。曹操は、そんな盧洪の顔をのぞき込むと、凍りつくような冷たい目で尋ねた。「なぜこんな目に遭っているかわかるか?」

盧洪は上目遣いで答えた。「わかりません……」

「おぬしは職権を濫用して民から財をゆすったであろう。わしが知らぬとでも思ったのか?」曹操は以前から盧洪と趙達《ちょうたつ》に、仕事に励めば掾属《えんぞく》に昇進、その働きによっては司直《しちょく》につけてやると約束していた。だが、昇進させるのは二人のうち一人だけだとも言い添えていたため、二人は互いの過失に目を光らせて粗《あら》を探し、一方が何か悪事を働けば、すぐにもう一方が報告した――実に巧みな任用である。

盧洪は何度も叩頭して詫びた。

曹操は盧洪を見据えて叱責した。「おぬしは犬だ。わしが嚙めと命じたものだけ嚙めばよい。勝手に人に嚙みついたり、ましてや法に外れた行いをするなど言語道断。非難はこのわしに向くのだぞ!」

「わ、悪うございました……」盧洪はがたがたと震えながら何度も敷石に額を打ちつけた。「わたしは犬です……犬です……」

曹操はそこで大きく息をついた。「もうよい、こたびは罪に問わぬ。おぬしらがいつ何どきでも、どこにいようともわしのために働くのなら、わしとておぬしらを粗略にはせぬ。長いあいだ卓代わりになった褒美をやろう。劉岱のところへ行って銭をもらうがいい。それを趙達に見せて悔しがらせてやれ。趙達にも頑張ってもらわんといかんからな」曹操はこうした小人《しょうじん》たちをうまく使うだけでなく、互いに競うようけしかけ、二人がぐるになって自分の目をごまかすことのないようにした――こうした監視の仕方は父の曹嵩から学んだものだ。

「ありがとうございます、ありがとうございます」

「行け」

盧洪は長々と四つん這いになっていたうえ何度も叩頭したので、頭がふらふらしてうまく立ち上がれず、腰を折り曲げて手を地面につきながら去っていった――その格好はまさに犬そのものであった。

城楼には曹操と董昭の二人だけが残った。董昭は先ほどの進言が容れられなかったためか、俯《うつむ》いたまま黙り込み、曹操は炯々《けいけい》と光る目でじっと城外を眺めていた。そのまましばしの時が流れ、ようやく曹操が口を開いた。「公仁、わしの命が簡略に過ぎると思っているのだろう?」

「滅相もございません」

「おぬしが申すこともわかる。ただ……道は一歩一歩進まねばならず、その一歩は大きすぎても小さすぎてもいかん。先の進言はあまりに尚早だ。ほかの者がどう言うか、もう少し様子を見たほうがいい」曹操には目論見があった――このままいけば登極《とうきょく》も決して夢ではない。だが、独断ではできぬ。大勢の者の賛同を得て、ともに泥をかぶってもらわねばならん。そして天下を統一した暁には、一切の異論を封じ込めるのだ……

「御意」董昭はそう答えるにとどめた。事はきわめて高度な政治的判断を要する。部下がおいそれと反論したり称賛できる類いのものではない。であれば、うまく相槌を打っておくことが最良の受け答えである。

「そこでだ……」曹操が振り向いて董昭を見た。「改めて問いたい。大きすぎるでもなく、かつ小さすぎるでもない次の一歩を、いかに踏み出すべきか」

その点に関しても董昭には心積もりがあった。だが、しばし熟考するふりをしてから答えた。「天下は長らく乱れていましたが、河北の地を奪い返したいまこそ古《いにしえ》の制度を復活させ、世の気風を正すべきかと。思いますに……九州制(1)を復活させてはいかがでしょうか」

董昭は、さも世の中のためであるかのように提案したが、そこには隠された狙いがあった――九州制に改めるとは、天下にいまある十三の州を九つにまとめることを意味する。冀州について言えば、幽州や并《へい》州に属している土地を組み込むだけでなく、三河《さんが》［河東《かとう》、河内《かだい》、河南尹《かなんいん》］のうちの河東郡までも含むことになる。現在、曹操は冀州牧《しゅうぼく》を兼任し、仮節《かせつ》［「節」とは皇帝より授けられた使者などの印《しるし》で、主に軍令違反者を上奏せずに処罰できる］の権限を有しているので、冀州の郡県では朝廷の指図を受けることなく自由に政を行える。すでにある意味では曹操の独立王国といってよく、そのうえ九州制を復活して冀州の範囲を拡大し、さらにもとから握る兗《えん》州をも加えれば……

この提案には、実はもう一つの意味がある。九州制は漢室の統治下で行われたことはなく、漢の命運を断って新《しん》を打ち建てた王莽《おうもう》が取り入れたものである。つまり、この時局にあって九州制を持ちだすのは、漢の王朝に終止符を打とうとする号砲にほかならない。先ほど曹操は、ほかの者の意見を待つ必要があると言った。この制度改革を提議することで、誰が賛成で誰が反対かをはっきりさせることができる。

曹操の表情からは何も読み取れなかった。ただ、長い沈黙のあとに平然と言った。「用心しながら、まあやってみるがいい」

「御意」そう答えたものの、曹操の返事の意味は明らかである。董昭が朝廷に制度改革を上奏するのは認めるが、自身は関与しないということだ。董昭は、これは困ったという体《てい》でぼそぼそと続けた。

「しかし……おそらくは……」

「荀令君が反対する……だな?」それは曹操も案じていた。曹操の今日《こんにち》の成功は、内政と外交の両輪において荀彧《じゅんいく》と協力してきた結果である。荀彧の人となりは曹操自身がよく知っている。天下の大義を持ち出されれば、曹操とて言い含めることは到底できない。あるいは、長年苦労をともにし、二人三脚で功業を積み上げてきた絆と情とに訴えれば、荀彧にもわかってもらうことができるだろうか……

董昭は頭《こうべ》を低く垂れ、息苦しさを感じていた。自分の実力が荀彧に遠く及ばないことは言うまでもない。司空府であろうと朝廷であろうと、はては軍中であろうと、荀彧とまったく関わりがない者を探すほうが難しいのだ。もし荀彧を怒らせれば曲学阿世の徒と罵られ、それればかりか数え切れないほど多くの者から溺れるほどに唾を吐きかけられるだろう。

「こうしよう」曹操は策を思いついて言葉を続けた。「ひとまず上奏はせず、先に令君に手紙を書いて送るのだ。内々で話しておき、頃合いを見計らって公にする」

「承知しました」董昭はそう答えたものの、内心では釈然としない。

「安心せい。おぬしも令君もわが股肱の臣、些細な争いごとが起こっても、どちらかをひいきするようなことはせぬ」

「報告！」劉岱と許褚《きょちょ》が城楼に駆け上ってきた。「わが君、袁譚の遺体を葬ろうとする者がいます」

「ほう、袁氏の遺体を葬る者は死罪に処すと命じてあるのに、ずいぶんと肝の太いやつがいたものだな。ひとつ見にいくとするか」そう言うと、董昭に向き直って念を押した。「だいたいそんなところだ。あとはおぬしの好きにせい。先の二つの教令《きょうれい》はしばらくしてから発布するようにな」

劉岱と許褚が案内に立った。二人は下へ下りずに、西の城楼から城壁伝いに城の南へと曹操を連れていった。城壁の上を歩きながら、曹操は劉岱に仕事を申しつけた。「明日、丕と真《しん》、卞秉《べんぺい》を連れて、一度許都へ戻ってくれ」

「どのようなご用でしょう」

「わしの家族を残らず鄴城に移してほしいのだ」

「お引っ越しですか？」劉岱にすれば唐突な命令である。「それで、どちらへお連れすれば？」

曹操がにやりと笑った。「すでに鄧展《とうてん》らに命じてある。鄴城の大《だい》将軍府から劉《りゅう》氏らを追い出すようにとな」

司空府の長史である劉岱が曹操に意見することはほとんどない。しかし、曹操が前言を翻したので、あえて進言した。「それはいささか穏当を欠くのではありませんか。袁氏の寡婦を屋敷から追い出せば、あるいは非難の声が上がるかもしれません」

「ふん、あのときはあのとき、いまはいまだ。袁紹の祭祀を行ったときとは事情が変わっている。袁譚が死に、袁尚も逃げ、冀州の民を優遇する命も出した。もう袁氏の旧臣で、わしにつべこべ言うやつはおらんだろう」曹操は劉岱のほうを見ることもなく、足元に注意しながら続けた。「わしは冀州牧となったのだから、妻らを冀州に呼び寄せるのは当然。劉氏らを追い出すとはいっても財は返してあるのだ。わしが屋敷をもらってもかまわんだろう。そもそもあそこは州牧の屋敷なのだからな」

話しているうちに南門の城楼に到着した。許攸《きょゆう》、婁圭《ろうけい》、陳矯、仲長統《ちゅうちょうとう》らもすでに到着しており、城門の下を指さしている。

視線を向けると、城門の前に十を超える遺体がずらりと野ざらしで並んでいた——袁譚や郭図《かくと》の家族である。なかには曹操の嫁になるはずだった袁譚の幼い娘の亡骸もある。袁譚の屍《しかばね》の前には、ぼろをまとった痩せぎすの男が兵士らに縛られていた。曹操は城楼の上から叫んだ。「袁譚はお国に背いた不忠不孝の輩、袁譚のために嘆く者は同罪だと命を下したはず。おぬしは何者だ。なぜ法を破る」

男は兵士らに無理やり跪かされた。「わたしは青州別駕《べつが》の王脩《おうしゅう》です」

「王脩？　あれが王叔治《しゅくち》か？」城楼の上で一同は驚き、互いにささやき合った。

曹操も、まさか王脩が自らお縄を頂戴しに出向いてくるとは思っていなかった。「そなたは袁氏の臣下であったが、悔い改めるなら許してつかわそう。しかし、袁譚の遺体を葬るのは許しがたい罪であるぞ」

王脩はすすり泣きながら答えた。「わたしは袁氏よりご厚恩を蒙り、袁譚さまの下で官についておりました。その亡骸を葬って処刑されるなら本望です」

人柄の良い仲長統が曹操の耳元でささやいた。「かつての主君を葬るために己《おの》が命を捨てるとは義挙と申せます。ここは許してやるべきかと」曹操はもとよりそのつもりであった。青州で刺史《しし》の補佐を務めていた王脩である。名の通ったこの者を得れば、半ば青州の民心を得たに等しい。

「公理《こうり》の言うことももっともだ」曹操は仲長統の言を容れる形にして恩を売っておき、城下の王脩に叫んだ。「王叔治よ、国法に照らせば死を賜るところである。だが、そなたの忠義、しかと見た。とくにこのわしが袁譚を葬ることを許そう」従来であれば朝廷の恩赦と言っていたところであるが、このたび曹操は自身の恩情であることを強調した。

「明公《めいこう》、ありがとうございます……」王脩は頭を下げて曹操に拝礼した。

「いま、なんと呼んだ？」曹操が手を振って制した。「呼び方が違うな。縄を解くことは許さん」

「使君《しくん》［州牧の敬称］、ありがとうございます……」

曹操はなおも応じず、黙って王脩を見下ろしている。

王脩の痩せた体がびくびくと震え出した。しばらく考え込むと、やがて地べたに頭を打ちつけた。

「わが君、ありがとうございます……」

「縄を解いてやれ」曹操が笑った。「そう呼ぶからには、おぬしもわが部下だ。三日後から職務についてくれ」大事を成すには天下を浚《さら》ってでも才人を集めねばならぬ、曹操はそう考えていた。

目の前のことが一つ片づいたのを見計らって、陳矯が曹操に話しかけた。「わが君、お忙しいところ恐縮ですが、軍師《ぐんし》殿が探しておられましたよ」

曹操は笑いながら答えた。「わしはおぬしのためにひと肌脱いでいたのだぞ」先ほどの教令のことである。

「はて!?」むろん陳矯には何のことかわからない。

曹操はあえて説明しなかった。「で、軍師は何の用でわしを探しておる？」

陳矯は最初から順序立てて説明した。「幽州の刺史を名乗っておりました焦触《しょうしょく》ですが、州の官吏を集めて血の誓いを立て、わが君への帰順を表明したそうです。しかし、趙犢《ちょうとく》と霍奴《かくど》が混乱に乗じて反旗を翻し、烏丸と手を組みました。聞けば、そこに袁尚と袁熙も加わったとかで、おそらく兵を集めて幽州を取り返すつもりでしょう。現在、鮮于輔《せんうほ》が護烏丸校尉《ごうがんこうい》の閻柔《えんじゅう》とともに防戦に努めていますが、多方面にわたる敵に抗しえず、救援を求めてまいりました」

「烏丸が袁氏兄弟と手を組んだか。まあいい。一気に方《かた》をつけてやる」

「それから……」陳矯が続けた。「これもたったいま聞き及んだばかりですが、遼東の公孫度《こうそんたく》が急病で亡くなり、すでに三月《みつき》経つそうです」遼東は遠く離れているため、三か月前の知らせがようやく届いたのである。

「ほう、公孫度が死んだか。めでたいことだな」野心家で武勇にも秀でた公孫度は、朝廷が楽浪郡《らくろう》の太守として遣わした涼茂《りょうぼう》を途上で拘禁していた。これは曹操に盾突いたと考えていい。「それで、誰が公孫度の跡を継いだのだ」

「公孫度には嫡子がおりませんでしたので、庶子で一番上の公孫康《こうそんこう》が跡を継ぎました」陳矯は吐き捨てるように続けた。「公孫康は父親以上に身の程知らずなようで、涼茂を釈放しないばかりか、遼東王を自称しているそうです。また、わが君が賜った永寧《えいねい》侯の印綬も、勝手に弟の公孫恭《こうそんきょう》に与えてしまったとか。公孫氏兄弟は朝廷を見くびっているようです」

「まあ焦るな。一つずつ片づけていくだけだ」曹操のほうがよほど落ち着いていた。「三日後には北上して幽州の救援に向かうゆえ、それまで全軍の将兵にはじっくり休むよう伝えよ。まずは烏丸を討たねばな」

陳矯は思わず聞き返した。「全軍を北上させるのですか？」

「そうだ。全軍で出兵する」

陳矯は心配そうな顔を浮かべた。「全軍で北上して中原を離れているあいだに、もし幷州の高幹《こうかん》が反乱を起こせば……」

「反乱を起こせば討伐できる。わしはやつが反旗を翻すのを待っておるのだ」曹操の目は獲物を狙う獣を彷彿とさせた。「四海の内にただ一つの憂いも残しておくことはできん。荀衍《じゅんえん》を監軍校尉《かんぐんこうい》に任じて冀州の軍務を任せる。楽進《がくしん》と李典《りてん》の部隊は密かに冀州に戻って高幹に備えよ。やつが謀反の気配を見せたら直ちに出兵するのだ」曹操はどこか愉快そうに命を下したが、ふと物足りなさを覚えた。今日は誰とも戦略を論じ合っておらず、称賛の声も聞こえてこない。「軍師と奉孝《ほうこう》［郭嘉］はどうした？」

仲長統が答えた。「奉孝は何やら胸が苦しいと言って、休みを取って寝ております。おそらくは郭図の死体を目にして気分が優れぬのでしょう。奉孝がいないので軍師殿も中軍を離れるわけにいかないのです」

「そうか……」曹操はかぶりを振って苦笑いを浮かべた。「郭公則《こうそく》を赦すか尋ねたとき、奉孝は特段の配慮は要らぬと言下に答えたが、やはり胸が痛むのであろうな。奉孝の顔を立てて郭図の遺体を葬ってやるとしよう」

またも朝令暮改である。袁氏の葬儀を禁じておきながら、結局は袁譚と郭図をきちんと葬ることとなった。曹操自身は気づいていなかったが、これを朝令暮改だとあえて指摘する者は、むろん誰一人としていなかった。

（1）九州制とは、『尚書《しょうしょ》』「禹貢《うこう》」に記載されている土地の区分法のこと。九州とは雍《よう》、冀、梁《りょう》、兗、豫《よ》、青、徐《じょ》、荊《けい》、揚《よう》の九つ。漢代には武《ぶ》帝の御代から十三州制（一時は十二州）となり、九州制はとっていなかった。ただ、王莽が新を建てた短期間のみ実施された。

第十六章　鄴《ぎょう》に移り一歩を踏み出す

高幹《こうかん》討伐

幷《へい》州刺史《しし》の高幹は曹操軍の主力が北上して烏丸《うがん》討伐に向かったことを知ると、これが最後の好機とばかりに、許都《きょと》から派遣されていた官僚を拘禁して再び反旗を翻した。高幹は、崤山《こうざん》［河南省西部］に巣食う黄巾《こうきん》の残党張白騎《ちょうはつき》、弘農《こうのう》の豪族の張琰《ちょうえん》、それに河東太守《かとうたいしゅ》の王邑《おうゆう》の部下だった衛固《えいこ》や范先《はんせん》などと気脈を通じていた。だが、そのすべては曹操が想定していたことであり、前回のように大きな波風を立てることは到底不可能であった。

朝廷に召し出されていた王邑に代わって河東太守となった杜畿《とき》は、荀彧《じゅんいく》に推挙された人物である。その本領を発揮するまでもなく衛固と范先の部隊を制圧した。また、澠池《べんち》［河南省西部］県令の賈逵《かき》も張琰を謀《たばか》って城外へと追いだした。張白騎の兵馬は行く先々で県城の堅い守りに遭い、略奪はおろか、ろくに攻めることもできなかった。手下は所詮寄せ集めに過ぎず、張白騎は荊《けい》州の劉表《りゅうひょう》の加勢に望みをかけたが、その援軍が到着するより早く、鍾繇《しょうよう》が差し向けた西涼《せいりょう》の馬騰《ばとう》の大軍によってあえなく打ち破られた。張白騎、衛固、張琰らがことごとく敗れたことで劉表も呼応する気が失せ、北へ攻め上がる計画を再度断念した。高幹はそうした陽動作戦を展開したうえで鄴城を奇襲する計画だった。

だが、それらは相次いで抑え込まれ、冀州に送った部隊も荀衍《じゅんえん》に敗れて全滅の憂き目をみた。それどころか、太行《たいこう》山脈を越えてきた楽進《がくしん》と李典《りてん》に、上党《じょうとう》郡の要害である壺関《こかん》(1)［山西省南東部］まで攻め込まれた。反乱の火は曹操に損害を与えるどころか、火の粉が己の身にまで降りかかってきたのである。

建安《けんあん》十年（西暦二〇五年）八月、曹操の大軍は幽《ゆう》州に到着した。逆賊の趙犢《ちょうとく》と霍奴《かくど》を討ち、度遼《どりょう》将軍の鮮于輔《せんうほ》、護烏丸校尉《ごうがんこうい》の閻柔《えんじゅう》と合流、獷平《こうへい》県［北京市北東部］に陣を敷いて三郡の烏丸族と対峙した。烏丸が袁《えん》氏に加勢したのは、救援を口実として火事場泥棒を働くために過ぎず、本気で袁尚《えんしょう》や袁《えん》熙《き》のために戦う気はさらさらなかった。そのため、曹操軍の当たるべからざる勢いを見るや、その日の晩には略奪したものを携えてそそくさと北の辺地へ逃げ返った。それを見た袁氏兄弟も、結局は烏丸と一緒に逃げ出した。

こうして幽州の情勢がほぼ落ち着くと、曹操はすぐに東へ向かい、楽進、李典と合流すべく太行山の麓《ふもと》に急行した。数万近い大軍で壺関を目指して進軍するとともに、各地に兵を差し向けて幷州一帯から南下してくる要路を封鎖した。高幹の最期の日はいよいよ近づいていた……

太行山脈は南北に長く、華北平原と山西高原を東西に二分する。冀州との境に位置する幷州の上党郡には、太行山を東西に越える要路がある。上党の名は、「郡の地極めて高く、天と党為《た》り［郡の土地は標高がとても高く、天と同等である］」という言葉から来ている。険阻な地形は守るに易く攻めるに難《かた》く、古来より兵家必争の地であった。とりわけ壺関は難所中の難所で、太行山の峡谷にある。壺関の名は、県全体の地形が両端が狭く中ほどが広くなる壺の形をしていたことに由る。一帯は南北に山がそびえ、崖や谷、林や泉が至る所にあるという複雑な地形になっている。そこを通る曲がりくねった細い山道は、土地の人間から「羊腸坂《ようちょうざか》」と呼ばれていた。まさに「一夫《いっぷ》関に当たれば万夫《ばんぷ》開くなし［一人が守れば万人でも通れない］」という難攻不落の地である。

　先だって曹操は高幹の投降が明らかに偽りだと知りながら、真偽を問いただすことなく受け入れた。それはまず袁譚と袁尚を打ち負かす必要があったからだが、それ以上に壺関を攻めることに腰が引けたからでもある。背後の敵に方《かた》をつけなければ、絶対にこの天険には挑めない。そしていまや残すは高幹だけとなった。曹操も乾坤一擲、ようやく勝負に打って出る決心がついたのである。

　くねくねと細く折れ曲がる羊腸坂は、右を見ても左を見ても目がくらむほどの断崖絶壁である。とりわけ狭い場所では一人か二人がやっと通れる道幅しかなく、兵馬の多さがかえって災いした。楽進、李典ら軽装の兵でも危険なところを、数万にも上る大軍で進まねばならない。そこへきて季節は冬、曹操軍の行軍は困難を極めた。兵士らは曲がりくねる羊腸坂で長蛇の列となり、進めて一日に十数里［約六キロメートル］、これが輜重《しちょう》の運搬ともなるとさらに難題で、馬で荷車を牽《ひ》くほかは人力に頼るしかない。屈強な若者たちでも疲労困憊して次々に道半ばで倒れていった。兵糧を配るだけでも一苦労である。後ろの荷車から取った兵糧を一人ひとり手渡しで順繰りに前に送っていくことになるが、朝起きてすぐに配りはじめても、昼近くになってやっと最前列に届くことさえあった。季節柄、山に吹きつける北風は強く冷たく、ときには風の音以外に何も聞こえないほどだった。服を何枚重ねて着ても体温がどんどん奪われていく。寒さで歯をかちかちと鳴らしながら険阻な道を進んでいった。一歩よろめけば断崖絶壁を真っ逆さま、ほんの少しの不注意で荷車が谷底に転がり落ちる。

曹操軍は苦難の果てにようやく壺関に足を踏み入れた。断崖絶壁はないものの、冷気が身に染みるひっそりとした起伏の激しい谷である。どこを見ても人の住んでいる気配はない。ここでは降りしきる雪が解けずに残り、先行する楽進と李典の軍が残してくれた目印も雪に覆われてしまう。雪を踏みしめ枝をかき分け、道なき道を切り開いた。このあたりは潞水《ろすい》の水源地である。水の流れが入り組んで滝も多く、至る所で仮設の橋を渡して進まねばならなかった。曹操軍が歯を食いしばって前進を続け、なんとか楽進と李典の軍に合流したときには、すでに建安十一年（西暦二〇六年）の正月になっていた。

敵との戦いなら勝敗を見積もることもできるが、相手が大自然となると結果は最後までわからない。苦難の道のりをついに踏破して窮地を脱した全軍の将兵は、戦《いくさ》に勝利した以上に喜んだ。曹操は壺関城の城外に陣を築かせると、自身の本営は戦場全体を見下ろせる北の百谷山《ひゃっこくさん》(2)の中腹に置いた。ようやく身を落ち着けて見渡すと、高幹はこの険しい関所や峡谷を恃《たの》みに反乱したのだということがよくわかる。これほどの天険に守られていては人の力では如何《いかん》ともしがたく、先行する楽進や李典も敵を壺関に釘づけにすることはできたが、いかに攻めるかとなると何の策も持ち合わせていない。城を包囲して敵の兵糧が尽きるのを待つ、それ以外は曹操でさえ何も打てる手はなかった……

暦の上では春とはいえ、日中もまだ暖かくなる気配はなかった。とりわけ夜は北風が吹きやまず、谷間を吹き抜ける風の音は、まるで怨霊の泣き声のようである。中軍の幕舎《ばくしゃ》のなかには多くの火鉢を置いていたが一向に暖まらない。隙間風があちこちから入ってきてはすぐに暖気を追い出した。今宵、曹操はなかなか寝つくことができず、狐裘《こきゅう》を羽織って外へ出た。

山の中腹にある幕舎から見ても、いまはあたり一帯が闇にすっぽりと覆われている。松明《たいまつ》の明かりでは数丈［約十メートル］先もはっきりとは見えない。漆黒の闇にまばらな明かりが揺らめいて、どこか現実離れしているような気がする。行軍の疲れが出たのであろう、兵士らはぐっすりと眠りについているようだ。どこからともなく狼の遠吠えが聞こえてくる。こんなにも寒さの厳しい夜は、冬眠している獣でさえ身を震わせているかもしれない。ただ、少し遠くに目を遣ると、灯火《ともしび》に照らされた壺関城だけがぽっかりと闇に浮いていた。城下に張りめぐらされた逆茂木《さかもぎ》まではっきりと見える。高幹が壺関城にこもって三月《みつき》あまり、気が緩む気配は一向にない。いったいいつまで包囲を続ければいいのか、まさか高幹も審配《しんぱい》のように徹底的に抗《あらが》うつもりか……

「わが君、まだ起きていらしたのですか。まもなく三更《さんこう》［午前零時ごろ］、そろそろお休みになられたほうが」松明を手に誰かが山道を登ってきた。

明かりに照らされ、痩せてはいるが眉目秀麗な顔が浮かぶ。「おお、奉孝《ほうこう》か。北風がうるさくて寝つけぬのだ。そなたこそなぜまだ起きている？」

郭嘉《かくか》は松明を護衛兵に渡し、曹操のそばに近づいた。「先ほど輜重隊から報告がありまして、後方の輜重車が壊れたそうです。兵糧の到着が数日遅れるかと」

「輜重車が壊れた？」

「はい」郭嘉は苦笑いを浮かべながら説明した。「羊腸坂や起伏のある峡谷、それに仮設の橋を渡ってきたことで、ほとんどの荷車の車輪が駄目になりました。卞秉《べんぺい》とも相談し、数百人の兵に木を伐らせて新しい車輪を作らせようかと存じます。人が背負って運ぶのでは根本的な解決になりませんし、さらに何日か兵糧が遅れれば兵は飢えてしまいます。ほかに飲み水の問題もあります。このあたりの小川は凍っていて、少なくとも来月にならなければ氷が解けません。兵士らは氷をかじって渇きを癒やしていますが、腹を壊す者も出ています」

「しばらくのあいだは一日の飯を二回に減らせ。兵糧が届くまでは我慢するよう、明日の朝早くに命《めい》を出すのだ。飲み水については、氷を熱して溶かしてから飲むように伝えよ。いまの時季はとかく病にかかりやすい。軍中に広まりでもすれば笑いごとでは済まんからな。まったく、ここはろくでもないな……」曹操はそう毒づいてから、ちらと郭嘉に目を走らせた。その目は落ちくぼみ、どこか表情もぼんやりとしている。「ここ何日かはずいぶん苦労をかけたようだな。奉孝、壺関に来てからは別人のようだぞ。朝から晩まで忙しく働いて、談笑している姿をついぞ見かけぬ。兵糧のことはそなたが気にかけずともよかろう」

郭嘉は姿勢を正して答えた。「わが君が見込んでくださったご恩に報いるため、尽力するのは当然のことです」

郭嘉があまりに真面目な返答をするので、曹操はおかしみを覚えた。「なんだ、その返事は。そんな真面目ぶってもこの夜更けだ、誰も見ていやせんぞ。担当でない仕事で忙しくしても褒美はやらんからな。『其の鬼《き》に非ずして之《これ》を祀《まつ》る、之を諂《へつら》いと謂《い》う［自分の祖先の霊魂でもないのにこれを祀るのは媚《こ》びへつらいである］』というやつだ」

郭嘉にはふざけているつもりなど毛頭なかった。「へつらいかどうかは将来おのずとわかること、周りに何と言われようとかまいません。ただ、わが君にだけはわたしの思いを知っておいていただきたく……」

「ん？」曹操には思い当たることがあった。陳羣《ちんぐん》が郭嘉の収賄や素行の悪さを弾劾してから、郭嘉は以前にも増して仕事に精進するようになっている。しかし、そのことには触れずに慰めた。「あまり気に病むな。何かあればわしも力になる」

郭嘉はかぶりを振った。「幸い寛大なわが君のおかげで咎められませんでしたが、わが身を省みる必要があります。そもそも戦をするのは民草を安んじるため、それなのに自身の功績を鼻にかけて驕り高ぶり、民の財を奪いました。非難されるのも自業自得なのです。これまでわたしは功名を追い求めるばかりで行動が伴っていませんでした。犯してきた過ちが多かったと、近ごろでは反省しております」

「まだ大業は道半ば、何をそんなにくよくよ考えておるのだ」曹操は眉をひそめた。「いいことを教えてやろう。そなたを洧陽亭侯《いようていこう》に封じるよう朝廷に上奏しておいた。そなたはいつも令君《れいくん》や軍師《ぐんし》に列侯《れっこう》の爵位があるのを羨んでいたであろう。これでそなたも肩を並べるわけだ」

「わが君、ありがとうございます」礼を述べた割にそれほどうれしそうでもない。「ですが、至って平凡な家柄でたいして年功も積んでおりません。軍師殿らと肩を並べるなど無理な話です。ただ、息子の奕《えき》はまだ幼いため、今後何か不始末をしでかしても、どうか大目に見てやってください」

曹操は戸惑った。目の前の男は本当にあの自由闊達な郭奉孝なのか。かくも用心深く、かくも慎重になるとは何があったのか。曹操は郭嘉の肩を軽く叩いた。「今宵はどうしたのだ。わけのわからぬ話ばかりしおって。この十年、そなたは禄に見合う働きをしてくれた。わしがまもなく河北《かほく》を平定できるのも、そなたの献策によるものだ。かりにそなたの息子が過失を犯そうとも、罪に問うたりするはずがない。『周礼《しゅらい》』の『八辟《はちへき》(3)』は古の聖人が残したものだ。そのうちの功、能、勤、そなたは三つも満たしておるではないか。要らぬ心配をするでない」

郭嘉にはなお言い出しにくいことがあったのだが、とりあえず返事しておいた。「わかりました。もう心配はいたしません……」

これで郭嘉の気も晴れたと思い、曹操は振り返って冷たい空気を吸い込むと、真っ暗でひっそりとした谷を見下ろしてつぶやいた。「高幹という若造はまこと狼のようなやつ、早く取り除かねば面倒なことになる。決めたぞ。どんな犠牲を払ってでも必ず壺関を取る。并州を平定しさえすれば、もう北方にたいした邪魔者はいない。残る荊州の劉表や益《えき》州の劉璋《りゅうしょう》、江東《こうとう》の孫権《そんけん》などは天下の片隅を占拠しているに過ぎん。わが勇猛な軍と朝廷という大義の御旗をもってすれば、容易に打ち破れよう」

いつもの郭嘉なら調子を合わせて曹操の武勇と英明を称えるところだが、今日はやはり様子が違った。「烏丸や公孫康《こうそんこう》は辺境の小勢に過ぎませんし、北方の統一は目前に迫ったと言えるでしょう。ついては早めに南下の策をお考えになるべきです。いまや江東はかつての未開の地ではありません。孫権は江夏《こうか》から軍を返す途中で朱治《しゅち》と賀斉《がせい》を遣わし、山越《さんえつ》を鎮圧して少なからぬ土地を得たそうです。わが君は太史慈《たいしじ》に当帰《とうき》［薬草名］を贈り、「当《まさ》に帰るべし」と帰順を促しましたが返事はありません。これを見ても孫権が人心の掌握に長けていることがわかります。決して江東を甘く見てはなりません」

だが、郭嘉の進言は曹操の耳には届かなかった。曹操は暗い谷を見つめながら深い物思いにふけっている。そしておもむろに歌いはじめた。

北のかた太行山に上《のぼ》れば、艱《かた》きかな何ぞ巍々《ぎぎ》たる。
羊腸 坂は詰屈《きっくつ》し、車輪 之《これ》が為に摧《くだ》く。
樹木 何ぞ蕭瑟《しょうしつ》たる、北風 声は正《まさ》に悲し。
熊羆《ゆうひ》 我に対して蹲《うずくま》り、虎豹 路を夾《はさ》みて啼《な》く。
渓谷 人民少なく、雪 落つること何ぞ霏々《ひひ》たる。
頸《くび》を延ばして長歎息《ちょうたんそく》し、遠行《えんこう》して懐《おも》う所多し。
我が心 何ぞ怫鬱《ふつうつ》たる、思い一たび東に帰らんと欲す。
水深くして橋梁絶たれ、中路《ちゅうろ》に正に徘徊す。
迷い惑いて故《もと》の路を失い、薄暮《はくぼ》に宿棲《しゅくせい》無し。
行き行きて日びに已《すで》に遠く、人馬 時を同じくして飢《う》う。
嚢《のう》を担《にな》いて行きて薪を取り、氷を斧《き》りて持ちて糜《かゆ》を作る。
彼《か》の東山の詩を悲しみ、悠々《ゆうゆう》として我をして哀しましむ。

［北にある太行山に登ると、山は高くそびえて道は険しい。
羊腸坂は曲がりくねり、馬車の車輪も砕けてしまう。
山の木々はなんとも寂しげで、北風の音はもの悲しい。
熊や羆《ひぐま》が向き合ってうずくまり、虎や豹が道の両側で吠えている。

谷間に人の姿はなく、雪がしんしんと降っている。
首を伸ばして見渡してはため息をつき、遠征の身には思い悩むことも多い。
なんとも心は塞《ふさ》ぎ、一度故郷に帰りたく思う。
増水により橋も壊れて通れず、行軍もまだ途中だというのにさまよう始末。
もと来た道もわからなくなり、日が暮れても宿営する場所すら見つからない。
何日にもわたって進んでいるのにまだ遠く、人も馬も腹を空かせている。
袋を担いで薪を取りに行き、氷を斧で割って粥を煮る。
かの周公《しゅうこう》の東征の詩を思い起こし、限りない悲しみに襲われる」(4)

一篇を通じて哀感が漂い、勝利を目前に控えた心境とはまるで思えない。郭嘉はふと曹操も悩んでいることに気がついた――「彼の東山の詩を悲しみ、悠々として我をして哀しましむ」とは、『詩経《しきょう》』にある周公を賛美した「東山」の詩のこと……わが君は結局周公のような聖人になりたいのか。それとも王莽《おうもう》のような卑劣な簒奪者になろうというのか……北方の統一を目前にして、わが君の前には二つの道が敷かれている。いったいどちらを選ばれるおつもりか……

これはゆゆしき問題である、郭嘉はそう思い至り、決して口を出してはならないと自らを戒めた。漢室に取って代わるよう勧めれば郭嘉自身が道を踏み外す。かといって、それを諫めるのも郭嘉の本意ではない。ありていに言えば、郭嘉のような人間が権勢に取り入って出世を望むのは、子々孫々まで富貴をもたらすためである。将来、もし曹操が権力の座を降りたら誰のために力を尽くすのか……

郭嘉はもとより董昭のような人間ではない。そしておそらくこのことは郭嘉自身にとって関係のないことである。郭嘉はこの件で思い悩むのをやめにして、慌てて拱手《きょうしゅ》した。「ではわが君、そろそろお休みください」

「そうだな」曹操はまだ余韻に浸《ひた》っている。「そなたも戻って休むがよい」

「わたしはもう一度陣中を見回ってまいります」

「そんなことは夜回りに任せておけ。そなたが心配せずともよかろう」

郭嘉は深く一礼した。「普段わたしが大望を抱くことができるのも、わが君がこの郭嘉めを認めてくださるからこそ。多少の苦労は当然です。たとえ過労で命を落とそうともご恩に報いるには足りません」

「縁起でもないことを言うな。軽々しく命を落とすなどと口にするでない。幕僚ではそなたが一番若いのだ。今後のことも頼りにしているのだぞ」

郭嘉の目に涙がじわりと浮かんだ。だが、この暗闇で曹操は気づかない。郭嘉は奥歯を嚙み締め、必死に悲しみをこらえて返事した。「仰るとおり、これは愚かなことを……」

「わかればそれでよい」曹操は一つ大きくあくびをした。「わしももう戻るゆえ、そなたも休むがよい。戦のことは明日また話し合うとしよう」

郭嘉は小さくお辞儀をして曹操を見送ったが、自分の幕舎には戻らずに、でこぼこした山道を静かに下っていった。「郭先生、松明は？」不寝番は郭嘉が松明を忘れたことに気がついて慌てて呼びかけたが、郭嘉には聞こえなかったのか、そのまま漆黒の山道を下っていき、寒風吹きすさぶ陣中を見て回った。

――弁州の平定も目前に迫り何もかも順調だというのに、自分は何を心配しているのだろう――

冷たい風に吹かれながら郭嘉は考えごとにふけり、気づけば華佗《かだ》の幕舎の前にやってきていた。まだ灯《あか》りがともっているのを見て、郭嘉は声をかけることもなく幕舎のなかへ入った。

華佗と李璫《りとう》は起きたばかりのようで、ちょうど薬箱や行李《こうり》をまとめていた。二人とも郭嘉がいきなり入ってきたので驚いた。

郭嘉は挨拶もなしに地べたに座り込んだ。「華先生、こんな夜中に荷物をまとめてどこへ行くおつもりですか」

華佗と弟子は互いに顔を見合わせ、無理やり笑顔をつくった。「神農《しんのう》はこの百谷山であらゆる草を嘗めて益となるものを見極めたといいます。それゆえ老いぼれも薬草を採りに行こうかと思うのです。空が明るくなる前に出かければ、曹公の治療にも支障をきたすことはありませんし」

「そのようなことは弟子に任せればいいでしょう。なぜ先生自ら行く必要があるのです？」郭嘉は小首をかしげた。

「弟子はまだ若く、指導が必要なのです」

「そうですか」郭嘉は師弟を横目でちらりと見た。「先生は官を捨てて遠くへ逃げるおつもりなのでは？」

「そ、それは……」一瞬で師弟の顔が蒼白になった。

郭嘉は大きく息を吸い込んで背筋を伸ばすと、炯々《けいけい》と光る眼《まなこ》で華佗を見つめた。「わたしは胸が詰まって息苦しくなってからずいぶん経ちますが、去年からはひどくなる一方です。先日は痰《たん》に血が混じっていました。先生に診てもらっても、鍼を打つでも薬を調合するでもなく、ただ半年か一年もすれば病は消えると仰るばかり。考えれば考えるほどおかしく思い、眠れないので尋ねに参ったのです。薬も飲まずにどうやって病を治せるのですか？」

華佗は言葉に詰まったが、考えた末に口を開いた。「おそらく河北の水が体に合わないのでしょう。卒中《そっちゅう》の気があるだけで、しばらく休めばすぐによくなりますとも」

「でたらめを言わないでください。わたしは曹公に仕える前は河北で官吏を務めていたのです。それなのに水が合わないですって？」郭嘉は華佗の嘘を見破った。「すでにわたしの病は膏肓《こうこう》に入り、寿命もまもなく尽きるのではありませんか？　先生、どうかはっきりと仰ってください」

あまたの患者を診てきた華佗の表情が変わることはなかったが、弟子の李璠は思わず手にしていた薬箱を落としてしまった。華佗はあたり一面に散らばった薬草を拾いながらつぶやいた。「考えすぎです。生きていれば病むこともあります。少し病にかかったからとて何を恐れる必要がありましょう……」

郭嘉は二人が荷物をまとめているのを見て、もう自分の病が治る望みは薄いのだろうと察していたが、李璠の狼狽《ろうばい》ぶりに一縷《いちる》の望みすらないと思い知らされた。「華先生、隠さずとも結構です。わたしはわが君にお仕えしてから、命などとうに捨てております」口ではそう強がったものの、その声は震えていた。「医者には父母の心ありとか。なぜ苦しむ者を見て救ってくださらんのです。さように言い逃れをされるのは、わたしが不治の病に冒されているとお考えだからではありませんか。先生に治せないのならもう望みはありません。それがこの郭奉孝の定めなのです！」

華佗もこれ以上は隠し通せないと思い、やるせなさそうにため息をついた。「あなたは実に聡明だ。どうやら伏せておくのは難しいようです。包み隠さず申せば、あなたの病はすでに……すでに治す薬がないのです」

覚悟はしていたつもりだった。だが、いざ面と向かって告げられると郭嘉は目眩《めまい》を覚え、近くの卓に手をついてなんとか体を支えた。「病の原因はいったい……」

「それは、あなたがご自身に問うべきです」

「どういう意味でしょうか？」

華佗は落ち着いて話すしかないと思い、地べたに腰を下ろした。「多くの者は口では立派なことを言いながらわが身を慎みません。たとえ満天下を欺けたとしても、自分の体は決して欺けぬのです。外では天下の大事を論じつつ、内では酒や女にうつつを抜かす。人前では大いに弁舌を振るうも、陰では歓楽の限りを尽くす。そうして大いに自らを傷つけていくのです。あなたが患っているのは瘵《さい》［肺結核］でございます。またの名を労咳《ろうがい》といい、これは不治の病です。この一年、ずいぶんとお痩せになったのではありませんか。ご自身でも気づいておられたはず。喀血《かっけつ》ははじまりに過ぎません。『素《そ》問《もん》』によれば、労咳を患った者は「大骨枯槁《だいここ こう》し、大肉陥下《だいにくかんげ》し、胸中に気満ち、喘息《ぜんそく》して便ならず、内痛みて肩項《けんこう》に引き、身熱し脱肉破䐃《はきん》す［骨が痩せ細って肉が落ち、胸に邪気が満ちて息苦しく、痛みは肩や首に及び、熱が出て痩せ落ち筋肉が衰える］」とあります。そのうちすべての症状が出てくるでしょう。労咳はまことに苦しい病でございます。苦しむのは仕方がないとしても、俗に「労咳は色による」と言われておりまして、おそらくあなたも男女のことでいろいろと蝕《むしば》まれてきたのでしょう。老いぼれは早くから気づいておりましたが、すでに手を下せる状態ではありませんでした。何も申し上げることができず、面目次第もありません……」

郭嘉には華佗の言いたいことがよくわかった。要するに、この病にかかったのは自業自得なのである。そもそも潁川《えいせん》の郭氏は名門ではなく、さらに言えば、郭嘉の家は郭図《かくと》の一族にも遠く及ばなかった。だが、郭嘉は己の才を恃みに今日まで生きてきた。もし乱世でなかったら、郭嘉が人に抜きん出ることはなかったであろう。だからこそ、郭嘉は曹操に重用されてから人生を思い切り謳歌した。民の畑を横取りし、妻を娶《めと》って側女《そばめ》を囲い、許都に戻るたび夜な夜な花街に繰り出しては酒色に耽《ふけ》った。陳羣に告発されたことも決して濡れ衣ではない。また郭嘉は負けず嫌いであった。才能や学識はもちろん、阿諛追従《ついしょう》であっても、人後に落ちることをよしとせず、至る所で他人と張り合ってきた。酒色が身を蝕み、職務が人間関係を損なうというのなら、郭嘉にとって安らかな日は一日としてなかった。不治の病に冒されたのも、来し方を思い起こせば決して意外なことではない。ようやく郭嘉は納得し、苦笑いを浮かべた。「先生のご指摘はよくわかりました。ただ一つお聞きしたいのですが、あとどのくらいの命なのでしょう」

華佗は困ったような顔でしばらく迷っていたが、やがて声を落として答えた。「すでに申し上げておるとおりです」

「なるほど……半年か一年で病が消えると仰っていたのは、それがこの郭嘉の寿命が尽きるとき、そういう意味だったのですね」華佗は陳登《ちんとう》や李成《りせい》の死期をぴたりと言い当てている。このたびも大きく外れることはないだろう。郭嘉はつぶやいた。「半年か一年……長くても一年か……」しばらくして郭嘉はまた尋ねた。「先生が夜逃げするのは、わが君にわたしの病を治せと命じられるからですか？」

「なんと！」華佗は心の底から驚いた――死を宣告されてなおこの洞察力……たしかにこの者は鬼《き》謀《ぼう》の士よ――

命の灯火が消えゆくのを座して待つのは、この世でもっとも残酷なことの一つかもしれない。華佗は郭嘉の死期のみならず、その病が手の施しようもないことを知っていた。だからこそ事実を告げるのに忍びなかったのは確かだが、実はそれよりも不安に感じていたことを言い当てられた。郭嘉は曹操の寵臣であり、実の息子以上に目をかけられている。だが、郭嘉の病はたとえ神仙でも救えない。もし曹操に真相を明かして郭嘉の命を救うよう命じられたら、自分にはどんな末路が待ち受けていることか。華佗は郭嘉のやり切れなさを思うと同時に、それ以上に自分の苦しい立場を考えて思わずかぶりを振った。

郭嘉も華佗の胸中を察して声をかけた。「先生のお考えはやや安易に過ぎるのでは？　わけも言わずにここを去れば、神医の名にも傷がつきます。それにわが君が河北を平定すれば、天下広しといえども先生が安心して身を置く場所はありません。わが君と一緒にいてその気質はおわかりでしょう。勝手に立ち去って捕まったらどんなことになるか、容易に想像がつくはずです」

華佗は何も答えなかった――その場合、待つのは死のみである。

郭嘉は姿勢を正して話を続けた。「本当のことを教えていただき感謝いたします。お返しと言っては何ですが、災難から逃れる方法をお教えしましょう。わざわざ逃げ出す必要などありません。もう数か月ほど待ち、身内に病人が出たと言ってわが君に暇乞《いとまご》いをすればよろしいのです。先生はわが君の頭風《とうふう》を和らげています。わが君とは同郷でもありますから、強いて止めることはないでしょう。それだけで先生は故郷に戻れますし、ちょうどわたしは……」郭嘉の声に嗚咽が交じった。「ちょうどわたしは病によって死を迎えるでしょうから、わが君も急病だと思って先生を咎めることはないはずです。先生の身に禍《わざわい》が降りかかることもなく、医官としての出世にも差し障りはありません」そう言うと、郭嘉は拝礼もせずにふらふらと出口へ向かった。

華佗は郭嘉の背中に向かって深く頭を下げた。「まことに感謝の言葉もありません」華佗も同じようなことを考えてはいたが、郭嘉に病と死期を告知したいまとなっては、自らそんなことを言うのは憚られた。「窮地を脱することができるだけでもありがたいこと、ましてや医官としての出世など……もとより仕官は望むところではありません。この身が生きながらえて人々の病を治せればそれで十分なのです。正直に申しますと、はじめてこちらに参った日から仕えるつもりはなかったのです。ただ方々に赴いて人々を助けたいと……」

幕舎の帳《とばり》を持ち上げたままそれを聞いていた郭嘉は、思わず振り返って華佗を見つめた――人は一人として同じではない。郭嘉は高位高禄を手に入れて家名を上げるために生涯を費やしてきた。袁《えん》紹《しょう》に見切りをつけ、曹操に仕えて献策したのもそのためである。小人《しょうじん》のごとき媚びへつらいも厭《いと》わなかった。官位を望まず俗世から離れて生きたいと願うような人間は、見識が狭く向上心のない輩だと見下してきた。しかし、背中越しに聞こえてきた華佗の言葉に何か思うところがあったのか、郭嘉は恭《うやうや》しく華佗に礼を返すと、肩を落として寂しそうに去っていった……

郭嘉はおぼつかない足取りで幕舎に戻ると、灯りもつけず、護衛の兵も呼ばずに、暗闇のなかで一人座り込んだ。これからのことをじっくりと考えねばならない。曹操に仕えてこの方、郭嘉は荀攸《じゅんゆう》や荀彧にも負けぬほど献策してきた。年功も劣っているとは言えない。だが、二人は数年前に列侯に封じられ、郭嘉はいまになってようやく肩を並べた。これは出自が関係しているのだろうか……しかも曹操陣営に入って十年あまり経つというのに、まだ軍師祭酒《ぐんしさいしゅ》のままである。この補佐官の位から郭嘉がこれまで昇進できなかったのはなぜか……それは曹操が抜擢を望まないからではない。おそらく郭嘉の風格や品行が真っ当な君子たちに疎《うと》まれているからだ。陣営では名を知られていても、朝臣の目には分不相応な地位についた小人としか映っていないのである。この数日、郭嘉は悪夢にうなされていた。間近に迫った死の恐怖のせいではない。辛《しん》氏一族の亡魂、八つ裂きにされた郭図の屍《しかばね》、それにあの辛毗《しんぴ》の恨みのこもった鋭い視線……あまたの邪魔が入って眠りを妨げる——思えばわが人生、合わせる顔のない者がなんと多いことか……

郭嘉は身じろぎもせず静思《せいし》し、これまでの三十五年を振り返った。だが、輝かしい思い出はただの一つも浮かんでこない——自分が追い求める輝きは過去にあるのではない。いまもなお未来にあるのだ——そのことに気がついたとき、ひと筋の涙がつっと頰を流れ落ちた。傷心か、後悔か、それとも未練か、あるいは不満なのか……涙の意味は郭嘉自身にもわからなかった。

涙をぬぐって立ち上がり、外に出て新鮮な空気を吸おうと帳を持ち上げた。空はもう白みはじめ、真っ赤に燃える朝日が山際からゆっくりと顔を出してくる。新たな希望が胸に湧く。花咲く春も遠くない。この満ち溢《あふ》れた生気は、あたかも曹操の覇業を象徴しているかのようであった。

この素晴らしい景色を眺めるうちに、郭嘉の顔にもしだいに笑みが戻ってきた――人は人のあるがまま、強いて変わる必要はない。世は世のあるがまま、ことさら合わせる必要はない。この郭奉孝に備わる壮士の胆力、策士の智謀、弁士の舌鋒をもってすれば、乱世の荒波も乗り越えられる。大丈夫の名にも恥じぬ。他人の言葉など気に病むな。一年はおろか、たとえ明日を限りの命だとしても、それが何だというのだ。朝《あした》に道を聞かば夕べに死すとも可なり。天にかかる日をこの手で革《あらた》めることができたなら、わが一生に悔いはない……

（1）壺関はいまの山西省長治《ちょうじ》市壺関県で、太行山大峡谷がある。
（2）百谷山はいまの老頂山《ろうちょうさん》のこと。太行山大峡谷の北端にあり、伝説上の帝王である神農があらゆる草を嘗めて薬草を見極めた地とされる。
（3）八辟とは、『周礼』に記された刑罰の減免に関する条件のこと。親（宗室《そうしつ》）、故（皇帝の旧知の者）、賢（とくに徳のある者）、能（才能著しい者）、功（功績著しい者）、貴（高位の者）、勤（とくに国に尽くした者）、賓（前王朝の子孫）、以上の八つについては寛大な処分も可とされた。のちに曹操の孫の曹叡《そうえい》が「八辟」を「八議《はちぎ》」に改めて正式に法に組み込むと、清《しん》朝まで受け継がれた。
（4）この詩は「苦寒行《くかんこう》」といい、漢代の楽府《がふ》で相和歌《そうわか》、清調曲《せいちょうきょく》に属する。

河北《かほく》平定

たった一本の柱では、傾いた楼閣を支えることはできない。高幹《こうかん》はたしかに文武に秀でていたが、弁《へい》州は包囲されて将兵は疲労困憊、食糧もほとんど尽きようとしていた。壺関《こかん》城は半年のあいだ持ちこたえたが、建安《けんあん》十一年（西暦二〇六年）三月に城を明け渡して降伏、弁州の天険がついに陥落した。

曹操が壺関に到着するより前、高幹は匈奴《きょうど》の単于庭《ぜんうてい》［匈奴の本拠地］に赴いて助けを求めていた。だが、単于《ぜんう》の呼厨泉《こちゅうせん》は平陽《へいよう》の戦いに懲りて曹操と干戈《かんか》を交えることを望まず、高幹こそが禍《わざわい》の元凶であると考えて、会いもせずに追い返した。その後、長い戦いで疲れ果てた弁州の将兵たちにも厭戦気分が生じ、結局、曹操軍はほとんど刀を汚すことなく上党《じょうとう》郡の各県城を手に入れた。逃げ場を失った高幹はわずかな腹心のみを連れ、自らは変装して逃げ出した。関中《かんちゅう》［函谷関《かんこくかん》以西の渭水《いすい》盆地一帯］を迂回して荊《けい》州の劉表《りゅうひょう》を頼ろうとしたが、道中、上洛都尉《じょうらくとい》に変装を見破られ、その場ですぐに斬首された――こうして弁州は平定されたのである。

袁紹《えんしょう》は河北《かほく》に入ってから十年にも及ぶ苦労の末に、冀《き》、青《せい》、幽《ゆう》、弁の四州を勝ち取った。だが、その大業は内輪もめに明け暮れた愚かな息子たちによって受け継がれず、河北という基盤をみすみす他人に譲る羽目になった。袁氏の河北統治はまるで朝顔がしぼむように儚《はかな》く潰《つい》えた。旗指物の差し替えや役人の新たな配置から、人心の収攬《しゅうらん》、土地の測量に至るまで、河北はあらゆる面で一新された。州郡がすべて曹操の支配下に入っただけでなく、袁紹が住んでいた大将軍府までも曹操のものとなった。

夫と息子を失った劉氏《りゅう》は丁重に屋敷から追い出され、曹操の妻や側女《そばめ》たちが大喜びで移り住んできた。こうして主《あるじ》が入れ替わり、謎めいた讖緯《しんい》［吉凶を予言する語句］に暗示された鄴城《ぎょう》は曹操の本拠地となった……梁《はり》や棟木《むなぎ》に彫りと彩りを凝らした広間や母屋は美しく、敷地内の亭《ちん》や楼閣は数えきれない。屋敷のなかでは侍女や童僕が忙しく行き交い、掾属《えんぞく》［補佐官］や従事《じゅうじ》［属官］は部屋に満ちている。州牧《しゅうぼく》の屋敷でありながら、許都《きょと》の司空《しくう》府よりはるかに立派である。ただ、主の気質を反映してか、部屋の家具や調度品は質素であった。

曹操は堂々と胸を張って中原に号令する身となった。広間の奥に陣取るさまは貫禄たっぷりである。新旧織り交ざった部下の吉報に耳を傾けながら、心地よい満足感に浸《ひた》っていた。

ときに曹操の面前で叩頭しているのは、一時は飛ぶ鳥も落とす勢いだった黒山《こくざん》賊の首領張燕《ちょうえん》である。張燕は薄氷を踏むような思いで額を打ちつけていた。曹操が河北を平定したいま、とうとう張燕も山奥から民らを連れて、曹操の足元に跪《ひざまず》くことを選んだのである。もとの姓は褚《ちょ》で、屈強かつ敏捷で騎射に長けていたことから「飛燕《ひえん》」とあだ名され、もとの首領張牛角《ちょうぎゅうかく》がいまわの際《きわ》に後釜に推してくれたことから、姓を改めて張燕と名乗るようになった。かつて張燕は数十万の農民兵を擁して戦場を駆けめぐり、各地の県城や役所を襲った。袁紹や公孫瓚《こうそんさん》とも互角に渡り合い、ある意味では群雄の一人に数えられる。だが、いま曹操の目の前でひれ伏す姿に昔日の面影はなく、せいぜい役人が怖くて仕方ない老いぼれ農夫である――天下十三州(1)のうち、曹操は黄河の南北に広がる七州を擁し、その勢力は西涼《せいりょう》、江淮《こうわい》［長江と淮河《わいが》の流域一帯］、幽《ゆう》州の一部にまで及んでいる。これほどの威光に対して恐れを抱かない者がいるだろうか。

「明公《めいこう》は政令を発布し、袁氏の苛斂誅求を改められました。田租《でんそ》は一畝《いっぽ》［約四百五十八平方メートル］ごとに四升［約八百ミリリットル］、河北は寛容で慈悲深い主を得たと申せましょう。また意気盛んな大軍を擁する明公に、黒山の民草ごときがいかで降らずにおれましょうや」張燕は美辞麗句を連ねたが、これは本心でもあった。黒山の農民軍は号して十万と称しているが、大部分は老人や女子供である。戦場に出て戦える者となると一、二万に過ぎず、実際は何とか息をつないでいるだけであった。税がこれほど軽くなったいま、もはや反抗を続ける意味はどこにもない。さらに言えば、曹操と袁紹では農民軍に対する態度がまったく違う。河北で反乱を起こした農民軍には、黒山のほかにも劉石《りゅうせき》、青牛角《せいぎゅうかく》、黄竜《こうりゅう》、左校《さこう》、郭大賢《かくだいけん》、李大目《りだいもく》らが率いる数十もの賊軍があった。これらは残らず袁紹に掃討され、屍《しかばね》は山と重なり血は川となって流れた。だが、曹操は反乱した農民たちを皆殺しにするようなことはしない。農民を生かして農耕に従事させたいと考えていたからである。そのため、曹操と農民軍との関係は恨みこそあれ仇《あだ》となるほどではなかった。だからこそ、何があっても袁紹には降伏しなかった張燕が、曹操には帰順したのである。

曹操は完全に勝者の態度で張燕に向き合った。「天下が乱れ、仁徳が失われたとき、袁紹は民を害して反乱せざるをえない状況に追い詰めた。今日そなたが帰順しに参ったのは善行と言ってよかろう。朝廷に上奏してそなたを平北《へいほく》将軍に任じ、安国亭侯《あんこくていこう》に封じるとしよう」

高い官職と爵位を与えられたが、それに実権が伴うかどうかは別の問題である。だが、張燕は叩頭して礼を述べた。「寛大なる朝廷と曹公のお引き立てに感謝いたします。黒山の頭《かしら》としては、十万の民に生き延びる道が開けただけでも喜ばしいことです。ただ、一つだけお願いがございます。わが家族は長らく山のなかで暮らし、故郷の真定県《しんてい》にはもはや住む場所さえございません。どうか曹公のご厚恩により、わが一族が許都に居を構えて富貴を享受することをお許しください」

曹操の傍らに侍る許攸《きょゆう》と婁圭《ろうけい》は、張燕の言葉を聞いて驚きの目を向けた――たかが賊の首領にこれほどの知恵があろうとは――富貴を享受したいとは表向きで、実際は曹操に人質を差し出すと言っているのだ。一時は数十万もの兵を擁していた男である。たしかに静かな老後を送るためには、あえて曹操に弱みを握らせておいたほうがいい。しかもその言葉選びが実に巧みである。自ら人質を差し出すことを、うまく曹操に頼むような言い回しで申し出た。さすがに場数を踏んで酸いも甘いも嚙み分けてきただけのことはある。無骨な者も錬磨を経ればこれほど賢明になれるのである。

曹操のほうも渡りに船と喜んだ。「よかろう。だが、故郷からあまり遠くに移っては言葉も通じず難儀する。許都まで行かずとも鄴城に住めばよい。立派な屋敷も山ほどあるからな。好きなのを選ぶがよいぞ。修繕の費用ならわしが出そう」今後は鄴城こそが曹操の本拠地となる。わざわざ人質を許都へ送る必要はない。

「畏れ多いことでございます」張燕は慌てて叩頭した。「もしほかにご用がないようでしたら、わたしはこれにて……」

「うむ、もう退《さ》がってよいぞ。早めに転居の手配をすれば将軍も家族も安心であろう」実のところ、曹操の不安もそれで霧消する。張燕は言われるままに退出すると、広間の出口で呂昭《りょしょう》と鉢合わせになった。曹家の警護を担当する呂昭に対してさえ、この平北将軍は一歩下がって道を譲ってから出ていった。

呂昭は広間に入るなり報告した。「申し上げます。一昨日、袁氏の蔵で見つけた家具を卞《べん》夫人にお贈りしたところ、金の透かし彫りが施された卓は豪華に過ぎ、竹で編んだものはいささか地味だと仰って、結局松で出来た卓を選ばれました」呂昭はもともと曹家の童僕であり、内外の雑務をいろいろと任されている。「一番いいものを取れば貪欲だと思われるし、一番悪いものを取れば心を偽っていると思われるから、中ほどのものを取るのだとか」

「そうか」卞氏の選択に満足して曹操もうなずいたが、口に出しては何も言わなかった。いまや押しも押されもせぬ天下の三公《さんこう》である。軽々しく人前で妻を褒めるわけにもいかない。だが、他人が褒める分には差し支えない。妻圭がすぐに親指を立てて褒め称えた。「奥方はまことに賢夫人であられる。明公とは似合いのご夫婦ですな」

曹操も思わず微笑み、呂昭に言いつけた。「許都からの引っ越しでみな疲れておろう。奥の間に宴の用意をするのだ。宴席は子桓《しかん》夫婦に取り持たせよ」甄《しん》氏は強引に曹丕《そうひ》の妻にされたが、二人の仲は睦まじく、夫婦となって一年あまりで一子をもうけた。名は曹叡《そうえい》、曹操はこの孫をことのほか可愛がっている。

「承知しました」呂昭が返事をして出ていくと、許攸が笑みを浮かべながら話しかけてきた。「すっかり新旧の主が交替しましたな。かつてこの屋敷内では袁紹の妻や側女による暗闘があり、ここの風水がよくないためだと言う召使いもいました。ですが、阿瞞《あまん》殿の妻たちは仲良く暮らしている。やはり袁紹には家を斉《ととの》えるだけの福運もなかったようですな。やつは戦《いくさ》だけでなく、家の舵取りでも阿瞞殿に及ばなかったわけだ。はっはっは……」

曹操も内心まんざらではなかったが、口では叱りつけた。「少しはまともなことを言ったらどうだ。袁尚《えんしょう》と袁熙《えんき》は北の辺地へ逃げて行方もわからぬ。どこにいるかすぐに調べるのだ。禍根はなんとしても断たねばな。それに遼東《りょうとう》の公孫康《こうそんこう》がますます図に乗っているようだ。配下の柳毅《りゅうき》を遣わして海賊の管承《かんしょう》と手を組み、青州を奪い取る気でいるらしい。まったく、本気でわしから青州を奪い取れると思っているのか」

婁圭は遼東のことなど眼中にないようだ。「公孫康に野心があろうと、それはあまりに無謀というもの。一州を擁する高幹の大軍でさえ瓦解したのです。まして遼東は辺境の地、もしわたしが兵馬を指揮するなら、まずは袁尚兄弟を討ちます。遼東など気にする必要はありませんか」

許攸は何か思い出したのか、ぷっと噴き出した。「高幹といえば、こんな笑い話を聞きました。高幹を捕まえたのは上洛都尉の王琰《おうえん》という男なのですが、高幹を捕まえたあと、王琰の妻は身も世もないほど泣いたそうです。大きな功績を立てたからには夫が立身出世するのは間違いない、そうすれば側女を囲うだろうから寵を競うことになるというのです。はっはっは……世の妻の多くは夫の栄誉を喜ぶのに、この女ときたら夫は富めば妻を替えると言って泣くんですから、おかしな話ではありませんか」

曹操は笑うどころか顔を曇らせ、何も言わずに奥の間へと下がった。

婁圭は大笑いしている許攸の袖を引っ張った。「このおしゃべりが。毎日くだらん話ばかりして、また失言しおったな……」

「何が失言だ」許攸は頓着する様子もない。「ただの笑い話ではないか」

「笑い話だと？　孟徳《もうとく》が正妻の丁《てい》氏を実家に帰したのを忘れたか。何が夫は富めば妻を替えるだ。おぬし、孟徳に殺されたいのか」

許攸は驚いて目を見張り、自分の額を軽く叩いた。「しまった、忘れていた」

「ふん」妻圭は許攸を睨んだ。「手柄を鼻にかけて毎日口から出まかせばかり、じきにその口が禍を招くぞ。今後は言葉を慎むんだな」

だが、許攸も言い返した。「俺のことばかり腐すが、おぬしだって失言したではないか。さっきもいつもの癖で自分と孟徳を比べていたのに、気づいてないのだろう。おぬしの口だって禍を招きかねんぞ」若いころから口喧嘩ばかりしている二人である。これぞまさに実力伯仲、あるいは似たもの同士と言うべきか……

夫は富めば妻を替える――たしかに曹操にとっては耳が痛い言葉である。王琰のような小官の家庭内のいざこざまで噂になるのだ。ましてや話の種が天下の三公ともなればどうだろうか。おおかた曹操は薄情で移り気な男だとさんざん揶揄されているに違いない。うなだれて回廊を歩いていると、琴の音とともに、か細くも艶やかな歌声が聞こえてきた。

美しき一人有り、被服《ひふく》は繊羅《せんら》なり。
妖姿艶麗《ようしえんれい》にして、蓊《しげ》ること春の華の若《ごと》し。
紅顔韡燁《いよう》、雲髻嵯峨《うんけいさが》たり。
琴を弾き節《せつ》を撫《な》で、我が為に弦歌《げんか》す。

清濁斉均《せいきん》し、既に亮にして且《か》つ和なり。
楽を今日に取る、其の他を恤《うれ》うるに遑《いとま》あらんや。
「美しい人がいる、身にまとうは薄絹の衣。
艶《なま》めかしい姿は華やかで、咲き誇る春の花のよう。
紅顔は生気に溢《あふ》れ、髪は高く結い上げる。
琴を弾いて楽器を鳴らし、わたしのためにうたう。
ときに高くときに低く、澄みやかにしてかつ調和する。
今日という日を謳歌しよう、余事を案ずる暇はない」

「素晴らしい！　美しい詩……甘い歌声だ……」曹操は大いに感心し、歌声に引かれて奥の間に入ってみた。見れば曹丕が琴を弾き、そばで甄氏がうたいながら舞っている。その右側には卞氏と環《かん》氏、秦《しん》氏、王《おう》氏、杜《と》氏、尹《いん》氏、周《しゅう》氏、李《り》氏らが座り、傍らには輿入れしたばかりの趙《ちょう》氏と劉《りゅう》氏が立っている。左側には曹彰《そうしょう》、曹植《そうしょく》、曹沖《そうちゅう》、曹彪《そうひょう》、曹玹《そうけん》、曹均《そうきん》、曹林《そうりん》ら息子たちが座り、曹節《そうせつ》と曹憲《そうけん》の二人の娘や何《か》晏《あん》と秦朗《しんろう》もいる。赤子以外はほとんど揃《そろ》っているようだ。

　甄氏は歌が最高潮に達したところで視線を上げた。そこで舅の姿に気がつくと、頬を赤く染めて慌ててお辞儀した。「お義父《とう》さま、お越しでしたか」ほかの女も身分に応じてそれぞれに拝礼した。

「挨拶はいい」曹操は用意してあった上座の席に進みながら、卓上に並ぶ料理に目を落とした。手の込んだ野菜の料理や果物の皿はあるが、肉や魚はおろか酒も置かれていない――おそらく卞氏が節約するよう言いつけたのだろう。

父親が来たのに、息子たちが座ったままというわけにはいかない。みな行儀よく立ち上がったが、あぐらをかいて腰を下ろした曹操は楽にするよう促した。「今日は無礼講だ。細かいことは抜きにして、大いに寛ごうではないか」そう言って、環氏が生んだ曹沖と杜氏が生んだ五歳の曹林を手招きした。曹操が二人を左右の膝の上に座らせると、それを見てほかの息子たちもようやく腰を下ろした。曹沖が父親の髭をいじりながら楽しそうに尋ねた。「父上はさっきの歌をお聞きになりましたか。素敵だったでしょう」

「ああ、見事だったな」曹沖が甘えてくると、曹操はどんなに不愉快なことも吹き飛んでしまう。「歌もいいし琴もいい。何より詩が素晴らしかった」そう答えると、曹操は甄氏をちらと盗み見た――今日の甄氏は飾り付けは少なく薄化粧、裾長に青い衣を着こなして、ことのほか艶《なま》めかしい。鄴城が陥落したあの日、もし曹丕が手をつけていなければ、いまごろは誰のものになっていたことか……

曹沖がにこにこしながらまた尋ねた。「この素晴らしい詩を誰が書いたか、父上はわかりますか」

曹操は曹丕をちらっと見た。「子桓の作ではなさそうだな。この微妙な詩趣は子桓にはまだ難しかろう」このひと言に曹丕は深く恥じ入った。

曹林が幼く愛らしい声で指さしながら告げた。「僕、知ってる。これは植兄ちゃんが作ったんだよ」

「ほう」曹操は訝《いぶか》しげに曹植を見た。「それは本当か。劉楨《りゅうてい》や応瑒《おうとう》に作ってもらったんじゃないのか」

曹植は十六歳になったばかりである。背丈は曹丕に及ばないが、ともに卞氏が生んだ兄弟だけあって面立ちがよく似ている。二人とも色白で品があり、曹植のほうがいくぶん目が大きく、賢く利発そうに見える。父に尋ねられると、曹植は立ち上がって答えた。「男女の想いを詠んだこの程度の詩はほんの戯れに過ぎず、わざわざ記室《きしつ》の手を煩わせるまでもありません」自分が作ったのは事実である。ただ、曹植にもやや後ろめたい気持ちはあった。こうした内容の詩を兄嫁にうたわせるのは、やはり妥当を欠く。

しかし、曹操は甄氏に対する曹植の思いに気づかない。「そこまで言うなら、ここで一首作って父に聞かせてみよ……さあ」

「もちろん詩は作れます。ですが、父上にお願いが……」

「なんだ」

「恐れながら……酒を飲まないと詩想が湧かないのです」

「植！　お前という子は……」卞氏は眉をひそめたが、曹操は手を上げてこれを制した。「お前はかまうな。誰か、植に酒を……いや、たっぷりと酒を持ってこい。今日は家族の宴だ。お前たちも飲め。盛大に楽しもうではないか」

すぐに侍女たちが酒を持ってきて、それぞれの卓にひと瓶ずつ置いていった。それからほどなくして曹植が笑顔で告げた。「できました」

「聞かせてみよ」

曹植は両目を窓の外に向け、頬に笑みを浮かべながら抑揚をつけ、春の情景を目にしているかのようにゆったりと吟じた。

衣を攬《と》りて中閨《ちゅうけい》を出《い》で、逍遥《しょうよう》して両楹《りょうえい》に歩む。
閑房《かんぼう》 何ぞ寂寥《せきりょう》たる、緑草《りょくそう》 階庭《かいてい》を被《おお》う。
空穴《くうけつ》 自《おの》ずから風を生じ、百鳥《ひゃくちょう》 翩《ひるがえ》って南に征《ゆ》く。
春思《しゅんし》 安《いず》くんぞ忘る可《べ》けんや、憂戚《ゆうせき》 我と并《あわ》さる。
佳人 遠道《えんどう》に在り、妾《わらわ》が身単にして且つ煢《けい》たり。
歓会《かんかい》 再びは遇い難く、蘭芝《らんし》 重ねては栄えず。
人は皆 旧愛《きゅうあい》を棄つ、君 豈《あ》に平生《へいぜい》の若《ごと》くならんや。
松に寄りては女蘿《じょら》と為《な》り、水に依《よ》りては浮萍《ふひょう》の如《ごと》し。
身を齎《もたら》して衿帯《きんたい》を奉じ、朝夕《ちょうせき》 堕傾《だけい》せず。
倘《も》し顧眄《こべん》の恩を終《お》えば、永く我が中情《ちゅうじょう》に副《そ》わんことを。
「衣の裾をからげて寝床を出て、広間の柱を行ったり来たり。
ひっそりとした部屋は物寂しく、階《きざはし》の前の庭は草に覆われている。
戸の隙間を風が吹き抜け、鳥たちが南へと翔《かけ》てゆく。
この春心をどうして忘れられましょう。憂いが消えることはありません。
あなたははるか遠くに離れ、わたしはぽつんと一人きり。
再び逢瀬を楽しむことは難しい、二度とは咲かぬ蘭や霊芝《れいし》のように。
人は誰でも昔の愛情を忘れるもの、あなたもきっと当時のままではいないはず。
わたしは松にすがるだけの猿麻桛《さるおがせ》か、流れに身を任せるだけの浮き草。

嫁いでは妻としての務めを果たし、朝な夕な疎《おろそ》かにすることもなかったわ。
もし最後まで目をかけてくれるなら、永久《とわ》にわたしの気持ちに寄り添ってほしい」

これも佳人の、それも捨てられた妻の思いを詠った詩である。詩句は優美かつ情感に溢れている。曹植はこの歳でなぜこんな詩が詠めるのか。触れた人の心を実によく揺さぶる。ただ曹操としては、許攸の話がいたたまれず奥に入ってきたのに、今度はここで夫に捨てられた妻の詩を、それも息子から聞かされるなどとは夢にも思っていなかった。ついつい丁氏と結びつけ、覚えず知らずぶつぶつと詩を繰り返した。「歓会再びは遇い難く、蘭芝重ねては栄えず……人は皆旧愛を棄つ、君豈に平生の若くならんや……もうよい！」

曹植は驚いてその場に跪いた。「拙い詩で申し訳ありません。どうぞお叱りください」そう謝罪はしたものの、どこがまずいのかわからない。

「いやいや、そうではない」曹操も思わず苦笑いした。「詩は見事だ、素晴らしい……お前は詩作に秀でているのみならず、親孝行でもある。酒を求めておきながら飲んでおらぬのは、母らに酒を楽しんでもらおうというのだろう、違うか。なかなか聡いではないか」

曹植は自分の嘘を見抜かれたうえ、父にしきりに褒められて顔を赤く染めた。女たちもひそひそと曹植を褒め合っている。かたや曹丕の表情は冴えず、ぎこちなく笑う曹植や、父の懐に抱かれている曹沖を目にするうちに、みるみる気持ちが沈んでいった。

「お前たちも何かうたえ」曹操はまだ気持ちが晴れやらないので、趙氏と劉氏を手招きして命じた。

歌妓《かぎ》の出の二人は慌てて遠慮した。「若君やお姉さま方がいらっしゃいますのに、わたくしどもが出しゃばるわけにはまいりません。出来が悪ければ笑われてしまいます」
「気にすることはない。だが、古い曲にしてくれ。植の詩はうたわなくてよい」曹操は詩を変えれば気持ちも晴れると思ってそう命じたのだが、二人には曹操の心など知る由もない。

新たに斉《せい》の紈素《がんそ》を裂く、皎潔《こうけつ》霜雪《そうせつ》の如し。
裁ちて合歓《ごうかん》の扇と為す、団々《だんだん》として明月に似たり。
君の懐袖《かいしゅう》に出入し、動揺して微風発《おこ》る。
常に恐る 秋節《しゅうせつ》至り、涼飆《りょうひょう》炎熱を奪い、
篋笥《きょうし》の中《うち》に棄捐《きえん》せられ、恩情 中道に絶たれんことを。
「斉の国の白い練り絹を断ち切れば、その白さたるや清らかで霜や雪のよう。
絹を裁断して合わせ扇をつくれば、まんまるで満月のよう。
あなたの懐や袂《たもと》を出たり入ったり、扇《あお》げばそよ風を生じる。
ただ恐れるのは、秋が来て、涼風が夏の灼熱を冷ませば、
扇が衣装箱に捨てられるように、あなたの愛も中途で途絶えてしまうこと」

二人がうたったのは、班婕妤《はんしょうよ》の「怨歌行《えんかこう》」である。班婕妤は前漢の成《せい》帝の寵妃であったが、のちに成帝の愛情は趙飛燕《ちょうひえん》姉妹に移っていった。寵を失った班婕妤は宮中の奥深くでひっそりと暮らし、

鬱々として塞《ふさ》ぐ気持ちをこの詩を作って晴らしたという――またも捨てられた女のうたである。

曹操の心がざわついた――篋笥の中に棄捐せられ、恩情中道に絶たれん……どうしてまとわりつくのだ――曹操は二人の息子を膝から下ろして立ち上がった。「わしはまだ公務が残っておる。お前たちはゆっくり楽しむといい」大きくため息をつくと、曹操はうなだれて庭のほうへと歩いていった。

「あなた……」後ろから呼び止める声がした。振り返ると卞氏がついてきている。

「どうしてついてきたのだ。ほかの者と一緒に酒を飲んでこい。今日は羽目を外《はず》してもかまわんと息子たちに伝えてくれ」

「あなたの考えていること、わたしにはわかるわ」卞氏はそっと夫の腕を取った。

そうだ。この世の中で卞氏以上に自分のことを理解している者はいない。曹操は卞氏の手を取って軽く叩くと、胸の内を明かした。「わしも老いたと思わんか。戦に夢中になって丁氏のことをすっかり忘れていた。あれはまだ許都の丁家の屋敷にいるのか。最初はすぐに連れ戻す気でいたのに、こんなことになって……面目丸つぶれだな。天下の者たちが何と噂していることやら」丁氏に対しても気が咎めたが、曹操はそれよりも世間の笑いものになることを気にしていた。

卞氏が微笑みかけた。「ちゃんと手配しておいたわ。こちらに移るとき、丁姉さまもお連れしたの。卞秉《べんへい》と丁斐《ていひ》さまに頼んで城の外に小さな家を見つけてもらったし、女中たちもつけてあるわ」

「おお、そうか」曹操は驚きかつ喜び、卞氏の肩に手を回して耳元でささやいた。「さすがはわが賢妻……だが、鄴に連れてきたのに、なぜこの屋敷に住まわせせぬ？」

「丁姉さまがお望みでないのよ」卞氏は力なくかぶりを振った。「丁家の方々がうまく言ってくれなかったら、鄴へ来るのも拒んだに違いないわ。やっぱり、その……あなたが……」卞氏はそこで口ごもった。

「わしが迎えに行こう」曹操は素直に聞き入れた。「どんなことをしても連れ戻す。なんといってもわしの妻だからな」

「丁姉さまは意固地なところがあるから、あなたも優しくしてあげて。くれぐれも喧嘩しちゃ駄目よ。日々の暮らしでは何もないことが一番、あなたと丁姉さまが仲睦まじいのが何よりなのよ」卞氏は子供に言い聞かせるように曹操に言い含めた。

「わかった、わかった。何でも言うとおりにする。まったくお前はいつもいいことを言ってくれるな」曹操はそう答えながら卞氏の鬢《びん》をやさしくなでた。

「この歳になって、どういうつもり？」

「おやおや奥さま、白髪があるぞ」曹操は驚いた。

卞氏は苦笑いを浮かべた。「わたしももう四十を超えたの。それくらいあっても不思議じゃないわ。あなたこそ鏡を見てごらんなさい。ずいぶん真っ白よ」

「華佗《かだ》は養生の術にも精通しておる。戻って来たら女人《にょにん》の滋養となる薬がないか聞いてみよう。やっとだ、やっと天下の大局も定まった。あとは烏丸《うがん》を落とし、南下して江東《こうとう》を鎮めれば、もう戦に出る必要もなくなる……そうなったら、わしらものんびり楽しもうではないか。そなたをきっと大事にするぞ」若いころから何度も聞かされたお決まりの台詞である。

そんな日がめぐってくることはない、卞氏は半ばあきらめていたが、曹操に調子を合わせておいた。

「はい、はい……でも、わたしたちだけでなく、丁姉さまも大事にしてあげて」

一般に妻や側女は自分がもっとも愛されることを望むものであり、別の女を大事にするよう勧める者はいない。しかし、これこそが卞氏の「賢」たる所以《ゆえん》である。曹操と丁氏が往時のような関係に戻ることはありえない、それを知ったうえで曹操にこのように説いている。そうしておけば丁氏が戻ろうと戻るまいと、自分は善良な賢妻であるという印象を与えられる。つまり、単純に二人の仲を取り持っているのだと思うなら、それは卞氏の才覚を見くびっているというものである。ただ、これをもって寵を一身に集めようとする下心だと思うなら、それもまた卞氏の善良さや親切心を不当に貶《おとし》めていることになる。実のところ、卞氏自身も気づかぬうちに虚実が綯《な》い交ぜになっているのである——曹操と卞氏、これぞ似たもの夫婦というにふさわしい。

(1)十三州とは司隷《しれい》、冀、青、幽、幷、兗《えん》、徐《じょ》、豫《よ》、荊《けい》、益《えき》、涼《りょう》、揚《よう》、交《こう》のこと。建安十一年の時点で曹操は司隷、冀、青、幷、兗、徐、豫の七州と幽州の大半を有していた。涼州の馬騰《ばとう》、韓遂《かんすい》らも建前上とはいえ朝廷の管轄下にあり、曹操は揚州の長江以北の地にも足を踏み入れていた。

引き返せぬ道

馬車を降り、そのひっそりとした敷地を目にすると、曹操は心に安らぎを覚えた——鄴《ぎょう》城の郊外にこんなこぢんまりとして精巧な造りの家があったとは——質素でありながらも上品さを失っていない。青々とした籬《まがき》に囲まれ、高く育った桑や楡《にれ》の木々、古びた井戸、あちこちに顔をのぞかせる名もなき小さな花々……すべてが丁氏の好みに合っている。卞秉《べんへい》と丁斐《ていひ》がよくよく心を砕いたのであろう。

司空《しくう》の身にある者が一度は追いだした妻をまた迎えに行くなど、天地開闢《かいびゃく》以来はじめてのことに違いない。曹操は世間の嘲笑の的にならぬよう、ごく普通の目立たない馬車に乗って、護衛兵も連れずにやって来た。御者は許褚《きょちょ》に命じ、従者は卞秉と丁斐のみである。

卞秉は曹操の手を取って馬車から降ろすと、あたりを指さして説明した。「ここはもともと審《しん》家の荘園でしたが、壁も取り壊され、周りの田畑も人手に渡り、この家だけが残されていたのです。あ、ご安心ください。ここで仕えているのは司空府の家僕や女中だった者ばかりです。こうすれば長年わが君に仕えた者たちの暮らしも立ちますし、丁夫人のお世話をさせるのにも都合がいいですから」

曹操は満足げにうなずいて家に近づくと、柴の戸を開けようとしたところで振り返って尋ねた。「その家僕らは……」

卞秉が先を引き取った。「実家に帰らせてあります。いまは丁夫人お一人だけですから、義兄《にい》さんも安心してなかへお入りください」いつ曹操をわが君と呼び、いつ義兄さんと呼ぶべきか、卞秉はよく心得ている。

「うむ」曹操は卞秉らにも丁氏との話を聞かれるのを嫌って言った。「お前たちもしばらくここを離れておれ」

「はっ」卞秉と丁斐は笑みが漏れるのをこらえながら足早に離れ、許褚も馬車を引いて二人に続いた。曹操は戸を開けてなかへ入ると、誰も入ってこないとわかっていたが、それでも戸をしっかりと閉めた。盗人さながらに夫が人目を忍んで妻に会うとは、まったく面目丸つぶれである。

家は簡素な造りで、左右には炊事場と家僕らの小さな部屋がいくつかある。開いたままの母屋の戸の隙間から、なかの様子が見えた。丁氏は入り口に背を向けて座り、休むことなく手を動かしている——しゃー、ぱたんぱたん——丁氏にとって、機織《はたお》り機はある意味で人生の伴侶である。曹家に嫁いでからも一日じゅう布を織っては仕立て、まるでそれを生業《なりわい》にしているかのようであった。とりわけ曹昂《そうこう》が死んでからは、機織り機が命の綱となった。一日たりとて語りかけない日はなく、それはここに移っても変わらなかった。いったい誰のために、かくも多くの布を織り、かくも多くの香袋《こうぶくろ》を作っているというのか……

曹操は足音を忍ばせて母屋に入った。髪は真っ白で、粗末な衣は田舎の農婦を思わせる。曹操の胸にとめどなく悲しみがこみ上げてきた。ここへ来る道すがら、丁氏がどんな顔をして出迎えるかをずっと考えていた。悔やんで恥じ入るのだろうか、それとも傲慢な態度を取るのだろうか。だが、いまとなってはどちらが悪かったのかなど問題ではない。二人とも五十を超え、もう愛だの恋だのという歳でもない——わだかまりが解けさえすれば平穏に暮らしていけるだろう——曹操はそう思っていたが、ふいに丁氏と顔を合わせるのが怖くなった。若いころから決して目を見張るような美人というわけではなかったが、どれほど老けてしまったのだろうか。

丁氏は曹操が来たことに気づいていた。がさごそと入ってくる気配でとっくに誰かわかっていた。しかし丁氏は振り向きもせず、声もかけず、ただ手を休めることなく機を織り続けた。

曹操は丁氏の背後に立ち尽くし、何と話しかけていいのかわからずにいた。結局軽く咳払いをすると、面目なさそうに声をかけた。「来たぞ……」

しゃー、ぱたんぱたん……しゃー、ぱたんぱたん……

「調子はどうだ？」

しゃー、ぱたんぱたん……しゃー、ぱたんぱたん……

丁氏はやさしく返事をして席を勧めるどころか、高貴な身分の夫を立たせたままで振り返りもしなかった。強情な性格は昔のままである。曹操はいささか腹を立てたが、質素な卓や置物だけで化粧箱もない部屋を見るにつけ、また心の底から丁氏を憐れんだ。ここは我慢である。若いころのように臆面もなく甘い言葉を並べて機嫌を取ることにした。

「昂の命日は年の初めだったが、わしは并州《へい》で戦《いくさ》をしていて離れられなかったゆえ、丕《ひ》に命じて、屋敷で昂の位牌を祀《まつ》らせておいた」丁氏にとっては死んだ息子の曹昂だけが唯一の心の拠《よ》り所である。曹操は曹昂の話できっかけをつかもうとしたが丁氏の反応はなく、やむをえず話し続けた。「昂が生きていたらじきに三十か。わしも年のせいか最近よく昂の夢を見る。親子で轡《くつわ》を並べて天下を思いのまま駆けめぐれたら、どんなによかったことか」これは曹操の本心である。「いまは河北《かほく》の大局も定まった。だが、まだ青《せい》州には乱を企てる者がおり、遼東《りょうとう》の公孫康《こうそんこう》も沿海の地を奪おうと乗り出してきている。もし昂が生きていたなら、精鋭を与えて賊を討伐してもらうのだがな。そうしたらわしも安心して袁尚《えんしょう》の討伐に出かけられる。北方を平らげたら親子一緒に南下して……」

曹操は夢中になって話していたが、これでは陣幕で話す内容と変わらない。それに気づいて口をつぐむと、少し丁氏に近寄った。「お前は昔から静かなところが好きだったな。ここは朝廷の役人もおらんし、風光明媚で気に入っているのではないか。先日も環《かん》らがお前のことを気にしておった。ほかの者や子供たちもよろしくと……」曹操はそう話しながら丁氏の肩の上にそっと手を置いた。

丁氏は拒まなかったが、相変わらず俯《うつむ》いて機を織り続けている。

「屋敷へ戻ろう。わしらもいい年だ。別居などみっともないと思わんか」曹操は丁氏の背中を軽くなでたが、まだ何の反応もない。曹操はとうとう率直に謝ることにした。「わしが悪かった。お前を追い出したりするべきではなかったのだ。なあ、夫がこんなに謝っているのに許してくれんのか？おい、聞いているか？わしはお前と別れるつもりはない。まさかお前は別れたいのか？夫婦の情もすべて断つつもりか？」

しゃー、ぱたんぱたん……しゃー、ぱたんぱたん……

丁氏は頭も上げず、依然として目の前の機織りに没頭していた。まるでこの世の一切に興味がないかのようである。曹操は丁氏の後ろ姿をじっと見つめた——まったく、なんという強情なやつだ！昂が死んで深く傷ついたからか、それともあの日自分が手を上げたことを根に持っているのか、あるいは自分の知らないわだかまりがまだあるというのか……ああ、もういい。少し考える時間を与えよう。半年か一年もすれば家に戻りたくなるだろう。

それでも曹操は一縷《いちる》の望みを抱いて丁氏の肩を軽く叩いた。「お前が相手をしたくないのなら、わしも帰ろう。何日かしたらまた来るから、よく考えておいてくれ」曹操はそう言い残すと、何度も振り返りながら戸口へと向かった。だが、相変わらず丁氏は何の反応も見せない。曹操はため息をついて外に出ていこうとした。

「阿瞞《あまん》……」

そのとき、丁氏の呼ぶ声が聞こえた。曹操は敷居の外に踏み出した足をなかへ戻した。久しぶりに聞くその声は、ほかでもない、挫折を味わい眠れぬ夜に幾度も励ましてくれたあの声である。

「お、お前、わしと一緒に帰ってくれるのか？」曹操はまるで飴をもらった子供のように満面の笑みを浮かべ、うれしさに声を震わせて確かめた。まだ丁氏を愛していると言えばそれは嘘になる。だが、長年苦楽をともにしてきた情は、やはり何にも増して重い。

丁氏は背を向けたままだが、いつの間にか機織りの音は止んでいた。息を殺して、何か大きな決断を下そうとしている。

「どうした？　一緒に家に帰るのだろう。仲良く暮らそうではないか」曹操はもう一押しで連れて帰れると思った。

だが、丁氏はそれには答えず、背を向けて座ったまましばらく時間が過ぎた。そしてようやくゆっくりと口を開いた。「もう二度と来ないで」

「なぜだ？」夏だというのに全身に寒気が走り、曹操は言いようのない恐怖に襲われた。胸にぽっかりと穴が開いたような深い喪失感を覚える。このとき、天下の三公たる威厳などはとうに消え失せ、気づけば自ら懇願していた。「駄目だ、俺と一緒に帰るんだ。いや、帰らねばならん！　お前は俺の妻だろう……これからは、これからはきっとお前を大切にする！」曹操は丁氏に歩み寄ってその腕をつかんだ。「俺を殴れ、さあ、殴ってくれ！　罵倒すればいい。気が済むまで俺を罵れ。俺は手も挙げないし言い返しもしない。誓ってこれからは……」

「もうよしましょう」丁氏は曹操の手を振りほどくと、氷のように冷たく言い放った。「もう誓いを立てるのはよして。あなたの家に帰ることはないわ」

「お前、何を言っている……なぜなんだ!?」曹操は愕然とした。

丁氏は全身を細かく震わせ、俯いたまま答えた。「なぜですって？　もうあなたの嘘は聞き飽きました。もうあなたを信じられないの」丁氏は言葉を絞り出すようにして答えた。「わたしだけじゃない。この天下であなたの言葉を信じる人なんているの？」

曹操は目眩《めまい》を覚え、ふらふらと後ずさった。入り口の戸の框《かまち》に手を伸ばし、かろうじて倒れるのを防いだ。丁氏の言葉は巨大な鉄槌が振り下ろされたかのように、曹操の望みを完膚なきまでに打ち砕いた。たしかに自分でも数え切れないほど大切にすると約束してきた。だが、その誓いの言葉を果たしたことがあっただろうか……丁氏はもう夫婦であり続けることをあきらめたのだ。

しゃー、ぱたんぱたん……しゃー、ぱたんぱたん……

織機がまた音を立てはじめた。一心不乱に布を織る丁氏の姿を見ていると、誰も来ておらず、何ごともなかったかのようである。曹操は戦に敗れて魂が抜けたかのように呆然と立ち尽くした。その姿は天下の権臣でも威風堂々たる将軍でもなく、ただ妻に捨てられた憐れな男だった。頭のなかが真っ白になり、ぼうっとしたまま庭へ出ると、胸を冒す寒気を追い払おうとするかのように、灼熱の太陽の下で立ち止まった。

籬の外側にいた卞秉と丁斐には曹操らの話は聞こえなかったが、家を出てきた曹操の姿を見てだいたいのことは察しがついた。この季節、誰もが涼しい木陰を求めるというのに、曹操は太陽に照らされるまま立ち尽くしている。丁氏に拒まれたのなら卞秉らは曹操を励まそうかとも思ったが、夫婦のことに他人が口を出していいことはない。

しばらくすると、曹操はおぼつかない足取りで籬の外へ出てきた。顔は紙のように真っ白で、その打ちひしがれた姿は一気に老け込んだように見える。丁斐は馬車に乗ろうとする曹操に手を貸した。

「戻ると申しませんでしたか。あの人は強情ですから……あまりお気になさらないでください。近いうちに家内を呼んで、考え直すように説得させましょう」

丁斐の言葉は曹操の耳にまったく入ってこなかった。曹操は力なく馬車に乗り込むと、しばらく体を横たえるように座り、小さな声でつぶやいた。「丁氏はわしといるのを望まなかった……無理強いすることもなかろう。今後はどうする気でいるのか、ちょっと聞いてきてくれぬか。もしまた嫁ぎたいのなら、誰かいい相手を探してやってくれ。故郷に帰るというのなら、わしが金子《きんす》や布帛《ふはく》を十分に出そう。老後を譙《しょう》県［安徽《あんき》省北西部］で送らせてやってくれ」

心を砕いた結果がこんなことになるとは思いも寄らず、丁斐は心のなかで舌打ちした――口で言うほど簡単なことじゃない。曹孟徳《もうとく》の妻をもらおうなんて肝の据わった男がどこにいる。しかも五十を過ぎてから離縁され、どの面《つら》下げて実家に帰るというのだ。再嫁《さいか》もできず、郷《さと》にも帰れず、もう人生おしまいではないか……そう毒づいたが、むろん口に出せるはずもない。「三十年連れ添った夫婦の情がそんなにあっさりと断ち切れるものですか。もう一度説得してみましょう……」そう言ってお茶を濁すと、そそくさと敷地内に入っていった。

曹操はそれを見送ると、力なくかぶりを振った――自分が足を運んでも駄目だったのだ。丁斐に何ができる？　無理やり連れ帰っても意味はない。あれの心はとうに冷え切っているのだ――曹操は丁斐が戻るのも待たずに、覇気のない声で馬車を出すよう命じた。「屋敷へ戻る……」

許褚は何よりも曹操の命令に忠実な男である。ましてや主君の家のことに口を出したりはしない。馬に鞭をくれると馬車を城内に向けて走らせた。かたやいつもはでしゃばる卞秉も、このときばかりはひと言も口を挟まなかった――丁氏の離縁はもう動かない。これが卞氏にとって何を意味するかは言わずもがなである。

馬車が動き出すと、曹操は簾《すだれ》を下ろして横たわった。曹操は疲れていた。なぜかはわからない。ただ、これほどの疲労を覚えたことは、いまだかつてなかった。以前なら激しい動揺に見舞われると頭《とう》風《ふう》が起こったが、ここ数年の治療のおかげか、いまはそれもない。曹操はいまこそ発作が起きてほしかった。こんなときに頭がはっきりしているくらいなら、頭痛で苦しんでいるほうがありがたかった。曹操は功成り名を遂げたと言っていい。しかしその結果は、自分が望んでいたものとどこか違う。いわば、やっとのことで扉をこじ開けてみたら、その向こうは自分の思い描いていた世界と違った、そんな感覚である。丁氏が最後に言い放った言葉が脳裡にこだまして止まなかった――この天下であなたの言葉を信じる人なんているの？――

たしかに言うとおりかもしれない……大切にすると何度も約束しておきながら、結局は妻の心身を憔悴させた。民を安んじると公言しておきながら、部下が略奪するのを見て見ぬふりをした。天下の名士を招いておきながら自由に発言することを許さず、漢室を復興すると誓っておきながら天子との関係はぎくしゃくしている。いみじくも丁氏が喝破したように、これでも曹操の言葉を信じる者がいるのだろうか？

丁氏にはつらい思いをさせてしまった。だが、むろん曹操とてはじめから反故にする気でいたのではない。そうせざるをえなかったのだ。息子の仇である張繡《ちょうしゅう》を殺せば、勇猛な将を一人失うことになる。部下をあまりに厳しく取り締まれば、命がけで戦う兵士らのうまみがなくなる。名士らに好き勝手な発言を許せば、かえって自分の足枷《あしかせ》となる。そしていま、天子に政《まつりごと》を返上すれば、粛清の太刀はいずれ自分の首に振り下ろされる……史書をひもといてみても、古来より功成り名を遂げた者はみなそうしてきたではないか。初心を忘れ、約束を反故にしなかった者がどこにいる？　己の良心に一切恥じることのない者など、この世には存在しない……これは引き返せぬ道である。一歩踏み出したそのときから後戻りする術はない。どこへたどり着くのか、それは道をゆく本人にさえも決められない。人を惹《ひ》きつける行動や言葉でいくら他人を騙《だま》しおおせたとしても、自分の心だけは騙すことができない。それがたとえ曹操であったとしても……

鄴城に入ると、馬車はあっという間に司空府の前に到着した。卞秉が馬車の簾をめくり上げる。すると、曹操が降りるよりも早く、荀攸《じゅんゆう》、董昭《とうしょう》、崔琰《さいえん》、郭嘉《かくか》の四人が出迎えた――長い時間留守にしていたため、仕事が山ほど待ち受けている。

礼を済ませると、まずは崔琰が案件を伝えた。「青州の楽安太守《らくあんたいしゅ》の管統《かんとう》が降伏を拒んでいます。なにとぞ出兵のご許可を……」

荀攸は竹簡を手にして報告した。「たったいま届いた急信です。袁尚と袁熙《えんき》は烏丸《うがん》の首領蹋頓《とうとん》とともに柳城《りゅうじょう》［遼寧省西部《りょうねい》］に駐屯しています。これを取り除かねば河北の安定はないかと……」

郭嘉も続けざまに報告した。「遼東の公孫康の兵馬が青州に上陸しました。前軍を率いる都督《ととく》の柳《りゅう》毅《き》は海賊の管承《かんしょう》と策応し、沿岸の地を荒らし回っています。黄巾《こうきん》の残党もこれに呼応して済南《さいなん》城を攻め、さらには昌覇《しょうは》も反乱を起こしました。昌覇が背くのはこれで五度目です……」

「みな黙れ！」曹操は頭がおかしくなりそうで、思わず怒鳴りつけた。一同は一斉に口をつぐみ、びくびくしながら曹操の様子を窺った。

曹操は自分が失態を演じたことに気づき、やや語気を緩めた。「今日は何も聞きたくないのだ。処理できるものはおぬしらに任せる。できぬものは……明日の朝にしてくれ」

「ははっ」わざわざそのわけを尋ねる者などいなかった。

ただ、それでも董昭はゆっくりと馬車に近づき、このうえなく声を落として伝えた。「九州制の件ですが……令君《れいくん》よりわが君に書状が届いております」

九州制については、董昭から荀彧《じゅんいく》に書簡を書いて相談するよう命じたが、荀彧は曹操に直接返信してきたという。やはり荀彧の洞察力は鋭い。

「そうか、では見せてくれ」さすがに曹操もこれは無視できない。董昭は機嫌が悪い曹操の手を煩わせないよう、自ら書簡を開いて曹操の面前に広げた。

今若《も》し古制に依《よ》らば、是《こ》れ冀《き》州の統《す》ぶる所と為《な》るは、悉《ことごと》く河東《かとう》、馮翊《ひょうよく》、扶風《ふふう》、西河《せいが》、幽《ゆう》、幷の地を有するなり。公　前《さき》に鄴城を屠《ほふ》り、海内震駭《かいだいしんがい》し、各《おのおの》其の土宇《どう》を保ち、其の兵　衆を守り得ざらんことを懼《おそ》る。今若し一処侵《いっしょおか》さるれば、必ず次《じ》を以て奪わるると謂《おも》わん。人心動じ易く、若し一旦変を生ずれば、天下未だ図る可《べ》からざるなり。願わくは公先ず河北を定め、然る後に旧京《きゅうけい》を修復し、南のかた楚《そ》の郢《えい》に臨み、王の貢《みつ》ぎの入らざるを責めよ。天下咸《みな》公の意を知らば、則ち人人自ずから安んぜん。海内の大いに定まるを須《ま》ち、乃ち古制を議す、此れ社稷《しゃしょく》長久の利なり。

［いまもし古《いにしえ》の制度に倣《なら》えば、冀州が統治する範囲は、河東郡、左馮翊《さひょうよく》、右扶風《ゆうふふう》、西河郡、幽州、幷州にも広がります。先だって明公《めいこう》は鄴城を攻め滅ぼし、天下を震撼させたことで、みな自分の任地や支配地を保てないのではないか、兵と民とを守れないのではないかと危惧しています。一か所でも冀州に組み込めば、必ずや順番に土地を奪われると思うことでしょう。人心はとかく揺れやすいもの、いったん変事が起こったならば、天下統一の見通しが立たなくなります。願わくはまず河北を平定し、その後にもとの都の洛陽《らくよう》を修復し、南は古の楚の都である郢一帯に遠征し、劉表《りゅうひょう》が天子への貢ぎ物を怠っていることをお咎めになるようお願い申し上げます。天下の者がみな明公のお考えを知れば、人々はおのずから安心するでしょう。天下が大いに安定してから古の制度について相談することが、社稷の長久に資するかと存じます］

荀彧はきわめて聡明な人物である。九州制を復活させることの意味に気づいていないはずはない。いま、こうして反対の書簡をよこしてきたが、曹操もまたその意味をはっきりと理解している。もっともらしい口実を並べてはいるが、その真意は、何人《なんぴと》たりとも劉《りゅう》氏の漢室に取って代わることは許されないということである。おそらく荀彧一人ではない。大漢にいまも思いを寄せている者は、天下に少なからずいるであろう――どうする？　このまま前に進むべきなのか……

曹操は無言でかぶりを振ったりうなずいたりしていたが、やがて口を開いた。「令君の言い分にも一理ある。もし令君が注意を促してくれなかったら……わしはまた誤りを犯すところだった」稟性《ひんせい》変えがたし、曹操はまた心にもないことを言った。だが、どんなに覆い隠そうとしても、その場にいた者はみな感じ取った。いまこの瞬間、曹操と荀彧のあいだにひびが入ったのだと。

曹操が荀彧の意見を聞き入れたので、董昭も穏やかに同意した。「令君は慎重なお人柄、九州制の件はしばらく保留することにいたしましょう……」あくまで保留であり、決して断念するのではない。

書簡は荀攸の手に回された。荀攸は心臓が跳ねるほど驚いたが、気持ちを落ち着けて無難なところを話題にした。「旧都洛陽の修復、これは良い考えかと。逆賊董卓《とうたく》に焼かれて以来そのままで、本来ならもっと早くに手をつけるべきでした。ですが、ここ数年は出征が続き、朝廷の蔵にも十分な蓄えがないことから、長らく放置されたままきてしまったのです。いまや河北も平定されました。そろそろ考えてもいい時期かと存じます。ただ、修復のための石材や人手が問題です。ただでさえ河南は人口が少なく……あ、そういえば最近は災害にも見舞われて……」荀攸はとめどなく話し続けた。恐るべき話題から話をそらそうとするうちに、しまいには自分でも何を言っているのかよくわからなくなってきた。

董昭は荀攸に一瞥をくれ、すぐに話題を戻した。「天下が乱れてすでに久しく、修復すべきは洛陽だけではありません。戦乱の被害を受けた城はそこらじゅうにあり、やるべきことは山積しています。諸宗室《そうしつ》の封国《ほうこく》である斉《せい》、北海《ほっかい》、阜陵《ふりょう》、下邳《かひ》、常山《じょうざん》、甘陵《かんりょう》、済北《せいほく》、平原《へいげん》にも相当な被害が出ています。

侯王は薨去《こうきょ》されるか逃げ出すかしており、そのご子孫も散り散りになっております。すでに封国の体《たい》を成しておらず、朝廷の命《めい》も行き届きません」そこで董昭は目を伏せ、あえて曹操を見ないようにした。「いろいろと不都合が生じておりますゆえ、いっそのこと諸侯王の八つの国を廃止してはいかがでしょうか」

董昭は事もなげに言ってのけたが、荀攸らは驚愕した——劉氏の封国を廃止するだと？——これほど畏れ多いことはない。しかも八つの国を一気に廃止すれば、天下の者は何と思うだろうか。これは九州制の提案以上に、臣下として分不相応な行為である。

「おそらく令君は同意せぬだろうな……」曹操もいやに落ち着き払っている。軽く太ももを叩き、ふと顔を上げて一同を見回した。「おぬしらはどう思う？」

曹操からの急な問いかけに、一同は返答に窮した。

荀攸は自責の念に苛《さいな》まれた。怒号を上げて反対し、なんとしても食い止めたい。だが曹操の目を見ると、喉まで出かかった言葉を呑み込んでしまう。曹操の気性の激しさが怖いこともあるが、それ以上に自責の念が邪魔をするのである。ここ数年、自分のしてきた献策が、曹操がこの一歩を踏み出す後押しとなったのではないか。曹操に反対することは、自分自身を否定することにほかならない。

崔琰は取り立てて何も思わなかった。かつては袁本初《えんほんしょ》が、印章を刻んでその野心を露わにした。いま曹孟徳は、封国の廃止を議論の俎上《そじょう》に載せている。つまり二人は同じ穴の狢《むじな》なのだ。袁紹は強大な勢力を擁して天子に取って代わることを目論んだが、曹操のやっていることもそれと大同小異で、どちらの手口もたいして違わない。実のところ、誰が皇帝になっても同じではないか。民が安らかに暮らせるのなら、誰が天下を治めようとかまうまい。崔琰はどちらでもよいと思ったが、曹操の麾下《きか》に入ってまだ日が浅いため、微妙な問題に首を突っ込むのは避けた。

董昭は、将来のことをどのように進めるべきか、あるいはどの程度まで進めるべきか、曹操に探りを入れようとして尋ねたのだが、曹操は機転を利かせ、自身の考えをさらすことなく問いをこちらに投げ返した。ほかの者が黙ったままで何も答えない以上、董昭としても一人でむやみに話を進めるわけにはいかない。

三人が押し黙り、しばし重苦しい空気が流れた。傍らに侍る卞秉は聞こえなかったふりを貫き、許褚とたわいもない世間話をはじめた。誰も態度を明らかにしようとしない。曹操はかぶりを振り、それ以上問うことはしなかった。そしてゆっくりと馬車を降りると、さりげなく言った。「この件については日を改める。わしを一人にしてくれ」そう言い残すと、静かに立ち尽くす一同を残して、門に向かって歩きだした。

「わが君!」この張り詰めた雰囲気のなか、郭嘉が改まった態度で曹操を呼び止めた。真面目な表情を浮かべ、平素の闊達さは影を潜めている。「伯夷《はくい》と叔斉《しゅくせい》［殷《いん》末周《しゅう》初の隠者の兄弟］は身の潔白を守るため、周に仕えることを良しとしませんでした。しかし、だからといって、武王《ぶおう》が紂王《ちゅうおう》を討つのをやめたでしょうか？」

曹操の足がぴたりと止まった。

それはつまり……全身が粟立つような郭嘉の言葉に、部外者を装っていた卞秉さえも驚いて身をすくめた。そのとき、曰く言いがたい息苦しさがあたりを包んだ。

…………

しばらくして、曹操はようやくゆっくりと振り返った。その視線は郭嘉ではなく董昭に向けられている。「諸侯王の国のことだが……そなたの言うとおりにしよう。ほかの者に意見を求める必要はない。早々に処理をして、本務に差し障りがないようにせよ。まだ戦いは続くのだからな！」それだけ言うと、足早に門をくぐっていった。

「御意……」曹操の背に向けられた返事はきれいに揃《そろ》わなかった――悦に入る者、ほっとする者、塞《ふさ》ぎ込む者、投げやりな者……誰もそれっきり口を開かず、おのおの物思いにふけった。葉陰《はかげ》に隠れた蟬の声だけがやたらと耳に障る。まるでこの暑苦しい夏に向かって悪態をついているかのように……

八つの封国を廃止する命令はすでに出された。そのあとに続く道は言うまでもない。いまさら漢室の復興を叫んでも誰も信じない。それならば、躊躇《ちゅうちょ》なく思い切ってやるまでである。これは引き返せぬ道である。もはや後戻りする術はない。腹を括《くく》って前に突き進むしかないのだ。

主な登場人物　（　）内は字《あざな》

曹操《そうそう》（孟徳《もうとく》）　幼名は阿瞞《あまん》。司空《しくう》など歴任
荀彧《じゅんいく》（文若《ぶんじゃく》）　尚書令《しょうしょれい》など歴任
荀攸《じゅんゆう》（公達《こうたつ》）　曹操軍の軍師《ぐんし》
郭嘉《かくか》（奉孝《ほうこう》）　曹操軍の軍師祭酒《ぐんしさいしゅ》
董昭《とうしょう》（公仁《こうじん》）　河南尹《かなんいん》など歴任
許攸《きょゆう》（子遠《しえん》）　曹操軍の幕僚
曹洪《そうこう》（子廉《しれん》）　曹操配下の将、揚武中郎将《ようぶちゅうろうしょう》など歴任
曹仁《そうじん》（子孝《しこう》）　曹操配下の将
曹純《そうじゅん》（子和《しわ》）　曹操の親衛騎兵の虎豹騎《こひょうき》を率いる
夏侯惇《かこうとん》（元譲《げんじょう》）　曹操配下の将、建武《けんぶ》将軍など歴任
夏侯淵《かこうえん》（妙才《みょうさい》）　曹操配下の将、兵糧の輸送など担当
于禁《うきん》（文則《ぶんそく》）　曹操配下の将、偏《へん》将軍など歴任
楽進《がくしん》（文謙《ぶんけん》）　曹操配下の将、討寇校尉《とうこうこうい》など歴任
朱霊《しゅれい》（文博《ぶんはく》）　曹操配下の将

張繡《ちょうしゅう》（不詳）　曹操配下の将、建忠《けんちゅう》将軍など歴任
賈詡《かく》（文和《ぶんわ》）　曹操軍の幕僚。執金吾《しっきんご》など歴任
張遼《ちょうりょう》（文遠《ぶんえん》）　曹操配下の将、裨《ひ》将軍など歴任
武周《ぶしゅう》（伯南《はくなん》）　曹操の配下で張遼の護軍《ごぐん》など歴任
張郃《ちょうこう》（儁乂《しゅんがい》）　曹操配下の将、偏将軍など歴任
高覧《こうらん》（不詳）　曹操配下の将、偏将軍など歴任
劉勲《りゅうくん》（子台《しだい》）　曹操配下の将、征虜《せいりょ》将軍など歴任
荀衍《じゅんえん》（休若《きゅうじゃく》）　曹操軍の幕僚
毛玠《もうかい》（孝先《こうせん》）　司空府の東曹掾《とうそうえん》など歴任
薛悌《せってい》（孝威《こうい》）　泰山太守《たいざんたいしゅ》など歴任
李典《りてん》（曼成《まんせい》）　曹操配下の将、裨将軍など歴任
劉岱《りゅうたい》（公山《こうざん》）　司空府の長史《ちょうし》〔次官〕
許褚《きょちょ》（仲康《ちゅうこう》）　校尉として曹操を護衛
鄧展《とうてん》（不詳）　剣術の達人

繁欽《はんきん》（休伯《きゅうはく》）　司空府の掾属《えんぞく》〔補佐官〕へ
杜襲《としゅう》（子緒《ししょ》）　西鄂《せいがく》県の県長など歴任
鍾繇《しょうよう》（元常《げんじょう》）　司隷校尉《しれいこうい》など歴任
段煨《だんわい》（忠明《ちゅうめい》）　安南《あんなん》将軍など歴任
王必《おうひつ》（不詳）　司空府の主簿《しゅぼ》
史渙《しかん》（公劉《こうりゅう》）　曹操配下で中軍の将
韓浩《かんこう》（元嗣《げんし》）　曹操配下で中軍の将
王忠《おうちゅう》（不詳）　曹操配下の将
陳登《ちんとう》（元竜《げんりゅう》）　広陵《こうりょう》太守など歴任
陳矯《ちんきょう》（季弼《きひつ》）　広陵郡の功曹《こうそう》から司空府の掾属《えんぞく》へ
徐宣《じょせん》（宝堅《ほうけん》）　広陵郡で陳登の配下。のちに司空府の掾属へ
袁敏《えんびん》（不詳）　河隄謁者《かていえっしゃ》
劉楨《りゅうてい》（公幹《こうかん》）　文人。のちに司空府の掾属へ
阮瑀《げんう》（元瑜《げんゆ》）　蔡邕《さいよう》の弟子。のちに司空府の掾属へ
仲長統《ちゅうちょうとう》（公理《こうり》）　経書に明るく『昌言《しょうげん》』を著す。のちに司空府の参軍《さんぐん》〔幕僚〕
杜畿《とき》（伯侯《はくこう》）　漢中府丞《かんちゅうふじょう》など歴任

趙達《ちょうたつ》（不詳）　百官の言動を監視する校事《こうじ》
盧洪《ろこう》（不詳）　百官の言動を監視する校事
任峻《じんしゅん》（伯達《はくたつ》）　曹操の従妹《いとこ》の夫。典農中郎将《てんのうちゅうろうしょう》など歴任
丁斐《ていひ》（文侯《ぶんこう》）　典軍校尉《てんぐんこうい》など歴任
卞秉《べんぺい》（不詳）　卞《べん》氏の弟。兵糧の輸送や武器の管理などを担当
袁紹《えんしょう》（本初《ほんしょ》）　大《だい》将軍など歴任
袁譚《えんたん》（顕思《けんし》）　袁紹の長子。青《せい》州刺史《しし》
袁尚《えんしょう》（顕甫《けんほ》）　袁紹の三男。冀《き》州刺史
袁熙《えんき》（顕雍《けんよう》）　袁紹の次子。幽《ゆう》州刺史
高幹《こうかん》（元才《げんさい》）　袁紹の甥。并《へい》州刺史
審配《しんぱい》（正南《せいなん》）　袁紹配下の幕僚
郭図《かくと》（公則《こうそく》）　袁紹軍の都督《ととく》〔司令官〕など歴任
辛評《しんひょう》（仲治《ちゅうじ》）　袁紹配下の幕僚
辛毗《しんぴ》（佐治《さじ》）　辛評の弟
逢紀《ほうき》（元図《げんと》）　袁紹配下の幕僚
崔琰《さいえん》（季珪《きけい》）　袁紹のもとで騎都尉《きとい》

荀諶《じゅんしん》（友若《ゆうじゃく》）　袁紹配下の幕僚
李孚《りふ》（子憲《しけん》）　冀州の従事《じゅうじ》
陳琳《ちんりん》（孔璋《こうしょう》）　袁紹の幕僚
劉《りゅう》氏　袁紹の正妻
甄《しん》氏　袁熙の妻
劉表《りゅうひょう》（景升《けいしょう》）　荊《けい》州牧《ぼく》など歴任
劉先《りゅうせん》（始宗《しそう》）　荊州別駕《べつが》など歴任
婁圭《ろうけい》（子伯《しはく》）　武関《ぶかん》に駐屯していたが、のちに曹操に帰順
孫権《そんけん》（仲謀《ちゅうぼう》）　孫策《そんさく》の跡を継いで江東《こうとう》を支配
張紘《ちょうこう》（子綱《しこう》）　侍御史《じぎょし》など歴任
王朗《おうろう》（景興《けいこう》）　会稽《かいけい》太守など歴任
華歆《かきん》（子魚《しぎょ》）　豫章《よしょう》太守など歴任
劉備《りゅうび》（玄徳《げんとく》）　左《さ》将軍など歴任
関羽《かんう》（雲長《うんちょう》）　劉備配下の将、偏将軍など歴任
張飛《ちょうひ》（益徳《えきとく》）　劉備配下の将、中郎将など歴任
陳羣《ちんぐん》（長文《ちょうぶん》）　司空府の掾属
臧覇《ぞうは》（宣高《せんこう》）　琅邪《ろうや》国の相《しょう》

公孫度《こうそんたく》（升済《しょうせい》）　遼東《りょうとう》太守。遼東王を自称
献《けん》帝　劉協《りゅうきょう》　皇帝〔西暦一八九～二二〇年在位〕
趙温《ちょうおん》（子柔《しじゅう》）　司徒《しと》など歴任
孔融《こうゆう》（文挙《ぶんきょ》）　少府《しょうふ》など歴任
郗慮《ちりょ》（鴻豫《こうよ》）　光禄勲《こうろくくん》など歴任
伏完《ふくかん》（不詳）　中散大夫《ちゅうさんたいふ》など歴任
丁沖《ていちゅう》（幼陽《ようよう》）　司隷校尉《しれいこうい》など歴任
曹丕《そうひ》（子桓《しかん》）　曹操の息子
曹彰《そうしょう》（子文《しぶん》）　曹操の息子
曹植《そうしょく》（子建《しけん》）　曹操の息子
曹沖《そうちゅう》（倉舒《そうじょ》）　曹操の息子
曹休《そうきゅう》（文烈《ぶんれつ》）　曹鼎《そうてい》の孫
夏侯尚《かこうしょう》（伯仁《はくじん》）　夏侯淵の甥
朱鑠《しゅしゃく》（彦才《げんさい》）　譙《しょう》県の生まれ。のちに王忠の部隊に配属
華佗《かだ》（元化《げんか》）　譙県の出の医師
丁《てい》氏　曹操の正妻
卞《べん》氏　曹操の側室

主な官職

中央官

大将軍《だいしようぐん》　非常設の最高位の将軍

三公《さんこう》

太尉《たいい》　軍事の最高責任者で、三公の筆頭

司徒《しと》　民生全般の最高責任者

司空《しくう》　土木造営などの最高責任者

九卿《きゆうけい》

太常《たいじよう》　祭祀などを取り仕切る

光禄勲《こうろくくん》　皇帝を護衛し、宮殿禁門のことを司る

騎都尉《きとい》　もとは羽林の騎兵を監督、のち叛逆者の討伐に当たる

諫議大夫《かんぎたいふ》　皇帝の諮詢に対して意見を述べるとともに、皇帝を諫める

議郎《ぎろう》　皇帝の諮詢に対して意見を述べる

衛尉《えいい》　宮門の警衛《けいえい》などを司る
太僕《たいぼく》　皇帝の車馬や牧場などを司る
廷尉《ていい》　裁判などを司る
大鴻臚《だいこうろ》　諸侯王と帰服した周辺民族を管轄する
宗正《そうせい》　帝室と宗室《そうしつ》の事務、および領地を与えて諸侯王に封ずることを司る
大司農《だいしのう》　租税と国家財政を司る
少府《しょうふ》　帝室の財政、御物などを司る
執金吾《しつきんご》　近衛兵を率いて皇宮《こうぐう》と都を警備する
侍中《じちゅう》　皇帝のそばに仕え、諮詢に対して意見を述べる
　黄門侍郎《こうもんじろう》　皇帝のそばに仕え、尚書の事務を司る士人《しじん》
録尚書事《ろくしょうしょじ》　尚書《しょうしょ》を束ねて万機《ばんき》を統《す》べる。国政の最高責任者が兼務する
尚書令《しょうしょれい》　尚書台の長官
　尚書《しょうしょ》　上奏の取り扱い、詔書の作成から官吏の任免まで、行政の実務を担う
御史中丞《ぎょしちゅうじょう》　官吏の監察、弾劾を司る
　侍御史《じぎょし》　官吏を監察、弾劾する

武官

驃騎将軍《ひょうき》　大将軍に次ぐ将軍位

車騎《しゃき》将軍　驃騎将軍に次ぐ将軍位
衛《えい》将軍　車騎将軍に次ぐ将軍位
北軍中侯《ほくぐんちゅうこう》　北軍《ほくぐん》の五営《ごえい》を監督する
　長水校尉《ちょうすいこうい》　長水と宣曲《せんきょく》の胡騎《こき》を指揮する
度遼《どりょう》将軍　周辺民族との戦いを統轄する
護羌校尉《ごきょうこうい》　羌族を管領する軍政務官
護烏丸校尉《ごうがんこうい》　烏丸や鮮卑《せんぴ》を管領する軍政務官
別部司馬《べつぶしば》　非主力部隊である別部の指揮官
司馬《しば》　将軍の属官

地方官

司隷校尉《しれいこうい》　京畿地方の治安維持、同地方と中央の百官を監察する
州牧《しゅうぼく》　州の長官。郡県官吏の監察はもとより、軍事、財政、司法の権限も有する
刺史《しし》　州の長官。もとは郡県官吏の監察官
　別駕従事《べつがじゅうじ》　刺史の巡察に随行する属官
　従事《じゅうじ》　刺史の属官
河南尹《かなんいん》　洛陽《らくよう》を含む郡の長官
国相《こくしょう》　諸侯王の国における実務責任者

太守《たいしゅ》　郡の長官。郡守ともいわれる
都尉《とい》　属国《ぞっこく》などの治安維持を司る武官
県令《けんれい》　県の長官
県長《けんちょう》　一万戸以下の小県の長官
功曹《こうそう》　郡や県の属官で、郡吏や県吏の任免賞罰などを司る

の地図
鮮　卑
烏桓
遼東属国
玄菟
遼西
遼東
幽
州
楽浪
上谷
漁陽
代郡
右北平
広陽
涿郡
五原
雲中
朔方
定襄
黄
河
并
州
雁門
冀
州
上郡
太原
涼
州
武威
北地
西河
上党
青州
司
隷
兗州
金城
安定
徐
州
洛陽
渭水
隴西
漢陽
許都
長安
豫州
武都
九江
穣県
南陽
淮河
呉郡
漢中
広漢属国
荊
盧江
丹陽
江夏
益
広漢
蜀郡
犍為
南郡
長江
会稽
揚
巴郡
州
蜀郡属国
武陵
州
豫章
州
長沙
越嶲
犍為属国
牂柯
零陵
桂陽
夷
洲
益州
交
蒼梧
南海
郁林
州
合浦
交趾
朱崖洲
九真
0km
630km
日南

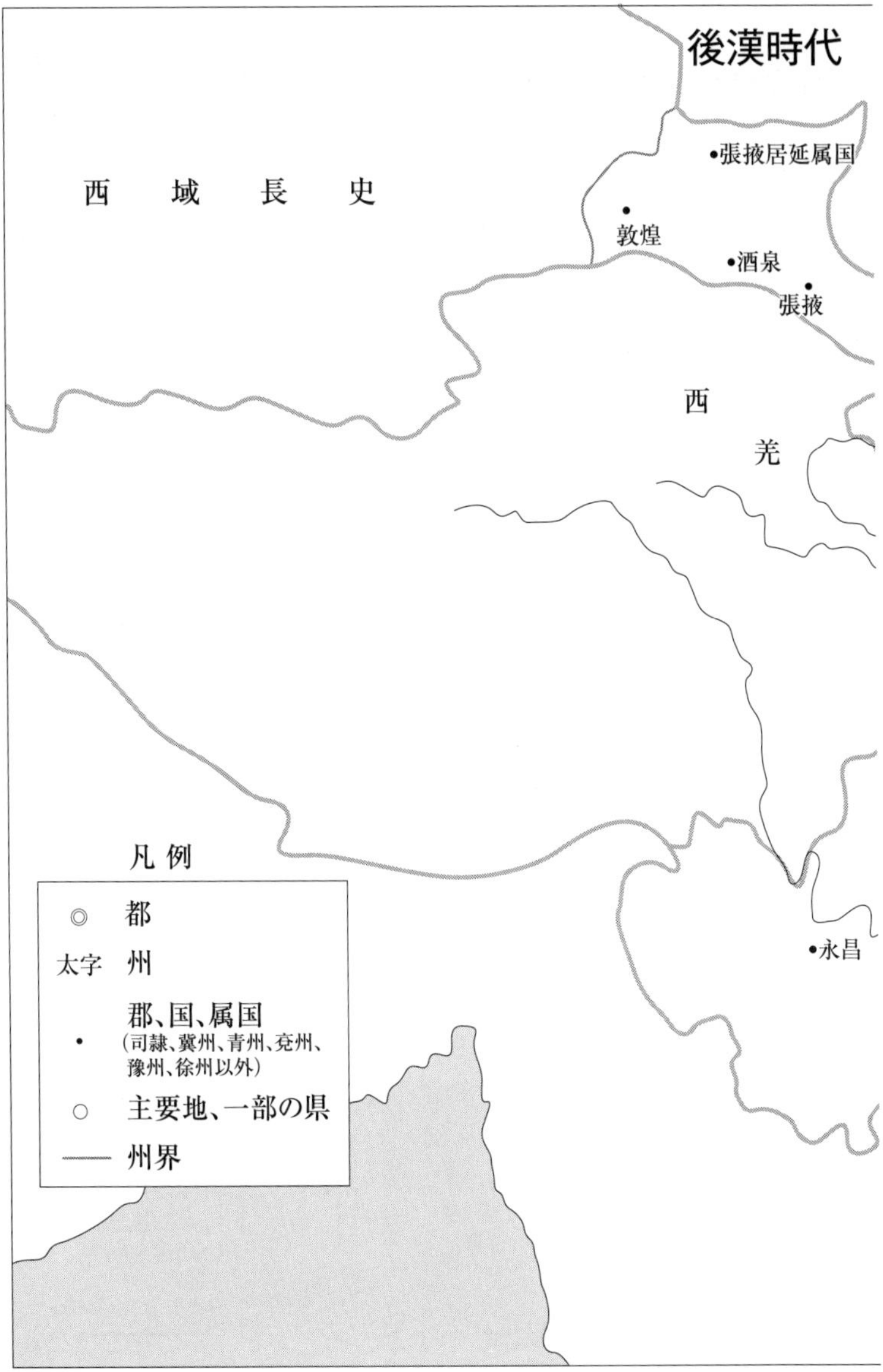
後漢時代
張掖居延属国
敦煌
酒泉
張掖
西域長史
西
羌
永昌
凡例
◎ 都
太字 州
• 郡、国、属国（司隷、冀州、青州、兗州、豫州、徐州以外）
○ 主要地、一部の県
— 州界

後漢時代の司隷《しれい》の地図

後漢時代の冀《き》州、青《せい》州、兗《えん》州、豫《よ》州、徐《じょ》州の地図

●著者

王 暁磊（おう ぎょうらい）

歴史作家。中国在住。『後漢書』、『正史 三国志』、『資治通鑑』はもちろんのこと、曹操に関するあらゆる史料を10年以上にわたり、まさに眼光紙背《がんこうしはい》に徹するまで読み込み、本書を完成させた。曹操の21世紀の代弁者を自任する。著書にはほかに『武則天』（全6巻）などがある。

●監訳者

後藤 裕也（ごとう ゆうや）

1974年生まれ。関西大学大学院文学研究科中国文学専攻博士課程後期課程修了。博士（文学）。著書に『語り物「三国志」の研究』（汲古書院、2013年）、『武将で読む 三国志演義読本』（共著、勉誠出版、2014年）、訳書に『中国古典名劇選』シリーズ（共編訳、東方書店）、『中国文学史新著（増訂本）中巻』（共訳、関西大学出版部、2013年）、論文に「元雑劇「両軍師隔江闘智」と孫夫人」（『狩野直禎先生追悼 三国志論集』、汲古書院、2019年）などがある。

●訳者

川合 章子（かわい しょうこ）

1988年、佛教大学文学部東洋史科卒業。郵便局勤務を経て、武漢大学と北京文科大学に留学（公費留学生）。1994年より翻訳者、歴史ライター。著書に『陰陽師の解剖図鑑』（エクスナレッジ、2021年）、『時代を切り開いた世界の10人 第4巻』（学研、2014年）、『あらすじでわかる中国古典「超」入門』（講談社、2006年）、訳書に『泡沫の夏3』（新書館、2014年）、『原典抄訳「三国志」（上、下）』（講談社＋α文庫、2009年）、『封神演義 中国原典抄訳版』（講談社＋α文庫、1998年）などがある。

曹操　卑劣なる聖人　第六巻
2022年 5月 1日　初版第1刷　発行

著者　王 暁磊
監訳者　後藤 裕也
訳者　川合章子
装丁者　大谷 昌稔
装画者　菊馳 さしみ
地図作成　閏月社
発行者　大戸 毅
発行所　合同会社 曹操社
〒344－0016　埼玉県春日部市本田町2－155
電話 048（716）5493　FAX048（716）6359
発売所　株式会社 はる書房
〒101－0051　東京都千代田区神田神保町1－44 駿河台ビル
電話 03（3293）8549　FAX03（3293）8558
印刷・製本　中央精版印刷株式会社

ISBN 978-4-910112-05-3